吴熊和 著

唐宋詞通論

图书在版编目(CIP)数据

唐宋词通论 / 吴熊和著. —上海：上海古籍出版社，2022.9（2024.5 重印）
ISBN 978-7-5732-0274-1

Ⅰ.①唐… Ⅱ.①吴… Ⅲ.①唐宋词—诗词研究 Ⅳ.①I207.23

中国版本图书馆 CIP 数据核字（2022）第 094436 号

唐宋词通论

吴熊和　著

上海古籍出版社出版发行

（上海市闵行区号景路 159 弄 1-5 号 A 座 5F　邮政编码 201101）

(1) 网址：www.guji.com.cn
(2) E-mail：guji1@guji.com.cn
(3) 易文网网址：www.ewen.co

苏州市越洋印刷有限公司印刷

开本 890×1240　1/32　印张 18.375　插页 7　字数 381,000
2022 年 9 月第 1 版　2024 年 5 月第 3 次印刷
印数：3,601—5,100
ISBN 978-7-5732-0274-1
I・3629　定价：98.00 元
如有质量问题，请与承印公司联系

吴熊和先生

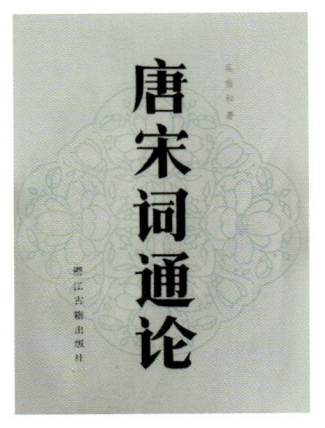

浙江古籍出版社 1985 年版

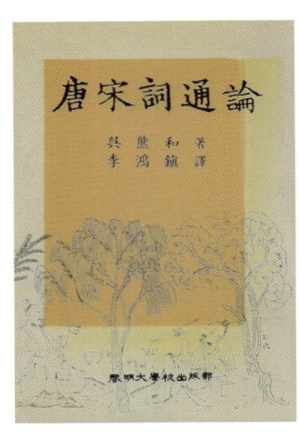

韩国启明大学校出版部 1991 年版
（韩文译本）

商务印书馆 2003 年版

上海古籍出版社 2010 年版

吴熊和先生读书札记

吴熊和先生读书札记

《唐宋词通论》与吴熊和先生的词学研究

陶 然

《唐宋词通论》是吴熊和先生最重要的词学著作，也是二十世纪词学研究的代表性著作之一。

吴熊和(1934—2012)，上海市人。1950年自上海中法中学毕业后，任上海华东小学教师。1951年考入华东师范大学中文系，1955年毕业后，至杭州浙江师范学院随夏承焘等先生攻读中国古典文学研究生，1957年留校任教。曾任杭州大学教授、中文系主任、人文学院院长、杭州大学学术委员会副主任等职，新浙江大学成立后，为人文学院教授。2003年退休，2012年因病辞世。主要著作有《唐宋词通论》(1985)、《吴熊和词学论集》(1999)，主编《清词别集知见目录汇编》(1997)及《唐宋词汇评》(2004)等。吴熊和先生在学术上以专寓博，于词学研究领域辛勤耕耘半个世纪，继承夏承焘先生开创的词学事业而又能卓然自立，对新时期词学在理论上和方法上均有开拓和创新，尤其致力于构建自具特色的词学研究体系，在研究框架与领域、研究思路与方法以及研究的深广程度方面，迈进到了新的高度。

浙东浙西，相济为用，是吴熊和先生以《唐宋词通论》为代表的词学研究路径的学术渊源所在。清代学者章学诚论两浙学术时曾谓："浙东贵专家，浙西尚博雅。"(《文史通义》卷五)盖博雅方能心眼俱宽，专精方能深造有得，博而不专则易泛，专而不博则易拘，二者本不应偏废。词学作为传统学术的一个支脉，本即为专门之学，门径并不甚广。唐宋以来直至近代，词学的主要外在表现形式是词论、词话、词谱、词韵等，而以前两者为主。中国传统的学术思维方式和感悟点评之批评方法，决定了传统词学的长处在于直凑单微、深抉词心，而其短则在于不免模糊影响、似是而非。如张炎《词源》所标举之"清空骚雅"，近代端木埰、王鹏运、况周颐诸老辈所标举之"重拙大"之论，即为显例。不过，在传统词学极盛的晚清时期，亦已渐生词学之学术化的萌芽。王鹏运、朱孝臧在清代考据学兴盛的学术背景下，以治经之法治词，在词籍校勘方面注重实证，发凡起例，所得甚多，在文献方面为现代词学奠定了基础。况周颐之《蕙风词话》卷二、卷三及卷五，及其为刘承幹所编《历代词人考略》等，则已有明显的梳理词史之意识。但是，同王、朱之校勘学尚在清儒笼罩之下一样，况氏的词学亦终未能越出张宗橚《词林纪事》之藩篱。而夏承焘先生开创的词人谱牒之学是对现代词学最主要的建构性贡献。夏先生是浙东永嘉人，其学术路径形成的过程中，深受浙东史学的影响。宋元以来，尤其是清代，浙西地区向号词人渊薮，以杭州、湖州、嘉兴诸地为中心，从姜夔、张炎、周密、仇远、张翥以下，至清代朱彝尊、厉鹗，直至近代词学的核心之一归安朱孝臧等，风流雅韵，不绝如缕。朱竹垞之博学、厉樊榭之清雅，即是浙西学术在词人中的投影。夏承焘先生以浙东史学移治本为浙西擅场的词学，遂能将浙东专家之学与浙西博雅之韵，融而为一。以严谨精密的考证、知人论世的眼光,使得词学跳出了晚清以来结社唱和、校律品藻的传统藩篱,进入了现代学术的层面。吴熊和先生对于夏承焘先生的学术路径有深刻的体认。他在《追怀瞿禅师》四绝句其二中以"独开史局谱花间"为《唐宋词人年谱》作了准确的定位,并在自注中谓:"以年谱体例考订词人行实,年经月纬,条分缕系,承史家之专长以治词史,唐宋词始得有序论次,得观通变。"①但是,如果说夏先生以浙东学术之专精融入浙西学术之博雅,是为以精寓博;则吴熊和先生以浙西之博雅融入浙东之专精,是为由博返约。吴熊和先生是上海人,考入华东师范大学中文系后,受教于施蛰存、许杰、徐中玉诸先生,而对他影响最大的是徐震堮先生。他在2008年所作《诸老杂忆》其六回忆徐震堮先生云:"博通外籍远冥搜,不落言诠亦上游。谁撰当今高士传,兴来兴往觅行舟。"自注云:"徐震堮先生,通多国文字,学问既博且精……"②实际上,吴熊和先生在50年代的思想汇报材料中,就曾专门谈及徐先生对他的影响:"我很钦佩我过去在师大时的一个教师,就是徐震堮先生(又名徐声越,过去也是浙大教师,和夏承焘、胡士莹先生等同事),他对教学很认真,生活态度很严肃,作风也正派,尤其是他的学问很广博很深……他的这种种表现和我的思想完全合拍,我就五体投地地钦慕起来……我也差不多以他为榜样来立定我的生活目标……做学问一定要广博,多方面求知。"③可见,半个多世纪间,吴熊和先生对徐先

---

① 《吴熊和先生诗词选》,沈松勤编《庆贺吴熊和教授从教50周年论文集》,浙江大学出版社2008年版,第55—56页。
② 《吴熊和先生诗词选》,《庆贺吴熊和教授从教50周年论文集》,第63页。
③ 浙江大学档案馆藏吴熊和档案。

生的印象最深处实在"广博"二字。徐震堮先生正是浙西嘉善人,其为人为学的气象均近于浙西博雅之风。1955年吴熊和先生来杭州,受教于夏承焘、姜亮夫、胡士莹、王焕镳、钱南扬、郦承铨、陆维钊、任铭善诸先生,毕业留校后,专从夏承焘先生研治词学,遂亦能将浙东浙西之学相济为用。他晚年所作《书生》绝句其二自云"浙学宗风是本师",诗后自注谓:"清代浙学与吴学、皖学鼎足而三,皆出于私门,与官学不侔。余非浙人,然于'浙西博雅'、'浙东专家',终身服膺,莫敢失坠。"又其《谒唐圭璋先生南京寓所》诗后自注引章学诚语云:"学者不可无宗主,而必不可有门户。故浙东浙西并行而不悖也。"①这可以视作吴熊和先生对自己一生学术路径的开示与总结。胡可先曾以"清通简要"四字论定吴先生的词学研究风格,并谓其《唐宋词通论》"就是清通简要的代表性著作,著者立足于通古今之变,究因革之理,将历史感与时代感有机地融合在一起,不仅勾勒出唐宋词发展演变的线索,而且揭示出包蕴于其间的客观规律,表现出著者对于词学古今发展流变所独具的通识。在著述过程中,又十分注意简约与精要"②。"清通简要",实即浙西博雅之风。这一传统与源自夏承焘先生所传授之浙东史学传统相结合,"并行而不悖",遂使吴熊和先生的词学能以宏博之通识贯注于专门之绝学,以现代学术眼光研治传统的词学,从而开辟出词学研究的新广天地,进一步推动了当代词学的科学性与学术化。其学术实践渊源有法而能自辟广途,呈现出鲜明的特色。

---

① 《吴熊和先生诗词选》,《庆贺吴熊和教授从教50周年论文集》,第65、55页。
② 胡可先《吴熊和先生学述》,《庆贺吴熊和教授从教50周年论文集》,第8—9页。

体大思精的词学体系构建是吴熊和先生及其代表作《唐宋词通论》推动当代词学发展的最重要贡献。传统词学至晚清而极盛,但由于时代和观念的限制,朱、王、况、郑诸老辈不可能对词学本身有体系化建构的努力。进入现代词学阶段后,作为现代学术门类的词学,其内涵与边界仍然经历了数辈学人的摸索与探讨,经历了一个长期的过程。早期不少学者使用词学一词,仍多指词体倚声之学。如吴梅《词学通论》开篇即云:"词之为学,意内言外,发始于唐,滋衍于五代,而造极于两宋。"①又如王易《词曲史》谓:"词学自晚清中兴,今词坛耆宿之存者虽止彊村一翁,而十余年来造述蔚如,足以列作者之林者尚不乏人。"②真正从学科体系角度对词学进行建构的当肇始于龙榆生。其《研究词学之商榷》一文首先对"填词"与"词学"作了明确的区分:"取唐、宋以来之燕乐杂曲,依其节拍而实之以文字,谓之'填词'。推求各曲调表情之缓急悲欢,与词体之渊源流变,乃至各作者利病得失之所由,谓之'词学'。"③诚如吴熊和先生所云:"这个说法尚不够完整与科学,有待改进,但至少已可用来与诗学相区别。"④龙榆生在清人已取得较高成就的图谱之学、音律之学、词韵之学、词史之学、校勘之学之外,另提出声调之学、批评之学与目录之学。以此"八学"作为词学的基本学科领域与学术范围,对现代词学的体系建构是具有重要意义的。在当代词学阶段,吴熊和先生是公认的新词学基本体

---

① 吴梅《词学通论》第一章《绪论》,华东师范大学出版社1996年版,第1页。
② 王易《词曲史·测运第十》,上海书店出版社1989年版,第517页。
③ 龙榆生《研究词学之商榷》,《龙榆生词学论文集》,上海古籍出版社1997年版,第87页。
④ 吴熊和《唐宋词通论》,本书第477页。

系的建构者,他以词史上最重要的唐宋词为对象,攻坚直入,示范性地开创了新词学的研究体系与体例。其代表性著作《唐宋词通论》,对词学史上许多具体而基本的问题作了非常精辟的阐释,如关于词的起源、词与音乐的关系、唐宋词派的分合、词论与词籍文献的梳理等等,均对传统词学研究有重要突破①。此书于1985年初版,在30余年后的今天来看,《唐宋词通论》作为当代词学的经典著作,其学术史价值主要表现在以下三方面:

(1)词学研究新体系的建构。这部著作从词源、词体、词调、词派、词论、词籍、词学七个方面展开,而每一方面均沿流溯源,纵横通论。这一体系涵盖了词乐研究、词体源流研究、词体形式研究、词调衍变研究、词史研究、词评词论研究、词学文献目录研究、词学领域研究等诸多方面,有其鲜明的学术特色,以体大思精而享誉学林。徐中玉先生曾谓《唐宋词通论》"20年之内无人能超越",主要也是从这种体系建构角度而言的。事实上,30余年来,论对词学体系推进的贡献,这部著作至今仍然是"无人能超越"的。

(2)词学研究方向的规划。该书不仅以集大成的方式,囊括和总结了传统词学的所有方面,并且对今后词学发展的八个主要方向作了展望与规划:评论唐宋各名家词的论文集;词人年谱传记丛书;汇集与研究唐宋音谱及词乐材料作《唐宋词乐研究》;重编包括敦煌曲在内的《唐宋词调总谱》;汇辑唐宋词论词话作《唐宋词论词评汇编》;总结历代词学成果作《词学史》;历述词籍目录版本作《唐宋词籍

---

① 参见肖瑞峰《评〈唐宋词通论〉》(《文学评论》1985年第6期)及费君清、陶然《一脉天风百丈清泉——吴熊和教授学术研究述评》(《文学评论》2003年第3期)诸文。

总目提要》;包举上述词家、词调、词籍条目,并对唐宋词的一些常用语辞作汇解的《唐宋词词典》。这些规划中,既有当年夏承焘先生的设想,也有吴熊和先生本人针对词学体系的新思考。事实上,吴先生提出的这些研究方向,有不少已成为当代词学中的显学,涌现了众多成果。这种对整个学科体系发展方向的探索,显现出真正的词学大家气度。前辈唐圭璋先生评此书对唐宋词学"阐述靡余,至为可贵,这对今后祖国词学的发展,起了很好的推动作用"。

(3) 词学研究体例的创新。吴熊和先生创造性地发展了"通论"这一研究体例,对于这种体例的特点,他在晚年为《历代词通论丛书》所作的总序中说:"通论形式和词史形式,代表了词学研究的两种主要思路,大体而言,词史重在条贯,通论意在横通。但它们并非截然两歧的方向,而是互为补充的。没有横通的视野,词史易流于僵化简略;缺少条贯的史识,通论亦难免琐碎空疏。通论的长处在于可以针对某些重要的词学现象与问题作专题性的、较为透彻的深入研讨,并通过若干专题的展开与讨论,反映词这种文学—文化样式在一个时期的整体面貌与重心所在。因此,面对不同时期的词,通论的写法是可以不同的……通论的形式有可能提供一种富有个性和针对性的研究思路。研究者必须对研究对象有整体的判断,梳理出最核心、最本质的若干问题。这种以问题为导向的研究,可为将来重撰词史提供基本的考察维度。"[①]故万云骏先生曾谓此书"名曰通论,名实相符"。

以辟疆拓土的识见,不断开掘新的词学研究领域,使得吴熊和先生的词学研究如挹之不尽的学术源泉,具有鲜活的生命力。吴熊和

---

① 吴熊和《〈历代词通论丛书〉总序》,本书第560页。

先生继承了夏承焘先生的词学传统与学术开创精神,以唐宋词研究为基点,在词学新领域的开拓方面成就显著。其较重要者约有如下数端:

(1) 词学文献史料领域。《唐宋词通论》中设专章研究唐宋词籍的类别、版本、著录、流传等方面的内容,实为一部最早的简明扼要的唐宋词文献史。他又曾与严迪昌、林玫仪合编《存世清词知见目录汇编》,至今仍是最完备的一部清词文献著作。吴先生主编的《唐宋词汇评》(两宋卷),煌煌五巨册,包括了传记、年谱、生平事迹考证等词人文献,词人撰述、词集版本注本与各种序跋等著述文献,采自宋人文集笔记、历代词话、词选以及近人评论的对唐宋词人风格的总评与词作分评等评论文献,采自大量宋人笔记及史料的本事文献等,遂将作家考证、作品编年、著述钩稽、资料汇编诸方面汇为一炉,成为具有雄厚学术积累的集大成的宋词文献研究著作①。他在词学文献史料方面的开拓,为词学研究提供了综合系统的文献库,填补了传统词学的空白。

(2) 明清之际词派研究领域。与唐宋词研究的繁盛相比,金元明清词研究向来冷落。吴熊和先生在90年代前后,相继发表了《〈柳洲词选〉与柳洲词派》《〈西陵词选〉与西陵词派》《〈梅里词辑〉与浙西词派的形成过程》等重要论文。其词派研究突破了以往仅注重词派本身梳理的局限,而是从明清之际词派产生的地域因缘、家族因缘着手,致力于新词派的整合与探讨。这不仅仅是勾勒了几个词派的形

---

① 参见宗古《宋代词学研究的格局与变化——评〈唐宋词汇评〉(两宋卷)》,《中华读书报》2005年2月23日。

态,更重要的是通过研究领域的拓展,凸显了明清之际词坛于词史递嬗过程中在空间和时间上的独立特性,从而打开了明清词研究的新思路与新局面。

(3) 域外词学研究领域。吴熊和先生对于域外词学也颇为关注,他撰写的《高丽唐乐与北宋词曲》一文,涉及宋词的域外传播与音乐传播的关系,宋词在中外文化交流中的作用也从中得到了说明。此外,其《苏轼奉使高丽一事考略》还对苏轼奉使高丽事作了精细的考证,使有关苏轼的一段模糊不清的事实得到了澄清,为宋代词人的域外交流以及宋词在域外的传播提供了第一手材料。在这一领域,吴熊和先生将历史上的词学问题置于整个东亚文化关系的背景上来看待,从而避免了画地为牢、固步自封,显示出强大的词学研究空间拓展能力。学术的发展,"小结裹"易,"大判断"难,研究领域的开拓尤难,在这方面,以《唐宋词通论》为代表的吴熊和先生的词学研究是有强烈的典范意义的。

以史证词和以词治词是吴熊和先生《唐宋词通论》的主要研究方法。《唐宋词通论》中论及苏轼词的革新时,曾谓"苏轼既'以诗入词',正其本源;又'以词还词',完其本色,因而他的革新才取得了惊人的成功"①。这似乎可以类比以史证词和以词治词这两种研究方法的互补。以史证词,源于经史互证、诗史互证的传统,在清代学术以至夏承焘先生的词学研究中均占有重要地位,在《唐宋词通论》也是运用纯熟的一种研究方法。《吴熊和词学论集·后记》中明确提出:"词学并不是个自我封闭的体系。词学不但要与诗学彼此补益,

---

① 吴熊和《唐宋词通论》,本书第 242 页。

相互参照,联手共事;同时还要不断从其他相关学科,尤其是史学(包括音乐史、文化史)中取得滋养和帮助。宋词上承唐诗而旁通宋诗,两宋作家往往诗、文、词三者兼擅,并出一手。治宋词者若知其一不知其二,必然左支右绌,顾此失彼,难以弘通。"①如《从宋代官制考证柳永的生平仕履》一文就通过宋代官制中的磨勘制度来考订柳永的仕履,借助史学方法从全新角度勾勒出柳永生平之清晰可信的轮廓。又如《周邦彦琐考》一文,由北宋神宗至哲宗期间太学制度变迁及政策变化,考察周邦彦的政治命运,并进而延伸至周邦彦与苏轼及旧党之关系等,往往能触类旁通,胜义如缕。在此基础上,吴熊和先生将文化史纳入词学研究视野,开创出词学文化学研究风气,《唐宋词通论·重印后记》中指出:"谈论词的起源,不少学者注重词与音乐的关系,从词与燕乐的因缘入手考察词的起源,已经取得了可观的成果。但是光从这一点着眼,现在看来就显得不够。许多事实表明,词的唐宋两代并非仅仅作为文学现象而存在。词的产生不但需要燕乐风行这种具有时代特征的音乐环境,它同时还关涉到当时的社会风习,人们的社交方式,以歌舞侑酒的歌妓制度,以及文人同乐工歌妓交往中的特殊心态等一系列问题。词的社交功能与娱乐功能,在相当长的时间内,是同它的抒情功能相伴而行的。不妨说,词是在综合上述复杂因素在内的历史背景下产生的一种文学——文化现象。我们应该开拓视野,加强这方面的研究。"②《唐宋词通论》中论述词体起源诸问题时,就是将词置于与音乐文化、社会文化及制度文化、文人心态

---

① 吴熊和《吴熊和词学论集》,浙江大学出版社 1999 年版,第 441 页。
② 吴熊和《唐宋词通论》,本书第 562 页。

等诸多方面共生而互动的整体文化环境中进行考察。这种开阔而弘通的研究方法,对当代词学研究产生了重要的影响①。如果说以史证词主要体现了吴熊和先生对夏承焘先生所开创的词学传统的继承,而词学文化学研究方法体现了他在方法论上的新创,则以词治词体现了他对当前词学研究现状的更深入思考。所谓以词治词,就是强调以词为本体,真正用治词的眼光来研究词,而不是用和治诗文一样的眼光来研究词。他认为读词与读诗有所不同,学者往往混淆,直接用读诗的方法去读词,这是不行的。不能否认词与诗有共性,但是词有其独胜之处。特有的东西,要用特有的方法和理论进行研究,因此他尤其强调研究者对词本身的感悟力与理解能力。研究词学,首先要懂词,要从词的本体上下功夫,否则就易流于影响之论,看似花团锦簇,实则离词愈远②。由以史证词到词学文化学研究方法,再到以词治词,吴熊和先生在治词方法上的这些认知与实践,将词学研究方法进一步精密化、科学化,充实了词学研究方法体系的完备性。

吴熊和先生《唐宋词通论》初版于1985年,沈松勤曾谓吴先生当年撰著此书时,速度极快,几乎每月即写出一章。但这种速度的基础,实植根于长期的积累与准备。我手边有两册吴先生生前赠我留念的笔记本,是他当年准备《唐宋词通论》写作的文献材料札记。从中可以清楚看出,在《唐宋词通论》中即使是很简单的一句论断,都是以大量的比对、思考为基础的。如论及敦煌词曲体曲式丰富多样一节,《唐宋词通论》谓:"敦煌曲中的联章且有演故事而兼问答的。《凤

---

① 参见陶然《当代词学文化学研究之回顾与反思》,《文学评论》2010年第3期。
② 参见陶然《词学新境的建构与拓展——吴熊和教授访谈录》,《文艺研究》2012年第3期。

归云》两首演陌上桑故事（稍有更改），前章（幸因今日）为锦衣公子问，后章（儿家本是）为东邻女答……"①而这一结论其实均来源于他在阅读《云谣集杂曲子》时的札记，在《凤归云》前二首左侧有札记云："四首演一故事，情节如陌上桑，而稍有更改。"在《凤归云》后二首左侧则题云："联章。"（见本书插页）盖吴先生原本认为四首均为联章，演陌上桑故事，后在《唐宋词通论》中出于审慎仅将后二首认定为联章，但基本观点无异。这里可以清晰地看到从札记到成书的过程。又如《唐宋词通论》第六章考《云谣集》之得名谓："晚唐五代及北宋诗词中，常以'云谣'称美当时的歌曲。"并引述皮日休、陆龟蒙至柳永、贺铸诸人诗词为证②。这一内容其实亦全见于其札记内容中（见本书插页），从字迹上看，亦非一时所记，盖读书得间，即笔之于此，积累而成。其时间大约从上世纪70年代初至80年代中期，在获书不易的特殊历史时期，甚至整本抄录，如两册札记中即有一部分是王灼《碧鸡漫志》第一卷至第四卷的抄录。吴先生日常读书，好作札记，其所藏书往往丹黄烂然，如其《全宋词》等书的天头地脚就基本写满了各种札记。其中有些是相关文献积累，有些是个人读书心得，还有些是作品评论。这些札记我们也拟将来择其要者辑录出来，作为研究吴先生的词学思想以及当代词学史的一种文献。

　　记得30年前，我来杭州大学参加研究生复试，在杭州解放路新华书店买到久已闻名的《唐宋词通论》一书。当夜即挑灯快读，得以与这部著作初次结缘，虽然当时很多地方读不懂，但一个最强烈的印

---

① 　吴熊和《唐宋词通论》，本书第203页。
② 　吴熊和《唐宋词通论》，本书第398页。

象即"原来词学是这样的"却留在记忆中,可以说那是打开自己心目中的词学天地的一种印象。次日复试结束后,我取出此书,请吴熊和先生题字,先生一笑,为题"陶然同志留念。吴熊和"。在其后追陪吴先生的二十年中,该书屡屡重印或再版,每种版本,吴先生均送一部给我,写的仍然是"陶然同志留念。吴熊和"。看着书架上各种不同版本的《唐宋词通论》,先生当年题字时的音容笑貌仿佛犹在目前。今年是吴先生仙逝十周年,上海古籍出版社拟重版此书,并希望我写一篇文字以作导读。我虽从游先生甚久,亦以治词为业,但先生此书,本就无须导读。他常举苏轼《怀西湖寄晁美叔同年》诗中"西湖天下景,游者无愚贤。浅深随所得,谁能识其全"数句以喻治学态度。我想读者翻开此书,随其所得,自能有所获益,故只就先生研治词学的贡献和个人的一点浅显体会,聊述于此,作为对先生的无尽怀念。

2022 年 5 月 3 日于浙江大学

目 录

《唐宋词通论》与吴熊和先生的词学研究 …………… 陶 然（1）

第一章 词源 ……………………………………………（1）
  第一节 燕乐与词——我国诗、乐结合的新传统 ……（5）
  第二节 唐教坊曲——唐五代词调的渊薮 …………（14）
    一 隋曲 ……………………………………………（15）
    二 唐曲 ……………………………………………（19）
      1. 太常曲 ………………………………………（19）
      2. 教坊曲 ………………………………………（20）
  第三节 从选词以配乐到由乐以定辞——词体的
         形成过程 ……………………………………（28）

第二章 词体 ……………………………………………（41）
  第一节 词的创作——按谱填词 ……………………（45）
    一 音谱 ……………………………………………（46）
    二 词谱 ……………………………………………（58）

第二节　词体的形成——依曲定体 …………………（65）
　　　一　依乐段分片 ……………………………………（67）
　　　二　依词腔押韵 ……………………………………（72）
　　　三　依曲拍为句 ……………………………………（76）
　　　四　审音用字 ………………………………………（81）

第三章　词调 ……………………………………………（93）
　　第一节　词调的来源 …………………………………（95）
　　　一　来自民间 ………………………………………（96）
　　　二　来自边地或外域 ………………………………（98）
　　　三　创自教坊、大晟府等乐府机构 ………………（100）
　　　四　创自乐工歌妓 …………………………………（101）
　　　五　摘自大曲、法曲 ………………………………（102）
　　　六　词人自度曲 ……………………………………（102）
　　第二节　曲类与词调 …………………………………（105）
　　　一　大曲、法曲、曲破 ……………………………（106）
　　　　1. 大曲 ……………………………………………（106）
　　　　2. 法曲 ……………………………………………（108）
　　　　3. 曲破 ……………………………………………（109）
　　　二　令、引、近、慢 ………………………………（111）
　　　　1. 令 ………………………………………………（112）
　　　　2. 引 ………………………………………………（116）
　　　　3. 近 ………………………………………………（117）
　　　　4. 慢 ………………………………………………（119）
　　　三　其他曲体曲式 …………………………………（126）
　　　　1. 品 ………………………………………………（127）

2. 中腔 ……………………………………………… (127)

　　　3. 踏歌 ……………………………………………… (128)

　　　4. 三台 ……………………………………………… (128)

　　　5. 促拍 ……………………………………………… (128)

　　　6. 序 ………………………………………………… (129)

　　　7. 破子 ……………………………………………… (129)

　　　8. 木笪 ……………………………………………… (130)

　　　9. 诸宫调 …………………………………………… (131)

第三节　词调的异体变格——乐曲移调变奏 …………… (132)

　　一　转调 ………………………………………………… (132)

　　二　犯调 ………………………………………………… (134)

　　三　偷声、减字 ………………………………………… (138)

　　四　添声、添字、摊声、摊破 ………………………… (140)

　　五　叠韵、改韵 ………………………………………… (143)

第四节　选声择调 ………………………………………… (145)

　　一　择声情 ……………………………………………… (146)

　　二　择新声 ……………………………………………… (157)

　　三　择曲名 ……………………………………………… (161)

第五节　词调的演变 ……………………………………… (165)

　　一　唐五代词调以小令为主，齐言、杂言并存 ……… (167)

　　二　北宋新声竞繁，众体兼备，词调大盛 …………… (170)

　　三　由于音乐文艺重心转移，除词人自度曲外，
　　　　南宋词调发展呈现停滞，最后衰落 ……………… (177)

第四章　词派 ………………………………………………… (181)

　第一节　唐宋词分派的由来 ……………………………… (183)

第二节 倚声椎轮大辂——敦煌曲子词 …………………（195）
第三节 齐梁诗风下的《花间集》 …………………………（206）
第四节 南唐君臣与宋初词坛 ………………………………（217）
第五节 有井水处皆歌柳词 …………………………………（229）
第六节 苏轼指出向上一路,全面改革词风 ………………（241）
第七节 从秦观到周邦彦 ……………………………………（259）
第八节 靖康之变前后的李清照 ……………………………（273）
第九节 辛弃疾与南宋爱国词 ………………………………（283）
第十节 姜夔句琢字炼,归于醇雅 …………………………（301）
第十一节 眩人眼目的吴文英词 ……………………………（311）
第十二节 宋元之际词人与亡国哀音 ………………………（320）

第五章　词论 ……………………………………………………（329）
第一节 唐代评论罕及于词,后蜀欧阳炯的《花间集序》,
　　　　或可视为有专文论词之始 …………………………（334）
第二节 宋人词话始于元丰初杨绘的《本事曲》,多数
　　　　偏于纪事;重在品藻与议论的则较后起 …………（339）
第三节 苏门始盛评词之风,对推尊词体和推进词的
　　　　评论起了重要作用 …………………………………（343）
第四节 李清照创词"别是一家"之说,阐明了词体的音律、
　　　　风格特点,为诗、词之别立下界石 …………………（351）
　一　词须协律 ………………………………………………（353）
　二　词须典雅,有情致 ……………………………………（354）
第五节 靖康之变后,词风慷慨任气,论词亦多重在
　　　　家国之念、经济之怀 ………………………………（355）
　一　批判花间词人的流宕无聊 ……………………………（355）

二　肯定苏词的革新,赞扬骏发踔厉的词风 ……… (356)
　　三　主张以"经济之怀"入词 …………………… (359)
　　四　倡导"复雅" ……………………………… (360)
第六节　南宋后期论词,重点转向讲习与传授词法,
　　　　这一过程始于姜夔,而备于张炎 …………… (364)
　　一　姜夔始论词法 …………………………… (364)
　　二　杨缵、吴文英、张炎三家词法 ……………… (366)
第七节　鼓吹苏、辛词风的,不如周、姜后学之盛,
　　　　但在金源末及南宋末,也并不寂寞 ………… (372)
　　一　金源特重苏、辛词 ………………………… (372)
　　二　宋末词风之弊,在于厚周、姜而薄苏、辛 …… (374)
第八节　张炎《词源》是周邦彦、姜夔一派词学的总结,
　　　　它同时反映了宋词的最终衰落 ……………… (377)
　　一　主雅正 …………………………………… (378)
　　二　主清空 …………………………………… (379)

第六章　词籍 ………………………………………… (383)
　第一节　丛刻 ……………………………………… (387)
　　1.《百家词》 ………………………………… (387)
　　2.《典雅词》 ………………………………… (392)
　　3.《琴趣外篇》 ……………………………… (393)
　　4.《六十家词》 ……………………………… (394)
　　5.《宋名公乐府》 …………………………… (395)
　第二节　总集 ……………………………………… (396)
　　1.《云谣集》 ………………………………… (397)
　　2.《花间集》 ………………………………… (398)

3.《遏云集》 …………………………………………… (400)
4.《家宴集》 …………………………………………… (401)
5.《尊前集》 …………………………………………… (401)
6.《金奁集》 …………………………………………… (403)
7.《兰畹集》 …………………………………………… (404)
8.《梅苑》 ……………………………………………… (405)
9.《复雅歌词》 ………………………………………… (406)
10.《乐府雅词》 ……………………………………… (408)
11.《聚兰集》 ………………………………………… (409)
12.《草堂诗余》 ……………………………………… (410)
13.《唐宋诸贤绝妙词选》 …………………………… (411)
14.《中兴以来绝妙词选》 …………………………… (411)
15.《阳春白雪》 ……………………………………… (413)
16.《绝妙好词》 ……………………………………… (414)
17.《乐府补题》 ……………………………………… (415)
18.《名儒草堂诗余》(一名《续草堂诗余》) …… (415)
19.《中州乐府》 ……………………………………… (416)

第三节　别集 ………………………………………… (418)
　一　唐五代词别集 ………………………………… (420)
　　1. 冯延巳《阳春集》 …………………………… (420)
　　2. 李璟、李煜《南唐二主词》 ………………… (421)
　二　北宋词别集 …………………………………… (421)
　　1. 张先《子野词》 ……………………………… (421)
　　2. 晏殊《珠玉集》 ……………………………… (422)
　　3. 柳永《乐章集》 ……………………………… (422)
　　4. 欧阳修《六一词》《欧阳文忠公近体乐府》
　　　《醉翁琴趣外篇》 …………………………… (424)

5. 晏幾道《小山词》 …………………………………………(425)
　　6. 苏轼《东坡词》《东坡乐府》 …………………………(426)
　　7. 黄庭坚《山谷词》《山谷琴趣外篇》 …………………(428)
　　8. 秦观《淮海居士长短句》 ………………………………(428)
　　9. 贺铸《东山词》《贺方回词》 …………………………(429)
　　10. 周邦彦《清真集》《片玉集》 …………………………(430)
　三　南宋词别集 ……………………………………………………(432)
　　1. 朱敦儒《樵歌》 …………………………………………(432)
　　2. 李清照《漱玉集》 ………………………………………(433)
　　3. 张元幹《芦川词》 ………………………………………(434)
　　4. 陆游《放翁词》 …………………………………………(435)
　　5. 张孝祥《于湖乐府》《于湖先生长短句》 ……………(436)
　　6. 辛弃疾《稼轩词》《稼轩长短句》 ……………………(438)
　　7. 陈亮《龙川词》 …………………………………………(440)
　　8. 刘过《龙洲词》 …………………………………………(441)
　　9. 姜夔《白石道人歌曲》 …………………………………(441)
　　10. 史达祖《梅溪词》 ………………………………………(443)
　　11. 刘克庄《后村别调》《后村长短句》 …………………(444)
　　12. 吴文英《梦窗词》 ………………………………………(444)
　　13. 刘辰翁《须溪词》 ………………………………………(445)
　　14. 周密《蘋洲渔笛谱》《草窗词》 ………………………(445)
　　15. 王沂孙《花外集》 ………………………………………(446)
　　16. 张炎《山中白云词》《玉田集》 ………………………(447)
　　17. 元好问《遗山乐府》 ……………………………………(448)

第四节　词话 …………………………………………………………(450)
　　1. 杨绘《时贤本事曲子集》 ………………………………(451)

2. 晁补之《骩骳说》《晁无咎词话》……………………（451）
3. 阮阅《诗话总龟》乐府门 ………………………（453）
4. 杨湜《古今词话》………………………………（453）
5. 《本事词》………………………………………（455）
6. 鲖阳居士《复雅歌词》…………………………（456）
7. 王灼《碧鸡漫志》………………………………（457）
8. 吴曾《能改斋漫录》《吴虎臣词话》………………（458）
9. 胡仔《苕溪渔隐丛话》论乐府 ……………………（458）
10. 朱弁《续骩骳说》………………………………（459）
11. 张侃《拣词》……………………………………（460）
12. 杨缵《作词五要》………………………………（461）
13. 陈振孙《直斋书录》歌词解题 ……………………（461）
14. 赵威伯《诗余话》………………………………（462）
15. 魏庆之《诗人玉屑》附论诗余 ……………………（462）
16. 黄昇《玉林词话》《中兴词话补遗》……………（463）
17. 陈模《怀古录》…………………………………（463）
18. 《诗词纪事》……………………………………（464）
19. 《蕙亩拾英集》…………………………………（464）
20. 周密《诗词丛谈》《浩然斋雅谈》《草窗词评》
　　………………………………………………（464）
21. 张炎《词源》……………………………………（465）
22. 沈义父《乐府指迷》……………………………（466）
23. 陆行直《词旨》…………………………………（467）
24. 《林下词谈》……………………………………（467）
25. 《词话总龟》……………………………………（468）

第五节　词谱　词韵 …… (469)
　　一　词谱 …… (469)
　　二　词韵 …… (471)

第七章　词学 …… (475)
第一节　关于词乐 …… (479)
　　一　燕乐二十八调，两宋词乐不出七宫十二调 …… (479)
　　二　二十八调的用音与结声 …… (485)
　　三　宫调声情与依月用律 …… (487)
　　四　宋词的歌法 …… (490)
第二节　关于曲调考证 …… (496)
　　一　从《教坊记》《乐府杂录》考词调之源 …… (497)
　　二　《碧鸡漫志》的曲调考证 …… (500)
第三节　词学的展望 …… (503)

附录
《彊村丛书》与词籍校勘 …… (509)
从宋代官制考证柳永的生平仕履 …… (524)
陆游《钗头凤》词本事质疑 …… (539)
关于铜阳居士《复雅歌词序》 …… (550)
《历代词通论丛书》总序 …… (559)

重印后记 …… 吴熊和(563)

第一章 词源

谈论词的起源,必须从词乐入手。词是随着隋唐燕乐的兴盛而起的一种音乐文艺,它的产生除了政治、经济等社会条件外,还需要必不可少的乐曲条件。有乐始有曲,有曲始有词,"皮之不存,毛将焉附"? 不从词乐说起,词的起源,以及它的体制、律调、作法等很多问题,将无从得到确切说明。

但乐、曲、词三者迭兴是有渐进之序的,并非同时并起。燕乐起于隋唐之际,其曲始繁则在一个世纪之后的开元、天宝期间,而词体的成立,则比曲的流行还要晚些。盛唐时的教坊曲,很多配以声诗传唱。"依曲拍为句"这种以词合乐的方式出现后,曲调才转为词调,词体也在这时始告确立。始有其乐不等于尽有其曲,始有其曲也不等于必有其词,这个道理看来是好懂的,但实际考察时却往往容易忽略。乐、曲、词三者之间的联系应予重视,以便弄清词体形成的统一过程;但也应该注意它们之间的区别,才不至于将词与乐、词与曲混同起来,以曲代词,把词的产生提得过早。

从音乐方面说，词是燕乐发展的副产品；从文学方面说，词是诗、乐结合的新创造。燕乐的兴盛是词体产生的必要前提，词体的成立则是乐曲流行的必然结果，其间的经过大致是：

一、隋唐燕乐的兴起开辟了新的音乐时代，也开始了词曲的孕育创造期。词乐以燕乐为基础。宋、齐、梁、陈亦世有新声，但其音乐性质概属清商乐。追溯词的起源就不能超越到隋代之前。有人认为梁武帝萧衍以及萧统、沈约的《江南弄》，已采用长短句式，可谓粗具词体[1]。案《江南弄》是萧衍于梁天监十一年（512）冬据西曲改制的（《乐府诗集》卷五〇引《古今乐录》），它们不是词的雏形，而是清商曲的变体；不是新诗体的先声，而是旧时代的遗音[2]。

二、日见繁富与新声竞作的燕乐乐曲，为词的产生提供了充足的乐曲条件。唐教坊曲是盛唐乐曲的总汇。中晚唐俗乐流行，曲调更趋繁衍。但并不是所有乐曲都可以成为词调，而是有条件、有选择的。这就需要对曲调转为词调的条件和过程，作些具体的考察。

三、适应社会需要和乐曲要求，长短句的曲子词逐渐发展起来，最后取代唐声诗，成为一种与古、近体诗并行的新诗体。不过，究竟哪些可列为最早的词，须要先对传世的作品，切实地审定年代，考辨真伪。有些问题过去聚讼纷纭，一时尚难臻于一致。

下面依次加以说明。

---

[1] 《乐府诗集》卷五〇《清商曲辞》录梁武帝《江南弄》七首，今录其一："众花杂色满上林，舒芳耀绿垂轻阴。连手蹀躞，舞春心。舞春心，临岁腴。中人望，独踟蹰。"七首句式相似，平仄各有不同。
[2] 清江顺诒《词学集成》卷一亦谓《江南弄》等"此体制似词，乃乐府之变格"。

第一章 词源

第一节 燕乐与词
——我国诗、乐结合的新传统

从《诗经》开始,中国诗歌就建立了与音乐相结合的传统。有人认为《诗经》同时就是一部《乐经》。诗三百篇,孔子皆弦歌之。风、雅、颂三类,就是按音乐来划分的。《诗·大雅·崧高》:"其诗孔硕,其风肆好。"诗指歌词,风指歌调,两者结合得相当完美。《诗·小雅·鼓钟》:"以雅以南。"南为南音,据郭沫若考证,南原是一种乐器,挚乳为曲调名(《甲骨文字研究·释南》),则《周南》《召南》同十三国风也有着音乐上的区别。楚辞都作楚声。《九歌》本是神曲,为沅、湘之间祭祀神灵的歌舞乐曲。有人甚至疑《离骚》或许是楚国乐曲"劳商"(见《大招》)的音转,同《九歌》《九章》一样也是以乐为名的。汉魏乐府大都是入乐的歌词,同音乐的关系更为密切。汉代的鼓吹曲是从匈奴传入的"北狄乐",相和歌是"街陌谣讴"。六朝乐府吴声西曲统称清商乐,当时还有一些声辞相杂的乐谱传世。唐宋词则标志着中国诗歌与音乐相结合的传统进入了一个新阶段。它所结合的音乐,以及同音乐结合的方式,与前代的诗骚乐府相比大为不同,属于一个新的诗乐系统。

宋沈括《梦溪笔谈》卷五《乐律一》：

> 自唐天宝十三载（754），始诏法曲与胡部合奏，自此乐奏全失古法，以先王之乐为雅乐，前世新声为清乐，合胡部者为宴乐。

雅乐、清乐、燕（宴）乐，分别代表了历史上三个不同的音乐时代。

先秦的古乐称雅乐，《诗经》中的雅、颂，即是雅乐的诗歌。《诗·周南·关雎》说"钟鼓乐之"、"琴瑟友之"。《诗经》中提到的乐器有二十九种，钟、鼓、琴、瑟，就是庙堂雅乐的主要乐器。雅乐在战国时已经衰落。《礼记·乐记》："（魏）文侯问于子夏曰：'吾端冕而听古乐，则唯恐卧；听郑、卫之音，则不知倦。'"魏文侯是子夏的学生，在六国之君中算是最为好古的，可是他听雅乐已经昏昏欲睡了。《孟子·梁惠王下》说梁惠王爱好音乐，但他申明："寡人非能好先王之乐也，直好世俗之乐耳。"先王的雅乐无力与新兴的俗乐争胜，不得不逐渐沦亡。唐宋时郊庙祭享用的雅乐，不过是为了装点礼仪的仿古的模拟品。

汉魏六朝的音乐称清乐。所谓乐府诗，就是配合清乐的歌词。清乐其始是汉魏的平调、清调、瑟调三调，称为相和三调，或清商三调（即宫调、商调、角调），行于中原；六朝的吴声、西曲则称清商乐（清调以商为主，故称清商），行于江南。清乐的主要乐器是丝竹。《晋书·乐志》说，相和歌"汉旧歌也，丝竹更相和，执节者歌"。《大子夜歌》说："丝竹发歌响，假器扬清音。"清乐用的丝

竹,指筝、瑟、箫、竽之类。《旧唐书》卷二九《音乐二》:

> 清乐者,南朝旧乐也。永嘉之乱,五都沦覆,遗声旧制,散落江左。宋、梁之间,南朝文物,号为最盛,人(民)谣国俗,亦世有新声。后魏孝文、宣武,用师淮汉,收其所获南音,谓之清商乐。隋平陈,因置清商署,总谓之清乐。

开皇八年(589),隋文帝杨坚灭陈,听到清乐,说:"此华夏正声也。"但清乐同隋唐繁声促节的燕乐相比,从容雅缓,音希而淡,入唐后也逐渐衰落。据《旧唐书·音乐志》,南朝清乐至武则天时尚存六十三曲,"自长安(武后年号,701—704)已后,朝廷不重古曲,工伎转缺。能合于管弦者,惟《明君》《杨伴》《骁壶》《春歌》《秋歌》《白雪》《堂堂》《春江花月》等八曲"。唐代有些民间歌曲,尤其是南方的吴吟越调,还可说是清乐的余波。

唐宋词配合的音乐主要是燕乐。燕乐是隋唐时代的新乐,其源可以上溯到北朝的魏、齐、周诸代。由于南北朝长期分裂对峙,音乐上也表现出南北乐的显著不同。唐杜佑《通典》卷一四二《乐二》说:"梁、陈尽吴楚之声,周、齐皆胡虏之音。"在北方少数族人统治地区,中原旧乐同西域胡乐渐次融合,并以胡乐为主,逐步形成和南方清乐不同的北乐系统。384年吕光通西域,得龟兹等国的"胡戎之乐",带来了筚篥、腰鼓、羯鼓等大量西域乐器,并杂以秦声,称"秦汉乐"。同时凉州由于地处东西通道的要冲,汉乐与胡乐首先在这里交流融合,产生了西凉乐。西凉乐在魏周之际称为"国伎",到隋唐时则是燕乐的主要来源之一。北魏宣武帝元恪

(499—515)以后,西域音乐再次传入。它以屈项琵琶、五弦箜篌等为演奏乐器,"铿锵镗鞳,洪心骇耳","感其声者,莫不奢淫躁竞,举止轻飙,或踊或跃,乍动乍息,跻脚弹指,撼头弄目,情发于中,不能自止"①。北齐时后主高纬(565—576),惟赏胡乐,西域来的乐人曹妙达、宋未弱、安马驹等,甚至受到封王开府的宠遇。北周时突厥强盛,西域诸国尽为突厥所据。568年(天和三年),周武帝宇文邕与突厥通婚,娶突厥木杆可汗女阿史那氏为皇后,"西域诸国来媵,于是龟兹、疏勒、安国、康国之乐,大聚长安"②,并通过龟兹音乐家、从突厥皇后入国的苏祗婆,正式传入了龟兹琵琶和五旦七声有关琵琶的调式与乐律。龟兹乐入隋后更为风行,有西国龟兹、齐朝龟兹、土龟兹三部。《隋书·音乐志》:

  开皇中,其器大盛于闾闬。时有曹妙达、王长通、李士衡、郭金乐、安进贵等,皆妙绝弦管,新声奇变,朝改暮易,持其音伎,估衒公王之间,举时争相慕尚。

隋统一后,隋文帝对南北音乐进行汇集整理,并分别雅俗,于雅乐外置七部乐,至炀帝时定为九部乐。《隋书·音乐志》:

  始开皇初定令,置七部乐,一曰国伎(西凉伎),二曰清商伎,三曰高丽伎,四曰天竺伎,五曰安国伎,六曰龟兹伎,七曰文康

---

① 《通典》卷一四二。
② 《旧唐书·音乐志》。

伎。又杂有疏勒、扶南、康国、百济、突厥、新罗、倭国等伎。

及大业中,炀帝乃定清乐、西凉、龟兹、天竺、康国、疏勒、安国、高丽、礼毕(即文康伎,每奏九部,终则陈之,故以礼毕为名),以为九部。

清乐、礼毕是南朝乐,高丽乐是东方乐,其余诸乐则都来自西域及中亚,如疏勒乐、龟兹乐来自天山南路,康国乐、安国乐来自葱岭西,天竺乐则是经过龟兹等处中转而传入的。

唐初仍按隋制设九部乐。贞观十四年(640),唐太宗平高昌,得高昌乐;又命协律郎张文收造燕乐,并去礼毕曲,合为唐十部乐。《宋史·乐志》:

一曰燕乐,二曰清商,三曰西凉,四曰天竺,五曰高丽,六曰龟兹,七曰安国,八曰疏勒,九曰高昌,十曰康国,而总谓之燕乐。

取名燕乐(亦作䜩乐、宴乐),因为它是燕享之乐。古代朝廷宴会,按礼必举乐。《左传·文公四年》:"昔诸侯朝正于王,王宴乐之。"《诗·小雅·鹿鸣》:"我有旨酒,以燕乐嘉宾之心。"《诗经》小雅中《鹿鸣》《四牡》《皇皇者华》诸篇,就是君臣宴劳之乐。《乐府诗集》中《燕射歌辞》一类,即为南北朝朝廷宴会所奏。《魏书》卷六一《李彪传》,已有"设燕乐"、"赐燕乐"的话。但隋唐燕乐,不复限于朝廷,它已扩大应用到一般公私宴集和娱乐场所,成了雅乐之外的俗乐的总称了。

燕乐的主要部分,是西凉乐和龟兹乐。唐灭西突厥后,唐的势力越过葱岭,直抵里海。通过欧亚大道,唐同中亚、西亚及南亚的经济文化交流臻于极盛。唐玄宗时,"胡部新声"又一次在内地广泛传播,把唐代音乐推进到一个高潮。这些胡部新声的发源地,在唐代大都已是中国境内的州府(唐太宗时于高昌置西州,于龟兹城置安西大都护府,统辖焉耆、龟兹、疏勒、毗沙四都护府;唐高宗时又于康居置康居都督府,石国、安国等位于葱岭之西的昭武九姓国相继内附)。十部乐中的龟兹、康国、安国、疏勒诸乐,它们虽然非"汉乐"而为"胡乐",但它们又都是"唐乐",是唐代民族大融合在音乐上的重大成果。当时日本就把这种兼容胡汉的音乐,称为"唐乐",作为统一的民族音乐来对待。到了宋代,高丽还称之为"唐乐",《宋史·高丽传》说高丽乐"分为左右二部,左曰唐乐,中国之音也;右曰乡乐,其故习也"。"唐乐"这个名称,看来要比燕乐确切,表明它是唐代各民族的共同创造,是具有统一的民族风格和民族形式而推出的一种新乐。

燕乐乐器种类不少,有琵琶等弹弦乐器,觱篥、笙、笛等吹乐器,羯鼓等打击乐器。岑参《白雪歌送武判官归京》"中军置酒饮归客,胡琴琵琶与羌笛",就是一个典型的燕乐场面。其中,尤以琵琶为燕乐乐器之首。清凌廷堪《燕乐考原》卷一,认为"燕乐之原,出于琵琶","燕乐之器,以琵琶为首"。琵琶有两种,一是清乐所奏的,汉时从匈奴传入,体直长颈,四弦十二柱。一是燕乐所用的,从龟兹传入(传于伊朗),半梨形曲项,四弦四柱,又叫曲项琵琶,有时亦统称为"胡琴"。龟兹琵琶的传入始于北魏时。《旧唐书·音乐志》:"后魏有曹婆罗门,受龟兹琵琶于商人,世传其业,至孙妙达,尤为北齐高洋所重,常自击胡鼓以和之。"不过对介绍龟兹琵琶作出重要贡献的,当推北周时随突厥阿史那氏来长安的龟兹乐人苏祗婆。《隋书·音乐志》引郑译说:

先是周武帝时,有龟兹人曰苏祗婆,从突厥皇后入国,善胡琵琶。听其所奏,一均之中,间有七声。因而问之,答云:"父在西域,称为知音。代相传习,调有七种。"以其七调,勘校七声,冥若合符。一曰"娑陀力",华言平声,即宫声也;二曰"鸡识",华言长声,即商声也;三曰"沙识",华言质直声,即角声也;四曰"沙侯加滥",华言应声,即变徵声也;五曰"沙腊",华言应和声,即徵声也;六曰"般赡",华言五声,即羽声也;七曰"俟利箑",华言斛牛声,即变宫声也。译因习而弹之,始得七声之正。然其就此七调,又有五旦之名,旦作七调。以华言译之,旦者则所谓均也。

五旦七调,就是琵琶的乐律,《辽史·乐志》则作四旦二十八调。汉以前的古乐,以黍律定音。隋唐燕乐,依琵琶弦定律。琵琶四弦,第一弦宫声,第二弦羽声,第三弦商声,第四弦角声。故燕乐有宫、商、角、羽四均(即四旦,燕乐无徵调,唐人乐器中另有五弦琵琶)。每条弦上均成七调(宫、商、角、徵、羽、变宫、变徵七声),故燕乐共有二十八调(以宫声为主的调式称宫,其余称调,如商调、角调,泛称宫调)。隋时郑译作书二十余篇,以苏祗婆的七声,与中国古代乐律中的十二律相配,推演出八十四宫调。但唐时燕乐实际应用只二十八调,南宋时仅七宫十二调。

唐时许多琵琶高手,多出于西域胡人。唐段安节《乐府杂录·琵琶》条:"贞元中,有康昆仑,称第一手。"康氏是康国胡人。又贞元中,有"曹保保,其子善才,其孙曹纲,皆袭所艺。次有裴兴奴,与纲同时。"曹氏是曹国胡人,刘禹锡《曹纲》诗:"大弦嘈嘈小弦清,喷雪含风意思生。一听曹纲弹《薄媚》,人生不合出京城。"裴氏也是西域胡人。又"咸通中,即有米和"。米和是元和时宫廷供奉米嘉荣之子,为米国胡人。刘禹锡《与歌者米嘉荣》诗:"唱得《凉州》意外声,旧人唯数米嘉荣。"唐代诗人也有善于琵琶的。如王维,唐薛用弱《集异记》说他"性娴音律,妙能琵琶",尝因岐王荐于公主,独奏《郁轮袍》一曲,"声调哀切,满座动容"。杨贵妃还有琵琶弟子。宋乐史《杨太真外传》:"诸王郡主,妃之姊妹,皆师妃,为琵琶弟子。"

由于琵琶有二十八调,音域宽广,有丰富的表现力,为乐曲的创制与演奏开拓了广阔的领域,产生了数以百计的琵琶曲。"尽日听弹无限曲"(元稹《琵琶歌》),很多名曲倾动朝野,历久不衰,并成为诗人们歌唱的对象。唐代诗人对琵琶丰富多彩的声乐艺术和动人心弦的演奏效果,有过很多出色的描写,琵琶简直成了唐乐的骄傲。打开唐诗,王翰《凉州词》"葡萄美酒夜光杯,欲饮琵琶马上催",王昌龄《从军行》"琵琶起舞换新声,总是关山离别情",顾况《刘禅奴弹琵琶歌》"乐府只传横吹好,琵琶写出关山道",李益《夜宴观石将军舞》"微月东南上戍楼,琵琶起舞锦缠头",王建《赛神曲》"男抱琵琶女作舞,主人再拜听神语",白居易《听琵琶妓弹略略》"四弦千遍语,一曲万重情",刘禹锡《泰娘歌》

"低鬟缓视把明月,纤指琵琶生胡风",方干《陪李郎中夜宴》"琵琶弦促千般调,鹦鹉杯深四散飞",唐彦谦《春日偶成》"秦筝箫管和琵琶,兴满余尊酒量赊,歌舞留春春似海,美人颜色正如花",这样的诗句不知有多少。白居易《琵琶行》,元稹《琵琶歌》,李绅《悲善才诗》等,则尤为著名,读罢耳际犹如回响着琵琶美妙的旋律。这些琵琶乐曲,不仅使听众醉心和倾倒,还吸引了诗人们纷纷为之作词应歌。词就是在这样一曲曲优美动听的乐曲声中,应运而出世的。直到宋代,苏轼等犹称词为"琵琶词"。

第二节　唐教坊曲
——唐五代词调的渊薮

　　乐曲是词调的来源。隋唐雅乐是先作词，后制谱的①。唐宋词则相反。除少数例外，大都是先有其曲，后有其词；曲行于前，词起于后；有曲则有词，无曲则无词。词的产生须以乐曲的繁盛和流行为之先行的。

　　但乐曲不等于词调。隋唐两代胡夷、里巷之曲的数量是很可观的，转为词调的仅为其中一小部分。以唐曲来说，有大曲、次曲、小曲②。大曲是遍数繁多、结构复杂的歌舞曲，有的大型歌舞曲多至数十遍。小曲是单谱单唱的只曲，次曲当介乎大曲、小曲之间。唐代大曲称盛，但主要行于宫廷。民间家弦户诵的，还是众多的小曲，即杂曲小唱。词调大量是从这些杂曲小唱转化来的。

---

① 《宋史·乐志》，绍兴四年，国子丞王普言："自历代至于本朝，雅乐皆先制乐章而后成谱。崇宁以后，乃先制谱，后命词，于是词律不相谐协，而与俗乐无异。"
② 《唐六典》卷一四。

由乐曲转为词调,也是个艺术再创造的过程。那些风靡一时的琵琶曲、笙曲、笛曲、羯鼓曲,在没有人将它们依谱填词之前,不过是播之管弦的声乐,还不是与文字结缘的词调。词调与曲调的区别,首在于是否有人依谱填词。有词的便成词调,无词的就是所谓"有声无辞"或"虚谱无辞"的乐曲。依谱填词,把曲同词两者适当结合起来,做到词曲相应,声字相称,这种方式不同于前代乐府,它是经过长期尝试然后逐步形成和完善的,中间还相伴着以齐言的五、七言律诗绝句配乐的"声诗"阶段。确定了声、词相配的原理,有了依谱填词的方式,所用的曲谱始同时兼为词调。从这个意义上说,词调的功用是曲调所派生的。

隋唐燕乐乐曲的繁衍是词的先行阶段。从现有资料看,隋曲中已开始萌生词调,但为数极少。词调的来源,主要有赖于后来盛唐和中唐之曲。

一 隋曲

隋九部乐各有所属的乐曲。《隋书·音乐志》于九部乐下分别举其曲名。

清乐,歌曲有《阳伴》,舞曲有《明君》《并契》;

西凉乐,歌曲有《永世乐》,解曲有《万世丰》,舞曲有《于阗佛曲》;

龟兹乐,歌曲有《善善摩尼》,解曲有《婆伽儿》,舞曲有《小天》,又有《疏勒盐》;

天竺乐,歌曲有《沙石疆》,舞曲有《天曲》;

康国乐,歌曲有《戢殿农和正》,舞曲有《贺兰钵鼻始》《末奚波地》《农惠钵鼻始》《前拔地惠地》等四曲；

疏勒乐，歌曲有《亢利死让乐》，舞曲有《远服》，解曲有《盐曲》；

安国乐，歌曲有《附萨单时》，舞曲有《末奚》，解曲有《居和祇》；

高丽乐，歌曲有《芝栖》，舞曲有《歌芝栖》；

礼毕乐，其行曲有《单交路》，舞曲有《散花》。

清乐多六朝旧有曲辞，西凉乐无曲辞传世，域外诸乐则大都保持着未经汉译的胡语曲名。乐曲分歌曲、解曲、舞曲三类①，其中歌曲当有歌词，但可能同曲名一样，也是胡语。《旧唐书·音乐志》记北狄乐于"周、隋世与西凉乐杂奏，今存者五十三章，名目可解者六章"，六章中的《吐谷浑》，"是燕魏之际鲜卑歌，歌辞虏音，竟不可晓"。隋时外来乐曲或许与此类似，仍为"虏音"，尚没有以汉辞配胡曲的。

《隋书·经籍志》乐类有《大隋总曲簿》一卷，《太常寺曲名》一卷，《太常寺曲簿》十一卷等。这些隋代曲录早已亡佚。《旧唐书·音乐志》说："自周、隋已来，管弦杂曲将数百曲，多用西凉乐，鼓舞曲多用龟兹乐，其曲度皆时俗所知也。"可惜这数百个乐曲，已难详考，其中当有些是属于周、隋旧曲的。

王灼《碧鸡漫志》卷一："盖隋以来，今之所谓曲子者渐兴，至唐稍盛。"宋张炎《词源》卷下："粤自隋唐以来，声诗间为长短句。"这两段话时见征引，常据以证明词起于隋。隋代确有相当多的燕

---

① 解曲犹如后来大曲中的曲破，是乐终时的结尾之曲。《羯鼓录》记李琬语："夫曲有不尽者，须以他曲解之，方可尽其声也，夫《耶婆色鸡》，当用《掘杯急遍》解之。"《太平御览》卷五六八引《乐志》曰："凡乐，以声徐者为本，声疾者为解。"

乐乐曲,这是不同于古乐的"今曲子"。但要说已有长短句的词,目前尚难提出有力的佐证。

下面几个词调,与隋曲有关,为主张词起于隋者所经常提到。

《泛龙舟》 《隋书》《旧唐书》的《音乐志》皆谓炀帝时有《泛龙舟曲》,《隋书》附于龟兹乐,《旧唐书》列于清乐,《乐府诗集》列于《清商曲辞·吴声歌曲》。炀帝《泛龙舟》为七言八句:

舳舻千里泛归舟,言旋旧镇下扬州。借问扬州在何处?淮南江北海西头。六辔聊停御百丈,暂罢开山歌棹讴。讵似江东掌间地,独自称言鉴里游。

然玩语意似非炀帝自述,疑为后人咏叹之辞。《教坊记》曲名表有《泛龙舟》,又有《泛龙舟》大曲,是否为隋曲之旧,亦疑莫能明。敦煌曲有《泛龙舟》词,七言八句,当是《泛龙舟》大曲的一部分。

《纪辽东》 《乐府诗集》卷七九《近代曲辞》有《纪辽东》四首:隋炀帝二首,王胄二首(与炀帝句法同,当同时作),皆作八句,七言五言相间,兹录炀帝一首:

辽东海北剪长鲸,风云万里清。方当销锋散马牛,旋师宴镐京。前歌后舞振军威,饮至解戎衣。判不徒行万里去,空道五原归。

大业八年(612),炀帝征高丽,渡辽水,进围辽东城(今辽宁辽阳市),后败归。《纪辽东》当是围城初纪捷而作。此诗乃仿乐府旧题，属告庙庆功的雅乐（晋傅玄有《征辽东》，晋武帝命作，是用于庙堂的鼓吹曲），当是乐府而非词体。

《河传》　《碧鸡漫志》卷四引《脞说》："水调《河传》，炀帝幸江都时所制。"《花间集》韦庄《河传》三首之第一首，孙光宪《河传》四首之前二首，即咏炀帝开河幸江都事。但王灼认为唐时《河传》已非炀帝旧制："《河传》唐词存者二，其一属南吕宫，凡前半段平韵，后仄韵；其一乃今《怨王孙》曲，属无射宫，以此知炀帝所制《河传》（属水调，即南吕宫），不传久矣。"

《杨柳枝》　后蜀何光远《鉴戒录》卷七："《柳枝》者，亡隋之曲。炀帝将幸江都，开汴河种柳，至今号曰隋堤，有是曲也。"《教坊记》有《杨柳枝》，不知是否出于隋曲。但唐代始作此词的白居易，所依已非隋曲，而是中唐的"洛下新声"。其《杨柳枝二十韵》："小妓携桃叶，新歌踏柳枝。"自注："《杨柳枝》，洛下新声也。洛之小妓有善歌之者，词章音韵，听可动人，故赋之。"白居易又同刘禹锡以此调唱和。白词云："古歌旧曲君休听，听取新翻《杨柳枝》。"刘词云："请君莫奏前朝曲，听唱新翻《杨柳枝》。"都谓之"新翻曲"。段安节《乐府杂录》因此认为："《杨柳枝》，白傅闲居洛邑时作，后入教坊"。敦煌曲《杨柳枝》作长短句，与白词七言四句者又不同①。

此外，《隋书·音乐志》还提到《十二时》《斗百草》两曲，亦见于《教坊记》。但《教坊记》列《斗百草》于大曲；《十二时》，《乐府杂录》"熊罴部"条称《唐十二时》，或有别于隋曲。敦煌词有此两曲曲辞，

---

① 唐张祜《折杨柳枝》："莫折宫前杨柳枝，玄宗曾向笛中吹。"似玄宗时另有《杨柳枝》新曲。

《十二时》为七言四句,《斗百草》则为长短句,可能是大曲曲辞。

二 唐曲

唐时音乐发达,超轶前代,其乐曲之盛,始于贞观,而极于开元、天宝。

自贞观至天宝,有两张曲名表值得注意。一为太常曲,一为教坊曲。这是研究唐曲的两个重要资料。太常曲同词的关系较小,教坊曲则同词的关系甚大。研究词史的,莫不对教坊的制度及其乐曲予以特别重视。

1. 太常曲

《乐府诗集》卷一三《燕射歌辞》:

> 唐武德初,燕享承隋旧制,用九部乐。贞观中,张文收造燕乐,于是分为十部。后更立燕乐为立、坐二部。天宝已后,燕乐西凉、龟兹部著录者二百余曲,而清乐、天竺诸部不在焉。

又卷七九《近代曲辞》:

> 凡燕乐诸曲,始于武德、贞观,盛乎开元、天宝,其著录者十四调二百二十二曲。又有梨园、别教院法歌乐十一曲,云韶乐二十曲。肃、代以降,亦有因造。僖、昭之乱,典章亡缺。甚所存者,概可见矣。

这里两处提到开元、天宝间著录的二百余曲,曲名无传。今传有太常寺的大乐署供奉曲二百余曲的曲名。

大乐署是太常寺(掌礼乐、郊庙、社稷之事)所属的八署之一,十部乐即隶于大乐署。天宝十三载七月十日,有旨将大乐署供奉曲,共十四调二百余曲,立石刊于太常寺。这是当时的一本新曲名,后载于杜佑《理道要诀》。《理道要诀》今佚。《唐会要》卷三三、《册府元龟》卷五六九,曾转录其所载曲名。二百余曲中,胡名歌曲五十八曲,全都另取汉名。今举其太簇商二十曲如下:

  太簇商,时号太食调:破阵乐 大定乐 英雄乐 欢心乐 山香乐 年年乐 武成升平乐 兴明乐 黄骢骠人天云 卷白云辽 帝释婆野娑改为九野欢 优婆师改为泛金波 半射渠沮改为高唐云 半射没改为庆惟新 耶婆色鸡改为司晨宝鸡 野鹊盐改为神鹊盐 捺利梵改为布阳春 苏禅师胡歌改为怀思引 万岁乐

太常是朝廷礼乐之司,太常乐是朝廷正乐,它虽也杂用于燕乐,但究竟和一般俗乐有所不同,许多杂曲小唱就被排斥于它的视野之外。太常曲二百余曲中,同于教坊曲的不过《春莺啭》等十余曲,转为词调的更少,仅《泛龙舟》《苏幕遮》《十二时》《倾杯乐》《感皇恩》等数曲。因此太常曲对研究词调源流意义不大。

2. 教坊曲

教坊的意思是教习音乐歌舞的伎艺之所。《通鉴》卷一八记

第一章 词源

隋大业三年(607)十月,于洛水之南置十二坊以处诸郡"艺户"。胡三省注:"艺户,谓其家以伎艺名者。"《隋书·音乐志》又谓大业六年(610)于关中为坊,以置魏、齐、陈乐人子弟。唐时玄宗之前,宫中已有两教坊之设。《旧唐书·职官志》:"武德(618—628)已来,置于禁中,以按雅乐,以中官人充使。则天改为云韶府,神龙复为教坊。"唐玄宗爱好俗乐。为了不受太常寺礼乐制度所限,将俗乐引进宫廷,他在开元二年(714),另设内外教坊。内教坊位于蓬莱宫侧。外教坊又分左右两所,右教坊在光宅坊,左教坊在延政坊(即长乐坊),右多善歌,左多善舞。在东京洛阳,也有教坊两所。从此,教坊与太常并行。太常是政府官署,主郊庙;教坊是宫廷乐团,主宴享。除歌舞外,外教坊还典俳优杂伎。这种状况,一直延续到唐末[1]。

唐玄宗本人是个音乐家,而且称得上是个乐家领袖。唐南卓《羯鼓录》说他"洞晓音律,由之天纵。凡是丝管,必选其妙。若制作诸曲,随意而成"。除教坊外,他还亲自训练了另一个宫廷乐团,其教习地点在长安西北禁苑内的梨园(女艺人则在宜春北院),称为"皇帝梨园弟子"。他创设的内外教坊和梨园,实际上取代太常而成了当时真正的音乐中心。安史之乱中,教坊和梨园乐人不少流落到各地。杜甫在夔州闻梨园弟子仙奴歌:"南内开元曲,常时弟子传。法歌声变转,满座涕潺湲。"[2]王建《温泉行》:"梨园弟子偷曲谱,头白人间教歌舞。"杨巨源《送宫人入道》:"弟

---

[1] 《宋史·乐志》:"凡祭祀大朝会,则用太常雅乐;岁时宴享,则用教坊诸部乐。前代有宴乐、清乐、散乐,本隶太常,后稍归教坊。"
[2] 杜甫《秋日夔府咏怀奉寄郑监审李宾客之芳一百韵》。

子抄将歌遍叠,宫人分散舞衣裳。"随着他们的流散,也就把教坊传习的歌舞乐曲带到了民间各地。

教坊不仅创造了许多新曲,而且来自域外的、边州的胡夷之曲,同来自民间的里巷之曲,汇集到教坊,并经过教坊传播开去,教坊曲因此而成为盛唐乐曲的总汇。

开元、天宝间的教坊曲,共三百二十四曲。内杂曲二百七十八,大曲四十六,曲名备载于崔令钦《教坊记》。崔令钦身历玄宗、肃宗、代宗、德宗四代。宋郑樵《通志·艺文略·史部·编年类》:"《唐历》十卷,唐柳芳撰,起隋恭帝义宁元年(617),讫建中三年(782)。《唐历目录》一卷,唐崔令钦撰,据柳芳历,钞其事目。"宋高似孙《史略》卷三所记同。据此,崔令钦当卒于德宗建中三年之后。《全唐文》卷三九六有其所撰《教坊记序》,自谓:"今中原有事,漂寓江表,追思旧游,不可复得,粗有所识,即复疏之。"此书当作于安史乱中崔令钦避地江南时。序中称明皇为玄宗,书成当已在762年(宝应元年)明皇死后。但今传各本《教坊记》并非完帙,还有一些佚文可补。任二北先生《教坊记笺订》试为补正,并对教坊制度和曲名源流考证甚详。不过书中所记曲名,有些可能为后人增补,未必尽是盛唐时曲,个别或出于中、晚唐。对这些乐曲的时代,还须慎重考核①。

教坊曲的内容是很丰富的,有用于歌唱的,有用于说唱音乐的,有用于歌舞音乐的,还有用于扮演戏弄的。用于歌唱的教坊

---

① 如《奉圣乐》,《新唐书·礼乐志》谓贞元中南诏所献;《泰边陲》,《杜阳杂编》谓唐宣宗制;《别赵十》《忆赵十》,《诗话总龟》引《卢氏杂说》,乃懿宗朝恩泽曲子。

曲，其歌词形式有齐言声诗和长短句两种。演变为唐五代词调的，有下列七十九曲：

抛球乐　清平乐　贺圣朝　泛龙舟　春光好　凤楼春
长命女　柳青娘　杨柳枝　柳含烟　浣溪纱　浪淘沙
纱窗恨　望梅花　望江南　摘得新　河渎神　醉花间
思帝乡　归国遥　感皇恩　定风波　木兰花　更漏长
菩萨蛮　临江仙　虞美人　献忠心　遐方怨　送征衣
扫市舞　凤归云　离别难　定西番　荷叶杯　感恩多
长相思　西江月　拜新月　上行杯　鹊踏枝　倾杯乐
谒金门　巫山一段云　望月婆罗门　玉树后庭花
儒士谒金门　麦秀两歧　相见欢　苏幕遮　黄钟乐
诉衷情　洞仙歌　渔父引　喜秋天　梦江南　三台
柘枝引　小秦王　望远行　南歌子　鱼歌子　风流子
生查子　山花子　竹枝子　天仙子　赤枣子　酒泉子
甘州子　破阵子　女冠子　赞普子　南乡子　拨棹子
何满子　水沽子　西溪子　回波乐

以五、七言声诗为曲辞的，有下列三十曲：

破阵乐　还京乐　想夫怜　乌夜啼　墙头花　皇帝感
忆汉月　八拍蛮　怨胡天　征步郎　太平乐　胡渭州
濮阳女　杨下采桑　大酺乐　合罗缝　山鹧鸪　醉公子
叹疆场　如意娘　镇西乐　金殿乐　得蓬子　采莲子

穆护子　凉州　伊州　伴侣　突厥三台　四会子

另外有四十余曲,入宋后转为词调。柳永《乐章集》中《留客住》《曲玉管》《隔帘听》《二郎神》《迷神引》《梁州令》《雨霖铃》《安公子》诸调,其名皆始见于教坊曲①。

唐五代的词调,不过一百八十个左右。出于教坊曲的,几乎已占半数。这已足以说明教坊曲同词的兴起之间的密切关系。认为教坊曲是唐五代词调主要的乐曲来源,是恰当的。

教坊的设立,不仅推动了乐曲的创作和交流,提供了词的乐曲条件,而且还推动了崇尚声乐,竞逐新声的时代风气,造成了词的生长所依赖的音乐环境和社会环境。在宫廷的带动下,唐时朝野溺于伎乐,征歌选色在都市和文人生活中占重要地位。京师有教坊,州郡有在官的乐妓,称官妓。白居易在杭州时,曾以霓裳羽衣舞教成杭妓。他的《霓裳羽衣舞歌》说:"移领钱唐第二年,始有心情问丝竹。玲珑箜篌谢好筝,陈宠觱篥沈平笙。清弦脆管纤纤手,教得霓裳一曲成。"自注:"自玲珑以下皆杭之妓名。"甚至不少官僚士大夫家庭,也蓄有声伎乐队,称家伎或家乐(据《唐六典》,三品以上得备女乐五人,五品以上三人)。白居易除樊素善歌、小蛮善舞外,还有乐队一部。其《小庭亦有月》诗:"菱角执笙簧,谷儿抹琵琶,红绡信手舞,紫绡随意歌。"自注:"菱、谷、紫、红,皆小臧获名。"他的《残酌晚餐》诗说:"舞看新翻曲,歌听自作词",是典型的官僚士大夫生活。牛僧孺家"歌舞之妓颇多",白、牛两家在

---

① 详见任二北《教坊记笺订》附录二《曲名流变表》。

洛阳曾以妓乐合奏（见白居易《与牛家妓乐雨夜合宴》诗）。白居易《题周皓大夫新亭子二十二韵》，自注："周兼光禄卿，有家伎数十人。"韩愈不解著艳词，但亦有绛桃、柳枝二乐伎。张籍《哭退之诗》："为出二侍女，合弹琵琶筝。中秋十五夜，圆魄天差清。"

中晚唐时，凡官场及新进士宴集，还常常请教坊乐妓歌舞佐欢。《唐会要》卷三五记宝历二年九月京兆尹刘栖楚奏：

> 府司每年重阳、上巳宴游，及大臣出领藩镇，皆须求雇教坊音声宴饯。

孙棨《北里志序》：

> 京中饮妓，籍属教坊。凡朝士宴聚，须假诸曹署行牒，然后能致于他处。惟新进士设筵顾吏故，便可行牒追。其所赠之资，则倍于常数。

教坊本是供奉宫廷的，到这时却出现于京师各种社交场合，教坊曲自然也得到更多传播的机会。饮妓，又名酒妓，或称酒令歌妓①。她们专于饮席上，以抛打曲、饮酒曲应酬②。歌筵舞席娱宾遣兴时，少不了她们。刘禹锡《路旁曲》："南山宿雨晴，春入凤

---

① 《唐语林》卷二，武宗时，"宦者请令扬州选择妓女。诏扬州监军取解酒令妓女十人进入"。
② 《教坊曲》中有些被用作酒令，如《荷叶杯》《望远行》。《唐语林》卷七："唐末饮席之间，多以《上行杯》《望远行》拽盏为主。"

凰城。处处闻弦管,无非送酒声。"白居易《长安道》:"花枝缺处青楼开,艳歌一曲酒一杯。美人劝我急行乐,自古朱颜不再来。"李群玉《索曲送酒》:"帘外春风正《落梅》,须求狂乐《解愁》回。烦君玉指轻拢捻,慢拨《鸳鸯》送一杯。"《云溪友议》卷一〇谓裴诚与"举子温岐为友,好为歌曲,迄今饮席,多是其词焉"。这种音乐环境和社会环境,正是词的生长所不可或缺的温床。

教坊曲还有二百多曲,未被用作词调。这是因为曲调转为词调是有条件的和有选择的。词须待曲而生,还须择曲而成。一个明显的事实是,杂曲入词多,大曲入词少。像誉为唐之国乐的《秦王破阵乐》,多至五十二遍(白居易《新乐府》所咏《七德舞》乃其中两遍),乐工一百二十八人,被银甲执戟而歌,后来演奏时天子要避位,坐宴者都要起立①。这样的大型宫廷乐曲,自然难于入词。而且,很多朝廷用曲不通行于民间,如《黄狮子》非天子不舞,王维为大乐丞,就因伶人舞《黄狮子》受累罢官②。教坊曲中,这类乐曲不少,如《大定乐》《龙飞乐》《庆云乐》《绕殿乐》等,它们就没有用作词调的可能。大曲入词的,往往是其中的某一遍,如《霓裳羽衣曲》多至十二遍,唐人无用作词调者。宋姜夔始摘取其中序的一遍,为《霓裳中序第一》。

杂曲小唱就没有大曲那样多的限制。它们的特点是短小灵活,可以单谱单唱,"其曲度皆时俗所知",又用不着复杂的伴奏,易于流行,因此吸引了诗人们为之配词传唱。这是杂曲易转为词

---

① 《旧唐书》卷二九。
② 《唐语林》卷五:"王维为大乐丞,被人嗾令舞《黄狮子》,坐是出官。《黄狮子》者,非天子不舞。"

调的优越条件。

词调的选择还反映出时代风尚。无论大曲、杂曲,用作词调的大都是当时较流行、受到人们爱好的。《菩萨蛮》曲名见于《教坊记》,它的流行是在晚唐五代。传说唐宣宗爱唱《菩萨蛮》,令狐绹密令温庭筠撰新词以进。温庭筠词及敦煌曲中,《菩萨蛮》一调用得最多,就因为它是当时的流行歌曲。《北梦琐言》卷四谓薛昭纬好唱《浣溪纱》词。司空图《浪淘沙》词:"不必长漂玉洞花,曲中偏爱《浪淘沙》。"《浣溪纱》《浪淘沙》这些词调中、晚唐用得较多,也反映出一时好尚。唐人饮席常行酒令。教坊曲中,《望远行》《抛球乐》《三台》《摘得新》《离别难》《荷叶杯》《上行杯》《倾杯乐》之类,都是歌筵舞席所不可缺少之曲。选择曲调为词调,乐曲本身优美动听自然是个重要因素,然而时代风尚和社会需要也不可忽视。一支优美的又是合于时尚的乐曲,更是诗人们竞相填作的对象。词依曲作,曲借词行,名曲、名词就这样相辅相成地流传开了。

《教坊记》外,南卓《羯鼓录》亦列曲名一百三十一,都是羯鼓曲。又段安节《乐府杂录》亦列曲名四十三,但同词调关系不大。

《新唐书·文艺志》有《外国伎曲》三卷,又一卷;又《历代曲名》一卷;又有《歌录集》八卷,皆不传。

第三节　从选词以配乐到由乐以定辞
——词体的形成过程

新曲愈多,曲调愈流行,就愈需要为它们配上更多的合乎时尚的曲辞。白居易《杨柳枝二十韵》:"乐童翻怨调,才子与妍词。"《读李杜诗集因题卷后》:"文场供秀句,乐府待新辞。"刘禹锡《酬杨司业巨源见寄》:"渤海归人将集去,梨园弟子请词来。"在处处弦管、户户笙歌的燕乐的时代,乐工伶人,青楼北里,就竞相寻求诗人们的合作了。而且,并非一调只行一词。"踏曲兴无穷,调同词不同"①。一个名曲的曲辞,总是不断翻新和不嫌其多的。白居易《九日寄微之》:"怕飞杯酒多分数,厌听笙歌旧曲章。"李绅《忆被牛相留醉》:"酒征旧对惭衰质,曲换新词感上宫。"注:"余有换乐曲辞,时小有传于歌者。"元稹《酬乐天八月十五日夜禁中独直玩月见寄》:"宴移明处清兰路,歌待新词促翰林。"姚合《赠张籍太祝》:"麟台添集卷,乐府换歌词。"司空图《塞上》:"将军正闲暇,留客换歌辞。"不断地以新歌辞替换旧曲章,正是时兴的做法。

---

① 刘禹锡《纥那曲》。

第一章　词源

　　为时调新声撰写曲辞,让名曲配上名词传之遐迩,这也是诗人们乐意和向往的。唐代很多著名诗人,都动笔为新兴乐曲写过不少曲辞。唐时入乐的曲辞之富和传唱之盛,使汉魏乐府不免为之逊色。许多名词名作,在急管繁弦声中,唱遍了酒楼歌院,塞北江南。百花盛开的唐诗苑,因此更增添了异彩。

　　但是,必须注意,曲辞同词不是一个概念。唐代燕乐乐曲的曲辞,相当多的是所谓"声诗",依曲拍为句的长短句作为曲辞,倒是较为后起的。就是长短句盛行后,以五、七言近体诗入乐的情况,也并未立即告退。终唐之世,这两种曲辞,可谓并行不悖,各擅胜场。因此,同为燕乐乐曲的曲辞,其间尚有重要的区别。元稹《乐府古题序》论及歌诗之异,其间的区别是:

　　一类本为徒诗:"后之审乐者,往往采取其词,度为歌曲,盖选词以配乐,非由乐以定词也。"这就是"声诗",或称"歌诗"。

　　一类本备曲度:"因声以度词,审调以节唱,句度短长之数,声韵平上之差,莫不因之准度。""斯皆由乐以定词,非选词以配乐也。"这就是曲子词,歌词,或简称为词。

　　《乐府诗集》中《近代曲辞》四卷及《杂曲歌辞》中一部分,保存唐一代声诗较为完备。同是教坊曲,见于《乐府诗集》的,大部分是声诗,见于敦煌曲及《花间》《尊前》诸集的,则方始是词。以《凤归云》为例,《乐府诗集·近代曲辞》有滕潜作二首:

　　　　金井栏边见羽仪,梧桐树上宿寒枝。五陵公子怜文采,画与佳人刺绣衣。

> 饮啄蓬山最上头,和烟飞下禁城秋。曾将弄玉归云去,金翮斜开十二楼。

实为二首七绝。《云谣集杂曲子》有无名氏作四首,则都是长短句①。兹录其第一首:

> 征夫数载,萍寄他邦。去便无消息,累换星霜。月下愁听砧杵,拟塞雁行。孤眠鸾帐里,往(枉)劳魂梦,夜夜飞飏。　想君薄行,更不思量。谁为传书与,表妾衷肠。倚槛无言垂血泪,暗祝三光。万般无那处,一炉香尽,又更添香。

王国维《题敦煌所出卷子杂书六绝句》之三:"虚声乐府擅缤纷,妙悟新安迥出群(指朱熹以实字填泛声便成长短句之说)。茂倩漫收双绝句,教坊原有《凤归云》。"似乎批评郭茂倩不知道长短句是词之正体,这其实未免错怪。《乐府诗集》所收,本不在词而在乐府声诗,它于温庭筠只收其入乐之诗而不及其词,《花间集》中长短句调一概不录,就是一个明证。

开元、天宝间为新曲创作兴盛时期。李清照《词论》为词溯源,就上推至此时的"乐府、声诗并著"。由于开始时尚未深究声、词配合之理,而近体诗在当时也初行不久,就作为一种新体诗首先入乐歌唱。因而盛唐乐曲大都用声诗入乐。《旧唐书·音乐志》:

---

① 王国维跋《云谣集杂曲子》对此解释说:"唐人乐府见于各家文集、《乐府诗集》者,多近体诗;而同调之见于《花间》《尊前》者,则多为长短句。盖诗家务尊其体,而乐家只倚其声,故不同也。"见《观堂集林》卷二一。

时太常旧相传有宫、商、角、徵、羽燕乐五调歌词各一卷，或云贞观中侍中杨恭仁妾赵方等所诠集，词多郑卫，皆近代词人杂诗。至(韦)绹又令大乐令孙玄成更加整比为七卷。又自开元已来，歌者杂用胡夷里巷之曲。其孙玄成所集者，工人多不能通，相传谓为法曲。

孙玄成所集的五调歌词，都没有传世。现传保存唐声诗最多的，就是《乐府诗集》，共著录隋唐声诗八十余调，三百多首。其中《水调歌》《凉州歌》《大和歌》《伊州歌》《陆州歌》等大曲五套，还是重要的唐大曲资料。任二北先生《唐声诗》著录一百五十四调，为总结唐声诗最详备的著作。

《碧鸡漫志》卷一："李唐伶伎，取当时名士诗句入歌曲，盖常俗也。"唐代不少诗人以诗多入乐著称。王维善音乐，能琵琶，他的《送元二使安西》谱为《渭城曲》，唐人送别时少不了要唱它，入宋后犹传唱不衰。白居易《听歌六绝句·想夫怜》："玉管朱弦莫相催，客听歌送十分杯。长爱《夫怜》第二句，倩君重唱'夕阳开'。"自注："王维右丞诗'秦川一半夕阳开'是也。"王维诗还谱入《伊州》等大曲。陈陶《西川座上听金五云唱歌》："愿持厄酒更唱歌，歌是《伊州》第三遍，唱著右军征戍词，更闻闰月添相思。"《乐府诗集》所收《伊州歌》的第一遍也是王维的歌词："秋风明月独离居，荡子从戎十载余。征人去日殷勤嘱，归雁来时数寄书。"中唐时李贺、李益等还同教坊乐人相互合作。《新唐书·李贺传》："乐府数十篇，云韶诸工皆合之弦管。"又《新唐书·李益传》："贞元末，名与宗人(李)贺相埒，每一篇成，乐工争以赂求取之。以被声

歌,供奉天子。"唐时歌妓争唱名家声诗,还有旗亭赌唱的传说,薛用弱《集异记》:

> 开元中诗人王昌龄、高适、王之涣齐名,时风尘未偶,而游处略同。一日天寒微雪,三诗人共诣旗亭贳酒小饮。忽有梨园伶官十数人,登楼会燕。三诗人因避席隈映,拥炉火以观焉。俄有妙妓四辈,寻续而至,奢华艳曳,都冶颇极。旋则奏乐,皆当时之名部也。昌龄等私相约曰:"我辈各擅诗名,不自定其甲乙,今者可以密观诸伶所讴,若诗入歌词之多者,则为优矣。"俄而一伶拊节而唱曰:"寒雨连江夜入吴,平明送客楚山孤。洛阳亲友如相问,一片冰心在玉壶。"昌龄则引手画壁曰:"一绝句。"寻又一伶讴之曰:"开箧泪沾臆,见君前日书。夜台何寂寞,犹是子云居。"适则引手画壁曰:"一绝句。"寻又一伶讴曰:"奉帚平明金殿开,强将团扇共徘徊。玉颜不及寒鸦色,犹带昭阳日影来。"昌龄则又引手画壁曰:"二绝句。"之涣自以得名已久,因谓诸人曰:"此辈皆潦倒乐官,所唱皆巴人下里之词耳,岂阳春白雪之曲俗物敢近哉?"因指诸妓之中最佳者曰:"待此子所唱,如非我诗,吾即终身不敢与子争衡矣。脱是吾诗,子等当须拜床下,奉我为师。"因欢笑而俟之。须臾次至双鬟发声,则曰:"黄河远上白云间,一片孤城万仞山。羌笛何须怨杨柳,春风不度玉门关。"之涣即撇鈇二子曰:"田舍奴,我岂妄哉!"因大谐笑。

这个传说或许不尽可信,因为王昌龄、高适、王之涣三人未必如此相值,但他们这些名作当日是作为歌词盛传于都门的。

以近体诗入乐,整齐的五、七言句式,同参差不齐的乐曲始终是个矛盾。尽管入乐时,可以在节奏和歌法上,采用一些变通办法,使之适合歌唱,但矛盾还是存在。而且乐曲愈复杂多变,这种矛盾就愈难克服。与乐曲合拍,本是创作歌词必须遵循的首要条件。在习用的五、七言诗式外,探索和创造一种诗、乐结合的新方式,是唯一的出路。这不光是废弃齐言采用杂言的问题,还要依乐章结构分遍,依节拍为句,依乐声高下清浊用字,即完全依据音乐的曲律制定相应的词律。这样多方面的改革和创新,当然不是一朝一夕之功,也不是少数人所能完成的。它是乐工伶人和诗人们,从不同途径进行长期努力的结果。

对于曲辞从齐言到杂言的演变,宋人提出过一些解释。

沈括《梦溪笔谈》卷五:

> 诗之外又有和声,则所谓曲也。古乐府皆有声有词,连属书之,如曰"贺贺贺、何何何"之类,皆和声也。今管弦之中缠声,亦其遗法也。唐人乃以词填入曲中,不复用和声。

胡仔《苕溪渔隐丛话》后集卷三九:

> 唐初歌辞多是五言诗或七言诗,初无长短句。自中叶以后,至五代渐变成长短句。及本朝,则尽为此体。今所存止《瑞鹧鸪》《小秦王》二阕是七言八句诗并七言绝句诗而已。《瑞鹧鸪》犹依字易歌,若《小秦王》必须杂以虚声,乃可歌耳。

朱熹《朱子语类》卷一四〇：

> 古乐府只是诗，中间却添许多泛声，后来人怕失了那泛声，逐一声添个实字，遂成长短句，今曲子便是。

这三种说法（"和声说"、"虚声说"、"泛声说"），并不尽合，也并不尽当，但实际上都是指五七言诗式同乐曲之间的矛盾。以乐定词，声文相从，就最终消除了这种矛盾。在这方面，"依曲拍为句"，是个重大的突破。

首先提到这种新的制辞方式的是刘禹锡。他的《忆江南》二首自注：

> 和乐天春词，依《忆江南》曲拍为句。

依曲拍为句，打破了五七言整齐的诗律，以文就声，"句度短长之数，声韵平上之差，莫不因之准度"，在句式和声韵两方面都随乐曲而定。这就进入了依谱填词的阶段，是确立词体的开端。循此而进，经过晚唐五代到北宋，依谱填词的方式日趋复杂和完善，终于形成了一整套与诗律不同的词律。因此，依曲拍为句，是表明词体确立的一个重要标志，词体从此独立发展，与诗分流异趋，它同声诗之间的区别也判若鸿沟了。

刘禹锡能唱《竹枝》，他首先把这种川东民歌引作词调。（白居易《忆梦得》："几时红烛下，听唱竹枝歌。"自注："梦得能唱竹枝，听者愁绝。"）他的《潇湘神》词，也是湘中民歌。（白居易《夜闻筝中弹湘神曲感旧》:"苦调吟还出,深情咽不传。")他和白居易的《忆江南》词,约作于大和五、六年间。白居易所作歌辞也很多。刘禹锡《和乐天南园试小乐》:"花木手栽偏有兴,歌词自作别生情。"又《酬乐天醉后狂吟十韵》:"制诰留台阁,歌词入管弦。"他们二人以诗坛耆宿的身份,依曲拍作小词,这对中晚唐诗人们重视和创作这种新体歌词,是有推动作用的。

沈括《梦溪笔谈》卷五,谓填词入曲始自王涯:

> 唐人乃以词填入曲中,不复用和声。此格虽云自王涯始,然贞元、元和之间,为之者已多,亦有在涯之前者。

王涯曾为太常卿,《宋史·艺文志》有王涯《翰林歌词》一卷,这可能是最早的个人的歌词集,沈括当据此而谓王涯首创填词之格的。但《翰林歌词》一书无传(《全唐诗》有王涯诗一卷)。王涯为太常卿在文宗时,时代过晚。沈括也说"贞元、元和之间,为之者已多",则此格亦非自王涯始。

宋黄昇《唐宋诸贤绝妙词选》卷一所录"唐词",首列李太白七首,并以《菩萨蛮》《忆秦娥》二词为"百代词曲之祖"。案谓词起于李白,北宋已有其说。高承《事物纪原》卷二"小辞"条:

> 杨绘《本事曲子》云:"近世谓小辞起于温飞卿,然王建、白居易前于飞卿久矣。王建有《宫中三台》《宫中调笑》,乐天有《谢秋娘》,咸在本集,与今小辞同。《花间集序》则云起自李太白。《谢秋娘》一云《望江南》。"又曰:"近传一阕,云李白

制,即今《菩萨蛮》,其辞非白不能及。"此信其自白始也。

杨绘《时贤本事曲子前集》约成书于元丰初,与人们常引用的释文莹《湘山野录》的材料时间相近①。然自胡应麟《少室山房笔丛·庄岳委谈下》提出怀疑以来,这两首词就成了词史研究上的一重公案,疑之者力辨其伪,信之者力主其真,至今难以臻于一致。这二首词是:

《菩萨蛮》

　　平林漠漠烟如织,寒山一带伤心碧。暝色入高楼,有人楼上愁。　玉阶空伫立,宿鸟归飞急。何处是归程,长亭更短亭。

《忆秦娥》

　　箫声咽,秦娥梦断秦楼月。秦楼月,年年柳色,灞陵伤别。　乐游原上清秋节,咸阳古道音尘绝。音尘绝,西风

---

① 宋僧文莹《湘山野录》卷上:"此词不知何人写在鼎州沧水驿楼,复不知何人所撰。魏道辅泰见而爱之。后至长沙,得古集于子宣(曾布)内翰家,乃知李白所作。"据吴廷燮《北宋经抚年表》卷五,曾布于熙宁八年(1075)知潭州(长沙),十年(1077)正月改知广州,七月到任。魏泰于长沙曾布家得古集,当为熙宁九、十年间事,与杨绘《本事曲》大体同时。按曾布一门善词,王明清《玉照新志》卷二录其《水调歌头》排遍第一至第七。其妻为魏夫人(魏泰之妹),是李清照之前的北宋著名女词人,曾慥《乐府雅词》卷下录其词十首,《花庵词选》录其词七首。曾布所藏古集当非李白集(更不可能是《古风集》,《古风集》岂能收录今曲子),疑是《尊前集》一类晚唐五代时的词集。元萧士赟《分类补注李太白集》之前的各种李白集本子,都没有《菩萨蛮》及《忆秦娥》词。

第一章 词源

残照,汉家陵阙。

《菩萨蛮》曲名见于《教坊记》,或天宝间曲。敦煌曲中《菩萨蛮》(枕前发尽千般愿)一词,任二北《敦煌曲初探》甚至把它定为天宝前作。但不能因天宝间有此曲,遂定李白有此词。《尊前集》为五代宋初词集,录李白词十二首。《菩萨蛮》一调有三首。其一"游人尽道江南好"一首,乃韦庄词;其三"举头忽见衡阳雁",则显系民间俗曲而托名李白者。此外《桂殿秋》两首,《能改斋漫录》卷一六说这是"李太白词也,有得于石刻而无其腔,刘无言自倚其声歌之,音极清雅"。但宋人已辨其非李白作,许颛《彦周诗话》以为是李德裕《步虚词》,邵博《河南邵氏闻见后录》以为是李德裕迎神、送神二曲。又《连理枝》一首,《清平乐》五首,无人不道其伪,为什么"平林漠漠烟如织"一首,何以独信其真?人们知道,不独李白词,就是李白诗中亦多杂有伪作,自苏轼以来不断有人予以指出。清龚自珍《最录李白集》说:"有唐人伪者,有五代十国人伪者,有宋人伪者。"如以宋人伪者为例,《夜宿峰顶寺》一诗:"夜宿峰顶寺,举手扪星辰。不敢高声语,恐惊天上人。"赵令畤《侯鲭录》谓曾阜见于蕲州峰顶寺梁间,"乃李白所题诗也,其字亦豪放可爱"。周紫芝《竹坡诗话》谓:"见一石刻,乃李白夜宿山寺所题,字画清劲而大,且云布衣李白作。"其实这是杨亿的少作(一说为王禹偁诗)。有人以为魏泰在鼎州沧水驿楼所见,亦为李白手迹,这未免太容易上当了。魏泰有《东轩笔录》《临汉隐居诗话》二书,却一字也没有提及此事。

《忆秦娥》一词,不见于唐五代载籍。北宋李之仪《忆秦娥》

词,自注:"用太白韵。"(《姑溪居士文集》卷四五)说明北宋后期才传为李白作。南宋初邵博《河南邵氏闻见后录》卷一九始载其全词。在五代和北宋前期,凡作《忆秦娥》者,都与这首词用调不同。

冯延巳《忆秦娥》
　　风淅淅,夜雨连云黑。滴滴,窗外芭蕉灯下客。　　除非魂梦到乡国,免被关山隔。忆忆,一句枕前争忘得。

张先《忆秦娥》
　　参差竹,吹断相思曲。情不足,西北有楼穷远目。　　忆苕溪,寒影透清玉,秋雁南飞速。菰草绿,应下溪头沙上宿。

欧阳修《忆秦娥》
　　十五六,脱罗裳,长凭黛眉蹙。红玉暖,入人怀,春困熟。　　展香茵,帐前明画烛。眼波长,斜浸鬓云绿。看不足,苦残宵、更漏促。

他们三人似都不知有李白之作在前,显然"箫声咽"一调,比他们的词来得晚出。毛滂《东堂词》中,《忆秦娥》依冯延巳体,唯用韵不同①,另一调称《秦楼月》,方用当时初传的李白词体,把《忆秦娥》与《秦楼月》当作两调,显然是《忆秦娥》传世在前而《秦

---

① 毛滂《忆秦娥》:"醉醉,醉击珊瑚碎。花花,先借春光与酒家。夜寒我醉谁扶我,应抱瑶琴卧。清清,揽月吟风不用人。"

楼月》为晚出。此后李之仪把这两调合而为一,于是托名李白之词流行开来,冯延巳等诸体遂废。

为这两首词作考辨的文章甚多,这里不过稍作补充。在尚无确证可以证明它们为李白所作之前,与其勉强论断,不如暂且存疑。

因此,就文人词来说,盛唐时代还难以肯定有依曲拍为句的词。盛唐诗人大都以近体诗入乐,而近体诗当时也是新体,是诗人们熟练地掌握才不久的。就是到了中唐,爱好声乐如白居易、刘禹锡,他们宴集间所歌的,还以五、七言近体诗居多。长短句的小词,不过偶一为之。不过,"贞元、元和之间,为之者已多",这是个重要的历史事实。这就导致了文人词的兴起和词体的确立。

但除了文人词,更重要的是应到民间曲子中去探寻词之原始。大凡词之初起,出于民间,乐工伶人,以文就声,由乐定辞,为当行本色。他们对依曲拍为句的词体的成立,是最先作出贡献的。盛唐到中唐,是燕乐乐曲的繁盛期,也是词体在民间、在乐界的孕育、生长期。文人词起于中唐,但词的滥觞发轫则要早得多。可惜盛唐乐曲乐辞散失过多,不能有较多的资料以供探索。敦煌词的发现是个大幸,在一定程度上填补了这段历史空白。数百首敦煌曲,有一些是词的初体,保存了词的早期面貌。拿它们同中、晚唐文人词相比,词的演进之迹就可一目了然。任二北《敦煌曲初探》考证敦煌曲内作于玄宗时的,有三十二首,大曲三套。虽然这些考订尚有商榷余地,但敦煌词多民间状态,一部分呈初期状态,则是无疑的。如《菩萨蛮》:

> 枕前发尽千般愿,要休且待青山烂。水面上秤锤浮,直待

黄河彻底枯。　　白日参辰现，北斗回南面。休即未能休，且待三更见日头。

多用衬字，下片首句又作仄起，同后来定型之词相比，显出它的原始与朴质。这样早期的民间词，正是为后来的文人词"导夫先路"的。不过，敦煌曲的绝大部分，当是中、晚唐及五代时的作品。就是早期的一些作品，要确定它们的具体年代，也有不少困难。

词发源于唐，而大盛于宋。唐词，就整个说来，还处于创体和初步发展阶段，是唐代诗歌的一个支流。它在燕乐风行的环境里，盛唐时于民间孕育生长，中、晚唐时经过一些著名诗人之手逐步成熟和定型，这是它产生发展的大致过程。与此同时，声诗则由盛而衰，两者是互为消长的。至于要确定哪一首词为词体的鼻祖，那是困难的。不顾现传文人词大都出于中、晚唐，把词体的成立时间上提得过早，恐怕也是不合实际的。

第二章 词体

词上承于诗,下衍为曲;可又上不似诗,下不似曲。诗、词、曲三者源流相继,而界域判然,在体制、作法、风格诸方面,都各有不同。词与诗盖同其性情而异其体调。词在体制上的一系列特点,是它同唐代近体诗相区别的显著标志。词体的这种特点,部分是从诗体演化而来的,但主要则是由它作为燕乐曲辞的性质所决定的。

清孔尚任《蘅皋词序》说:"夫词,乃乐之文也。"词是配合燕乐乐曲而创作的,它的性质就是合乐的歌词。词在唐五代时,称为"曲子"或"曲子词"(敦煌抄本有《云谣集杂曲子》,欧阳炯《花间集序》称所集为"诗客曲子词")。两宋词集,或称"乐章"(柳永《乐章集》),或称"歌词"(鲖阳居士《复雅歌词》),或称"寓声乐府"(贺铸《东山寓声乐府》)、"近体乐府"(欧阳修《欧阳文忠公近体乐府》),或称"歌曲"(姜夔《白石道人歌曲》),或称"笛谱"(周密《蘋洲渔笛谱》,宋自逊《渔樵笛谱》)。这些称呼,名异实同,无非表明它们的歌词性质。清宋翔凤《乐府余论》:"宋元之间,词与曲一也。以文写之则为词,以声度之则为曲。"刘熙载《艺概》卷四:"词曲本不相离,惟词以文言,曲以声言耳。""其实词即曲之词,曲即词之曲也。"词同曲之间有着非常密切的相互依存的关系。词的体制,即产生于它同曲的这种依存关系之中。

词曲相依,其方式就是由乐以定词,依曲以定体。《词源·音谱》说:

> 词以协音为先。音者何?谱是也。古人按律制谱,以词(疑当作"谱")定声,此正"声依永,律和声"之遗意。

这种关系,正如《文心雕龙·乐府》所说:

> 诗为乐心,声为乐体。

作词须依音谱,词的体制也就随音谱而定,在很大程度上要受到乐曲形态的支配和制约,因此刘熙载《艺概·词概》甚至称词学为"声学"。下面就从按谱填词和依曲定体这两方面,说明词体的形成过程及其特点。

第二章 词体

第一节 词的创作
——按谱填词

作词与作诗不同。除了偶有先撰词、后上谱的以外，一般都须先按律制谱，尔后配以歌词。"前人按律以制调，后人按调以填词"，依照音谱所定的乐段乐句和音节声调，制词相从。所以作词叫做"填词"：

沈括《梦溪笔谈》卷五："唐人乃以词填入曲中。"

程大昌《感皇恩》："措大做生朝，无他珍异，填个曲儿为鼓吹。"

杨缵《作词五要》："第三要填词按谱。"

周密《倚风娇近》自注："填霞翁谱，赋大花。"（《倚风娇近》为杨缵自度曲。）

又叫"倚声"或"依声"：

《新唐书·刘禹锡传》：刘禹锡为朗州司马，朗州风俗，每祠，歌《竹枝》，其声伧佇。禹锡"乃倚其声，作《竹枝辞》十余篇"。（清况周颐《蕙风词话》卷四谓"'倚声'字始此"。）

张耒《贺铸东山词序》："大抵倚声为之词，皆可歌也。"

黄庭坚《渔家傲》序："或请以此意倚声律作词，使人歌之，为作《渔家傲》。"

周密《浩然斋雅谈》卷下，记张枢"善音律，尝自度《依声集》百阕，音韵谐美"。

刘辰翁《酹江月》自注："同舍延平府教祝我初度，依声依韵，还祝当家。"

填词用的谱有两类。一为音谱，宋代的音谱不少是有谱有词的，谱以纪声，词以示例。一为词谱，分调选词，作为填词的声律定格。唐宋时作词主要依从音谱，所以《词源》说："词以协音为先。"嗣后词乐失传，音声不可复问。明清时所作的词谱，就只求其句读、平仄，完全失去了倚声而作的本来意义了。

一　音谱

音谱就是曲谱或歌谱，是以乐音符号记录曲调的。它是乐师伶工依乐律而制的声乐谱，而不是后世《词律》《词谱》之类仅标各调的平仄、句读的声调谱。杨维桢《渔樵谱序》说：

> 夫谱之云者，音调可录，节族可被于弦歌者也。

每个词调，按理说其始都是该有音谱的。在唐宋两代，供乐师伶工演唱和供词人择调填词的集成性的音谱，时有编订。《教坊记》所记开元、天宝间教坊曲三百多调，当时都该有曲谱。完备地记录和保存曲谱，是教坊等这类官立音乐机关的专职，并经过它们广泛传播开来。白居易《代琵琶弟子谢女师曹供奉寄新调弄谱》："琵琶师在九重城，忽得书来喜且惊。一纸展开非旧谱，四弦翻出是新声。"王建《霓裳曲》："旋翻新谱声初起，除却梨园未教人。宣与书家分手写，中官走马赐功臣。"又《温泉宫行》："梨园弟子偷曲谱，头白人间教歌舞。"章孝标《蜀中赠广上人》："疏讲青龙归禁苑，歌抄白雪乞梨园。"方干《江南闻新曲》："乐工不识长安道，尽是书中寄曲来。"不过教坊、梨园的官谱是否有谱有词，今已难考①。《玉海》卷一〇五引《中兴书目》，记唐协律郎徐景安撰《新纂乐书》三十篇（《新唐书·艺文志》作《历代乐仪》三十卷），其卷一〇为《乐章文谱》：

> 乐章者，声诗也；章明其情，而诗言其志。文谱，乐句也；

---

① 《旧唐书·宪宗纪》记元和八年十月，"汴州韩宏进所撰《圣朝万岁乐谱》，共三百首"。这也是个大型的曲谱集，不过不知道是否有谱有词。又王建《送宫人入道》诗："弟子抄将歌遍叠，宫人分散舞衣裳。"既是"歌遍叠"，似乎应有谱有词。

> 文以形声,而句以局言。

又曰:

> 文谱,传声。

乐章就是歌词,文谱就是音谱。这种"乐章文谱",是最早见之记载的有曲有词的歌曲谱。此后五代及两宋,由朝廷编修的较为大型的曲谱,可考的就有:

后周显德五年(958)十一月,窦俨奉命撰《大周正乐》一百二十卷,其中有《新曲谱》三十六卷,南宋初尚存前面的黄钟、大吕四卷。见《玉海》卷一〇五《乐三》引《中兴书目》。

宋仁宗赵祯《韶乐集》。陈旸《乐书》卷一一九:"御制《韶乐集》中,有正声翻译字谱。又令钧容班部头任守澄,并教坊正部头花日新、何元善等,注入唐来燕乐半字谱。凡一声先以九弦琴谱对大乐字,并唐来半字谱,并有清声。"按《宋史》卷一四二:"仁宗洞晓音律,每禁中度曲,以赐教坊,或命教坊使撰进,凡五十四曲,朝廷多用之。"《韶乐集》或即有此五十四曲。旁注正声翻译字谱和唐来燕乐半字谱,是有谱有词的乐谱集。宋仁宗另有《明堂新曲谱》一卷,是雅乐谱,见《宋史·艺文志》。

宋大曲谱。陈旸《乐书》卷一五六:"今之大曲,以谱字记其声,析慢既多,尾遍又促,不可以辞配焉。"可能配辞的不多。

宋哲宗时"郑卫之声"曲谱。元祐八年(1093),苏轼《论高丽买书利害札子》:"近据馆伴所申,乞与高丽使抄写曲谱。臣谓郑卫之声,流行海外,非所以观德。若画朝旨,特为抄写,尤为不便,其状臣已收住不行。"见《苏东坡奏议集》卷一三。所谓"郑卫之声",非朝廷正乐,而是民间俗乐的词曲谱。苏轼反对高丽使臣抄写曲谱,但哲宗还是同意了。

徽宗政和三年(1113),令大晟府刊行已经按试的新徵、角二调曲谱。后续有谱,依此。其宫、商、羽调曲谱自从旧。政和六年(1116),令大晟府编集八十四调并图谱,命大中大夫刘昺撰以为《宴乐新书》。政和七年(1117),高丽乞习教声律,及大晟府所撰乐谱辞。诏赐教习,仍赐乐谱。见《宋史》卷一二九《乐四》。周邦彦的词也曾列于大晟乐谱。毛开《樵隐笔录》记绍兴初,都下盛行周邦彦咏柳《兰陵王慢》,"其谱传自赵忠简家。忠简于建炎丁未九日南渡,泊舟仪真江口,遇宣和大晟协律郎某,叩获九重故谱,因令家伎习之"。

《乐谱录》。见宋李上交《近事会元》卷四引。

南宋"行在谱"。《朱子语类》卷九七,谓张镃(约斋)"在行在录得谱子,大凡压入音律只以首尾二字,章首一字是某调,章尾即以某调终之"。按朱熹前谓张镃教乐,以管吹习古诗二《南》、《七月》之属,"其歌调却只用太常谱"。这个"行在谱"疑即是"太常谱",也是朝廷官谱。

嘉泰间《曲谱》。施注苏诗卷二七,引《曲谱》:"《小秦王》入腔,即《阳关》也。"施元之完成苏诗注于南宋嘉泰初。

修内司刊《混成集》。修内司有教乐所,代行教坊职能,因此刊行集成曲谱。周密《齐东野语》卷一〇:"《混成集》,修内司所刊本,巨帙百余,古今歌词之谱,靡不备具。只大曲一类,凡数百解,他可知矣。然有谱无词者居半。"

上述诸书都是"官谱",可惜都已亡佚。清朱彝尊《群雅集序》谓:"经宋之世,乐章大备。四声二十八调,多至千余曲。惟因刘昺所编《宴乐新书》失传,而八十四调图谱不见于世。虽有歌师、板师,无从知当日之琴趣、箫笛谱矣。"① 修内司所刊《混成集》,明时尚有部分保存。明王骥德《曲律》卷四说:

> 予在都门日,一友人携文渊阁所藏刻本《乐府大全》又名《乐府浑成》一本见示,盖宋元时词谱,即宋词,非曲谱。止林钟商一调中,所载词至二百余阕,皆生平所未见。以乐律推之,其书尚多,当得数十本。所列凡目,亦世所不传。所画谱,绝与今乐家不同。

《文渊阁书目》卷一三记有《曲谱》一部,一册阙,或即此书。清初黄虞稷《千顷堂书目》卷三二著录《乐府混成集》一○五册,则似犹存完帙。此后则未见于公私藏书的记录。

现存最早的唐乐曲谱,是本世纪初在敦煌莫高窟藏经洞发现的一卷唐曲谱抄本。1908年法国汉学家伯希和从敦煌劫走珍贵文物六千余卷,这卷唐曲谱抄本即在其中,现藏于巴黎的法国国家图书馆(编号为伯3808)。这卷抄本写在后唐明宗长兴四年(933)《中兴殿应圣节讲经文》(即《仁王护国般若波罗蜜多经变文》)的背面,全卷计录《品弄》《倾杯乐》《西江月》《心事子》《伊

---

① 朱彝尊《曝书亭集》卷四○。

州》《水鼓子》《急胡相问》《长沙女引》《撒金砂》《营富》等急、慢曲子二十五首。这二十五曲原本是三个抄手分别抄写的,实为三卷。案日本正仓院所藏一份古代文书的纸背上,写有琵琶曲《黄钟番假崇》一调的曲谱,书写年代不下于天平十九年(公元747年,相当于唐玄宗天宝六载)。敦煌唐人乐谱与其谱式相同,因此也被定为琵琶谱。二十五曲中,《倾杯乐》《西江月》在唐五代常被用作词调,这几个曲谱因而也就是最早的词谱了(据傅芸子《正仓院考古记》四,日本近卫文麿藏古钞本《五弦谱》一卷,也是公元八世纪的文物,共收平调、大食调等五宫调,《王昭君》《何满子》《破阵乐》《饮酒乐》等二十二曲,亦可供研究唐代词乐作参考)。

现传宋乐曲谱,出于官谱的,王骥德《曲律》卷四有抄自《乐府大全》林钟商一调的《娟声谱》一小段和《小品谱》两小段。《娟声谱》仅五个谱字,而且有谱无词,或用于器乐。《小品谱》则以词配声("小品"是宋词的一种体制),是供乐工演唱和文人填词之用的声乐谱。

出于诗人自度曲的,姜夔《白石道人歌曲》卷三《鬲溪梅令》等令词四首,卷四《霓裳中序第一》慢词一首,卷五"自制曲"《扬州慢》等九首,卷六"自度曲"《秋宵吟》等三首,共十七首,字旁皆注有音谱。敦煌《琵琶谱》虚谱无词;《乐府大全》的《小品谱》仅是两个短片或残片,谱字亦甚简单;姜夔词谱则不但声、词俱全,而且数量达十七首之多。有令曲,有慢词,声、词相配的方式亦较复杂。这是流传至今的曲调最多又最完整的宋词乐谱,是研究宋代词乐很有价值的艺术文献。

陈元靓《新编纂图增类群书类要事林广记》续集卷七文艺类,

有黄钟宫《愿成双》曲谱一套,计有《愿成双令》《愿成双慢》《狮子序》《本宫破子》《赚》《霎胜子急》《三句儿》七谱,皆虚谱无辞。案宋词无填《愿成双》调者,这一套曲调无疑是唱赚。《愿成双》后入北曲,见《太和正音谱》。

宁波范氏天一阁原藏有南宋初史浩的《鄮峰真隐漫录》,内词曲四卷,二卷为大曲,大曲《柘枝舞》的《歌头》,"缺文,有旁谱",又《柘枝令》一曲,亦"缺文,有旁谱"。朱孝臧据天一阁进呈四库的底本(四库本无旁谱),刊入《彊村丛书》,却将此《歌头》及《柘枝令》的两个旁谱删削不载,殊为可惜。

《词源·音谱》记张炎的父亲张枢,"晓畅音律,有《寄闲集》,旁缀音谱,刊行于世"。张枢《寄闲集》今佚,"旁缀音谱"的方式或与姜夔十七谱相同。元杨维桢曾见寄闲谱,谓"其腔有可度、不可度者",见《东维子文集》卷一《渔樵谱序》。元叶宋英有《自度曲谱》,虞集曾为作序①。元张翥《虞美人》词自注:"题临川叶宋英《千林白雪》,多自度腔。"其自度曲当附有音谱。又元钱抱素有《渔樵谱》,"志律吕于渔樵欸乃中",盖亦附音谱(律吕),杨维桢为作序,今皆佚。

敦煌《琵琶谱》用以记谱的音乐符号,徐景安《新纂乐书》卷一〇称之为"文谱",陈旸《乐工》卷一一九称之为"燕乐半字谱"。它属于工尺谱系统,是工尺谱的早期形式。宋仁宗时教坊正部头花日新、何元善等曾以《唐来燕乐半字谱》注入仁宗御制《韶乐集》,说明这种谱字,北宋嘉祐间的教坊乐工伶人犹熟习运用。但宋时

---

① 虞集《道园学古录》卷三二《叶宋英自度曲谱序》。

第二章　词体

通行的谱字谱式已与唐人不同。《梦溪笔谈》卷五：

> 今蒲中逍遥楼楣上有唐人横书，类梵字，相传是《霓裳谱》，字训不通，莫知是非。

又卷六：

> 予于金陵丞相（王安石）家，得唐贺怀智《琵琶谱》一册……调格与今乐全不同。

沈括是北宋乐律名家，在犹多及见唐人遗谱的情况下，已感"字训不通"。千载之下，文献无征，现在要通读唐宋遗谱，一一识其谱字，弄清唐宋两代音谱调格的不同，自然就更困难了。在中外学者的努力下，对敦煌乐谱的辨认解读，已有所进展，但还没有取得圆满的结果①。姜夔十七谱和《事林广记》七谱、《乐府大全》三谱用以记谱的音乐符号，与《词源》卷上"管色应指字谱"、《事林广记》卷八"管色指法"及朱熹《琴律说》所记谱字相同，是宋代通行的管色工尺俗字谱。经过清末以来数辈学者的潜心研究，姜夔十七谱等表工尺的谱字，都已得到辨认和校正。但对其中表音节拍眼的符号，认识不一。工尺全明，而节奏未备，因此现在仍不能据谱按歌。

---

① 请参看日本林谦三《敦煌琵琶谱的解读研究》，1957 年上海音乐出版社出版；叶栋《敦煌曲谱研究》，1982 年《音乐研究》第 2 期。

唐宋两代乐谱,除了谱字不同,声辞相配的方式亦各有异。敦煌谱若声、词相配,显然声多于词。如《慢曲子西江月》,一谱九十六字,一谱七十二字,而敦煌词《西江月》三首,都是二十五字,决不是一字配一音的。姜夔十七谱和《乐府大全》二段《小品谱》,则都是声、词相当,一字一音的。从乐理上说,一字一音近于吟咏,远不如一字多音能臻美听。而且,宋代词曲多繁声,应有不少是一字多音的。

刘攽《中山诗话》:

> 近世乐府为繁声,加重叠谓之缠声,促数尤甚,固不容一唱三叹也。

欧阳修等辑《太常因革礼》卷二〇,记皇祐二年(1050)阮逸上言,引礼官论当时雅乐字少声多的问题:

> 乐章字少,遂以一字连系数声,故四十八字,虚声至一二百声,流为烦数。

《宋史》卷一二八《乐志三》,记元丰三年(1080)知礼院杨杰应诏议大乐,言大乐之失,在于:

> 今歌者或咏一言,而滥及数律,或章句已阕,而乐音未终。

第二章　词体

杨杰主张为大乐撰写歌词，应"以一声歌一言"，即一字一音，以与俗乐相区别。

《词源》卷上《讴曲旨要》：

> 字少声多难过去，助以余音始绕梁。

元燕南芝庵《唱论》：

> 有字多声少，有声多字少，所谓"一串骊珠"也。①

这种繁声促节、字少声多的词曲，在宋代原是很普遍的，应该认为是词曲的正常现象。因此，有人认为，姜夔十七谱一字一音，或许仅记其主腔，而节其繁声。还有人认为姜夔十七谱仅是一种简谱形式，在宋代另有乐师伶工演唱时用的词曲繁谱②。

宋时各类曲谱颇为词人所用。北宋吕渭老《倾杯令》："筝按教坊新谱，楼外月生春浦。"韩淲《少年游》："闲寻杯酒，清翻曲谱，相与送残冬。"朱淑真有《答求谱》诗："春酝酲处多伤感，那得心情理管弦。"张炎有《虞美人·题陈公明所藏曲册》。这些曲谱并非仅行于教坊人中。

除了官谱与词人自度曲谱，宋时民间还有不少通俗曲谱，有坊本发售。宋孟元老《东京梦华录》卷二"东角楼街巷"条，说汴京

---

① 见元陶宗仪《辍耕录》卷二七。
② 请参看夏承焘《姜夔词谱学考绩》，见《月轮山词论集》第122—129页（中华书局1979年版）；并参看《唐宋词论丛》第299页（中华书局1962年版）。

诸瓦子集中于皇城东南,"瓦子多有货药、卖卦、喝故衣、探博、饮食、剃剪、纸画、令曲之类"。《西湖老人繁胜录》"诸行市"条,说临安有四百十四行,内有"诸般耍曲"、"诸般缠令"、"笛谱儿"、"歌舞"、"歌琴"、"歌棋"、"歌乐"、"歌唱"等。其中有些当是流行的词曲谱。曲谱歌本在瓦子行市列肆出售,其传布自然更广了。

宋时曲谱所录词调并非一成不变的,乐师伶工由于音乐上的原因时常有所更动。宋沈义父《乐府指迷》说:

> 古曲谱多有异同,至一腔有两三字多少者,或句法长短不等者,盖被教师改换。亦有嘌唱一家,多添了字。

"教师"就是教曲的乐师,他们改动旧曲是为了更协律与动听。嘌唱是对旧曲加以变奏加工的一种歌唱方式或歌曲形式。宋程大昌《演繁露》卷九:"凡今世歌曲,比古郑卫又为淫靡。近又即旧声而加泛滟者,名曰嘌唱。"灌圃耐得翁《都城纪胜》"瓦舍众艺"条:"嘌唱谓上鼓面唱令曲小词,驱驾虚声,纵弄宫调,与叫果子、唱耍曲儿为一体。"嘌唱因加泛拍虚声,所以就要"多添了字"。

上述所举,都是宋代曲专谱集的情况。但宋人填词,往往用的是散谱,即一曲一谱的。一个新曲,开始总以单谱出现,而且是虚谱无词的。有些词人喜爱这支曲子,为它填词,然后才成为词调,有人继起而作。如姜夔得《霓裳曲谱》十八阕,皆虚谱无词,他选择其中一曲,作《霓裳中序第一》,其词序说:

> 又于乐工故书中得商调《霓裳曲》十八阕,皆虚谱无

辞。……然音节闲雅,不类今曲,予不暇尽作,作《中序》一阕传于世。

《醉语花》曲也一直有谱无辞,周密遂为之填词,其词序说:

> 羽调《醉语花》,音韵婉丽,有谱而无辞。连日春晴,风景韶媚,芳思撩人,醉捻花枝,倚声成句。

宋代词乐的完整资料,现在仅有姜夔十七谱。其余唐宋曲谱,则统统失传了。要深入了解当时按谱填词的实际情况,自然感到困难。至于唐宋曲谱失传的原因,说法不一。近人吴梅《词源疏证序》论明清曲谱存而唐宋词谱亡,是由于:

> 词谱有定声,作者就声以入文;曲谱无定声,谱者就文以入拍。唯其有定声也,文士伶伦辈以为习见也,故未及辑录,而日久渐亡。惟其无定声也,文士伶伦辈知订谱之不可忽也,故断断撰述,而南北千余曲俨然具备。

这个说明,大致可信,可供进一步探讨。

明清人为宋词作曲谱的,也时有所见。明时如王骥德尝谱宋词。《曲律》卷四:"宋词见《草堂诗余》者,往往绝妙,而歌法不传,殊有遗恨。余客燕日,亦尝即其词为各谱今调,凡百余曲,刻见《方诸馆乐府》。"又丁文频《歌词自得谱》亦谱宋词。清吴衡照《莲子居词话》卷二:"明成化间丁诚斋文频,自号秦淮渔隐,编《歌词自得谱》数十卷,如李太白'箫声咽',司马才仲'姜本钱塘江上住',苏子瞻'大江东去',李易安'萧条庭院',皆注明某宫某调,及十六字法,足备考订。"清时如谢元淮《碎金词谱》,亦以俗工尺歌唐宋词。又陈澧有《唐宋歌词新谱》序,见《东塾集》卷三。这些都是"借古调之已亡,托新声以复奏",自我作古,与唐宋音谱实毫无关涉。

二 词谱

唐时"乐章文谱",是有谱有词的。宋代的曲谱,也不少有谱有词。周密《齐东野语》卷十记修内司所刊《混成集》,"有谱无词者居半"。有谱无词,当是一些器乐曲;声乐曲如《小品谱》两段,即有谱有词。姜夔十七谱,也都有谱有词。这大概是宋代词曲谱的基本形式。有谱有词,前者用以协律,就是音谱;后者用以制词,也就是词谱。姜夔十七谱,可谓同时兼有音谱和词谱的作用。明清的歌曲谱,也都是这样编订的。

填词按谱,其含义当然首先是指按照音谱,但这必须以词人知音识曲为条件。宋代柳永、周邦彦、姜夔等词人,都以善于音律著称。他们的词,就每多创调,即按照音谱创作的新词调。可是就多数词人来说,却未必尽谙乐律,作词也就难以尽依音谱。《词源·杂论》说:"今词人才说音律,便以为难。"《乐府指迷》说:"腔律岂必人人皆能按箫填谱。"又说:"近世作词者不晓音律。"不晓音律,就只能舍音谱而取词谱,依前人所创词调的文字声律作词。元虞集《叶宋英自度曲谱序》说:"近世士大夫号称能乐府者,皆依约旧谱,仿其平仄,缀辑成章。"罗忠信《中原音韵序》也说:"学宋词者,止依其字数而填之耳。"清方成培《香研居词麈》卷三说:"宋人多先制腔而后填词,观其工尺,当用何字协律,方始填入,故谓之填词。及其调盛传,作者不过照前人词句填之。"因此,按谱填词,其实际情况就只能是"前人按律以制调,后人按调以填词"。按谱填词的含义也应包括这两方面说的。

以词调谱取代音律谱,除了因有些词人不晓音律外,还有一个重要原因,就是由于乐曲的变动。唐宋乐曲的流行大都有时间性的,一个曲调的音谱、歌法失传后,便成绝响。但其词调因前人有作,用文字声律定型下来,就能够独立地流传。张志和的《渔歌子》作于唐肃宗时,早已"曲度不传"①。可是宋时作者不绝,《渔歌子》成了一个熟调。宋时并没有《渔歌子》的音谱,不过以张词为谱。辛弃疾有《唐河传》(春水,千里),自注:"效《花间集》。"《花间集》中《河传》一调,有温庭筠、韦庄、顾敻诸作,体调不一。辛弃疾是效顾敻"棹举,舟去"一体填写的,也就是以顾词为谱。唐五代的词调,到宋代很多已不可歌,宋人即依《花间》诸人的词体作词。从这个意义上来说,他们也无异把《花间集》看作唐五代词调的一个总谱了。

宋代是否已有后世那种标注句读、平仄的词谱问世,因尚无实物为证,难以肯定。《四库全书总目提要》卷一九九集部词曲类《钦定词谱》条说:

---

① 《乐府雅词》卷中徐㪍《鹧鸪天跋》。

词萌于唐,而大盛于宋。然唐宋两代皆无词谱。盖当日之词,犹今日里巷之歌,人人解其音律,能自制腔,无须于谱。其或新声独造,为世所传,如《霓裳羽衣》之类,亦不过一曲一调之谱,无衷合众体,勒为一编者。

完全否定宋代有词谱的需要和可能,亦恐未然。《词源·杂论》记杨缵有《圈法周美成词》。此书久已亡佚。清末郑文焯认为:"盖取词中字句融入声谱,一一点定,如白石歌曲之旁谱,特于其拍、顿加以墨圈,故云圈法耳。"案周邦彦词当时传唱不衰,其曲度为声家所熟知,无须再经杨缵"融入声谱"。且宋词拍、顿皆有定律,不用特意加以墨圈;姜夔十七个旁谱即没有用墨圈以示拍、顿的。所谓圈法,实指以圈示法,重在指示和发明周词的字声或句法,与姜夔词旁注音谱完全不同。其后方千里、杨泽民、陈允平三家和周邦彦词,对周词的平仄四声,一一严守不失,或许正受了杨缵"圈法"的影响。杨缵非常推崇周邦彦,他这部《圈法周美成词》,就是要作词者以周词为法,因此就具有词谱的性质。

柳永、周邦彦、姜夔等名家词集,在宋时实际上都起着代词谱的作用。朱雍《塞孤》《西平乐》《笛家弄》诸调,都注明"用耆卿韵",这些词调全依柳词为谱。南宋末年,方千里《和清真词》九十三首,杨泽民《和清真词》九十二首,陈允平《西麓继周集》一百二十五首。他们几乎遍和《清真集》的词调,谨守其句读字声,完全把《清真集》视同词调的定谱了,这是最显著的例子。苏轼《念奴娇》"大江东去"一词,流传天下。后来作仄韵《念奴娇》的,自黄庭坚至文天祥,就几乎无不以苏轼此词为谱。因此,"衷合众体,勒

第二章　词体

为一编"的词谱,宋代或许确实没有。但至少以词为谱、或以名家词代词谱的现象是很普遍的,而且愈到后来愈如此。依音谱作词者,更是凤毛麟角了。

自宋词音谱失传之后,按谱填词的含义也随之改变,按音谱填词这层重要含义就不复存在,只剩下按词调填词这后一层含义了。明冯梦龙《古今小说》卷十二《众名姬春风吊柳七》中说:

> 还有一件,最其所长,乃是填词。什么叫填词?例如李太白有《忆秦娥》《菩萨蛮》,王维有《郁轮袍》,这都是词名,又谓之诗余。唐时名妓多歌之。至宋时,大晟府乐官博采词名,填腔进御。这个词,比切声调,分配十二律,某某律某调,句长句短,合用平上去入四声字眼,有个一定不移之格。作词者按格填入,务要字与音协,一些杜撰不得,所以谓之填词。

清康熙御制《词谱序》说:

> 夫词寄于调,字之多寡有定数,句之长短有定式,韵之平仄有定声。杪忽无差,始能谐合,否则音节乖舛,体制混淆。

这是明清人对填词的理解和说明。明清两代的词谱,包括清康熙时《词律》《词谱》这两部重要词谱在内,都是根据这种理解编订的。案敦煌《琵琶谱》发现于本世纪初,姜夔自度曲的旁谱,也迟至乾隆初才重现于世。乾隆中叶收入《四库全书》时,对其旁谱

"似波似磔,宛转欹斜,如西域旁行字者",犹茫然莫辨。因此,在这之前论填词者,都不知道宋词曾有音谱,也就不知道按谱填词的本来含义。上面举到的这两种说明是有代表性的。

明清集成性的词谱,以万树《词律》二十卷和王奕清等的《词谱》四十卷,最为完备。在这两书之前一度流行过的,有明张綖《诗余图谱》三卷,程明善《啸余谱》十卷(内《词谱》三卷),清赖以邠《填词图谱》六卷等。这些明清词谱的共同特点,即如《四库全书总目提要·钦定词谱》条所说:"皆取唐宋旧词,以调名相同者互校,以求其句法、字数;取句法、字数相同者互校,以求其平仄;其句法、字数有异同者,则据而注为又一体;其平仄有异同者,则据而注为可平可仄。自《啸余谱》以下,皆以此法推究,得其崖略,定为科律而已。"明清人作词,就都依这种词谱填写了。

按谱填词,无论按照音谱,还是按照词谱,都会感到绳尺森然,不像前代乐府诗那样抒写自由。因此,宋时已有不少人力持异议。

赵令畤《侯鲭录》卷七记王安石说:

> 古之歌者,皆先有词,后有声,故曰"诗言志,歌永言,声依永,律和声"。如今先撰腔子,后填词,却是"永依声"也。

《宋史》卷一三〇《乐五》记绍兴四年国子丞王普说:

> 自历朝至于本朝,雅乐皆先制乐章,而后成谱。崇宁以后,乃先制谱,后命词,于是词律不相谐协,且与俗乐无异。

第二章　词体

朱熹《朱子语类》卷七八：

> 古人作诗，自道心事。他人歌之，其声之长短清浊，各依其诗之语言。今人先按排腔调，造作语言合之，则是"永依声"也。

王灼《碧鸡漫志》卷一：

> 故有心则有诗，有诗则有歌，有歌则有声律，有声律则有乐歌。永言，即诗也，非于诗外求歌也。今先定音节，乃制词从之，倒置甚矣。

又引"或曰"：

> 古人因事作歌，输写一时之意，意尽则止，故歌无定句；因其喜怒哀乐，声则不同，故句无定声。今音节皆有辖束，而一字一拍，不敢辄增损，何与古相戾欤！

按谱填词，有比近体诗更多辖束，受到音谱、词律双重制约的一面，也有因采用长短句，句法灵活，韵位多变，因而更为解放、更接近于语言的自然状态的一面。两者相较，后一面是主要的，表明它比近体诗有所进步。清吴兴祚《词律序》说："夫规矩立而后有良工，衔勒齐而后天下无泛驾。"按谱填词正起了这样的作用。唐宋词人，在按谱填词的条件下，不但将诗歌艺术和音乐艺术成

63

功地融合在一起,而且将音谱、格律运用自如,满心而发,称心而言,同时又不断翻新,穷极变化,创制出千百个适用的新体新调,丰富了诗歌的艺术形式和表现手段,这一点是不应低估的。今天的青年有理由把按谱填词看作束缚思想的旧形式,但它在当时却是一种充满活力的新诗体,对唐宋词的繁荣起了促进作用。

第二节　词体的形成
——依曲定体

曲调是一首歌曲的音乐形式,词调则是符合某一曲调的歌词形式。"词以协音为先",是说词调须以相应的文句、字声,与曲调的曲度、音声相配合,从而形成一定的体段律调而定型下来。按谱填词的方法,就是便于词调与曲调得到协调和统一。词调的长短、分段、韵位、句法以及字声,主要取决于曲调。这是词调对曲调的依从性。但词调一经成体,它就可以脱离曲调,作为一种新的格律诗体而出现。这是词调对曲调的独立性。唐宋词人,在依曲定体的基础上,借鉴前代诗歌主要是唐代近体诗的声律,精心结撰,创制了千百个词调,使这种独具风度声响、有着完备格律的词体得到了充分发展。因此,词对曲的依从性不能不首先谈到,无视这一点,将无从说明词体的由来。但不能由此而把词看作曲的附属物,抹煞唐宋词人在创建这种新诗体方面的重要创造。

词调同唐代近诗体的显著区别,主要是:

每个词调都有调名;分片;韵位无定,因调而异;采用长短句,句法参差多变;字声组合的方式较复杂,除了分平仄,有时还须讲四声阴阳。

　　这是唐宋千百个词调共同具有的特点,词体就是由这些内容具体构成的。

　　词调的上述特点,并不是凭空而来的,而是依曲定体产生的。所谓依曲定体,就是指词调依从曲调,歌词形式服从于音乐形式。词调无非是把曲调的音乐形式转化为歌词形式。因此,词调的特点实际上也是曲调的另一种形式的再现。

　　词调的调名本是曲调的曲名。曲名除了表明其音乐内容,有时还表示曲调的性质和令、引、近、慢等乐曲类别。词调就依曲为名,而不另外据词意立题。

　　唐宋曲调的结构,大都分为两段,即由两段音乐组成一曲。初期的短词小令乐止一段,少数长调慢曲则多至三段、四段。词调的分片,就是依照乐曲的分段而来。

　　每段音乐,又分为若干小段,称为"均"。一均就是乐曲中一个相对完整的音乐单位,乐曲于此为"顿"、"住",词调则于此断句、押韵。《词源》卷上《讴曲旨要》说:"歌曲令曲四掯匀,破、近六均慢八均。"令、引、近、慢各类曲调之均不同,词调押韵的韵数、韵位也随之各异。

　　一均又分若干小节,称为拍。一拍就是音乐的一个小节,所以称为乐句,也称为乐节。《词源·音谱》说:"一均有一均之拍。"词的分句,当与曲拍有关。曲拍有轻重急慢,故词调句有长短,字有多少。

　　曲调的节奏、旋律是通过乐音即七音表现的。词调以文字声调与曲调相配合,它的字声组合就不能照抄诗律。其用平仄四声,阴阳清浊,自须依曲调的乐音、旋律而定。

第二章　词体

词依曲定体,主要表现在这五个方面。词调与曲调共戴一名,这一点留待第三章释调名时再谈,这里先就词调如何依曲分片等四个方面略作疏说。

一　依乐段分片

片,也就是"遍"。"遍"是个音乐名词,唐宋时乐曲一段,叫做一遍。唐宋大曲常由数遍至数十遍组成,称为"大遍"。其分曲称为"小遍"。《新唐书·礼乐志》谓《凉州》曲"其声本宫调。有大遍、小遍"。摘取其中一遍,用为词调,又称为"摘遍"。又急曲称为"急遍",慢曲称为"慢遍"。王国维《宋大曲考》：

> 大曲各叠名之曰遍。遍者,变也。《周礼·大司乐》："乐有六变、八变、九变。"郑(玄)注云："变,犹更也,乐成则更变也。"贾(公彦)疏云："变犹更也者,《燕礼》云终,《尚书》云成,此云变是也。"舞亦有变。马端临曰："舞者,每步一进,则两两以戈盾相向,一击一刺。为一伐,为一成,谓之变。"(《文献通考》卷一四五。)如唐之《圣寿舞》十六变而毕(同上,并杜佑《通典》卷一四六)。而他舞如《破阵乐》五十二遍,《庆元乐》七遍,《上元舞》二十九遍(《旧唐书·乐志》)。或云"变",或云"遍",知此两字因音同而互用也。大曲皆舞曲,乐变而舞亦变,故以遍名叠,非偶然也。

词调称遍,也就是从大曲、法曲而来的。一遍就是词调的一个乐段,同时一曲也称一遍。王质《红窗迥》:"帘不卷,人难见。缥缈歌声,暗随香转。记与三五少年,在杭州,曾听得几遍。"记隔帘听歌几遍,就是几曲。遍又简写作"片",如"过遍"简写为"过片"。《词源》中凡"遍"字就都省作"片",如"若大曲亦有歌者,有谱而无曲,片数与法曲相上下","法曲之拍与大曲相类,每片不同",不复用"遍"字。

现代乐曲有两段式、三段式。唐宋曲调,也大都分段,有一段、二段、三段、四段凡四种,而以两段的为主。因此词调也有单调、双调、三叠、四叠诸体,而以双调为主。

乐曲一段而成一调的,称为单调、单遍。有个词调名《一片子》,见《乐府诗集》卷八〇,其曲调仅一段。《梅苑》卷八有宋莫将《独脚令》一首,亦仅一段:

绛唇初点粉红新,凤镜临妆已逼真。冉冉钗头香趁人。惜芳晨,玉骨冰姿别是春。

名《独脚令》,当即是单遍的意思。唐时白居易、刘禹锡始"依曲拍为句"作《忆江南》,亦是单遍。《碧鸡漫志》卷五说:"予考此曲,自唐至今。皆南吕宫,字句亦同,止是今曲两段,盖近世曲子无单遍者。"单遍的词调都起于词的初期,有些则后来加叠而成为双调。宋时《忆江南》多作双调,如苏轼《望江南》(超然台作),就是加单调再重复一遍:

春未老,风细柳斜斜。试上超然台上看,半壕春水一城花,烟雨暗千家。　寒食后,酒醒却咨嗟。休对故人思故国,且将新火试新茶,诗酒趁年华。

乐曲两段而成一调的,称为双调。双调是词曲的基本形式,前后两段相互对称或形成对比。前段又称上片或前阕,后段又称下片或后阕。乐终曰阕,一阕也就是一遍。双调词分上下片并非变为两曲,而是由两个乐段组成一曲。上片与下片之间,是乐段之间的间歇,印刷上一般以一个或两个空格作为标志。其上下前后之分,全依乐段而不是根据词意。

双调词有上下片全同的,即依原曲重奏一遍。其中有的上下片首句相同,又称为"重头曲"。晏殊《木兰花》词:"重头歌韵响铮琮,入破舞腰红乱旋。"这类词调,大都是令曲,如《浪淘沙》《浣溪沙》《虞美人》《卜算子》《南歌子》《蝶恋花》《渔家傲》《生查子》等。

双调词前后段不同,大都是慢曲。它们占词调的大多数,如《满江红》《贺新郎》《永遇乐》《声声慢》《水调歌头》《念奴娇》等。一般是前段较短,后段较长。前段等于是后段的"头",所以又称为"大头曲",《词源·拍眼》说:"慢曲有大头曲,叠头曲。"前段短后段长的原因,是在于前后段曲拍不同,前段拍少,后段拍多。《碧鸡漫志》卷五说:"近世有《长命女令》,前七拍,后九拍。"《词源·拍眼》说慢曲之拍,"有前九(拍),后十一(拍)"。前后段的长短即依曲拍而定。仅有个别词调前段稍长于后段,如柳永的《引驾行》《多丽》。

双调词前后段首句不同,后段的首句或首韵称为"换头"。王骥德《曲律》卷一说:"换头者,换其前曲之头,而稍增减其字。"(换头本是诗体的一个名称,《文镜秘府论》天卷以换头为诗律调声的三种方法之一,如第一句头两字平,次句头两字上去入,为换头。)

双调词后段的首句又称为"过遍",因为乐曲已换了一段,由前遍进入了后遍。过遍就在这中间起承前启后的作用。《词源·制曲》说:"最是过片(遍)不要断了曲意,须要承上接下。"

乐曲三段而成一调的,称为三叠。三叠的词调也有两类。一类前面两段相同,就是"叠头曲",即有两个前头曲的意思。又称为"双拽头"。《唐宋诸贤绝妙词选》卷七于周邦彦《瑞龙吟》调下注:"今按此词自'章台路'至'归来旧处'是第一段,自'黯凝伫'至'盈盈笑语'是第二段,此谓之'双拽头'。"兹举周词如下:

> 章台路,还是褪粉梅梢,试花桃树。愔愔坊陌人家,定巢燕子,归来旧处。　黯凝伫,因念箇人痴小,乍窥门户。侵晨浅约宫黄,障风映袖,盈盈笑语。　前度刘郎重到,访邻寻里,同时歌舞。唯有旧家秋娘,声价如故。吟笺赋笔,犹记燕台句。知谁伴、名园露饮,东城闲步。事与孤鸿去。探春尽是,伤离意绪。官柳低金缕。归骑晚,纤纤池塘飞雨。断肠院落,一帘风絮。

双拽头的词调,还有柳永的《安公子》《曲玉管》,万俟咏的《三台》,周邦彦的《绕佛阁》《塞翁吟》,朱敦儒的《踏歌》,姜夔的《秋宵吟》等。

一类是非双拽头的三叠词调,如柳永的《十二时》《夜半乐》《戚氏》,周邦彦的《西河》《兰陵王》,康与之的《宝鼎现》等。《六州歌头》也可分为三段,见《词律》卷二〇。

第二章 词体

三段的词调过去常误刻为两段,但有的从其调名可知为三段,如《宝鼎现》,宋李弥逊词名《三段子》。有的据宋人记述当分为三段,如《碧鸡漫志》卷四:"今越调《兰陵王》,凡三段,二十四拍。"还有一些,则可从字句声律校出,如《词律》卷一三校定《塞翁吟》为双拽头,《词谱》卷一六校定《秋宵吟》为双拽头等。

乐曲四段而成一调的,称为四叠。如《花草粹编》卷一二郑意娘《胜州令》一首,凡四段,二百十五字。吴文英《莺啼序》三首,皆四段,二百四十字,这是最长的词调了。

《莺啼序》

　　残寒正欺病酒,掩沈香绣户。燕来晚,飞入西城,似说春事迟暮。画船载、清明过却,晴烟冉冉吴宫树。念羁情游荡,随风化为轻絮。　十载西湖,傍柳系马,趁娇尘软雾。溯红渐、招入仙溪,锦儿偷寄幽素。倚银屏、春宽梦窄,断红湿、歌纨金缕。暝堤空,轻把斜阳,总归鸥鹭。　幽兰旋老,杜若还生,水乡尚寄旅。别后访、六桥无信,事往花委,瘗玉埋香,几番风雨。长波妒盼,遥山羞黛,渔灯分影春江宿,记当时、短楫桃根渡。青楼仿佛,临分败壁题诗,泪墨惨淡尘土。　危亭望极,草色天涯,叹鬓侵半苎。暗点检、离痕欢唾,尚染鲛绡,亸凤迷归,破鸾慵舞。殷勤待写,书中长恨,蓝霞辽海沈过雁,漫相思,弹入哀筝柱。伤心千里江南,怨曲重招,断魂在否。

又晏幾道《泛清波摘遍》,是《泛清波》大曲中的一遍,《词律》卷一三以"此词丰神婉约,律度整齐,当是四段合成。"《词律》卷二

○还以《瑞龙吟》亦为四叠曲调。《尊前集》载后唐庄宗《歌头》一曲，一百三十六字，旧分两段。此词内容咏春、夏、秋、冬四时景物，似亦当分为四叠，以分咏四时。

南宋俗曲中常有四段的曲子。《都城纪胜》：

> 中兴后，张五牛大夫因听动鼓板中，又有四片《太平令》，或赚鼓板，遂撰为赚。

《词源·拍眼》还提到"俗传序子四片，其拍颇碎"。四片《太平令》及四片序子，就是四段的唱赚俗曲。

三叠、四叠的词调总数不多，因为太长了，不便于唱。《苕溪渔隐丛话》后集卷三九："如晁次膺《绿头鸭》一词，殊清婉，但尊俎间歌喉，以其篇长，惮唱，故湮没无闻。"

词的分片，全系于乐曲的分段，不是根据词意文义可以随意上下变动。《诗经》依乐而分"章"，汉魏乐府依乐而分"解"，但都没有词调依乐段而分片那么固定而严格。

二　依词腔押韵

诗不论古体近体，一般两句一韵。词则除了隔句押韵外，还出现了韵位或疏或密、或疏密相间等复杂的押韵方式。韵密者几乎一句一韵。韵疏者，如《月下笛》《早梅芳慢》，上下片有六句一韵的。词的这种押韵方式，因调而异，每个词调各有不同。但并非由作词者随意而定，而是由词腔的音乐段落所决定的。

第二章　词体

《乐府指迷》说:"词腔谓之均,均即韵也。"元戴表元《程宗旦古诗编序》说:"语之成文者有韵,犹乐之成音者有均,一也。"①乐曲的一均,相当词中的一韵。《词源·拍眼》说"慢曲八均"。慢曲从音乐上说通常由八小段音乐即八均组成,因此慢词也通常为八韵。如柳永《八声甘州》:

> 对潇潇暮雨洒江天,一番洗清秋。渐霜风凄紧,关河冷落,残照当楼。是处红衰翠减,苒苒物华休。惟有长江水,无语东流。　不忍登高临远,望故乡渺邈,归思难收。叹年来踪迹,何事苦淹留。想佳人妆楼颙望,误几回天际识归舟。争知我,倚栏杆处,正恁凝愁。

调名"八声",即是"八均",是典型的八均之拍的慢曲。此词上片押"秋"、"楼"、"休"、"流"四韵,下片押"收"、"留"、"舟"、"愁"四韵,全词八韵,正当曲调的"八声"或"八均"。元夏庭芝《青楼集》记李定奴"勾阑中曾唱《八声甘州》,喝采八声"。

词调中押韵的地方,大都是曲中"顿"、"住"之处。《梦溪补笔谈》谓乐曲音节有"敦、掣、住、折"之名。《词源·讴曲旨要》说:"大顿声长小顿促,小顿才断大顿续。大顿小住当韵住,丁住无牵逢合六。"其《管色应指字谱》又有大住、小住、掣、折、打等音节符号。元燕南芝庵《唱论》论歌之格调,也有"敦拖呜咽"之语。宋代词曲的这些专用术语现在还没有完全弄明白。"敦",同"顿",当

---

① 戴表元《剡源集》卷七。

是乐曲中间停顿的地方,是声的延长及顿挫处。"住"则表示乐曲于此略停其声。任二北《南宋词音谱拍眼考》,认为"大顿"、"小住"用于句末叶韵处。丘琼荪《白石道人歌曲通考》,据姜夔十七首自度曲的旁谱统计,认为词中均拍所住,都用"住"号。"凡令、近曲,其结声处必用'小住',慢曲结声处,必用'小住'。""凡在句、读韵处,见有'顿'号。"这些分析,同《词源》"大顿小住当韵住"之说相合。词调中的韵位,实依曲调中的"顿"、"住"而定。

《词谱》卷二六《留客住》调下注:"宋人长调,以韵多者为急曲子,韵少者为慢词。"方成培《香研居词麈》卷五:"声之悠扬相应处,即用韵之处也。故宋人用韵少之词,谓之急曲子;用韵多者,谓之慢曲子。"这两种说法正好相反,但都注意到词调用韵多少,实取决于曲调或急或慢的旋律节奏。不过宋人作词增一韵或减一韵的,亦为常例。现在要根据用韵的多少,来确定其曲调或急或慢,这就不容易了。

关于押韵,词调还有个选韵问题,似乎也与协律有关。《词源》卷下"制曲"条于择曲、命意之后,即谈到选韵。唐代近体诗只押平声韵,词则有押平、押仄、平仄互押、三声通押、入声独押以及中间转韵等多种方式。押什么韵声,多数词调都有规定。押平抑或押仄;仄声是押上去,抑或押入声,都要与曲调的声腔吻合。李清照《词论》说:

> 且如近世所谓《声声慢》《雨中花》《喜迁莺》,既押平声韵,又押入声韵。《玉楼春》本押平声韵,又押上去声,又押入声。本押仄声韵,如押上声则协,如押入声,则不可歌矣。

第二章　词体

杨缵《作词五要》说：

> 第四要随律押韵，如越调《水龙吟》，商调《二郎神》，皆合用平、入声韵。

姜夔《满江红》词序：

> 《满江红》旧调用仄韵，多不协律；如末句云"无心扑"三字①，歌者将"心"字融入去声，方谐音律。

案姜夔《白石道人诗说》，谓"乐之二十四调，各有韵声"。押什么韵，原是由乐曲的律调规定的。它与曲调的"结声"、"住字"密切有关。宋人作曲严于"结声"，词调的选韵就必求协律。这就同韵位一样，也是须依曲而定的。

清顾彩在《草堂嗣响》的《凡例》中说：

> 词调中有连用数句，频抑频转，如《河传》等；有连不用韵，赶至五、七句始一叶，如《八六子》等；有句内连用平声，如《寿楼春》等；有半腰转平为仄，不复归平，如《换巢鸾凤》等；有极长篇屡用三字句，杂芜无收煞，如《六州歌头》等，推类而言，不可胜数。此等当时想便于歌，今则不良于读矣。

---

① 周邦彦《满江红》(昼日移阴)一首，末句为"最苦是蝴蝶满园飞，无心扑"。

顾彩所举的这些词调,确实"不良于读",如《河传》频抑频转,一调四转韵,可能由于曲调的转换,《六州歌头》多三字短句,则可能由于曲调的急促激越。在当时却都是"便于歌"的。

词依曲定体,因此对韵位、韵声的规定都比近体诗复杂。但词韵的分合比诗韵宽。由于受到了民间俗曲的影响,同时也由于作词必须便歌,要求接近口语,就不能死守礼部官韵。唐宋词在用韵上就显著地反映了当时语音的实际变化。如三声通叶,已开元曲韵例;"入派三声"的现象,在宋词中也已出现。至于用方音俗韵,更在所不避。这比之诗韵,不能不说是一个重要的进展。

三 依曲拍为句

诗句不论四言、五言、七言,大都整齐一律。词句则随乐段乐句而长短变化,参差错杂。中唐时刘禹锡作《忆江南》词,首先提到"依曲拍为句"。词调之句有长短,字有多寡,完全是依从曲调的节拍而来的。

唐宋乐曲都有各自的节拍,歌唱时则用拍板来按节拍,所以称拍板为"乐句",或称"齐乐"①。五代王定保《唐摭言》卷六:

> 韩文公、皇甫湜贞元中名价籍甚,亦一代之龙门也。奇章

---

① 唐宋时拍板形制较现代所用者略长大,皆为六片,两手合击,发音清脆响亮。王禹偁《拍板谣》:"麻姑亲采扶桑木,镂脆排焦其数六,双成捧立王母前,曾按瑶池白云曲。"《文献通考》卷一三九《乐十二》"大拍版,小拍版"条:"拍板长阔如手,重大者九版,小者六版,以韦编之,胡部以为乐节,盖以代抃(两手相击曰抃)也,唐人或用之为乐句。……宋朝教所用六版长寸,上锐薄而下圆厚,以檀若桑木为之。"

公(指牛僧孺)始来自江黄间,置书囊于国东门,携所业先诣二公卜进退。偶属二公,从容皆谒之,各袖一轴面贽。其首篇《说乐》,韩(愈)始见题而掩卷问之曰:"且以拍板为什么?"僧孺曰:"乐句。"二公因大称赏之。

《词源》卷下有《拍眼》一条,专论唐宋词曲的曲拍:

> 法曲、大曲、慢曲之次,引、近辅之,皆定拍眼。盖一曲有一曲之谱,一均有一均之拍。若停声待拍,方合乐曲之节。所以众部乐中用拍板,名曰"齐乐",又曰"乐句",即此论也。

据《词源·拍眼》,各类曲调的均拍,大致有个定数。一般令曲为四均拍,引、近则用六均拍,慢曲为八均之拍。"曲之大小,皆合均声。"曲调的长短,在于均拍的多少。但唐宋乐曲之拍,实有多种,有急拍,有慢拍;正拍之处,还有花拍,艳拍;还有打前拍,打后拍。而且,乐曲之拍,"每片不同"。因此,作词如何以曲拍为句,唐宋人谈到的,就多歧异。

有以拍为句的,以曲之一拍,当词之一句。如《十拍子》(《破阵子》的别名),调名"十拍",词即十句。毛滂《剔银灯》自注:"侑歌者以七急拍七拜劝酒。"《剔银灯》此调前后片都是七句,犹一急拍一句。《碧鸡漫志》卷四说:"今越调《兰陵王》,凡三段,二十四拍。"周邦彦《兰陵王》正三段二十四句("隋堤上"、"长亭路"二小读、"谁识"、"凄恻"二句中韵不计在内)。姜夔《徵招》序说:"此一曲乃予昔所制,因旧曲正宫《齐天乐慢》前两拍是徵调,故足成之。"其词开头两句"潮回却过西陵浦,扁舟仅容居士",与《齐天乐》开头两句"庾郎先自吟《愁赋》,凄凄更闻私语",完全相同,序中所说"两拍",亦词两句。

有以拍定字的,多少字一拍,则全视曲遍而异。《词源·拍眼》谓"前衮、中衮六字一拍","煞衮则三字一拍,盖其曲将终也"。前衮、中衮、煞衮都属大曲的入破部分,曲拍较急,所以都句短字少。《碧鸡漫志》卷三说《六么》一调"拍无过六字者,故名《六么》"。白居易《听歌六绝句·乐世》:"管急弦繁拍渐稠,《绿腰》宛转曲终头。"《乐世》《绿腰》,亦即《六么》。它也是曲终拍急,因而一拍无过六字。柳永《乐章集》,周邦彦《片玉集》,都有《六么令》,仅上下片结句为七字,其余十六句,都不超过六字。元戚辅之《佩楚轩客谈》又记赵孟頫说:"歌曲八字一拍,当云乐节,非句也,今乐不用拍板,以鼓为节。"八字一拍,可能是慢曲之拍,拍缓字多。

刘禹锡"依《忆江南》曲拍为句",似亦谓一句一拍。但一句一拍之说,与唐宋词调难以尽合。《词源·拍眼》:"大曲《降黄龙花十六》,当用十六拍。"今此曲无传。《碧鸡漫志》卷三:"欧阳永叔云:'贪看《六么花十八》',此曲内一叠名《花十八》,前后十八拍,又四花拍,共二十二拍。"吴文英《梦窗丁稿》有《梦行云》一阕,自注:"即《六么花十八》。"全词仅十五句,而非十八句。又《碧鸡漫志》卷四:"又有大石调《兰陵王慢》,殊非旧曲。周、齐之际,未有前后十六拍慢曲子耳。"《词源·拍眼》亦谓慢曲"拍有前九后十一,内有四艳拍"。前九后十一即二十拍,除去四艳拍,正是十六拍,足见前后十六拍当为慢曲的正体。但唐宋慢词,并非都是十六句,倒是以超过十六句者为多。或以为一句一拍,是唐人旧法。

第二章　词体

其后乐曲愈出愈新,拍法也愈变愈繁①。乐之曲拍同词之字句之间的关系,就难以一概而论了。

词调适应曲调的节拍而采用长短句,就比诗句更接近语言的自然状态,适合多种语言表达方式,也更有节奏感和音乐美。但依曲拍为句,并不是死板地要求一字一音相配。词在初期,同调同句而字数常有出入。敦煌曲及花间词皆一调多体,说明当时词调还没有一定不移之格。宋时如柳永《乐章集》,同调而字句稍有变异的,也不乏其例。就是南宋,重协律的吴文英,其自度曲《惜秋华》五首,句读韵脚各有异同。著名的《莺啼序》三首,字句亦见参差。以词配曲,有时声多字少,有时字多声少,歌词与乐段之间存在着某种弹性,允许有一定的自由。这种自由固然不及元曲那样可以夹杂多至十余字的衬字,但一二字的增损则是常见的,并不至于妨碍协律和歌唱。即使词人谨严不苟,乐工伶人在歌唱时也会随意添声减字,以助声态。扬无咎《雨中花令》:"换羽移宫,偷声减字,不顾人肠断。"赵福元《鹧鸪天》(赠歌妓):"腔子里,字儿添,嘲撩风月性多般。"所述当为常事。清吴衡照《莲子居词话》,引吴颖芳谓宋词歌法,允许字句可略有多少:

> 或前词字少而今多之,则融洽其多字于腔中,或前词字多而今少之,则引伸其少字于腔外,亦仍与音律无碍。盖当时作者述者皆善歌,故制辞度腔、而字之多寡、平仄参焉。

---

① 请参看夏承焘《姜夔词谱学考绩》,见《月轮山词论集》第122—129页;并参看《唐宋词论丛》第299页。

清江顺诒《词学集成》卷二又谓词中增字,犹元曲中的衬字:

> 曲之增字,写于旁行,故易知;词之增字,则知之者鲜矣。凡词之调一而体二、三至十余者,皆增字之旁行并入正行也。故一调而同时之人共填,体各小异,实增字任人。增减无戾于音,又何害于词?

案明卓人月《古今词统》,于词中增字偶注为"衬字"。清初赖以邠《填词图谱·凡例》,即主"词中有衬字"。万树《词律》,则反对词有衬字之说。《词律》卷九《唐多令》调下注:"衬之一说,不知从何而来,词何得有衬乎?""不可立衬字一说,以混词格。"其实,《词律》《词谱》每于一调同时列出多种调体,这种一调多体的普遍现象,说明"以曲拍为句"并不排斥衬字,有些句子有着增减一二字的弹性和自由。谙于音律的唐宋词人,往往逐弦吹之音作词,就只遵音律而不死守字句。因此同调的词,字句或有出入,出现众多的别体,这正是"以曲拍为句"的正常表现①。

"依曲拍为句",不但关系到句之长短,还影响到句法。《词谱·凡例》说:

---

① 佚名《词通》谓词调各体"字数之多少,综其大要,约有四因:曰添字,曰减字,曰衬字,曰虚声,如是而已。添字、减字者,添减调中之本字,而调中之定声,亦随之添减者也,实也。衬字者,调中之本字,不足于意,而于调外添字以助之。虚声者,调中的本字,不足于声,而即于调中添字以足之,皆虚也。虚声之理,非能歌者不明;衬字之法,则知文者皆识。而四者之中,又必先识衬字之故,而后古词之变通,旧谱之出入,可得而言焉。"见《词学季刊》1933年创刊号,可以参看。

> 词中句读,不可不辨。有四字句而上一下一,中两字相连者;有五字句而上一下四者;有六字句而上三下三者;有七字句而上三下四者;有八字句而上一下七、或上五下三、上三下五者;有九字句而上四下五、或上六下三、上三下六者。此等句法,不可枚举。

诗句一般四言为上二下二,五言为上二下三,七言为上四下三。词的句法就往往与诗句不同。这是依从乐句的节拍而调整变动的,所以不能都用读诗的句读来读词。

另外,唐五代小令中,五、七言句式尚多。如《生查子》《一片子》《怨回纥》诸调,全为五言;《八拍蛮》《竹枝》《玉楼春》《瑞鹧鸪》诸调,全为七言;《菩萨蛮》《卜算子》《巫山一段云》诸调,五、七言兼用,其句法亦悉与诗句相同。但宋代慢词兴盛之后,五、七言就显见少用。如《永遇乐》调,全词二十四句,仅二句五言,一句七言。《水龙吟》调,全词二十四句,仅一句七言。其第九、第二十二两句看似五言,但首字为领格,与诗中五言不同。《莺啼序》调,全词四段六十句,仅三句七言,每段不到一句。慢曲中用五、七言,远比令曲为少,这也当是乐曲演进带来的变化。

四 审音用字

自南齐周颙、沈约等发明平、上、去、入四声后,在永明体的基础上发展起来的唐代近体诗,以两平两仄交替与对称使用为基本格式,吟咏时口吻流利,声调和谐,使诗歌这种语言艺术获得了特殊的声律美和音乐美。唐代近体诗在声律上的这些成果,自然为唐宋词所承继和吸取。中晚唐的词,不少是就五、七言近体略作变化而成的。其文字律调,仍以两平两仄相间与对称为主。宋郑樵《通志》卷四九《乐略》说:"凡律其辞则谓之诗,声其辞则谓之歌。"近体诗讲求声律,不过是为了创造一种诗歌的吟诵调,这种吟诵调近于歌唱而并不同于歌唱。作词讲求声律,则又进了一步,它是为了创造一种"合之管弦、付之歌喉"的歌调,这种歌调将直接用于合乐歌唱。因此李清照《词论》说:

  盖诗文分平、侧,而歌词分五音,又分五声,又分六律,又分清、浊、轻、重。

仇远《山中白云词序》也说:

  世谓词者诗之余,然词尤难于诗。词失腔,犹诗落韵。诗不过四、五、七言而止,词乃有四声、五音、均拍、轻重、清浊之别。若言顺律舛,律协言谬,俱非本色。

五音,指发声部位言,即唇、齿、喉、舌、鼻五音[①]。五声,指五声音阶中宫、商、角、徵、羽五个音级。六律,指古代乐律的十二律

[①] 王仲闻《李清照集校注》以五音即宫、商、角、徵、羽,这样与下文"五声"重复,当非。《词源·音谱》说:"盖五音有唇、齿、喉、舌、鼻,所以有轻、清、重、浊之分。"《事林广记》庚集上卷"正字清浊"条,有当时"教坊乐府呼吸字指",是当时伶工歌人训练与辨别唇、齿、喉、舌、鼻五音的口诀,可参看。

吕,阳六为律,阴六为吕,称六律六吕。清、浊、轻、重,即阴阳声;清、轻字阴声,重、浊字阳声①。论五音,分阴阳,是为了配合五声六律。这就比近体诗的声律,要严密、复杂得多了。清谢元淮《填词浅说》:"词有声调,歌有腔调,必填词之声调字字精切,然后歌词之腔调声声轻圆。调其清浊,叶其高下,首当责之握管者。"所谓"诗律宽而词律严"(黄周星《制曲枝语》),主要就表现在审音用字上。作词用字谨严,无非为了协律合乐。

姜夔《大乐议》说:"七音之叶四声,各有自然之理。"汉语的语音、字声有四声的声调,乐曲则有符合四声升降的腔调,因此歌腔与字声可以协调一致,这是完全合乎自然之理的。汤显祖《答凌初成》书,认为乐曲不过是语言的音乐化,"曲者,句字转声而已"。作词"审音用字",所依据的就是语音与乐音、字声和乐声之间这种自然的对应关系。晚唐词人,已把声、文一致,作为共同致力的一个艺术目标。《旧唐书·温庭筠传》,说他"能逐弦吹之音,为侧艳之词"。薛能《柳枝四首》(其一):"柔娥幸有腰支稳,试踏吹声作唱声。"又《舞者》:"筵停匕箸无非听,吻带宫商尽是词。"这种以"词"逐"音",以"唱声"合"吹声"的结果,就使歌词"吻带宫商",逐步形成比诗律更悠扬动听的词律。宋词则在这方面更有进步。晏殊《浣溪沙》:"小词流入管弦声。"范成大《浣溪沙》:"鱼子笺中词宛转,龙香拨上语玲珑。"赵长卿《鼓笛慢》:"别院新翻,曲成初按,词清声脆。"冯取洽《沁园春》(赠锦江歌者何琮):"惭愧何郎,呜呜袅袅,翻入腭、唇、齿、舌、喉。"这是词与曲、字声与乐音几乎

---

① 虞集《中原音韵序》:"以声之清、浊,定字为阴、阳,如高声从阳,低声从阴。"

达到契合无间、圆融无碍的地步了。

审音用字,即根据乐声的高下升降,以选择和确定字声。可是,"太宽则容易,太严则苦涩"(《词源·杂论》)。仇远《山中白云词序》说:"陋邦腐儒,穷乡村叟,每以词为易事,酒边豪兴,引纸挥笔,动以东坡、稼轩、龙洲自况,极其至,四字《沁园春》,五字《水调歌》,七字《鹧鸪天》《步蟾宫》,拊几击缶,同声附和,如梵呗,如步虚,不知宫调为何物,令老伶俊倡,面称好而背窃笑,是岂足与言词哉?"这就失之太宽,置协律于不顾。南宋杨缵诸家,分刌节度,以箫定字,一字不苟作。明汤显祖评吴中曲谱,谓此"唱曲当知,作曲不尽当知也",即深中其病。杨缵为周密订正《木兰花慢》,竟然"阅数月而后定"。这就失之太严,变音律为桎梏。

如果撇开南宋某些乐律家过于苛细的议论,从唐宋词(尤其是五代北宋词)大多数的声律情况看,大处合拍,细处审音;寻常处讲平仄,紧要处分四声,是歌词协音所遵循的一般原则。《词源·讴曲旨要》只提到"腔平字侧莫参商",即以声腔与用字平仄一致为基本要求。苏轼《和致仕张郎中春昼》:"浅斟杯酒红生颊,细琢歌词稳称声。"傅大询《锦堂春》:"尊前翠眉环唱,道新腔字稳。"他们都以"稳称声"为以词合腔的完美状态。为了达到"稳称声",有时不免要"细琢歌词"。(谢逸《西江月》也说:"坐客联挥玉麈,歌词细琢琼章"。)但也不是一字一音须辨四声。《碧鸡漫志》卷五谓《杨柳枝》"旧词多侧字起头,平字起头者十之一二,今词尽皆侧字起头,第三句亦复侧字起,声度差稳耳"。《杨柳枝》本同七绝,唐时有平起、仄起两体。宋时废平字起头,只用仄字起头,第三句也换用仄起,这样就"声度差稳",说明一般词调只须调谐平仄,就能满足音律曲度的要求了。

从中、晚唐粗分平仄,到后来"三仄更须分上去,两平还要辨阴阳",是有个发展过程的。夏承焘先生有《唐宋词字声之演变》一文,曾指出其间嬗迁演进之迹:

> 大抵自民间词入士大夫手中之后,(温)飞卿已分平仄,晏(殊)柳(永)渐辨去声,三变(柳永)偶谨入声,清真(周邦彦)遂臻精密。惟其守四声者,犹限于警句及结拍。自南宋方(千里)、吴(文英)以还,拘墟过情,乃滋丛弊。逮乎宋季,守斋(杨缵)、寄闲(张枢)之徒,高谈律吕,细剖阴阳,则守之者愈难,知之者亦鲜矣。①

这是就上述精于音律的诸名家词,对其字声作了细致的考察分析后,所得出的结论。

由宽及严,是词律发展的趋势。不过,通常的词调,仍然只分平仄。不但唐五代的小令如此,就是宋代《贺新郎》《水调歌头》《满庭芳》《念奴娇》《沁园春》等习见的长调慢词,也以分平仄为主。汪莘《哨遍》自注:"其用韵平侧,按稼轩词。"方岳《沁园春》序:"令妓歌《兰亭》,皆不能,乃为以平仄度此曲,俾歌之。"柳永《乐章集》中,同调同句的字,平仄还多有出入。词调中须守四声的,只是一小部分。《摸鱼儿》《齐天乐》《木兰花慢》等调,也仅于数处仄声须分上去,不必全首严守四声。用字主严,理论上始于

---

① 夏承焘《唐宋词论丛》第53页。

李清照《词论》，创作上则定于周邦彦。周邦彦作词律调变化最多，但也严中有宽，并不一一拘泥。南宋方千里、陈允平、杨泽民三家和清真词，不问是否乐律所需，一一按周词四声死守盲填，这就违反了审音用字的本来目的了。

宋时一般词人多用平仄，至于周邦彦、姜夔等乐律名家如何审音用字，今已不可详考，这里只能约略提及，以供进一步探讨。

1. 七音与四声。沈括《梦溪补笔谈》谓"曲合用商声"，用"宫声字"则不合。按日本遍照金刚《文镜秘府论》天卷，引唐元兢《诗髓脑》说："声有五声，角、徵、宫、商、羽也。分于文字四声，平、上、去、入也。宫、商为平声，徵为上声，羽为去声，角为入声。"《玉海》卷七引唐徐景安《新纂乐书》卷三《五音旋宫》也说："凡宫为上平声，商为下平，角为入，徵为上，羽为去声。"两说相同，可能唐宋时五音与四声即如此相配。姜夔《大乐议》还提到宋时有"以平、入配重、浊，以上、去配轻、清"的叶法，但又说"奏之多不谐协"。这也是实际情况，五音与四声本来不是同一的东西，不能完全一致。

2. 音谱与四声。对姜夔十七首自度曲进行比勘分析，《暗香》《凄凉犯》《徵招》等调，前后两段旁谱谱字完全相同，其平仄四声却不全同。因此，字声同乐谱谱字的关系，除了求一字一音的对应外，可能还与乐曲的旋律节奏有关。乐曲的旋律节奏是个整体，字声的配合自然也当从整体上来考虑，其间转折回旋，疾徐高下，不是光用四声与七音一一对应可以解决的。近人吕澂《词源疏证序》，认为可从姜夔词谱推求协音与旋律的关系：

    宋词旧谱，今存白石自制诸曲，玩其体制，每调旋律，起

第二章 词体

讫转折,抗坠抑扬,皆有定法。如一调诸声多通余调,欲不相犯,必于每句旋律,特出本调独有之腔,此一法也;歌词以哑筚篥合乐,声调音节,谐婉为尚,欲其不宄不遗,则旋律间音度高下,必不得过相悬远,此又一法也;毕曲住字,点明宫调,欲其宛转自然,诸调有别,有杀声曲直,必各从其类,此又一法也。所谓词调音律,则应于此旋律片段求之,非徒宫调名数而已;所谓协音遣字,亦应于旋律变化求之,非徒当字宫商而已也。

协音视旋律而定,则"旋律转折而下,字必轻、清;开展以起,字必重、浊。而唇、齿、喉、舌之用,则视歌字递续、清圆无碍以为断也"。

3. 一曲乐声紧要处,用字务严。这种音乐紧要处,元人称为"务头",其始当源于宋词。元周德清《中原音韵·作词十法》论"务头"说:"要知某调某句某字是务头,可施俊语于其上。"并于所附"定格"四十首内注明务头所在。它在各调中所处地位,前后无定。如《中吕·迎仙客》:"十二阑干天外倚"注曰:"妙在'倚'字上声起音,一篇之中,唱此一字,况务头在其上。"又《朝天子》"人来茶罢",《红绣鞋》"名不挂口",注曰:"前词务头在'人'字,后词妙在'口'字上声,务头在其上,知音杰作也。"又《四边净》,注曰:"务头在第二句及尾。"案王骥德《曲律·论字法》谓"务头须下响字,勿令提挈不起"。清谢章铤《赌棋山庄词话》卷七引《九宫谱定》说:"凡曲遇揭起其音,而宛转其调,如俗之所谓做腔处,即是务头。"务头关乎旋律,因此在务头上用字须有定格。宋人往往以周邦彦、姜夔词为定格,当亦严守这些音节吃紧的地方。

4.词中重视去声字。《乐府指迷》中说过:"腔律岂必人人皆能按箫填谱,但看句中用去声字,最为紧要。然后更将古知音人曲一腔三两只参订,如都用去声,亦必用去声。"《词律·发凡》说:"名词转折跌宕处,多用去声。何也?三声之中,上、入二者可以作平,去则独异,当用去声,非去则激不起。"为什么词中用字特重去声,就是因为去声字,尤其是去上、上去连用,关系到旋律的转折高下,最能表现旋律的转进和变化。

去声字常用作领字,或用于结句。

领字　　领字处于一韵之首,在两韵之间起着承上启下的作用。在乐曲上说,它是一段音乐的开头,或发调定音,或转折跌宕。这些地方就必用去声,方能振起有力,如姜夔《扬州慢》:

淮左名都,竹西佳处,解鞍少驻初程。过春风十里,尽荠麦青青。自胡马窥江去后,废池乔木,犹厌言兵。渐黄昏,清角吹寒,都在空城。　　杜郎俊赏,算而今、重到须惊。纵豆蔻词工,青楼梦好,难赋深情。二十四桥仍在,波心荡、冷月无声。念桥边红药,年年知为谁生?

"过"、"自"、"渐"、"算"、"纵"、"念"均为去声。又《长亭怨慢》:"树若有情时,不会得、青青如此。""第一是早早归来,怕红萼、无人为主。""算空有并刀,难剪离愁千缕。"《淡黄柳》:"看尽鹅黄嫩绿,都是江南旧相识。""怕梨花落尽成秋色。"都于两均之间用"树"、"第"、"怕"、"看"等去声字转折振起,以便同乐曲的旋律节奏相应。

第二章 词体

元陆辅之《词旨》"单字集虚"条,举出词中常用作领字的,有"任、看、待、乍、怕、总、问、爱、奈、似、但、料、想、更、算、况、怅、快、早、尽、嗟、恁、叹、方、将、未、已、应、若、莫、念、甚"等三十三字,此外对、又、渐、纵、愿等字亦为常用。这些领字中绝大多数是去声字。

结句　　词中结尾处也是一调中音节吃紧的地方,乐声往往于此转高转急,因此也须用去声字与之相称。如《八六子》的上下片结句,秦观词作"怆然暗惊"、"黄鹂又啼数声"。"怆"、"暗"、"又"、"数"等处,必用去声。宋毛开《樵隐笔录》:"绍兴初,都下盛行周清真咏柳《兰陵王慢》,西楼南瓦皆歌之,谓之'渭城三叠'。以周词凡三换头,至末段,声尤激越,惟教坊老笛师能倚之以节歌者。"《兰陵王慢》末段"声尤激越",以笛伴奏,音调当是又急又高的。因此周词"似梦里,泪暗滴",六字皆仄,声调亦峻急斩绝。"梦"、"暗"两字,又必用去声,使声调转折直上,合于句末揭调陡起顿落之律。

《中原音韵·作词十法》专列"末句"定格:"上者必要上,去者必要去,上去者必要上去,去上者必要去上。"二十二种末句定格中,凡仄声注明必用去声,如"去上"、"平去平"、"仄平平去上"、"平平仄仄平平去"等,计有十六种之多。这种作法,当亦源于宋词。

除了去声独用,词中去声字还常和上声字连用,作去上或上去。《词律·发凡》说:"盖上声舒徐和软,其腔低;去声激厉劲远,其腔高,相配用之,方能抑扬有致。"如周邦彦《蕙兰芳引》:

> 寒莹晚空,点青镜、断霞孤鹜。对客馆深扃,霜草未衰更绿。倦游厌旅,但梦绕、阿娇金屋。想故人别后,尽日空凝风

竹。　　塞北氍毹,江南图障,是处温燠。更花管云笺,犹写寄情旧曲。音尘迢递,但劳远目。今夜长、争奈枕单人独。

《词律》卷一二于此调下注:"莹、镜、断、对、未、更、倦、厌、但、梦、故、缓、障、是、处、更、寄、旧、递、夜、奈等字,俱用去声,妙绝。而莹下用晚,厌下用旅,梦下用绕、奈下用枕,俱去上;草未,想故,写寄,又俱上去。且用镜则上,隔字用点;用馆则上,隔字用对;用管则上,隔字用更,此种乃词中抑扬发调之处,所以美成为词坛宗匠,而制调选腔,称再世周郎也。"

去上两声,歌法不同。去声由低而高,上声由高而低。《曲律》卷二《平仄论》引沈璟说:"遇去声当高唱,遇上声当低唱。"凡曲调抑扬高下之处,往往需要去上连用。因此在晏殊、柳永之后,去上连用之例,在词中不胜指数。如《永遇乐》结声必用去上,辛弃疾词"尚能饭否","饭"、"否"是去上。又如《齐天乐》,有三处必用去上,周邦彦词作"云窗静掩","凭高眺远","但愁斜照敛","静掩"、"眺远"、"照敛"都是去上("静"字阳上作去)。又《眉妩》也有三处必用去上声,姜夔词作"信马青楼去","翠尊共款","乱红万点","信马"、"共款"、"万点"都是去上声。又《一枝春》,有八处用去上声。《词律》卷一四《一枝春》调下杜文澜校曰:"凡仄声调三句接连用韵,则中之四字必用去上。又后结五字一句而尾二字皆仄者,亦必用去上。如用入声韵,则用去入,各词皆然。此卷后之《扫花游》,用去上六处。卷一七之《花犯》,用去上十二处,为至多者。盖去声劲而纵,上声柔而和,交济方有节奏。近人歌曲去声扬而上声抑,平声长而入声断,同此音律也。"

第二章　词体

5. 拗句。诗有拗句,词亦有拗句,但词之拗句,不是为了故作奇古傲兀,而是有关音律。《词律·自叙》说:"拗句者,乃当日所为谐音协律者也。今之所改顺句,乃当日所为捩喉扭嗓音也。"《词谱·凡例》也说:"词有拗句,尤关音律,如温庭筠之'断肠潇湘春雁飞'(《遐方怨》)、'万枝香雪开已遍'(《蕃女怨》)皆是。又如一句五字皆平声者,如史达祖《寿楼春》词之'夭桃花清晨'句(按当作"裁春衫寻芳",《词律》误记);一句五字皆仄声者,如周邦彦《浣溪纱慢》之'水竹旧院落'句,俱一定不可易。"周邦彦词最多拗句,王国维《清真先生遗事》说:"读其词者,犹觉拗怒之中自饶和婉。"张綖《诗余图谱》等常把拗句改为顺句以谐诗律,屡为《词律》所讥。

有些常用调亦有拗句,如《念奴娇》上下两片的结句,都作仄平平仄平仄,《词律》卷一六说此格"是铁板一定"。《兰陵王慢》末句六字都用仄声。《词律》卷二〇说:"自有《兰陵王》以来,即便六仄字,无一平者。"

讲求四声阴阳,始于乐工,而严于文士。同时,词的音律愈趋愈细,可能还同所用的乐器有关。晚唐五代及北宋,词乐多用弦乐器。弦索之声,以流利为美,平仄协调就能合乐;南宋则多用管乐器。管色之声,以的砾为优,只分平仄就不能与乐声的清圆悠扬尽合。姜夔、杨缵等以箫按曲,按箫正字,自然注重论五音,辨阴阳了。

由于音谱歌法失传,唐宋词今已无法歌唱,但词调的音律,部分还寓于它的文字声调之中。有些名作,字声组合流利调谐,不歌而诵亦悠扬动听,比之五、七言近体诗,甚至更富有节奏感和律调美。这就是词在管弦声中依声协乐所留下的痕迹和遗响了。《四库全书总目提要》卷二〇〇《宋名家词》条说:"词萌于唐而盛于宋。当时伎乐,惟以是为歌曲,而士大夫亦多知音律,如今日之用南北曲也。金元以后,院本、杂剧盛,而歌词之法失传。然音节婉转,较诗易于言情,故好之者终不绝也。于是音律之事,变为吟咏之事,词遂为文章之一种。"

　　词依曲定体,词体的特点即源于它同乐曲的密切关系之中。但词在合乐应歌之外,又有其足以自立的艺术生命和艺术价值,因此一直作为一种新诗体而自行发展。王国维《人间词话》曾分词为伶工之词与士大夫之词两类。伶工之词,往往重在乐曲。《乐府指迷》说:"如秦楼楚馆所歌之词,多是教坊乐工及市井做赚人所作,只缘音律不差,故多唱之。"士大夫之词,有一部分也为应歌而作,同于伶工之词;但主要是用于抒情言志,把词当作另一种形式的格律诗来创作,往往重在文词而轻于乐曲。杨缵说:"自古作词,能依句者已少,依谱用字者百无一二。"这是词体发展的正常情况。宋时称合于音律之词为"作家歌"。叶梦得《避暑录话》卷三谓"秦观少游亦善为乐府,语工而入律,知乐者谓之作家歌。"不合律腔的,则被视作"句读不葺之诗"。李清照《词论》说:"至晏元献、欧阳永叔、苏子瞻,学际天人,作为小歌词,直如酌蠡水于大海,然皆句读不葺之诗尔,又往往不协音律。"一部分知音识曲的词人致力于推进词的乐律化,另一部分豪放不羁的词人则又放手打破词对曲的依从,力促词的诗化。这两种倾向于南北宋都同时并存,并行发展。晁补之认为苏轼词"人谓多不谐音律,然横放杰出,自是曲子内缚不住者"。但苏、辛词派,对词体词律也有所丰富和发展。因此,词依曲定体,但决不附曲而生。词作为一种新诗体,它与诗不过心同而貌异,带有浓重的音乐印记而已。

第三章　词调

第一节　词调的来源

　　随着乐曲流变日繁,词调也日新日富,愈积愈多。《宋史·乐志》说北宋时,"其急、慢曲子几千数"。元燕南芝庵《唱论》总结当时词曲之盛,称"词山曲海,千生万熟;三千小令,四十大曲"。四十大曲是指宋教坊所用大曲,三千小令当也包括唐宋词调在内。这种"词山曲海"的盛况,生动地表明了唐宋词调创作的突出成就。

　　唐宋两代究竟创制了多少个词调,尚没有完善的统计。清康熙二十六年(1687),宜兴万树作《词律》二十卷,计收词调六百六十调,一千一百八十余体。嗣后徐本立作《词律拾遗》八卷,补录词调一百六十五调,四百九十五体;杜文澜作《词律补遗》一卷,又补录词调五十调。康熙五十四年(1715),王奕清等奉命作《钦定词谱》四十卷,共收词调八百二十六调,二千三百零六体(间收元人小令)。康熙时还有钱葆酚辑《词畹》三十卷,收词调一千调。清朱彝尊《词综·发凡》说:"葆酚辑《词畹》,辨析体制,以字数多寡为先后,最为精密,计一千调,编为三十卷。比年闻更增益。予所见《鸣鹤余音》《洞玄金玉集》及他抄本,曲调异同、《词畹》未经采入者,约又百余。"可惜《词畹》及朱彝尊所补的百余调,都未及刊出。现在由于敦煌曲子词的发现,和《全宋词》《全金元词》的编定,可据以补充的词调为数亦不少。我们完全有条件编出一部胜于《词律》《词谱》的唐宋词调总谱来,可收词调总在一千调以上。

现存千百个唐宋词调,是在长达四五个世纪的时间内,经过多种创作途径交流和积聚起来的。因此,其组成并不单一,而是呈现出复杂的情况。

就它们的来源与作者说,有来自民间的,有创自唐教坊、宋大晟府等官立音乐机构的,也有很多是词人们自度自制的。

就它们的音乐成分说,有接近清乐和雅乐的,有属于隋唐时胡部诸乐的;出于燕乐系统的,唐燕乐和宋燕乐也有所不同。另外,还有一部分是金元音乐。

就它们的句式说,固然以长短句为主,但也有部分词调保持五言、六言、七言等整齐句式。

就它们的运用方式说,词调绝大多数是单独运用,单谱单唱的,但它同时还用于歌舞、说唱、杂剧等其他艺术形式,其运用方式也就多种多样。如用于转踏、鼓子词的,是同一曲调的联章;用于大曲、法曲的,是同一宫调的多种曲调的联套;用于诸宫调的,则是不同宫调的多种曲调的联套,等等。

这里先就词调的来源与作者,略作说明。

一 来自民间

同前代乐府一样,唐宋词调也有来自民间的。但唐宋词调所

第三章　词调

取的为民间曲子,不是一般民歌。民间曲子同一般民歌是有区别的。民间曲子是对民歌经过选择、加工而后定型下来的,它要比一般民歌更得到广泛运用,成为一种艺术歌曲[①]。唐代曲子很多原是民歌,任二北《教坊记笺订》对教坊曲中那些来自民歌的曲子,逐一作过考察。不过,实际用作词调的并不多。人们熟知的,如《竹枝》,原是川湘民歌。唐刘禹锡《竹枝词序》说:"余来建平(今四川巫山县),里中儿联歌《竹枝》,吹短笛击鼓以赴节。歌者扬袂睢舞,以曲多为贤。聆其音,中黄钟之羽,其卒章激讦如吴声。"宋黄庭坚《山谷内集》卷一有诗题说:"《竹枝歌》本出三巴,其流在湖湘耳。"又如《麦秀两歧》,亦是民间曲子。《太平广记》卷二五七引《王氏见闻录》说五代朱梁时,"长吹《麦秀两歧》于殿前,施芟麦之具,引数十辈贫儿褴褛衣裳,携男抱女,挈筐笼而拾麦,仍合声唱,其词凄楚,及其贫苦之意"。

宋代民间曲子的创作也很盛。《宋史·乐志》说北宋时,"民间作新声者甚众"。被采作词调的,如《孤雁儿》,《花草粹编》卷八引杨湜《古今词话》无名氏词,保存着民间曲子的风味。元张翥《南乡子》词:"野唱自凄凉,一曲《孤鸿》顾断肠。恰似《竹枝》哀怨处,潇湘,月冷云昏觅断行。"自注:"驿夫夜唱《孤雁》,隔舫听之,令人凄然。"可见自宋至元,《孤雁儿》这个曲子,民间一直传唱不衰。又如《韵令》,宋张世南《游宦纪闻》卷三:"宣和间,市井竞唱《韵令》。"程大昌有《韵令》词,就是按照这个市井曲子填词的。柳永《乐章集》中的新调,有些就是市井曲子。

[①] 参看杨荫浏《中国古代音乐史稿》第192—196页(人民音乐出版社1981年版)。

二 来自边地或外域

唐时西域音乐大量传入，被称为胡部。西域乐曲传入后，起先还沿用原名，后来有些改为汉名，如天宝十三载，改太常曲中五十四个胡名乐曲为汉名。《羯鼓录》载一百三十一曲，其中十之六七是外来曲名。教坊曲中也有胡部曲。被用作词调的，有的仍为胡名，如《婆罗门》，原是印度乐曲，敦煌曲子词有《望月婆罗门》，柳永词有《婆罗门令》，吴文英词有《婆罗门引》，据传唐著名法曲《霓裳羽衣舞》也是据《婆罗门》曲加工改制而成的。又如《苏幕遮》，本是龟兹乐曲。唐张说《苏摩遮》诗："《摩遮》本出海西胡。"辽释希麟《续一切经音义·大乘理趣六波罗蜜多经音义》："按《苏莫遮》，胡语也。本云'飒么遮'，此云戏也。出龟兹国，至今有此曲。"敦煌曲和宋词中，用《苏幕遮》调作词者不少。《花间集》有毛文锡《赞浦子》，原是吐蕃乐曲。赞浦是吐蕃君长的称号。《新唐书·吐蕃传》："其俗谓强雄曰赞，丈夫曰普，故号君长曰赞普。"《胡捣练》《胡渭州》等调，都明白冠以"胡"字，当都是胡部曲。任二北《教坊记笺订》定教坊曲中的胡乐，有三十五曲。

唐五代有些词调以边地为名，表明它们的曲调来自边州。《新唐书·五行志》说："天宝后各曲，多以边地为名，如《伊州》《甘州》《凉州》等。"宋洪迈《容斋随笔》卷一四："今乐府所传大曲，皆出于唐，而以州名者五：伊、凉、熙、石、渭也。"伊州为今新疆哈密地区，甘州治今甘肃张掖，凉州治今甘肃武威，熙州治今甘肃临洮，石州治今山西离石，渭州治今甘肃陇西，都是唐代的西北边州,位于西域音乐传入的通道。因此这些边州曲,或为胡乐,或有胡乐成分。教坊曲中如《酒泉子》《遐方怨》《忆汉月》《怨胡天》《归国遥》《定西番》等,当都是边地曲调。

来自南疆的曲调,则称为蛮曲,如《菩萨蛮》,近人杨宪益《零墨新笺》中《李白与菩萨蛮》条,认为它是"骠苴蛮"的另一译法,是古代缅甸的乐曲,开元、天宝时由云南传入中国。《花间集》中有阎选、孙光宪的《八拍蛮》,当是一曲八拍的蛮歌。

宋代外来音乐远不如唐代之盛。不过也时有流行的。洪迈《容斋四笔》卷一五:"近世风俗相尚,不以公私宴集,皆为耍曲耍舞,如'渤海乐'之类①。"宋曾敏行《独醒杂志》卷五:"先君尝言宣和间客京师时,街巷鄙人多歌蕃曲,名曰《异国朝》《四国朝》《六国朝》《蛮牌序》《蓬蓬花》等,其言至俚,一时士大夫亦皆歌之。"其中《六国朝》后用作词调,元杨弘道有《六国朝》词,耶律铸有《六国朝令》。金女真族也有用本民族语言歌唱的歌曲。《金史》卷七记金世宗完颜雍"御睿思殿,命歌者歌女真词"。又卷八记他"以本国音自度曲"。传至南方,用作词调的,曹勋《松隐乐府》卷三有《饮马歌》,自注:"此腔自房中传至边,饮牛马即横笛吹之,不鼓不拍,声甚凄断。闻兀术每遇对阵之际吹此,则鏖战无还期也。"南宋初韩玉自金投宋,其《东浦词》有《番枪子》调,当亦是女真曲。

---

① 渤海国建国于698年(唐武则天圣历元年),统治现今松花江以南至日本海一带,926年(后唐明宗天成元年)亡于契丹。渤海乐是这一地区发展起来的民间音乐。

三　创自教坊、大晟府等乐府机构

唐和北宋都有教坊之设。按照宫廷需要创作新的乐曲,是教坊的职责之一。唐教坊曲除采自民间和外域的以外,也有部分是教坊创制以供奉宫廷的。如《荔枝香》,《新唐书·礼乐志》说唐玄宗"幸骊山,杨贵妃生日,命小部张乐长生殿,因奏新曲,未有名,会南方进荔枝,因名曰《荔枝香》"。宋柳永、周邦彦都有《荔枝香》词。北宋教坊分大曲、法曲、龟兹、鼓笛四部,大曲部奏十八调四十大曲,比唐教坊所奏还多。北宋太宗、仁宗都以善于制曲著称。《宋史·乐志》说:"太宗洞晓音律,前后亲制大、小曲及因旧曲创新声者,总三百九十。"又说:"仁宗洞晓音律,每禁中度曲,以赐教坊;或命教坊使撰进,凡五十四曲,朝廷多用之。"不过宋太宗所作三百余曲,用作词调的甚少。常用作词调的,不是这些御制曲子,而是一般的教坊曲。如陈师道《后山诗话》:"武才人出庆寿宫,色最后庭,裕陵(宋神宗)得之。会教坊献新声,为作词,号《瑶台第一层》。"

宋徽宗崇宁四年(1105),仿尧乐《大章》、舞乐《大韶》之名,制《大晟乐》,并专门设置大晟府负责朝廷音乐。这是个位于教坊之上的音乐机关,由它定乐律,制乐谱,交教坊按习,并颁行天下。大晟府创制了不少词调。《碧鸡漫志》卷二:"崇宁间建大晟乐府,周美成作提举官,而制撰官又有七。万俟咏雅言,元祐诗赋科老手也,三舍法行,不复进取,放意歌酒,自称'大梁词隐',每出一章,信宿喧传都下。政和初,召试补官,置大晟乐府制撰之职。新广八十四调,患谱弗传,雅言请以盛德大业及祥瑞事迹制词实谱,有旨'依月用律,月进一曲'。自此新谱稍传。"又《词源》卷下:"迄于崇宁,立大晟府,命周美成诸人讨论古音,审定古调。沦落之后,少得存者,由此八十四调之声稍传。而美成诸人,又复增演慢曲、引、近,或移宫换羽,为三犯、四犯之曲,按月律为之,其曲遂繁。"万俟咏、周邦彦、晁端礼诸人词中,有些就是用大晟曲作词调的。姜夔《徵招》序说:"徵招、角招者,政和间大晟府尝制数十曲。"他即依大晟曲谱作了《徵招》《角招》二词。

四 创自乐工歌妓

乐工歌妓以音乐为专业,他们比一般词人更懂得乐理乐律,有些还能制调作曲。由乐工制调的,如《雨霖铃》为唐玄宗时乐工张野狐所制。段安节《乐府杂录》:"《雨淋铃》者,因唐明皇驾回至骆谷,闻雨淋銮铃,因令张野狐撰为曲名。"《碧鸡漫志》卷五:"《明皇杂录》及《杨妃外传》云:帝幸蜀,初入斜谷,霖雨弥旬,栈道中闻铃声。帝方悼念贵妃,采其声,为《雨淋铃曲》以寄恨。时梨园弟子惟张野狐一人,善筚篥,因吹之,遂传于世。……今双调《雨淋铃慢》,颇极哀怨,真本曲遗声。"北宋时流行的越调《解愁》,为国工花日新所制。陈恺为苏轼《无愁可解》词序说:"国工花日新,作越调《解愁》,洛阳刘几伯寿,闻而悦之,戏作俚语之词,天下传咏,以为几于达者。"由歌妓制调的,如《喝驮子》,《碧鸡漫志》卷五引《洞微志》说:"此曲单州营妓教头葛大姊所撰新声。梁祖(朱温)作四镇时,驻兵鱼台,值十月二十一生日,大姊献之,梁祖令李振填词,付后骑唱之,以押马队。"李珣《琼瑶集》有《凤台》一曲,注云:"俗谓之《喝驮子》。"又如《念奴娇》,传说即是天宝时著名歌伎念奴的腔调①。乐工歌妓所制的词曲,便于歌唱。因此《乐府指迷》说当时"秦楼楚馆所歌之词,多是教坊乐工及闹市做赚人所作,只缘音律不差,故多唱之"。

五 摘自大曲、法曲

大曲、法曲是唐宋的大型歌舞曲。一部大曲、法曲有时多至数十遍。词调中有"摘遍"一类,即从大曲、法曲中摘取其美听而又可以独立的一遍,单谱单唱。《梦溪笔谈》卷五,谓大曲"每解有数叠者,裁截用之,则谓之摘遍"。王国维《宋大曲考》,举摘自唐宋大曲的词调,可考的已近三十调,如《梁州令》出于大曲《凉州》,《伊州令》出于大曲《伊州》,《水调歌头》出于大曲《新水调》,《齐天乐》出于大曲《齐天乐》,《法曲献仙音》《法曲第二》《霓裳中序第一》出于法曲《霓裳羽衣曲》等。

六 词人自度曲

度有杜、铎两种音读。自度曲之度,不读去声杜,当从入声读

---

① 元稹《连昌宫词》自注:"念奴,天宝中名倡,善歌。"《碧鸡漫志》卷五:"今大石调《念奴娇》,世以为天宝间所制曲。"宋袁文《瓮牖闲评》卷五:"曲名有《念奴娇》者,初谓爱念之念。是不然。唐明皇时,宫中有念奴,善歌,未尝一日离帝之左右,其宠幸可知;能制新词,疑因此创名也。"

铎。《汉书·元帝赞》:"自度曲,被歌声。"应劭注:"自隐度作新曲。"颜师古注:"度,音大洛反。"宋王观国《学林》卷三"度曲"条:"《赞》所谓'自度曲'者,能制其音调也;'被歌者'者,以所制之音调播之歌声,而皆合其节奏也。"度曲就是制曲、作曲。宋代词人,有些是精通音律的,他们的集中就多自度曲,度曲与填词往往同出一人之手。

宋人以自度曲用作词调的情况,约有三类。

多数是先制腔,后实词的。如姜夔《惜红衣》,其词序说:"丁未之夏,予游千岩,数往来红香中,自度此曲,以无射宫歌之。"又如吴文英《玉京谣》,词序说:"陈仲文自号藏一,盖取坡诗中'万人如海一身藏'语,为度夷则商犯无射宫腔,制此赠之。"都是先制曲调,然后依调填词。

有些是先撰词,后谱曲的。如姜夔《长亭怨慢》,词序说:"予颇喜自制曲,初率意为长短句,然后协以律,故前后阕多不同。"这种作法,在姜夔词中,当不止《长亭怨慢》这一首。又如《鱼游春水》,《苕溪渔隐丛话》后集卷三九引《复斋漫录》:"政和中,一中贵人使越州回,得词于古碑阴,无名无谱,不知何人作也。录以进,御命大晟府填腔,因词中语,赐命《鱼游春水》。"也是先有长短句词,然后依词谱曲。

还有一些是稍改旧谱,另立新名的。周密《采绿吟》词序:"甲子夏,霞翁(杨缵)会吟社诸友,逃暑于西湖之环碧,琴尊笔研,短葛练巾,放舟于荷深柳密间。舞影歌尘,远谢耳目。酒酣,采莲叶,探题赋词。余得《塞垣春》,翁为翻谱数字,短箫按之,音极谐婉,因易今名云。"《采绿吟》本《塞垣春》调,杨缵为改谱数字,以咏荷叶，遂易名《采绿吟》，也属于自度曲。

唐宋词调的来源，主要是上述六个方面。此外，还有来自琴曲的，如苏轼《醉翁操》《瑶池燕》①；有来自佛曲、道曲的，如陈与义《法驾导引》②，不过为数都甚少。词调中还有转调、偷声、摊破诸体，是对原有曲调移调变奏而成的。它们只是正调的衍生，而不是另创的新曲，所以这里也不计在内。

---

① 《醉翁操》原是沈遵为欧阳修所撰琴曲，有声无辞，后"有庐山玉洞道人崔闲，特妙于琴，恨此曲之无词，乃谱其声，而请于东坡居士以补之"。见苏轼《醉翁操》词序。《瑶池宴》本名《越江吟》，是宋太宗时十琴曲之一，见宋释文莹《续湘山野录》。
② 《导引》是车驾后骑吹曲子，有大驾、法驾、小驾、鸾驾之别。

第二节　曲类与词调

词调大都是从曲调转化而来的。因此,词调的类别,也依据曲调的类别划分。

《唐六典》分唐燕乐乐曲为大曲、次曲、小曲三类。《教坊记》曲名表分列"曲名"与"大曲名",实分教坊曲为大曲与杂曲两类。《宋史·乐志》将宋太宗时所制三百九十曲,分为大曲、曲破、琵琶独弹曲破①、小曲及因旧曲造新声者五类。戴埴《鼠璞》则分宋乐章为大曲、小曲两类②。《词源·音谱》篇因所用乐器有异,分为法曲、大曲、慢曲三类。《拍眼》篇又因其均拍不同,分为法曲、大曲、慢曲、引、近、缠令、诸公(宫)调、序子、三台九类。这些分类,因所取角度不同,互有出入。但法曲与大曲体制相同,曲破原为大曲的组成部分,可以归并为大曲一类。慢曲与引、近统称小唱,可以归并为小曲或杂曲一类。缠令、诸宫调、序子等则流为金、元曲体,极少转为词调。与唐宋词密切相关的,主要仍是大曲与杂

---

① 宋朱弁《曲洧旧闻》卷五记东坡云:"今琵琶有独弹,不合胡部诸调。"
② 《鼠璞》:"今之乐章,至不足道,犹有正调、转调、大曲、小曲之异。"

曲两类。唐宋词调,即以这两类乐曲为主要来源。

一 大曲、法曲、曲破

1．大曲

大曲是唐宋时代的大型歌舞曲,由同一宫调的若干曲子组成。一套大曲往往多至十余段甚至三十余段,体制宏大,结构复杂。《梦溪笔谈》卷五：

> 元稹《连昌宫词》有"逡巡大遍《凉州》彻"。所谓大遍者,有序、引、歌、㲈、嗺、哨、催、攒、衮、破、行、中腔、踏歌之类,凡数十解。

《碧鸡漫志》卷三：

> 凡大曲有散序、靸、排遍、攒、正攒、入破、虚催、实催、衮遍、歇拍、杀衮,始成一曲,谓之大遍。而《凉州》排遍,予曾见一本,有二十四段。

沈括、王灼两家所述大曲名目,略有不同。案《乐府雅词》卷上,录北宋末董颖《薄媚》(西子词)大曲一套,有排遍第八、排遍第九、第十攒、入破第一、第二虚催、第三衮遍、第四催拍、第五衮遍、第六歇拍、第七煞衮等共十曲。南宋初史浩《鄮峰真隐大曲》卷一,载其《采莲》大曲一套,有延遍、攒遍、入破、衮遍、实催、衮、歇拍、煞衮等共八曲。这两套大曲的名目、次序,都与《碧鸡漫志》谈到的相合。或许《碧鸡漫志》所列举的,较之《梦溪笔谈》更符合多数大曲尤其是宋大曲的组成情况。

唐时大曲,《教坊记》曲名表列四十六曲。其中好多是唐代诗人一再形之吟咏的歌舞名曲,如《绿要》《凉州》《薄媚》《伊州》《甘州》《霓裳》《雨霖铃》《柘枝》《回波乐》《醉浑脱》《同心结》等。宋代大曲,《宋史·乐志》谓:"宋初置教坊,所奏凡十八调,四十大曲。"耐得翁《都城纪胜》谓北宋教坊大使"葛守成撰四十大曲词"。吴自牧《梦粱录》卷二〇谓南宋妓乐"舞四十六大曲"。陈振孙《直斋书录解题》卷二〇歌词类有书坊编印的《五十大曲》十六卷;《词源·音谱》谓"有五十四大曲"。周密《齐东野语》卷一〇谓修内司所刊《混成集》"只大曲一类,凡数百解(曲)"。王国维的《宋大曲考》,对两宋大曲之存目于今的,摘遍为词调的,以及以后演变为金、元俗曲的情况,有详细考订。

一套大曲,开头部分是器乐曲,中间和末段有些是舞曲;配合歌词,作为歌曲的仅是大曲中的一部分。大曲歌词,唐代仍用五、七言绝句为多。《乐府诗集》卷七九,载《水调歌》一套十一首,《凉州歌》一套五首,《大和》一套五首,《伊州歌》一套十首,《陆州歌》一套八首,都是五、七言绝句形式,分别从传世各名家诗中摘取来入乐的。《全唐诗》卷五〇二姚合《剑器词》三首(五律),卷七四六陈陶《水调词》十首(七绝),也是大曲曲词。任二北《唐大曲第三考》谓《全唐诗》内,可能为大曲之辞者,约二十余套。但唐代大曲歌词,也已有采用长短句的。王重民辑《敦煌曲子词集》下卷,录敦煌抄本伯3271、斯6537两卷,任二北《敦煌曲初探·曲调考证》

认为即是唐代专录大曲之选本,其中《斗百草词》四首、《阿曹婆词》三首,就均为长短句。伯3360、斯2080两卷,所载《苏莫遮》五台山曲子六首,也是一套长短句的大曲曲词。

2. 法曲

法曲是大曲的一部分。因其融合佛门、道门曲,所以称为法曲或法乐。唐玄宗酷爱法曲,于梨园特地设立"法部",专门演奏法曲。天宝十三载,诏法曲与胡部合奏,法曲于是不再单独分立,《教坊记》即将《霓裳》等法曲统归于大曲名下。法曲的音乐特点,就是接近于清乐系统。《新唐书·礼乐志》:"初隋有法曲,其音清而近雅。"姜夔《大乐议》:"凡有催、衮者,皆胡曲耳,法曲无是也。"《词源·音谱》:"法曲有散序、歌头,音声近古,大曲有所不及。"又"法曲则以倍四头管品之,其声清越;大曲则以倍六头管品之,其声流美"。法曲同大曲在音乐上的主要差别,于此可见。

但尽管存在差别,法曲与大曲的体制结构,还是大致相同的。唐代最著名的法曲,是唐玄宗于开元间吸收《婆罗门曲》的素材而创作的《霓裳羽衣曲》。据白居易《霓裳羽衣舞歌》自注,它由散序、中序及"繁音急节十二遍"的曲破三部分组成。这种三大段式的结构,是法曲、大曲的基本组成方式。开段一大乐段是散序,"散序六遍无拍,故不舞也"。散序只动器乐,不歌不舞。中间一大乐段称中序,"中序始有拍,亦名拍序"。有拍是应歌舞的节奏,所以中序起开始有舞,部分乐遍有歌。末了一大乐段总称为破或曲破。"凡曲将毕,皆声拍促速",表示全曲进入最后的高潮。柳永《柳腰轻》:"乍入《霓裳》促遍,逞盈盈,渐催檀板。"这个乐段繁音急节,有快速的舞旋,也有部分歌、舞并作。为大曲、法曲配制歌词,就是用于中序和曲破这两个乐段中的歌遍的。

唐代法曲也有歌词,《唐会要》卷三三《诸乐》:"太常梨园别院教法曲乐章等。"但唐法曲传世很少。欧阳修《六一诗话》说:"《霓裳》曲,今教坊尚能作其声,其舞则废而不传矣。人间又有《望瀛洲》《献仙音》二曲,云此其遗声也。"《词源·音谱》也说:"如《望瀛》,如《献仙音》,乃法曲,其源自唐来。"柳永《乐章集》有小石调《法曲献仙音》及《法曲第二》二调。曹勋《松隐集》有《法曲》(道情)一套,有散序、歌头、遍第一、遍第二、遍第三、第四攧、入破第一、入破第二、入破第三、入破第四、第五煞共十一曲。其散序亦有歌词,与白居易《霓裳羽衣舞歌》自注所说不同。

3. 曲破

曲破是大曲入破以后的部分。《新唐书·五行志》说《伊州》《甘州》《凉州》等大曲,"至其曲遍繁声,皆谓之入破"。宋李上交《近事会元》卷四,谓入破"曲之繁声处也"。宋张端义《贵耳集》卷上:"天宝后,曲遍繁声,皆名入破。破者,破碎之义也。"曲破的音乐特点就是曲遍繁声。或许正因为它声繁拍碎,所以被称为破。据《碧鸡漫志》卷三所述,组成曲破的,有入破、虚催、实催、衮遍、歇拍、煞衮诸段。催是催拍的意思。虚催、实催,均指催拍而言。衮也与拍有关。刘克庄《贺新郎》(席上闻歌有感):"道是华堂箫管唱,笑杀鸡坊拍衮。"大概也是快拍的意思。中序多慢拍,入破以后则节奏加快,转为快拍。因此,曲破部分的歌遍,当以急曲子居多。过去一直以为曲破大都是字少调短的令曲。但现传宋人大曲,如董颖

《薄媚》大曲、史浩《采莲》大曲，入破以后的催、衮诸段，都是字多调长的。可见急曲子也有长调，长调也并非尽为慢曲。

曲破大都是大曲中最为紧张与精彩的部分，因此通常将曲破独弹独奏。《宋史·乐志》即将曲破与琵琶独弹曲破单独列为一类，从大曲中分出。《高丽史》卷七一《乐志二》有《惜奴娇》曲破一套，共八曲。史浩《鄮峰真隐大曲》卷二有《剑舞》一套，则是取自大曲《剑器》的《剑器曲破》。第一段饰鸿门宴项庄、项伯二人舞，第二段饰唐公孙大娘独舞，第三段项伯与公孙大娘对舞，由乐部唱曲子为伴。这个《剑舞》由数曲合成一套，犹如简化的大曲。但宋人也常称取自大曲某一遍的单支的曲子为曲破。吴自牧《梦粱录》卷一六："向绍兴年间，卖梅花酒之肆，以鼓乐吹《梅花引》曲破卖之。"以这种曲破作词，就同普通的曲子无异，也可以归于杂曲小唱一类。

大曲、法曲全套往往有数十曲，全部搬演时，需要有一个庞大的乐部，金石丝竹众乐并作，歌队舞队缺一不可。这决不是寻常能办到的。因此，在一般场合，无法演奏全套大曲。《碧鸡漫志》卷三："后世就大曲制词者，类从简省，而管弦家又不肯从首至尾吹弹。""世所行《伊州》《胡渭州》《六么》，皆非大遍全曲。"简省的办法，除了史浩《剑舞》犹合数曲为一部乐外，主要是摘取其中美听而能独立流传的一遍，单谱单唱，称为"摘遍"。《梦溪笔谈》卷五，谓大曲"每解有数叠声，裁截用之，则谓之摘遍。今人大曲，皆是裁用，悉非大遍也"。宋赵以夫有《薄媚摘遍》，其字句与董颖《薄媚》大曲"入破第一"字句相同，当是摘取《薄媚》大曲"入破第一"的一遍。此外，晏幾道有《泛清波摘遍》，周邦彦有《熙州摘遍》。这些用作词调的摘遍,虽犹承大曲之名,实为独立的单支曲子。而大曲却在几经简省与裁截之后,因此解体,逐渐消亡了。

二 令、引、近、慢

大曲以外的单支的只曲,统称为曲子或杂曲子。敦煌写本《云谣集杂曲子》,录《凤归云》等十三调共三十首。其中《破阵子》《倾杯乐》二调,摘自大曲《破阵乐》与《倾杯》,也与其他小曲一起称为杂曲子。宋代则因其与大曲的搬演方式不同,又称之为小唱。《东京梦华录》卷五"京瓦伎艺"条:"主张小唱,李师师、徐婆惜、封宜奴、孙三四等,诚其角者。"《都城纪胜》:"唱叫、小唱,谓执板唱慢曲、曲破,大率重起轻杀(《梦粱录》卷二〇作"轻起重杀"),故曰浅斟低唱。"《词源·音谱》:"惟慢曲、引、近则不同,名曰小唱。"周密《癸辛杂识》别集卷下记高文虎家伎何银花"又善小唱嘌唱,凡唱得五百余曲"。搬演大曲须动用大乐,先后用十多种乐器合奏。小唱则称为"清音"、"细乐",只用普通丝竹小乐器,有时甚至光用手打拍清唱。

杂曲小唱又因音乐上或体段上的不同,又分为令、引、近、慢诸体。清宋翔凤《乐府余论》说:"诗之余先有小令,其后以小令微引而长之,于是有《阳关引》《千秋岁引》《江城梅花引》之类;又谓之近,如《诉衷情近》《祝英台近》之类,以音调相近从而引之也。引而愈长者则为慢。慢与'曼'通。'曼'之训,引也,长也。如《木兰花慢》《长亭怨慢》《拜星月慢》之类,其始皆令也。"不从音乐上分辨各类乐曲的特点,光用训诂的方法望文生训,其解释就必然不正确。令、引、近、慢诸体，都源于大曲，是大曲中某些乐段的名称，令曲则因唐代酒令而得名。《碧鸡漫志》卷三：

> 凡大曲，就本宫调制引、序、慢、近、令，盖度曲者常态。

一套大曲，兼备众体，往往同时具有引、序、慢、近、令这些曲体。《碧鸡漫志》卷三，谓"《甘州》，世不见。今仙吕调有曲破，有八声慢，有令，而中吕调有《象八声甘州》"。又"伪蜀毛文锡有《甘州遍》，顾夐、李珣有《倒排甘州》，顾夐又有《甘州子》"。这些以《甘州》为名的慢、令、曲破，其始都是出于唐大曲《甘州》的。

1. 令

令又称为小令、歌令、令曲、令章。词曲称令，盖出于唐人宴席间所行的酒令。《说文》："令，发号也。"引申为律令。酒席间行令，就是酒令，犯令者须受罚。唐时宴饮常于席上设"席纠"或"觥使"，以掌酒令，由歌舞伎任其事，称酒妓或酒令妓女①。酒令妓女以其所擅长的歌舞用于行令，于是歌与令两者合一，出现了由酒令演变而来的歌令这一名称。一时青楼北里，竞以"善歌令，为席纠"教习伎乐。孙棨《北里志》说：

> 亦有良家子，为其家聘之，以转求厚赂，误陷其中，则无以自脱，初教之歌令。

---

① 详见《唐语林》卷三"武宗数幸教坊作乐"条。

第三章　词调

（名妓天水仙哥）善谈谑，能歌令，常为席纠，宽猛得所。

（郑举举）亦善令章，尝与绛真互为席纠。

（王小福）逼令学歌令，渐遣见宾客。

这些为席纠所用的歌令、令章，就是唐五代流行的曲子和曲子词了。

《全唐诗》卷八七九有唐五代酒令十五则，年代可考者最早为高宗龙朔年间的民间酒令："子母相去离，连台拗倒。"尚非韵语，未可入乐。中、晚唐酒令，就以简短的歌曲或歌舞曲为多：

白居易《就花枝》："歌翻衫袖抛小令，笑掷骰盘呼大采。"

元稹《痁卧闻幕中诸公征乐会饮因有戏呈三十韵》："《红娘》留醉打，觥使及醒差。"自注："舞引《红娘》，抛打曲名。酒中觥使，席上右职。"

李宣古《杜司空席上赋》："争奈夜深抛耍令，舞来挼去使人劳。"

后蜀花蕊夫人《宫词》："新翻酒令著词章，侍宴初闻忆却忘。宣使近臣传赐本，书家院里遍抄将。"

《云谣集杂曲子·浣纱溪》："纤手令分匀翠柳，素咽歌发绕凋（雕）梁。"

又《内家娇》："善别宫商，能调丝竹，歌令尖新。"

《花间集》张泌《浣溪沙》："人不见时还暂语，令才抛后爱微颦。"

中、晚唐以短歌短舞用作酒令侑酒助觞的盛况，于此可见，令也就成了词曲中短章的一种泛称了。宋刘攽《中山诗话》说：

唐人饮酒，以令为罚。韩吏部诗云："令征前事为。"白傅诗云："醉翻襕衫抛小令。"今人以丝管歌讴为令者，即白傅所谓。

说明令词之称，即出于唐人酒令。

唐末范摅《云溪友议》卷一〇，谓温庭筠与裴诚好为歌曲，尝为"《新添声杨柳枝》词，饮筵竞唱其词而打令也"。唐代如何"唱其词而打令"，其方式已难详考。宋陈元靓《事林广记》癸集卷一二，载《卜算子令》《浪淘沙令》《调笑令》《花酒令》等四首酒令，都附有如何行令的说明，或许可以借此窥见唐代以曲为令的情况。录《卜算子令》一首示例。

《卜算子令》
先取花一枝，然后行令，口唱其词，逐句指点，举动稍误，即行罚酒，后词准此。

第三章　词调

我有一枝花（指自身，复指花），斟我些儿酒（指自，令斟酒）。唯愿花心似我心（指花指自心头），几岁长相守（放下花枝叉手）。　满满泛金杯（指酒盏），重把花来嗅（把花以鼻嗅）。不愿花枝在我旁（把花向下座人），付与他人手（把花付下座接去）。

唐时用于酒令的曲子颇多。如教坊曲《三台》（又称《三台令》），盛唐时已流行。《事物纪原》卷二："《三台》，三十拍曲名也。《刘公嘉话录》曰：'《三台》送酒。盖因北齐文宣毁铜雀台，别筑三个台，宫人拍手呼上台，因以送酒。'"《北里志》"胡证尚书"条，记当时酒令："凡三钟引满，一遍《三台》，酒须尽。"《三台》就是用于酒令的一种送酒曲。《唐语林》卷七："唐末饮席之间，多以《上行杯》《望远行》拽盏为主。"此外还有《荷叶杯》《感恩多》等，都是饮席用的歌令，令章。

歌令一般调短字少。因此，凡小调短曲也可概称为令。如韦庄词有《应天长》调，夏竦称为《应天长令》；又《喜迁莺》，毛开称为《喜迁莺令》；又《小重山》，姜夔称为《小重山令》。欧阳修词有《鹊桥仙》调，周邦彦称为《鹊桥仙令》。秦观词有《海棠春》调，史达祖称为《海棠春令》。《词律》卷一柳永《浪淘沙令》词后注："或谓凡小调，俱可加'令'字，非因另一体而加'令'字也。"但有些小调并非小令，如《渔家傲》一般以为令曲，洪适《盘洲乐章》题为《渔家傲引》，属于引曲。

令词大都出于时调小曲。但也有部分出于大曲，如《甘州令》出于《甘州》大曲，《梁州令》出于《凉州》大曲，《婆罗门令》出于《婆罗门》大曲等。需要注意的是，出于大曲的令词，不少却调长字多，与一般小令有别。如柳永《甘州令》，七十八字；《婆罗门令》，八十六字；《采莲令》，九十一字；《六么令》，九十四字。欧阳修《梁州令》，一百零五字。《岁时广记》卷一二无名氏《新水令》，一百二十一字。《花草粹编》卷一二郑意娘《胜州令》，凡四段，二百十五字。这些令词，如果就字数来说，几乎都可归之于长调，但它们仍是令词而不是慢曲。

刘禹锡《历阳书事七十韵》说："兴来从请酒，意坠即飞觥。令急重须改，欢冯醉尽呈。"令曲的特点或许节奏较快，其中有些属于急曲子，与节奏散缓的慢曲子是不同的。许多令曲另有同名的慢曲，如柳永有《浪淘沙令》，另有《浪淘沙慢》；有《甘州令》，又有慢曲《八声甘州》。晏殊、欧阳修有《雨中花令》，柳永、苏轼有《雨中花慢》。俞克成有《声声令》，李清照有《声声慢》。这些令曲与它同名的慢曲相比，显然字少而调短。不过也有例外。《高丽史·乐志》载《献天寿慢》，双调，四十六字；《献天寿令》，双调，五十二字，令曲反长于同名慢曲。

2. 引

引本是古代乐曲的一种名称。《文选》卷一八马融《长笛赋》："故聆曲引者，观法于节奏。"李善注引《广雅》曰："引亦曲也。"又引蔡邕《琴操》曰："《思归引》者，卫女之所作也。《琴操》者，秦时倡屠门高之所作也。"大概引开始是用以称呼琴曲的，后来各种乐府歌曲遂也常以引为名。

引又与序的意义相近，在曲中有前奏曲、序曲的意思。《梦溪笔谈》卷一述大曲各个乐遍的次序，始为序，接着为引为歌，以引紧接于序之后与歌之前。《碧鸡漫志》卷三论制调,则以引、序、慢、近、令为次第,引还在序之前。宋施德操《北窗炙輠录》:"今所谓歌、行、引,本一曲尔。一曲中有此三节。凡歌始发声,谓之引;引者,为之导引也。"案史浩《鄮峰真隐大曲》卷一载《柘枝舞》一套,首先"吹引子半段"送舞者入场,这个引子就是《柘枝引》。它的作用犹如大曲的散序。任二北《教坊记笺订》称《柘枝引》"盖大曲之散序也"。又周密《癸辛杂识》续集卷上:"尝闻梨园乐工云,凡大乐集乐初作,必先奏引子,谓如大石调引子,则自始至终,凡丝竹歌舞,皆为大石调,直至别奏引子,方随以改为耳。"《武林旧事》卷一记南宋理宗生日排当乐次,共三部,前二部都前有引子,中间为慢曲,最后殿以曲破。如第一部,"乐奏夹钟宫,觱篥起《万寿永无疆引子》";第二部,"乐奏夷则宫,觱篥起《上林春引子》。"又卷八度宗全后归谒家庙赐筵乐次,一开始诸部合奏《长生乐引子》,接着又以《蕙兰芳引子》为"赐筵初坐"的始曲。后来南曲中有引子,其源即出于宋词。

词调中的引曲,个别来自杂曲,如教坊曲《渔父引》。多数则来自大曲,如《柘枝引》《婆罗门引》《望云涯引》《石州引》。以引为名的词调约四十个(调名未标明为引的不计在内)。最短的为苏轼《华清引》,双调,四十字。最长的为向子諲《梅花引》,双调,一百十四字。引词一般较小令要长,但曹组《婆罗门引》七十六字,比柳永八十六字的《婆罗门令》为短。

3. 近

近又称近拍,如《郭郎儿近拍》《快活年近拍》《隔浦莲近拍》

《斗百花近拍》等。《碧鸡漫志》卷四："今黄钟宫有《三台夜半乐》，中吕调有慢、有近拍、有序。"又《荔枝香》："今歇指、大石两调，皆有近拍，不知何者为本曲。"盖当以近拍为全称，近是近拍的省称。

《词谱》卷一六《卓牌子近》注："宋人填词，有犯有近，有促拍有近拍。近者，其腔调微近也。"又卷一八周邦彦《荔枝香近》注："此词之源，亦出柳词。但与柳词较，只前段第三句减二字，第四句减一字，不押韵，第六句添一字，结句减一字，换头起句四字，第二句五字，第四句折腰句法不同耳。故名《荔枝香近》。近者，其腔调相近也。"案《卓牌子近》为袁去华词，双调，七十一字，与扬无咎《卓牌子》（双调五十六字）、万俟咏《卓牌子慢》（双调九十七字），都说不上"腔调微近"。周邦彦《荔枝香近》（照水残红零乱）一首，则与柳永《荔枝香》，同注歇指调，字数句法亦全同，当是同一曲调，并不是因"腔调相近"而称之为近的。《词谱》的说法，望文生训，实不足取。

近与令、引、慢的区别亦在于音乐上体段、节奏不同。王易《词曲史》说词调称近，"谓近于入破，将起拍也。故凡近词皆句短韵密而音长，与引不同。如《六么花十八》《水调法曲花十六》皆近拍也"①。杨荫浏《中国古代音乐史稿》则谓："今存以'近'字题名的曲牌，大都比慢曲为短，节奏或用散板，或用加赠板或不加赠板的一板三眼，其节奏还是偏于慢的。"因此，近和近拍，"可能是慢曲以后，入破以前，在由慢渐快部分所用的曲调。"②案《碧鸡漫

---

① 王易《词曲史》第109—110页（神州国光社1932年版）。
② 杨荫浏《中国古代音乐史稿》上册第289页。

志》卷三说凡就大曲所制之调,以近列于慢曲之后、令曲之前,当是慢曲之后、近于入破的曲调。慢曲用慢拍,曲破用快拍、促拍,近拍或介于两者之间。

词调中以近为名的约有二十余曲(调名未标明为近者不计在内)。近词最短的,为《郭郎儿近拍》《隔浦莲近拍》,都是双调七十三字。最长的,为袁去华《剑器近》,双调,九十六字。宋人作近词的,以柳永、周邦彦为多。陈亮曾拟作近拍词三十首,他在《与郑景元提干书》中说:"闲居无用心处,却欲为一世故旧朋友作近拍词三十阕,以创见于后来。"今集中未见,或未写成。

近与引两类曲调,其长短、字数大都介于小令与慢词之间,后来被视为中调。其实引与近在大曲中处于不同乐段,而且其节拍也有区别,所以宋时都加以分开,不容相混。

4. 慢

慢是慢曲子的简称,与急曲子相对而言。《新唐书·礼乐志》论唐时乐曲,"慢者过节,急者流荡"。《宋史·乐志》说自宋真宗乾兴以来,"其急、慢曲子几千数"。敦煌琵琶谱二十五曲中,注明"慢曲子"的有七调,注明"急曲子"的有四调。属于慢曲子的词调,一般在调名上标明为"慢",以便与同名的急曲子相区别,如《浣溪沙慢》《木兰花慢》《卜算子慢》《月上海棠慢》等。

《词谱》卷一〇说慢曲"盖调长拍缓,即古曼声之意也"。调长拍缓确是慢曲的特点。《词源·音谱》说:"慢曲不过百余字,中间抑扬高下,丁抗掣拽,有大顿、小顿、大住、小住、打、揞等字,真所谓'上如抗,下如坠,曲如折,止如槁木,倨中矩,句中钩,累累乎端如贯珠'之语,斯为难矣。"充分说明了慢曲在音乐上变化繁多和悠扬动听的长处。

慢词一般字多调长。但不能反过来说凡长调都是慢曲。过去常在长调与慢曲之间画上等号,这是失实的。急曲子中调长字多的或许也不少。敦煌琵琶谱中的急曲子,就不短于慢曲子。董颖《薄媚》大曲入破以后七曲,史浩《采莲》大曲入破以后六曲,如衮遍、实催诸遍,论音节都是促拍急曲,论词调却都是长调。同时,有些短调也可能是慢曲。《高丽史·乐志》称《瑞鹧鸪》为《瑞鹧鸪慢》,又有《太平年慢》,双调,仅四十五字。《瑞鹧鸪》《太平年》论字数就同于小令,论曲拍则是慢曲。词调的长、短是按照各调的字数多寡来分的,曲子的急、慢则是按照其音乐节奏来分的。两者既有联系,又有区别。要是认词中凡短调都是令曲,凡长调都是慢曲,一概不问其节奏曲度,未免模糊了急、慢两类曲子原来的界限了。

大曲中的慢曲子,又称为"慢遍"。大曲的中序部分各遍叠大都是慢遍。王建《宫词》:"巡吹慢遍不相和,暗里看谁曲较多。明日梨花园里见,先须逐得内家歌。"急曲子又称为"急遍"。张祜《悖拏儿舞》诗:"春风南内百花时,道唱(一作调)《梁州》急遍吹。揭手便抟金碗舞,上皇惊笑悖拏儿。"又称"促遍"。柳永《柳腰轻》:"乍入《霓裳》促遍,逞盈盈、渐催檀板。"急曲的特点是声繁拍碎。司空图《池阳醉歌赠匡庐处士姚岩杰》:"弦索紧快管声脆,急曲碎拍声相连。"因此演唱时进行快速。王建《宫词》:"对御难争第一筹,殿前不打背身球。内人唱好《龟兹急》,天子鞘回过玉楼。"这是写宫内打球击鞠,宫女们唱一曲《龟兹急》,只相当于打马球时掉转马头的时间。慢曲则由于歌拍散缓,演唱一曲的时间要长得多。岑参《秦筝歌送外甥萧志归京》:"怨调慢声如欲语,一曲未终日移午。"白居易《早发赴洞庭舟中》:"出郭已行十五里,惟消一曲慢《霓裳》。"这曲慢《霓裳》当是中序部分的慢遍,舟行十五里始唱罢一曲,可见其慢了。唐代著名的《阳关曲》,也是慢唱的。白居易《南园试小乐》:"高调管色吹银字,慢拽歌词唱《渭城》。"王维的《渭城曲》(即《送元二使安西》),本来是一首七绝,大概是为了谱成慢曲,所以叠唱至三遍,称《阳关三叠》。

《碧鸡漫志》卷五说:"唐中叶渐有今体慢曲子。"前引王建《宫词》,说到宫廷乐人"巡吹慢遍",以便为梨园的"内家歌"伴奏,说明当时已为慢遍配上了慢词。《云谣集杂曲子》有《内家娇》二首,双调,一百零四字,或即源于"内家歌"的慢遍之一。《尊前集》录李存勖《歌头》一首,双调,一百三十六字。"歌头"就是大曲的中序或排遍的第一支歌曲,所以称"歌头"。如《水调歌头》就是新水调的排遍第一(王国维《宋大曲考》谓排遍"以非一遍,故谓之排")。李存勖的《歌头》,当亦是某一大曲的排遍。前人或谓慢词创始于柳永,这是不确实的。敦煌词和《尊前集》中,已间有慢词(《花间集》都是令曲)。《尊前集》有晚唐钟辐的《卜算子慢》,是现在所能见到的最早标明为"慢"的调名。至柳永《乐章集》,其新腔则大都是慢词。这种进展自然也反映了乐曲创作的重点的转移。宋代小令,多承唐五代旧调,而新创的乐曲,绝大多数是慢曲长调了。

令、引、近、慢各有其不同的节奏与唱法,它们的区别,首先在于音乐而不在文辞。上面已分别谈过它们某些音乐上的特点。这里再就《词源》所论令、引、近、慢的均拍,略作说明。《词源》卷上《讴曲旨要》:

> 歌曲、令曲四㧶匀,破、近六均慢八均。

又下卷《拍眼》篇:

> 法曲、大曲、慢曲之次,引、近辅之,皆定拍眼。盖一曲有一曲之谱,一均有一均之拍,若停声待拍,方合乐曲之节。所以众部乐中用拍眼,名曰齐乐,又名乐句,即此论也。……慢曲有大头曲、叠头曲;有打前拍,打后拍。拍有前九后十一,内有四艳拍。引、近则用六均拍。外有序子,与法曲散序、中序不同。法曲之序一片,正合均拍。俗传序子四片,其拍颇碎,故缠令多用之。绳以慢曲八均之拍不可,又非慢二急三拍,与《三台》相类也。曲之大小,皆合均声,岂得无拍!歌者或敛袖,或掩扇,殊亦可哂。唱曲苟不按拍,取气决是不匀,必无节奏,是非习于音者不知也。

"歌曲、令曲四㧶匀。""㧶"的意义不详。郑文焯《词源斠律》谓:"'㧶'近于'打',犹虚拍也。"任二北《南宋词音谱拍眼考》谓:"'㧶'亦拍耳,与'敲'、'打'为一类。""四㧶匀"的意思是每令曲一片,其节奏四㧶排匀。也有人以为"匀"同"均",歌曲、令曲用四均,与下文"破、近六均慢八均"义正并列。

"破、近六均。""引、近则用六均拍。"均即均拍。沈义父《乐府指迷》说:"词腔谓之均,均即韵也。"又:"歌时最要叶韵应拍。"破、引、近这三类曲调,通常便用六均拍。曲中一均,犹词中一韵,因此曲之均拍,一般即表现于词之押韵上。王易《词曲史·构律第六》说:"拍之多少,以均而定,约两拍为一均。""一均略如诗之一联,有上下句,下句住韵。起、转之韵不计。"[①]引、近为六均拍,如《好事近》《秋蕊香引》《青门引》《相思引》等,上下片各三韵。《望月婆罗门引》,上片三韵,下片四韵。

"慢八均。"慢曲通常为八均拍。柳永有《八声甘州》,"八声"就是八韵,上下片各四韵。这种一曲八韵的慢曲,词中很多。如《石州慢》《锦堂春慢》《永遇乐》《水龙吟》《水调歌头》《渡江云》《念奴娇》《高阳台》《醉蓬莱》等都是。词调中最长的《莺啼序》,一曲四段,每段亦是四韵,四段十六韵,等于两支双调慢曲。当然,多于八韵的慢词也不少。如《法曲献仙音》,上片三韵,下片六韵。《满江红》,上片四韵,下片五韵。《雨霖铃》《桂枝香》《声声慢》,上下片各五韵。《贺新郎》,上下片各六韵。但这些词调,大都起、转为一句一韵,或者中间夹藏着短韵。如果起、转之韵与短韵不计,则仍保持着慢曲一曲八均的基本格局。

但令曲以四均为正,是否大都是一曲四韵呢?这就应看到令曲与慢曲叶韵应拍的方式存在着差异。慢曲用的是慢拍,调长拍缓,所以大都句长韵疏,一韵有二三句甚至四五句组成。令曲不少是急曲子,用的是急拍,所以句短韵密,往往一句一韵。除《卜

[①] 王易《词曲史》第235—236页。

算子》《生查子》《鹊桥仙》等上下片各两韵即全词四韵外，多数令曲是多于四韵的。这是令曲的曲拍特点造成的。

另外，吴梅根据南北曲的情况上窥宋词，认为也可据以帮助了解令、引、近、慢诸体的特点。他在《与榆生论急、慢曲书》中①，尝感叹"引、近、令、慢之别，自来词家，无有论及此事"。他认为大曲先慢后快，先散奏而后按拍；南北曲开始仅底板，一二曲后始用正板或赠板，入后则转快板，两者的乐奏次序非常相似。"由是推之，词中之引，则如大曲之散序，无拍者也。近、令者，有节拍者也。慢者，迟声而歌，如后世之赠板者也。沈璟《南词谱》，每一宫调，分引子，过曲，近词，慢词四类，所收宋人词，大都列入近、慢中，而概不点拍，此宁庵（沈璟之号）郑重处，深知词拍久佚，无从悬揣故也。惟词中无流拍，以当筵嘌唱，与登场爨弄，其道大殊，固无容急奏。至间有快歌，如《促拍满路花》《促拍采桑子》之类，标题中固明言之矣。"

他的结论是："以南北曲之理论词，可领悟者不少。若以南北曲之法歌词，则谬以千里矣。"

引曲是否无拍，词中是否无流拍，这些问题都应该继续研究。但南北曲同宋词存在着某种渊源关系，在乐曲体制上尤其如此。以南北曲之理上论宋词，不失为探究词乐词体的一个可行的方法。我们应该通过多种途径多方探求，以便对宋词的音乐特点包括各种词体的特点获得更多的了解。

分词调为小令、中调、长调三种，并以引、近为中调，慢曲为长

---

① 《词学季刊》1933年第1卷第1期。

调,这是明代中叶以后开始的。唐宋时并没有中调、长调之称。小令中也有字数较多而曲调较长的,并非概为小词短曲。明嘉靖时,上海顾从敬所刻《类编草堂诗余》四卷,把宋本《草堂诗余》原来的分类编排(分春景、夏景等十二类),改为依小令、中调、长调类列的分调编排。《四库全书总目提要》卷一九九《类编草堂诗余》条,谓:"词家小令、中调、长调之分,自此书始。后来词谱依其字数以为定式,未免稍拘,故为万树《词律》所讥。"这种分法,光从词调长短、字数多寡着眼,对各调音乐上体段、节奏的特点全然不顾。很多从词乐上说并非一类的词调,仅因长短差同而归在一起,把唐宋时代原有的曲调、词调分类统统打乱了。因此,朱彝尊于《词综·发凡》说:"宋人编集歌词,长者曰慢,短者曰令,初无中调、长调之目,自顾从敬编《草堂词》,以臆见分之,后遂相沿,殊属牵率。"清毛先舒《填词名解》拘执《类编草堂诗余》的分类法,机械地定出"五十八字以内为小令,五十九字至九十字为中调,九十一字以外为长调",并说这是"古人定例",那就更为荒唐了。《词律·凡例》批驳说:"所谓定例,有何所据?若以少一字为短,多一字为长,必无是理。如《七娘子》,有五十八字者,有六十字者,将名之曰小令乎,抑中调乎?如《雪狮子》,有八十九字者,有九十二字者,将名之曰中调乎,抑长调乎?"《词律》一书,就只叙各调字数,不分小令、中调与长调。

不过,中调、长调之称,自清至今,已为词家沿用不废。宋翔凤《乐府余论》:"令者,乐家所谓小令也;曰引、曰近者,乐家所谓中调也;曰慢者,乐家所谓长调也。不曰令、曰引、曰近、曰慢,而曰小令、中调、长调者,取流俗易解,又能包括众题也。"在主要依曲调分类之外，另有依词调长短的分类，也未尝不可。只是不可拘泥于字数，更不可把它看作是"古人定例。"

三　其他曲体曲式

　　唐宋乐曲蕃盛，曲体曲式丰富多彩。同词调有关的，并不以令、引、近、慢为限。有些乐曲形式，尽管不占重要地位，却也曾作为词调运用过，因此应该也予适当注意。前面提到《词源·拍眼》分乐曲为九类，序、三台、诸公（宫）调即与令、引、近、慢分列，各不相混。明王骥德《曲律》卷四记南宋修内司所刊《乐府大全》，分宫调编排，每个宫调之下又按乐曲类别编排。王骥德见到的一册，为林钟商一调，分类很细，共分十九目。它或许可以代表宋代大型乐曲谱的体例。可惜《曲律》仅录其凡目和三段小谱。

林钟商目——隋呼歌指调

哨声	品（有大品、小品）		歌曲子	唱歌
中腔	踏歌	引	三台	倾杯乐	慢曲子
促拍	令	序	破子	急曲子	木笪
丁声长行	大曲	曲破			

　　林钟商一调，分此十九目（未见近曲），其他宫调，大致与此相类。其中，有些通常用作词调，如令、引、慢；有些间或用作词调，如中腔、促拍、破子；有些则与词调无关。这里仅就令、引、近、慢之外与词调有关的几种曲体，略作说明。

1. 品

有大品、小品。《碧鸡漫志》卷三说："《霓裳》第一至第六叠无拍者，散序故也，类音家所大品，安得有拍？"是大品类似法曲散序，无拍，故未被用作词调。小品之制，当短于大品。《曲律》录林钟商《小品谱》两段，一段十四字，一段二十一字（似未完），都有谱有词，当是词调。姜夔有《醉吟商小品》，单调，三十字。前有小序，谓遇琵琶工，"求得品弦法，译成此谱"。醉吟商是宫调名，《醉吟商小品》是琵琶曲。南宋初扬无咎《解连环》词提到过它："怎得斜拥檀槽，看小品吟商，玉纤推却。"

2. 中腔

《梦溪笔谈》卷五历述大曲中各遍叠之名，内有中腔。见于词调的，有王安中《徵招调中腔》，双调，五十五字。万俟咏《钿带长中腔》，双调，六十四字，都是摘遍于大曲的。星凤阁抄本晁端礼《闲斋琴趣外篇》，据目录其卷末"新填徵调"内有"中腔一首，又一首（与前腔不同）"，然有目无词。《高丽史·乐史》载《寿延长曲破》，有《中腔令》，双调，五十四字。又其《太平年慢》调下注："中腔唱。"可能还有其特殊的歌法。按《东京梦华录》卷九徽宗生日赐宴，教坊乐部奏乐，"第一盏御酒，歌板色一名，唱中腔一遍"。又《梦粱录》卷三记度宗时谢太后生日赐宴，教坊所奏乐，"第一盏进御酒，歌板色一名，唱中腔一遍讫。先笙与箫笛各一管和之；又一遍，众乐齐和，独闻歌者之声"。在一部乐中，中腔都用于第一盏曲即作为第一支声歌使用，它在大曲中的位置实同于中序。

3. 踏歌

踏歌是唐代队舞曲,唐崔液有《踏歌词》二首,都是五言六句。又《梦溪笔谈》卷五述大曲各遍名,踏歌也在其内。宋朱敦儒《樵歌》卷上,有《踏歌》一首,凡三叠,八十三字,与崔液《踏歌词》不同。《梅苑》卷六有无名氏《踏歌》一首,与朱敦儒词略同。《东京梦华录》卷九徽宗生日赐宴,"第八盏御酒,歌板色一名,唱踏歌",《梦粱录》卷三谢太后生日赐宴,"第八盏御酒,歌板色长唱踏歌",都用于一部乐的结束之前。

4. 三台

三台是唐用于催酒的歌舞曲。唐教坊曲有《三台》,又有大曲《突厥三台》,五代冯延巳有《三台令》词。仇远《何满子》:"当日凝香清燕,惯听八拍《三台》。"大概指《三台令》一类的小曲。但《词源·拍眼》单独列三台为一类,则是另一种特殊曲体,它的特点是"慢二急三拍"。即一曲三段,前二段为慢拍,第三段为快拍,先慢后快,犹如小型的大曲。宋万俟咏有《三台》(见梨花初带夜月)一首,凡三叠,一百七十一字,就是这种急、慢双重曲。范成大还提到一种《䕃梅新曲》,也是一个末段转促的曲子。他的《减字木兰花》词说:"《䕃梅新曲》,欲断还连三叠促。"前二段"欲断还连",当是慢拍。"三叠促",第三段转为促拍。可惜仅存曲名,没有词作流传下来。

5. 促拍

促拍即催拍,节奏很快,当是急曲子的一种。《词谱》卷八朱希真《促拍采桑子》调下注:"促拍者,促节繁声之意,《中原音韵》所谓急曲子也。字句与《采桑子》《添字采桑子》迥别。"王国维《宋大曲考》:"促拍,疑大曲中之催拍也。"曹勋《松隐乐府》有《长寿仙促拍》,当出自大曲《长寿仙》。唐宋时用作催酒曲的《三台》,也是促拍之曲。唐李匡乂《资暇集》卷下:"《三台》,今之啐酒三十促拍曲。"宋张表臣《珊瑚钩诗话》卷二:"乐部中有促拍催酒,谓之《三台》。"柳永、秦观都有《促拍满路花》,也是词中常用之调。

6. 序

《词源·拍眼》:"外有序子,与法曲散序、中序不同。法曲之序一片,正合均拍。俗传序子四片,其拍颇碎,故缠令多用之。"法曲之序,有姜夔的《霓裳中序第一》。俗传四片的序子,陈元靓《岁时广记》卷三五载无名氏《倾杯序》,叙唐王勃故事,凡四叠,二百零七字,即是缠令所用的四片的序子,吴文英的《莺啼序》,也是一曲四叠。不过吴文英作词务雅,鄙薄缠令之体,《莺啼序》当不是用于缠令的序子。清方成培《香研居词麈》卷四说:"余曾见米元晖(芾)①自书所作《画眉序》词真迹,其字句音节,与今南曲《画眉序》无异。"米芾《宝晋英光集》卷五收词十六首,无《画眉序》;方成培所见的米芾真迹亦未见流传。

7. 破子

破子是大曲或联章的尾声结曲。《高丽史·乐志》有《抛球

---

① 编注:"元晖"为米芾之子米友仁之字。吴熊和先生此处误记为米芾。

乐》大曲一套,末用《清平令破子》,双调,五十二字。又《寿延长》《五羊仙》大曲两套,都以《破字令》收尾,但两调不同,一为双调五十三字,一为双调五十字。洪适《盘洲乐章》卷一《番禺调笑》,是一套转踏词。前十首《调笑令》,分咏番禺十景,末以《破子》为尾声,双调,七十六字。又《渔家傲》转踏一套,前十二首《渔家傲》分咏十二月渔家生活,末为《破子》四首,即用本调《渔家傲》的半阕。毛滂《东堂词》有《调笑》转踏一套,用《调笑令》八首分咏崔徽等八个美女,末为《破子》两首,亦用《调笑令》。王安中有《破子清平乐》,字句与《清平乐》全同。陈元靓《增类群书类要事林广记》卷二文艺类又有《本宫破子》,则是唱赚所用的,与大曲、套曲中的破子又有不同。

沈雄《古今词话·词辨》卷上录《后庭花破子》(玉树后庭前)一首,注曰:"陈旸《乐书》云:'《后庭花破子》,李后主、冯延巳相率为之。'"王国维《南唐二主词补遗》即据以归之李煜。案陈旸《乐书》无此词。《词谱》卷二于王辉《后庭花破子》下注曰:"此调创自金元,有邵亨贞、赵孟𫖯及《太平乐府》《花草粹编》无名氏词可校。"

8．木笪

唐教坊曲有《木笪》,《太平广记》卷二〇五引《北梦琐言》,记前蜀王保义女所传曲,中有《莫鞱》。周密《齐东野语》卷一〇记杨缵云:"太皇最知音,极喜歌《木笪》人者,以歌《杏花天木笪》,遂补教坊都管。"《杏花天木笪》今佚。木笪可能是一种特殊的曲调。《曲律》卷四记《乐府大全》林钟商调有《娇木笪》调,元杨朝英《朝野新声太平乐府》卷六有白朴《乔木笪》一套,疑即其遗制。

9. 诸宫调

诸宫调由多种宫调的若干乐曲组成，是一种多调性的联合套曲。相传为北宋泽州孔三传首创，是汴京瓦舍中的说唱伎艺之一。《东京梦华录》卷五"京瓦伎艺"条："孔三传，耍秀才诸宫调。"《碧鸡漫志》卷三："泽州孔三传者，首创诸宫调古传，士大夫皆能诵之。"《都城纪胜》："诸宫调本京师孔三传编撰，传奇灵怪，入曲说唱。"孔三传所作的诸宫调久佚。现存最早而又完整的诸宫调作品，为金章宗时董解元的《西厢记诸宫调》，共用十四个宫调，一百五十一曲（其中缠令四十三套）。

《词源·拍眼》列诸宫调为曲体之一。但诸宫调主要用于说唱伎艺，与词调的关系甚小。南北宋之交，乐曲的发展已呈现出两个趋向。一是唐五代以来的词曲，由于日益典雅化和格律化，很少再从民间乐曲吸收新的成分。一是诸宫调、缠令等新起的民间俗曲，它们在曲调、曲式和奏法上，都有不同于传统词曲的新的创造。诸宫调、缠令等后来就成为北方杂剧和南方戏文的剧曲的基础。

上述令、引、近、慢以外的诸曲体，用作词调的都寥寥可数，因此历来颇受忽视。但尽管为数不多，它们总是自成一体的，不能与令、引、近、慢相混。过去或者因其为短制而视同小令，或者因其为长调而并入慢词，抹煞了它们的本身特点，实在是不恰当的。

第三节　词调的异体变格
——乐曲移调变奏

唐宋词调中,有些词调是由曲调移调变奏而来的,它们属于本调的异体变格。所谓移调变奏,就是将令、引、近、慢等本调,改变其宫调,旋律及节奏,从而推出一些新调或变体。它们同本调有着渊源关系,但又自成一体,各有其风度声响。移调变奏是丰富乐曲,增强乐曲表现力,推动乐曲多样化的一个重要途径。词调中的转调、犯调、偷声、减字、添字、摊破等调,就是采用变调变奏的方法而产生的。不少本调有着不止一种的异体变格。如以《木兰花令》为本调,由它衍生的变体,就有《转调木兰花》《偷声木兰花》《减字木兰花》《摊破木兰花》等四调。因此,曲调的移调变奏,等于为丰富多彩的词调新辟了一个内部来源。

一　转调

转调又称转声(现在称为移调),是与本调相对而言。戴埴《鼠璞》:"今之乐章,至不足道,犹有正调、转调。"张元幹《鹊桥仙》

词:"更低唱,新翻转调。"转调从音乐上说,就是转变本调的宫调,即所谓"移宫换羽"。本调一经转调,就犹如一个"新翻"之曲,不能再和本调相混。

词调中的转调,大致有三种情况。

一是转换宫调,并不变动字句。《词谱》卷一三沈会宗《转调蝶恋花》调下注:"转调者,移宫换羽,转入别调也。字句虽同,音律自异。"如李清照《转调满庭芳》,沈蔚《转调蝶恋花》,字句与本调全同。

一是转换宫调,同时变动字句。《词谱》卷一三曾觌《转调踏莎行》调下注:"转调者,摊破句法,添入衬字,转换宫调,自成新声耳。"如张先《转调虞美人》,黄庭坚《转调丑奴儿》,徐伸《转调二郎神》,陈亮《转调踏莎行》,曹勋《转调选冠子》,金王喆《转调斗鹌鹑》,侯善渊《转调采桂枝》,王吉昌《转调木兰花》,字句都对本调有所变动。

一是转换宫调,字句不变而叶韵变动。如《贺圣朝》本调叶仄韵,《花草粹编》卷四引《古今词话》无名氏《转调贺圣朝》,即改仄韵为平韵。《满庭芳》本调叶平韵,《乐府雅词·拾遗上》刘焘《转调满庭芳》,即改仄韵。

周邦彦《意难忘》:"知音见说无双,解移宫换羽,未怕周郎。"宋人好新声变律,移宫换羽就是其主要方式。词调的变体,遂亦以转调为最多。柳永《乐章集》、张先《张子野词》中,同名词调往往分隶不同宫调,其间即有正调、转调之分。不过《乐章集》《张子野词》并未标明,因此何者为本调,何者为转调,难以分辨。《碧鸡漫志》卷三至卷五考证曲调源流,谈到唐宋乐曲很多转调的情况,但何者为本曲,当时已不能尽知,如《荔枝香》"今歇指、大石两调,皆有近拍,不知何者为本曲"。

转调又名"过腔"。晁补之《晁氏琴趣外篇》卷一《消息》,自注:"自过腔,即越调《永遇乐》。"《永遇乐》一调,《乐章集》注歇指调,晁补之过腔为越调,改名《消息》。过腔又名"鬲指"。姜夔《湘月》自注:"予度此曲,即《念奴娇》之鬲指声也,于双调中吹之。鬲指今谓之过腔。"《念奴娇》本大石调,姜夔转入商调,中隔高大石调,于管色中隔一指,故称"鬲指"。

宋词运用转调,对后来的南北曲也有影响,《词谱》卷一三陈亮《转调踏莎行》调下注:

> 宋人精于音律,凡遇旧腔,往往随心增损,自成新声。如元人度曲,或借宋人词调偷声添字,名为过曲者,其源实出于此。

二 犯调

犯调同转调一样也是移宫换羽的方式之一。不过转调是整个曲子由一个宫调转换至另一个宫调,犯调则是一个曲子内两次以上转调,即一曲而用两个以上宫调。不同宫调之间,音高不一致,演奏时会发生冲突,所以称为犯调。运用犯调可以提高音乐表达的性能,有其积极作用。姜夔作《凄凉犯》,以"仙吕调犯双调",他在杭州"以此曲示国工田正德,使以哑觱篥角吹之,其韵极美"。但犯调并不是全无规律,可以乱犯的。姜夔《凄凉犯》词序说:

第三章 词调

> 凡曲言犯者,谓以宫犯商、商犯宫之类。如道调宫"上"字住,双调亦"上"字住;所住字同,故道调曲中犯双调,或于双调曲中犯道调,其他准此。

又说:

> 十二宫所住字不同,不容相犯。

"住字"就是"结音",是一个调式的基音、主音。所住字同,就是不同宫调之间有个共同的主音为基础,这样就可以相互联结或组合成一曲。住字不同,不同宫调之间没有共同基础,就不容相犯。

曲有犯调始于唐武则天时。陈旸《乐书》卷一六一:

> 乐府诸曲,自昔不用犯声。唐自天后末年,《剑器》入《浑脱》,始为犯声,以《剑器》宫调,《浑脱》角调,以臣犯君也。明皇时,乐人孙处秀善吹笛,好作犯声,亦郑卫之变也。

元稹《何满子歌》记玄宗时名歌手何满子唱犯调歌曲,"犯羽含商移调态,留情度意抛弦管。"元稹自己也"能唱犯声歌"①。作词用犯调始于柳永。《乐章集》有《尾犯》《小镇西犯》等调。周邦

---

① 元稹《元和五年予官不了罚俸西归三月六日至陕府与吴十一兄端公崔二十二院长思怆曩游因授五十韵》。

彦集中,犯调更多,如《玲珑四犯》《侧犯》《花犯》《倒犯》等。《词源》卷下说大晟府"美成诸人,又复增演慢曲、引、近,或移宫换羽,为三犯、四犯之曲,按月为之,其曲遂繁"。多作犯调,对乐曲的繁盛也是起了不小作用的。

《词源》卷上《律吕四犯》举犯调有宫犯商、商犯羽,羽犯角,角归本宫四类。宫、商相犯的,如吴文英《玉京谣》,自序谓"夷则商犯无射宫腔"。又其《古香慢》自注:"夷则商犯无射宫。"商、羽相犯的,如周邦彦《瑞龙吟》,《唐宋诸贤绝妙词选》卷七,谓此调为正平调(中吕羽的俗名),犯大石调(黄钟商的俗品)。又如姜夔《凄凉犯》,是仙吕调(夷则羽的俗名)犯双调(夹钟商的俗名)。羽犯角,角归本宫的犯调,未见显例。

宫调相犯的犯调,以三犯、四犯较多。一曲用三个宫调的称三犯,如《三犯渡江云》。一曲用四个宫调的称四犯,如《玲珑四犯》。不过有些犯调于调名上并不标明。周邦彦词多犯调,其调名就不都注明。如越调《兰陵王》,据《碧鸡漫志》卷四,"此曲声犯正宫,管色用大凡字,大一字,勾字,故亦名《大犯》。"此实为犯调。又如《西河》,《碧鸡漫志》卷五说:"大石调《西河》,慢声,犯正平,极奇古",也是犯调。又《瑞龙吟》,为正平调,犯大石调,复归正平,实应称《三犯瑞龙吟》。姜夔有自度曲《玲珑四犯》,与周邦彦《玲珑四犯》字句迥异,其曲调与所犯宫调当亦不同。

南宋时流行以集曲的方式合成新调,也称为犯调。这不是宫调相犯,而是词调相犯。宫调相犯是运用变调变奏的方法创制新调,词调相犯则不过利用原有旧调,将其美听的乐段、字句组合成曲。《词律》卷六《江月晃重山》调下注:

词中题名"犯"字者,有二义。一则犯调,如以宫犯商、角之类;梦窗云十二住字不同,惟道调与双调,俱上字住,可犯是也。一则犯他词句法,若《玲珑四犯》《八犯玉交枝》等,所犯竟不止一调。但未将所犯何调,著于题名,故无可考。

《词律》所谓"犯他词句法",就是词调相犯。后来南北曲中称这种犯调为"集曲",以免与宫调相犯者混淆。不过,集曲也须遵循作曲规则,并不是可以随意把各调字句胡乱凑在一起的。吴梅《南北词简谱》卷五论集曲之法说:

盖集曲之法有二大要点:一为管色相同者;二为板式不冲突者。他如音调之卑亢,次序之整理,皆当研讨者也。但其法可言,其妙处则不可说矣。

词调相犯者,在乐律上当与南北曲集曲之法相同。

词调相犯比宫调相犯更为自由。宫调相犯超过三犯、四犯难以成曲。词调相犯则可以多至六犯、八犯。周邦彦《六丑》,据说就是一首六犯之曲。周密《浩然斋雅谈》卷下谓:"此曲犯六调,皆声之美者,然绝难歌。"曹勋有《八音谐》,自注:"赏荷花,以八曲合成,故名。"仇远有《八犯玉交枝》,亦犯八调。曹勋还有一首《十六贤》,全曲十六句,也可能是集曲,所犯则达十六调。

词调相犯者,多数从调名上可以看出。陆游《江月晃重山》,前二句用《西江月》,后二句用《小重山》,以两调合成一片。吴文英《暗香疏影》,是以姜夔《暗香》上片,《疏影》下片,合成一调。有些犯调则由作者自己注明,如卢祖皋《蒲江词稿》有《锦园春三犯》,自注由《解连环》《醉蓬莱》《雪狮儿》三曲合成。刘过《四犯翦梅花》,亦由《解连环》《醉蓬莱》《雪狮儿》三曲合成。曹勋《八音谐》,据其自注则由《春草碧》《望春回》《茅山逢故人》《迎春乐》《飞雪满群山》《兰陵王》《孤鸾》《眉妩》等八曲合成。

冒广生校《白石道人歌曲》,谓《莺声绕红楼》为姜夔自制之犯调,并谓词调凡调名长至五字者,如《玉女摇仙佩》《黄鹂绕碧树》等,皆是犯调。调名有五字的词调不少,是否都是犯调,这是要另外求证的,恐怕不能一概而论。

三 偷声、减字

偷声与减字意义相同,它们并非两事,都是指对本调在音乐上节短乐句或简化节奏,在歌辞上减少字句,从而推出新调。因此,在宋词中经常两者并称。晏几道《南乡子》:"月夜落花朝,减字偷声按玉箫。"扬无咎《雨中花令》咏歌妓:"慢引莺喉千样转,听过处,几多娇怨。换羽移宫,偷声减字,不顾人肠断。"

题名偷声的词调,有张先《偷声木兰花》两首。《木兰花》调本为七言八句,《偷声木兰花》即将前后段的第三句减省节奏,由七言改为四言。《词谱》卷八于此调下注曰:"此调本于《木兰花令》,前后段第三句减去三字,另偷平声,故云偷声。"

减字首先是指减省声谱之字,并不专指文辞之字。周邦彦《蓦山溪》:"香破豆,烛频花,减字歌声稳。"说明减字是为了调整节奏,音度更稳。《彊村丛书》本《贺方回词》卷二,有《减字浣溪沙》十五首，调名减字，文辞却一字不减，与七言六句的《浣溪沙》本调字句全同。《东山词》卷上有《醉中真》《频载酒》《掩萧斋》等七首，自注："《减字浣溪沙》。"字句亦与《浣溪沙》全同。这些词调的减字，所减即在声而不在字。

但一般说来，减省节奏，自然须相应地减省文辞。《减字木兰花》就既偷声，又减字句，即将《木兰花》前后段第一、三两句的七字句，各减去三字而成四字句，并由原调通首仄韵，亦改为两句一转韵，成为仄平仄平四转韵的调式。兹以张先《木兰花》《偷声木兰花》《减字木兰花》三调列于后，以资比较：

《木兰花》

青钱贴水萍无数，临晓西湖春涨雨。泥新轻燕面前飞，风慢落花衣上住。　　红裙空引烟娥聚，云月却能随马去。明朝何处上高台，回认玉峰山下路。

《偷声木兰花》

曾居别乘康吴俗，民到于今歌不足。骊驭征鞭，一去东风十二年。　　重来却拥诸侯骑，宝带垂鱼金照地。和气融人，清雪千家日日春。

《减字木兰花》

垂螺近额，走上红裀初趁拍。只恐轻飞，拟倩游丝惹住伊。　　文鸳绣履，去似杨花尘不起。舞彻《伊州》，头上宫花颤未休。

金侯善渊《上清太玄集》卷七,有《添字采桑子》《减字采桑子》各一首。《采桑子》本调四十四字,《添字采桑子》添为五十字,但他的《减字采桑子》经过减字,反而增至六十二字,比本调多出十八字,比《添字采桑子》也多出十二字。这是一个偷声不减字、反而增字的特例。

四 添声、添字、摊声、摊破

与偷声减字相反,添声、添字、摊声、摊破,都是对本调在音乐上添入乐句或加繁节奏,在歌辞上增多字句,从而推出新调。宋赵福元有《鹧鸪天》"赠歌妓"一首,咏歌唱时添字情况:

> 裙曳湘波六幅缣,风流体段总无嫌。歌翻檀口朱樱小,拍弄红牙玉笋纤。　腔子里,字儿添,嘲撩风月性多般。忔憎声里金珠迸,惊起梁尘落舞帘。

添声、添字、摊声、摊破,四者意义相同。如《浣溪沙》本调上、下片各七言三句,其于上、下片末各增添三言一句的,南唐李璟词称《摊破浣溪沙》、宋毛滂《东堂词》称《摊声浣溪沙》,辛弃疾《稼轩长短句》卷一一称《添字浣溪沙》,三者音节、句法全同。调名所称摊破、摊声、添字,都是指上、下片末所增三言一句。

李璟《摊破浣溪沙》

　　手卷真珠上玉钩,依前春恨锁重楼。风里落花谁是主?

思悠悠。　青鸟不传云外信，丁香空结雨中愁。回首绿波三楚暮，接天流。

毛滂《摊声浣溪沙》

　　日照门前千万峰，晴飙先扫冻云空。谁作素涛翻玉手，小团龙。　定国精明过少壮，次公烦碎本雍容。听讼阴中苔自绿，舞衣红。

辛弃疾《添字浣溪沙》

　　句里明珠字字排，多情应也被春催。怪得名花和泪送，雨中栽。　赤脚未安芳斛稳，蛾眉早把橘枝来。报道锦熏笼底下，麝脐开。

于片末或句末插入或增添一个短短的乐句，这是唐代歌曲中和声的遗法。唐代歌曲有和声的，如《竹枝》，每句后以"竹枝"、"女儿"交替为和声。又如《采莲子》，每句后以"举棹"、"年少"交替为和声。在和声部分填入实字，就成了"添字"或"摊破"的新调。如《杨柳枝》本以"柳枝"为和声，后将上、下片末的和声部分，改为三言一句，就成了《添声杨柳枝》。《碧鸡漫志》卷五：

　　今黄钟商有《杨柳枝》曲，乃是七言四句诗，与刘（禹锡）、白（居易）及五代诸子所制并同。但每句末各增三字一句，此乃唐时和声，如《竹枝》《渔父》，今皆为和声也。

赵长卿《惜香乐府》卷六《摊破丑奴儿》,上、下片末都增加"也啰,真个是,可人香"三句,当也是用了和声的遗法。

添字或摊破的另一种方式,是在增入音节、字数后改组乐句。如《丑奴儿》歇拍为七言一句,李清照《添字丑奴儿》添入二字,改组为四言、五言两句。《木兰花》上、下片第二、四句原为七言一句,贺铸《摊破木兰花》添入一字,改组为四言两句。《南乡子》上、下片四、五两句原为二、七句法,程垓《摊破南乡子》添入三字,改组为四、四、四句法。《诉衷情》下片原为三、三、三、四、四、四句法,蔡柟《摊破诉衷情》添入二字,改组为三、三、五、七、五句法。

李清照《添字丑奴儿》

  窗前谁种芭蕉树,阴满中庭。阴满中庭,叶叶心心,舒展有余清。　伤心枕上三更雨,点滴霖霪。点滴霖霪,愁损北人,不惯起来听。

贺铸《摊破木兰花》

  南浦东风落暮潮,袯襫人归,相并兰桡。回身昵语不胜娇。犹碍华灯,扇影频摇。　重泛青翰顿寂寥,魂断高城手漫招。佳期应待鹊成桥。为问行云,谁伴朝朝。

程垓《摊破南乡子》

  休赋惜春诗。留春住,说与人知。一年已负东风瘦,说愁说恨,数期数刻,只望归时。　莫怪杜鹃啼。真个也、唤得人归。归来休恨花开了,梁间燕子,且教知道,人也双飞。

蔡楠《摊破诉衷情》
　　夕阳低户水当楼,风烟惨淡秋。乱云飞尽碧山留,寒沙卧海鸥。　浑似旧,只供愁。相看空泪流。故人如欲问安不,病来今白头。

但也有添声而不添字、不改组句法的。苏轼《虞美人》"湖山信是东南美"一首,宋傅幹注《东坡词》引杨绘《本事集》,谓此词"寄《摊破虞美人》"。字句与《虞美人》全同。

五　叠韵、改韵

叠韵、改韵也是词调增多异体变格的常用的方法。不过,它们并不改变乐律与腔调,这一点与上述转调、犯调、偷声、添声等不同。

叠韵是将本调再重叠一遍,即由小令叠为长调,如柳永叠用毛文锡《接贤宾》,另名《集贤宾》;晁补之叠用《梁州令》,另名《梁州令叠韵》;周邦彦叠用王铣《忆故人》,另名《烛影摇红》;贺铸叠用《梅花引》,另名《小梅花》。

改韵主要有两类。一类是本调原无定格,可以随意押平押仄。李清照《词论》说:

　　近世所谓《声声慢》《雨中花》,既押平声,又押入声。《玉楼春》平声,又押上、去声,又押入声。

这类可押平声又可押仄声的词调，尚有《忆秦娥》《柳梢青》《多丽》《雨霖铃》《霜天晓角》等。

另一类则是原有定格，后来为了谐合声律而改动旧韵的。如《满江红》，本押入声韵，姜夔以为不协律，另创平韵《满江红》。他的《满江红》词序说：

> 《满江红》旧调用仄韵，多不协律。如末句云"无心扑"三字①，歌声将"心"字融入去声，方谐音律。予以平韵为之，……末句云："闻佩环"，则协律矣。

姜夔以后，宋人作《满江红》者，不少改用平韵。

不过有些词人改动词调原韵，并非出于协律上的需要。如陈允平《日湖渔唱》好改旧韵，改《绛都春》《永遇乐》原上声韵为平声韵，改《昼锦堂》原平声韵为上、去韵，改《三犯渡江云》原平声韵为入声韵。这些改动，并不带来腔调上的改进，后来就没有人仿效。

词调的异体变格，是歌词形式的变化。这种变化体现了音乐上作曲和移调变奏等技法的改进，因此也不能光从文辞字句上去说明。

---

① 周邦彦《满江红》词："最苦是蝴蝶满园飞，无心扑。"

第三章 词调

第四节 选声择调

作诗要先选择一种诗体:古体抑或近体,五言抑或七言。作词则要先选择一个词调。从千百个词调中选择一个与内容相适合的词调,有时并不简单。因为大多数词调,其适用范围有一定限定,不像诗体的适应性那么广泛。除了调体的长短,还要考虑调情的哀乐,调声的美听与否。有些词调,如其调名所示,所咏内容还有所专属。择调不当,或声、文乖戾,或有误美听,或不合曲名与传统作法,都将妨碍内容与形式的完美结合。所以杨缵《作词五要》说:"第一要择腔。"《词源》卷下"制曲"条也说:"作慢词看是甚题目,选择曲名,然后命意。"都把选择词调,看作是作词的第一步。

唐宋时择调,除了注意词调的长短,如宜用小令的就不取长调,宜作长调的则不用小令;往往更重在词调的声腔特点。唐宋词人生活在"新声巧笑于柳陌花衢,按管调弦于茶坊酒肆"①的声乐环境里,耳濡目染,浸淫其中,对于各类词调的声腔特点,是有

① 孟元老《东京梦华录序》。

亲知亲感,相当熟习的。他们作词应歌,有的好取新声,有的好取熟腔易唱之调。但不管用那一种词调,都不能不顾及其腔调声情。所以择调当时又称为择腔、择曲,或称为选声。这与后世光从文字句式上着眼,是有很大不同的。唐宋词人择调,实包括择声情、择新声、择曲名等多方面含义在内。《九宫谱定总论》说:

> 凡声情既以宫分,而一宫又有悲欢、文武、缓急、闲闹,各异其致。如燕饮、陈诉、道路、军马、酸凄、调笑,往往有专曲。

唐宋词曲的声情,亦正如是。不过由于词乐失传,当日许多名家词如何声情交融、声调谐美,千载之下,已不能从纸上去获其听闻了。

一 择声情

曲调之别,首在于音。曲调固然有长短之分,但更重要的,它还有哀与乐、刚与柔、急与慢等分别。有的雄壮,有的哀怨,有的高昂,有的低抑。唐宋宫廷舞曲,分为健舞曲与软舞曲两类[①],前者刚健,后者柔婉。词曲的情况,当与之大致类似。燕南芝庵《唱论》"凡唱所忌"条说:"男不唱艳词,女不唱雄曲。"唐宋词中,就有艳词与雄曲这两类。它们在声情上的区别是十分显著的。因此作词择调,首先要选择调的声情。白居易《问杨琼》诗:"古人唱歌兼唱情,今人

---

① 见《教坊记》及《乐府杂录》。

第三章　词调

唱歌唯唱声。欲说与君君不会,试将此意问杨琼。"①唱歌不仅唱声,更要唱情,这就要求调的声情与词的文情彼此谐合,融为一体。写壮词不能用艳歌,写艳情也难以用雄曲,这是很自然的。

词调中可列于艳曲的很多。元稹曾与白居易:"城南醉归,马上递唱艳曲十余里。"②《花间集》中,有相当一部分,词为艳体,调为艳曲。宋词中或称"艳歌"、"丽曲":

张先《定西番》:"一曲艳歌留别,翠蝉摇宝钗。"

晏幾道《清平乐》:"艳歌更倚疏弦,有情须醉尊前。"
又《浪淘沙》:"丽曲《醉思仙》,十二哀弦,秋蛾叠柳脸红莲。"
又《庆春时》:"尊前为把,桃根丽曲,重倚四弦看。"

或称妍曲:

晏幾道《浣溪纱》:"妆镜巧眉偷叶样,歌楼妍曲借枝名。"

或称相思曲:

柳永《隔帘听》:"琵琶闲抱,爱品相思调。"

---

① 元稹《和乐天示杨琼》诗自注:"杨琼,本名播,少为江陵酒妓。"
② 见《元氏长庆集》卷二二《为乐天自勘诗集……》诗题。

147

> 张先《忆秦娥》:"参差竹,吹断相思曲。"

> 无名氏《忆秦娥》:"娇羞爱把眉儿蹙,逢人只唱相思曲。相思曲,一声声是,怨红愁绿。"

> 贺铸《宛溪柳》(《六么令》):"心记新声缥缈,翻是相思调。"

它们都属于艳曲一类。这类艳曲的声情,可举《剔银灯》一调为例。晏幾道《鹧鸪天》:"小令尊前见玉箫,《银灯》一曲太妖娆。""太妖娆"即此调的声情。毛滂《剔银灯》自注:"侑歌者以七急拍、七拜劝酒。"侑歌劝酒即此调的功用。宋词中最早作《剔银灯》调的,沈邈有《剔银灯》二首,为"途次南京忆营妓张温卿"而作①。柳永《剔银灯》,亦写邀妓寻欢。这些词的内容,与《剔银灯》的调情可谓融合无间。这种艳曲,就宜于秦楼楚馆,歌筵舞席。当然,称为艳曲的不尽如《剔银灯》,其中也有情调较为高雅、健康的。

词调中堪称雄曲的也不少。宋王明清《挥麈余录》卷一,记嘉祐间蔡挺知庆州、渭州,赋《喜迁莺》长调,"汗马嘶风,边鸿翻月","剑歌骑曲悲壮"。这些塞下传唱的"剑歌骑曲",在声情上就与艳曲不可并论。辛弃疾为陈亮赋"壮词"("为陈同甫赋壮词以寄"),用的是《破阵子》这个词调:

---

① 《能改斋漫录》卷一七。

第三章 词调

　　醉里挑灯看剑,梦回吹角连营。八百里分麾下炙,五十弦翻塞外声。沙场秋点兵。　　马作的卢飞快,弓如霹雳弦惊。了却君王天下事,赢得生前身后名。可怜白发生!

《破阵子》是唐教坊曲《破阵乐》中的一段。《破阵乐》是武舞曲,演奏时兵士军马上场,十分壮观①。辛弃疾用这个发扬蹈厉的词调,写向往中的战斗生活,就是壮词而用雄曲,与调的军乐声容非常谐合。

《六州歌头》为鼓吹曲,也是军乐。北宋李冠用这个调作怀古词,咏项羽庙:

　　秦亡草昧,刘、项起吞并。鞭寰宇,驱龙虎,扫欃枪,斩长鲸。血染中原战,视余耳,皆鹰犬,平祸乱,归炎汉,势奔倾。兵散月明,风急旌旗乱,刁斗三更。共虞姬相对,泣听楚歌声,玉帐魂惊。　　泪盈盈。念花无主,凝愁苦,挥雪刃,掩泉扃。时不利,骓不逝,困阴陵,叱追兵,呜喑摧天地,望归路,忍偷生。功盖世,何处见遗灵。江静水寒烟冷,波纹细、古木凋零。遣行人到此,追念益伤情,胜负难凭。②

---

① 见《旧唐书·音乐志》。
② 《唐宋诸贤绝妙词选》卷五,以此词为刘潜(仲方)作。《后山诗话》则以为李冠作,谓:"冠,齐人,为《六州歌头》,道刘、项事,慷慨雄伟。刘潜,大侠也,喜诵之。"盖刘潜乃诵李冠词,非潜自作。《唐宋诸贤绝妙词选》卷六,又有李冠《六州歌头》一首,咏骊山,与此同为怀古之作,且末句:"使行人到此,千古只伤歌,事往愁多。"与此词结句相似,疑作李冠词为是。

程大昌《演繁露》卷一六说:"《六州歌头》,本鼓吹曲也。近世好事者倚其声为吊古词,如'秦亡草昧,刘、项起吞并'者是也。音调悲壮,又以古兴亡事实之,闻其歌,使人怅慨,良不与艳辞同科,诚可喜也。"后来贺铸作"少年侠气"词,张孝祥作"长淮望断"词,刘过作"中兴诸将"词题岳鄂王庙,汪元量作"绿芜城上"词吊江都,也用《六州歌头》,以悲壮的音调,寓慷慨雄伟的歌词,皆成名作。宋鼓吹曲除《六州歌头》外,还有《导引》《十二时》等调,其声情亦不与艳曲同科。

不过唐宋词调并不能简单地分为艳歌与雄曲两部分。有相当多的词调,既不能归之艳歌,也不能归之雄曲。由于音谱、歌法失传,唐宋词调的声情,后人不获亲闻,已经茫然莫辨。但也绝不是一无可知。倘若钩稽当时的记载,有些词调的声情,还约略可考,如《六州歌头》"音调悲壮",《剔银灯》"太妖娆"等。下面就一些常用词调,举有唐宋人记述可凭者二十调,以窥其声情之一斑。

一、《竹枝》 其声怨咽,是个凄苦的曲调。白居易《竹枝词四首》(其四):"江畔谁人唱《竹枝》,前声断咽后声迟。怪来调苦缘词苦,多是通州司马词。"又《听竹枝赠李侍御》:"巴童巫女《竹枝歌》,懊恼何人怨咽多。"苏轼《竹枝歌引》:"《竹枝歌》本楚声,幽怨恻怛,若有所深悲者。"晁补之《迷神引》:"怪《竹枝歌》,声声怨,为谁苦。"又《水龙吟》:"《竹枝》苦怨,琵琶多泪,新年鬓换。"

二、《甘州遍》 出于大曲《甘州》,是个高调。毛文锡《甘州遍》:"美人唱,揭调是《甘州》。"揭调就是高调。

三、《渔家傲》 也是个高调。晏殊《渔家傲》:"齐揭调,神仙一曲《渔家傲》。"王之道《渔家傲》:"绝唱新歌仍敏妙,声窈窕,行云初遏《渔家傲》。"元许桢《渔家傲》："从此圭塘时检校,停短棹,柳阴高唱《渔家傲》。"欧阳修用《渔家傲》调作鼓子词十二篇,歌唱时用小鼓伴奏。

四、《水调歌头》　　歌头是大曲散序之后歌唱部分的第一个曲遍。王建《闲说》："歌头舞遍回回别,鬟样眉心日日新。"《水调歌头》就是《水调》大曲的头遍歌曲。苏轼《南乡子》："谁家《水调》唱《歌头》,声绕碧山飞去晚云留。"晏幾道《蝶恋花》："《水调》声长歌未了,掌中杯尽东池晓。"葛胜仲《定风波》："共喜新凉大火流,一声《水调》听《歌头》。"刘一止《生查子》："城头长短更,《水调》高低唱。"赵长卿《临江仙》："《水调》悠扬声美,幽情彼此心知。"刘光祖《祝英台近》："有时低按银筝,高歌《水调》。"当是个高亢而悠扬的曼声长调。《水调歌头》在宋时还用于军乐,作为凯歌使用。张孝祥《水调歌头》自注："凯歌上刘恭父。"张镃《水调歌头》自注："项平甫大卿索赋武昌凯歌。"此后张榘就将《水调歌头》改名为《凯歌》,见《芸窗词稿》。这也与调的雄壮声容有关。《水调歌头》又用于元旦朝会,所以又名《元会曲》。

五、《水龙吟》　　是个清澈嘹亮的笛曲。《文选》卷一八汉马融《长笛赋》引庶士丘仲辞曰："近世双笛从羌起,羌人伐竹未及已。龙鸣水中不见己,截竹吹之声相似。"后来遂以"龙吟"比喻笛声。李白《宫中行乐词》："笛奏龙吟水,箫鸣凤下空。"杜甫《刘九法曹郑瑕丘石门宴集》诗："晚来横笛好,泓下亦龙吟。"苏轼有一首《水龙吟》(楚山修竹如云),就是专门咏笛的。苏轼《菩萨蛮》："越调变新声,《龙吟》澈骨清。"则咏《水龙吟》的调声。《水龙吟》为越调,见《片玉集》卷七注。吴文英《水龙吟》自注："无射商。"其俗名即越调。周邦彦《月下笛》词,亦专门咏笛,结句曰:"黯凝魂,但觉龙吟万壑,天籁息。"笛曲一般曲调亢爽响亮,与琵琶曲、琴曲、箫曲有所不同。曹冠《汉宫春》:"江城寒管,任龙吟吹彻何妨。"刘过《临江仙》:"琵琶金凤语,长笛水龙吟。"亦可借以窥其声情。

六、《念奴娇》 晏殊《山亭柳》("赠歌者"):"偶学念奴音调,有时响遏行云。"当是个高调。《念奴娇》又一名《鼓笛慢》,也是个笛曲,可用小鼓伴奏。黄庭坚《念奴娇》词序:"客有孙彦立,善吹笛,援笔作长短句,文不加点。"词中说:"老子平生,江南江北,最爱临风笛[①]。孙郎微笑,坐来声喷霜竹。"逸足奔放的歌词,与声喷霜竹的笛曲,两者十分合拍。苏轼用此调作赤壁怀古词,首句"大江东去",发调便逸唱入云,与《念奴娇》的调声正是相应的。

七、《贺新郎》 音韵洪畅,歌时浩唱。杨冠卿《贺新郎》词序:"秋日乘风过垂虹时,与一羽士俱,因泛言弱水、蓬莱之胜。旁有溪童,具能歌张仲宗'目断青天'等句,音韵洪畅,听之慨然。"张仲宗即张元幹。"目断青天",是他的《贺新郎》"送胡邦衡(铨)待制赴新州"一词中语。又冯取洽《贺新郎》(次韵江定轩咏菊):"浩唱云笺《金缕调》,兴发小槽珠酒。"《金缕调》是《贺新郎》的别名。叶梦得《贺新郎》:"谁为我,唱《金缕》。"张元幹《贺新郎》:"举大白,听《金缕》。"都是指所赋本调,歌时皆须"浩唱"。

八、《雨中花》 歌声悲壮激烈。苏洞《雨中花》词序:"数日

[①] 《山谷琴趣外篇》卷一,此句作"最爱临风曲"。陆游《老学庵笔记》卷二,谓本作"最爱临风笛"。"予在蜀见其稿,今俗本改'笛'为'曲'以协韵,非也。"元方回《桐江续集》卷一五有《跋吴初邻山谷临风笛真迹》。

前,忽闻改之(刘过)去世,怅惘殆不胜言。因忆改之每聚首,爱歌《雨中花》,悲壮激烈,令人歌舞。"金蔡松年《水龙吟》:"别梦春江涨雪,记《雨(中)花》,一声云杪。"也是个高调。

九、《霜天晓角》　声调凄婉。韩元吉《霜天晓角》词序:"夜饮武将家,有歌《霜天晓角》者,声调凄婉。"按《霜天晓角》也当是笛曲。苏轼《水龙吟》"楚山修竹如云"一词咏笛,其末句:"为使君洗尽,蛮风瘴雨,作《霜天晓》。"

十、《沁园春》　仁宗时的都下新声,声甚清美。刘斧《青琐高议》前集卷八《续记》条:"闻前客肆中唱曲子《沁园春》。肆内有补鞋人倾听甚久,顾(崔)中曰:'此何曲也?其声甚清美。'乃都下新声也。'"

十一、《苏武令》　声韵凄楚。赵彦卫《云麓漫钞》卷一四:"绍兴初,都下盛传《苏武令》一词,声韵凄楚,言是李纲作。"

十二、《雨霖铃》　颇极哀怨。《碧鸡漫志》卷五:"今双调《雨淋铃慢》,颇极哀怨,真本曲遗声。"

十三、《小重山》　宛转绅绎,其声有琴中韵。李之仪《跋小重山词》:"是谱不传久矣。张先子野,始从梨园乐工花日新度之,然卒无其词。异时秦观少游,谓其声有琴中韵,将为予写其欲言者,竟亦不逮。崇宁四年冬,予遇故人贺铸方回,遂传两阕,宛转绅绎,能到人所不到处。从而和者,凡五六篇。"

十四、《兰陵王》　也是个笛曲,末段声尤激越。毛并《樵隐笔录》:"绍兴初,都下盛行周清真咏柳《兰陵王慢》,西楼南瓦皆歌之,谓之《渭城三叠》。以周词凡三换头,至末段,声尤激越,惟教坊老笛师能倚之以节歌者。"

十五、《暗香》《疏影》　　音节谐婉。姜夔《暗香》词序："辛亥之冬，予载雪诣石湖（范成大）。止既月，授简索句，且征新声。作此两曲，石湖把玩不已，使工妓隶习之，音节谐婉。乃名之曰《暗香》《疏影》。"

十六、《扑蝴蝶》　　腔调婉美。《苕溪渔隐丛话》后集卷三九："如《扑蝴蝶》一词，不知谁作。非惟藻丽可喜，其腔调亦自婉美。"

十七、《采绿吟》　　本为《塞垣春》，由杨缵改制，音极谐婉。周密《采绿吟》序："甲子夏，霞翁会吟社诸友逃暑于西湖之环碧，琴尊笔研，短葛练巾，放舟于荷深柳密间。舞影歌尘，远谢耳目。酒酣，采莲叶，探题赋词。余得《塞垣春》，翁为翻谱数字，短箫按之，音极谐婉，因易今名云。"

十八、《解语花》　　音韵婉丽。周密《解语花》词："羽调《解语花》，音韵婉丽，有谱而亡其辞。连日春晴，风景韶媚，芳思撩人，醉捻花枝，倚声成句。"

十九、《梦行云》　　曲节抑扬可喜。《碧鸡漫志》卷三："欧阳永叔云：'贪看《六么·花十八》。'此曲内一叠名《花十八》，前后十八拍，又四花拍，共二十二拍。乐家者流所谓花拍，盖非其正也。曲节抑扬可喜。"《六么·花十八》本舞曲，吴文英度为词调，名《梦行云》。其《梦行云》自注："即《六么·花十八》。"

二十、《花犯》　　低声吟唱。刘辰翁《疏影》："香簟素被，听《花犯》低低，瑶花开未。"

清沈祥龙《论词随笔》说："词调不下数百，有豪放，有婉约，相题选调，贵得其宜，调合则词之声情始合。"内容选择形式。择调首先重在择声情，目的是为了更好地表达文情词意。由于词调在声情上颇有差异,各家词风不同,其选声择调也就大为悬殊。婉约派常用《诉衷情》《蝶恋花》《临江仙》《雨霖铃》之类宛转缠绵、凄咽清怨之调,豪放派词常用《满江红》《水调歌头》《贺新郎》之类激越奔放、慷慨悲凉之调。试以苏轼的《东坡乐府》同柳永的《乐章集》相比较,就可以发现二人用调多异。苏轼词中,见不到柳永所用的《看花回》《玉山枕》《柳腰轻》《佳人醉》《阳台路》《红窗迥》《剔银灯》那样的靡靡之音,其名作大都为《水调歌头》《念奴娇》等声宏调畅的词调。南宋辛弃疾等作爱国词,用调就多同苏轼。因为这些词调的声情,同沉著壮烈的爱国情怀亦足以相发。

但因情择调,并非易事。唐宋词中,有曲与词声情相宜的,也有声情不合甚至相互违迕乖戾的。后两种情况,有的是出于"不知",有的是出于"不顾"。这在一些名家词中也未能或免。在作词只为了抒情而不是为了应歌的情况下,尤其如此。沈括《梦溪笔谈》卷五说:

> 今声、词相从,惟里巷间歌谣,及《阳关》《捣练》之类,稍类旧俗。然唐人填曲,多咏其曲名,所以哀乐与声,尚相谐合。今人则不复知有声矣。哀声而歌乐词,乐声而歌怨词,故语虽切而不能感动人情,由声与意不相谐故也。

"哀声而歌乐词,乐声而歌怨词。"声、词之间就会发生矛盾。不过,后人读唐宋词,仅"目睹"而不"耳闻",对这一点已难以感知,读词时常被忽略,而且也根本不在意了。

不过唱歌重在唱情。词调的声情是一回事,歌法又是一回事。有些善于调声弄曲的歌手,可以根据歌唱内容,将同一个曲调唱出不同的感情。这种情况就是所谓"调少情多"①。扬无咎《瑞云浓》:"能变新声,随语意,悲欢感怨。"又《一丛花》:"美人为我歌新曲,翻声调,韵超出宫商。"都是指歌妓们能根据歌唱的内容与感情,改变调声与唱法。显著的例子,可举《声声慢》。宋陈世崇《随隐漫录》卷二:

> 庚申(理宗景定元年)八月,太子请两殿幸本宫清霁亭赏芙蓉、木樨。韶部头陈盼儿捧牙板,歌"寻寻觅觅"一句,上曰:"愁闷之辞,非所宜听。"顾太子曰:"可令陈藏一撰一即景,撰《快活声声慢》。"先臣(指陈世崇父陈郁)再拜承命,二进酒而成,五进酒数十人已群讴矣。

"寻寻觅觅"是李清照《声声慢》一词首句,确是"愁闷之辞",故陈郁反其意另作《快活声声慢》。同一个《声声慢》调,却要唱出"愁闷"与"快乐"两种不同的感情,这就看歌者根据内容而调声节唱的歌法如何了。

同一曲调用以表达不同的内容与感情,这不独唐宋词曲为然,从汉乐府到近代戏曲都有类似情形。有些现代音乐家或许对此惶惑不解,以为必将导致音乐形式脱离其内容。但事实上,这种内容与形式的矛盾,常可用变奏的方法加以解决,不致发生大的困难。杨荫浏《中国古代音乐史稿》就专门谈到这一点:

---

① 见扬无咎《夜行船》赠歌妓吕倩。

  同一曲调,在节奏的改变上,在旋律的细致处理上,可以千变万化。人民在长期实践中间,学会了一套变奏的手法,可以根据同一曲调的大体轮廓,进行各种变奏处理,使之符合于不同内容的要求。我们有好些深刻动人的歌曲、戏曲和器乐曲,的确是这样从某些已有曲牌的基础上产生出来的。它们本身,就是一种有力的证明。①

  进行变奏处理,可以扩大词调的适应范围,作词择调也就有了更多的自由和方便。有些词人用同一词调,写了内容与感情彼此歧异的词,却都能付之演唱,其原因或在于此。

  清周济有《论调》一书,分词调为"婉、涩、高、平四品",惜其书未传②。

二　择新声

  乐曲的流传,全凭其音声谐美,悦耳动听。因此选择词调,也必须重视调声,曲待词传,词借曲行。选择声律流美的调作词,常是词人们所乐意和追求的。尤其是时调新声,熟腔易唱。佳词而得新腔,既合时尚,又动听闻,容易入口流传,不胫而走。因此,宋人词中,常常提到作词须选择新声或美腔的问题。

---

① 杨荫浏《中国古代音乐史稿》第 197 页。
② 况周颐《蕙风词话》卷二:"止庵又有《论调》一书,以婉、涩、高、平四品分之,其选调视红友所载(指万树《词律》)只四分之一,此书亦未见。"

苏轼《减字木兰花》(赠徐君猷侍人庆姬):"妙词佳曲,啭出新声能断续。"

晁端礼《清平乐》:"一抹朱弦新按曲,更遣歌喉细逐。"

吴则礼《满庭芳》:"君须听,新翻燕乐,余韵响檀槽。"

米芾《西江月》:"玉瓶未耻有新声,一曲请君来听。"

阮阅《感皇恩》:"且倾芳尊,共听新声弦管。"

葛胜仲《浪淘沙》:"歌阕斗清新,檀板初匀。"

赵长卿《眼儿媚》:"笑偎人道,新词觅个,美底腔儿。"

陈亮《水调歌头》(癸卯九月十五日寿朱元晦):"我欲为君寿,何许得新腔。"

杨炎正《柳梢青》:"捧杯更着迷奚,唱一个,新行耍腔。"

史达祖《寿楼春》:"有丝阑旧曲,金谱新腔。"

刘克庄《汉宫春》(题钟肇长短句):"烦问讯,雪洲健否,别来莫有新腔。"

第三章 词调

赵以夫《探春慢》（四明次黄玉泉）："且听新腔，红牙玉纤低拍。"

石正伦《渔家傲》："贪听新声翻歇指，工尺字，窗前自品琼箫试。"

张炎《甘州》："香寻古字，谱掐新声。"

北宋时，柳永、周邦彦的词流传最盛，原因之一，就在于他们的词中多新声与美腔。叶梦得《避暑录话》卷下，说"柳永字耆卿，为举子时，多游狭邪，善为歌辞。教坊乐工每得新腔，必求永为辞，始行于世，于是声传一时"。《碧鸡漫志》卷二也说："柳耆卿《乐章集》，世多爱赏该洽，序事闲暇，有首有尾，亦间出佳语，又能择声律谐美者用之。惟是浅近卑俗，自成一体，不知书者尤好之。"教坊乐工的新腔，声律谐美的美腔，这两部分构成柳永词调的主体。柳词声传一时，连不识字的人也都喜欢，同柳永多用新腔、美腔是分不开的。周邦彦"妙解音律，名其堂曰'顾曲'"[①]。《碧鸡漫志》卷二又说："江南某氏者，解音律，时时度曲。周美成与有瓜葛，每得一解（曲），即为制词，故周集中多新声。"周词因以音律精美著称。王国维《清真先生遗事》说："故先生之词，文字之外，须兼味其音律。"像他的《兰陵王慢》，盛行都下，西楼南瓦皆歌之，就同它的音律之美有关。因此，郑樵《通志》卷四九论及乐

[①] 《咸淳临安志·人物传》。

府新声时,有一段话说得颇中肯:

> 今都邑有新声,巷陌竞歌之,岂为其辞之美哉,直为其声新耳!

巷陌竞歌新声,词人择调自然也多择新腔。相反,有些词调,调苦声涩,那就不易推开,词人也不乐于应用。杨缵《作词五要》于"第一要择腔"条,即举例谓"腔不韵则勿作,如《塞翁吟》之衰飒,《帝台春》之不顺,《隔浦莲》之寄煞,《斗百花》之无味是也。"清吴绮《记红集凡例》说:"凡词皆以声情为主,若声不流丽,则情亦滞涩;歌喉少戾,听者废然,何况作者先为劣调乎?词既不顺,虽有秦青、韩娥,亦难按拍矣。"唐宋词调中,有二三百个词调,仅有一词而别无继作,可能即因其声律不美,无力与美腔、新声争胜,终于绝无嗣响了。

有些词人择调还有所偏好。温庭筠词用《菩萨蛮》词多至二十首。孙光宪《北梦琐言》卷四谓因"宣宗爱唱《菩萨蛮》词,令狐相国(绹)假其(指温庭筠)新撰密进之"。薛昭纬爱唱《浣溪沙》。《北梦琐言》卷一〇:"唐薛澄州昭纬,即保逊之子,恃才傲物,亦有父风。每入朝,弄笏而行,旁若无人,爱唱《浣溪沙》词。"《花间集》即录其《浣溪沙》词八首(《花间集》称"薛侍郎昭蕴",王国维《庚辛之间读书记·跋覆宋本花间集》谓"恐与昭纬一人")。晏殊颇爱《渔家傲》曲:"齐揭调,神仙一曲《渔家傲》。"他作的《渔家傲》词有十四首,为《珠玉词》中用得最多的调。扬无咎画梅多用《柳梢青》词题咏,因当时爱唱此调。他自跋其词曰:"予旧有《柳梢青》十首,亦因梅而作。今再用此声调,盖近时喜唱此曲故也。"辛弃疾有《贺新郎》二十三首。岳珂《桯史》卷三:"稼轩以词名,每燕必命侍妓歌其所作,特好歌《贺新郎》一词。"有的词人,一生作词还仅用一个词调。陈人杰《龟峰词》,历年所作凡三十余首,不论内容如何,都是《沁园春》一调,反复用之而无厌。

三 择曲名

诗文都有题目。一般说来,根据题目就可以推知诗文的内容。词则不然。有的赋调名本意,词的内容与调名相合,那么其调名也就是词题。有的与调名无涉,其调名不过是表明所用的曲调声腔,那么就无法根据调名以窥知词意。为了弥补这个缺陷,苏轼、姜夔等人,于调名之外,或加自注,或作小序,借以说明作词缘由与所咏内容。这实际上是一种"以注代题"或"以序代题"的方法,是词题的变通形式。不过,词中有注有序的,仍然不多。唐宋词就其多数来说,还是属于"无题"的。

但作词择调,不光选择调声,有时也须顾及调名。宋黄昇《唐宋诸贤绝妙词选》卷一,于李珣《巫山一段云》二词下注曰:

> 唐词多缘题,所赋《临江仙》则言仙事,《女冠子》则述道情,《河渎神》则咏祠庙,大概不失本题之意。尔后渐变,去题远矣。如此二词,实唐人本来词体如此。

唐人词体,有咏调名本意的,也有去调名甚远的。以《花间集》来说，《思越人》即咏西施。《词谱》卷九："按孙光宪词：'馆娃宫外春深'，又'魂消目断西子'；张泌词：'越波堤下长桥'，俱咏西子事，故名《思越人》，与《鹧鸪天》词别名《思越人》者不同。"《更漏子》是支小夜曲，温庭筠词六首，牛峤词三首，毛文锡词一首，毛熙震词二首，欧阳炯词二首，孙光宪词六首，概咏漏静更深的子夜情事。《喜迁莺》又名《鹤冲天》，是个贺人及第的曲调，韦庄词二首，薛昭蕴词三首，就都咏新进士。这些词就与调名相合。但与调名无涉的，《花间集》已有不少。如《思帝乡》，令狐楚《坐中闻〈思帝乡〉有感》："年年不见帝乡春，白日寻思夜梦频。上酒忽闻吹此曲，坐中惆怅更何人。"刘禹锡《和令狐相公闻〈思帝乡〉有感》："当初造曲者为谁？说得思乡恋阙时。沧海西头旧丞相，停杯处分不须吹。"本是个思京恋阙、怀念长安的曲调。温庭筠、韦庄、孙光宪作《思帝乡》，则全咏春情，完全同帝京无关。鹿虔扆《思越人》亦咏恋情，不复及西子事。宋人用唐五代词调的，则往往离题更远。

　　唐宋词调，多数可说是通用性的，在内容、题材上没有严格限制。因此作词或应歌或抒情，用调一般不拘。但也有些词调，按其制调造曲的本意及习惯用法，有着一定的对象和范围，用调时不能违离。这也是一种"约定俗成"的"词律"，并不是有明文规定的。曹勋《松隐乐府》于《月上海棠慢》《隔帘花》《夹竹桃花》《二色莲》《雁侵云慢》等调，都自注"咏题"。用这些词调，就须咏调名本意。唐人《竹枝歌》多咏巴渝风土。刘商《秋夜听严绅巴童唱竹枝歌》："曲中历历叙乡土，乡思绵绵楚词古。"于鹄《巴女谣》："巴女骑牛唱《竹枝》，藕丝菱叶傍江时。"泛咏风土人情，后来就成了《竹枝歌》的习惯用法，一直相沿不改。

第三章　词调

择调时须注意调名的,约有:

用于祠神　　陈元靓《事林广记》戊集卷五:"如对圣案,但唱乐道山居水居清雅之词,切不可以风情花柳艳冶之曲,如此则为渎圣。"唐时《竹枝歌》也用于祠神,宋时祠神还有专用之曲。姜夔《霓裳中序第一》词序:"丙午岁,留长沙,登祝融峰,因得其祠神之曲,曰《黄帝盐》《苏合香》。"《能改斋漫录》卷五引张芸叟《南迁录》,言祠衡岳"备三献奏曲侑神,初曰《苏合香》,次曰《皇帝盐》,终曰《四朵子》"。常用词调《满江红》,本来也是用于祀神的。释文莹《湘山野录》卷中:"范文正公谪睦州,过严陵祠下,会吴俗岁祀,里巫迎神,但歌《满江红》。"姜夔《满江红》词序,记他过巢湖圣姥庙,"闻远岸箫鼓声,问之舟师,云:'居人为此湖神姥寿也。'予因祝曰:'得一席风径至居巢,当以平韵《满江红》为迎、送神曲。'"后来"土人祠姥,辄能歌此词"。

用于应制　　柳永、晁端礼、万俟咏、曹勋、康与之诸家词中,多应制之作,所用词调一般比较庄重。如柳永《醉蓬莱》,晁端礼《黄河清》《舜韶新》《并蒂芙蓉》《寿星明》等,都与宫廷气氛及庆贺、歌颂的内容相合。

用于咏物　　柳永《黄莺儿》,咏黄莺。张先《汉宫春》,咏梅。苏轼《荷华媚》,咏荷花。万俟咏《春草碧》,咏春草。姜夔《暗香》《疏影》,咏梅。《惜红衣》,咏荷花。史达祖《双双燕》,咏燕。后来用这些词调的,就大都依傍原作。若另作别用,则须改曲名。张炎取《暗香》《疏影》咏荷花、荷叶,就改曲名为《红情》《绿意》。张炎《红情》词序说:"《疏影》《暗香》,姜白石为梅著语,因易之曰《红情》《绿意》,以荷花、荷叶咏之。"宋黄大舆编《梅苑》十卷,其中不

163

少词调是专用于咏梅的。

用于节序 苏轼、黄庭坚、秦观都有《鹊桥仙》,咏七夕。李持正《人月圆》,咏元夕。赵以夫《龙山会》,咏重阳登高。这些都是应时之曲。苏轼《水调歌头》"明月几时有"一词流传之后,作中秋词者,就多用《水调歌头》。

用于祝寿或悼亡 祝寿须用吉祥喜庆之调,如《长寿仙》《大椿》《庆寿光》等。南宋人作寿词极多。魏了翁《鹤山先生大全集》卷九四至卷九六,有词三卷,一百八十六首,几乎全是寿词。史达祖《寿楼春》,自注:"寻春服感念。"则是悼亡之作,声情低抑,一片凄音,不能妄认调名而作寿词。

用于酒词 唐李群玉《索曲送酒》:"帘外春风正《落梅》,烦求狂药《解愁》回。烦君玉指轻拢捻,慢拨《鸳鸯》送一杯。"《落梅》《解愁》《鸳鸯》,唐时就用于送酒。这类词调甚多。如《抛球乐》《上行杯》《摘得新》《三台》《劝金船》《金蕉叶》《荷叶杯》等都是。

用于佛曲、道曲 《能改斋漫录》卷二:"京师僧念《梁州》《八相》《太常引》《三皈依》《柳含烟》等,号唐赞。而南方释子作《渔父》《拨棹子》《渔家傲》《千秋岁》唱道之辞。"

此外,词调中有用于风月脂粉的,有用于舞旋的,有用于茶词的,兹不一一举例。

第五节　词调的演变

唐宋千百个词调,是大约自八世纪至十二世纪这数百年间逐步积累起来的。这中间迭经变化,经历了一个发展、演变的过程。

词调的演变反映着乐曲的因革与兴衰。乐曲的时代性是很强的。随着时代风气的转移,乐曲总是代有新变,不断处于变动之中。即使是风靡一时的名曲,其流行的时间和地域也常是有限的。唐宋时传唱百年,历久不衰的曲调,屈指不多。往往前一时期其声广被,妇孺皆知的,到后一时期不但响歇音沉,甚至连曲谱、歌法尽湮没无闻。因此,词在唐宋时并不是尽数可歌的。始终是一部分可歌,一部分不可歌。可歌的不失为时曲,不可歌的便成了古调。

唐宋两代词调的变动是相当大的。唐教坊曲盛传一时,到宋代有谱可歌的就不多了。名作如张志和《渔歌子》,当时不但朝野属和者有颜真卿等二十五人,而且还传至日本。日本嵯峨天皇于弘仁十四年(823年,当唐穆宗长庆三年),作《和张志和渔歌子五首》,距张志和原作仅四十九年。但宋时早已曲度无传。宋人作《渔歌子》者,只能借用《鹧鸪天》或《浣溪沙》的腔调来唱它。《乐府雅词》卷中徐俯《鹧鸪天》词跋引苏轼曰:"玄真语极丽,恨其曲度不传,加数语以《浣溪沙》歌之。"黄庭坚《鹧鸪天》词序曰:"表弟李如篪云:玄真子《渔父》语,以《鹧鸪天》歌之,极入律,但少数句耳。"《酒泉子》是唐边地歌曲,并经京、洛流行至西蜀,《花间集》有温庭筠、韦庄等十人作二十六首。南宋初管鉴就感叹此调"尊前无能歌者":"阳春一曲唤愁醒,可惜无人歌此曲。"①朱希真也"但诵数过",以"无人长歌为恨"。他跋曹勋《酒泉子》《谒金门》二词云:"读二词,洒然变俚耳之焰烟,还古风之丽则,宛然有余味也,盖治世安乐之音欤?恨无韩娥曼声长歌,以释予幽忧穷厄之疾。但诵数过,增老夫暮年之叹。"《小重山》一调,《花间集》亦有韦庄等所作六首。北宋李之仪《跋小重山词》,谓"是谱不传久矣"②。因此,《碧鸡漫志》卷一说:

> 唐词声行于今,辞见于今者,皆十之三四。

这仅是个约略的估计。可能唐词声行于宋,比之辞见于宋的,还要少些。

宋代词调大增,但变动也很大。周邦彦词在政和、宣和间,传遍都下,但到南宋后期,已遗音沦落,能歌者寥若晨星。吴文英、张炎都奉周词为圭臬,作词好择《清真集》中所用之调,可是他们听到歌周词的,已惊为罕遇。吴文英《惜黄花慢》词序记吴江夜泊

---

① 《四印斋所刻词·养拙堂词》。
② 李之仪《姑溪居士文集》卷四〇。

听邦人赵簿携小妓歌清真词数阕,张炎《国香》词序记杭妓沈梅娇"犹能歌周清真《意难忘》《台城路》二曲",又《意难忘》词序记中吴车氏亦能歌《意难忘》曲,吴文英、张炎都为之爱叹不已,特为赋词以记其事。这或许是由于历时已久而音声失坠的,但也有年代甚近而即无嗣响的。张炎与吴文英年代相接,他对吴文英的自制曲《西子妆慢》"喜其声调妍雅",后来填作此调,"惜旧谱零落,不能倚声而歌"①。"声调妍雅"的《西子妆慢》亦尚如此,那些不中听的曲调自然更遭到弃置,无人过问了。唐宋词调中仅只一词、别无继作的,就有三百余调之多。这些词调大都随作随亡,旋行旋废,即使出于柳永、周邦彦、吴文英诸名家的,亦在所不免。

一方面过时的曲调一再淘汰(词调由于借文字声律定型下来,在曲谱、歌法失传之后仍不乏作者,这一点与曲调不同),另一方面,新创的曲调随时繁衍孳生,词调遂随之不断推进演化,变旧更新。唐五代及北宋期间,是词调创作最活跃、最丰富多彩的时期。尤其在北宋,词调不但得到源源增补,而且令、引、近、慢,众体兼备,对词体的发展起了重要的推动作用。南宋时,我国音乐文艺的重心转移,词曲不再从民间新声获得新的来源。除了一些词人自度曲外,词调的创作已经停滞,最后也就衰落了。

一 唐五代词调以小令为主,齐言、杂言并存

唐五代词所用近二百个词调,其来源:一为盛唐时的教坊曲,

---

① 张炎《西子妆慢》词序。

二为中唐以来的都市新声。

教坊曲被用作词调的，约八十余曲。拿唐五代词调，同《教坊记》曲名表对照比勘：王重民辑《敦煌曲子词集》录调四十七，见于《教坊记》者三十七调；《花间集》录调七十七，见于《教坊记》者五十四调；《尊前集》录调六十一，见于《教坊记》者二十九调。教坊曲为唐五代词准备了重要的乐曲条件，于此可以得到充分的证明。

教坊曲还有二百余曲没有被选择用作词调。除了一些朝廷正乐和遍数甚多的大曲外，令人惋惜的是好些民间歌曲也未能入词，如《拾麦子》《剉碓子》等劳歌，《卧沙堆》《回戈子》《怨黄沙》等戍边之歌。这大概是这类民间曲子的情调，同词体流行所依赖的檀板金尊、浅斟低唱的气氛不合；同时大部分民歌仍为五、七言句式，同词调所特需的抗坠抑扬、曲折宛转的音乐要求不合，因此，词家选声择调，就摒而不取。这种情况表明，词在初起时，词调的取径已不甚宽宏，比之教坊曲就不免显得狭窄。

教坊曲中以五言、六言、七言四句或八句为歌词的，还不在少数。计有《杨下采桑》《回波乐》《四会子》《怨胡天》等四五十曲（《乐府诗集》所收齐言曲词有七十余曲）。由于齐言句式同乐曲节拍存在矛盾，无法消除，这些曲调因而大都自行消亡，没有发展为词调。但也有一些本为齐言，后来改行长短句的，如《浪淘沙》，中、晚唐刘禹锡等人所作概为七绝，五代时李煜就改为长短句；《杨柳枝》，刘禹锡、白居易所作亦皆七绝，敦煌词（春去春来春复春）改用长短句；《长命女》本为五言四句声诗，见《乐府诗集》卷八〇，《花间集》和凝词改用长短句。《碧鸡漫志》卷五："近世有《长命女令》，前七拍，后九拍，属仙吕调。"与和凝词似又不同。《何满子》,唐薛逢词为五言四句,《花间集》毛熙震词改为长短句。保持齐言,一直不改的《怨回纥》《八拍蛮》《醉公子》诸调,五代尚有少量继作,入宋后流传的,就仅余《浣溪沙》《生查子》为数绝少的几阕了。齐言消亡,长短句兴,这个有关词体成立的重要变动,是在晚唐五代完成的。宋代新创的词调,就仅个别为齐言的了。

中唐时新声迭起。白居易、元稹、刘禹锡诗中,言及当时的声乐之盛,是盛唐李、杜诸集中未曾写到的。白居易《杨柳枝》:"《六幺》《水调》家家唱,《白雪》《梅花》处处吹。古歌旧曲君休听,听取新翻《杨柳枝》。"刘禹锡《杨柳枝词九首》(其一):"塞北梅花羌笛吹,淮南桂树小山词。请君莫奏前朝曲,听唱新翻《杨柳枝》。"据白居易《杨柳枝二十韵》自注:"《杨柳枝》,洛下新声也。洛之小妓有善歌之者,词章音韵,听可动人。"这些动人的新声的兴起和流行,不能不使"古歌旧曲"日渐沦替。刘禹锡《泰娘歌行》,记泰娘原在苏州,"乐工诲之琵琶,使之歌且舞,无几何,尽得其术"。后来到了京师长安,"京师多新声善工,于是又捐去故伎,以新声度曲"。反映了中唐时竞以新声取代旧曲的趋势和时尚。唐五代词调约有六七十调不见于《教坊记》,如《忆秦娥》《八六子》《卜算子》《江城子》《喜迁莺》等,就是中、晚唐新创的词曲,是继教坊曲之后流行的。

唐五代词调以令曲为主,有些还是单片的,是最简短的词调。但在中、晚唐词调中就出现了长调慢曲,如钟辐《卜算子慢》、杜牧《八六子》、李存勖《歌头》、尹鹗《金浮图》等。《碧鸡漫志》卷五说:"唐中叶渐有今体慢曲子。"《卜算子慢》可说是第一个称"慢"的词调。包括敦煌曲中的《内家娇》《倾杯乐》等在内,唐五代的长调约十首左右。为数虽然不多,但却是唐五代词调中重要的新因素。入宋以后,词调以令曲为主的状况,不久就被改变。宋代新创的词调,即以长调慢曲为主,令词小曲退居次要地位。宋代新创的令曲也全是双调,不复再创单片的短调了。

由于乐曲的变动,唐五代的词调为宋人继续沿用的,不过半数,其余即废而不传。《蕃女怨》《遐方怨》《定西番》《甘州子》等边地歌曲,《荷叶杯》《摘得新》《抛球乐》《上行杯》等酒令著词,在宋代就罕有作者,顿成绝响。

二　北宋新声竞繁,众体兼备,词调大盛

同唐五代仅二百左右小令相比,北宋时"其急、慢诸曲几千数"。不仅数量远远超轶前代,而令、引、近、慢,兼有众体,词调于是得称大备。这是仁宗至徽宗一个世纪左右的时间内完成的。除了教坊乐,北宋市井新声的竞起,是词调获得新增与扩充的重要原因。当时上自宫廷,下至瓦子勾栏,远至漠外,凡有井水处,都是这种新声的领地。而且,北宋词人知音识曲者多,能自制调,因此在作词与制调这两方面都出现了极盛的局面。

宋初置教坊,其乐工有来自西蜀和南唐两个词曲中心的[①]。史传太宗精音律,前后亲制大、小曲及因旧曲创新声者,总三百九

[①] 《宋史·乐志》:"宋初循旧制,置教坊,凡四部。其后平荆南,得乐工三十二人;平西川,得一百三十九人;平江南,得十六人;平太原,得十九人。余藩臣所贡者八十三人,又太宗藩邸有七十一人,由是执艺之精者,皆在籍中。"

十,其曲名备见于《宋史·乐志》。但宋初词坛沉寂,教坊乐和太宗所制曲都未见转为词调。《碧鸡漫志》卷二说:"国初平一宇内,法度礼乐,寖复全盛,而士大夫乐章顿衰于前日。"这种状况一直延续了半个世纪之久。

宋代词曲之盛起于宋仁宗时,唐五代词调部分被传唱,而市井间又竞逐新声,这是唐宋词所经历的又一次重要的乐曲变动。一些词人在传统词风影响下,主要承南唐余绪,多用唐五代小令,如晏殊、欧阳修;另一些词人则致力于尝试新曲,以新的词风来推动新的乐曲的流行,这主要是柳永。介乎这两者之间的,则有张先、杜安世等人。

当时新声竞繁的盛况,从柳永词中可以看出:

《木兰花慢》:"风暖繁弦脆管,万家竞奏新声。"

《安公子》:"是处楼台,朱门院落,弦管新声腾沸。"

《夏云峰》:"坐久觉,疏弦脆管,时换新音。"

《木兰花》:"佳娘捧板花钿簇,唱出新声群艳伏。"

《玉蝴蝶》:"要索新词,娣人含笑立尊前。按新声,珠喉渐稳;想旧意,波脸争妍。"

《玉山枕》:"省教成,几阕清歌,尽新声,好尊前重理。"

《凤栖梧》:"帘下清歌帘外宴,虽爱新声,不见如花面。"

　　《乐章集》中的词调,就是这类新声。《乐章集》三卷,又《续添曲子》一卷,词调增至二百余,比《花间集》用调多出两倍。其中一百多调,是首见于柳永词的。论创调之多,两宋词入,无出其右。柳词又大都为长调,开辟了词曲由小令进入长调的新阶段。柳词固然格调不高,以致有"词语尘下"之讥,但他在词调方面的这种创立之功,却是不应忽视的。

　　柳永词调来源颇广,有教坊新腔和都邑新声。李清照《词论》还指出柳永词调的特点,是"变旧声作新声"。不少唐五代旧曲,如《浪淘沙》《定风波》《木兰花》《应天长》《长相思》《玉蝴蝶》等,本来都是小令,柳永都度为慢曲长调。不少唐教坊曲,唐五代无人为之作词,如《透碧霄》《夜半乐》《隔帘听》《二郎神》《留客住》《曲玉管》《小镇西》《六么令》《雨霖铃》《安公子》等,在柳永集中,亦都度为词调。这两者在当时都是属于新声的,反映了唐宋间乐曲的因革和演进。词调从此也就日趋丰富和繁盛了。

　　柳永所创所用之调,约有两类。一类如《雨霖铃》《八声甘州》《望海潮》《满江红》等,情调健康,格局开展,宜于铺叙,是很好的抒情曲。一类如《殢人娇》《合欢带》《金蕉叶》《传花枝》《隔帘听》《两同心》等,其调名和内容都可归之"冶荡之音"。这后一类词调大都行于花巷柳陌,当时就招致非议。本来唐人歌词很多已是"轻新便妓唱"的①,连韩愈的某些作品也不例外。不过唐时歌者

---

① 元稹《见人咏韩舍人新律诗戏赠》,韩舍人即韩愈。

兼有男女，著名的如李龟年、李衮、米嘉荣、何戡、李可及等，都是男歌手，唱的歌曲比较雄豪俊爽。宋时则独重女音，尤其是柳永词曲传播之际。苏轼门下的李廌有一首《品令》说："唱歌须是，玉人檀口，皓齿冰肤。意传心事，语娇声颤，字如贯珠。"柳永词调，就最适用于这种女音。《乐章集》中有《玉楼春》四首，分咏心娘、佳娘、虫娘、酥娘四个歌妓，她们就是柳词的歌者。

  心娘自小能歌舞，举意动容皆济楚。解教天上念奴羞，不怕掌中飞燕妒。

  佳娘捧板花钿簇，唱出新声群艳伏。金鹅扇掩调累累，文杏梁高尘簌簌。

  虫娘举措皆温润，每到婆娑偏恃俊。香檀敲缓玉纤迟，画鼓声催莲步紧。

  酥娘一搦腰肢袅，回雪萦尘皆尽妙。几多狎客看无厌，一辈舞童功不到。

柳永词调的柔靡软媚，于此就可想而知。

苏轼革新北宋词坛，就以柳永为对手。苏轼不但提高词品，开拓词境，而且把变革与刷新词调，也作为转变词风的一个重要方面。苏轼与柳永两家集中用调多异，这在前面已经说过。苏词用调，很多是音韵洪畅、气度豪迈的，有穿云裂石之声。这些词调,就不是"语娇声颤"的"玉人檀口"所能唱得了的。苏轼四十岁在密州围猎,作《江城子》(老夫聊发少年狂)一首,寄与鲜于侁(子骏)说:

> 近却颇作小词,虽无柳七郎风味,亦自是一家。呵呵!数日前,猎于郊外,所获颇多。作得一阕,令东州壮士抵掌顿足而歌之,吹笛击鼓以为节,颇壮观也。①

"令东州壮士抵掌顿足而歌之,吹笛击鼓以为节",这与柳七郎风味迥不相侔,完全是另一番境界。俞文豹《吹剑续录》说:

> 东坡在玉堂,有幕士善讴,因问:我词比柳七如何?对曰:柳郎中词,只好十七八女孩儿,执红牙拍板,唱"杨柳岸晓风残月";学士词,须关西大汉,执铁板,唱"大江东去"。公为之绝倒。

这是个很有名的故事。苏、柳两家词,从内容到词调,其风味与声响的不同,都被对比得最为清楚与切当了。

苏轼对词调的贡献不止这一点。他还是除了柳永、张先外较早地多作长调的大词人。有些词调,虽然不是他所创制,但却是经由他填词之后才被推广的,如《念奴娇》《水龙吟》《贺新郎》《水调歌头》《满庭芳》等。宋人用这些词调的,就大都依苏词填作。

---

① 《与鲜于子骏书》,见《苏东坡集续集》卷五。

第三章 词调

《念奴娇》即因苏词而另立《大江东去》《酹江月》《赤壁词》等别名，《贺新郎》也因苏词而得《乳燕飞》《风敲竹》等新名。这些词调主要是借苏词而传开，从而得到广泛运用的。

北宋词调大增的另一个重要阶段，则以周邦彦和大晟曲为代表。《词源》卷下：

> 迄于崇宁，立大晟府，命周美成诸人讨论古音，审定古调，沦落之后，少得存者；由此八十四调之声稍传。而美成诸人，又复增演慢曲、引、近，或移宫换羽，为三犯、四犯之曲，按月律为之，其曲遂繁。

两宋词人中，论创调之多，周邦彦仅次于柳永。他曾一度主持大晟府这个国家音乐中心，因此张炎把他在词曲上的创造同大晟府的设立联系在一起。大晟府置于宋徽宗崇宁四年（1105）九月，罢于宣和七年（1125）十二月。据王国维《清真先生遗事》，周邦彦提举大晟府是在政和六年（1116），这时周邦彦年已六十一岁。未几，迁顺昌府，徙处州卒。事实上，远在提举大晟府之前，他已是乐律名家，制调甚多。因此，周邦彦的词调，同大晟府的制曲，不能混为一谈。

周邦彦《清真词》多新声。除了增演慢曲、引、近，作犯调是周邦彦制调的又一重要方法。增演慢曲、引、近，即"变旧声作新声"，这是柳永以来所习用的。犯曲虽始于唐，柳永词中仅《尾犯》等二调，周邦彦则加以推广，作了《侧犯》《花犯》《玲珑四犯》《瑞龙吟》《六丑》《渡江云》等多首。周邦彦用上述两种方法增演的词调约在五十调左右。由于柳永词曲俚俗,苏轼则往往不协音律,周邦彦去俗复雅而又音节谐美的词曲就深合时好,传唱遂既广且久。沈义父《乐府指迷》说:"凡作词当以清真为主,盖清真最为知音,且无一点市井气。"南宋吴文英等重音律的词人,更尊之为词林正宗了。

大晟府在它创立的二十五年间,创制的乐曲也不少。姜夔《徵招》词序:"徵招、角招者,政和间大晟府尝制数十曲。"这徵、角二调数十曲曾由大晟府刊行。《宋史·乐志》:"政和三年,诏令大晟府刊行新徵、角二调曲谱之已经按试者。"贺铸《木兰花》词:"徵韶新谱日边来,倾耳吴娃惊未有。"大晟府制撰官之一的晁端礼,其《闲斋琴趣外篇》有《并蒂芙蓉》《寿星明》《黄河清》《舜韶新》诸调,即为徵调曲。其中《黄河清》一调,蔡絛《铁围山丛谈》卷二说它:"音调极韶美,天下无问遐迩大小,皆争唱之。"当时先后在大晟府任职的万俟咏、田为、晁冲之、徐伸、姚公立、江汉、晁端礼,都是善于度曲的。因此徽宗时词曲又一时特盛,直至北宋灭亡。

词调始于唐,而大备于宋。北宋后期,乐家所唱大都是宋时新声,唐旧曲少得存者。蔡居厚《蔡宽夫诗话》说:

> 近时乐家,多为新声,其音谱转移,类以新奇相胜,故古曲多不存。顷见一教坊老工,言唯大曲不敢增损,往往犹是唐本。

其实当时所演大曲亦多北宋新谱,唐大曲久废而不用。唐人杂曲犹播之管弦、传之歌喉的,恐怕为数甚少了。

三　由于音乐文艺重心转移，除词人自度曲外，南宋词调发展呈现停滞，最后衰落

词至北宋其体始尊，至南宋其用益大。辛弃疾诸家的爱国词，把词的思想艺术推向新的高度。因此对南宋词的成就应有足够的估计。但从词调发展上讲，却不能不看到，北宋创调多，南宋创调少；北宋词传唱遐迩，南宋词则愈到后来流传的范围愈益狭小。词调的发展在北宋臻于极盛之后，南宋却出现了呆滞的现象，所增新调仅偏于词人自度曲一隅。这是唐宋词曲演变中的一个重要变化。

靖康之变后，南宋初曾一度禁乐。"属靖康之变。天下不闻和乐之音者一十有六年。绍兴壬戌（绍兴十六年），诞敷诏音，弛天下乐禁。"①其后百余年，虽也陆续增添了一些新的词调，但总的说来，不再出现北宋那种新声竞起的盛况。包括辛弃疾这样的大词人在内，作词所用大都还是唐和北宋的旧有曲调。词调的这种呆滞现象是怎么造成的呢？其原因主要有二。

一、出现了新的乐种、曲种、剧种，词曲失去了音乐文艺的中心地位。唐及北宋，音乐艺术以歌曲、舞曲为中心，为词调的发展提供了充实的基础。但从北宋后期开始，歌曲方面出现了嘌唱、唱赚、赚等乐种；说唱方面出现了鼓子词、诸宫调等曲种；戏剧方面出现了杂剧、院本、南戏等剧种。音乐艺术的中心，于是转向这

---

①　鲖阳居士《复雅歌词序》。

些俗曲和杂曲,词曲原来占有的中心地位遂被逐步取代。尤其是作为诸宫调和杂剧的曲调来源的北曲,在这期间发展很快①。董解元《西厢记诸宫调》成于金章宗时,正当南宋光宗绍熙至宁宗开禧间,已用十四个宫调一百五十一个基本曲调,如果变体也计算在内,则达四百四十四个曲调,远远超过与之同时的辛弃疾、姜夔等南方词人所用的词调(辛弃疾词用调九十八,姜夔词用调五十八)。周德清《中原音韵》共收北曲十二宫调三百十五曲,很多是创自金代及元初的。明王世贞《艺苑卮言》说:"词不快北耳,而后有北曲。"又说:"曲者词之变,自金元入主中国,所用胡乐,嘈杂凄紧缓急之间,词不能按,乃更为新声以媚之。"蔡松年、元好问、白朴等北方词人,作词全无新调,其原因或许即在于此。

南戏起于南北宋之交②,其剧曲是南方曲调。明徐渭《南词叙录》谓:"其曲,则宋人词而益以里巷歌谣,不叶宫调,故士大夫罕有留意者。"又说:"永嘉杂剧兴,则又即村坊小曲而为之,本无宫调,亦罕节奏,徒取其畸农市女顺口可歌而已。"钱南扬《宋元戏文辑佚》辑录《王魁旧传》《王焕传奇》《乐昌分镜》《梅岭失妻》等四种宋代南戏的残文,共有四十曲③,用及词调的不过十分之一,绝大多数是不见于宋词的民间新曲。《王焕传奇》中还有北黄钟《灯月交辉》一调,表明北曲也已进入南戏。

---

① 北宋崇宁、大观间,北曲子已流行于京师。吴曾《能改斋漫录》卷一:"崇宁、大观以来,内外街市鼓笛拍板,名曰打断。至政和初,有旨立赏钱五百千。若用鼓板改作北曲子,并著北服之类,并禁止支赏。"
② 祝允明《猥谈》:"南戏出于宣和之后,南渡之际,谓之'温州杂剧'。"
③ 明人所辑《南曲九宫正始》《九宫大成南北词宫谱》,有上诸曲的曲谱。

第三章　词调

南宋词调不能从当时这些新兴音乐中吸收养料，获得转机和再生，它的趋势就只能走向没落。

二、南宋词崇高雅、严音律，同民间新声断绝联系，堵塞了词调的新来源。南宋论词严雅、俗之辨，在格律上也日益讲究四声阴阳，这同当时民间新声更富于自由变化的趋势正好相反。当时市井嘌唱、唱赚盛行，临安且有"遏云社"等专门唱赚的社团①。缠令、赚曲在董解元《西厢记诸宫调》中采用甚多，但一般词人却唯恐避之不及。吴文英提出"下字欲其雅，不雅则近乎缠令之体"，这一条几乎是宋末词坛的清规戒律。词调守律日严，取径日窄，其来源必然日渐涸竭，于是只剩下少数音律家作自度曲之一途了。

词人自度曲是对南宋词调停滞状态的主要补偿。其中姜夔的自度曲，在词乐史上还有重要地位。词人自度曲，五代北宋时已有。后唐庄宗李存勖即爱自制曲。苏轼《如梦令》词序："此曲本唐庄宗制，名《忆仙姿》，嫌其名不雅，故改名《如梦令》。"北宋周邦彦等集中多自度曲，不过并未标明，后人难以把他们的自度曲单独列出。姜夔的十七首自度曲不但都予标出，而且一一旁注工尺谱，成为流传至今唯一完整的宋代词乐文献。他的《九歌》注律吕于字旁，"琴曲"注指法于字旁，都是今传宋人集中仅有的。同时，据其《长亭怨慢》词序，他作自度曲"初率意为长短句，然后协以律"。这种词与曲配合的方式，要比按谱填词合理得多。这必须是词人兼音

---

① 见《梦粱录》卷一九。陈元靓《群书类要事林广记》戊集文艺类，还有"遏云要诀"等一套唱法。

乐家才能做到。这两点是姜夔自度曲的特点和优点。

姜夔之后,作自度曲者以吴文英居多,如《霜花腴》《澡兰香》《西子妆》《玉京谣》《古香慢》等。杨缵、史达祖、谭宣子、周密、张炎等词人也有一些自度曲,为南宋后期的词坛作声乐装点。但这些自度曲,有的流行范围颇狭,响应者不多;有的竟"斯人清唱无人和",绝无嗣响。就是姜夔的自度曲,如《石湖仙》《琵琶仙》《鬲溪梅令》等,亦无人继作。他的《平韵满江红》一阕,刘克庄《后村诗话续集》叹惜"此阕佳甚,惜无能歌之者"[①]。而且,这些自度曲的乐律一般较严,不易推开,只能感叹"曲高和寡"了。这也是当时词乐衰落的反映。

词的创作在南宋是有重大发展的,姜夔等的自度曲也为南宋词乐增添生色。但从词调发展上来说,不能不承认北宋为极盛时期,南宋则出现了停滞趋势,最后在南北新兴乐曲的竞赛下,趋向衰落。

唐五代及北宋词,歌唱时主要用弦乐器伴奏,主乐器是琵琶。但北宋时已常用管乐器,以觱篥和笛协曲。《词源·音谱》说:"惟慢曲、引、近则不同,名曰小唱,须得声字清圆,以哑觱篥合之,其音甚正。"像《水龙吟》《念奴娇》,即是笛曲而非琵琶曲。南宋则以管色为主乐器。姜夔的自度曲,大都以哑觱篥和洞箫协曲。他的《角招》词序说:"予每自度曲,吟洞箫。"又《凄凉犯》词序说:"予归行都,以此曲示国工田正德,使之哑觱篥吹之,其韵极美。"这也是南北宋词乐不同之一。按箫填词,无论制曲和配词都增加了难度,南宋创调不多,持律转严,同词曲乐器的变化也是有关系的。

---

① 《后村先生大全集》卷一七七。

第四章 词派

第一节 唐宋词分派的由来

钟嵘《诗品》评汉以来诗人,常为之溯源,如谓阮籍"其源出于《小雅》";刘琨"其源出于王粲,喜为凄戾之词,自有清拔之气";陶潜"其源出于应璩,又协左思风力","古今隐逸诗人之宗也"。刘勰《文心雕龙》论作家又重在体性,认为"才有庸俊,气有刚柔,学有深浅,习有雅郑",各师成心,其异如面。其《体性》篇遂总括为八体:"一曰典雅,二曰远奥,三曰精约,四曰显附,五曰繁缛,六曰壮丽,七曰新奇,八曰轻靡。"钟嵘考镜源流,刘勰辨认体性,若论述文学流派,两者都不可或缺。后来论诗派、词派的,着眼点就都不外乎析派与辨体这两个方面。

宋人论诗派,就有"派"、"体"两说。北宋末吕本中仿禅门宗派之说,作《江西诗社宗派图》,列黄庭坚以下陈师道、潘大临等二十五人,以为"其源流皆出于豫章"(谓黄庭坚,黄为江西人),因称为"江西诗派"。这是"诗派"一名之始。但列名于《江西诗社宗派图》的,盖如同禅宗之"法嗣","门固有伐,业固有承",即以诗法传授为依据的,其门庭不免狭隘。杨万里作《江西宗派诗序》,就重新作了解释:"江西宗派诗者,诗江西也,非人皆江西也。人非皆江西,而诗曰江西者何？系之也。系之者何？以味不以形也。"认为诗派的形成在味不在形,出处不同而风味相似,就足以构成一派,诗派的含义由此扩大了。

严羽《沧浪诗话》有"诗体"一章,凡创作上有共同倾向或个性特色的,都专立为一体。如以时而论,则有建安体、永明体、齐梁体、元和体、晚唐体、江西诗派体;以人而论,则有少陵体、太白体、王右丞体、韩昌黎体、东坡体、杨诚斋体;还有以一部总集或专集为中心的选体,西昆体、香奁体、宫体等。严羽论诗体,其侧重点自然与诗派不同。但上述所举,不少是既自成一体而又自立一派的。如江西宗派体与江西诗派其实是同一回事;李、杜、苏、黄诸大家名家,亦既创体而又创派,两者紧相关联。因此严羽所列诗体,实与诗派相通,有些并兼有诗体、诗派两重意义。宋人论词体、词派的,也往往义相兼及。

宋时尚没有系统的词派之说,但析派、辨体之论已起。《碧鸡漫志》卷二说:

> 晁无咎、黄鲁直皆学东坡,韵制得七八。后来学东坡者,叶少蕴、蒲大受亦得六七,其才力比晁、黄差劣。

又说:

> 沈公述,李景元,孔方平、处度叔侄,晁次膺,万俟雅言,皆有佳句,就中雅言又绝出。然六人者源流从柳氏来,病在无韵。

这无异于勾勒出了苏轼、柳永两大词派。南宋滕仲因跋郭应祥《笑笑词》,谓:"词章之派,端有自来,溯源徂流,盖可考矣。昔张于湖一传而得吴敬斋,再传而得郭遁斋。"其援禅宗和江西诗派之例以建立词派的意图,就更为明显。

不仅叙源流,而且论正变,这是论述词派演变的一个重要方面。胡寅为向子諲《酒边词》作序,认为词曲上承古乐府,至苏轼改变了《花间》、柳永以来"谑浪游戏"的态度,词风始正:

> 及眉山苏氏,一洗绮罗香泽之态,摆脱绸缪宛转之度,使人登高望远,举首高歌,而逸怀浩气超然乎尘垢之外。于是《花间》为皂隶,而柳氏为舆台矣。

汪莘《方壶词自序》谓宋时词风凡三变:

> 唐宋以来,词人多矣,其词主乎淫,谓不淫非词也。余谓词何必淫,顾所寓何如尔。余于词所爱喜者三人焉。盖东坡而一变,其豪妙之气,隐隐然流出言外,天然绝世,不假振作。二变而为朱希真,多尘外之想,虽杂以微尘,而清气自不可没。三变而为辛稼轩,乃写其胸中事,尤好称渊明。此词之三变。

此类议论,宋人尚多。

至于词体,宋金人词中提到的计有:

白乐天体　　辛弃疾《玉楼春》自注:"效白乐天体。"

花间体　　辛弃疾《唐河传》自注:"效《花间集》。"又《河渎神》自注:"女诫词,效花间体。"

  南唐体 吕胜己《长相思》自注:"效南唐体。"

  柳永体 《碧鸡漫志》称为"柳氏家法","惟是浅近卑俗,自成一体。"仇远《合欢带》自注:"效柳体。"

  东坡体 元好问《鹧鸪天》自注:"效东坡体。"

  易安体 侯寘《眼儿媚》自注:"效易安体。"辛弃疾《丑奴儿近》自注:"博山道中效李易安体。"

  朱希真体 辛弃疾《念奴娇》自注:"赋雨岩效朱希真体。"元好问《鹧鸪天》自注:"效朱希真体。"

  吴蔡体 元好问《中州乐府》卷一:"百年来,乐府推(蔡)伯坚与吴彦高,号吴蔡体。"

  稼轩体 戴复古《望江南》:"诗律变成长庆体,歌词渐有稼轩风。"蒋捷《水龙吟》自注:"效稼轩体,招落梅之魂。"

  介庵体 辛弃疾《归朝欢》序:"灵山齐庵菖蒲巷,皆长松茂林,独野樱花一株,山上盛开,照映可爱。不数日,风雨摧败殆尽。意有感,因效介庵体为赋。"介庵,赵彦端字。

  白石体 谭宣子《玲珑四犯》自注:"重过南楼,用白石体赋。"黄昇《阮郎归》自注:"效姜尧章体。"

  可以看出,宋时这些有关词派、词体之说,尚是零星散乱,不成系统的,并没有趋于一致,得到公认的定论。

  将唐宋词分为婉约、豪放两派,始起于明人张綖。张綖字南湖,高邮人。他于明万历间著《诗余图谱》三卷,取宋词一百一十首,以黑、白圈标识平仄,著为图谱。这是明清词谱中最早的一部词谱,明末清初一度流行。词分婉约、豪放两体两派之说,也由此

第四章　词派

而传开。《诗余图谱》初刻于万历甲午、乙未间（1594—1595），崇祯乙亥（1635）又经毛晋重刻。其"凡例"之后附识曰：

> 按词体大略有二：一体婉约，一体豪放。婉约者欲其词情蕴籍，豪放者欲其气象恢宏。盖亦存乎其人。如秦少游之作，多是婉约；苏子瞻之作，多是豪放。大抵词体以婉约为正。故东坡称少游为"今之词手"，后山评东坡词"如教坊雷大使舞，虽极天下之工，要非本色"。今所录为式者，必是婉约，庶得词体。又有惟取音节中调，不暇择其词之工者，览者详之。

案明时所见宋人词籍有限。陶宗仪抄本姜夔《白石道人歌曲》，清乾隆时始见于世。吴文英《梦窗词集》，毛晋初得其丙、丁二集，嗣后复得甲、乙二集，先后付梓，方能流传。谈宋人词派，姜夔、吴文英两家是不能存而不论的，这两家词集就为张綖所未见。这里不过举此二例，其他宋名家词为张綖未尝寓目的尚多。他的婉约、豪放之说自然难以遍该唐宋词派。而且，张綖标举婉约、豪放，本来是用以论词体的。他承《文心雕龙·体性》篇的说法，认为词体不同，"存乎其人"，词的风格取决于作者的才性，其本意并不是以此来强分词派。清初王士禛《花草蒙拾》始混一"派"、"体"，以张綖的话改说词派，并推出他的同乡人李清照、辛弃疾分别为这两大派的宗主：

> 张南湖论词派有二：一曰婉约，一曰豪放。仆谓婉约以易安为宗，豪放惟幼安称首，皆吾济南人，难乎为继矣。

从此,唐宋词分为婉约、豪放两派,并以此来评论词人,撰述词史,成为一种传统的作法,其影响一直至于现在。

以婉约、豪放两派论词,有其长处,即便于从总体上把握词的两种主要风格与词人的大致分野。但若仅止于此,显然过于粗略。如同属婉约词人,温庭筠与韦庄、周邦彦与秦观、贺铸与晏幾道,向来并称,但他们的相异之点实在不下于他们的相同之点,更不用说李清照与柳永相去之远了。同属豪放派的苏轼、辛弃疾之间,也不止是个貌同心异的问题,而是心貌各异,有难以强合之处。对这些创作上各有特色的词人,都不能以一体一派视之。他们还各有源流所自。如果失之简单化,反而使泾渭相混,雅郑无别。同时,苏、辛等一些大词人,往往兼备众体。他们固然词多豪放,然其婉约之作亦不减于他人,这类词在集中也不是少数。尤其是他们的一些名作,如苏轼的《水调歌头》《贺新郎》,辛弃疾的《摸鱼儿》《水龙吟》,完全是一种刚柔相济的词风,兼有婉约与豪放之胜。这些词很难偏于一端,作出简单的归属。姜夔于南宋后期词坛影响不小,他即有意于婉约、豪放之外另辟一径。因此,始于张綖的这种分词为婉约、豪放两体两派之说,其缺陷实还不少,难以弥缝,于唐宋词亦难以尽合。清陈廷焯《白雨斋词话》卷一,谓张綖此论"亦似是而非",就是不满的议论。

因此,清人论唐宋词体、词派的,于张綖这种婉约、豪放两分法外,又提出了不少新的说法。

一、以时而论

明高棅《唐诗品汇》分唐诗为初、盛、中、晚四期,显示出唐诗发展中各个阶段的特点和它的兴衰过程。清人即仿此论词,主张

第四章 词派

词亦有初、盛、中、晚。尤侗《词苑丛谈序》:

> 词之系宋,犹诗之系唐也。唐诗有初、盛、中、晚,宋词亦有之。唐之诗由六朝乐府而变,宋之词由五代长短句而变。约而次之,小山、安陆,其词之初乎;淮海、清真,其词之盛乎;石帚、梦窗,似得其中;碧山、玉田,风斯晚矣。唐诗以李、杜为宗,而宋词苏、陆、辛、刘有太白之风,秦、黄、周、柳得少陵之体,此又划疆而理、联骑而驰者也。

刘体仁《七颂堂词绎》在具体分法上与尤侗稍异:

> 词亦有初、盛、中、晚,不以代也。牛峤、和凝、张泌、欧阳炯、韩偓、鹿虔扆辈,不离唐绝句,如唐之初未脱隋调也,然皆小令耳。至宋则极盛,周、张、柳、康,蔚成大家。至姜白石、史邦卿,则如唐之中。而明初比唐晚,盖非不欲胜前人,而中实枵然取给而已,于神味处全未梦见。

张其锦《梅边吹笛谱跋》,又将慢词与小令分别开来与唐诗比附:

> 慢词:北宋为初唐,秦、柳、苏、黄如沈、宋,体格虽具,风骨未遒;片玉则如拾遗,骎骎有盛唐之风矣。南渡为盛唐,白石如少陵,奄有诸家;高、史则中允、东川;吴、蒋则嘉州、常侍。宋末为中唐,玉田、碧山风调有余,浑厚不足,其钱、刘乎?草窗、西麓、商隐、友竹诸公,盖又大历派矣。稼轩为盛

唐之太白,后村、龙洲亦在微之、乐天之间。金、元为晚唐,山村、蜕岩可方温、李;彦高、裕之近于江东、樊川也。

小令:唐如汉;五代如魏晋;北宋欧、苏以上如齐、梁;周、柳以下如陈、隋;南渡如唐,虽才力有余,而古气无矣。

二、以人而论

有分为三派者。

汪懋麟《梁清标棠村词序》：

予尝论宋词有三派:欧晏正其始;秦、黄、周、柳、姜、史,李清照之徒备其盛;东坡、稼轩,放乎言之矣。其余子,非无单词只句,可喜可诵,苟求其继,难矣哉!

高佑釲《陈其年湖海楼词序》记顾咸三语：

宋名家词最盛,体非一格,苏、辛之雄放豪宕,秦、柳之妩媚风流,判然分途,各极其妙。而姜白石、张叔夏辈,以冲澹秀洁,得词之中正。

江顺诒《词学集成》卷五引蔡小石《拜月词序》：

词胜于宋,自姜、张以格胜,苏、辛以气胜,秦、柳以情胜,而其派乃分。

第四章　词派

有分词为四派者。
郭麐《灵芬馆词话》卷一：

> 词之为体，大略有四：风流华美，浑然天成，如美人临妆，却扇一顾，《花间》诸人是也，晏元献、欧阳永叔诸人继之；施朱傅粉，学步习容，如宫女题红，含情幽艳，秦、周、贺、晁诸人是也，柳七则靡曼近俗矣；姜、张诸子，一洗华靡，独标清绮，如瘦石孤花，清笙幽磬，入其境者疑有仙灵，闻其声者人人自远，梦窗、竹窗或扬或沿，皆有新隽，词之能事备矣；至东坡以横绝一世之才，凌厉一世之气，间作倚声，意若不屑，雄词高唱，则为一宗，辛、刘则粗豪太甚矣。其余么弦孤韵，时亦可喜，溯其派别，不出四者。

周济《宋四家词选序》：

> 清真，集大成者。稼轩敛雄心，抗高调，变温婉，成悲凉。碧山餍心切理，言近旨远，声容调度，一一可循。梦窗奇思壮采，腾天潜渊，返南宋之清泚，为北宋之秾挚。是为四家，领袖一代；余子荦荦，以方附庸。

有分词为十四派者。
陈廷焯《白雨斋词话》卷八：

> 唐宋名家流派不同，本源则一。论其派别，大约温飞卿为一体，皇甫子奇、南唐二主附之；韦端己为一体，牛松卿附之；

> 冯正中为一体，唐五代诸词人以暨北宋晏、欧、小山等附之；张子野为一体；秦淮海为一体，柳词高者附之；苏东坡为一体；贺方回为一体，毛泽民、晁具茨高者附之；周美成为一体，竹屋、草窗附之；辛稼轩为一体，张、陆、刘、蒋、陈、杜合者附之；姜白石为一体；史梅溪为一体；吴梦窗为一体；王碧山为一体，黄公度、陈西麓附之；张玉田为一体。

但陈廷焯又谓"其间惟飞卿、端己、正中、淮海、美成、梅溪、碧山七家，殊途同归。余则各树一帜，而皆不失其正。东坡、白石，尤为矫矫"。要是温、韦等七家都归于一族，与其余各树一帜的东坡、白石等七家，则合为八派。

三、以正变论

《毛诗序》以《诗经》风、雅两部分中先王时代的作品为正声，此后则为变风、变雅。后世也就常用正变的观点来论述诗词派别。凡不合源流之正的，概称为变体或别调。宋时已开始以正变论词，黄大舆的词集号《乐府广变风》①，即以词置于变风之列。明清人则将词派的正变之说系统化。

王世贞《弇州山人词评》：

> 李氏、晏氏父子、耆卿、子野、美成、少游、易安，至也，词之正宗也。温、韦艳而促，黄九精而险，长公丽而壮，幼安辨

---

① 《碧鸡漫志》卷二："予友黄载万歌词，号《乐府广变风》，学富才赡，意深思远，直与唐名辈相角逐，又辅以高明之韵，未易求也。"

第四章　词派

而奇,又其次也,词之变体也。

王士禛《倚声前集序》:

> 诗余者,古诗之苗裔也。语其正,则璟、煜为之祖,至漱玉、淮海而极盛,高、史其大成也;语其变,则眉山导其源,至稼轩、放翁而尽变,陈、刘其余波也。

《四库全书总目·东坡词提要》:

> 词自晚唐五代以来,以清切婉丽为宗。至柳永而一变,如诗家之有白居易;至轼而又一变,如诗家之有韩愈,遂开南宋辛弃疾等一派。寻源溯流,不能不谓之别格,然谓之不工则不可。故至今日,尚与《花间》一派并行而不能偏废。

周济《词辨》十卷,现存正变两卷。据其自序及跋,一卷起飞卿为正,包括温庭筠、韦庄、欧阳修、秦观、周邦彦、周密、吴文英、王沂孙、张炎等;二卷起南唐后主为变,包括李煜、范仲淹、苏轼、辛弃疾、姜夔、陆游、刘过、蒋捷等。

此外,还有分宋词如画家分南宗、北宗两派者。清厉鹗《樊榭山房全集》卷四《张今涪红螺词序》:

> 尝以词譬之画。画家以南宗胜北宗,稼轩、后村诸人,词之北宗也;清真、白石诸人,词之南宗也。

上述清人有关析派辨体诸说，其共同特点是不强求将唐宋词纳入张綖所分的婉约、豪放两体，而是更多地注意到唐宋词人在源流、风格上的众多差异。对唐宋词发展的轮廓，因而也描述得比过去精细些。有的还自成一家之言，代表了清代一些重要词派的论词观点。这些都是有意义的，推进了对词体词派的探讨。但清人所论亦多缺失。他们大都死守以《花间》为正宗，苏、辛为别调的传统偏见，而且过尊周、姜，贬抑柳永，对有些词人甚至错列时代，倒置源流，不能严格按照时代次序以沿波讨源。这些缺失都有待改正。

"江到浔阳九派分。"唐宋词发展到一定阶段，就产生多派现象，这是很自然的。尤其是北宋中叶至南宋中叶这一个半世纪中，名家辈出，齐足并驰。他们都渊源有自，各标一格，绝不以婉约、豪放自限。因此论唐宋词派，应该承认它的多元化；论唐宋词体，应该承认它的多样化，并从这个基本事实出发，来叙述唐宋词的历史发展。周济《介存斋论词杂著》说：

诗有史，词亦有史，庶乎自树一帜矣。

"词亦有史"，词派就是词史的重要部分，或者说是词史的骨骼。下面试以敦煌曲，《花间》词，南唐词，宋代柳永、苏轼、周邦彦、李清照、辛弃疾、姜夔、吴文英诸家，以及宋亡后遗民词，分别代表唐宋词发展中的各个阶段和各个派别，兼派、体论之，而以论派为主。这种分法或许不尽恰当，但大体上可以借此说明唐宋词的发展进程，了解其间的脉络和线索。

第二节 倚声椎轮大辂
——敦煌曲子词

1900年敦煌鸣沙山第二八八石窟（藏经洞）被打开，沉埋千年之久的二万余卷珍贵文献遂此重见天日。这些珍贵文献问世后，经过国内外学者的广泛研究，已经形成了一门独立的国际性的敦煌学。其中有关唐五代音乐舞蹈的资料，尤其是数百首词曲的发现，为唐五代词的研究带来了新的推动力。从敦煌卷子中清理出来的唐五代词曲，或称为敦煌曲子词，或称为敦煌歌辞。整理成集者已有：王重民《敦煌曲子词集》，收曲子词一百六十四首；饶宗颐《敦煌曲》，收三百十八首；任二北初编《敦煌曲校录》，兼及《五更转》等俗曲佛曲，五百四十五首，之后又编定《敦煌歌辞集》，又扩大到凡入乐者概采录，计一千二百余首。但一般论敦煌词曲者，仍以具有调名、合乎词体的为主，以便和乐府歌辞及其他俗曲歌辞区别开来。

在敦煌沙碛中发现丰富的词曲矿藏，并不是偶然的。敦煌不但地处通向西域的要冲，而且从北朝起就是西域音乐与关中音乐汇合交融之点，是西北的音乐中心之一。当时西亚中亚的音乐传来中国，一变而为龟兹乐，进入玉门关后再变而为西凉乐。龟兹乐与西凉乐是隋唐燕乐的两个重要来源，而兴于敦煌的敦煌乐则是西凉乐的一支。《乐府诗集》卷七八有《敦煌乐》三首，其一为后魏温子升作：

> 客从远方来，相随歌且笑。自有敦煌乐，不减安陵调。

以敦煌乐与安陵调对称，即以敦煌乐代表西域音乐，谓其不下于中原之乐。余二首为隋王胄作："长途望无已，高山断且续。意欲此念时，气绝不成曲。""极目眺修涂，平原忽超远。心期在何处？望望崦嵫晚。"则是隋代的敦煌歌辞。

唐时敦煌乐之盛远胜于前。岑参《凉州馆中与诸判官夜集》："凉州七城十万家，胡人半解弹琵琶。"又《酒泉太守席上醉后作》："琵琶长笛曲相和，羌儿胡雏齐唱歌。"敦煌乐的盛况，也正类此。安史之乱后，包括敦煌在内的整个河西陇右地区陷于吐蕃。宣宗大中元年(847)，沙州(敦煌)张议潮乘吐蕃内乱，率众起义，收复瓜、伊等十一州。大中三年(849)敦煌等地老幼千余人到长安庆贺。杜牧有《今皇帝一诏征兵，不日功集，河湟诸郡次第归降，臣获睹圣功，辄献歌咏》诗以纪其事："听取满城歌舞曲，凉州声韵喜参差。"这种参差的凉州声韵，即包括敦煌乐在内。因此，在敦煌这个唐代的歌舞之乡发现大量词曲抄卷，是很自然的。敦煌词曲，其中当有不少即以盛极一时的西陲音乐即敦煌乐与西凉乐为其声乐背景的。

敦煌抄卷，很多记有抄写年代。最早的为北魏太安四年

(458),最迟的为北宋至道元年(995)①,这时北宋立国已三十余年了。最早的与最迟的之间,相距五百余年。但绝大多数是唐与五代的抄卷。至于众多的敦煌词曲作于何时,或因抄本年代不明;或者抄本年代可知,而词曲的年代仍难于推断,因此除少数可考者外,多数词曲的创作时代未有定论,不过以作于晚唐五代者居多。任二北《敦煌曲初探》定年代最早的为五台山曲子《苏幕遮》大曲一套,约作于武则天末年;最迟的或是《望江南》(边塞苦)一首,词中提到的"太傅"当指归义军曹元忠,则是后晋出帝开运间(944—946)的作品。敦煌词曲最主要的抄卷,是《云谣集杂曲子》,有伯2838、斯1441两卷。伯2838写于僖宗中和四年(884)《破除历》背后,其同面之上文为金山天子之《杂斋文式》。按唐哀帝天祐二年(905)归义军节度使张承奉(张议潮孙)自立为白衣天子,建号西汉金山国。后梁乾化元年(911),回鹘兵逼近沙州,金山天子张承奉力屈不支,降于回鹘。《杂斋文式》与《云谣集杂曲子》至迟当写于此年。过去一直以《花间集》为我国第一部词的总集。《花间集》结集于后蜀广政三年(940),比《云谣集》的抄本要迟三十年左右。《云谣集》实际上是我国词有总集之始。

敦煌曲在词史上有着不可替代的特殊价值。敦煌曲的特殊价值,在于它提供了词曲这种新兴文艺样式的民间状态与初期状态。敦煌石室珍藏的不止是数百首词曲的问题,而是珍藏了一段弥足珍贵的词史。这段词史,就是词的民间阶段和初期阶段。不仅唐五代

---

① 至道二年(996),宋与西夏李继迁于河西五道激战,敦煌寺僧为避兵防难,大概于此时将所藏经卷图书窨藏于石窟的。

载籍中绝少提及,而且宋人以来,此秘未睹,因而一直只好让它空白着。敦煌词曲发现后,这段历史的空白就令人满意地得以补足了。

敦煌词大都为民间词(仅杂有温庭筠、唐昭宗李晔、欧阳炯等文人词五首)。作者众多,题材广泛。作者很多出于社会下层,并不限于乐工文士。王重民《敦煌曲子词集叙录》说:

> 今兹所获,有边客游子之呻吟,忠臣义士之壮语,隐君子之怡情悦志,少年学子之热望和失望,以及佛子之赞颂,医生之歌诀,莫不入调。

《敦煌曲子词集》一百六十余首,"其言闺情与花柳者,尚不及半"。这与花间词五百首不外乎宫体与倡风者显然有别。任二北《敦煌曲初探》就其所校录之五百四十五首,析为二十类,更可见出敦煌词境域之宽宏。

一、疾苦(五首)　　　　　二、怨思(三十六首)

三、别离(三首)　　　　　四、旅客(十首)

五、感慨(六首)　　　　　六、隐逸(五首)

七、爱情(二十二首)　　　八、伎情(十七首)

九、闲情(十五首)　　　　十、志愿(二十三首)

十一、豪侠(四首)　　　　十二、勇武(五首)

十三、颂扬(二十五首)　　十四、医(三首)

十五、道(二首)　　　　　十六、佛(二百九十八首)

十七、人生(二十一首)　　十八、劝学(五首)

十九、劝孝(三十四首)　　二十、杂俎(五首)

第四章 词派

敦煌词有些具有较强的社会性,如反映民间疾苦的,唐五代文人词中殊为罕见。伯3911、3319、2809三卷皆有《捣练子》两首:

> 孟姜女,杞梁妻,一去烟(燕)山更不归。造得寒衣无人送,不免自家送寒衣。　长城路,实难行,乳酪山下雪雰雰。吃酒则为隔饭病,愿身强健早还归。

> 堂前立,拜词(辞)娘,不角(觉)眼中泪千行。"劝你耶娘小(少)怅望,为吃他官家重衣粮。"　词(辞)父娘了入妻房,"莫将生分向耶娘。""君去前程但努力,不敢放慢向公婆。"

咏秦时孟姜女故事,实寓唐代民间徭役征戍之苦,因而在西北边陲如此流行,三个抄卷都记录了它。即以文人词中习见的隐逸题材来说,斯2607有《浣溪沙》数首咏渔父生活,其中一首是:

> 倦(卷)却诗书上钓船,身披莎笠执鱼竿。棹向碧波深处去,几重滩。　不是从前为钓者,盖缘时世掩良贤。所以将身岩薮下,不朝天。

伤时悼世,感叹不遇,与泛言江湖渔钓之乐的张志和等的《渔父》词,不免大异其趣。

朱孝臧《云谣集杂曲子跋》谓《云谣集》三十首:"其为词朴拙

199

可喜,洵倚声椎轮大辂。"《彊村丛书》刻《云谣集杂曲子》于丛集之首,就是推尊它为"倚声椎轮大辂",代表了词的草创面貌。这是很有见地的。《花间集》收录的是"诗客曲子词"。尽管个别词调犹多异体,但大体上已经整齐划一,表明词体在"诗客"手中进入了定型阶段。敦煌词所呈现的,却不少是词体定型之前的状态,即词在民间由初创时的半定型趋向定型的阶段。

那么,哪些是敦煌词所表现的词体初期状态的特点呢?唐圭璋先生《敦煌唐词校释》曾立初期词说七条:有衬字,有和声,有双调,字数不定,平仄不拘,叶韵不定,咏题名。这里取其五目,另立曲体曲式丰富多样一条,试为疏说。

一、有衬字

万树《词律》力斥"词有衬字"之说。然而,敦煌民间词中,衬字却是常见的现象。这表明词在初期,尤其在民间,词格尚宽,声、辞相配的方式本有一定自由,而民间曲辞大都接近语言的自然状态,于词的体式也往往不求严合。如《敦煌零拾》中《鹊踏枝》一首:

> 叵耐灵鹊多满(谩)语,送喜何曾有凭据。几度飞来活捉取,锁上金笼休共语。 比(本)拟好心来报喜,谁知锁我在金笼里。欲他征夫早归来,腾身却放我向青云里。

"在"、"却"、"向"都是衬字。

二、字数不定

衬字表明词律未严,字数不定与下面所举叶韵不定、平仄不拘，则表明这些词调尚未定型。《云谣集杂曲子》有《凤归云》四首，第一首（征夫数载）八十一字，第二首（绿窗独坐）八十四字，第三、四两首（幸因今日、儿家本是）则七十八字。又《竹枝子》两首，一首（罗幌尘生）五十七字，一首（高卷朱帘垂玉牖）六十三字，字数句法差异甚大。

三、平仄不拘

前引《捣练子》两首，可谓声病满纸，谈不上什么平仄调谐。"叵耐灵鹊多满语"这首《鹊踏枝》词，亦平仄多误。民间词大率如此。伯3836《南歌子》六首，伯3137《南歌子》一首，皆双调，上、下片字句相同，但有仄起的（五首），也有平起的（三首）；有平仄合律的，也有不顾平仄的。《花间集》有温庭筠之单调《南歌子》七首，就概已定为仄起，而且七首平仄如一，谨守不失，与敦煌词尚未定型的《南歌子》调可以对照。

四、叶韵不定

《花间集》所用词调，中间转韵与平仄交叶者甚多。敦煌词则除《菩萨蛮》《西江月》等数调外，大都一韵到底，叶法简单。有些词调后来多转韵的，在敦煌词中却是通首一韵，如《鱼（虞）美人》：

> 东风吹绽海棠开，香榭满楼台。香和红艳一堆堆。又被美人和枝折，坠金钗。　　金钗钗上缀芳菲，海棠花一枝。刚被蝴蝶绕人飞。拂下深深红蕊落，污奴衣。

此后毛文锡、顾敻、冯延巳、李煜等作《虞美人》，皆四转其韵，无复有敦煌词之全首平韵者。词的叶韵，如何由初期民间的尚简，到后来在文人手中转向繁杂，即于此可见。同时，敦煌词用韵甚宽，多叶方音，间出韵，不避重韵，这也是民间词在叶韵上常见的现象。其中双调的词，有上、下片用韵一致的，也有上、下片用韵参差出入的，前举《捣练子》《鹊踏枝》《竹枝子》《南歌子》诸调，都有这类情况，表明这些词调原先用韵比后来自由，尚未最后予以律定。

五、咏调名本意者多

《赞浦子》咏番将，《酒泉子》三首咏舞马宝剑与边地将士，都合本调命意。《花间集》中这个词调就都改咏艳情，离调名本意已远。《敦煌曲初探》谓敦煌词咏调名本意者，凡十五调，四十七首，如《别仙子》《拜新月》《内家娇》《喜秋天》《捣练子》《感皇恩》《望月婆罗门》《定风波》《谒金门》等。咏调名本意，常为词调初行时所特有。上述这些词当离创调之初未远。

六、曲体曲式丰富多样

敦煌词有杂曲，如《云谣集杂曲子》；有大曲，伯3271、斯6577两卷就都是大曲曲词。见于敦煌的大曲曲词亦以齐言居多（《龙州词》《水调词》《何满子词》《剑器词》《斗百草词》），但也间有长短句（《阿曹婆词》）。

杂曲有单曲独用的，也有数曲联章的。《敦煌曲初探》定敦煌词曲中属于联章的，凡二十七组，八十三首，内容甚为广泛。《谒金门》三首为医诀，分咏三种伤寒；《长相思》三首言作客江西流落不归的苦况；《望月婆罗门》四首都以"望月"发端；《菩萨蛮》（清明节近、朱明时节、香消罗幌）三首，似为四季相思调，不过仅抄了三首而未能配齐。五代文人作联章词的，如《花间集》卷五牛希济

第四章　词派

《临江仙》七首,分咏巫山神女等七个神女;《尊前集》和凝《江城子》五首,历叙从理妆等待到平明送别一夜之间的男女欢会,显然是受了敦煌曲中这类民间联章曲式的影响的。

敦煌曲中的联章且有演故事而兼问答的。《凤归云》两首演陌上桑故事(稍有更改),前章(幸因今日)为锦衣公子问,后章(儿家本是)为东邻女答。《定风波》两首,前章问儒士:"谁人敢去定风波?"后章儒士答:"当本便知儒仕定风波。"《南歌子》两首,问答更多。

> 斜濛(影?)朱(珠)帘立,情事共谁亲? 分明面上指根(痕)新! 罗带同心谁绾? 甚人踏缀裙?　蝉螟(鬓)因何乱? 金钗为甚分? 红泣垂泪亿(忆)何君? 分明殿前实说,莫沉吟。

> 自从君去后,无心恋别人,梦中面上指根(痕)新。罗带同心自绾,被姗(狲)儿踏缀裙。　蝉螟(鬓)朱(珠)帘乱,金钗旧古(股)分,红泣垂泪哭郎君。信是南山松柏,无心恋别人。

前章七问,后章七答。词曲中这类问答,唐时称为"问头"①,原是民间演唱之体。

---

① 《唐摭言》卷一三:"张处士(祜)忆《柘枝》诗曰:'鸳鸯钿带抛何处? 孔雀罗衫属阿谁?'白乐天呼为'问头'。祜矛盾之曰:'鄙薄问头之诮,所不敢逃;然明公亦有《目连经》,《长恨辞》云:上穷碧落下黄泉,两处茫茫都不见。此岂不是目连访母耶?'"

联章用问答,单支曲子中也用问答。《捣练子》"堂前立"一首,上片别爷娘,下片别妻房,上片有告别爷娘语,下片夫妻相别则设一问一答。《鹊踏枝》一首,上片思妇怨鹊,下片鹊嘲思妇,也是一场对话。《敦煌曲初探》谓敦煌曲演故事而兼问答体者,凡七十四首,为后世戏曲滥觞。

曲体曲式的多样化,尤其是以联章体与问答体演述故事,表明敦煌词曲不仅用于歌舞,或许还用于讲唱,用于扮演。在唐代诸民间艺术中,词曲本非一枝独秀,而是旁通众艺的。它与戏弄、变文等其他音乐文艺一向彼此沟通,相互渗透。敦煌词的曲式多样化,以及多性能多功用的状况,正是各种音乐文艺之间相互影响的产物。不过这种状况仅存在于民间词曲中。文人词的发展就不免偏于一隅,与各种民间曲艺扬袂分道了。

敦煌词所表现的初期词体的特点,从上述六个方面大体可以看出。唐时词体初兴,为了寻求声辞相配的合适方式与建立词体的格律,不可或缺地有个试验与创造的过程。这个过程为时且并不短暂。初期词在字数、句法、叶韵这些方面还相当自由,甚至显得粗糙,不如后来的精密与整齐,但这却是词体发展的必经之途。敦煌词曲之为"倚声椎轮大辂",就在于此。拿它和后来《花间集》中温庭筠诸家词律精美之作相比,其间演进之迹十分显然。

作为民间词曲,敦煌词有其清新质朴的一面,也有其俚俗拙僿的一面。因而被目为俚曲或俗曲,与典雅的文人词,风貌自别。北宋柳永的词"骫骳从俗",就上承敦煌词,下开金元曲子,三者之间先后存在着渊源关系。

敦煌文献中还发现唐人琵琶工尺谱一卷,前面第三章谈音谱时已介绍过。又有唐时舞谱二卷,为《遐方怨》《南歌子》《南乡子》《双燕子》《凤归云》六个歌舞曲之谱,是研究唐代乐舞的珍贵资料。可惜对于舞谱谱字,亦未能尽解。任二北《敦煌曲初探》有"谱字释义"一节,对舞谱谱字一一试予解说,为这项研究提供了基础。

第三节　齐梁诗风下的《花间集》

宋人奉《花间集》为词的鼻祖,作词固多以《花间》为宗,论词亦常以《花间》为准。花间词婉丽绮靡的作风,因此也就成了词的传统风格,对后世词的发展起了深远影响。

《花间集》为后蜀卫尉少卿赵崇祚(字弘基)编。《四库提要》谓:"不详其里贯,《十国春秋》亦无传。案蜀有赵崇韬,为中书令廷隐之子,崇祚疑即其兄弟行也。"案赵崇祚为赵廷隐长子,赵崇韬之兄,见《永乐大典》卷一八一三六第十页引北宋路振《九国志》后蜀臣《赵廷隐传》。赵廷隐,并州太原人,随孟知祥入蜀,为总亲军,执兵柄者十余年。《九国志》言:"廷隐久居大镇,积金帛钜万,穷极奢侈,不为制限,营构台榭,役徒日数千计。"崇祚为卫尉少卿,崇韬为都知领殿直,都参与掌亲军。崇韬子文亮,后尚孟昶公主。赵氏一门,可谓尽孟蜀权要。《太平广记》卷四〇九引《北梦琐言》记"赵廷隐起南宅北宅,千梁万栱,其诸奢丽,莫之与俦。后枕江浂,池中有二岛屿,遂甃石循池,四岸皆种垂柳,或间杂木芙蓉,池中种藕。每至秋夏,花开鱼跃,柳阴之下,有士子执卷者、垂

第四章 词派

纶者、执如意者、执麈尾者、谭诗论道者"①。欧阳炯《花间集序》说赵崇祚"广会众宾,时延佳论","锦筵公子、绣幌佳人,递叶叶之花笺,文抽丽锦;举纤纤之玉指,拍按香檀"。《花间集》就是在这种背景下编集的。

为《花间集》作序的欧阳炯,也是个耽于声乐的人。他蜀亡后归宋,为翰林学士。《宋史》卷四七九《蜀世家》说:

> 炯性坦率,无检操,雅善长笛。太祖常召于偏殿,令奏数曲。御史中丞刘温叟闻之,叩殿门求见,谏曰:"禁署之职,典司诰命,不可作伶人之事。"上曰:"朕尝闻孟昶君臣,溺于声乐,炯至宰司,尚习此伎,故为我所擒。所以召炯,欲验言之不诬也。"

前蜀王衍,后蜀孟昶,都是溺于声乐的亡国之君。君臣欢娱,词曲艳发,西蜀词因此一时称盛。这也是《花间集》一书结集的背景。

《花间集》十卷,裒集温庭筠等十八家"诗客曲子词",总五百首,是最早的也是规模最大的唐五代文人词总集。作者可分三组。

第一组温庭筠、皇甫松,年代最早。温庭筠卒于咸通七年(866)②,下距《花间集》编集之广政三年(940),已七十五年。

---

① 宋张唐英《蜀梼杌》卷下,说广政十五年,以"赵廷隐别墅为崇勋园,幅员十余里,台榭亭沼,穷极奢侈"。
② 宋陈思《宝刻丛编》卷八:"唐国子助教温庭筠墓志,弟庭皓撰,咸通七年。"

第二组和凝仕于后晋，孙光宪仕于荆南，为西蜀以外词人。孙光宪《北梦琐言》卷六："晋相和凝，少年时好为曲子词，布于汴洛。洎入相，专托人收拾焚毁不暇。然相国厚重有德，终为艳词玷之。契丹入夷门，号为曲子相公。"和凝除晋相时为天福五年九月①，正《花间集》结集之年。《花间集》所收盖其少作，自汴洛传入蜀中的。孙光宪本蜀人（陵州贵平人），唐末尝为陵州判官，后离蜀赴荆南。

第三组韦庄、薛昭蕴、牛峤、张泌、毛文锡、牛希济、欧阳炯、顾夐、魏承班、鹿虔扆、阎选、尹鹗、毛熙震、李珣，皆西蜀词人。内薛昭蕴，王国维《跋覆宋本花间集》以为即唐乾宁中礼部侍郎薛昭纬，俞平伯《唐宋词选释》卷上疑非是，"盖史载昭纬卒于唐末而《花间集》列昭蕴于韦庄、牛峤之间，当为前蜀词人"。张泌，向以为南唐李煜舍人，俞平伯谓南唐张泌"及见煜之死，则已在979年以后，距《花间集》成书迟约四十年。且《花间》不收南唐词，自非一人也"。李珣，其先世本波斯人，家于梓州。《碧鸡漫志》卷五谓李珣有《琼瑶集》，内有《风台》诸词，或许是最早的词人专集，今不传。

对于《花间集》的词人阵容，可予注意的是：

一、温庭筠居《花间集》之首。他是开创花间词风的人，又与韦庄并称，在《花间集》中同为领袖群英的角色。西蜀词人，大都祖其遗风。后世亦常以他及韦庄为花间词的代表。《唐宋诸贤绝妙词选》卷一说温庭筠"词极流丽，宜为《花间集》之冠"。王士禛

---

① 见《通鉴》卷二八二《后晋纪》三。

《花草蒙拾》说"温为《花间》鼻祖"。

二、五代词衰于京洛而盛于西蜀。由于中原兵连祸连,战乱频仍,词风不振,而西蜀偏安剑南,君臣相与逸乐,遂成为花间词滋繁的温床。近年四川发掘前蜀主王建墓,棺材石座上,浮雕盛大的妓乐场面,手执各式乐器,正在歌舞作乐。《花间集》有尹鹗《金浮图》词,记蜀中声色之盛。词的中心也就从中原转移到西蜀(另一个词的中心为南唐)。

中晚唐诗人中,温庭筠是第一个大力作词的人,词也由此自巷陌新声转为士大夫雅奏。文人词的传统,认真说来是从他开始的。在他之前,刘禹锡、白居易等作词,只不过偶一染指而已。

温庭筠诗的成就不低,当时与李商隐齐名,并称温、李。"风云若恨张华少,温李新声奈尔何!"①这种"儿女情多、风云气少"而又才思艳丽的"温、李新声",本与晚唐词风声气相通,情趣如一。尤其是温庭筠的乐府诗,多效齐梁体。如《织锦词》《张静婉采莲歌》《晓仙曲》《蒋侯神歌》等。他的《春晓曲》《边笳曲》《侠客行》《春日》《咏啭》《太子西池》诸篇,原题皆"一作齐梁体"。本来中唐乐府,已分三派:元、白近师杜甫,致力于新题乐府;孟郊思矫近体,力复汉魏古风;李贺沉思翰藻,转而采撷齐梁。温庭筠的乐府诗,即承李贺一脉而来。但温庭筠不仅多作齐梁体乐府,还进一步将齐梁体用于新兴的燕乐曲辞。以齐梁体入词,这就是温庭筠词的一个特色。王国维《人间词话》谓:"读《花间》《尊前集》,令人回想徐陵《玉台新咏》。"温庭筠词,就是唐人词曲中的《玉台新

---

① 元好问《论诗三十首》。

咏》。其流风所被，演而为《花间》《尊前》诸词。谈温词源流，对此即不能不予顾及。欧阳炯《花间集序》："自南朝之宫体，扇北里之倡风。"花间词也就是齐梁宫体与晚唐五代倡风的结合，从而形成花间词风。

温庭筠《过陈琳墓》诗："词客有灵应识我，霸才无主始怜君。"可见他并不是没有抱负的人。然而他累试不第，坎坷终身。《旧唐书·温庭筠传》说："士行尘杂，不修边幅，……与新进少年狂游狭邪。"终于以绮情自遣，在花月诗酒中消耗他的才华与光阴。他的好友段成式有《嘲飞卿七首》，多述他与青楼的交往，录三首如下：

　　曾见青楼一个人，入时装束好腰身。少年花蒂多芳思，只向诗中写取真。

　　醉袂几侵鱼子缬，飘缨长罥凤皇钗。知君欲作《闲情赋》，应愿将身作锦鞋。

　　愁机懒织同心苣，闷绣先描连理枝。多少风流词句里，愁中空咏早环诗。

段成式又有《柔卿解籍戏呈飞卿三首》。这个温庭筠所眷恋并为之解籍的柔卿，或许是上述诗中所说的"青楼一个人"，或许是另一人，但不管怎样，温庭筠的词，有些即是为柔卿等青楼中人写的。段成式嘲戏飞卿的七首诗，可为此提供明证。温庭筠以宫体与倡风入词,并非是"空中传恨",而是以他的"狭邪狂游"为背景,以他与柔卿等的青楼恋情为内容的。这一点过去未引起注意,但读温庭筠词却不能不知。

温庭筠精于音律。《北梦琐言》卷二〇:

> 吴兴沈徽,乃温庭筠诸甥也。尝言其舅(指温庭筠)善鼓琴吹笛,亦云有弦即弹,有孔即吹,不独柯亭、爨桐也。

因此他"能逐弦吹之音,为侧艳之词"①。不唯作词务协律调,而且于词律还有推进之功。夏承焘先生《唐宋词字声之演变》曾谓:

> 词之初起,若刘、白之《竹枝》《望江南》,王建之《三台》《调笑》,本蜕自唐绝,与诗同科。至飞卿以侧艳之体,逐管弦之音,始多为拗句,严于依声。往往有同调数首,字字从同;凡在诗句中可不拘平仄者,温词皆一律谨守不渝。

> 凡其拗处坚守不苟者,当皆有关于管弦音度。飞卿托迹狭邪,雅精此事,或非漫为诘屈。

诗、乐两擅场,作为歌辞,自然律精韵胜。这又是温庭筠高于晚唐其他词人的地方。因此温词上播宫廷,流传饮席,敦煌卷子中也录有他的词作。晚唐词传唱之盛,没有超过他的。《北梦琐

---

① 《旧唐书·温庭筠传》。

言》卷四：

> 宣宗爱唱《菩萨蛮》词，令狐相国（令狐绹）假其（指温庭筠）新撰密进之。

《云溪友议》卷一〇：

> 裴郎中诚，晋国公（裴度）次弟子也。足情调，善谈谐。举子温岐为友，好作歌曲。迄今饮席，多是其词矣。……二人又为《新添声杨柳枝》词，饮筵竞唱其词而打令也。

《增修诗话总龟》卷二一引《古今词话》：

> 裴诚郎中与举子温岐为友，好作歌曲。周德华乃刘香女，女子善歌《杨柳词》。有以温、裴歌词令德华唱，则音韵所陈，为浮艳之美。

《新唐书·艺文志》载温庭筠有《握兰集》三卷，《金荃集》十卷，诗集五卷，《汉南真稿》十卷。欧阳炯《花间集序》谓"飞卿复有《金荃集》"。后即误认《金荃集》为温庭筠的词集。郑文焯《温飞卿词集考》谓："唐宋旧志所称《金荃集》者，固合诗词而言，词即附于诗末。后人别出之以名其词，非旧编也。"①《花间集》录温庭筠

---

① 《词学季刊》一卷三号。

词六十六首,近人刘毓盘辑《金荃词》一卷,凡七十六首。

温庭筠词犹多缘调而赋。《更漏子》乃小夜曲,温词六首,皆言半夜情事。《河渎神》为祀神曲,温词二首,即咏丛祠赛神。《蕃女怨》《遐方怨》《定西番》三调都是边地曲,温词亦大都作闺妇思边怀远之词,不失调名本意。《菩萨蛮》十四首,造语绮靡绵密,造境窈深幽约,最能代表温词特色。刘熙载《艺概》卷四:"温飞卿词精妙绝人,然类不出乎绮怨。"这十四首就都是写绮怨的。如第一首:

> 小山重叠金明灭,鬓云欲度香腮雪。懒起画蛾眉,弄妆梳洗迟。　　照花前后镜,花面交相映。新贴绣罗襦,双双金鹧鸪。

写一个女子一夜候人不至,第二天再严妆相待的场面,全是无声的镜头。词中着色浓丽,而心情黯淡。失望与孤独之感,借动作与服饰暗示出来,笔法细腻。清张惠言《词选》为了推尊词体,评这首词为"感士不遇也,篇法仿佛《长门赋》。'照花'四句,《离骚》初服之意"。则不免"固哉高叟"之讥。

韦庄(836—910),年代稍晚于温庭筠。他为诗学白居易,《浣花集》十卷,皆诗风平易;敦煌发现他的长诗《秦妇吟》抄卷,也是长庆体歌行。这与温庭筠远绍齐梁、近承李贺的作诗门径大为殊异。因此,温、韦并称,同为花间派中的大家,但温绵密而韦疏朗,温隐约而韦显露,两家词风有着显著的差别。而且,韦庄长期游历江南,受到清丽自然的江南吴歌的熏陶,对他的词也有良好的影响。韦庄词语言明秀而口语化,抒情意味增强。他的词中还有

联章体,如《女冠子》两首:

四月十七,正是去年今日,别君时。忍泪佯低面,含羞半敛眉。　　不知魂已断,空有梦相随。除却天边月,没人知!

昨夜夜半,枕上分明梦见,语多时。依旧桃花面,频低柳叶眉。　　半羞还半喜,欲去又依依。觉来知是梦,不胜悲!

第一首女忆男,第二首男忆女,追忆双方梦中相会情景,犹如两地月下遥遥相应的对歌。这些都与民间曲子比较接近,而为温庭筠所未及。韦庄的这种词风,不但影响于西蜀,同时还影响到南唐。南唐李煜等词,就异于温庭筠而近于韦庄。

韦庄居西蜀词人之首,《花间集》录其词四十八首。他的《乞彩笺歌》说:"我有歌诗一千首。"当包括他的诗词而言。他入蜀为王建掌书记,为昭宗天复元年(901),时已六十六岁。他的词实际上大都作于入蜀之前。西蜀词人,除韦庄外,还可有前蜀、后蜀之分。牛峤、毛文锡、牛希济、尹鹗、李珣等仕于前蜀,顾夐、鹿虔扆等仕于后蜀,欧阳炯则又历事前、后蜀。前蜀后主王衍,后蜀后主孟昶,都是竞为奢侈的亡国之君。尤其是王衍,《蜀梼杌》卷上说他能"自执板唱《霓裳羽衣》及《后庭花》《思越人》曲",又命宫人李玉箫歌衍自撰宫词:"月华如水浸宫殿,有酒不醉真痴人。"王衍词有《甘州曲》《醉妆词》①。其《醉妆词》:"者边走,那边走,只是寻

---

① 《全唐诗》卷八八九。

第四章　词派

花柳；那边走，者边走，莫厌金杯酒。"恰好是西蜀君臣沉酗酒色、行同狎客的自我写照。《花间集》中的西蜀词，有相当数量就是在这种环境中创作出来的。《直斋书录解题》卷一五总集类：

《烟花集》五卷。蜀后主王衍集艳诗二百篇，且为之序。

"王衍浮薄而好轻艳之辞。"①他集艳体诗二百首为《烟花集》，赵崇祚继之，集艳体词五百首为《花间集》，这两书是上述同一背景下的产物。《花间集》与《烟花集》，实为姊妹篇。虽一诗一词，体制有异，若论其纂辑目的与作用，则两者如出一辙。西蜀词固然亦时有佳作，但总的说来，反映了西蜀君臣的侈靡生活与浮艳词风，因而在后世不断遭到非议。

陆游《跋〈金荃集〉》，谓"飞卿《南乡子》八阕，语意工妙，殆可追配梦得，信一时之杰也"。《徐大用乐府序》亦谓："温飞卿作《南乡子》九阕，高胜不减梦得，迄今无深赏音者。"又《杨廷秀寄〈南海集〉》二首之一："飞卿数阕峤南曲，不许刘郎夸《竹枝》。"按温庭筠无《南乡子》词，陆游深赏的八首，乃欧阳炯作。此外，李珣亦有《南乡子》十首，惟句调稍异。《历代诗余》卷一一一词话，引周密曰："李珣、欧阳炯辈俱蜀人，各制《南乡子》数首，以志风土，亦作《竹枝》体也。"

画舸停桡，槿花篱外竹横桥。水上游人沙上女，回顾，笑指芭蕉林里住。

---

①　《蜀梼杌》卷下。

　　　　岸远沙平,日斜归路晚霞明。孔雀自怜金翠尾,临水,认得行人惊不起。
　　　　　　　　——以上欧阳炯《南乡子》

　　　　渔市散,渡船稀,越南云树望中微。行客待潮天欲暮,送春浦,愁听猩猩啼瘴雨。

　　　　相见处,晚秋天,刺桐花下越台前。暗里回眸深属意,遗双翠,骑象背人先过水。
　　　　　　　　——以上李珣《南乡子》

　《竹枝》本咏蜀中风土,欧阳炯、李珣的《南乡子》,所咏则为东粤景物,而且具有岭南民歌的风味,与西蜀艳词情调自别,在《花间集》中独标一格。

　西蜀以外的词人,孙光宪颇堪注意。他仕于南平,地处西蜀下游,南唐上游。他的词风,也正好介于西蜀词与南唐词之间。黄昇赏其"一庭疏雨湿春愁"为古今佳句[1]。王国维《人间词话》以为不若"片帆烟际闪孤光"尤有境界。这些词句,清疏秀朗,就与南唐词较为接近。孙光宪还致力于唐及五代史事的撰述,作《续通历》十卷。他的《北梦琐言》二十卷,多采唐五代词人逸事,可视为词林纪事之始。

---

[1] 《历代诗余》卷一一二词话引。

第四章 词派

第四节 南唐君臣与宋初词坛

五代词有两个中心,一在西蜀,一在南唐。以时而论,西蜀词先兴;以成就论,南唐词尤高。西蜀词承温、韦余波,主要将温词一派衍于蜀中。《花间集》的结集,就标志着温、韦以来这个旧阶段的结束。南唐词仅李煜稍晚。《花间集》结集时,冯延巳三十八岁,李璟二十五岁,都已染濡词笔。但他们作词,不取《花间集》旧径。《人间词话》说:"冯正中堂庑特大,与中、后二主词,皆在《花间》范围之外。"这就开辟了下及宋初的词史上的一个新阶段。

冯延巳(903—960),是五代初词中大家,与晚唐的温、韦,鼎足而立。他不但首开南唐词派,而且其影响还远及于宋初:"上翼二主,下启晏、欧,实正变之枢纽,短长之流别。"①正处于温、韦之后转变词风的关键地位。同时,温、韦仍"余事作词人",他们创作的主要方面,依旧在诗而不在词。温、韦两家,在晚唐诗中都保持着远非无足轻重的一席之地。冯延巳据说也"工诗",但"尤喜为乐府词"②。马令《南唐

---

① 冯煦《成肇麐唐五代词选叙》。
② 陆游《南唐书·冯延巳传》。

书·党与传》说他"著乐章百余阕",超过温、韦,是晚唐五代词人中作词最多的一个。他与南唐二主,都仅以词传而诗湮没不彰。南唐词人几乎全力作词,不再附诗以自见,表明文人词的专门化比之晚唐又前进了一步。

不过论冯延巳词,有两个问题宜先注意,不可忽略。

一是辨明作者。冯延巳词集名《阳春集》。这个集名疑非冯延巳自题,他不会自诩其词犹"阳春白雪"。北宋嘉祐三年(1058),陈世修始辑冯延巳词一百十九首,名《阳春集》。序中说:

> 公以金陵盛时,内外无事,朋僚亲旧,或当燕集,多运藻思为乐府新词,俾歌者倚丝竹而歌之,所以娱宾而遣兴也。日月寖久,录而成编。

> 公薨之后,吴王(李煜)纳土,旧帙散失,十无一二。今采获所存,勒成一帙,藏之于家云。

元丰中,又出崔公度题跋的《阳春录》一卷。《直斋书录解题》卷二一:

> 《阳春录》一卷,南唐冯延巳撰,高邮崔公度伯易题其后,称其家所藏最为详确,而《尊前》《花间》诸集,往往谬其姓氏。近传欧阳永叔词,亦多有之,皆失其真也。世言"风乍起"为延巳所作,或云成幼文也。今此集无有,当是幼文作。长沙本以置此集中,殆非也。

第四章 词派

五代宋初人词，常多相混。冯延巳《阳春集》中，此类情况就特多。《阳春集》有十二首，见于《花间集》（温庭筠三首、韦庄三首，牛希济、薛昭蕴、孙光宪、顾敻、张泌、李珣各一首），当非冯作。《谒金门》"风乍起"一首，北宋元丰初杨绘《本事曲》，以为"赵公所撰"①；崇宁间马令《南唐书·党与传》，以为冯延巳作；杨湜《古今词话》，又以为成幼文作②。既见《阳春集》，又见《欧阳文忠公近体乐府》者，则有十六首。其中《蝶恋花》"庭院深深"、"谁道闲情"、"几日行云"、"六曲阑干"诸阕，向称名作。历来词选、词评，大都据为冯延巳词，对之揄扬备至③。这些词归冯、归欧，就显得特别重要。若非欧作，欧阳修另有佳篇，对他无大损害；若非冯作，《阳春集》本以此压卷，失之将大为减色。《欧阳文忠公集》一百五十三卷（内《近体乐府》三卷），本庆元二年（1196）周必大所编定，除据欧阳氏家藏本外，还遍搜旧本，一一考覈。这比之并非冯延巳手定而由后人裒辑、考择未精的《阳春集》《阳春录》，应当更可靠些。评冯延巳词，若据上述诸词立论，就宜审慎。

二是论定心迹。李璟少时，冯延巳即从之游处。李璟即位后，他以旧恩致显，骤升高位。不过，他数度为相，亦数度因过罢

---

① 《苕溪渔隐丛话》后集卷三九引《本事曲》："南唐李国主尝责其臣曰：'吹皱一池春水，干卿何事？'盖赵公所撰《谒金门》辞有此一句，最警策。其臣即对曰：'未如陛下小楼吹彻玉笙寒。'"
② 《苕溪渔隐丛话》后集卷三九引《古今词话》。
③ 张惠言《词选》选冯延巳词五首，内《蝶恋花》三首，《清平乐》一首；周济《词辨》选冯延巳词五首，内《蝶恋花》四首；皆并见《欧阳文忠公近体乐府》。《人间词话》谓："冯正中《玉楼春》词：'芳菲次第长相续'云云，永叔一生似专学此种。"这首《玉楼春》亦见《欧阳文忠公近体乐府》。

相。保大五年(947),御史中丞江文蔚上疏请黜冯延巳,以他及弟延鲁等为朝廷"四凶"①。孙忌还曾当面数落他:"鸿笔藻丽,十生不及君;诙谐歌酒,百生不及君;谄媚险诈,累劫不及君。"②可见他在反对派心目中的价值。这些或可视为朋党攻讦之言。但冯延巳当政时,南唐取弱邻邦,国势日蹙,冯延巳一无建树,贻讥后世。"善柔其色,才业无闻",江文蔚评他的这两句话,或许是恰当的。清代自常州派以后好以比兴论词,常于温、韦及冯延巳词推求"寄托"。冯煦《四印斋刻阳春集序》,谓冯延巳:"俯仰身世,所怀万端,缪悠其辞,若显若晦,揆之六义,比兴为多。""其忧生念乱,意内而言外,迹之唐、五季之交,韩致尧之于诗,翁之于词,其义一也。"未免奖许过甚。张惠言《词选》说:"延巳为人专蔽固嫉,而其言忠爱缠绵,此其君所以深信而不疑也。"则又把他斥为憸夫小人,贬损失当。因此,对冯延巳当原其心迹,对他的人品与词品,作出统一的公允的评价。

除了与花间词、欧阳修词相混者外,冯延巳词尚有九十余首。论词作之多,唐五代词人无可与之比肩。他最受称许的是《蝶恋花》《菩萨蛮》十余阕,下面这首《清平乐》格调亦相近:

> 雨晴烟晚,绿水新池满。双燕归来垂柳院,小阁画帘半卷。　　黄昏独倚朱阑,西南新月眉弯。砌下落花风起,罗衣特地春寒。

---
① 陆游《南唐书·江文蔚传》。
② 陆游《南唐书·冯延巳传》。

温庭筠词采缛而理弱；韦庄词情至而言质；南唐词则大都情致缠绵，吐属清华，具有中晚唐七绝的风韵，冯延巳首先在这方面导夫先路。《人间词话》说："冯正中间，虽不失五代风格，而堂庑特大，开北宋一代风气。"当主要是指这类作品而言的。

　　南唐君臣，有一个与西蜀君臣不同之处，就是他们的文化修养、艺术修养都比较高。南唐君臣也有纵豪侈、耽声色的一面。但他们不像王衍诸人沉溺于物质享受与感官刺激。他们同时还涉足于一些学术、艺术领域，在精神生活方面还有一些更为雅致与高尚的活动。李璟"多才艺，好读书，善骑射"[1]。他的书法学羊欣，善八分书[2]。"时时作为歌诗，皆出入风骚"[3]。李煜更博通众艺，造诣尤高：

　　工书：有《书述》一篇，自谓得卫夫人及钟、王拨镫法。有聚针钉、金错刀、撮襟诸体。黄庭坚《跋李后主书》谓其"笔意深婉"[4]。《宣和画谱》说他的金错刀书"虽若甚瘦，而风神有余"。

　　善画：《梦溪补笔谈》卷二："后主善画，尤工翎毛。""墨竹清爽不凡。"[5]"所画林木飞鸟，远过常流，高出意外。"[6]

　　知音律：徐铉为李煜墓志，说他"洞晓音律，精别雅郑"。曾为文论乐，以续《乐记》[7]。宋邵思《雁门野说》："南唐后主精于音

---

[1] 陆游《南唐书·元宗本纪》。
[2] 《佩文斋书画谱》："钟陵清凉寺有元宗八分题名、李萧远草书、董羽画海水，谓之三绝。"
[3] 《钓矶立谈》。
[4] 《豫章黄先生文集》卷二八。
[5] 都穆《寓意编·题后主墨竹》。
[6] 郭若虚《图画见闻志》。
[7] 徐铉《骑省集》卷二九《大宋左千牛卫上将军追封吴王陇西公墓志铭》。

律,凡度曲莫非奇绝。开宝中,国将除,自撰《念家山》一曲,既而广为《念家山破》,其谶可知也。宫中民间日夜奏之,未及两月,传满江南。"①

精鉴赏:雅尚图书,藏书十万余卷,"多校雠精审,编秩完具,与诸国本不类"②。内府书画至多,"诸书画中时有李后主题跋"③。

李煜"为文有汉魏风"④,著"雅颂文赋凡三十卷"⑤。又著《杂说》百篇,"时人以为可继《典论》"⑥。

南唐词就诞生在这样的艺术氛围中。它与西蜀词相比,其间文野之分,粗细之分,就可立判。李煜的艺术才华又与他的诗人气质相结合,使他的词具有超出一般歌词之上的诗的特质。这是决定南唐词风的一个非常重要的因素,西蜀君臣在这方面望尘莫及。

李璟(916—961),是南唐中主,作词不多。李煜曾于麦光纸上作拨镫书,书李璟词四首(《应天长》《望远行》各一,《浣溪沙》二),题《先皇御制歌词》⑦,他的词或许仅止于此。《浣溪沙》二首:

手卷真珠上玉钩,依前春恨锁重楼。风里落花谁是主?思悠悠。　　青鸟不传云外信,丁香空结雨中愁。回首绿波

---

① 《说郛》卷二四下。
② 马令《南唐书·朱弼传》。
③ 《梦溪补笔谈》卷二。
④ 宋陈彭年《江南别录》。
⑤ 徐铉《骑省集》卷二九《大宋左千牛卫上将军追封吴王陇西公墓志铭》。
⑥ 马令《南唐书·后主书》。
⑦ 《直斋书录解题》卷二一。

第四章　词派

三楚暮,接天流。

　　菡萏香销翠叶残,西风愁起绿波间。还与韶光共憔悴,不堪看！　　细雨梦回鸡塞远,小楼吹彻玉笙寒。多少泪珠无限恨,倚阑干。

一写秋思,一写春恨。虽然仍借男女情事为依托,但融进了他的伤时悼乱的感慨,渗透着他在南唐国势风雨飘摇中的危苦心情,令人感到其旨遥深。《人间词话》卷上评"菡萏"两句,"大有'众芳芜秽,美人迟暮'之感"。

李煜(937—989),是南唐后主,他的词《南唐二主词》著录三十四首。王国维跋此书,谓"犹是南宋初辑本","且半从真迹编录,尤为可据"。如《采桑子》(辘轳金井)、《虞美人》(风回小院),"二词墨迹在王季宫判院家"。《玉楼春》(晚妆初了)、《子夜歌》(寻春须是),"二词传自曹功显(勋)节度家","墨迹旧在京师梁门外李王寺一老尼处,故敝难读"。《谢新恩》等六首,"真迹在孟郡王家"。王国维又从《花庵词选》《全唐诗》诸书中,补辑十首,然其中多杂他人之作。可信为李煜所作的,不过三十余首。

就数量说,李煜词,比之《花间集》中温、韦词及冯延巳《阳春录》,皆为短少。但李煜藉以建立他在词史上的地位的,却以质不以量。他的词,能以少许,胜人多许。尤其是他亡国以后,身为阶下囚时的一些名作,哀伤身世,自诉衷曲,把历代诗歌言志述怀的传统引进词体,改变了温、韦以来词仅用于应歌,流为艳科的趋向,恢复了词的抒情功能和发端于民间的抒情词的传统,这是李煜对词的发展的积极贡献。

李煜词大体可分前后两期,以开宝八年(975)宋灭南唐为界。他二十五岁嗣位于金陵,当了不到十五年的江南国主。前期词二十余首,有写富丽的宫廷生活的,也有不作帝王家语,表现了他才情蕴藉而又多愁善感的特点。《清平乐》:

> 别来春半,触目愁肠断。砌下落梅如雪乱,拂了一身还满。　雁来音信无凭,路遥归梦难成。离恨恰如春草,更行更远还生。

四十岁国亡后被俘北上,留居汴京两年多。待罪被囚的生活使他感到极大的痛苦。他给金陵旧宫人的信,说"此中日夕,只以眼泪洗面"[①]。后期词不过数首,却因写出了这种生活感受,获得后世的众多同情。《浪淘沙》:

> 帘外雨潺潺,春意阑珊。罗衾不耐五更寒。梦里不知身是客,一晌贪欢。　独自莫凭阑,无限关山。别时容易见时难。流水落花春去也,天上人间。

《虞美人》:

> 春花秋叶何时了?往事知多少。小楼昨夜又东风,故国

---

① 王铚《默记》卷下。

不堪回首月明中。　　雕阑玉砌应犹在,只是朱颜改。问君能有几多愁?恰似一江春水向东流。

两首词都借伤春伤别,寄托他抚今追昔的故国之思。但表现出来的并非只是小朝廷皇帝的特殊身份。前一首以凝练的语言,概括了生活中通常会经历到的"别时容易见时难"这种人生体验,能够引起广泛的共鸣。后一首结尾以水喻愁,令人仿佛感到某种无穷无尽、长流不断、沛然莫御的愁思奔袭冲泻而来,显示出作者高度的艺术概括力与感染力。这类词一字一泪,如泣如诉,既是内心的独白,又是真切的陈情,在抒情词中自属上品。宋王铚《默记》卷上说,宋太宗赵光义即因"小楼昨夜又东风"及"一江春水向东流"之句,知李煜眷念故国,心犹未泯,遂赐牵机药将他毒死。《虞美人》这首词,也就成了李煜的绝笔了。

南唐词发展到李煜词,同花间词的区别,就泾渭分明了。《人间词话》谓:"词至李后主而眼界始大,感慨遂深,遂变伶工之词而为士大夫之词。"确实说出了其间风会的转移。《花间集》的作者固然都为文士,但其范围囿于风月脂粉("花间"一词的含义本指此),其作用限于宴席应歌,乐筵按曲,仍不脱"伶工之词"的身份。要说抒情,十九乃咏妓情,涂饰金粉,而内心贫乏。李煜前期词亦未摆脱燕钗蝉鬓,但入宋之后,却洗净宫体与倡风,以词写他的自身经历和生活实感,多家国之慨,遂把词引入了歌咏人生的正常途径。循此以往,词才与诗异途同归,有了日后出现苏、辛诸大家的可能。在变"伶工之词"为"士大夫之词"的过程中,李煜词就是这样的一个重要的转折点。

南唐词风并不因南唐亡国而告结束。北宋晏殊(991—1055)、欧阳修(1007—1072)等来自江西的词人,即沿其流而扬其波,使南唐词风复盛于宋初。刘攽《中山诗话》:

> 晏元献尤喜江南冯延巳歌词,其所自作,亦不减延巳。

刘熙载《艺概》卷四:

> 冯延巳词,晏同叔得其俊,欧阳永叔得其深。

冯煦《宋六十家词选例言》:

> 文忠家庐陵,而元献家临川,词家遂有西江一派。其词与元献同出南唐,而深致则过之。

冯延巳、晏殊、欧阳修三家词,多相互混杂。历来为词籍校勘者,往往视为难题,久悬未决①,如《蝶恋花》:

> 六曲阑干偎碧树,杨柳风轻,展尽黄金缕。谁把钿筝移玉柱,穿帘海燕双飞去。　　满眼游丝兼落絮,红杏开时,一霎清明雨。浓睡觉来莺乱语,惊残好梦无寻处。

---

① 元吴师道《吴礼部诗话》。

既见冯延巳《阳春集》,又见晏殊《珠玉词》,又见欧阳修《欧阳文忠公近体乐府》卷二。三家词同出一脉,光从风格上看,是很难辨别的。

晏殊之子晏幾道(1030?—1106?),他的《小山词》也是承南唐绪余的。他在《乐府补亡自序》中说:

> 叔原往者浮沉酒中,病世之歌词,不足以析醒解愠,试续南部诸贤绪余,作五、七字语,期以自娱。不独叙其所怀,兼写一时杯酒间闻见,及同游者意中事。

"南部诸贤",就是指冯延巳、李璟、李煜诸南唐词人。晏幾道作词已在柳永等长调慢曲盛行之后,但他同晏殊一样,仍多用南唐小令。毛晋《小山词跋》谓"晏氏父子,具足追配李氏父子"。夏敬观《评小山词跋尾》亦谓"晏氏父子,嗣响南唐二主,才力相敌"。皆符合晏幾道自序所言词学渊源。周济《介存斋论词杂著》则以为"晏氏父子,仍步温、韦",未免于事实有间。不过晏幾道词又渐染花间的秾丽,与晏殊的疏隽娴雅,有所不同。

欧阳修有《采桑子》十首,咏颍州西湖,是樽酒间"敢陈薄伎,聊佐清欢"的乐辞。又有《渔家傲》鼓子词两套,各十二首,分咏十二月景色。以联章体作俗乐曲辞,《珠玉集》中就没有,表明欧词有谐俗的一面。曾慥《乐府雅词序》说:"当时小人,或作艳曲,谬为公词,今悉删除。"蔡絛《西清诗话》:"欧阳修之浅近者,谓是刘煇伪作。"《欧阳文忠公近体乐府》罗泌跋,谓:"其浅近者,前辈多谓刘煇伪作,故削之。"他们所删削的艳曲或浅近者,后皆存之于

《醉翁琴趣外篇》（六卷）。其中词多艳体，但未必为刘煇伪作。《直斋书录解题》卷一七《刘状元东归集》下云："世传煇既黜于欧公，怨愤造谤，为猥亵之词。今观杨杰志煇墓，称其祖母死，虽有诸叔，援古谊以適孙解官承重服；又尝买田数百亩，以聚其族而饷给之，盖笃厚之士也。肯以一试之淹，而为此憸薄之事哉！"既作雅词，又长艳曲，这不独"一代儒宗，风流自命"的欧阳修为然。两宋名公钜卿，很多人都是这样，反映了他们公、私生活的两个方面，无须讳言其事。间或杂有他人之作，但不必疑其皆伪。

第四章　词派

第五节　有井水处皆歌柳词

　　花间词、南唐词所用体调都是小令。敦煌词与《尊前集》虽有长词慢曲,但为数不多。自中唐词之初起下及宋初的两个多世纪中,以短章小词配合令曲的局面,基本上相沿未改。这个局面直到柳永词的推开始得改观。柳永以当时的新声慢曲,取代了唐五代的旧有小令。《乐章集》中的慢词长调有一百多首,使词调的构成发生了重要转变。两宋慢词的时代,实自柳永开启的。在他的带动下,慢词遂兴,并在此后的发展中掩过了小令。与柳永同时代的晏殊、欧阳修,在这一点上就显得比他保守,他们只作唐五代的小令,未尝染翰于新兴的慢词。

　　柳永仕宦不显,他的词当时且为士林所轻视,因此有关他的传记材料很少。唐圭璋先生《柳永事迹新证》①,从宋人笔记、宋元方志中搜讨其仕履行迹,略可窥其生平。不过,遗留的问题似仍不少。举例来说:

　　定柳永的生年为雍熙四年(987),似乎稍迟。宋罗大经《鹤林

---

① 《文学研究》1957年第3期。

玉露》卷一三，谓"孙何帅钱塘，柳耆卿作《望海潮》词赠之"。《岁时广记》卷三一引《古今词话》且谓："柳耆卿与孙相何为布衣交。"按孙何，《宋史》卷三〇六有传。他于淳化三年（992）举进士，咸平三年（1000）六月，出为两浙转运使，卒于景德元年（1004），年四十四。若定柳永生于雍熙四年，孙何举进士时他才六岁，出任两浙转运使时才十四岁，何至有赠以《望海潮》之事，更何况"布衣交"了。

定柳永为景祐元年（1034）进士，亦嫌稍迟。《能改斋漫录》卷一六，谓柳永"至景祐元年方及第"。然范仲淹景祐元年贬睦州，已闻歌柳永睦州任上所作的《满江红》词。《湘山野录》卷中："范文正公谪睦州，过严陵祠下，会吴俗岁祀，里巫迎神，但歌《满江红》，有'桐江好，烟漠漠；波似染，山如削。绕严陵滩畔，鹭飞鱼跃'之句。"范仲淹此年四月至睦州。六月移知苏州。柳词所叙为秋景，至少当作于景祐元年前一年的明道二年（1033），时柳永已为睦州团练推官，其举进士犹当在此之前。据《余杭县志》卷一九职官表，柳永于景祐元年为余杭令。

定《醉蓬莱》作于皇祐间，并谓柳永因此忤旨，不久便死了。此说疑不确。宋王辟之《渑水燕谈录》卷八，《苕溪渔隐丛话》后集卷三九引《艺苑雌黄》，均谓皇祐中老人星现，柳永应制为《醉蓬莱》词，因"宸游凤辇何处"一句与仁宗所作真宗挽词暗合，由是忤旨，不复进用。按老人星即寿星。《宋会要辑稿》《宋史·天文志》对当时老人星的出现，都有记载。《宋会要辑稿》五十二册《瑞异一》"寿星"条，所记颇详。仁宗朝老人星现凡十五次，唯独没有皇祐间出现老人星之事。仁宗御制真宗挽词作于乾兴元年（1022），柳永《醉蓬莱》当与之年代相近，所以仁宗对"宸游"句记忆犹新；

第四章 词派

若迟至皇祐间,事隔三十年,早已漫不省忆了。据《宋会要辑稿》,天圣元年(1023)二月己亥、二年八月丙子、四年七月壬申这三次老人星的出现,都于真宗卒年为近。柳永词有"素秋新霁"语,疑当作于天圣二年八月或四年七月。张舜民《画墁录》卷一:"柳三变既以词忤仁庙,吏部不放改官。三变不能堪,诣政府。晏公(殊)曰:'贤俊作曲子么?'三变曰:'只如相公亦作曲子。'"晏殊居"政府"皆年月可考。天圣三年十月至五年正月,晏殊为枢密副使(枢府)。明道元年(1032)八月至二年四月,晏殊任参知政事(政府)。柳永在作《醉蓬莱》词忤旨后"诣政府"向晏殊求援,或即此时。从时间上说,也与天圣二年、四年两次老人星的出现正好衔接。至于皇祐间,晏殊出知永兴军,又徙知河南,都不在"政府"之位,柳永也无法求见晏殊了。

对柳永词的时代还有一个误解,即以为他的词尽作于仁宗时期。祝穆《方舆胜览》卷一〇引范镇曰:

> 仁宗四十二年太平,镇在翰苑十余载,不能出一语咏歌,乃于耆卿词见之。

仁宗一朝的承平气息,是柳永词的主要背景。但柳永作词,实始于真宗时期。《巫山一段云》五首,就作于真宗大中祥符"天书封祀"期间。《宋史·真宗纪》:"大中祥符元年(1008)春正月乙丑,有黄帛曳左承天门南鸱尾上,守门卒涂荣告有司以闻,上召群臣拜迎于朝元殿,启封,号称天书。"六月,复见"天书"于泰山醴泉亭,遂以六月六日"天书"再降为天贶节。《巫山一段云》第二首:

231

"昨夜紫微诏下,急唤天书使者。令赍瑶检降彤霞,重到汉皇家。"即咏此事。又《宋史·五行志一上》:"大中祥符三年(1010)十一月丁酉,陕西河清。十二月乙巳,河再清。"时集贤校理晏殊献《河清颂》。《巫山一段云》第四首:"人间三度见河清,一番碧桃成。"即咏此事。《玉楼春》二首咏禁中夜醮:"香罗荐地延真驭,万乘凝旒听秘语。"乃记大中祥符五年十月,真宗于延恩殿设道场祀圣祖赵玄朗事。柳永《望海潮》词作于咸平间,《巫山一段云》《玉楼春》诸词作于大中祥符间,他的创作年代实跨真宗、仁宗两朝。在乾兴元年仁宗即位之前,他当是词名已著的人物了。因此,视柳永词限于反映仁宗一代,是不恰当的。柳永的创作年代不应往后压,他的生年则可稍往前推。

柳永的生平,大抵分为两个阶段,其间可以中进士作为分界。《避暑录话》卷三:"柳耆卿为举子时,多游狭邪,善为歌辞。"这时他流连于汴京的秦楼楚馆,恣情游宴,是个风流浪子型的人物,所作亦多狭邪之曲。

> 暗想从前,未名未禄,绮陌红楼,往往经岁迁延。……帝里风光好,当年少日,暮宴朝欢。况有狂朋怪侣,遇当歌、对酒竟留连。(《戚氏》)

> 帝城当日,兰堂夜烛,百万呼卢;画阁春风,十千沽酒。未省、宴处能忘弦管,醉里不寻花柳。(《笛家弄》)

> 恋帝里,金谷园林,平康巷陌,触处繁华,连日疏狂,未尝

第四章 词派

轻负,寸心双眼。况佳人,尽天外行云,掌上飞燕。向玳筵、一一皆妙选。长是因酒沈迷,被花萦绊。(《凤归云》)

所眷妓有心娘、佳娘、虫娘、酥娘等。《木兰花》四首,即分咏四妓。此外尚有英英(《柳腰轻》:"英英妙舞腰肢软。")、秀香(《昼夜乐》:"秀香家住柳花径。")、瑶卿(《凤衔杯》:"有美瑶卿能染翰。")。柳永的词,不少就为上述诸妓写的。有些"能染翰"的歌妓还同他以词唱和。《惜春郎》:"属和新词多俊格,敢共我勍敌。"不过柳永为此而付出了落榜的代价。《能改斋漫录》卷一六说他"尝有《鹤冲天》词云:'忍把浮名,换了浅斟低唱。'及临轩放榜,(仁宗)特落之,曰:'且去浅斟低唱,何要浮名!'"

柳永入仕后,虽不免仍多怀旧之词,但风情显然减退。《长相思》:

又岂知,名宦拘检,年来减尽风情。

他在睦州、余杭、昌国、泗州等地都当过地方官。他任晓峰盐场官时写的《鬻海歌》,"悯亭户也",是"洞悉民瘼"的反映盐民痛苦生活的一首诗。清朱绪曾《昌国图咏》卷五:"耆卿才调关民隐,莫认红腔昔昔盐。"这就与前期风流浪子的面目不同,成了在一些方志中列名于"名宦传"的人物了。《直斋书录解题》说柳词"尤工于羁旅行役"。这些羁旅行役之词就是他出京后宦游各地时写的,以作于江淮和两浙的居多。他在睦州写的《满江红》,音调亢爽,洗尽剪红刻翠之语。昌国盐场作的《留客住》:"遥山万叠云散,涨海千里,潮平波浩渺。"写到大海涨潮的浩渺景象,还是北宋词中仅见的①。

柳永词从词调到作法,都代表了宋词发展的一个新阶段。前面讲词调时已说过,柳词多创调之功,很多词调出于市井新声。市井新声是一种通俗歌曲,曲调、歌词都以俚俗浅近为特色。这与敦煌曲一脉相承,而与当时文人词日趋雅淳之风有所不同。但柳永一面采用市井新声,一面又进行加工提高,形成了柳词的特有风格。柳词比敦煌曲的进步之处主要表现在:

一、发展了慢词

《乐章集》二百多首,凡十六宫调,一百五十曲(曲名同而宫调异者,仍别作一曲),所增新声绝大多数是长调慢曲。其曲名在教坊曲(有四十多曲)、敦煌曲(有十六曲)本为小令者,柳永亦大都衍为长调。《长相思》本双调三十六字,柳永度为双调一百零三字;《浪淘沙》本双调五十四字,柳永度为三叠一百四十四字。

二、多用赋体

长调宜于铺陈,故柳词多用赋体。《望海潮》咏杭州都市的繁盛和西湖山水的佳丽,可以说是用词体写的杭州赋,发挥了柳永用赋体手法写词的长处:

> 东南形胜,三吴都会,钱塘自古繁华。烟柳画桥,风帘翠幕,参差十万人家。云树绕堤沙。怒涛卷霜雪,天堑无涯。市列珠玑,户盈罗绮,竞豪奢。　　重湖叠巘清嘉。有三秋

---

① 张律《乾道四明图志》卷七记当地官舍中还有此词的石刻。

桂子,十里荷花。羌管弄晴,菱歌泛夜,嬉嬉钓叟莲娃。千骑拥高牙。乘醉听箫鼓,吟赏烟霞。异日图将好景,归去凤池夸。

首起三句叙形势之胜,"烟柳"三句状都市之盛,"云树"、"怒涛"言钱江壮阔,"珠玑"、"罗绮"言士民殷富。下片前半段专咏西湖,从湖山全景,四时风光,昼夜笙歌,湖中人物四个方面写西湖美景。最后则作颂词,归美郡守。词中有总叙,有分写,亦可谓铺张扬厉了。

《雨霖铃》也长于铺叙:

寒蝉凄切,对长亭晚,骤雨初歇。都门帐饮无绪,方留恋处,兰舟催发。执手相看泪眼,竟无语凝咽。念去去、千里烟波,暮霭沉沉楚天阔。　　多情自古伤离别。更那堪、冷落清秋节。今宵酒醒何处,杨柳岸、晓风残月。此去经年,应是良辰好景虚设。便纵有千种风情,更与何人说。

这首词写出都南行时长亭送别,上片从日暮雨歇,送别城外,设帐饯行,到兰舟催发,泪眼相对,执手告别,依次层层叙述离别的场面和双方惜别的情怀行动,犹如一首带有叙事性的剧曲,写出了动人的惜别的一幕。这与同样表现离情别绪但出之以比兴的唐五代小令,情趣是很不一样的。李之仪《跋吴思道小词》说,唐五代作词,"大抵以《花间集》中所载为宗,然多小阕。至柳耆卿始铺叙展衍,备足无余,形容盛明,千载如逢当日"。就是谓以赋体作长调。《古今词话》还特称柳永词法为"屯田蹊径"。

三、雅俗并陈

宋人多言柳永词近俗。陈师道《后山诗话》：

> 柳三变游东都南、北二巷，作新乐府，骫骳从俗，天下咏之。

李清照《词论》：

> 柳屯田永者，变旧声作新声，出《乐章集》，大得声称于世。虽协音律，而词语尘下。

徐度《却扫编》卷五谓柳词：

> 虽极工致，然多杂以鄙语，故流俗人尤喜道之。

黄昇《唐宋诸贤绝妙词选》卷五亦谓柳永：

> 长于纤艳之词，然多近俚俗，故市井之人悦之。

但柳永词并非一味浅俗。他的一些名作，大都俗中有雅，不乏风致。就以《雨霖铃》来说，"执手相看泪眼"等语，诚然市井浅语，近于秦楼楚馆之曲。但下片设想别后景况，"今宵酒醒何处？杨柳岸、晓风残月"二句，表明别后冷落凄清之感，写出一种典型的怀人境界,足以与诸名家的"雅词"相比。这首词就可谓俗不伤雅,雅不避俗,显示出柳词的特色,故历来被推为柳永的代表作。他的《八声甘州》:

> 对潇潇暮雨洒江天,一番洗清秋。渐霜风凄紧,关河冷落,残照当楼。是处红衰翠减,苒苒物华休。唯有长江水,无语东流。　　不忍登高临远,望故乡渺邈,归思难收。叹年来踪迹,何事苦淹留?想佳人妆楼颙望,误几回天际识归舟。争知我,倚阑干处,正恁凝愁。

"想佳人妆楼颙望"之语,可谓俗矣。但"渐霜风凄紧,关河冷落,残照当楼"三句,在深秋萧瑟寥廓的景象中,表现久滞异地的游子之怀,连鄙薄柳词的苏轼也不禁叹赏。赵令畤《侯鲭录》卷七记东坡云:

> 世言柳耆卿曲俗,非也。如《八声甘州》云:"霜风凄紧,关河冷落,残照当楼。"此语于诗句不减唐人高处。

《白雨斋词话》卷五:"古人词有竟体高妙而一句小疵,致令通篇减色者,如柳耆卿'对潇潇暮雨洒江天'一章,情景兼到,骨韵俱高,而有'想佳人妆楼长望'之句,'佳人妆楼'四字连用,俗极,亦不检点之过。"其实雅不避俗,正是柳词特点。

柳永《二郎神》咏七夕,词亦标致。起句为:"炎光谢,过暮雨,芳尘轻洒。"宋沈作喆《寓简》卷一〇引无名氏《鹊桥仙》谓:"柳家一句最著题，道'暮雨芳尘轻洒'。"即赏其语调殊雅。《魏书·胡叟传》称胡叟"好属文，既善为典雅之辞，又工为鄙俗之句"。典雅与鄙俗本是各不相容，互相排斥的，柳永却能把这两者调和融合，自成一体。陆辅之《词旨叙》："夫词亦难言矣，正取近雅，而又不远俗。"柳永词雅俗杂陈，在这一点上有其所长。

柳永的许多名作，在宋代不但"市井之人悦之"，实际上是雅俗共赏的，因此其传布既广且久。刘克庄诗："相君未识陈三面，儿女多知柳七名。"并非夸说。张耒《明道杂志》记韩维"每酒后好讴柳三变一曲"。蔡絛《西清诗话》记王安石嘉祐间作诗应制有"太液池边"语，"翌日，都下盛传王舍人窃柳耆卿词"。《挥麈后录》卷八，言王彦昭"好令人歌柳三变乐府新声"，朱翌为之作乐语曰："正好欢娱歌叶树，数声啼鸟；不妨沉醉拼画堂，一枕春醒。"皆柳永词中语。甚至佛门释子，道教真人，也爱好柳词。江少虞《皇朝事实类苑》卷四四记"邢州开元寺僧法明，落魄不检，嗜酒好博，每饮至大醉，惟唱柳永词"。临终作偈曰："平生醉里颠蹶，醉里却有分别。今宵酒醒何处，杨柳岸晓风残月。"金全真道士王喆有《解佩令》词，自注："爱看柳词，遂成。"词曰：

> 平生颠傻，心猿轻忽，《乐章集》、看无休歇。逸性摅灵，返认过、修行超越。仙格调，自然开发。　　四旬七上，慧光崇兀。词中味、与道相谒。一句分明，便悟彻、耆卿言曲：杨柳岸、晓风残月。①

---

① 《全金元词》第199页（中华书局1979年版）。

几乎从柳词中参禅悟道。柳永语还远传至西夏,《避暑录话》卷三记一西夏归朝官云:"凡有井水饮处,即能歌柳词。"又传至金国,《鹤林玉露》卷一三言金主亮闻歌《望海潮》,"欣然有慕于'三秋桂子,十里荷花',遂起投鞭渡江之志"。作词能流播如此久远,两宋词人中是并不多觏的。

《碧鸡漫志》卷二记:"前辈云:《离骚》寂寞千年后,《戚氏》凄凉一曲终。"以柳永《戚氏》比附屈原《离骚》;黄裳《演山集》卷三五《书〈乐章集〉后》:"予观柳氏乐章,喜其能道熹(嘉)祐中太平气象,如观杜甫诗,典雅文华,无所不有。"张端义《贵耳集》卷上记项安世曰:"学诗当学杜,学词当学柳。"又以柳词比附杜诗,这些当然推誉过当,比拟失伦。但柳永词的地位和影响,实在不能因其"浅近卑俗"而过于轻视。柳永词自衍一派,称"柳氏家法",在宋词中并非涓涓细流。《碧鸡漫志》卷二说:"沈公述,李景元,孔方平、处度叔侄,晁次膺,万俟雅言,皆有佳句,就中雅言又绝出,然六人者源流从柳氏来,病于无韵。"又说:"今少年妄谓东坡移诗律作长短句,十有八九不学柳耆卿,则学曹元宠。"可见其后继者之多。程正同《朝中措》(题集闲教头簇):"周郎学识,秦郎风度,柳七文章。"谓作词宜合周、秦、柳三家之长。《词谱》卷二四引《翰墨全书》无名氏《甘露滴乔松》词:"谁欤兼致,文章燕、许,歌辞苏、柳。"还以兼致苏、柳为词宗极致。柳永的地位直至宋末,还不是轻易可以动摇的。

柳永词上承敦煌曲,下开金元曲子,在其间起着桥梁和中介的作用。这一点尤其不能忽视。况周颐《蕙风词话》卷三说:

柳屯田《乐章集》为词家正体之一,又为金元已还乐语所自出。

董解元《西厢记》,体格即于《乐章集》为近。"董为北曲初祖,而其所为词,于屯田有沆瀣之合。曲由词出,渊源斯在。"在词、曲的风会转移中,柳永词所发挥的影响班班可见。元贯云石《酸斋乐府》有越调《斗鹌鹑》一套,第三曲《调笑令》:"柳七,《乐章集》,把臂双歌真先味。"清李渔《笠翁余集》卷八有《多丽》词,咏"春风吊柳七",还尊柳永为"曲祖":"柳七词多,堪称曲祖,精魂不肯葬蒿莱。"研究宋词至元曲的演变,对柳永词就应多予注意。

柳永亦善为诗文。《避暑录话》卷三:"永亦善为他文辞。"周煇《清波杂志》卷八:"贺方回、柳耆卿为文甚多,皆不传于世,独以乐章脍炙人口。"他的诗文在宋时已散落无传了。

与柳永同时而齐名的张先,词风介于晏、欧与柳永之间。张先一面如晏、欧承南唐遗风仍多小令;一面又如柳永取时调新声而创作慢曲。《张子野词》同《乐章集》一样,也按宫调编排,集中慢曲如《熙州慢》《卜算子慢》《山亭宴慢》《谢池春慢》等,为数亦不少。《后山诗话》说:"张子野老于杭,多为官妓作词。"作词多为妓应歌,这一点也近于柳永。但张先当时主要以小令著称。他的名句"云破月来花弄影"(《天仙子》)、"不如桃杏,犹解嫁东风"(《一丛花令》),都是小令,使宋祁、欧阳修为之倾倒。他作长调也多用小令作法。夏敬观评张先曰:"慢词亦多用小令作法,在北宋诸家中,可云独树一帜。"(《映庵词评》)这又与柳永常以铺叙手法作慢词者不同。《白雨斋词话》卷一说张先词"有含蓄处,亦有发越处,但含蓄不似温、韦,发越亦不似豪苏、腻柳",是个"适得其中"的词人。"适得其中",正表明了张先词的特点,它也反映了南唐词向柳永词转变期中的风气。

第四章 词派

第六节 苏轼指出向上一路，全面改革词风

苏轼（1036—1101）是北宋词坛的大革新家。

苏轼在诗、文、词三方面成就都很高。但他对词的革新，在文学史上具有特殊意义，往往最为人所重视。《白雨斋词话》卷七：

> 人知东坡古诗古文卓绝百代，不知东坡之词尤出诗文之右。盖仿九品论字之例，东坡诗文纵列上品，亦不过为上之中、下，若词则几为上之上矣。

陈廷焯称苏轼词为"此老平生第一绝诣"，就是推崇他在革新宋词方面所表现出来的卓绝的独创性。

苏轼对词的革新，不是局部的，而是全面的。从内容到风格，从用调到叶律，都有他除旧布新之功。这种全面的革新，若总结为一句话，就是《后山诗话》说的"子瞻以诗入词"。对于苏轼的"以诗入词"，赞同苏轼改革词风的咸以为是，拘守词"别是一家"的或以为非。其实苏轼"以诗入词"，并未将词与诗混同为一，泯

灭了词与诗的艺术畛域。刘熙载《艺概》卷四：

> 东坡词颇似老杜诗，以其无意不可入，无事不可言也。

凡可入诗的，亦以入词；可于诗言之的，亦于词言之。苏轼"以诗为词"的含义，实即如此。但苏词与苏诗，不仅体调有异，其情致风味，仍多不同。苏轼一面革新词体，一面又维护与保持词的特点。他注意发挥词体音律谐美，句式参差，用韵错落等长处，或纵横驰骤，穷极变化，或卷舒自如，深婉不迫，创造了他的古近体诗所未能或造的独特的词境。因此，苏轼既"以诗入词"，正其本源；又"以词还词"，完其本色，因而他的革新才取得了惊人的成功。下列四个方面可以认为是苏轼革新宋词所取得的主要成果。

一、提高词品

自《花间集》至柳永，始终不脱"词为艳科"的范围。这些花柳之词，冶荡之音，与正统的言志、载道的诗文相比，自然厥品甚卑。宋时以词为"小道"、"小技"，殆非无故。作词有时还被认为有才无行，有玷令德。魏泰《东轩笔录》卷五："王荆公初为参知政事，闲日因阅晏元献公小词而笑曰：'为宰相而作小词，可乎？'平甫曰：'彼亦偶然自喜而为耳，顾其事业岂止如是耶？'时吕惠卿为馆职，亦在坐，遽曰：'为政必先放郑声，况自为之乎？'"三人说法不同，但对词都取鄙薄态度。邵博《河南邵氏闻见后录》卷一九言晏幾道手写长短句呈韩维，韩维报书曰："得新词盈卷，盖才有余而德不足者，愿郎君捐有余之才，补不足之德。"教训晏幾道戒词以保全德行。二晏词品，较之"士行尘杂"的温庭筠、柳永等的侧词艳曲,已经有了雅郑之别,但因没有摆脱"缘情而绮靡"的倾向,仍不免遭致讥评。苏轼"以诗入词",他就把词家"缘情"与诗人"言志"两者很好结合起来,文章道德与儿女私情,于是并见乎词。他的《念奴娇》(大江东去)、《水调歌头》(明月几时有)这些逸怀浩气的词,在词中树堂堂之阵,立正正之旗,词品与人品得到了高度的统一和融合。就是写闺情的词,也品格特高。如他的《贺新郎》:

> 乳燕飞华屋。悄无人、桐阴转午,晚凉新浴。手弄生绡白团扇,扇手一时如玉。渐困倚、孤眠清熟。帘外谁来推绣户,枉教人、梦断瑶台曲。又却是、风敲竹。　石榴半吐红巾蹙。待浮花浪蕊都尽,伴君幽独。秾艳一枝细看取,芳心千重似束。又恐被、秋风惊绿。若待得君来,向此花前,对酒不忍触。共粉泪,两簌簌。

"待浮花浪蕊都尽,伴君幽独",可与杜甫《佳人》"天寒翠袖薄,日暮倚修竹"的格调比高。元好问《新轩乐府引》说:

> 自东坡一出,情性之外,不知有文字,真有"一洗万古凡马空"气象。虽时作宫体,亦岂可以宫体概之。

宋时对晏殊、欧阳修等名公大臣作词,犹多异议,但对苏轼词品,谁也不敢菲薄,最多是说它不甚叶律而已。这是苏轼提高词品所引起的变化。词至东坡,其体始尊,从此词与诗并驾齐驱的地位逐渐得到了确认。北宋后期和南宋的词,也就在苏轼词所建立的新的基础上发展起来。

二、扩大词境

苏轼词不仅格高,而且境大,两者是相互联系的。《东坡题跋》卷上《跋君谟飞白》说:"物一理也,通其意则无适而不可。"苏轼在深谙事物之理的基础上,对他领悟到的这个创作原理得心应手,运用自如,于诗、于文、于词都做到了"无适而不可"。他在《南行前集叙》中说行踪所至,无不成诗。"山川之秀美,风俗之朴陋,贤人君子之遗迹,与凡耳目之所接,杂然有触于中,而发于咏叹。"他把自己的性情、学问、襟怀悉见于诗,也同样融之于词。随着其"耳目之所接",词中展现了他的广阔的视野、丰富的阅历和浓郁的生活情趣。刘辰翁《辛稼轩词序》说:"词至东坡,倾荡磊落,如诗如文,如天地奇观。"他为词境拓土开疆,使词走出了花间小径,涌进了生活的波涛。

词本"昵昵儿女语",苏词则出现了"划然变轩昂"的场面。熙宁八年(1075),苏轼在密州打猎,因小试身手进而请求从征西夏,作《江城子》词:

> 老夫聊发少年狂。左牵黄,右擎苍。锦帽貂裘,千骑卷平冈。为报倾城随太守,亲射虎,看孙郎。　酒酣胸胆尚开张。鬓如霜,又何妨。持节云中,何日遣冯唐?会挽雕弓如满月,西北望,射天狼。

上片出猎,下片请战,有"横槊赋诗"的气概。词中历来香而软的儿女柔情,换上了报国立功、刚强壮武的英雄事业。

苏轼把宋诗特色之一的"理趣"引进了词里。他有不少词深含哲理,不但以情致胜,而且以理趣胜。熙宁九年,苏轼中秋望月,怀念弟弟苏辙,作《水调歌头》:

> 明月几时有,把酒问青天。不知天上宫阙,今夕是何年?我欲乘风归去,唯恐琼楼玉宇,高处不胜寒。起舞弄清影,何似在人间! 转朱阁,低绮户,照无眠。不应有恨,何事偏向别时圆?人有悲欢离合,月有阴晴圆缺,此事古难全。但愿人长久,千里共婵娟。

词中有天上和人间,幻想和现实,出世和入世,以及悲欢离合等矛盾。但苏轼热爱生活,笃于情谊,而又能通情达理,以理遣情,表现了他执着人生而又善处人生的胸怀和情趣。这首词既富于人情味,又富于人生哲理,丰富和深化了词意词境。夏承焘《东坡乐府笺序》谓以理入词为苏轼首创:"杜、韩以议论为诗,宋人推其波以及词","溯其源实出于坡之《如梦令》《无愁可解》"①。《水调歌头》融理于情,圆通无碍,远出于枯燥说教的《如梦令》诸作之上。此后在黄州作《定风波》(莫听穿林打叶声)、《临江仙》(夜饮东坡醒复醉),从生活实境中生发妙谛,都是苏词中情理俱胜之作。

农村词也是苏轼新开辟的词的新区。元丰元年(1078),苏轼任徐州太守,到石潭谢雨,作词五首纪行,第一次把淳朴的农民和

---

① 《月轮山词论集》第132页。按《无愁可解》并非苏轼词,乃龙丘子陈慥作,苏轼为之序。

桑麻等农事写进了词里。

> 簌簌衣巾落枣花，村南村北响缫车，牛衣古柳卖黄瓜。　酒困路长惟欲睡，日高人渴漫思茶。敲门试问野人家。

> 软草平莎过雨新，轻沙走马路无尘，何时收拾耦耕身？　日暖桑麻光似泼，风来蒿艾气如熏。使君元是此中人。

苏词中境界最为雄奇阔大的，自然当推《念奴娇》（赤壁怀古）词。词中出现了浩荡的长江，大战的故垒，和当年风云际会的一时豪杰。

> 大江东去，浪淘尽、千古风流人物。故垒西边，人道是、三国周郎赤壁。乱石崩云，惊涛裂岸，卷起千堆雪。江山如画，一时多少豪杰。　遥想公瑾当年，小乔初嫁了，雄姿英发。羽扇纶巾，谈笑间，樯橹灰飞烟灭。故国神游，多情应笑我，早生华发。人间如梦，一尊还酹江月。

从长江的滚滚东流，感到时光的流逝和历史的演变，怀想起以往一代又一代的风流人物。把眼底心头的江山、历史、人物一齐推出，而又完全熔铸在一起，视野之大，胸次之高，在词中是空前的。因此元好问《题闲闲书赤壁赋后》说："夏口之战，古今喜称道之。东坡赤壁词殆戏以周郎自况也。词才百余字，而江山人物无复余蕴，宜其为乐府绝唱。""乱石崩云"三句，把眼前的高山大江写得十分雄奇险峻。陆游《入蜀记》说赤壁"亦茆冈尔,略无草木"。范成大《吴船录》卷下记他经过黄冈时,看到:"'赤壁',小赤土山也,未见所谓'乱石穿空'及'蒙茸巉岩'之境,东坡词赋微夸焉。"这种"微夸"是允许的,不如此就不足以表现古战场的气氛和声势,想见当年的战争风云了。必须注意,这首词的境界并非写实,而是虚实相生的。苏轼上下古今,神游目接,对词境作了最恢宏的开拓(据《三国志·吴书·周瑜传》,小乔嫁周瑜,为赤壁之战十年之前事。苏轼谓"小乔初嫁",用以突出周瑜的少年英俊,亦属"微夸")。

苏轼的咏物词,如《水龙吟》咏笛、咏杨花,《卜算子》咏孤鸿,《减字木兰花》咏古松,或体物浏亮,或寓意深沉,在词意词境上亦多新创。

三、改变词风

苏轼作词时,正当柳永词风靡一世之际。他改变词风,就以柳永为对手,从力辟柳词开始。他作《江城子》(密州出猎)词后,致书与鲜于侁说:

> 近却颇作小词,虽无柳七郎风味,亦自是一家。呵呵!数日前,猎于郊外,所获颇多。作得一阕,令东州壮士抵掌顿足而歌之,吹笛击鼓以为节,颇壮观也。

树起了"自是一家"的旗帜,并对自己的词有别于"柳七郎风味",深为自喜自负。秦观的《满庭芳》(山抹微云)沾染了柳词风气,"尤为当时所传",苏轼论秦词就"犹以气格为病,故常戏云:

'山抹微云'秦学士,'露花倒影'柳屯田"("露花倒影",柳永《破阵子》语)①。不但以联语嘲讽,而且一见面还责问他:"不意别后却学柳七作词。"秦观为之力辩曰:"某虽无识,亦不至是。"②元祐八年,苏轼为定州安抚使,歌者有意在席上歌柳永的《戚氏》,"意将索老人(指苏轼)之才于仓卒,以验天下之所向慕者"。苏轼就席间所谈周穆王、西王母事,用柳永《戚氏》一调也写了一首词,"随声随写,歌竟篇就,才点定五六字"③。这也是为了压倒柳永。《说郛》卷二四引俞文豹《吹剑续录》:

> 东坡在玉堂,有幕士善讴,因问:"我词比柳词何如?"对曰:"柳郎中词,只好十七八女孩儿,执红牙拍板唱'杨柳岸晓风残月'。学士词,须关西大汉,执铁板唱'大江东去'。"公为之绝倒。

这是元祐初苏轼为翰林学士时事。苏词中的名作这时大都已经问世,但他心目中还有着柳永的影子,对于自己一贯以雄豪之词,来扫除柳永侧艳之曲,兴致依然不减。

俞文豹所举的这位幕士的话,生动地说明了苏轼与柳永两家词风的差异,也显示了苏轼对传统词风的重大改革。宋玉《风赋》谓风有雌风、雄风之分。自温庭筠至柳永,作词就如刘辰翁《辛稼轩词序》中说的"雌声学语"。苏轼则以"揽辔澄清"之志,对这种

---

① 《避暑录话》卷三。
② 郭绍虞《宋诗话辑佚》下册《高斋诗话》。
③ 李之仪《跋戚氏》,见《姑溪居士文集》卷三八。

"雌声学语"的词风加以摧陷廓清,给北宋词坛吹进了一股强劲的雄风。

不过,苏轼词风的特点是什么?历来的评论虽大体相近,却各有侧重,并不一致。

有以为"豪放"者。这种说法最多,始见于绍兴辛未(1151)曾慥跋《东坡词拾遗》:

> 豪放风流,不可及也。

嗣后,陆游《老学庵笔记》卷五曰:

> 世言东坡不能歌,故所作乐府词多不协律。晁以道云:绍圣初,与东坡别于汴上,东坡酒酣,自歌古《阳关》。则公非不能歌,但豪放,不喜裁翦以就声律耳。

朱弁《曲洧旧闻》卷五亦谓苏轼《水龙吟》咏杨花,"若豪放不入律吕"。到了明张綖《诗余图谱》,即以豪放论定苏词:

> 苏子瞻之作,多是豪放。

有以为"清丽舒徐"者。张炎《词源·杂论》:

> 东坡词如《水龙吟》咏杨花,咏闻笛,又如《过秦楼》《洞仙歌》《卜算子》等作,皆清丽舒徐,高出人表;《哨遍》一曲,隐括

《归去来辞》,更是精妙,周、秦诸人所不能到。

有以为"韶秀"者。周济《介存斋论词杂著》:

> 人赏东坡粗豪,我赏东坡韶秀。韶秀是东坡佳处,粗豪则病也。

有以为"清雄"者。王鹏运《半塘遗稿》:

> 北宋人词,如潘逍遥之超逸,宋子京之华贵,欧阳文忠之骚雅,柳屯田之广博,晏小山之疏俊,秦大虚之婉约,张子野之流丽,黄文节之隽上,贺方回之醇肆,皆可模拟得其仿佛。唯苏文忠之清雄,敻乎轶尘绝迹,令人无从步趋。盖霄壤相悬,宁止才华而已!

一个大作家的艺术风格常常是丰富多彩,可以作面面观的。上述诸说,就有以偏概全之嫌。但一鳞一爪,不失其真,诸家所见,应该并存而不废。目苏词豪放者,最为通行,众口一辞,几于不拔。可是对豪放一词的含义,各家所用亦多不同。唐司空图《诗品》分诗歌风格为二十四品,第十二品为"豪放":

> 观花匪禁,吞吐大荒。由道返气,处得以狂。天风浪浪,海山苍苍。真力弥满,万象在旁。前招三辰,后引凤凰。晓策六鳌,濯足扶桑。

第四章 词派

揆之苏轼词风,殊为不类。宋人以豪放论诗者甚多。苏轼论文谈艺,也时及豪放,《书吴道子画后》:

> 道子画人物,如以灯取影,逆来顺往,旁见侧出,横斜平直,各相乘除,得自然之数,不差毫末。出新意于法度之中,寄妙理于豪放之外,所谓游刃余地,运斤成风,盖古今一人而已。

《与陈季常书》:

> 又惠新词,句句警拔,诗人之雄,非小词也。但豪放太过,恐造物者不容人如此快活。一枕无碍睡,辄亦得之耳。公无多奈我何,呵呵!

他以"豪放"与"法度"对举,既本之于"法度",又出之以"豪放",这才是"游刃有余,运斤成风"的艺术境地。若"豪放太过",作词不免率易,亦不为苏轼所取。因此,苏轼用"豪放"一词,实是豪放不羁,纵情放笔的意思。陆游、朱弁谓苏词"豪放",也是从这个意义上说的。宋末张炎《词源》称"辛稼轩、刘改之作豪气词"。"豪气词"这个说法,即就气概、气度而言,不光指不拘法度而言。明张綖论词分豪放、婉约二体,以此来概括词在内容、风格、作法等方面的两种主要倾向,他所说的"豪放",就把豪迈气概与放笔恣肆这些意思都包括在内,其含义比之苏轼、陆游所说,更为扩大与发展了。

豪放固然是苏轼词风的主要特色,但只谈豪放不能尽见苏词面目。冯煦为朱孝臧注《东坡乐府》作序,就提出:"东坡之于北宋,稼轩之于南宋,并独树一帜,不域于世,亦与他家绝殊。世第以豪放目之,非知苏、辛者也。"他认为苏词的最大特色是在刚柔之外,自成一体:

> 词有二派,曰刚与柔。毗刚者斥温厚为妖冶,毗柔者目纵轶为粗犷。而东坡刚亦不吐,柔亦不茹,缠绵芳悱,树秦、柳之前旌;空灵动荡,导姜、张之大辂。唯其所之,皆为绝诣。

在苏轼词中,豪放与婉约两种风格并不相互排斥。若以刚柔论词,苏词一些名作,倒是体兼刚柔,刚柔相济的。《念奴娇》述周瑜不世之功,却以"小乔初嫁"衬托他的"英姿";《水调歌头》怀念子由,亦借婵娟秋月以互通情谊,都是刚中有柔的例子。苏轼《与子由论书》曾说到自己的书法:

> 吾虽不善书,晓书莫如我。苟能通其意,常谓不学可。貌妍容有矉,璧美何妨椭。端庄杂流丽,刚健含婀娜。好之每自讥,不谓子亦颇。

"刚健含婀娜",苏轼自评其书的话,实可移用于其词。刚健是苏轼词风的主导方面,婀娜则是其词不可或缺的成分。

四、推进词律

苏轼不善唱曲,因而其词有不入腔处。彭乘《墨客挥犀》

第四章 词派

卷四：

> 子瞻尝自言平生有三不如人，谓着棋、吃酒、唱曲也。然三者亦何用如人？子瞻之词虽工，而不入腔，正以不能唱曲耳。

但苏轼并非不能歌，他曾自歌古《阳关》。绍圣元年《书彭城观月诗》曰：

> 余十八年前，中秋夜与子由观月彭城，作此诗，以《阳关》歌之。今复此夜，宿于赣上，方迁岭表，独歌此曲，聊复书之。

苏轼的词不少是协律合腔，传唱不衰的。谢薖《虞美人》谓"坡词欲唱无人会"，并不能包括苏词全部。

元张可久《百字令》序："舟泊小金山下，客有歌'大江东去'词者。"

《岁时广记》卷一八引《古今词话》记熙宁九年上巳，苏轼在徐州作《满江红》，"俾妓歌之，满席欢甚"。

《独醒杂志》卷三谓苏轼守徐州，作《永遇乐》燕子楼乐章。一日，"忽哄传于城中"。原来是一个知音律的巡更的逻卒，夜闻歌声，为之传开的。

《岁时广记》卷三一引《复雅歌词》，谓元丰七年"都下传唱"苏轼《水调歌头》，并因此传入禁中。《铁围山丛谈》卷三又记名歌手教坊使袁绹，中秋夜在金山绝顶歌《水调歌头》。侯寘《满江红》：

"君不见,苏仙翻醉墨,一篇《水调》锵金石。"《水浒传》第三十回说八月十五,"可唱个中秋对月对景的曲儿",唱的就是"一只东坡学士中秋《水调歌》"。

王质《红窗迥》(即事)咏隔帘听曲,乐妓唱苏轼《贺新郎》:"唱到生绡白团扇,晚凉初,桐阴满院。待要图入丹青,无缘识、如花面。"

苏轼在词律上也有创新。不过,由于宋时有些人拘于声乐的传统观念,常谓苏词"多不谐音律"[1],《侯鲭录》卷八引黄庭坚曰:"东坡居士曲世所见者数百首,或谓音律小不谐。"他在这方面的改革遂被掩盖。

苏词突破《花间》、柳永樊篱,在用调上也不能不另辟蹊径,以求声、辞相合。他着重引进了不少慷慨豪放的曲调为词,像《沁园春》《永遇乐》《满庭芳》《洞仙歌》《贺新郎》《念奴娇》《水调歌头》《哨遍》《醉翁操》这些词调,有的是自度腔,有的是他最先使用,有的则是经他运用而后获得流传与推广的。它们后来都成为词人习用的熟调,就是通过苏词为媒介的。柳永所创词调,靡靡之音不少。苏轼发展的则是"东州壮士"、"关西大汉"、"执铁板"、"抵掌顿足而歌之"的雄豪曲调。他对北宋慢词的兴盛,也有草创与开拓之功,其作用也许不在柳永之下。试想如果没有苏轼对上述词调的开创,依旧沿用花间柳下淫靡之音,整个苏、辛词派也将失去了词乐词调的基础,就无从产生和发展了。

苏轼作词,"曲子束缚不住",在大体遵守音律的基础上,对词

---

[1] 见《能改斋漫录》卷一六引晁补之《评本朝乐章》。

的句法、叶法时作个别变动。这当然是词律所允许的。但也表明苏轼词以意为主,不拘守词调原有词律句法的特点。王又华《古今词论》引毛先舒说就是一例:

> 东坡"大江东去"词:"故垒西边,人道是、三国周郎赤壁。"论调则当于"是"字读断,论意则当于"边"字读断。"小乔初嫁了,雄姿英发。"论调则"了"字当属下句,论意则"了"字当属上句。"多情应笑我、早生华发。""我"字亦然。又《水龙吟》:"细看来、不是杨花,点点是离人泪。"调则当是"点"字断句,意则当是"花"字断句。文自为文,歌自为歌;然歌不碍文,文不碍歌,是坡公雄才自放处。他家间亦有之,亦词家一法。

苏词不尽协律,大率类此。同时苏词中一调多体的现象也较多,这对发展词调,打破词律的僵化和词调的凝固化,也有其积极意义。

苏轼作诗甚早。嘉祐四年(1059),他侍苏洵自眉山江行至荆州,集途中诗为《南行集》,时仅二十四岁。作词则较晚。朱孝臧为《东坡乐府》编年,最早的词为熙宁五年(1072)在杭州作的《浪淘沙》(昨日出东城)、《南歌子》(海上乘槎侣)二首,这时苏轼已三十七岁了。苏轼词的创作有个发展过程。他作词始于初任杭州通判时,所作尚不外乎游宴酬赠,且皆为小令,词名未著。三十九岁赴密州,从此词多长调,苏词豪放的特色从他密州、徐州所作中引人注目地陆续显现出来。四十四岁后,因"乌台诗案",贬居黄州近五年。苏轼的政治生涯发生了重大转折,他的诗风、词风也因此一变。他在黄州作词数量最多。苏词凡二百首,黄州词近五十首,占总数四分之一。他在黄州《与陈季常书》自谓"近者新阕甚多,篇篇皆奇"。《念奴娇》赤壁怀古词等许多名作即作于黄州时期,表明苏轼词风至此完全成熟。苏轼晚年自题画像:"问汝平生功业,黄州、惠州、儋州。"对黄州一段生活非常珍视。王十朋《游东坡十一绝》:"再闻黄州正坐诗,诗因迁谪更瑰奇。读公赤壁词并赋,如见周郎破贼时。"也强调黄州的经历对苏轼诗词的重要影响。研究苏轼词风的形成,应对苏轼黄州时期的思想态度和生活情趣予以特别注意。之后苏词还时有所作,但名篇佳作就已少见,说明苏词创作的高峰期已过。苏轼晚年作词不多。六十二岁后贬居儋州三年,其诗犹精神饱满,词则可考的仅《减字木兰花》(己卯儋耳春词)一首了。

苏轼大刀阔斧的改革,给宋词的发展开辟了一个新方向,"指出向上一路,新天下耳目,弄笔者始知自振"①。由此形成苏轼词派,阵容特壮。《碧鸡漫志》卷二就举了晁补之、黄庭坚、叶梦得等为苏派传人。元好问《新轩乐府引》则一直举到辛弃疾:

> 坡以来,山谷、晁无咎、陈去非、辛幼安诸公,俱以歌词取称,吟咏情性,留连光景,清壮顿挫,能起人妙思。亦乃语意拙直,不自缘饰,因病成妍者,皆自坡发之。

---

① 《碧鸡漫志》卷二。

第四章 词派

黄庭坚的《念奴娇》(断虹霁雨)、《水调歌头》(瑶草一何碧)，晁补之的《摸鱼儿》(买陂塘)，都可追踪苏词，无多逊色。李清照《词论》说黄庭坚词"尚故实，而多疵病"。他有不少俚俗的俳体，就疵病较多。这部分词又近于柳永，与苏、黄诗风大异。

北宋灭亡后，苏轼词派分为南北两支。

一派传于南，则为叶梦得、陈与义、张元幹、张孝祥、陆游、辛弃疾、陈亮等南宋词人，在南渡后的词坛一时成为主流。其中辛弃疾成就最高，遂与苏轼合称苏、辛词派。

一派传于北，则为蔡松年、赵秉文、元好问等金源词人。金源一代，苏学盛行。有"金源一代一坡仙"的说法，苏词也得到高度评价。王若虚《滹南遗老集》卷三九《诗话中》：

> 陈后山谓"子瞻以诗为词"，大是妄论，而世皆信之。独茅荆产辨其不然，谓公词为古今第一。今翰林赵公亦云："此与人意暗同。"盖诗词只是一理，不容异观。自世之末作，习为纤艳柔脆，以投流俗之好。高人胜士，亦或以是相胜，而日趋于委靡，遂谓其体当然，而不知流弊之至此也。文伯起曰："先生虑其不幸而溺于彼，故援而止之，特立新意，寓以诗人句法。"是亦不然。公雄文大手，乐府乃其游戏，顾岂与流俗争胜哉！盖其天资不凡，辞气迈往，故落笔皆绝尘耳。

元好问《遗山自题乐府引》说：

> 乐府以来，东坡为第一。

这些北国文士对苏轼的评论,与南方犹重骚雅与绮靡者,气度很不相同。元好问为金源大家,词宗苏轼,亦浑雅,亦博大。《蕙风词话》卷三谓:"以比坡公,得其厚矣,而雄不逮焉者。"他辑《中州集》十卷,保存金源一代文献,所录吴彦高等词一百二十首,亦以苏词流裔者居多。元好问还在金绛人孙安常注苏词的基础上,成《东坡乐府集选》,且自为序,推广苏词不遗余力。因此苏词之流为南北两派,实旗鼓相当。直至金元与南宋灭亡,苏轼词的影响,始终不曾衰落。

第四章　词派

第七节　从秦观到周邦彦

在苏轼、周邦彦之间，主要的词人是秦观（1049—1100），其次是贺铸（1052—1125）。《独醒杂志》卷三："秦少游、贺方回相继以歌词知名。"他们之后，继起者便是周邦彦。

清陈衍《石遗室诗话》论诗标举"三元"，即"上元开元，中元元和，下元元祐"。北宋哲宗的元祐时期，文坛几乎为苏轼及其门下所独占。黄庭坚、张耒、晁补之、秦观四人，称"苏门四学士"（又称"元祐四学士"）。陈师道、李之仪、赵令畤、贺铸、毛滂等人，也与苏轼有密切交往。北宋诗词，至此臻于极盛。但苏轼词多作于熙宁、元丰期间，元祐以后，所作渐少。此时以词名世的，实为秦观。《后山诗话》说：

今代词手，惟秦七、黄九尔，唐诸人不迨也。

就是指元祐时期而言的。黄庭坚词亦宗苏轼，秦观词风则与苏轼大异。夏敬观《淮海词跋》：

盖山谷是东坡一派，少游则纯乎词人之词也。

后世目苏、黄词为变调、别派者,大都尊秦观为婉约派的正宗。

苏轼曾举出秦观《满庭芳》"销魂当此际"为例,问道:"非柳七语乎?"①秦观有些赠妓之作沾染了柳词风气,这是不足为怪的。但他的词品远比柳永为高。《人间词话》说:

> 词之雅郑,在神不在貌。永叔、少游虽作艳语,终有品格。

李清照《词论》说秦观"专主情致",这就是他高于柳永的地方。今传南宋乾道间浙中所刻《淮海居士长短句》三卷,七十余首,以小令居多。他的小令,就罕作柳七语,却兼有李煜的淡雅深婉和晏幾道的妍丽俊逸,往往"淡语皆有味,浅语皆有致"②,使南唐以来的抒情词得到了进一步的发展。秦观的名作大都是绍圣元年(1094)坐党籍放逐后作的。这些作品又深寓身世之感,词境最为凄婉,形成秦观特有的词风,深受苏轼、黄庭坚的叹赏。黄庭坚即以他的《踏莎行》"语意极似刘梦得楚、蜀间语"③。

> 雾失楼台,月迷津渡,桃源望断无寻处。可堪孤馆闭春寒,杜鹃声里斜阳暮。　　驿寄梅花,鱼传尺素,砌成此恨无重数。郴江幸自绕郴山,为谁流下潇湘去。

---

① 郭绍虞《宋诗话辑佚》下册《高斋诗话》。
② 冯煦《宋六十一家词选序例》。
③ 周煇《清波杂志》卷九。

第四章 词派

秦观在苏门虽属年轻,却因不胜困顿愁苦,死在苏轼、黄庭坚之先。《好事近》(梦中作)一首是他的绝笔:

> 春路雨添花,花动一山春色。行到小溪深处,有黄鹂千百。　飞云当面化龙蛇,夭矫转空碧。醉卧古藤阴下,了不知南北。

秦观词情、辞俱美,而又合乎音律,李廌《师友谈记》记秦观说:

> 夫作曲虽文章卓越,而不协于律,其声不和。

因此他的词"语工而入律",当时盛行于淮楚一带。《避暑录话》卷三,说秦观"善为乐府,语工而入律,知乐者谓之'作家歌'"。

这些特点后来即为周邦彦所承袭,宋末词风于是又为之一变。《白雨斋词话》卷一,曾指出周承秦后,词风相继的关系:"少游自是作手,近开美成,导其先路。"

贺铸与苏、黄关系颇密切。他在徐州为钱官时,多次作诗怀念贬居黄州的苏轼①。元祐六年(1091),苏轼荐之于朝,由西头供奉改官入文阶②。崇宁二年(1103)黄庭坚出蜀后,极赏贺铸的《青玉案》,"常手写所作《青玉案》者,置之几研间,时自玩味"。并

---

① 《庆湖遗老集》卷二《登黄楼有怀苏眉山》,卷六《题彭城南台寺苏眉山诗刻后》。
② 夏承焘《贺方回年谱》,《唐宋词人年谱》第290页(上海古籍出版社1979年版)。

说:"此词少游能道之。"①盖以秦、贺两家风格相近,而秦观却于二年前死于藤州了。

> 凌波不过横塘路。但目送,芳尘去。锦瑟年华谁与度?月桥花院,琐窗朱户,只有春知处。　飞云冉冉蘅皋暮,彩笔新题断肠句。若问闲情都几许?一川烟草,满城风絮,梅子黄时雨。

贺铸的词集名《东山词》,绍圣、元符间张耒曾为作序。程俱《宋故朝奉郎贺公墓志铭》谓贺铸有"乐府辞五百首",今存二百八十余阕。叶梦得《贺铸传》称其:"尤长于度曲,掇拾前人所遗弃,少加隐括,皆为新奇,常言:'吾笔端驱使李商隐、温庭筠,常奔命不暇。'"王铚《默记》卷下亦曰:"贺方回遍读唐人遗集,取其意以为诗词。""方回妙在得词人遗意。"其实,贺铸为人刚直有侠气,他的《行路难》(缚虎手)、《六州歌头》(少年侠气),奇思壮采,气度豪迈,并非尽出于温、李诗境。今举其《六州歌头》一首:

> 少年侠气,交结五都雄。肝胆洞,毛发耸。立谈中,死生同。一诺千金重。推翘勇,矜豪纵。轻盖拥,联飞鞚,斗城东。轰饮黄垆,春色浮寒瓮,吸海垂虹。闲呼鹰嗾犬,白羽摘雕弓,狡穴俄空。乐匆匆。　似黄粱梦。辞丹凤,明月共,漾孤篷。官冗从,怀倥偬,落尘笼,簿书丛。鹖弁如云众,供粗用,忽奇功。笳鼓动,渔阳弄,思悲翁。不请长缨,系取天

---

① 《诗人玉屑》卷二一"贺方回"条引《冷斋夜话》。

第四章　词派

骄种,剑吼西风。恨登山临水,手寄七弦桐,目送飞鸿!

但他作词重在练字面,不免多从唐诗取其藻采与故实。这种词法就影响到周邦彦。而周邦彦后来在这方面还比贺铸运用得熟练和工巧,当时常以贺、周并称。王灼《碧鸡漫志》卷二曰:"贺、周语意精新,用心甚苦。"又曰:《离骚》遗意"惟贺方回、周美成时时得之。贺《六州歌头》《望湘人》《吴音子》诸曲,周《大酺》《兰陵王》诸曲,最奇崛。或谓深劲乏韵,此遭柳氏野狐涎吐不出者也"。完全视贺、周为同调。

周邦彦(1056—1121)是北宋末的大词人。他的叔父周邠,熙宁间苏轼通判杭州时任钱塘令,后为乐清令,苏轼常与之以诗唱和。但周邦彦作为故人子弟,与苏轼似绝无交往。陈师道论"今代词手",晁补之《评本朝乐章》,李之仪《跋吴思道小词》,历评当代词人,对周邦彦皆无只字提及。李清照《词论》谓词"别是一家",知之者举晏叔原、贺方回、秦少游、黄鲁直四人,其间亦无周邦彦。北宋末之载籍,似乎未见有论述周词者[①]。这大概是周邦彦词名晚起,开始还不为人所重。陈郁《藏一话腴外编》谓周邦彦诗凡数百篇,其"诗歌自经史中流出,当时以诗名家者如晁(补之)、张(耒),皆自叹以为不及"。晁、张对周诗的评论亦未见传世。

《直斋书录解题》集部别集类《清真集》下云:"邦彦博文多能,尤长于长短句自度曲,其提举大晟府亦由此。"周邦彦于政和六年

[①] 王明清《玉照新志》卷二记其父王铚叙周邦彦《瑞鹤仙》事,是关于周词的最早记述。

（1116）提举大晟府。这时或在此稍前，他当已词名渐隆，踵秦七、黄九之后而以词名世。但周词特别受到推崇，则是从南宋开始的，而且愈往后影响愈大，评价愈高。王灼《碧鸡漫志》成书于绍兴十六年（1145），卷二谓："贺方回、周美成、晏叔原、僧仲殊，各尽其才力，自成一家。贺、周语意精新，用心甚苦。"以贺、周并称，并未置周邦彦于诸家之上。曾慥《乐府雅词》自序于绍兴十六年（1146），卷中选周美成词二十九首，视贺方回（四十六首）、舒信道（四十八首）、叶少蕴（五十五首），犹有不逮。《碧鸡漫志》已经提到"周集中多新声"。这个最早的"周集"后世未传。淳熙七年（1180），强焕于周邦彦曾为县令三年的溧水县斋，裒集其词一百八十二首，分为上、下卷。这个刻本流传于后，此时上距周邦彦之卒，已经六十年了。嗣后周词盛行，南宋时周词板本多至十二种[1]，别本之多，为古今词家所未有；而且注家纷起，有曹杓《注清真词》，杨缵《圈法周美成词》，陈元龙《详注周美成片玉集》，以及佚名的《周词集解》。至南宋末年，尹焕《梦窗词序》："求词于吾宋者，前有清真，后有梦窗。此非焕之言，四海之公言也。"[2]陈郁《藏一话腴外编》："二百年来以乐府独步，贵人学士，市侩妓女知美成词为可爱。"《词源》卷下："美成负一代词名。"《乐府指迷》："凡作词当以清真为主。"周词遂被推到两宋一人的至高无上的地位。晁公武《鹧鸪天》："倚阑谁唱清真曲，人与梅花一样清。"连能

---

[1] 吴则虞《清真集板本考辨》，谓《清真词》"宋刻得十有一种"，并列其目。沈义父《乐府指迷》云："学者看词，当以《周词集解》为冠。"若增入《周词集解》，则为十二种。

[2] 见《中兴以来绝妙词选》卷一〇。

唱周词的也显得品格不凡。这种情况，在苏、黄名震天下，秦观、贺铸等词人知名于世的北宋末年，是不曾出现过的。它实际上反映了南宋词风的变化，是南宋后期崇尚雅正的风气下，周邦彦词派愈益流行的表现。

周邦彦词，在南北宋词风转变中，确实处于关键的地位。《白雨斋词话》卷一，说他"前收苏、秦之终，复开姜、史之始"。他一面作为北宋词的殿军，博采众长，自成一宗；一面又流风可仰，为南宋姜夔、吴文英等词派所从出，成为维系南北宋词脉的重要纽带。

周邦彦词首先是以"本色"、"当行"盛行于世的。作为苏轼改革词风的反响，当时出现了词须"本色"、"当行"的说法。陈师道说东坡词"虽极天下之工，要非本色"。晁补之说山谷词"固高妙，然不是当行家语"。"本色"是从词体言，"当行"是从作者言，两者都要求维护词体传统的风格和作法。秦观作词"语工而入律"，符合"本色"、"当行"的要求。但一则他作词不多，二则后来列名于元祐党籍，崇宁元年（1102）立元祐党人碑，禁元祐学术后，其词即不便传唱。因而，在崇宁、大观之间，最为"本色"、"当行"的词家，自然非周邦彦莫属了。

知音识曲是"本色"、"当行"的首要条件。楼钥《攻媿集》卷五一《清真先生文集序》谓周邦彦：

> 性好音律，如古之妙解。"顾曲"名堂，不能自已。

《三国志·吴志·周瑜传》："瑜少精意于音乐，虽三爵之后，其有阙误，瑜必知之，知之必顾。故时人谣曰：'曲有误，周郎顾。'"周邦彦为其堂取名"顾曲堂",表明他对音乐的爱好和自负。他的词中也时以周郎自比。

　　《蓦山溪》:"周郎逸兴,黄帽侵云水。"

　　《意难忘》:"知音见说无双,解移宫换羽,未怕周郎。"

　　《六么令》:"惆怅周郎已老,莫唱当时曲。"

　　《玉楼春》:"休将宝瑟写幽怀,坐中有人能顾曲。"

　　周邦彦以妙解音律的音乐家从事词曲,既善于创调,又工于持律。他除了"能自度曲"①,又复"增演慢曲,引、近,或移宫换羽为三犯、四犯之曲"②,故《人间词话》特赏其"创调之才多"。他所创的词调,音韵清蔚,与柳永的市井新声自有雅俗之殊。《瑞龙吟》《兰陵王》《六丑》等名曲,直至宋亡,犹赓和不绝。《乐府指迷》即谓作词择调,"必以清真及诸家目前好腔为先"。吴文英用清真词调,即有六十余调之多。同时,他是第一个以四声入词的人,作词严分平、上、去、入,用法精密,如《绕佛阁》之双拽头:

　　暗尘四敛,楼观迥出,高映孤馆。清漏将短,厌闻夜久签

---
① 《宋史·周邦彦传》。
② 《词源》卷下。

第四章　词派

声动书幔。

桂华又满,闲步露草,偏爱幽远。花气清婉,望中迤逦城阴度河岸。

十句五十字中,四声盖无一字不合①。《乐府指迷》说:"盖清真最为知音。"主要即指他的词律细密而言,这成为对周词的一个定评。近人杨易霖作《周词订律》,对周词四声一一推究。词至周邦彦,可谓研律愈精而持律益严,遂开后来词律家之一派。南宋方千里、杨泽民、吴文英等,作词全依四声,都是奉瓣香于周邦彦的。

前人一致称赞周邦彦作词善于融化唐诗,这是使周词"本色"、"当行"的又一个重要方面(《词源》以善于炼字面,多从唐诗中来,"方为本色语")。周邦彦的诗、文、词都擅辞章之美。他二十九岁时进《汴都赋》,极铺张扬厉之工,因而由诸生擢为太学正。自此,"益尽力于辞章"②。楼钥《清真先生文集序》说他的古文,"经史百家之言,盘屈于笔下,若自己出"。这个特点同时表现于他的词。不过他的赋多用"奇文古字",他的文章多用"经史百家之言",他的词则多用唐人诗句,尤其是李长吉、李商隐、温庭筠、杜牧等中、晚唐诗人的清辞丽句。南宋人推崇周词,无不注意及此:

陈振孙《直斋书录解题》卷二一:《清真词》"多用唐人诗隐括入律,浑然天成"。

刘克庄《题刘叔安感秋八词》:"美成颇偷古句,温、李诸人,困

---

① "敛"字上、去通读,"迤"、"动"、"迥"阳上作去,"出"清入作上。
② 《宋史·周邦彦传》。

于捋撦。"

刘肃《陈元龙集注〈片玉集〉序》:"周美成以旁搜远绍之才,寄情长短句,缜密典丽,流风可仰,其征辞引类,推古夸今,或借字用意,言言皆有来历,真足冠冕词林。"

张炎《词源》卷下:"美成负一代词名,所作之词,浑厚和雅,善于融化诗句。"又:"采唐诗,融化如自己者,乃其所长。"

沈义父《乐府指迷》:"凡作词当以清真为主,……往往自唐宋诸贤诗句中来,而不用经史中生硬字面,此所以为冠绝也。"

兹以《清真词》的首阕《瑞龙吟》为例,录《草堂诗余》的笺注于句下,看看周词融化唐诗、征辞引类的情况。

章台路,《汉书》:张敞走马于章台街下,即路也。还见褪粉梅梢,试花桃树,愔愔坊陌人家,定巢燕子,归来旧处。柳恽诗:玉户夜愔愔。杜诗:频来语燕定新巢。 黯凝伫,因念个人痴小,乍窥门户。苏子美:常云痴小失所记,倚柱愔愔更有情。侵晨浅约宫黄,障风映袖,盈盈笑语。李贺诗:宫人面靥黄。梁简文诗:约黄能效月。 前度刘郎重到,唐刘禹锡集云:自朗州承召,过玄都观。后复主客郎中,重游玄都,唯见兔葵燕麦,动摇春风耳。再题诗云:种桃道士知何处,前度刘郎今独来。访邻寻里,同时歌舞。唯有旧家秋娘,声价如故。杜牧《杜秋娘诗》尊(序):杜秋有宠于景陵,后赐归故乡。予过金陵,感其穷且老,因为之赋诗。吟笺赋笔,犹记燕台句。李义山诗序:柳枝,洛中里娘也,年十七,涂妆绾髻,未尝竟已。余从昆让山比柳枝居,他日春阴,让山咏二燕台诗,柳枝问曰:谁人为是。让山曰:此吾少年叔耳。柳枝乃手断其带,结让山为赠叔乞诗。明日,余策马出其巷,柳枝丫鬟靓妆,抱立扇下,风障一袖,指曰:若叔何深望之,愿与郎俱。余因诺之,后不果留,但怅望耳。有诗云:长吟远下燕台句,惟有花香染未消。知谁伴名园露饮,东城闲步。杜诗:名园依绿水。《笔谈》:石曼卿露顶而饮。杜牧佐沈传师幕在江西,时张好好以善歌入籍。一年,镇宣城,复置好好宣籍。又二年,沈著作以双鬟纳之。又二年,往东城纵步,复见之。事与孤鸿去。杜牧诗:恨如春草多,事逐孤鸿去。探春尽是伤离意绪,官柳低金缕。杜甫诗:官柳着行新。温庭筠诗:不似垂杨惜金缕。归骑晚,纤纤池塘飞雨。断肠院落,一帘风絮。张景阳诗:飞雨洒朝兰。晏元献诗:梨花院落溶溶月,柳絮池塘淡淡风。

他在金陵怀古作《西河》(佳丽地),整首词主要隐括刘禹锡《金陵五题》诗而成。汪莘《清平乐》赠妓云:"我自金陵怀古,唱时休唱《西河》。"刘辰翁《大圣乐》:"伤心处,斜阳巷陌,人唱《西河》。"可见在南宋犹是传唱一时的名曲。由于周词以辞采见长,语句几乎皆有来历,不注不明,因而注家纷起。宋人词集像诗集一样有注,就是从苏词和周词开始的。淳熙七年强焕本《周美成词》,毛晋《片玉词跋》谓其"评注庞杂"则周词之有注或许还早于苏词。嘉定四年(1211),庐陵陈元龙"病旧注之简略,遂详而疏之"。于是又有集注本《片玉集》。刘肃为此书作序,谓周词"欢筵歌席,率知崇爱,知其故实者,几何人斯?殆犹属目于雾中花、云中月,虽意其美,而皎然识其所以美,则未也"。有了详注,"俾歌之者究其事而达其辞,则美成之美益彰"。词待详注而其美益彰,这在以前柳永、秦观等词中是未曾有过的。

《白雨斋词话》卷二："词法之密，无过清真。"周邦彦词还能示人以作词的门径，尤其是他的长调。南宋作词很重词法，就以周词为摹拟、仿效的范本。《词源》说"作词者多效其体制"，《乐府指迷》说，清真"下字运意，皆有法度"。他们就常从这一方面来论述周词。杨缵作《圈法周美成词》，大概即是就周词的音律和句法来讲解词的作法的。上举《瑞龙吟》一词，唐圭璋先生《唐宋词简释》曾细绎其词法：

> 第一片记地，"章台路"三字，笼照全篇。"还见"二字，贯下五句，写梅桃景物依稀，燕子归来，而人则不知何往，但徘徊于章台故路、惜惜坊陌，其怅惘之情为何如耶！第二片记人，"黯凝伫"三字，承上起下。"因念"二字，贯下五句，写当年人之服饰情态，细切生动。第三片写今昔之感，层层深入，极沉郁顿挫缠绵宛转之致。"前度"四句，不明言人不在，但以侧笔衬托。"吟笺"二句，仍不明言人在，但以"犹记"二字，深致想念之意。"知谁伴"二句，乃叹人去。"事与孤鸿去"一句，顿然咽住，盖前路尽力盘旋，至此乃归结，既以束上三层，且起下意。所谓事者，即歌舞、赋诗、露饮、闲步之事也。"探春"二句，揭出作意，唤醒全篇。前言所至之处，所见之景，所念之人，所记之事，无非伤离意绪，"尽是"二字，收拾无遗。"官柳"二句，写归途之景，回应篇首"章台路"。"断肠"二句，仍寓情于景，以风絮之悠扬，触起人情思之悠扬，亦觉空灵，耐人寻味。

强焕本《周美成词》收词一百八十二首，今传周词约二百首。其中称得上"富艳精工"的，并不在少数。王国维作《清真先生遗事》，对周邦彦的生平及著作作了翔实的考订。曾谓："北宋人如欧、苏、秦、黄，高则高矣，至精工博大，殊不逮先生。""词中老杜，则非先生不可。"评价极高。不过《人间词话》说："美成深远之致，不及欧、秦。唯言情体物，穷极工巧，故不失为第一流之作者。但恨创调之才多，创意之才少耳。"说得比较公允了。

周邦彦于政和六年提举大晟府。王国维《清真先生遗事》考其僚属，有徐伸（字幹臣）、田为（字不伐）、姚公立、晁冲之（字叔用）、江汉（字朝宗）、万俟咏（字雅言）、晁端礼（字次膺）。这就是以周邦彦为首的大晟府词人。万俟咏自号大梁词隐，《碧鸡漫志》卷二说他的词集分为五体："曰应制，曰风月脂粉，曰雪月风花，曰脂粉才情，曰杂类。周美成目之曰《大声》。"据《直斋书录解题》卷二一，"《大声集》五卷，周美成、田不伐皆为作序"。可惜周邦彦和田为这两篇序都失传了，否则可以看出这批大晟词人论词的共同主张。万俟咏、晁次膺等多颂扬祥瑞、粉饰现实的应制词。周密《浩然斋雅谈》卷下记宋徽宗尝命蔡京示意周邦彦，以祥瑞播之乐府。邦彦云："某老矣，颇悔少作。"婉辞以拒。今《清真词》中无一颂圣贡谀之作，这是应予称道的。

南宋词衍于周邦彦的，不止姜夔、史达祖一派。《乐府指迷》称"梦窗深得清真之妙"；《词旨》记张炎作词"要诀"，首取"周清真之典丽"，这两家也是源出周词的。南宋后期，"远祧清真，近师白石"，或"历梦窗以窥清真"，几乎成了一般词人共趋的风尚，周词也因此流派滋繁。不过，其间的同异，亦相去甚远，不可一概论之了。无取于清真词的词人也有,汪莘《贺新郎》:"田舍垆头语,便如何学得,三变、美成家数。"作农村词就用不到柳、周词法。

南宋亡后,有以清真词为亡国之音者。元赵文《青山集》卷二《吴山房乐府序》:

> 观欧、晏词,知是庆历、嘉祐间人语。观周美成词,其为宣和、靖康也无疑矣。声音之为世道邪,世道之为声音邪,有不自知其然而然者矣,悲夫!……
>
> 渡江后,康伯可未离宣和间一种风气,君子以是知宋之不能复中原也。近世辛幼安,跌荡磊落,犹有中原豪杰之气,而江南言词者宗美成,中州言词者宗元遗山,词之优劣未暇论,而风气之异,遂为南北强弱之占,可感已。《玉树后庭花》盛,陈亡;《花间》丽情感,唐亡;清真盛,宋亡,可畏哉!

对南宋后期词不以辛弃疾为宗而转向周邦彦,深致感慨,这是有慨乎世运之见了。

第四章 词派

第八节 靖康之变前后的李清照

南北宋之交的大词家,自然当推李清照。

李清照(1084—?),历来列为李煜、秦观之后的词家正宗。王士禛《倚声前集序》认为词中婉约一派"(李)璟、煜为之祖,至漱玉、淮海而极盛"。他于《花草蒙拾》还主张"婉约以易安为宗",是两宋婉约派最完美的代表作家。清人还以李白、李煜、李清照为"词家三李"。王又华《古今词论》引沈去矜(谦)语:"男中李后主,女中李易安,极是当行本色。前比太白,故称词家三李。"光绪年间,杨希闵还合编《三李词》刊本。李白词真伪未定。李煜、李清照这词家二李则后先辉映,同是不可多得的纯粹的抒情词人。

1126年靖康之变,划分了南北宋两个时代。李清照的创作生涯,横跨承平的北宋末年与动荡的南宋初年。与她有着同样经历的,还有向子諲、张元幹、朱敦儒等词人。向子諲《酒边词》一百七十六首,就分为"江南新词"与"江北旧词"两个部分。时代的剧变使当时词人的分野迅速发生变化。张元幹为向子諲之甥,他作于北宋末的词,肩随秦观、周邦彦,词风清丽婉转;南渡后则一变而为慷慨悲凉,抑塞不平。《芦川词》二卷以《贺新郎》"送胡邦衡待制赴新州"、"寄李伯纪丞相"二词压卷,为日后辛弃疾爱国词派导夫先路。朱敦儒向以才豪著称,与李清照似有交往,有《鹊桥仙》"和李易安金鱼池莲"(李词今佚)。《贵耳集》卷上说他的"月词有'插天翠柳,被何人推上,一轮明月'之句,自是豪放"。他在南渡后的词也偶有故国之思,总的倾向却不免消极颓唐。晚年依附秦桧,为人所轻。词集取名《太平樵唱》,实在掩盖了时代的苦难。李清照与上述张元幹、朱敦儒所代表的两种倾向不同。国破家亡的惨痛使她忧愤深广。但她既保持了南唐以来抒情词的传统词风,又创造了以时代悲剧为背景的、表现她个人的深沉感受和巨大不幸的艺术风格,不随众流,戛戛独造,在两宋词派中独树一帜。《白雨斋词话》卷六:

> 两宋词家各有独至处,流派虽分,本原则一,惟方外之葛长庚、闺中之李易安,别于周、秦、姜、史、苏、辛外,独树一帜,而亦无害其为佳,可谓难矣。

李清照是个女词人。《碧鸡漫志》卷二:"若本朝妇人,当推文采第一。"朱彧《萍洲可谈》卷中:"本朝女妇之有文者,李易安为首称。"李清照的词固然未能尽摆脱闺阁气,但绝不能视同一般"闺秀词"。沈曾植《菌阁琐谈》说:"易安倜傥,有丈夫气,乃闺阁中之苏、辛,非秦、柳也。"又云:"易安跌宕昭彰,气调极类少游,刻挚且兼山谷。篇章惜少,不过窥豹一斑。闺房之秀,固文士之豪也。"这个评论很有见地,指出了蕴藏在李清照闺阁风姿中的特殊气质。

第四章 词派

李清照有胆有识，论词论政都很有锋芒。她的《词论》创词"别是一家"之说，区分诗与词之大别，是第一篇系统论述词体特点的重要文章。《苕溪渔隐丛话》后集卷三三："易安历评诸公歌词，皆摘其短，无一免者。此论未公，吾不凭也。其意盖自谓能擅其长，以乐府名家者。"《词论》历评北宋词人，有"未公"的，也有公允的。论苏轼及晏、欧词，固不免失之偏颇，但主张词"别是一家"，并非不合理。她对当代的这些名公钜卿，敢想敢说，辞锋锐利，议论不少借，略无摧眉低首、顾影自怜之态，是很不容易的。《碧鸡漫志》卷二尝诋之曰："自古搢绅之家能文妇女，未见如此无顾藉也。"其实这该是李清照不受礼教束缚，冲破世俗偏见的可贵之处，不但不应该责备，还需要加以爱护。南渡后，她不满南宋苟安的政局，爱国之心勃发。建炎初于建康作诗云："南来尚怯吴江冷，北狩应知易水寒。"又云："南渡衣冠少王导，北来消息欠刘琨。"又《乌江》诗："生当作人杰，死亦为鬼雄。至今思项羽，不肯过江东。"辞气之雄，足以立懦起顽。其忧国之念，恢复之志，比之陆游《书愤》诸篇，毫不逊色，显示了李清照性格刚烈的一面。陈人杰《沁园春》(记上层楼)词序，记其友人句云："东南妩媚，雌了男儿。"在南宋当时"雌了男儿"的萎靡风气之下，李清照这种豪气壮概，可以说是压倒须眉了。

由于宋本李清照词集无传，今存李清照词并不多。晁公武《郡斋读书志》卷四："《李易安集》十二卷。"《宋史·艺文志》："《易安居士文集》七卷。"当为李清照的诗文集，今俱佚。《直斋书录解题》卷二一记"《漱玉集》一卷"，"别本分五卷"。《唐宋诸贤绝妙词选》卷一〇："《漱玉集》三卷。"《宋史·艺文志》："《易安词》六卷。"

则为李清照的词集,今亦俱佚。明毛晋《诗词杂俎》本《漱玉词》,所收李清照词仅十七首。清王鹏运《四印斋所刻词》本《漱玉词》,增补为五十八首。但疏于考订,真赝杂出。赵万里《校辑宋金元人词》辑本《漱玉词》,王仲闻《李清照集校注》,又广事搜辑,详加斠正。《李清照集校注》录定其词四十三首,又十四首存疑为附录,这是现在所能见到的李清照词最完备与最可信的本子了。

以靖康之变为界,李清照的词也可分为前后两期。

李清照十八岁出嫁赵明诚,婚后生活非常美满。赵明诚是个考古学家,搜罗和研究金石书画成了他们夫妇共同的志趣。他们经历了"宣、政风流"的岁月,优游于浓郁的学术与艺术的氛围中。当然,"薄雾轻阴"也有时袭来。李清照的父亲李格非列名于元祐党籍,她的公公赵挺之却是新党权要,位至宰相。崇宁初激烈的新旧党争,给双方家庭都带来了政治上的不快。另外,伤春伤别的情绪,也有时困扰着她,使她多愁善感的才思情致令人惊异地很早表现出来。《如梦令》一词因有"绿肥红瘦"之句,《藏一话腴甲集》卷一说当时"天下称之"。

> 昨夜雨疏风骤,浓睡不消残酒。试问卷帘人,却道海棠依旧。知否,知否?应是绿肥红瘦。

浓睡醒来,宿醉未消,就担心地询问经过一宵风雨窗前的海棠花怎样了。卷帘人不免粗心,告慰说:幸好,无恙。但凭着敏感的心灵,她已感知经雨之后必然绿叶丰润而红花憔悴了。这首词表现了对花事和春光的爱惜以及女性特有的关切和敏感。全词仅三十三字，巧妙地写了同卷帘人的问答，问者情多，答者意淡，因而逼出"知否，知否"二句，写得灵活而多情致。词中造语工巧，"雨疏"与"风骤"，"浓睡"与"残酒"，"绿肥"与"红瘦"，都是当句对；"绿肥红瘦"这句中，以绿代叶，以红代花，虽为过去诗词中常见（如唐齐己诗："红残绿满海棠枝"），但把"红"与"瘦"联在一起，以"瘦"字状海棠的由繁丽而憔悴零落，显得凄婉，炼字亦甚精，在修辞上盖为新创。唐韩偓《懒起》诗："昨夜三更雨，临明一阵寒。海棠花在否？侧卧卷帘看。"李清照这首《如梦令》或许胎息于韩诗，但结句用问答对语出之，数语中层次曲折有味，更胜韩作。周邦彦《少年游》："南都石黛扫晴山，衣薄耐朝寒。海棠花谢，楼上卷帘看。"亦用韩诗，就显得平庸多了。又秦观有《海棠春》一首（一作无名氏词）："流莺窗外啼声巧，睡未足，把人惊觉。翠被晓寒轻，宝篆沈烟袅。宿醒未解宫娥报，道别院，笙歌宴早。试问海棠花，昨夜开多少？"下片写宿醒未解及与宫娥的问答，与李清照《如梦令》亦有可比勘之处。

李清照二十一岁后，赵明诚出仕，因而时有伤别之作。与柳永"词语尘下"的赋别之作不同，这些词写得超尘拔俗，具有高雅的林下风范。她的《醉花阴》重九怀人词：

> 薄雾浓云愁永昼，瑞脑销金兽。佳节又重阳，玉枕纱厨，半夜凉初透。　　东篱把酒黄昏后，有暗香盈袖。莫道不销魂，帘卷西风，人比黄花瘦。

"莫道不销魂"三句，是深闺怀人的境界，在寂寞无言中表达了深沉的思念。它与柳永《凤栖梧》:"衣带渐宽终不悔,为伊消得人憔悴"含义相近,但屏绝"浮花浪蕊",选择了不求秾丽、自甘素淡的菊花为比,既是重阳的当令风光,又象征着一种高雅的情操。司空图《诗品》,即以"落花无言,人淡如菊",作为"典雅"的风格象征,"人比黄花瘦"就衬托出作者不同凡俗的高标逸韵。程垓《摊破江城子》:"人瘦也,比梅花,瘦几分。"朱敦儒《桃源忆故人》:"今夜月明如昼,人共梅花瘦。"以"梅花"喻瘦,却不如李清照此词意境俱胜。

但前期的李清照并不完全沉浸在惜春惜花与如怨如慕的闺情中,《渔家傲》一词就展示了她精神境界雄奇阔大的另一面。

  天接云涛连海雾,星河欲转千帆舞。仿佛梦魂归帝所,闻天语,殷勤问我归何处。 我报路长嗟日暮,学诗漫有惊人句。九万里风鹏正举,风休住,蓬舟吹取三山去。

《艺蘅馆词选》乙卷梁启超评曰:"此绝似苏、辛派。"词人置身于广漠无垠的太空,不顾"路长"、"日暮",在"九万里风"的推动下泠然作海外之行,反映了李清照不满现状,要求打破沉闷狭小的生活圈子的愿望。她希望对自己的精神世界作一番新的开拓和追求,不能作为一般的游仙之作看待。

李清照四十三岁时,金人铁骑南下,平静的书斋生活结束了。从此"飘流遂与流人伍",开始了她艰难的后半生。著名的《声声慢》就是晚年作的"秋词"(《贵耳集》卷上)。俞正燮《易安居士事辑》以为是李清照结缡未久之早年作品,殊无根据。

第四章 词派

> 寻寻觅觅,冷冷清清,凄凄惨惨戚戚。乍暖还寒时候,最难将息。三杯两盏淡酒,怎敌他,晚来风急。雁过也,正伤心,却是旧时相识。　　满地黄花堆积,憔悴损,而今有谁堪摘。守着窗儿,独自怎生得黑。梧桐更兼细雨,到黄昏、点点滴滴。这次第,怎一个、愁字了得!

赋秋就是赋愁,这首词写的愁就不是《如梦令》《醉花阴》那种轻倩幽淡的春愁离愁可比了。靖康之变把李清照个人生活同民族灾难连结在一起。故乡沦陷,青州的老家付之一炬;南渡后第二年丈夫赵明诚犯暑病亡;接着金兵南下,浙中大乱,她又孤孑一身流离道路,奔走逃难。在这场浩劫般的大难中,一切珍贵心爱的东西,统统失去了。她痛定思痛,怎能不"忧从中来,不可断绝"呢?开头连用十四个叠字,细致地描绘了她的这种心理过程。所谓"寻寻觅觅",这时已罄其所有的李清照,在现实生活中已经没有什么可寻觅,也没有什么需要寻觅。像她写《金石录后序》那样,唯一占据她身心的,就是对往昔的回忆,而往事如丝如烟,又如消逝了的残梦,只能在记忆的角落里苦心地寻觅。这种寻觅,只能使她更感到现实景况的孤苦。于是冷冷清清,先感于外;凄凄惨惨戚戚,后感于心,进入了愁境。但全词除了结句一语道破心中的"愁"字外,都没有直说愁,而是从刻画冷清的环境来烘托凄惨悲切的心境。无论忽寒忽暖、容易致病的天气,淡薄的酒味,入夜猛起的秋风,天上的过雁,满地的黄花,窗外的梧桐和黄昏的细雨,无一不是生愁、助愁、催愁、添愁的,简直是触处成愁,成了愁的世界了。生活给予她精神上的压力这么深重,难怪她说不是一个"愁"字所能包容得了的。

《贵耳集》卷上说李清照"南渡以来,常怀京洛旧事"。《永遇乐》元宵词亦作于晚年:

> 落日镕金,暮云合璧,人在何处?染柳烟浓,吹梅笛怨,春意知几许?元宵佳节,融和天气,次第岂无风雨。来相召,香车宝马,谢他酒朋诗侣。　　中州盛日,闺门多暇,记得偏重三五。铺翠冠儿、捻金雪柳,簇带争济楚。如今憔悴,风鬟霜鬓,怕见夜间出去。不如向,帘儿底下,听人笑语。

这首词写节序根本不是为了应景,而是难以抑制家国变故的深切悲痛。"不如向,帘儿底下,听人笑语",说得既苦涩,又辛酸,要是真的听人笑语,恐怕听者于月光之下不禁泪痕满面了。南宋灭亡后,刘辰翁每读此词,就感到黍离之悲。他的《永遇乐》(璧月初晴)词序:"余自乙亥上元诵李易安《永遇乐》,为之涕下。今三年矣,每闻此词,辄不自堪,遂依其声,又托之易安自喻,虽辞情不及,而悲苦过之。"词中说李清照"缃帙流离,风鬟三五,能赋词最苦"。不失为李清照的异代知音。"能赋词最苦",也正好说明了李清照后期词的基调。

南宋初,李清照的词流传已多。黄大舆《梅苑》据其自序成于建炎三年(1129),录有李清照词六首。绍兴十六年正月,曾慥编成《乐府雅词》,收录李清照词二十三首。现今各种李清照词集的辑本,就是以曾慥所录作为重辑的基础的。有人认为李清照看到过《乐府雅词》,她作《词论》历评当代词家,或即以《乐府雅词》所选录者为依据。

侯寘《嬾窟词》有《眼儿媚》"效易安体"一首。辛弃疾《稼轩词》有《丑奴儿近》"博山道中效李易安体"一首。侯、辛皆后于李清照,他们所谓的"易安体",其特点究竟指什么呢?

《贵耳集》卷上谓李清照"皆以寻常语度入音律。炼句精巧则易,平淡入调者难"。《如梦令》中"绿肥红瘦"语,《念奴娇》中"宠柳娇花"语,造语奇俊,是"炼句精巧"之例;《声声慢》中"寻寻觅觅,冷冷清清,凄凄惨惨戚戚"、"守着窗儿,独自怎生得黑"、"梧桐更兼细雨,到黄昏点点滴滴",《永遇乐》"如今憔悴,风鬟霜鬓,怕见夜间出去",《念奴娇》"被冷香消清梦觉,不许愁人不起",彭羡门《金粟词话》以为"皆用浅俗之语,发清新之思",是"平淡入调"之例。后者即是"以寻常语度入音律"。

李清照用的这种"寻常语",决不是柳永、黄庭坚词中出现的俚言俗语,而是从口语中提炼的、明白省净、富有表现力的诗的语言。以寻常的语言创造了不寻常的意境,这可以说是李清照词的艺术魅力所在,也是"易安体"的一个显著特色。侯、辛二词,尤其是辛弃疾的《丑奴儿近》,显然是仿效李清照这种作法的。辛弃疾《水调歌头》:"有时三盏两盏,淡酒醉蒙鸿。"亦用李清照《声声慢》中"三杯两盏淡酒"的寻常语为典。但辛弃疾也好用李清照"炼句精巧"之辞,《西江月》:"千丈悬崖削翠,一川落日镕金。""落日镕金"即出于李清照的《永遇乐》。

李清照对两宋词的发展有其特殊贡献。南唐以来的抒情词,经过二晏、欧阳到秦观,不断取得新的成就。但囿于传统题材,有时常令人感到缺乏时代气息。李清照经历了南北宋之际的沧桑巨变,她的前期词以空灵飞动的女性笔触自写闺阁心情,为传统的抒情词吹进了清新的空气;她的后期词虽然主要仍然抒写个人不幸,但她的个人不幸已和时代不幸难解难分地融合在一起。这些词就深深地打上了鲜明的时代印记。这些词的时代性和李清照个人的艺术独创性如此完美地统一,使传统的词风得到了充实和改造,这不能不说是李清照对宋词发展所起的重要作用。后来陆游、辛弃疾等除了豪放壮烈之词,有时也借传统词风表达深沉的爱国情怀,不过比李清照迈出的步子更大与更坚定有力罢了。

第四章 词派

第九节 辛弃疾与南宋爱国词

词中的辛弃疾,与诗中的陆游,同是南宋爱国诗歌的两面旗帜。《稼轩长短句》六百二十多首,不但在宋代词人中创作数量特多,而且代表了南宋爱国词的最高成就。

辛弃疾继苏轼之后,在南宋前期的历史条件下,把词的改革又推进了一大步。他以炽热的爱国热情和饱满的斗争精神倾注于词,使词同国家民族的命运结合起来,词的艺术容量和抒情功能在他手中达到了新的高度。辛弃疾的词,同《花间集》以来那些花花草草的作品,大不相同,震响着时代的风雷之音。

在南宋前期,有继承大晟乐、专门制作应制词的康与之、曹勋、曾觌等一派,有潇洒飘逸而又颓唐自放的朱敦儒一派,但无疑应以代表民族正气的辛弃疾爱国词派为主流。辛弃疾爱国词派,阵容甚壮,贯穿于整个南宋时期。它上承苏轼,南宋初一些"中兴名臣"为之前驱,陆游、陈亮等爱国志士为之羽翼,之后犹不乏有力的后继者。它的余波,直到宋末未歇。有了辛弃疾词派,南宋词坛才从宣和以来的袅袅余音中转向了"虎虎有生气"的局面。

南宋初年,面临金人进犯、中原沦陷、国事危急的形势,举国

上下同仇敌忾,涌现了高涨的爱国浪潮。陆游《跋傅给事(崧卿)帖》曾说到当时士大夫的激奋状态:

> 绍兴初,某甫成童,亲见当时士大夫相与言及国事,或裂眦嚼齿,或流涕痛哭,人人自期以杀身翊戴王室,虽丑裔方张,视之蔑如也。

在这种风气下,一向离政治较远的词,也开始跳动着时代的脉搏。王鹏运《四印斋所刻词》,有《南宋四名臣词集》一卷,即赵鼎《得全居士词》、李光《庄简词》、李纲《梁溪词》、胡铨《澹庵长短句》。李纲在北宋末与南宋初两度为相,是威望很高的抗金派领袖。赵鼎也是高宗朝相,李光是副相,都是反对秦桧"和议"的重要人物。胡铨还上书高宗,请杀秦桧以谢天下。秦桧尝书赵鼎、李光、胡铨三人姓名于一德格天阁,必欲杀之而后快。这几个人的词,同他们的立身行事一样,具有凛然正气。像李纲的《六么令》《苏武慢》;赵鼎的《满江红》《鹧鸪天》《浣溪纱》;胡铨的《好事近》,还有抗金名将岳飞的《小重山》《满江红》[①],足以使南宋的爱国词有个光辉的开端。老词人张元幹也是因反对秦桧而弃官不仕的。他七十六岁时不顾当时文网严酷,写了二诗一词(《贺新郎》),为胡铨流放新州送行,表现了政治上令人敬佩的勇气。张元幹在南渡后的词,一变原来妩秀之体,慷慨长歌,气度豪迈,是

---

① 余嘉锡《四库提要辨证》卷二三《岳武穆遗文》,夏承焘《岳飞〈满江红〉词考辨》,均谓《满江红》(怒发冲冠)一词非岳飞作,此事已引起争论。

时代剧变推动词风变化的一个显著的例子。他常被看作是上承苏轼,下启辛弃疾的重要词人。

1161年,完颜亮南侵,江淮前线和北方敌后同时激起了抗金高潮。二十二岁的辛弃疾就在此时于济南组织起义军然后南下的。孝宗即位之初,稍变高宗三十余年屈辱求和的路线。1163年,任命张浚督师北伐。这次北伐虽然失败,但正如辛弃疾所说:"张浚苻离之师,确有生气。"①犹如久阴之后,阳光微闪,不禁使人产生了新的希望。志在事功的新一代的爱国者出现了。辛弃疾上《美芹十论》与《九议》,陈亮上《中兴论》,陆游在"力说张浚用兵"之后,又劝说王炎经略关中②。他们都力图大计,以恢复为己任,推动抗金局面。然而孝宗不久却消沮退缩,北方金世宗完颜雍三十年的统治也相对地稳定,南北对峙长期处于胶着状态,终于使这一代爱国志士"报国欲死无战场",一一抱恨而终。这是整整一代爱国者为之愤慨不已的悲剧。

辛弃疾不是传统意义上的文人。义端说他如"青兕"③,陈亮说他如"真虎"④,姜夔说他是"前身诸葛"⑤。他是个有英雄才略的人物。尝赤手领五十骑,于敌营五万众中缚取叛徒,如挟毚兔⑥。他为朝廷规划进取的《美芹十论》等奏议,指陈形势,剖析利害,提出符合强弱消长之势的北伐方案,完全不同于纸上谈兵的书生议论,表现出

---

① 辛弃疾《美芹十论》。
② 《宋史·陆游传》。
③ 《宋史·辛弃疾传》:"义端曰:我识君真相,乃青兕也。"
④ 陈亮《辛稼轩画像赞》:"真鼠柱用,真虎可以不用。"
⑤ 姜夔《永遇乐》(北固楼次稼轩韵):"前身诸葛,来游此地,数语便酬三顾。"
⑥ 洪迈《稼轩记》。

远见卓识的善于用兵的战略家的眼光。1180年,在湖南创置飞虎军,"雄镇一方,为江上诸军之冠"①。其《念奴娇》词自云:"少年横槊,气凭陵,酒圣诗豪余事。"又《水调歌头》:"说剑论诗余事,醉舞狂歌欲倒,老子颇堪哀。"他不过"余事作诗人",把他完全看作一个词人,就不足以知辛弃疾。他的门生范开为《稼轩词序》,也说:

> 公一世之豪,以气节自负,以功业自许,方将敛藏其用以事清旷,果何意于歌词哉,直陶写之具耳。

辛弃疾于词中陶写的,就不是一般的离情别愁,而主要是立志恢复的气节与功名。刘过《沁园春》"寄辛稼轩":"中原事,纵匈奴未灭,毕竟男儿。"谢枋得《祭辛稼轩先生墓记》:"公有英雄之才,忠义之心,刚大之气。"这些都是读稼轩词首先令人强烈地感受到的。王士禛《倚声集序》,谓辛弃疾所作是"英雄之词",既不同于晏、欧、秦、李诸"文人之词",也不同于柳永、周美成、康与之之属的"词人之词"。辛弃疾的最大特色,即在于此。他是真正称得上"英雄之词"的大词人。

辛弃疾词的基调是什么?应该说,就是这种英雄主义,其特点是力求把爱国壮志化为战斗行动,在统一祖国的不世之勋中,实现自己的才能抱负。辛弃疾有一首《破阵子》,"为陈同甫赋壮词以寄"。这种壮词,不在少数,是稼轩词的主要部分,悲壮激烈,发扬奋厉,充满着英雄主义色彩。1185年,他四十五岁生日,韩元

---

① 《宋史·辛弃疾传》。

吉作《水龙吟》为寿:"南风五月江波,使君莫袖平戎手。"这时他被劾落职,退居上饶带湖,但在国事面前绝不"袖手"。韩元吉生日比他晚一天①。他即作词相和:

> 渡江天马南来,几人真是经纶手?长安父老,新亭风景,可怜依旧。夷甫诸人,神州沉陆,几曾回首?算平戎万里,功名本是,真儒事,君知否。　　况有文章山斗,对桐阴,满庭清昼。当年堕地,而今试看,风云奔走。绿野风烟,平泉草木,东山歌酒,待他年整顿乾坤事了,为先生寿。

脱落寿词俗套,以收复神州、整顿乾坤相勉励,以英雄许人,亦以英雄自许,落地为人就是为了完成这个大事业,痛快淋漓地表达了自己不凡的抱负。

> 要挽银河仙浪,西北洗胡沙。
> ——《水调歌头》"寿赵漕介庵"

> 袖里珍奇光五色,他年要补天西北。
> ——《满江红》"建康史帅致道席上赋"

> 马革裹尸当自誓,蛾眉伐性休重说。
> ——《满江红》(汉水东流)

---

① 韩元吉《水龙吟》"寿辛侍郎"自注:"仆贱生后一日也。"

> 落日塞尘起，胡马猎清秋。汉家组练十万，列舰耸层楼。谁道投鞭飞渡，忆昔鸣髇血污，风雨佛狸愁。季子正年少，匹马黑貂裘。
>
> ——《水调歌头》"舟次扬州，和杨济翁、周显先韵"

> 我最爱君中宵舞，道男儿，到死心如铁。看试手，补天裂。
>
> ——《贺新郎》"同父见和，再用韵答之"

> 起望衣冠神州路，白日消残战骨。叹夷甫诸人清绝！夜半狂歌悲风起，听铮铮、阵马檐间铁。南共北，正分裂。
>
> ——《贺新郎》"用前韵送杜叔高"

> 不念英雄江左老，用之可以尊中国。
>
> ——《满江红》（倦客新丰）

> 壮岁旌旗拥万夫，锦襜突骑渡江初。燕兵夜娖银胡䩮，汉箭朝飞金仆姑。
>
> ——《鹧鸪天》"有客慨然谈功名，因追念少年时事，戏作"

这些词壮声英概，凌厉无前，同辛弃疾的立身本末相表里，完全是他一生肝胆的写照，具有横槊马上、坐啸生风的气象。宋孝宗赵昚尝对当时"士大夫讳言恢复"的衰靡风气深表感叹："今士大夫微有西晋风，作王衍阿堵等语。"辛弃疾这些词，就无异是一种雷霆之声。周济《介存斋论词杂著》，对稼轩词"有英雄语,无学问语",以为不足。然辛弃疾可贵的,就是这种感情炽烈、气度豪迈、渴望战斗和行动的英雄语,而不作曳裾拱手、啴缓舒绎的学问语。《白雨斋词话》卷一:"稼轩词仿佛魏武诗,自是有大本领大作用人语。"虽不尽恰当,但抉出了辛弃疾的心志。

辛弃疾南归四十余年中,有二十年投闲置散。南宋朝廷也重视辛弃疾的才能,但大都违反辛弃疾的本志,用之安内而不用之攘外。"真鼠枉用,真虎不用。"稼轩集中有很多表现英雄失志和不甘寂寞的词,这也是他的"英雄之词"的重要内容。他或借登临以咏怀,《水龙吟》"登建康赏心亭":

楚天千里清秋,水随天去秋无际。遥岑远目,献愁供恨,玉簪螺髻。落日楼头,断鸿声里,江南游子。把吴钩看了,阑干拍遍,无人会,登临意。　　休说鲈鱼堪脍,尽西风,季鹰归未!求田问舍,怕应羞见,刘郎才气。可惜流年,忧愁风雨,树犹如此!倩何人唤取,红巾翠袖,揾英雄泪。

或借怀古以述志,《永遇乐》"京口北固亭怀古":

千古江山,英雄无觅,孙仲谋处。舞榭歌台,风流总被,雨打风吹去。斜阳草树,寻常巷陌,人道寄奴曾住。想当年,金戈铁马,气吞万里如虎。　　元嘉草草,封狼居胥,赢得仓皇北顾。四十三年,望中犹记,灯火扬州路。可堪回首,佛狸祠下,一片神鸦社鼓。凭谁问,廉颇老矣,尚能饭否?

前者写不被知遇、叹惜流年的英雄泪，后者写年华老大、壮志难酬的英雄恨，都反映了辛弃疾在南宋现实政治中的不幸处境。"无人会，登临意"。他申明自己不是秋风起而思乡的张翰，也不是求田问舍以求富贵的许汜，而是忧时救国、共图恢复而南归的志士。然此心此志，竟莫能明，不能不使英雄潸然落泪。辛弃疾二十九岁任建康通判。建康是当时东南重镇，有皇帝的行宫，长官多元老重臣。"建康自车驾行幸，建为别都。居守多执政。"①通判虽仅副职，但对一个北方初来并无政治背景的年轻人来说，不可谓不受重用。然用其人而不问其志，这是使辛弃疾深感痛心的。"凭谁问，廉颇老矣，尚能饭否？"辛弃疾六十五岁出知镇江府，自比廉颇，犹堪一用，有老当益壮的雄心。但"倩何人"者，言无人也；"凭谁问"者，无人问也。当时的执政韩侂胄起用废弃已久的辛弃疾，不过是为了借其名以自重。辛弃疾对此十分清楚："侂胄岂能用稼轩以立功名者乎？稼轩岂能依侂胄以求富贵乎？"②因此，"有志不获骋"之感更其沉痛。这首词表明辛弃疾迟暮之年犹有雄才大略，然中怀郁怒而发为悲凉，实际上概括了辛弃疾这个"一世之豪"的悲剧性的结局。明杨慎《升庵词话》，谓稼轩词"当以京口北固亭怀古《永遇乐》为第一"。这首《永遇乐》，宋末犹有传唱。戴复古《减字木兰花》（寄五羊钟子洪）："吴姬劝酒，唱得'廉颇能饭否'。"即指此词。

《青玉案》"元夕"一词，亦是英雄失志之赋：

---

① 陆游《渭南文集》卷三四《尚书王公墓志铭》。
② 谢枋得《祭辛稼轩先生墓记》记辛弃疾垂殁对政府说的话。

第四章　词派

> 东风夜放花千树,更吹落,星如雨。宝马雕车香满路。凤箫声动,玉壶光转,一夜鱼龙舞。　　蛾儿雪柳黄金缕,笑语盈盈暗香去。众里寻他千百度,蓦然回首,那人却在,灯火阑珊处。

临安帝都,元夕的灯火犹似星海,吸引了满城仕女。可是就有人不慕繁华,独立于喧哗热闹之外的"灯火阑珊处"。这并不是自伤幽独,而是写出了一种高洁的品性;在人们趋奉竞进之际,耐得冷落,耐得清淡,耐得寂寞。这是辛弃疾屡遭排斥后,借灯夕所见以自述怀抱,托意甚高,是志士的操守和襟怀。清彭孙遹《金粟词话》谓此词结尾为"秦、周之佳境也",又把它看作儿女之词了。

醉后遣兴的《西江月》,写醉倒松下时刹那间的心理状态,其神智却比身边挺拔的青松还要坚强:

> 醉里且贪欢笑,要愁那得工夫。近来始觉古人书,信著全无是处。　　昨夜松边醉倒,问松我醉何如? 只疑松动要来扶,以手推松曰:"去!"

通篇醉态醉语,似乎是潜意识在起作用。实际上神完气足,依然充满自信,倔强如昔。辛弃疾这首词,闲中着笔,写得轻松诙谐,全不费力。但身倒心不倒,随处流露出英雄本色,并不是游戏笔墨。

稼轩词中,一丘一壑,一草一木,时作飞动排宕之势,生气凛然,有着作者思想性格的投注。1196 年,他在上饶灵山的齐庵,赋

《沁园春》：

> 叠嶂西驰，万马回旋，众山欲东。正惊湍直下，跳珠倒溅；小桥横截，缺月如弓。老合投闲，天教多事，检校长身十万松。吾庐小，在龙蛇影外，风雨声中。　　争先见面重重。看爽气、朝来三数峰。似谢家子弟，衣冠磊落；相如庭户，车骑雍容。我觉其间，雄深雅健，如对文章太史公。新堤路，问偃湖何日，烟水濛濛。

这时他投闲乡居多年，但视群山如万马回旋，视长松如部曲森然，在庵中观赏绵亘百里的山势和遍山的长松茂林，犹如一个威重的指挥官在检阅他那训练有素、部伍严整的旧部一样，令人记起他曾是个叱咤风云的嚄唶宿将。

辛弃疾的这种词风，主要来源于他的时代与他的思想性格。在需要长枪大戟战斗的年代，他忠怀忧国，慷慨论兵，必然创造出一种踔厉风发、喑呜沉雄的新的词风。即使屡遭谗沮，也不夺其志，发为郁怒悲壮的英雄感怆，绝不是通常那种"士不遇赋"。另一方面，稼轩词也深受东坡词的影响，这是形成稼轩词风的历史因素。元好问《自题乐府引》："乐府以来，东坡为第一，以后便到辛稼轩。"元贯云石《阳春白雪序》："盖士尝云：东坡以后，便到稼轩。"两家词风，有着一脉相承之处。自来论豪放派词者，就都以苏、辛并称，作为豪放派词的两个杰出代表。不过，不能简单地认为稼轩词风是东坡词风的自然演化。范开《稼轩词序》，就提出过辛弃疾并非有意学苏轼，然而词风又不能不似的说法。

第四章　词派

　　世言稼轩居士辛公之词似东坡，非有意学坡也，自其发于所蓄者言之，则不能不坡若也。坡公尝自言与其弟子由为文至多而未尝敢有作文之意①，且以为得于谈笑之间而非勉强之所为。公之于词亦然：苟不得之于嬉笑，则得之于行乐；不得之于行乐，则得之于醉墨淋漓之际。挥毫未竟而客争藏去。或闲中书石，兴来写地，亦或微吟而不录，漫录而焚稿，以故多散逸。是亦未尝有作之之意，其于坡也，是以似之。

"器大者声必闳，志高者意必远。"像辛弃疾这样以气节自负、功业自许的人物，尤其如此。苏、辛词风相近，主要在于他们都"意不在作词，而其气之所充，蓄之所发，词自不能不尔也"。这是个很深刻的见解。范开此序作于淳熙十五年（1188），这年辛弃疾四十九岁，于上饶家居。范开自淳熙九年起从辛弃疾求学，凡八年，此时集辛词百余首编成《稼轩词》甲集。这篇序乃经过辛弃疾过目与认可，或许也正表达与包含了辛弃疾自己的看法。

　　从传统上说，辛弃疾所继承的也不止苏词一家。他的词取径甚广，有学六经的，如《踏莎行》"赋稼轩，集经句"；有学楚辞的，如《水龙吟》"用些语题瓢泉"，《木兰花慢》"用天问体"送月；有学《庄子》的，如《卜算子》（以我为牛）、《哨遍》（池上主人）；有学陶渊明的，如《声声慢》"隐括渊明《停云》诗"，《鹧鸪天》"读渊明诗不能去手，戏作小词送之"。对于前代和当代词人，有《玉楼春》"效白乐天体"，《唐河传》《河渎神》"效花间体"，《丑奴儿近》"效李易安体"，《念

---

① "至"字原缺，据苏轼《南行前集叙》补。

奴娇》"效朱希真体"、《归朝欢》"效介庵体"、《蓦山溪》"效赵（蕃）昌父体"等。但这类词并不同于江淹的"杂体诗"，以克肖诸名家为目的；倒是表明辛弃疾才力之雄，纵横所至，无适不可。他一面驾驭众体，变化如意，一面又自作主宰，不失本家面目。戴复古《望江南》："诗律变成长庆体，歌词渐有稼轩风。"这种"稼轩风"就酣畅于上述诸词中，表现出一种融会贯通、不主故常的大词家的气度。

苏、辛词风相近，但也有同有异。认真说来，他们的不同之处，并不小于他们的相同之处。

> 范开《稼轩词序》："其间固有清而丽、婉而妩媚，此又坡词之所无，而公词之所独也。昔宋复古、张乖崖方严劲正，而其词乃复有浓纤婉丽之语，岂铁石心肠者类皆如是耶？"

> 周济《介存斋论词杂著》："世以苏、辛并称。苏之自在处，辛偶能到之，辛之当行处，苏必不能到，二公之词，不可同日语也。"

> 谢章铤《赌棋山庄词话》卷九："读苏、辛词，知词中有人，词中有品，不敢妄自菲薄。""苏风格自高，而性情颇歉。辛却缠绵悱恻，且辛之造语俊于苏。"

> 陈廷焯《白雨斋词话》卷一："苏辛并称，然两人绝不相似。魄力之大，苏不如辛；气体之高，辛不逮苏远矣。"又卷六："东坡心地光明磊落，忠爱根于性生，故词极超旷而意极

平和。稼轩有吞吐八荒之概,而机会不来,正则可以为郭、李,为岳、韩,变则桓温之流亚,故词极豪雄而意极悲郁。苏、辛两家,各自不同。"又卷八:"稼轩求胜于东坡,豪壮或过之,而逊其清超,逊其忠厚。""东坡、稼轩,同而不同者也。白石、碧山不同而同者也。"

王国维《人间词话》:"东坡之词旷,稼轩之词豪。"

这些评论注意苏、辛异同,以为苏自苏,辛自辛,可分两派,都颇有见地。辛词豪壮而不废婉丽。陈傅良《送辛卿幼安帅闽》诗:"瓮下可能长夜饮,花间初学晚唐词。"他的《祝英台近》"宝钗分,桃叶渡"一词,从平素的激昂慷慨,一转而为缠绵悱恻,就是范开所说"坡词之所无,公词之所独"的。有些词借伤春伤别的闲愁,寄托着对国事的忧惧,摧刚为柔,心危词苦,尤为辛词中独创的风格。如《摸鱼儿》:

更能消几番风雨,匆匆春又归去。惜春长怕花开早,何况落红无数。春且住,见说道、天涯芳草无归路。怨春不语。算只有殷勤,画檐蛛网,尽日惹飞絮。　　长门事,准拟佳期又误,蛾眉曾有人妒。千金纵买相如赋,脉脉此情谁诉。君莫舞,君不见玉环飞燕皆尘土。闲愁最苦。休去倚危栏,斜阳正在,烟柳断肠处。

1179年辛弃疾从湖北转运副使调任湖南,离鄂州赴长沙。鄂州向为冲要之地,南宋大军驻此,北上可窥中原。辛弃疾移官湖南,对国事的忧伤和心北向、人南行之恨交融在一起,就写了这首梁启超称为"回肠荡气,至于此极,前无古人,后无来者"的名作①。赵善括(时知鄂州)有和章:"天涯劳苦,望故国江山,东风吹泪,渺渺在何处。"或许说出了辛词结意。但"斜阳烟柳"之句,同时暗喻南宋小朝廷劫后河山的危局,含义更广。罗大经《鹤林玉露》卷一,记宋孝宗读到此词"颇不悦",说明他别具会心。"何意百炼刚,化为绕指柔。"《摸鱼儿》也是辛词正体之一,它以雄豪之气驱使花间丽语,在悲凉的主旋律上,弹出百转千回、哀怨欲绝的温婉之音,"与粗犷一派,判若秦越"②。

辛弃疾词并非豪放不叶音律。周煇《清波别志》卷下:"《稼轩乐府》,辛幼安酒边游戏之作也,词与音叶,好事者争传之。"辛弃疾词有些在宋末犹传唱不衰,"词与音叶"也是个原因。

南宋孝宗一朝,人物之盛,不下于北宋的元祐时期。以这时期的爱国词派来说,如以辛弃疾为盟主,那么张孝祥、韩元吉、陆游、陈亮等与之揖让,声气相通,或为友军,或为羽翼,阵营是够壮大的。

张孝祥(1132—1169)是南渡后大家。他曾在张浚的都督府参赞军事,效力于抗金前线。《水调歌头》"和庞佑父"一词,记1161年虞允文大败金兵的采石之战,以词记捷,表达了临战请缨的战斗豪情。叶绍翁《四朝闻见录》乙集"张于湖"条,说他"尝慕东坡,每作为诗文,必问门人曰:'比东坡如何?'"可以看出他追慕

---

① 见《艺蘅馆词选》丙卷。
② 冯煦《宋六十一家词选例言》。

苏轼之诚。《于湖词》二百二十余首,其词风即介乎苏、辛之间。中秋词自苏轼《水调歌头》之后,无不感到难以为继。1166年,张孝祥自桂林北归,过洞庭,作《念奴娇》中秋词。

> 洞庭青草,近中秋、更无一点风色。玉界琼田三万顷,着我扁舟一叶。素月分辉,明河共影,表里俱澄彻。悠然心会,妙处难与君说。　　应念岭表经年,孤光自照,肝胆皆冰雪。短鬓萧骚襟袖冷,稳泛沧溟空阔。尽吸西江,细斟北斗,万象为宾客。扣舷独啸,不知今夕何夕。

写月、湖、人三者俱冰雪晶莹,表里澄彻,词品、人品,堪与苏轼争雄长。汤衡《张紫微雅词序》说:"自仇池(指苏轼)仙去,能继其轨者,非公其谁与哉!"并不过当。可惜未竟其才,正届壮年三十八岁,中暑卒于芜湖舟中。

陆游(1125—1210)是南宋最大的爱国诗人,他的成就主要在于诗而不在词。《放翁词》一百四十余首,刘克庄《后村诗话续集》把它分为三类:"其激昂感慨者,稼轩不能过;飘逸高妙者,与陈简斋、朱希真相颉颃;流丽绵密者,欲出晏叔原、贺方回之上。"1172年,他于四川宣抚使任幕僚,到达宋金西北边界的南郑前线,于城楼眺望终南山,作《秋波媚》(七月十六日晚登高兴亭望长安南山):

> 秋到边城角声哀,烽火照高台。悲歌击筑,凭高酹酒,此兴悠哉!　　多情谁似南山月,特地暮云开。灞桥烟柳,曲江池馆,应待人来。

陆游与辛弃疾力主出兵山东以图河洛者不同，他主张先取关中，然后再规复中原。其《山南行》说："国家四纪失中原，师出江淮未易吞。会看金鼓从天下，却用关中作本根。"《秋波媚》此词切望回到汉唐故都长安，与陆游的战略思想有关。南宋爱国词大都作于东南，这首词则作于西北边地军中，是陆游从军生活中的战地豪想，值得一提。

陆游的《钗头凤》并非为唐婉而作，盖蜀中冶游之词，说详拙作《陆游〈钗头凤〉本事质疑》（文载本书附录）。

陈亮（1143—1194）与辛弃疾甚为投合。他多次上书孝宗，慷慨论北伐大计，议论英伟磊落，震动朝野。陈模《怀古录》卷中引潘牥（紫岩）曰："东坡为词诗，稼轩为词论。"陈亮则更以论为词，可与他的《中兴五论》《上孝宗皇帝书》等并读，比辛词更近于"词论"。他本有词四卷，自负有经纶之意。叶适《书〈龙川集〉后》谓陈亮"有长短句四卷。每一章就，辄自叹曰：'平生经济之怀，略已陈矣。'"叶适以为中多"微言"，实际上就是他讲恢复的宏论。《龙川词》今存七十余首，以《水调歌头》（送章德茂大卿使虏）为压卷：

不见南师久，漫说北群空。当场只手，毕竟还我万夫雄。自笑堂堂汉使，得似洋洋河水，依旧只流东？且复穹庐拜，会向藁街逢。　　尧之都，舜之壤，禹之封。于中应有、一个半个耻臣戎！万里腥膻如许，千古英灵安在，磅礴几时通？胡运何须问，赫日自当中！

此词为章森出使壮行，举国家的奇耻大辱以激之，张磅礴的民族正气以励之,希望章森以"堂堂汉使"的"万夫雄"的气概,在屈辱的使命中维护民族的尊严,同时还寄厚望于北方人民的奋起。"尧之都"五句近于散体,突破通常词式,等于二十字作一长句,吐气如虹,比辛词更豪放横肆。

辛派词的传人,主要有刘过、黄机、刘克庄以及宋末的文天祥、刘辰翁等。刘过是个江湖派诗人,人称"诗侠"①。1203年,辛弃疾知绍兴府兼浙东安抚使,刘过即效辛体作《沁园春》(斗酒彘肩)一词投赠,下笔便逼真,辛得之大喜②。《中兴以来绝妙词选》卷五,说他"词多壮语,盖学稼轩者也"。但《蕙风词话》卷二谓"刘改之词格本与辛幼安不同"。他缺乏辛弃疾那种深沉的爱国思想和奇思壮采,效辛体又过于粗率,不免为人疵病。《词源》卷下称许他的《沁园春》咏指甲,咏小脚,就很无聊。刘过还染上江湖诗人的陋习,为权门食客,仰人馈赠。张世南《游宦纪闻》卷一,记刘过题词于尚书黄由所书苏轼《赤壁赋》后,黄由"厚有馈赠",又作词颂殿帅郭杲,"郭馈刘亦逾数十万钱"。这些词就不免多阿谀之语。方回《桐江集》卷一《滕文秀诗集序》说刘过诗:"外强中干,多谒客气。"他投词于辛弃疾,辛"致馈数百千",临别,又"赒之千缗,曰:以是为求田资"③。过去把他与辛弃疾并称辛、刘,应该说是不很恰当的。

黄机有《竹斋诗余》一卷。《乳燕飞》"次徐斯远韵寄稼轩":"满袖斑斑功名泪,百岁风吹急雨。愁与恨,凭谁分付。醉里狂歌

---

① 杨廉夫《龙洲刘公墓表》。
② 岳珂《桯史》卷二。
③ 岳珂《桯史》卷二。

空漫触,且休歌,只倩琵琶诉。人不语,弦自语。"不失为稼轩知音。

刘克庄词,《彊村丛书》有其《后村长短句》五卷,二百五十余首。冯煦《宋六十一家词选例言》:"后村词与放翁、稼轩,尤鼎三足。"鼎足之一固然称不上,但也不失为辛派词的后劲。《贺新郎》"送陈真州子华":"记得太行山百万,曾入宗爷驾驭。今把作握蛇骑虎。君去京东豪杰喜,想投戈下拜真吾父。谈笑里,定齐鲁。"主张依靠中原义军的力量,收复故地。《满江红》"送宋惠父入江西幕":"向幼安、宣子顶头行,方奇特。""帐下健儿休尽锐,草间赤子俱求活。"希望宋普对江西峒族起义者不要像辛弃疾、王佐那样一味镇压,改而采取体恤、保护的办法,语气间有为民请命的意思,这在辛派词中都有新意。

辛弃疾的女婿陈成父有《和稼轩词》(见《万姓统谱》卷一八),今不传。

第四章　词派

第十节　姜夔句琢字炼,归于醇雅

姜夔词作年可考的,最早为孝宗淳熙三年(1176),最迟为宁宗开禧三年(1207),与辛弃疾创作年代相若。但二家词风,趋尚不同。姜夔于稼轩词酣畅淋漓之外,另立一宗,而且向风慕义者,一时蜂起,形成了南宋后期左右词坛的一个重要词派,其影响还一直下及于清初的浙派词。朱彝尊《黑蝶斋诗余序》曾述姜夔一派的大略:

> 词莫善于姜夔,宗之者张辑、卢祖皋、史达祖、吴文英、蒋捷、王沂孙、张炎、周密、陈允平、张翥、杨基,皆具夔之一体。

汪森《词综序》则详言之:

> 西蜀南唐而后,作者日盛。宣和君臣,转相矜尚,曲调愈多,流派因之亦别。短长互见,言情者或失之俚,使事者或失之伉。鄱阳姜夔出,句琢字炼,归于醇雅。于是史达祖、高观国羽翼之,张辑、吴文英师之于前,赵以夫、蒋捷、周密、陈允

平、王沂孙、张炎、张翥效之于后。譬之于乐,舞箾至于九变,而词之能事毕矣。

这两个名单,几乎把南宋后期的重要词人大都包举在内了(有些词人不该属于姜夔一派,如吴文英、陈允平等①)。姜夔词派与辛弃疾爱国词派相并行或者说是伴随着出现的。它是南宋词的又一个突出现象,不容忽视。

姜夔一生没有做过官,是个漂泊江湖的处士。他曾依附张鉴、范成大为门下客。但与有些江湖诗人依托权门以拥厚赀不同,是个清苦古雅的高士。姜夔诗、词、音乐、书法四者俱精,他是依靠自己卓越的艺术才能自立于名公巨卿间的。因此,在当时得到普遍的称赏。周密《齐东野语》卷一二有姜夔《自述》一篇,记其所受知遇。

> 内翰梁公,于某为乡人,爱其诗似唐人,谓长短句妙天下。枢使郑公(侨),爱其文,使坐上为之,因击节称赏。参政范公(成大),以为翰墨人品皆似晋宋之雅士。待制杨公(万里),以为于文无所不工,甚似陆天随(陆龟蒙),于是为忘年交。复州萧公(德藻),世所谓千岩先生者也,以为四十年作诗始得此友。待制朱公(熹),既爱其文,又爱其深于礼乐。丞相京公(镗),不独称其礼乐之书,又爱其骈俪之文。丞相谢公(深甫),爱其乐书,使次子来谒焉。稼轩辛公(弃疾),深服其长短句。

---

① 《白雨斋词话》卷八以为汪森之论"阿附竹垞之意",对所举词人是否师法姜夔,一一作了辨析,可参阅。

第四章　词派

什么是姜夔词的特点？为什么辛弃疾以至清初的浙派一致"深服其长短句"？

姜夔词与周邦彦有着渊源关系，但亦有因有革。《词源》说："白石词如《疏影》《暗香》《扬州慢》《一萼红》《琵琶仙》《探春》《八归》《淡黄柳》等曲，不惟清空，又且骚雅，读之使人神观飞越。"张炎标举的"清空"、"骚雅"，就是姜词所长、周词所短。他说周邦彦"惜乎意趣却不高远"，主张"以白石骚雅之句润色之"。陆辅之《词旨》记张炎作词"要诀"，即于周邦彦取其"典丽"，姜夔取其"骚雅"。"清空"便有意趣，"骚雅"便有格调。尤其是"骚雅"，是南宋倡导"雅词"的词人们一直孜孜以求的一个目标。《词源》说："清空则古雅峭拔。"清空与骚雅，两者实亦相通。姜夔于周邦彦多所取法，但变其软媚为骚雅，变其秾丽为空淡深远，在这基础上另开宗派，这是反映了南宋词坛的新风尚与新趋向的。朱彝尊《词综发凡》："填词最雅，无过石帚（白石）。"[1]清代浙派心折于姜夔的，也是"骚雅"这一点。

姜夔词与辛弃疾亦声气相通。周济《宋四家词选序论》，谓"白石脱胎稼轩"。姜夔五十岁前后与辛弃疾相交，他的《汉宫春》两首、《永遇乐》一首次稼轩韵，吐属近似，都有意效稼轩词体。在这之前，姜夔词不时流露出家国之恨，并非完全如"野云孤飞，去留无迹"的。他二十余岁所作第一首自度曲《扬州慢》，即感慨今昔，有黍离之悲。这使他的骚雅之词，增添了即使着墨较淡，但也不乏沉痛感的现实内容。

---

[1] 吴文英有词与姜石帚唱和，旧时常误认白石、石帚为一人，这里的石帚实指姜夔。

姜夔诗、词并工。他有《白石道人诗说》一卷。谢章铤《赌棋山庄词话》说："读其说诗诸则,有与长短句相通者。"他的骚雅词风,除了上述所承外,不能不说还得力于他的诗学渊源。夏承焘先生《论姜白石的词风》认为:

> 白石的诗风是从江西派出来走向晚唐的,他的词正复相似,也是出入于江西和晚唐的,是要用江西派诗来匡救晚唐温(庭筠)、韦(庄)、北宋柳(永)、周(邦彦)的词风的。

姜夔的诗,盖以晚唐的绵邈风神,来补救江西诗派末流的槎枒干枯之失;他的词,则以江西诗派清劲瘦硬的健笔,来改造晚唐以来温、韦、柳、周靡曼软媚之词,两者都不失为对当时的诗风、词风的改革。以江西诗风入词,合黄(庭坚)、陈(师道)与温、韦、柳、周为一体,这种作法就是姜夔的首创,并使他的词形成和加强了骚雅的特点。《乐府指迷》说:"姜白石清劲知音,亦未免有生硬处。"冯煦《宋六十家词选例言》说"读姜词者,必欲求下手处,则自'俗处能雅,滑处能涩'始"。沈祥龙《论词随笔》说:"观白石词,何尝有一语涉于嫣媚。"就指出了姜夔词中斑斑可见的江西诗派的影响,说明姜夔词与黄、陈诗秘响相通。陆辅之《词旨》举及姜夔词中的名句:

属对

虚阁笼寒,小帘通月。(《法曲献仙音》)

池面冰胶,墙腰雪老。(《一萼红》)

枕簟邀凉,琴书换日。(《惜红衣》)

警句

波心荡、冷月无声。(《扬州慢》)

千树压、西湖寒碧。(《暗香》)

昭君不惯胡沙远,但暗忆江南江北。(《疏影》)

墙头唤酒,谁问讯城南诗客。岑寂,高树晚蝉,说西风消息。(《惜红衣》)

冷香飞上诗句。(《念奴娇》)

这些词句,既不施朱傅粉如柳、周,又不逞才使气似苏、辛,韵度高绝,辞语尔雅,为宋词带来了新的意境格调。南宋后期,对姜夔一时靡然从风,主要就是被他这种词风所吸引。

姜夔词集名《白石道人歌曲》,六卷,计八十四首。咏梅之作即有《一萼红》《小重山》《玉梅令》等十六七首,应范成大之请而写的《暗香》《疏影》二首词,最为驰名。范成大尝于1170年出使金国,到过北宋的故都汴京。1183年告病退居苏州西南的石湖,于玉雪坡树梅数百本,并著《梅谱》一卷。这两首词咏石湖雪后之梅,前人多谓寓有家国兴亡之慨。

《暗香》

　　辛亥之冬，予载雪诣石湖，止既月，授简索句，且征新声。作此两曲，石湖把玩不已，使工妓隶习之，音节谐婉，乃名之曰《暗香》《疏影》。

　　旧时月色，算几番照我，梅边吹笛。唤起玉人，不管清寒与攀摘。何逊而今渐老，都忘却春风词笔。但怪得竹外疏花，香冷入瑶席。　　江国，正寂寂。叹寄与路遥，夜雪初积。翠尊易泣，红萼无言耿相忆。长记曾携手处，千树压、西湖寒碧。又片片、吹尽也，几时见得？

　　《暗香》《疏影》的调名，本自林逋《山园小梅》："疏影横斜水清浅，暗香浮动月黄昏。"首句即从调名本意引出，"旧时月色"，有别于"少时月色"，是指北宋承平林逋咏梅时的月色，隐然有刘禹锡金陵怀古"淮水东边旧时月"之意，开端即含今昔兴亡之感。"算几番照我"四句，始回顾少时赏梅韵事，月色、笛声、花香、人影，境界非常清高优美。"何逊而今"自比，尽管竹外疏花，暗香如故，而自己垂垂老矣，风情顿尽。言下之意，就是《扬州慢》下片所写的"杜郎重到，难赋深情"的意思。下片赋南北隔绝之意，就更清楚。"江国"四句，用吴陆凯寄范晔诗："折梅逢驿使，寄与陇头人。江南无所有，聊赠一枝春。"江国，南国也。"寄与路遥"，北地沦陷，隔绝不通也。寄情无由，因而只得"易泣"而"耿相忆"了。"翠尊"两句写梅花心事，乃眷眷不忘北地故国。最后四句说西湖的梅花，既承题意和首句，切合林逋孤山之梅，又接上片所言少年情事，但昔盛今衰，盛时压千树寒碧，衰时又片片飞尽，则又有慨于今,怅然不已了。

《疏影》

> 苔枝缀玉,有翠禽小小,枝上同宿。客里相逢,篱角黄昏,无言独倚修竹。昭君不惯胡沙远,但暗忆江南江北,想佩环月夜归来,化作此花幽独。　　犹记深宫旧事,那人正睡里,飞近蛾绿。莫似春风,不管盈盈,早与安排金屋。还教一片随波去,又却怨玉龙哀曲。等恁时重觅幽香,已入小窗横幅。

前首写梅香,此首写梅影,通篇章法亦用今昔对比。"苔枝"三句,用《龙城录》所记翠鸟双栖于罗浮山大梅花树上的梅禽相并之影,以喻"旧时"。"客里"三句,用杜甫《佳人》"天寒翠袖薄,日暮倚修竹"历经离乱的凄清孤单之影,以喻"而今"。"昭君"两句,旧典新用。杜甫咏昭君诗:"画图省识春风面,环佩空归月夜魂。"宋时称梅为返魂香,姜夔由此推想,认为这清怨的梅花,乃是身陷异域的昭君"魂兮归来"所化,赋予了这个典故以新的时代内容,令人想起北宋沦亡后被俘北去的旧宫宫人,感到梅花上正凝结着她们流离沦落的无限怨恨。"暗忆江南江北",就是写故国之思,因此连"北"字出韵,也没有避忌。下片先用寿阳公主梅花妆事,又是有关宫廷的梅花故实。"莫似春风"五句,深怪春风不仅没有护惜梅花,反而片片吹落,让它随着流水飘零,而梅花也只能在一曲《落梅》的笛声中永远倾诉着她的哀怨了。写梅花的不幸身世,实亦融进了汴京宫人去国离乡葬身异域的悲惨遭遇。结尾两句,说梅花落尽,只有在画上还留着它的疏枝倩影,亦"画图省识春风面"之意。

《词源》说:"诗难于咏物,词为尤难。体认稍真,则拘而不畅;摹写差远,则晦而不明。"姜夔这两首词咏梅,"皆全章精粹,所咏了然在目,且不留滞于物"。两词从梅香、梅影,写出梅魂、梅恨,家国兴亡之感又勃郁其中。因此,周济《介存斋论词杂著》认为"寄意题外,包蕴无穷,可与稼轩伯仲"。宋末王沂孙作咏物词,多有寄托,就是专学姜夔这种作法的。

姜夔赋情诸词,皆有本事可考。夏承焘先生《白石怀人词考》,谓白石词有十余首怀念合肥情人,其挚情历久不渝。这些合肥情词,不作婉娈艳体,而是以健笔写出柔情,词意生新刻挚,同样表现了从周邦彦入、从江西诗出的特点。

> 恨入四弦人欲老,梦寻千驿意难通。当时何似莫匆匆。(《浣溪纱》)

> 淮南皓月冷千山,冥冥归去无人管。(《踏莎行》)

> 阅人多矣,谁得似长亭树。树若有情时,不会得青青如此。(《长亭怨慢》)

> 春未绿,鬓先丝,人间别久不成悲。谁教岁岁红莲夜,两处沉吟各自知。(《鹧鸪天》)

姜夔是南宋乐律名家。庆元三年(1197)曾上书论雅乐,进

《大乐议》一卷,《琴瑟考古图》一卷。他的词多自度曲,《扬州慢》《秋霄吟》等十七首自度曲都旁注音谱,是现存宋人词集中仅见的完整的词曲谱。他自谓《暗香》《疏影》两曲"音节谐婉"。这可能是他的自度曲的共同特征。陈模《怀古录》卷中:"美成、尧章,以其晓音律,自能撰词调,故人尤服之。"姜夔词受推崇,同他自能创调而多新声也有关系。

姜夔词大都有文笔优美的小序,与词相配,一散一韵,情意相发,值得并读。如《一萼红》词序:

> 丙午人日,予客长沙别驾之观政堂。堂下曲沼,沼西负西垣,有卢橘幽篁,一径深曲,穿径而南,官梅数十株,如椒如菽,或红破白露,枝影扶疏。著屐苍苔细石间,野兴横生。亟命驾登定王台,乱湘流入麓山,湘云低昂,湘波容与,兴尽悲来,醉吟成调。

不过,周济《宋四家词选序论》说:"白石小序甚可观,苦与词复;若序其缘起,不犯词境,斯为两美已。"批评也很恰当。此后张炎、周密,步武姜夔,都善制词序。

姜派词人中,史达祖与姜夔并称姜、史。史达祖有《梅溪词》百余首,工于咏物。姜夔为之作序,称其词"奇秀清逸,有李长吉之韵,盖能融情景于一家,会句意于两得"。特别称赏《绮罗香》(春雨)"临断岸"以下数语及《双双燕》(咏燕)"柳昏花暝"之句[①]。

---

① 见《中兴以来绝妙词选》卷七。

张镃序亦称史词"有瑰奇、警迈、清新、闲婉之长,而无诡荡污淫之失"。但史达祖于韩侂胄当权时,为之掌机宜文字,颇得权势,后来也因此获罪。其人品不高,词品也颇有讥议,不能和姜夔相提并论。

姜夔词派,光焰复起,一是在宋元之际,张炎可为代表。仇远《山中白云词序》说张炎词"当与白石老仙相鼓吹"。后来的浙派也以张炎上配姜夔,合称姜、张。二是在清初至清中叶,朱彝尊、厉鹗等浙派词人瓣香姜夔、张炎,出现了"家白石而户玉田"的盛况。清代白石词的重要刊本,即有十余种之多。嘉庆时常州词派起,于姜夔便多不满之辞。周济《介存斋论词杂著》,尝以姜夔与辛弃疾相比:"稼轩郁勃,故情深;白石放旷,故情浅;稼轩纵横,故才大;白石局促,故才小。"近代王国维《人间词话》又以姜夔与苏轼相比:"东坡之旷在神,白石之旷在貌。"同雄奇博大的苏、辛相比,姜夔的短处与不足,自然是显而易见了。

第四章　词派

第十一节　眩人眼目的吴文英词

吴文英是姜夔之后的南宋重要词人,但《梦窗词》历来认为难读,缺少踏实与深入的研究。夏承焘先生《杨铁夫〈梦窗词全集笺释〉序》说:

> 宋词以梦窗为最难治,其才秀人微,行事不彰,一也;隐辞幽思,陈义多歧,二也。

这两点都是难题,不可能顺利地解决。宋人载籍中,有关吴文英生平事迹的材料绝少。清末朱孝臧于吴文英词致力甚勤,先后四次校勘《梦窗词集》,刊为定本;又以披寻所得,为《梦窗词小笺》。但他打算作《梦窗年谱》,终因"资粮过少",竟未属笔。此后杨铁夫作《吴梦窗事迹考》,夏承焘作《吴梦窗系年》,钩稽排比,可谓劬劳,吴文英的一生行迹,始得轮廓。但阙疑之处仍然不少,连生卒年都无从考定。夏承焘姑定吴文英生于庆元六年(1200),张凤子则以为当生在嘉定十年以后(1217)。夏承焘定吴文英卒于景定元年(1260)前后,杨铁夫则谓卒于德祐二年(1276),及见宋亡，年已七十余。这些假设，目前都只能存疑。

吴文英本姓翁，出为吴氏后嗣。其亲兄翁逢龙，字际可，嘉定十年进士，嘉熙中为平江通判。弟翁元龙，字时可，有《处静词》。吴文英一生未第，依人游幕数十年。他于绍定五年（1232）起，在苏州仓幕供职，留连吴门十二年。淳熙九年（1249）后，又在越州为浙东安抚使吴潜和嗣荣王赵与芮的幕僚。他还有《木兰花慢》"寿秋壑"等词四首投赠贾似道。刘毓盘《梦窗词叙》尝力辨吴文英"与贾似道往还酬答之作，皆在似道未握重权之前，至似道声势熏灼之时，则并无一阕投赠"。夏承焘《梦窗晚年与贾似道绝交辨》，则谓《金盏子》一首乃景定元年四月贾似道入朝后作，正似道声势日益熏灼之时①。不过，以词章投献权门，本是当时江湖游士的风气。吴文英游幕终生，自然未能免俗，这些词也谈不上与贾似道"往还酬答"，对评定吴文英并不怎么重要。

吴文英词，其源流承自周邦彦。《乐府指迷》说："梦窗深得清真之妙，其失在用事下语太晦处，人不可晓。""用事下语太晦"，这是南宋词日益典雅化的结果，也反映了吴文英作词务求深隐的特点。《乐府指迷》开头记吴文英曾向沈义父传授作词之法：

> 癸卯（淳祐三年，1243），识梦窗，暇日相与唱酬，率多填词。因讲论作词之法，然后知词之作难于诗。盖音律欲其协，不协则成长短之诗；下字欲其雅，不雅则近乎缠令之体；用字不可太露，露则直突而无深长之味；发意不可太高，高则

---

① 夏承焘《唐宋词人年谱》附录。

狂怪而失柔婉之意。思此,则知其所以难。

第一条讲音律。吴文英能自度曲,集中有自度曲《古香慢》《江南春》《玉京谣》《西子妆慢》等十阕。他又几乎遍用周邦彦的词调(同于周词者有七十余调),部分又用姜夔词调,都是讲究音律的表现。第二条讲典雅。周邦彦词足为典雅,但如"为伊泪落"(《解连环》)、"最苦梦魂,今宵不到伊行"(《风流子》)等句,《词源》尚以为"失其雅正之音"。吴文英则务为典博,市井语扫除殆尽。第四条主张柔婉,反对狂怪。周邦彦居苏轼之后而不染东坡词风,吴文英居辛弃疾之后,亦不染稼轩词风。他标举的这三条,都合乎清真门径。第三条"用字不可太露",要求摈弃"直突"而有"深长之味",与周邦彦却有同有异。周邦彦词不乏"深长之味",但雅俗共赏,"贵人学士、市侩妓女知美成词为可爱",是一种明秀的风格。吴文英为了追求"不露",就转向隐秀。他的词固然间有疏快之作,但多数是思深而曲折,辞隐而幽微,且多用代字及生僻之典,有时就不免流于晦塞,令人卒读难通。《四库全书总目提要》谓:"梦窗天分不及周邦彦,而研炼之功过之。词家之有吴文英,如诗家之有李商隐。"因此读梦窗词,也常常令人有"独恨无人作郑笺"之感。1936年杨铁夫笺释本,对其用典使事,大抵十得八九,可以作为进一步研读考索吴文英词的基础。

《梦窗词》三百三十余首,其明署年月者,大都为淳祐间作。这段时期,南宋小朝廷表面承平,因此梦窗集中文期酒会、情天恨海之词不少。若论其所作之地,则多数作于苏州、杭州及越州。绍定五年至淳祐三年这十二年中,吴文英居苏州。"犹记初来吴苑,未清霜飞惊双鬓",初来时尚青衫年少。"叹霜簪练发,过眼年光,情旧都别"。离苏时已感叹衰迟。下面一首《八声甘州》(灵岩陪庾幕诸公游)作于苏州,是吴文英词中有代表性的作品。

> 渺空烟四远,是何年,青天坠长星。幻苍崖云树,名娃金屋,残霸宫城。箭径酸风射眼,腻水染花腥。时靸双鸳响,廊叶秋声。　　宫里吴王沈醉,倩五湖倦客,独钓醒醒。问苍波无语,华发奈山青。水涵空,阑干高处,送乱鸦斜日落渔汀。连呼酒,上琴台去,秋与云平。

苏州是春秋时吴的故都。灵岩山有夫差与西施曾经游处的馆娃宫、琴台、响屧廊、采香径(箭径)等故址。这首词登灵岩怀古。首句极言山高,四望开阔,因而产生奇想,疑灵岩山是天上长星坠地而成。接着以一个"幻"字为领字直贯而下,把眼前的青山古树、吴宫残迹写得似真似幻,推出一个从历史回顾中唤起的想象和幻觉造成的境界。"箭径"二句,写酸风射眼,流水涨腻,这种洗妆后残脂剩膏的浓烈气味,使采香径的本来芳香的花都刺鼻地发"腥",其视觉嗅觉的感官都已为幻觉所占据了。"时靸"两句,将落叶声声当作屧响空廊,一似斯人犹在,其听觉也完全进入了幻境。古与今的距离与界限,在这里竟混茫一气,简直无从分辨了。

《词源》说:"贺方回、吴梦窗皆善于炼字面,多于温庭筠、李长吉诗中来。"其实,吴文英岂止多用温、李字面,他作词的意想和风格,也显著地受到温、李特别是李贺乐府的影响,这首《八声甘州》,不但"酸风射眼"从李贺"东关酸风射眸子"来,"染花腥"从李贺"溪女洗花染白云"化出,就是他用非现实乃至超现实的幻觉来咏怀古事,也是承自李贺《金铜仙人辞汉歌》这类诗的作法的。这种奇谲、夸诞、冷隽的风格,在词中原甚少见,至吴文英则始畅此风,成为梦窗词的特点之一。结句"秋与云平",既说秋高,又表示自己置身灵岩高处,辽阔秋空和无边秋色尽于眼下,与首句"邈空烟四远"相呼应,境界极开阔,亦是佳句。

像姜夔词不无家国之感一样,吴文英词也不是光写个人绮怀,无关世事的。"宫里吴王沉醉"数句,在南宋溺于酒色的理宗、度宗两朝,就很有现实感。有些词似乎是一般的伤春、感旧,但细看来亦寄寓着伤时悼世之意。下面这首《高阳台》(丰乐楼分韵得"如"字)作于杭州:

> 修竹凝妆,垂杨驻马,凭阑浅画成图。山色谁题,楼前有雁斜书。东风紧送斜阳下,弄旧寒,晚酒醒余。自消凝,能几花前,顿老相如。　　伤春不在高楼上,在灯前欹枕,雨外熏炉。怕舣游船,临流可奈清臞。飞红若到西湖底,搅翠澜,总是愁鱼。莫重来,吹尽香绵,泪满平芜。

丰乐楼在杭州涌金门外,凭湖高筑,瑰丽宏特,据西湖之会,士大夫多聚拜于此。吴文英曾大书《莺啼序》一词于壁,一时为人传诵。这首词,陈洵《海绡说词》曾解释道:

> "浅画成图",半壁偏安也;"山色谁题",无与托国者;"东

风紧送",则危急极矣。"愁鱼"殃及池鱼之意。"泪满平芜",城邑丘墟,高楼何有焉,故曰"伤春不在高楼上"。是吴词之极沈痛者。

陈洵释此词,句句说成另有寓意,未免过于穿凿。但把西湖的湖光山色,写得如此愁容惨淡,且结句又说"泪满平芜",其沉痛感实超出一般伤春伤别之上,令人不难联系南宋当时无可挽救的危急局势来体会。1235年,蒙古于灭金后开始南下侵宋。此后连年兵事不息,蜀、汉、江、淮一再告急。吴文英的后半生就生活在这样的时代里。他有一首《沁园春》(送翁宾旸游鄂渚)一词,即作于开庆元年(1259)蒙古忽必烈兵围鄂州前后。"东风紧送斜阳下",这句"紧送"二字,语意甚新,可以说就是这种日亟日危的形势的写照。虽然,《梦窗词》中有关国事之作并不多,但比之同样作于季世的宣和间的《清真词》来,应该说要好一些。周邦彦的词就只写"政、宣风流",而没有这种忧患意识了。

杨铁夫《吴梦窗事迹考》,谓吴文英《瑞龙吟》《绕佛阁》《三姝媚》《古香慢》等四首词作于宋亡之后,是亲见元兵入临安而感慨时事之作。如《古香慢》(赋沧浪看桂):

> 怨娥坠柳,离佩摇荴,霜讯南圃。谩忆桥扉倚竹,袖寒日暮。还问月中游,梦飞过金风翠羽。把残云剩山万顷,暗熏冷麝凄苦。　　渐浩渺,凌山高处,秋澹无光,残照谁主。露粟侵肌,夜约羽林轻误。翦碎惜秋心,更肠断珠尘藓路。怕重阳,又催近满城风雨。

第四章　词派

杨铁夫谓："曰'倚竹袖寒'者,生当乱世也。'还问月中游梦,飞过金风翠羽'者,昔之京都赏桂,如梦如幻也。曰'把残山剩水万顷,暗熏冷麝凄苦'者,南都破后,余地无几也。曰'凌山高处,秋澹无光,残照谁主'者,九庙丘墟,旧都无主也。曰'夜约羽林轻误'者,追究约金攻辽、约元灭金之失策也。曰'肠断珠尘藓路'者,伤崖门、硇州之流离也。'怕重阳,又催近满城风雨'者,恐残喘之不能久延也。"吴文英是否卒于德祐二年临安失陷之后,无可考定。杨铁夫的这些解释,可备一说。

吴文英的小令亦以秾丽绵密而别具一格。

《浣溪纱》
门隔花深梦旧游,夕阳无语燕归愁,玉纤香动小帘钩。　　落絮无声春堕泪,行云有影月含羞,东风临夜冷于秋。

这是一首怀人小词,其写法亦与一般词人不同。"梦旧游",实际是"忆旧游",但都托之梦境。全阕笼罩在一个"梦"字之下,可是又不实地记梦,而纯用虚幻之笔,写其梦幻般的感觉。梦中人的形象尤其迷离恍惚。"玉纤香动"言其搴帘出迎,但桃花人面始终未见。"落絮"二句言其临别情态,却都用象征手法,有幻中真、真中幻或似幻似真的味道。末句"东风临夜冷于秋",作为春夜的气候描写,当然是失真的,但作为离人的心理感受,却又是绝对真实的。

吴文英词在他生前就颇受推崇。《中兴以来绝妙词选》卷一〇引尹焕所作吴文英词集叙:

317

> 求词于吾宋，前有清真，后有梦窗，此非焕之言，四海之公言也。

尹焕说的"公言"，其实杂有私阿之意。《白雨斋词话》卷二就以为"失之诬"：

> 梦窗在南宋自推大家，惟千古论梦窗者多失之诬。尹惟晓云："求词于吾宋，前有清真，后有梦窗，此非予之言，四海之公言也。"为此论者，不知置东坡、少游、方回、白石等于何地。

清代浙派论词，以吴文英属于姜夔词派，并没有过高的称许。常州词派的张惠言，其《词选》不录吴文英词，《词选序》列数两宋诸大家后，置吴文英与柳永、黄庭坚、刘过同为一类，说他们"亦各引一端，以取重于当世"。评价还比较恰当。周济作《宋四家词选》，始推出吴文英居诸家之上，以周邦彦、辛弃疾、王沂孙、吴文英四家词领袖有宋一代，说："梦窗奇思壮采，腾天潜渊，返南宋之清泚，为北宋之秾挚。"谓作词当"问涂碧山，历梦窗、稼轩以还清真之浑化"。这些认识就与张惠言所论相左，不免失之偏颇。吴文英被抬到极高的地位，是在清末。朱孝臧选《宋词三百首》，于苏轼仅录十首（不选《念奴娇》赤壁怀古），吴文英入选的却达二十五首，还超过了周邦彦（二十三首），为所选宋词人中最多的一家。这当然是更为不当了。不过，在朱孝臧的倡导下，对吴文英词，访寻板本，校勘异同，笺释词义，以及生平事迹的考证等，一时间大有进展,也应该视为一种收获,为今后研究吴文英词提供了可靠的基础。

对吴文英不满之辞也历来不绝。《词源》尝把吴文英与姜夔相比,认为吴词不如姜词"清空",而有"质实"之病,并把吴文英词比作"七宝楼台":

> 词要清空,不要质实:清空则古雅峭拔,质实则凝涩晦昧。姜白石词如野云孤飞,去留无迹。吴梦窗词如七宝楼台,眩人眼目,碎拆下来,不成片段。此清空、质实之说。

"七宝楼台"之喻,后来颇为流行。尽管有人提出异议,但读吴文英词常使人获得这种印象。《人间词话》亦云:

> 梦窗之词,吾得取其词中之一语以评之,曰:"映梦窗、凌碧乱。"

"映碧"即言其"眩人眼目","凌乱"即言其"碎拆下来,不成片段",这种印象,在一定程度上反映了吴文英词的瑕瑜短长。

第十二节　宋元之际词人与亡国哀音

1234年蒙古灭金后,连年侵宋。1276年,元兵抵临安。宋太皇太后谢道清及六岁的恭帝赵㬎,向元兵统帅伯颜奉上传国玺及归降表,南宋于是灭亡。之后,益王赵昰立于福州,卫王赵昺立于硇州(广东雷州湾硇洲岛),继续从事抗元。1279年,元兵攻破珠江口的厓州,陆秀夫负九岁的赵昺蹈海而死,南中国遂尽归于元朝统治。

南宋灭亡于元蒙铁蹄之下,是个比靖康之变更为惨痛的历史悲剧。宋元之际的词人,经历了这番沧桑变故,创痛巨深,积愤难已,有着不少血泪斑斑之作。宋季词风衰敝之余,此时又光焰复起,为两宋词添上个彗星光尾一样的结束。

宋元之际诸家词,大都可以1276年宋亡为界,分为前后两期。1276年,即德祐二年,刘辰翁、周密均已四十五岁,文天祥四十一岁,赵文三十九岁,张炎二十九岁。除文天祥于1282年英勇就义外,刘辰翁、周密、张炎等作为宋代遗民,入元后存世既久,作词亦多。还有王奕、邓剡、蒋捷、王沂孙、汪元量诸人,虽生卒年月不明,但也都是由宋入元的重要词家。

文天祥、刘辰翁发扬苏、辛词风,周密、王沂孙、张炎则谨持

第四章 词派

周、姜衣钵,宋元之际词坛,主要就是这样两派。

文天祥(1236—1282)是宋末的民族英雄。1275年元兵南下,他毁家纾难,在家乡江西吉安起兵勤王。1276年南宋降元后,他又组织义军转战于福建、江西、广东等地。1278年,他在广东海丰北的五坡岭不幸被俘,囚于燕京三年,坚贞不屈,慷慨就义。文天祥在宋亡后写的《过零丁洋》《正气歌》等诗篇,以杜甫为宗,其忠义之心,刚毅之气,足以照映百世,与他早年的诗风迥异。文天祥的词今仅存七首,五首作于宋亡被俘以后。他在因解北上途中作《酹江月》两首,皆和苏轼《念奴娇》(赤壁怀古)词韵,洋溢着悲壮激越、誓以身殉的爱国情怀。当时邓光荐与文天祥一起被押北行。在南京邓光荐写了《酹江月》(水天空阔)一词,为文天祥送行,"睨柱吞嬴,回旗走懿,千古冲冠发",颂扬文天祥对敌斗争中"吞嬴"、"走懿"的英雄气概。文天祥在渡过淮河时就写了一首和作:

乾坤能大,算蛟龙元不是池中物。风雨牢愁无着处,那更寒蛩四壁。横槊题诗,登楼作赋,万事空中雪。江流如此,方来还有英杰。　　堪笑一叶飘零,重来淮水,正凉风新发。镜里朱颜都变尽,只有丹心难灭。去去龙沙,向江山回首,青山如发。故人应念,杜鹃枝上残月。

上片言旧。"乾坤能(如许)大"四句,以蛟龙暂屈池中终当飞腾为喻,表示被囚不屈,犹志向远大。"横槊题诗"三句,追念昔日转战东南的戎马生涯,痛惜抗元的战斗归于失败。"方来(将来)还有英杰",则寄希望于将来,对国家的复兴不抱悲观态度。下片言别。"只有丹心难灭",示此心此志至死不渝。"去去龙沙"三句,言人渐北去,心终南向,对故国江山无限留恋顾念。最后说死后魂将化作杜鹃,当邓光荐听到月夜杜鹃的哀鸣,就是我文天祥"魂兮归来"了。这首词写生前战斗不息,死后丹心不灭,同他的《过零丁洋》"人生自古谁无死,留取丹心照汗青"同一用意,不过写法上诗则刚直词则婉曲罢了。

周密《浩然斋雅谈》卷下记宋昭仪王清惠随三宫入燕,于汴京夷山驿题《满江红》一词,中原传诵。结句约明月为伴:"问姮娥于我肯从容,同圆缺?"文天祥经过时,认为"末句欠商量",便依韵和了一首,有云:"世态便如翻覆雨,妾身元是分明月。"以砥砺完节相勉,决不随月圆缺。他还代王清惠拟作一首,表示要"想男儿慷慨,嚼穿龈血"。这些词都一无委靡之色,正气逼人,风节凛然,确乎是南宋辛弃疾、陆游等爱国词的嗣响,因此王国维《人间词话》对文天祥词就深为推许,置于宋末诸家之上:

> 文文山词,风骨甚高,亦有境界,远在圣与(王沂孙)、叔夏(张炎)、公谨(周密)诸公之上。

刘辰翁(1232—1297)与文天祥同为庐陵人,又同出欧阳守道、江万里之门,两人交情深挚。德祐元年文天祥起兵勤王,刘辰翁曾短期参与其江西幕府。刘辰翁之子刘将孙《文氏祠堂记》说:"将孙之先人交丞相兄弟为厚,盖尝与江西幕议。"①宋亡后,他在

---

① 刘将孙《养吾斋集》卷一六。

外流落多年,托迹方外以归。晚年隐居不仕,从事著述,有《须溪集》一百卷(今大都散佚)。卒年六十六,四方学者至庐陵会葬。

刘辰翁《摸鱼儿》词云:"钟情剩有词千首,待写《大招》招些。"今存《须溪词》三卷,三百五十余首,可见散失已多。他的《金缕曲》又说:"暮年诗,句句皆成史。"他作词也"以词存史",可借以窥见宋元之际的某些史迹。现存词作于宋亡后的居多。

《柳梢青·春感》

　　铁马蒙毡,银花洒泪,春入愁城。笛里番腔,街头戏鼓,不是歌声。　　那堪独坐青灯,想故国、高台月明!辇下风光,山中岁月,海上心情。

"山中岁月"说自己屏迹山林。"海上心情",用苏武在北海矢志守节事。《汉书·苏武传》:"武既至海上,廪食不至,掘野鼠去草实而食之,杖汉节牧羊,卧起操持,节旄尽落。"刘辰翁宋亡后的危心苦志,庶几近之。

刘辰翁词好用苏、辛词韵。下面一首《金缕曲》"送五峰归九江",就是用辛弃疾、陈亮鹅鸶林倡和词韵的。

　　世事如何说?似举鞍,回头笑问,并州儿葛?手障尘埃黄花路,千里龙沙如雪。著破帽,萧萧余发。行过故人柴桑里,抚长松,老倒山间月。聊共舞,命湘瑟。　　春风五老多年别。看使君,神交意气,依然晚合。袖有玉龙提携去,满眼黄金台骨。说不尽、古人痴绝。我醉看天天看我,听秋风,吹动檐间铁。长啸起,两山裂。

摇落壮心,犹有稼轩、同甫之风。《蕙风词话》卷二评《须溪词》:

> 风格道上似稼轩,情辞跌宕似遗山。有时笔意俱化,纯任天倪,竟能略似坡公。往往独到之处,能以中锋达意,以中声赴节。世或目为别调,非知人之言也。

《须溪词》中,间有轻灵婉丽之作,下开元词。但其骨干气息,无疑是胎息苏、辛的。

刘辰翁子刘将孙,有《养吾斋集》,词亦学辛弃疾。邓剡,字光荐,词多与文天祥、刘辰翁唱和,有《中斋词》;王奕,字伯敬,与谢枋得友善,有《玉斗山人词》,都属于苏、辛词派在宋末遗民中的余波。

周密(1232—1308)出于宋季乐律家杨缵之门,常在杨缵、张枢所组织的会于西湖的词社中赋词。他的《木兰花》(西湖十景词)等,还得到杨缵在音律上的订正。杨缵、张枢作词都宗姜夔。周密六十岁时作《弁阳老人自铭》,亦自谓:"间作长短句,或谓似陈去非、姜尧章。"① 宋元之际衍姜夔一派的,就推周密及年辈稍后的张炎为巨子。周密本居湖州。1276年元兵入湖州,其家破于兵火,遂迁寓于杭,终身抗节遁迹。著述有《武林旧事》等三十余

---

① 明朱存理《珊瑚木难》卷五。

种,卒年六十七,距宋亡已二十三年。

周密词有《蘋洲渔笛谱》三卷,一百十三首,都是宋亡以前之作,当与他的诗集《草窗韵语》一起结集于宋末,出于周密手定。另有《草窗词》二卷,出于后人掇拾,与《蘋洲渔笛谱》互有详略。清江昱据《草窗词》及《绝妙好词》等辑为《蘋洲渔笛谱集外词》,凡四十首,其间即有宋亡以后之作。周密早年作于景定、咸淳间的词,完全是一片承平风光。入元后的词,则多国族之痛,遗黎之悲。不过,保存下来的已不多了。

《献仙音·吊雪香亭梅》

松雪飘寒,岭云吹冻,红破数椒春浅。衬舞台荒,浣妆池冷,凄凉市朝轻换。叹花与人凋谢,依依岁华晚。　共凄黯。问东风,几番吹梦,应惯识,当年翠屏金辇。一片古今愁,但废绿,平烟空远。无语消魂,对斜阳,衰草泪满。又西泠残笛,低送数声春怨。

雪香亭梅,王沂孙和词题作"聚景亭梅"。据《梦粱录》卷一九及《武林旧事》卷四,雪香亭位于杭州清波门外的御园"聚景园"内,旁植红梅,宋高宗、孝宗至宁宗累朝游幸。后岁久芜圮,宋亡后亭圃不存。高似孙《游园咏》:"翠华不向苑中来,可是年年惜露台。水际春风寒漠漠,官梅却作野梅开。"亦是伤悼雪香亭梅。周密此词说:"市朝轻换"、"对斜阳衰草泪满",都是宋亡后语。词中抚今追昔,吊梅即是吊故宋:末句"残笛"、"数声",亦借《梅花落》笛曲以梅落隐喻宋亡,纯是凄婉之音。

姜夔词派，常工于咏物词。前有史达祖，后有王沂孙，都专以咏物词著称。王沂孙称周密为"丈"，其年辈与张炎相若。据周密《志雅堂杂钞》卷下，谓辛卯十二月初六日胡天放降仙，言及王沂孙"在冥司幽滞未化"，其卒当在辛卯即至元二十八年（1291）之前，卒时才四十左右。张炎《琐窗寒》词序："王碧山，又号中仙，越人也。能文，工词，琢语峭拔，有白石意度。"说明了他作词所宗及其词风的特点。王沂孙词集名《花外集》，又名《玉笥山人词集》，今存词六十余首，咏物词及倡和之作即居大半。

《眉妩·新月》

渐新痕悬柳，淡彩穿花，依约破初暝。便有团圆意，深深拜，相逢谁在香径？画眉未稳，料素娥犹带离恨。最堪爱、一曲银钩小，宝帘挂秋冷。　　千古盈亏休问。叹谩磨玉斧，难补金镜。太液池犹在，凄凉处，何人重赋清景？故山夜永，试待他窥户端正。看云外山河，还老桂花旧影。

与史达祖徒为轻圆妥帖不同，王沂孙的咏物词重在寄托。周济《宋四家词选序论》："咏物最争托意、隶事处，以意贯串，浑化无痕，碧山胜场也。"周济以王沂孙为领袖宋词的四家之一，其着眼点或即在此。这首词上片句句切合纤纤新月，下片则皆别有所指。"谩磨玉斧"两句，感叹月缺难补，暗喻山河残破，难以复圆。最后希望在故山的长夜重见端正的明月当户，月中的千年桂树婆娑如旧，寄托着故国重光的梦想。这是王沂孙作为宋末遗民，所能抱有的最微弱的"希望之光"了。

第四章 词派

1278年,番僧杨琏真伽为江南总摄掌释教,在会稽发掘宋高宗、孟妃等六个帝后陵墓,收其金银宝器而弃其遗骸。1279年,周密、王沂孙、张炎、李彭老、唐珏等十四人,即以词分咏龙涎香、白莲、莼、蝉、蟹五物,哀悼宋帝后的六陵被发。其中赋龙涎香屡曰"骊宫"、"惊蛰",赋莼赋蟹屡曰"秦宫"、"髯影",大抵指宋陵诸帝;赋蝉屡曰"齐姬"、"齐宫",赋白莲屡曰"霓裳"、"太液"、"环妃"、"瑶台",则托喻后妃。总题为《乐府补题》①,成为宋末遗民寄托亡国之思的一个咏物专集。这类咏物词最重比兴,不过过于隐约其辞,令人往往骤难索解。

张炎(1248—?)是南宋初"中兴四将"之一张俊的六世孙。他的曾祖张镃、父亲张枢都是有名的词人。他的家庭,既是世代簪缨,又有词学渊源。1276年元兵入临安,斩其祖父张濡,籍其家(因张濡守独松关时尝执杀元使者廉希贤)②。遭到这样的变故,宋亡后张炎一直落魄无依,他的家国之感也就不同寻常。1290年张炎四十三岁,一度北游燕京,翌年南归,有词记北游经历。他卒于延祐四年(1317)以后,卒时七十余岁,上距宋亡已经四十多年了。

张炎的词及词学都承姜夔、杨缵一派,他的《词源》二卷,是关系两宋词学的一部重要著作,作于晚年。他的词集名《山中白云》,八卷,约三百首,宋亡后的词居多。他在当时也曾以咏物词见称。他有《南浦》一词赋春水,邓牧《张叔夏词集序》说:"春水一词,绝唱古今,人以'张春水'目之。"又有《解连环》赋孤雁,元孔齐

---

① 详见夏承焘《唐宋词人年谱》附录《乐府补题考》。
② 杨海明《张炎家世考》,《文学遗产》1981年第2期。

《至正直记》卷四说他"尝赋孤雁词,有'写不成书,书难成字,只寄得相思一点'。人皆称之曰'张孤雁'"。但张炎不托之咏物而直接抒写亡国之痛的,远多于周密、王沂孙诸人。

《甘州》

　　辛卯岁,沈尧道同余北归,各处杭、越。逾岁,尧道问寂寞,语笑数日,又复别去。赋此曲,并寄赵学舟。

　　记玉关踏雪事清游,寒气脆貂裘。傍枯林古道,长河饮马,此意悠悠。短梦依然江表,老泪洒西州。一字无题处,落叶都愁。　载取白云归去,问谁留楚佩,弄影中洲?折芦花远赠,零落一身秋。向寻常野桥流水,待招来,不是旧沙鸥。空怀感,有斜阳处,却怕登楼。

仇远《山中白云序》说:"《山中白云》词,意度超玄,律吕协洽,方之古人,当与白石老仙相鼓吹。"邓牧《张叔夏词集序》也说:"美成、白石逮今脍炙人口。知者谓丽莫如周,赋情或近俚;骚莫若姜,放意或近率。今玉田张君,无二家所短而兼所长。"都指出张炎的词承袭所自。清代浙派论词,更以张炎上配姜夔,合称姜、张。这在后来引起不少非议。但宋人词派,惟姜夔一派因张炎而入元后传世犹久,并通过张炎影响及于元代的陆文圭、张翥等一些词家。因此张炎词又关系到元词的发展。

清初浙派创始人朱彝尊,他的《解佩令》说:"不师秦七(观),不师黄九(庭坚),倚新声,玉田差近。"浙派词人虽以姜夔为宗,然实近姜夔者少,而近张炎者多,这一点也颇堪注意。

第五章 词论

评论之于创作,总是较为后起的。要在词体既立,词作渐丰,词与诗的分界已判之后,才有可能随之而产生独立的专门性的词论词评。唐代诗人于写作古近体诗之余,为词这种新兴的音乐文艺所吸引,染指其间的固然已有不少;但总的来说,与唐诗相比,词不过居于偏于一隅的附庸地位,其创作实绩当时未足以赢得理论上的确认。唐时评论的目光也专注于诗文,对初露头角的词无暇垂顾。而且,词作为流行的燕乐的曲辞,行于妓席,播于倡楼;一般囿于传统观念的作家,在他们论文谈艺之余,自然严关固拒,不屑顾及。因此,尽管白居易、刘禹锡这样的诗坛耆宿倡导于前,温庭筠、韦庄这样的词流新进专事于后,在评论方面都没有得到及时的、应有的反响,这是不足为怪的。五代时后蜀编定第一本"诗客曲子词"的专集《花间集》,欧阳炯为之作序,这可算是有关词的评论的权舆了。

宋代词臻于极盛,由附庸蔚为大国,阐明词体、词律,历评词家、词派,探究词旨、词法的各种著述因之相继而起,词论词评遂在艺术评林中占得一席之地,并由此发展成为专门之学。

宋代的词论词评大体可分两类。一类已成专著,如杨绘《时贤本事曲子集》、王灼《碧鸡漫志》等各种词话及词学专著。一类仅为单篇,如各家词集的序跋,有关论词的书札题记等,大都散见于为数众多的宋人文集与笔记中。

已成专书的,唐圭璋先生所编《词话丛编》已汇刊了王灼《碧鸡漫志》、吴曾《能改斋漫录》(卷一六、一七乐府部分)、胡仔《苕溪渔隐丛话》(前集卷五九、后集卷三九乐府部分)、魏庆之《魏庆之词话》(《诗人玉屑》卷二〇附论乐府)、周密《浩然斋雅谈》(下卷)、张炎《词源》、沈义父《乐府指迷》等七种。赵万里《校辑宋金元人词》,收录了杨绘《时贤本事曲子集》、杨湜《古今词话》、鮦阳居士《复雅歌词》辑佚本三种。此外,还有朱弁《续骫骳说》、黄昇《中兴词话》等原为专帙的宋人词话多种,可以另行辑佚,以窥宋人词话之全。夏承焘先生尝拟合辑为《宋元词话钩沉》一书,未见刊出。

仅为单篇的,总数亦甚可观。其中不少出于大家、名家之笔,论词甚多精粹深至的议论,在理论上的价值远胜于那些记本事、广异闻的《本事曲》之类的词话。不过,它们只是零章散篇,并不是系统性的著述;而且分散于浩瀚的宋人集部之中,访求不易,撷拾为难;有的还一直蒙晦至今,人们知道的不多。吴梅《词话丛编序》因有"词论之书,寂寞无闻"之叹。因此,亟须花费时日,从宋人文集、笔记中爬梳剔抉,广事搜辑,都为一集,编定《两宋词论词评汇编》一书,为研究宋代词学提供足够的文献资料,无疑是十分必要的。

两宋词论词评是宋代词学的重要部分,也是我国古代诗歌理论批评的一个别开生面、自成体系的旁支。有关词的律调体式，各家词风的异同及其比较，两宋词派的构成与其间递嬗演变之迹，都有所论及，应该受到重视。郭绍虞先生《中国文学批评史》于宋代诗论论述甚详，独于词论概付阙如，殊为可惜。下面稍事钩稽，略作疏说，够不上对两宋词论的系统说明，不过为现今一些批评史中的阙失权作补白而已。

第一节 唐代评论罕及于词，后蜀欧阳炯的《花间集序》，或可视为有专文论词之始

唐人论诗，常昌言风雅比兴，汉魏风骨。随燕乐而兴的长短句词，却大都步趋齐梁，流为艳科。因此，词在唐五代，一方面固然深为时俗所好，另一方面却不免为正论所轻。这种矛盾状态，正表明它在当时社会生活中的实际地位。

乾元三年（760），元结为《箧中集序》，谓近世作者丧于雅正，以流易为辞："指咏时物，会谐丝竹，与歌儿舞女，生污惑之声于私室。"他在永泰元年（765）《刘侍御月夜燕会序》中又说："时之作者，烦杂过多，歌儿舞女，且相喜爱，系之风雅，谁道是耶？"元结在这里当然并非论词（主要疑指声诗而言），但元结的话代表了一种正统观点。后来的词，在有些与元结同样观点的批评家眼中，恐怕也逃不脱"会谐丝竹，与歌儿舞女，生污惑之声于私室"这样的评语。大历二年（767），元结赴道州，舟中作《欸乃曲》五首，是船夫们唱的棹歌。"停桡静听曲中意，好是云山韶濩音。"他认为是合乎古风的正音。但他所仰慕的这种"韶濩之音"，在唐五代词中

第五章　词论

没有赢得多少同调。

肃、代间,张志和自号烟波钓徒,作《渔父歌》五首,隐于江湖。宪宗时画其图像访之,并求《渔歌》不得。此后为李德裕所获,《李文饶文集》有《玄真子渔歌记》:

> 德裕顷在内庭,伏睹宪宗皇帝写真访求玄真子《渔歌》,叹不能致。余世与玄真子有旧,早闻其名。又感明主赏异爱才,见思如此,每梦想遗迹,今乃获之,如遇良宝。呜呼,渔父贤而名隐,鸱夷智而功高,未若玄真隐而名彰,显而无事,其严光之比与?处二子之间,诚有裕矣。

这是现今所能见到的最早的一篇为词而作的题记,不妨把它看作是最早的词跋。宋人常为词作题跋,盖可溯源于此。但这篇题记主要感叹张志和"隐而名彰,显而无事",对五首《渔歌》本身,并没有正面的评论。而且,在李德裕心目中,《渔歌》是合乎古风的诗,还是创为新体的词,这篇题记也无所表白。因此,当作正式的词论,似犹未可。李德裕也曾作词,段安节《乐府杂录》说:"《望江南》本名《谢秋娘》。李德裕镇浙西,为妾谢秋娘所制,后改为《望江南》。"其词未见。

长庆二年(822)正月五日,刘禹锡至夔州刺史任,听到蜀中民歌,倚其声作《竹枝词》九篇,前有序引:

> 四方之歌,异音而同乐。岁正月,余来建平,里中儿联歌《竹枝》,吹短笛击鼓以赴节,歌者扬袂睢舞,以曲多为贤。聆

> 其音,中黄钟之羽,其卒章激讦如吴声,虽伧佇不可分,而含思宛转,有淇濮之艳。昔屈原居沅、湘间,其民迎神,词多鄙陋,乃为作《九歌》,到于今荆楚鼓舞之。故余亦作《竹枝词》九篇,俾善歌者飏之附于末,后之聆巴歈,知变风之自焉。

刘禹锡为《竹枝》《浪淘沙》等俚歌俗曲写的歌辞,具有浓郁的民歌风格,在艺术上独树一帜。他把伧佇激讦的巴歈,上拟风骚,突破了轻视民歌的传统观念,在理论上应予重视。但唐宋时《竹枝词》或入诗集,或归词集,实际上介乎诗、词之间。这篇短引,把它视同一般的诗序,还是应该看作最初的词序,现在也无从折中求正。

因此,论词而有专文,就不能不首推欧阳炯的《花间集序》。《花间集》编于后蜀广政三年(940),是第一部文人词的选集(唐时尚无词家专集),欧阳炯序也就成了最初的词集序。

> 镂玉雕琼,拟化工而迥巧;裁花剪叶,夺春艳以争鲜。是以唱云谣则金母池清,挹霞醴则穆王心醉。名高白雪,声声而自合鸾歌;响遏行云,字字而偏谐凤律。杨柳大堤之句,乐府相传;芙蓉曲渚之篇,豪家自制。莫不争高门下,三千玳瑁之簪;竞富尊前,数十珊瑚之树。则有绮筵公子,绣幌佳人,递叶叶之花笺,文抽丽锦;举纤纤之玉指,拍按香檀。不无清绝之辞,用助娇娆之态。自南朝之宫体,扇北里之倡风。何止言之不文,所谓秀而不实。有唐已降,率土之滨,家家之香径春风,宁寻越艳;处处之红楼夜月,自锁姮娥。在明皇朝,

则有李太白应制《清平乐》词四首,近代温飞卿,复有《金荃集》。尔来作者,无愧前人。今卫尉少卿赵崇祚,以拾翠洲边,自得羽毛之异;织绡泉底,独殊机杼之功。广会众宾,时延佳论。因集近来诗客曲子词五百首,分为十卷。以烔粗预知音,辱请命题,仍为序引,乃命曰《花间集》。将使西园英哲,用资羽盖之欢;南国婵娟,休唱莲舟之引。

以工致的四六文,叙述前代以来乐府词曲的盛况和《花间集》编选的背景与作用,并没有什么高明的思想和见解。但作为最初的词集序,有三点值得注意:

一、说明了花间词的词风特点。"自南朝之宫体,扇北里之倡风。"上承齐梁宫体,下附北里倡风,这两句话可以概括花间词的历史渊源与生存环境。花间词就其主要倾向来说,不外乎宫体与倡风的结合。

二、说明了《花间集》的唱本特点。《花间集》不是一般的诗歌集,而是一部歌词集。它的编集目的,"将使西园英哲,用资羽盖之欢;南国婵娟,休唱莲舟之引"。完全在于提供新行的歌词以佐欢备唱。"合鸾歌"、"谐凤律",就是据以入选的必要条件。敦煌发现的《云谣集》,及稍后的《尊前集》《家宴集》,都是同类的唱本,不过雅俗有别而已。

三、说明了论词与论诗已开始趋尚不同。《宋史·蜀世家》谓西蜀卿相竞相奢侈,欧阳炯犹存俭素,"尝拟白居易讽谕诗五十篇以献"(今佚)。欧阳炯作诗能拟白氏讽谏,论词却心追手摹齐梁宫体(宋佚名《儒林公议》卷下:"伪蜀欧阳炯尝应命作宫词,淫靡甚于韩偓。"）。他于诗于词,各有所宗,互不相妨。当时持这种态度的,不止欧阳炯一人。花间词人牛希济尝作《文章论》,认为"浮艳之文,焉能臻于道理",对"忘于教化之道,以妖艳相胜"之作,排诋甚烈。《花间集》录其词十一首,却于"妖艳相胜"之词,无所避忌。《文章论》同他的词似乎迥出二人之手。宋人论诗、文,务在言志载道;论词则以缘情绮靡为尚,有着两种标准、两种尺度,这也可以说由花间词人始肇其端的。

花间词人孙光宪兼长史笔,尝辑唐五代史事,继马总《通历》而作《续通历》十卷。他的《北梦琐言》二十卷,多采词林逸事（约十余则）,如卷四记令狐绹假手温庭筠撰《菩萨蛮》密进宣宗,卷六记和凝好为曲子词,契丹称之为曲子相公,不失为词史上的重要资料,为宋人词话导夫先路。

第二节　宋人词话始于元丰初杨绘的《本事曲》，多数偏于纪事；重在品藻与议论的则较后起

宋人首创诗话一体，为论诗提供了一个短小自由的、随笔漫评的形式。郭绍虞《宋诗话考》收录宋人或存或佚的诗话，多至一百五十种。词话随诗话而起。有些宋人诗话同时也兼有词话。李调元《雨村词话》卷二，以为词话始于陈师道的《后山诗话》：

> 宋人诗话甚多，未有著词话者。惟《后山集》中载吴越王来朝、张三影、青幕子妇妓、茶词、柳三变、苏公居颍、王平甫之子七条，是词话当自公始。

沈曾植《护德瓶斋涉笔》则以为始于晁补之《晁无咎词话》：

> 词话始于晁无咎，而朱弁《觥骰说》继之。

这两个说法都未免失考。宋人词话当以杨绘《本事曲》为最

早,梁启超《记时贤本事曲子集》称为"最古之词话"。宋人诗话始于欧阳修的《六一诗话》,杨绘《本事曲》作于元丰初,距熙宁四年(1071)《六一诗话》的写定,不过十年左右。杨绘(1017—1088),字元素,绵竹人,皇祐五年及第,能治经,尤长于《易》《春秋》,《宋史》卷三二二有传。熙宁七年六月,杨绘出知杭州,与苏轼(时任通判)为词友。他的《本事曲》,宋高承《事物纪原》卷二"小辞"条已见称引:

> 杨绘《本事曲子》云:"近世谓小辞起于温飞卿,然王建、白居易前于飞卿久矣。王建有《宫中三台》《宫中调笑》;乐天有《谢秋娘》,咸在本集,与今小辞同。《花间集序》则云起自李太白。《谢秋娘》一名《望江南》。"又曰:"近传一阕,云李白制,即今《菩萨蛮》,其辞非白不能及。"此信其自白始也。

《事物纪原》约成书于元丰三年(1080),《本事曲》之作当在元丰初。元丰五年苏轼在黄州《与杨元素书》说:

> 近一相识录得明公所编《本事曲子》,足广奇闻,以为闲居之鼓吹也。然切谓宜更广之,但嘱知识间,令各记所闻,即所载日益广矣。辄献三事,更乞拣择。传到百四十许曲,不知传得足否?

苏轼这里提到的,是《本事曲子》前集,已有一百四十则。苏轼提议再作补充,"宜更广之",他自己就动笔补充了三则(此后与

第五章 词论

杨元素书,谓陈恺"其人甚奇伟,得其一词,以助《本事》",则又补一则)。《欧阳文忠公近体乐府》卷二罗烨注,引及《京本时贤本事曲子后集》,或是杨绘接受苏轼的建议后再增补或续编的。《本事曲》的前、后两集今俱佚,梁启超、赵万里均有辑本。梁辑仅五则,赵辑亦仅九则,尚可补辑。上举《事物纪原》所引就未见于梁、赵所辑。其中提到"近传一阕,云李白制,即今《菩萨蛮》",就是关于这首词的早期记载,可与释文莹《湘山野录》卷上所记魏泰见于鼎州沧水驿楼者相参考。赵辑九则以论苏词者居多。元丰初,苏轼作词尚不多,词名未大著,《本事曲》可以说是苏词的最早鼓吹者。下面一则亦赵本未辑,见于《王状元(十朋)集百家注分类东坡先生诗》,《润州甘露寺弹筝》注引尧卿曰:

> 杨元素云:"孙洙巨源,王存正仲,与东坡同游多景楼。京师官伎皆在,而胡琴者,姿伎尤妙。三公皆一时英彦,境之胜,客之秀,伎之妙,真为希遇。酒阑,巨源请于东坡曰:'残霞晚照,非奇词不尽。'遂作《采桑子》,所谓'多情多感仍多病,多景楼中'是也。"

杨绘曾为翰林学士,他的《本事曲》,系仿孟棨《本事诗》而作,有为词备史乘之意。章学诚《文史通义》卷五《诗话》:"自孟棨《本事诗》出,乃使人知国史叙诗之意,而好事者踵而广之,则诗话而通于史部之传记矣。"此书又名《时贤本事曲子集》,所录虽上及唐五代词,但是以"时贤"即当代词人为主。此后继起的宋人词话,如《古今词话》《本事词》《诗词纪事》之类,也就都偏重于纪事。不过《古今词话》没有《本事曲》所记那么信实。它的作者杨湜,字曼倩,南宋初人。北宋末有李颀《古今诗话录》七十卷,《古今词话》或踵此而作。其书广采见闻,颇多冶艳故实,乃唐宋说部体裁。《苕溪渔隐丛话》后集卷三九甚至以为"殊无根蒂,皆不足信"。宋时犹多征引,明以后久佚。尤侗《词苑丛谈序》谓:"《古今词话》,久矣失传,其轶事见于他说,抑何鲜哉!"赵万里辑本辑得六十七则。

宋人诗话有纪事、品藻、议论三类。宋人词话则偏于纪事,品藻、议论似皆不逮诗话。郭绍虞《宋诗话考》上卷《诗人玉屑》条,曾论及宋人诗话的发展过程:

> 大抵宋人诗话,自六一创始以来,率多取资闲谈,其态度本不甚严正。迨其后由述事而转为论辞,已在南宋之际。张戒(《岁寒堂诗话》)、姜夔(《白石诗说》)始发其绪,至沧浪(严羽《沧浪诗话》)而臻于完成,几于以诗学为主矣。

宋人词话的进展情况,与诗话十分类似。《本事曲》本为纪事,《晁无咎词话》由述事而转为论辞。说到以词学为主,则北宋末李清照始发其绪,至宋元之际张炎臻于完成。张炎的《词源》是宋人词话在理论上最为完备的一部,但它的成书,已在宋亡之后了。

第三节 苏门始盛评词之风，对推尊词体和推进词的评论起了重要作用

词在宋初，犹被视为艳科小技。钱惟演能词，欧阳修《归田录》卷二说他晚年留守西京洛阳时，好读书，词却仅于上厕所时读，它的地位犹列于小说之下：

> 钱思公虽生长富贵，而少所嗜好。在西洛时，尝语僚属言：平生惟好读书，坐则读经史，卧则读小说，上厕欲阅小词。

胡寅《向芗林酒边集后序》，说宋初词曲，"方之曲艺（谓小技），犹不逮焉"。"然文章豪放之士，鲜不寄意于此者，随亦自扫其迹，曰谑浪游戏而已也"。当时晏殊、欧阳修一面作词，一面就"随亦自扫其迹"。他们的词主要行于帷幕之后的宴私生活，至多争得个半公开的地位。柳永的词更受到舆论的菲薄，他的功名还为词名所牵累。作词在这时不是士流可以公然鼓吹的。至苏轼大力改变词风，词才得到了与诗同样冠冕堂皇的创作的权利与评

论的权利,从此打破评论的沉寂,兴起了论词之风。

张先曾为晏殊《珠玉集》作序(《唐宋诸贤绝妙词选》卷三),可能是最早的一篇宋人词集序,惜已久佚。现今可知的北宋中叶的词序词评,就大都出于苏轼及其门下。苏轼经常议论及词,且有《书李主词》(二篇)、《题张子野诗集后》《跋黔安居士渔父词》等论词的题跋、书简十余篇(欧阳修《醉翁琴趣外篇》前有"东坡居士序",元吴师道《吴礼部诗话》谓"词气卑陋,不类坡作")。苏门诸人论词的,则有黄庭坚《晏幾道〈小山词〉序》、张耒《贺铸〈东山词〉序》、晁补之《评本朝乐章》及《晁无咎词话》、陈师道《后山诗话》(有论词十一则)。另外,李之仪为苏轼帅定武时门下客,其《姑溪居士文集》有《跋吴思道小词》等词跋七篇。

苏轼的艺术思想是个整体,他论诗、文、书、画的很多精辟见解,都可通之于词。他在《书鄢陵王主簿折枝》一诗中说:"诗画本一律。"他对词也是从"诗词本一律"这个观点来评述的。如《与蔡景繁》书:

> 颁示新词,此古人长短句也,得之惊喜,试勉继之。

《答陈季常》书:

> 又惠新词;句句警拔,此诗人之雄,非小词也。

这些评论,都打通了诗词的界限。欧阳炯《花间集序》以词上承齐梁宫体,苏轼则以词上接"古人长短句"(指《诗经》与汉魏古乐府),使词于"绮筵公子,绣幌佳人"的浅斟低唱之余,重新出之以"诗人之雄"。这是一面为词正本清源,一面又为词开拓了"以诗入词"的通道,对推尊词体、改革词风,都有积极意义。

苏轼曾把书画称为"诗之余"。张世南《宦游纪闻》卷二记苏轼说:"(文)与可诗文不能尽,溢而为书,变而为画,皆诗之余。"同样的道理,他也把词称为诗之"余技"。他于《题张子野诗集后》中说:"张子野诗笔老妙,歌词乃其余技耳。"南宋时词被普遍称为"诗余",这个说法即启自苏轼。把词称为"诗余",这在当时并非贬义,它也是苏轼推尊词体、改革词风之后所形成的新观念。

苏轼推尊词体的另一面,就是贬斥柳永的浮艳之词。他曾经批评秦观:"不意别后,公却学柳七作词!"他《与鲜于子骏书》,对于自己的词"无柳七郎风味"而"自是一家",颇为自豪。他在黄州作《念奴娇》赤壁怀古诸词后,《与陈季常》书曰:"近者新阕甚多,篇篇皆奇。迟公来此,口以传授。"他改革花间、柳永以来的词风,最终取得了十分满意的成功。后来南宋词坛出现过黜浮艳、崇雅正的"复雅"的潮流,论其源也可以追溯到苏轼。

黄庭坚《小山集序》约作于元祐间。元陆友《研北杂志》卷上引邵泽民云:"元祐中,叔原以长短句行,苏子瞻因鲁直欲见之。"当时黄庭坚与晏幾道交契较深,这篇词序可谓叔原知己。序中谓晏幾道"平生潜心六艺,玩思百家,持论更高",但并不以此名世:

> 乃独嬉弄于乐府之余,而寓以诗人之句法,清壮顿挫,能动摇人心。士大夫传之,以为有临淄(指其父晏殊)之风尔,罕能味其言也。

又说：

> 至其乐府，可谓狎邪之大雅，豪士之鼓吹。其合者《高唐》《洛神》之流，其下者岂减《桃叶》《团扇》哉！

称许《小山词》"寓以诗人之句法"，而把晏幾道一些言情之作，往上推到与《高唐》《洛神》相比附，完全撇开五代以来花间词的传统。这与苏轼以词上接"古人长短句"如出一辙，反映了苏、黄论词的共同特点。

张耒自己不善作词，其《倚声制曲三首序》曰："予自童时，即好作文字。每于他文，虽不能工，然犹能措辞。至于倚声制曲，力欲为之，不能出一语。"然而他善于论词，他为贺铸作《东山词序》，大概写于绍圣、元符间，时贺铸在江夏，张耒谪官黄州。

> 文章之于人，有满心而发，肆口而成，不待思虑而工，不待雕琢而丽者，皆天理之自然而情性之道也。世之言雄暴虓武者，莫如刘季、项籍。此两人者，岂有儿女之情哉！至其过故乡而感慨，别美人而涕泣，情发于言，流为歌词，含思凄婉，闻者动心焉。此两人者，岂其费心而得之哉？直寄其意耳。
>
> 余友贺方回，博学业文，而乐府之词，高绝一世。携一编示予，大抵倚声而为之词，皆可歌也。或者讥方回好学而能文，而惟是为工，何哉？余应之曰：是所谓满心而发，肆口而成，虽欲已焉而不得者。若其粉泽之工，则其才之所至，亦不自知也。夫其盛丽如游金、张之堂，而妖冶如揽嫱、施之袪，

幽洁如屈、宋,悲壮如苏、李,览者自知之,盖有不可胜言者矣。

"满心而发,肆口而成",意思同《毛诗序》所说"情动于中而形于言"一样,强调词是人的情性的自然流露。它对词的产生和创作赋予了合乎儒家诗教的理论上的承认。这篇词序的特点也就是具有庄重的理论色彩,把论词与宋儒所习用的论道、论性的话头联系在一起了。

陈师道有《后山诗话》一卷。陆游《后山诗话跋》疑其出于依托。下面一则是经常被引用的:

> 退之以文为诗,子瞻以诗为词,如教坊雷大使舞,虽极天下之工,要非本色。今代词手,惟秦七、黄九尔,唐诸人不逮也。

《四库全书总目提要》卷一九五据蔡絛《铁围山丛谈》:"雷万庆宣和中以善舞隶教坊,轼卒于建中靖国元年六月,师道亦卒于是年十一月,安能预知宣和中有雷大使借为譬况?"因此这一段评论决非出于陈师道。但认为"以诗为词"是苏轼词的特点,这个说法实发自苏门。陈师道之外,晁补之、张耒已有类似的话。《苕溪渔隐丛话》前集卷四二引《王直方诗话》:"东坡尝以所作小词,示无咎、文潜曰:'何如少游?'二人皆对曰:'少游诗似小词,先生小词似诗。'"陈师道对苏词倒是曾为辩护,元符三年(1180)《书旧词后》说:"晁无咎云:'眉山公之词短于情,盖不更此境也。'余谓不

然。宋玉初不识巫山神女,而能赋之,岂待更而知也?"(《后山居士文集》卷九)

晁补之有《评本朝乐章》,见赵令畤《侯鲭录》卷八、《苕溪渔隐丛话》后集卷三三引《复斋漫录》、《能改斋漫录》卷一六及《诗人玉屑》卷二一。祝穆《新编古今事文类聚》续集卷二四"歌舞部"有"词话"一门,计十六则。其"御览赐名"条曰:"元祐间,晁无咎作《乐章评》。"据此,《评本朝乐章》盖作于元祐间。它历评柳永、欧阳修、苏轼、黄庭坚、晏殊、张先、秦观七家词,是李清照《词论》之前的一篇重要词评。

> 世言柳耆卿曲俗,非也,如《八声甘州》云:"渐霜风凄紧,关河冷落,残照当楼。"此真唐人语,不减高处矣。欧阳永叔《浣溪沙》云:"堤上游人逐画船,拍堤春水四垂天,绿杨楼外出秋千。"要皆绝妙,然只一"出"字,自是后人道不到处。苏东坡词,人谓多不谐音律。然居士词横放杰出,自是曲子中缚不住者。黄鲁直间作小词,固高妙,然不是当行家语,自是著腔子唱好诗。晏元献不蹈袭人语而风调闲雅,如"舞低杨柳楼心月,歌尽桃花扇底风",知此人不住三家村也。张子野与柳耆卿齐名,而时以子野不及耆卿;然子野韵高,是耆卿所乏处。近世以来,作者皆不及秦少游,如"斜阳外,寒鸦万点,流水绕孤村",虽不识字人,亦知是天生好言语。

晁补之词学苏轼。这篇词评,一面肯定苏轼"横放杰出",不受曲子的音律的束缚;一面又不满黄庭坚"著腔子唱好诗",认为作词还须讲究当行本色。比之苏门其他人的论词，它的见解显得全面和有利于词体的发展。《直斋书录解题》卷一一"小说家类"有朱弁《曲洧说》一卷，下注："《曲洧说》者，以续《晁无咎词话》，而晁书未见。"按朱弁所作乃《续曲洧说》，据其自序，本以续晁无咎《曲洧说》。《曲洧说》二卷，多论近世人乐府歌词，是晁无咎于元祐间所作的一部词话，故又名《晁无咎词话》，详见第六章词籍部分。晁无咎《鸡肋集》未收《曲洧说》，朱弁是拘执于金时见到此书的，当时或未传至南方，因此《直斋书录解题》谓"晁书未见"。晁无咎《评本朝乐章》，或许就是《曲洧说》即《晁无咎词话》中的一章，其他则散佚无传了。宋人词话，《本事曲》偏于"论事"，至晁补之又新创了"论辞"的一体，词话的发展也就此进入了一新阶段。

李之仪的词评中，较为重要的为《跋吴思道小词》。吴思道，名可，大观三年(1109)进士，有《藏海居士集》《藏海诗话》。他作诗尊苏、黄，词却以《花间》为宗。李之仪此跋，论及花间、柳永、张先、晏殊、欧阳修、宋祁、吴思道七家词：

> 长短句于遣词中最为难工，自有一种风格，稍不如格，便觉龃龉。唐人但以诗句，而用和声抑扬以就之，若今之歌《阳关词》是也。至唐末，遂因其声之长短，句而以意填之，始一变以成音律。大抵以《花间集》中所载为宗，然多小阕。至柳耆卿始铺叙展衍，备足无余，形容盛明，千载如逢当日。较之《花间》所集，韵终不胜；由是知其为难能也。张子野独矫拂而振起之，虽刻意追逐，要是才不足而情有余。良可佳者，晏元献、欧阳文忠、宋景文，则以其余力游戏，而风流闲雅，超出

意表，又非其类也。谛味研究，字字皆有据，而其妙见于卒章，语尽而意不尽，意尽而情不尽，岂平生可得仿佛哉！

　　思道覃思精诣，专以《花间》所集为准。其自得处，未易咫尺可论。苟辅之以晏、欧阳、宋，而取舍于张、柳，其进也，将不可得而御矣。

吴可词一首也没有流传下来，李之仪此跋大概原题他的小令，所以说"专以《花间》所集为准"，并赞许晏殊、欧阳修词妙在卒章，"语尽而意不尽，意尽而情不尽"。他历评北宋词而一语不及苏、黄，可能即因为苏、黄词多偏于长调之故。但李之仪论词宗《花间》，已与苏门持论有异。他强调词"自有一种风格"，"稍不如格，便觉龃龉"，则又下开李清照的词"别是一家"之说，隐隐然有着对苏轼"以诗入词"的不满和批评了。

第四节 李清照创词"别是一家"之说,阐明了词体的音律、风格特点,为诗、词之别立下界石

李清照不满苏轼"以诗入词"的作法,创词"别是一家"之说。她的《词论》一篇,当作于北宋末,反映了崇宁、大观间的词风趋向,不是历尽艰危的南渡后的作品。李清照的《易安居士文集》今佚,这篇《词论》由于《苕溪渔隐丛话》前集卷三三的称引,才幸得保存下来。

乐府、声诗并著,最盛于唐。开元、天宝间,有李八郎者,能歌擅天下。时新及第进士开宴曲江。榜中一名士先召李,使易服隐姓名,衣冠故敝,精神惨沮,与同之宴所,曰:"表弟愿与坐末。"众皆不顾。既酒行乐作,歌者进,时曹元谦、念奴为冠。歌罢,众皆咨嗟称赏。名士忽指李曰:"请表弟歌。"众皆哂,或有怒者。及转喉发声,歌一曲,众皆泣下,罗拜曰:"此李八郎也。"自后郑、卫之声日炽,流靡之变日烦,已有《菩萨蛮》《春光好》《莎鸡子》《更漏子》《浣溪沙》《梦江南》《渔父》

等词,不可遍举。五代干戈,四海瓜分豆剖,斯文道熄。独江南李氏君臣尚文雅,故有"小楼吹彻玉笙寒"、"吹皱一池春水"之词,语虽奇甚,所谓"亡国之音哀以思"者也。逮至本朝,礼乐文武大备。又涵养百余年,始有柳屯田永者,变旧声作新声,出《乐章集》,大得声称于世。虽协音律,而词语尘下。又有张子野、宋子京兄弟、沈唐、元绛、晁次膺辈继出,虽时时有妙语,而破碎何足名家。至晏元献、欧阳永叔、苏子瞻,学际天人,作为小歌词,直如酌蠡水于大海,然皆句读不葺之诗尔。又往往不协音律者何耶?盖诗文分平侧,而歌词分五音,又分五声,又分六律,又分清浊轻重。且如近世所谓《声声慢》《雨中花》《喜迁莺》,既押平声韵,又押入声韵。《玉楼春》本押平声韵,又押上、去声,又押入声。本押仄声韵,如押上声则协,如押入声,则不可歌矣。

  王介甫、曾子固文章似西汉,若作一小歌词,则人必绝倒,不可读也。乃知别是一家,知之者少。后晏叔原、贺方回、秦少游、黄鲁直出,始能知之。又晏苦无铺叙;贺苦少典重;秦即专主情致,而少故实,譬如贫家美女,虽极妍丽丰逸,而终乏富贵态;黄即尚故实,而多疵病,譬如良玉有瑕,价自减半矣。

  词"别是一家"之说,是词史上首次为诗、词之别所立的一块界石。词当唐代初起时,它同诗的区别,原来只在于入乐与否,在内容、风格上并没有多大不同,敦煌曲子词就可以用来说明这一点。宋人奉《花间集》为词的鼻祖,作词遂不离乎柔情,词风因以

第五章 词论

含思宛转为长,对苏词突破花间藩篱,返本复初,反而看作是一种别调。这在苏门已经出现分歧。秦观词风旖旎妩媚,即与苏词异趋;《后山诗话》甚至提出了苏词虽工而"要非本色"的批评。不过苏轼坚持他的词"自是一家"(《与鲜于子骏书》),誓不与柳词同科。李清照将苏词引起的争议,又推进了一步。不但苏词,连晏殊、欧阳修二家词也被她看作"长短不葺之诗",这在她之前可没有人这么说过。因此,李清照说的诗、词之别,比前人要更为严格。她作《词论》似乎有意要为这一家树立明确的标准。这主要有两点:

一 词须协律

《词论》为词溯源至开元、天宝间的乐府、声诗,此后流变日繁,协律却始终是词别于诗的首要特点。李清照鄙薄柳永"词语尘下",但肯定他的词"协音律",善于"变旧声作新声"。她说苏词为"长短不葺之诗",原因就在于"往往不协音律"。苏词并非尽是不协音律,晏殊、欧阳修的词协律的则更多。但李清照讲词的音律,比前人都严。"盖诗文分平侧,而歌词分五音,又分五声,又分六律,又分清浊轻重。"作词要讲究五音五律,四声阴阳,确为一般词家所难能,过去也没有人这么要求过。这样严于持律,当与崇宁四年置大晟府,朝野都重视乐律的时代风气有关。《词论》提到的晁端礼,就是大晟府制撰官,后又改任协律郎。周邦彦还因妙解音律,得提举大晟府,谨守四声就是清真词在音律上的显著特色。当时大晟乐曲颁行天下,比切声调,较量宫徵,为词律家所重视。李清照的《词论》作于此时,自然不能不受到影响。

二 词须典雅,有情致

晏幾道、贺铸、秦观、黄庭坚四家词,在元祐间享有盛名。在李清照看来,这近世的四家,方始是懂得词"别是一家"的。然而"晏苦无铺叙;贺苦少典重;秦则专主情致,而少故实";"黄即尚故实,而多疵病"。从她历数四家的短长,可以看出她论词的蕲向。可是,周邦彦词可谓兼有情致与故实者,当时已经流传,李清照为什么一字不予提及,这一点现在还不清楚。

李清照创词"别是一家"之说,是为了维护词体与传统词风,以严诗、词之别,这不是没有意义的。但她把革新词风的苏轼词排斥于外,未免显得保守和片面。后来遭际国破家亡的大事变,她在南渡后的词就忧愤深广,无暇再近味声律、远征故实,已经突破了她在《词论》中自己所定的严苛的框框了。

大晟府诸人亦有论词之作。周邦彦曾为大晟府制撰万俟咏的《大声集》作序(《唐宋诸贤绝妙词选》卷七),惜已不传。

第五节　靖康之变后,词风慷慨任气,
论词亦多重在家国之念、经济之怀

靖康之变,北宋沦亡。激于国仇家恨的南方词人,无复剪红刻翠、含宫咀商的心情,词风为之翕然一变。这时的词论,也为正视现实和志在恢复的精神所倾注,对花间、柳永一派词采取了批判的态度,语壮声宏、发扬蹈厉的苏、辛词风,则得到了高度的赞扬。这是宋代词论发展的一个重要时期。论者既多,篇什亦富,较之这时的诗论,并不逊色。研究南宋前期的词,不可不注意在词论方面的这种可喜的进展。这里略举这个时期的一些重要论说。

一　批判花间词人的流宕无聊

陆游《渭南文集》卷三〇,有《跋花间集》两篇,一篇说唐自大中后,诗衰而倚声作,"适于六朝跌宕意气差近";一篇进一步对花间词人不念家国安危而纵情声色深致感慨:

《花间集》皆唐末五代时人作。方斯时,天下岌岌,生民

救死不暇,士大夫乃流宕如此,可叹也哉!或者亦出于无聊故耶?

这种批评,在北宋承平时代是不曾听到过的。现在出在身丁兴废、忧怀国事的陆游笔下,就很有时代感和现实感。北宋人作词常以花间为准,南宋仿《花间集》体的就不多,而且爱国有识之士一再发出批评,宋末林景熙《胡汲古乐府序》说:"唐人《花间集》,不过香奁组织之辞,词家争慕效之,粉泽相高,不知其靡。"至于刘克庄《满江红》词:"生怕客谈榆塞事,且教儿诵《花间集》。"则深含愤切之意,完全是对时事感到伤心的反话了。

二 肯定苏词的革新,赞扬骏发踔厉的词风

北宋的《后山诗话》、李清照《词论》对苏轼"以诗入词"的那种非难,在南宋就很少听到了。南宋初的词坛,不但乐意地接受了苏词的革新,不少论者还极力认为这是发展词的一条健康向上的道路。胡寅《斐然集》卷一九《向芗林〈酒边集〉后序》说:

> 唐人为之最工,柳耆卿后出,掩众制而尽其妙,好之者以为不可复加。及眉山苏氏,一洗绮罗香泽之态,摆脱绸缪宛转之度,使人登高望远,举首高歌,而逸怀浩气,超然乎尘垢之外。于是《花间》为皂隶,而柳氏为舆台矣。

王灼《碧鸡漫志》第一卷论乐,第二卷论词,第三至五卷论词

调。论词的一卷系统地叙述宋词的发展过程和源流派别,所评论的本朝词人多达六十余家,等于是一卷下至南宋初的宋代词史和词家总论。其中就贯穿着尊苏贬柳的倾向。

> 东坡先生以文章余事作诗,溢而作词曲,高处出神入天,平处尚临镜笑春,不顾侪辈。或曰:"长短句中诗也。"为此论者,乃是遭柳永野狐涎之毒。诗与乐府同出,岂当分异?若从柳氏家法,正自分异耳。

> 长短句虽至本朝盛,而前人自立,与真情衰矣。东坡先生非心醉于音律者。偶尔作歌,指出向上一路,新天下耳目,弄笔者始知自振。今少年妄谓东坡移诗律作长短句,十有八九不学柳耆卿,则学曹元宠,虽可笑,亦毋用笑也。

胡寅、王灼二人,都以词曲上承诗骚,所以肯定苏词革新得源流之正,为词的发展指出向上一路。陆游《跋东坡七夕词后》,认为东坡词格调之高,还足使学诗者得到启发:

> 昔人作七夕词,率不免有珠栊绮疏惜别之意。惟东坡此篇,居然是星汉上语,歌之曲终,觉天风海雨逼人。学诗者当以是求之。

南宋初,张孝祥诸家词继承了苏词的革新精神,又注入了热烈的爱国思想,形成骏发踔厉的词风。乾道七年(1171),汤衡为

《张紫微雅词序》,主要就是谈张孝祥对苏轼词风的继承发扬。

> 昔东坡见少游《上巳游金明池》诗,有"帘幕千家锦绣垂"之句,曰:"学士又入小石调矣。"世人不察,便谓其诗似词,不知坡之此言,盖有深意。夫镂玉雕琼,裁花剪叶,唐末词人非不美也。然粉泽之工,反累正气。东坡虑其不幸而溺乎彼,故援而止之,惟恐不及。其后之元祐诸公,嬉弄乐府,寓以诗人句法,无一毫浮靡之气,实自东坡发之也。于湖紫微张公之词,同一关键。

> 衡尝获从公游,见公平昔为词,未尝著稿,笔酣兴健,顷刻而成。初若不经意,反复究观,未有一字无来处,如《歌头》(凯歌)、(登无尽藏)、(岳阳楼)诸曲,所谓骏发踔厉,寓以诗人句法者也。自仇池仙去,能继其轨者,非公其谁与哉!

朱熹对于这种骏发踔厉的爱国词风,也为之鼓吹。《朱文公文集》卷八四《书张伯和诗词后》曰:

> 右紫微舍人张伯和父所书其父之诗词以见属者。读之使人奋然,有擒灭仇虎,扫清中原之意。淳熙庚子(1180)刻置南康军之武观,以示文武吏士。

朱熹论词,并无学究气,他《答陈同甫》书,还盛赞陈亮的词"豪宕清婉,各极其趣"。

三 主张以"经济之怀"入词

陈亮修皇帝王霸之学,多次上书孝宗,力陈恢复大计。自言:"吾欲为社稷开数百年之基,宁用以博一官乎!"叶適为《龙川集序》,因谓其集多"微言"。这种"微言"也寓之于词,就是他的"平生经济之怀"。《水心集》卷二九《书〈龙川集〉后》谓:

> 又有长短句四卷,每一章就,辄自叹曰:"平生经济之怀,略已陈矣!"余所谓"微言",多此类也。

陈亮长短句四卷,今佚。陈亮子陈沆编定《龙川文集》,录词三十首。夏承焘《龙川词校笺》将此三十首,与陈亮的政论放在一起参读,以论证词,相通之处甚多,可以说明他以"经济之怀"融合于词的情况。陈亮还打算作"近拍词"三十首,"搏搦义理,劫剥经传",系统地表述他的经济之怀,以垂后世。《龙川文集》卷二一《与郑景元提干》说:

> 闲居无用心处,却欲为一世故旧朋友,作近拍词三十阕,以创见于后来。本之以方言俚语,杂之以街谈巷歌,搏搦义理,劫剥经传,而卒归之曲子之律,可以奉百世英豪一笑,顾于今未能有为我击节者耳。

这三十首近拍词不知是否写成。可惜今传《龙川词》中没有这三十首词。

以词寓"平生经济之怀",是南宋许多爱国词人的共同特点,不独陈亮为然。辛弃疾的门人范开为《稼轩集序》,谓稼轩"一世之豪,以气节自负,以功业自许,方将敛藏其用,以事清旷,果何意于歌词哉,直陶写之具耳"。与陈亮说的用意正同。词言"经济之怀",犹之"诗言志",是儒家的传统诗教在词论中的反映。陈亮、辛弃疾诸人的"经济"之词,志在用世,热切关怀国家民族的命运,有力地加强和提高了词的政治性和思想性,对南宋词的健康发展有其积极意义。北宋时苏轼等虽已推尊词体,然犹不免视词为"余技"、"余事",这种观念南宋时又嫌不足,不能光大词体之用了。

四　倡导"复雅"

北宋时已有雅、俗之辨。柳永词就因"曲俗",一直招致讥评。北宋末万俟咏的词集,初分"雅词"与"侧艳"两体,目之曰《胜萱丽藻》。"后召试入官,以侧艳体无赖太甚,削去之,再编成集。"由周邦彦题名为《大声集》(《碧鸡漫志》卷二),但其中仍有属于侧艳的"风月脂粉"、"脂粉才情"诸体,不尽为雅词。

南渡后,一时词籍竞以"雅词"为名,总集有曾慥《乐府雅词》、鲖阳居士《复雅歌词》、佚名《典雅词》(有数十册,皆南渡诸家词,见朱彝尊《曝书亭集》卷四三《跋典雅词》);别集则有张安国《紫微雅词》、程垓《书舟雅词》、赵彦端《宝文雅词》。至于在理论上倡导"雅词"的,那就更多了。这个状况,反映了南宋初开始的词风转变的一种新的趋向。

什么叫雅词？沈曾植《全拙庵温故录》以为有"义取大雅"和"协大晟府音律"两种意义：

> 宋人所称"雅词"，亦有二义。此《典雅词》，义取大雅；若张叔夏所谓"雅词协音一字不放过"者，则以协大晟音律为雅也。曾端伯盖取二义。

按曾慥（字端伯）作于绍兴十六年（1146）的《乐府雅词序》：

> 余所藏名公长短句，裒合成编，或先或后，非有诠次。多是一家，难分优劣，涉谐谑则去之，名曰《乐府雅词》。九重传出，以冠于编首；诸公转踏次之。欧公一代儒宗，风流自命，词章幼眇，世所矜式。当时小人，或作艳曲，缪为公词，今悉删除。

曾慥在编定《乐府雅词》时，凡"艳曲"及"谐谑"之词，悉予删除，因此题为"雅词"，并不含有"以协大晟音律为雅"的意思。张炎说过"雅词协音，一字不放过"的话，但他所说的"雅词"的标准，《词源》中也说得很清楚：

> 词欲雅而正之。志之所之，一为情所役，则失其雅正之音。

"雅正之音"显然也是与侧艳之词相对而言的。

南宋初倡导"雅词",高言"复雅"的用意,以鲖阳居士《复雅歌词序》所论最为明白和有系统性。《复雅歌词》五十卷,久佚。赵万里辑佚本,仅辑得十则,而未见其序。按此序见于宋谢维新《古今合璧事类备要》外集卷一一(题为《复雅歌词序略》),以及宋祝穆《新编古今事文类聚》续集卷二四(祝书节录自《能改斋漫录》,题为《歌曲源流》,详见本书后附《关于鲖阳居士〈复雅歌词序〉》一文),是一篇专论歌曲源流和词风演变的重要词论,它出现于南宋之初,正标志着南北宋之交词风的转向。

> 孟子尝谓,"今之乐犹古之乐"。论者以为:今之乐,郑、卫之音也,乌可与《韶》《夏》《濩》《武》比哉?孟子之言,不得无过! 此说非也。
>
> 《诗》三百五篇,商、周之歌词也,其言止乎礼义,圣人删取以为经。周衰,郑、卫之音作,诗之声律废矣。汉兴,制氏犹传其铿锵。至元、成间,倡乐大盛,贵戚、五侯、定陵、高平外戚之家,淫佚过度,至与人主争女乐,而制氏所传,遂泯绝无闻矣。《文选》所载乐府诗,《晋志》所载《砀石》等篇,古乐府所载其名三百,秦汉以下之歌词也。其源出于郑、卫,盖一时文人有所感发,随世俗容态而有所作也。其意趣格力,犹以近古而高健。更五胡之乱,北方分裂,元魏、高齐、宇文氏之国,咸以戎狄强种,雄据中夏,故其讴谣,淆糅华夷,焦杀急促,鄙俚俗下,无复节奏,而古乐府之声律不传。
>
> 周武帝时,龟兹琵琶工苏祇婆者,始言七均;牛洪、郑译

因而演之，八十四调，始见萌芽。唐张文收、祖孝孙讨论郊庙之歌，其数于是乎大备。迄于开元、天宝间，君臣相与为淫乐，而明宗尤溺于夷音，天下薰然成俗。于是才士，始依乐工拍俎之声，被之以辞，句之长短，各随曲度，而愈失古之"声依永"之理也。温、李之徒，率然抒一时情致，流为淫艳猥亵不可闻之语。吾宋之兴，宗工巨儒，文力妙天下者，犹祖其遗风，荡而不知所止。脱于芒端，而四方传唱，敏若风雨，人人歆艳咀味尊于朋游尊俎之间，以是为相乐也。其韫骚雅之趣者，百一二而已。以古推今，更千数百岁，其声律亦必亡无疑。

属靖康之变，天下不闻和乐之音者，一十有六年。绍兴壬戌，诞敷诏音，弛天下乐禁。黎民欢抃，始知有生之快，讴歌载道，遂为化国。由是知孟子以"今乐犹古乐"之言，不妄矣。

绍兴壬戌，为绍兴十二年(1142)。在这之前，由于靖康之变，朝廷下诏禁乐十六年。《复雅歌词》编成于绍兴十二年，正当"弛天下乐禁"的时候，所收词四千余首，迄于宣和之季。它作为到北宋末为止的前代歌词的总集，即寓有"述往事、思来者"的意思。鉴于前代歌词日趋淫靡之失，它便以"复雅"为号召，以便在南宋"中兴"的局面下，促使词的发展返本复初，归于骚雅。《复雅歌词序》的这个号召，在南宋词人中是引起深远反响的，对姜夔一派词就起了显著影响。《词源》鼓吹词须"雅正"，称道姜夔词风"骚雅"，即与鲖阳居士的"复雅"之说，一脉相承。

第六节 南宋后期论词，重点转向讲习与传授词法，这一过程始于姜夔，而备于张炎

一 姜夔始论词法

江西诗派自黄庭坚开始，论诗高谈斧斤法度。吕本中《夏均父诗集序》说："学诗当识活法。所谓活法者，规矩备具，而能出于规矩之外；变化不测，而亦不背夫规矩也。"这种"有定法而无定法，无定法而有定法"的诗法，就是江西诗派宗风独传之秘。

论词讲词法始于姜夔。姜夔早年学诗于萧德藻、杨万里，与江西诗派渊源颇深。他的《诗说》一卷，就有江西诗派的论点。有些讲诗法的，同时可通用于词法。他说："不知诗病，何由能诗？不观诗法，何由知病？"认为学诗务须先知诗法。《诗说》中如"作大篇，尤当布置，首尾匀停，腰腹肥满"，就是讲章法的。"意格欲高，句法欲响"，"句意欲深、欲远，句调欲清、欲古、欲和"，就是讲句法的。姜夔的词左规右矩，也就是用了这种章法、句法。姜夔还为史达祖的《梅溪词》写过一篇序，这是他的《诗说》之外的一篇

"词说",不过全文已佚。《中兴以来绝妙词选》卷七于史达祖名下说:

> 尧章称其词奇秀清逸,有李长吉之韵,盖能融情景于一家,会句意于两得。

又说史达祖《绮罗香》"'临断岸'以下数语,最为姜尧章称赏";《双双燕》一词,"尧章极称其'柳昏花暝'之句";《东风第一枝》一词,"结句("恐凤鞋挑菜归来,万一灞桥相见")尤为姜尧章拈出"。黄昇这里所引的,当都出自姜夔的《梅溪词序》。他所激赏于史达祖词的,主要是《绮罗香》诸词的句法。姜夔词说的重点实与他的《诗说》同轨共辙。

《历代诗余》卷一一一引姜夔曰:

> 牛松卿(峤)《望江南》词,一咏燕,一咏鸳鸯,是咏物而不滞于物者也。词家当法此。

这一则也是讲的词法。

讲论词法是为了传授词法。鄱阳张辑(字宗瑞)于姜夔为入室弟子,他的诗词都得白石之传。《中兴以来绝妙词选》卷九说张辑"有词二卷,名《东泽绮语债》,宋湛卢为序,称其得诗法于姜尧章"。陈郁《藏一话腴》卷下也说:"惟鄱阳张东泽受诀白石,攻诗澄洁,骎骎欲溯太白而上之。"南宋后期讲习与传授词法之风,就是从姜夔开始的。

二　杨缵、吴文英、张炎三家词法

像江西诗派以诗法传授的师友关系而形成宗派渊源一样，姜夔以后，杨缵、吴文英、张炎等人，亦以词法递相祖述，一灯相传，不绝如缕。杨缵是周邦彦、姜夔之后的一个乐律家，周密、张炎即出于其门。杨缵将其词法择要括略为五条，名曰《作词五要》，由张炎述之，见于《词源》末。吴文英的词法揭著四条，传之沈义父，著于《乐府指迷》。最后张炎发先辈之余绪，又总括为"要诀"四条，传之陆行直，著于《词旨》。三家词法各有侧重，但形式上有共同点："语近而明，法简而要。"几乎近于口诀，便于人们传习。这样的"要诀"，宋人讲诗法时很少见，倒是讲词法的一种新创；而且，传词法如传家法，用以继系一派宗风而不废，也是南宋后期词派发展中一种特有的现象，值得注意。

（一）杨缵《作词五要》

杨缵，字嗣翁，号守斋，又称紫霞。周密《浩然斋雅谈》卷下说他"洞晓律吕"，"近世知音，无出其右者"。他论乐、论词，都以周邦彦、姜夔为宗。他讲词法，主要当见之于《圈法周美成词》一书，举周邦彦词为词律和词法的典范，以圈示意，指示作词的准则和门径。惜其书久佚，不得其详。他的《作词五要》，将其词法概括为提纲挈领的五条，或许正是《圈法周美成词》一书的纲要，至少两者是相通的。杨缵《作词五要》如下：

作词之五要有五：

第一要择腔。腔不韵,则勿作,如《塞翁吟》之衰飒,《帝台春》之不顺,《隔浦莲》之寄煞,《斗百花》之无味是也。

第二要择律。律不应月则不美,如十一月调须用正宫,元宵词必用仙吕为宜也。

第三要填词按谱。自古作词,能依句者已少,依谱用字百无一二。词若歌韵不协,奚取焉!或谓善歌者融化其字则无疵,殊不知详制转折,用或不当,则失律;正、旁、偏、侧,凌犯他宫,非复本调矣。

第四要随律押韵。如越调《水龙吟》、商调《二郎神》,皆合用平、入声韵。古词俱押去声,所以转折怪异,成不祥之音。昧律者反称赏之,是真可解颐而启齿也。

第五要立新意。若用前人词意为之,则蹈袭无足奇者。须自作不经人道语,或翻前人意,便觉出奇。或只能炼字,诵才数过,便无精神,不可不知也。更须忌三重四同,始为具美。

杨缵这五条,前四条讲词律,是他论词法的重点所在。作词须协律,这是个维护词体的问题,李清照《词论》也深以"不协音律"为病。但杨缵讲词律的特点首在于"严"。张炎说他"持律甚严,一字不苟作,遂有《作词五要》。观此,则词欲协音,未易言也"。南宋作词严于持律,首先是姜夔。杨缵继起,他的作用就是把姜夔的词律形之于词法。杨缵能自度曲,有《紫霞洞谱》,作词常"按箫定声"。王沂孙《踏莎行》"题草窗词卷":"白石飞仙,紫霞凄调,断歌人听知音少。"即以杨缵和姜夔并称。与杨缵交游的人,大都是精通乐律的,如张枢、徐理、施岳、周密、张炎。他们以杨缵为首,结成词社,经常商榷乐律。周密师事杨缵,主要是受协律之教。周密《木兰花慢》词序,说他于景定四年(1263),以六日力用此调作西湖十景词十首,"异日霞翁见之曰:'丽矣,如律未协何?'遂相与订正,阅数月而后定。是知词不难作,而难于改;语不难工,而难于协"。张炎的声律之学,也传自杨缵。陆文圭《词源跋》说他"得声律之学于守斋杨公,南溪徐公(徐理)"。宋末论词的,几乎无不以协音为先,作词亦多以严于持律为能事。杨缵词法,可谓广被于声家矣。

(二)吴文英与沈义父讲论词法

周密《玉漏迟》"题吴梦窗(霜花腴)词卷":"老来欢意少,锦鲸仙去,紫霞声杳。"把吴文英看是杨缵(紫霞)死后老成凋零之余传灵山一脉的大词家。

吴文英虽没有专门论词之作,但他曾向沈义父讲论词法。沈义父,字伯时,一字时斋,震泽人。嘉熙元年(1237),以赋领乡荐,为南康军白鹿洞书院山长,是个笃信程、朱的理学家。宋亡后,隐居不仕。《梦窗词》中有与他唱酬的《江南好》《永遇乐》《声声慢》三首。《乐府指迷》开头就记他与吴文英相识的经过:

> 余自幼好吟诗。壬寅秋,始识静翁(指翁元龙,吴文英弟)于泽滨。癸卯(淳祐三年,1243),识梦窗,暇日相与唱酬,率多填词。因讲论作词之法,然后知词之作难于诗。

吴文英同沈义父讲论作词之法,沈义父概括为下列四条:

音律欲其协,不协则成长短之诗;

下字欲其雅,不雅则近乎缠令之体;

用字不可太露,露则直突而无深长之味;

发意不可太高,高则狂怪而失柔婉之意。

《乐府指迷》是沈义父教其子侄作词之书,全书二十八则,实际上就是以此四条为本,详加阐述和发挥。因此,吴梅《乐府指迷笺释序》说:"虽谓此书为阐明吴词家法,亦无不可。"宋末词风和梦窗家法,都得于《乐府指迷》窥见一斑。如果根据《乐府指迷》的论说,吴文英词法的含义与实质,可以理解得更清楚。所谓"音律欲其协",就是《乐府指迷》说的:"凡作词,当以清真为主,盖清真最为知音。"所谓"下字欲其雅",就是《乐府指迷》说的清真词"无一点市井气,下字运意,皆有法度,往往自唐宋诸贤诗句中来"。吴文英作词取径周邦彦,他讲词法也一以清真词为依归。所以《乐府指迷》说他"深得清真之妙"。这四条词法,实际上可以看作是周邦彦、吴文英一派共同的约法。

吴文英与杨缵、张炎词风不尽相同,但论渊源都出于周邦彦,因此他们讲词法,亦多声气相通。协律、复雅、主柔婉这几点,三家之法就是一致的。

(三)张炎传与陆行直的作词"要诀"

杨缵词法偏于声律。吴文英词法,重在词的语言与风格。张炎则综合为"要诀",将词法完善化。

张炎作词的"要诀",见于陆行直的《词旨》。陆行直,字辅之,又字季直,号壶天,吴江人。生于德祐元年(1275),于张炎为晚辈。他在元大德中出仕,曾任翰林典籍,皇庆二年(1313)致仕归,年才三十九。他少年时从张炎学词,并为此作《词旨》。其自叙说:

> 夫词亦难言矣,正取近雅,而又不远俗。予从乐笑翁游,深得奥旨制度之法。因从其言,命诏暂作《词旨》,语近而明,法简而要,俾初学易于入室云。

乐笑翁就是张炎之号。他向陆行直传授了作词的"要诀",《词旨》曰:

> 周清真之典丽,姜白石之骚雅,史梅溪之句法,吴梦窗之字面。取四家之所长,去四家之所短,此(乐笑)翁之要诀。

张炎立周、姜、史、吴四家词为标准,把杨缵、吴文英和他自己在《词源》中所主张的协律、复雅等抽象的原则,换上具体的足以为式的名家词为典范。取法前贤,易于入门。而且以简驭繁,做到"语近而明,法简而要",确实可称为"要诀"。所举四家,又可分周、姜与史、吴为两组。张炎与吴文英专主清真不同,他批评周词"软媚","惜乎意趣却不高远",主张"以白石骚雅句法润色之",即用白石之长补清真之短。"要诀"首列周、姜,就树立了远祧清真、近师白石的目标。史吴两家,吴近于周,史近于姜;学周、姜本来可以包括史、吴,张炎将史、吴单独标举,主张取法他们字面、句法之长。因此,张炎的作词"要诀",论其所宗,则首在周、姜;论其所法,则兼取史、吴。四句"要诀"尽管极简,却不但表明了师法的重点,而且还昭示着宗派的源流。

词法与词风是彼此呼应,互为影响的。十三世纪五六十年代,正是蒙古于灭金之后的日图南下之际。南宋小朝廷却依然昏曚如旧,不知亡国之祸迫在眉睫。周密《武林旧事序》说:"乾道、淳祐间,三朝授受,两宫奉亲,古昔所无。一时声名文物之盛,号'小元祐'。丰亨豫大,至宝祐、景定,则几乎政、宣矣。"南宋季世的社会风气,与北宋末的政和、宣和间一样,朝歌暮嬉、酣玩岁月,这两个时间的词风亦复相似。周邦彦、姜夔以来音律化、典雅化、柔婉化的趋势,不但未能扭转,反而变本加厉。这就是杨缵诸人调丝理簧、商榷词律、精研词法的时代背景。他们所讲论的词法,当然有其精到与可取之处,但要是与南宋初爱国词人们所追求的蓬勃向上的创造精神相比,其间违离背异之遥,实在已难以道里计了。

第七节　鼓吹苏、辛词风的，不如周、姜后学之盛，但在金源末及南宋末，也并不寂寞

一　金源特重苏、辛词

翁方纲《书遗山集后》说："程学盛南苏学北。"金源一代，盛行苏学，诗文多以苏轼为宗。苏轼词派，因而分为南北两支，一支衍于南宋，一支盛于金源。辛弃疾生于金人统治下的济南，二十三岁时自北归南，他的词风却自南入北，传至河朔，备受敬重。金源词论的特点，即特尊苏、辛，而于当时左右南宋词坛的周、姜词派，却绝少挂齿，这是令人刮目相看的。

金代作词首宗苏轼的，是赵秉文。在词论方面首先为苏词一振旗鼓之雄的，是王若虚。王若虚，字从之，号慵夫，藁城（今属河北）人。金章宗承安二年（1197）进士，官至翰林直学士。金亡，不仕。他的《滹南遗老集》卷三九《诗话中》，有几条专为苏词申说与辩护，不但驳斥晁补之关于苏词"短于情"的说法，而且认为《后山诗话》谓苏轼"以诗为词"，"大是妄论"：

第五章 词论

> 陈后山谓"子瞻以诗为词",大是妄论,而世皆信之。独茅荆产辨其不然,谓公词为古今第一。今翰林赵公亦云:"此与人意暗同。"盖诗、词只是一理,不容异观。自世之末作,习为纤艳柔脆,以投流俗之好。高人胜士,亦或以是相胜,而日趋于委靡,遂谓其体当然,而不知流弊之至此也。文伯起曰:"先生虑其不幸而溺于彼,故援而止之,特立新意,寓以诗人句法。"是亦不然。公雄文大手,乐府乃其游戏,顾岂与流俗争胜哉!盖其天资不凡,辞气迈往,故落笔皆绝尘耳。

他从"诗、词只是一理,不容异观"的观点出发,同茅荆产、赵秉文一样,推苏词为"古今第一"。"若乃纤艳淫媟,入人骨髓,如田中行、柳耆卿辈",就一概斥为"末作"。

元好问是负一代重望的金源诗人。他的《论诗三十首》,要求以"中州万古英雄气",发而为刚健雄放的诗风。他论词有《遗山自题乐府引》《东坡乐府选集引》《新轩乐府引》等多篇,与他论诗的宗旨相同。《新轩乐府引》说:

> 唐歌词多宫体,又皆极力为之。自东坡一出,情性之外,不知有文字,真有"一洗万古凡马空"气象。

苏轼之后,他亦称道黄庭坚、晁补之、陈与义,不及周邦彦,认为足为东坡后继者,唯有辛弃疾。三十五岁时自题《遗山乐府》曰:

> 乐府以来,东坡第一,以后便到辛稼轩。

他的《遗山乐府》三卷,便是金、元之际苏、辛词派传于北方的主要代表。元刘敏中《中庵集》卷九《长短句乐府引》则又以元好问上配苏、辛:

> 声本于言,言本于性情。吟咏性情莫若诗,是以《诗三百》皆被之弦歌。沿袭历久,而乐府之制焉出,则又《诗》之遗音余韵也。逮宋而大盛,其最擅名者东坡苏氏,辛稼轩次之,近世元遗山又次之。三家体裁各殊,然并传而不相悖。殆犹四时之气律不同,而其元化之所以斡旋,未始不同也。

二　宋末词风之弊,在于厚周、姜而薄苏、辛

南宋后期暨宋亡后,论词者不入于周,即入于姜,大抵不出这两家范围,而于苏、辛犹多非难。陈模《怀古录》卷中曾深表不满:

> 近时作词者只说周美成、姜尧章等,而以稼轩词为豪迈,非词家本色。潘紫岩牥云:"东坡为词诗,稼轩为词论。"此说固当,盖曲者曲也,固当以委曲为体;然徒狃于风情婉娈,则亦不足以启人意。回视稼轩所作,岂非万古一清风哉!

因此,一些怀有壮烈情怀的词人,论词仍主苏、辛,而于辛弃疾的爱国词,鼓吹尤力。在这方面,前有刘克庄的《辛稼轩集序》:

第五章 词论

世之知公者,诵其诗词,而以前辈谓有井水处皆倡柳词,余谓耆卿直留连光景、歌咏太平尔;公所作大声镗鎝,小声铿鍧,横绝六合,扫空万古,自有苍生以来所无。其秾纤绵密者,亦不在小晏、秦郎之下。

后有刘辰翁《辛稼轩词序》:

词至东坡,倾荡磊落,如诗如文,如天地奇观,岂与群儿雌声学语较工拙。然犹未至用经用史,牵雅、颂入郑、卫也。自辛稼轩前,用一语如此者必且掩口。及稼轩横竖烂漫,乃如禅宗棒喝,头头皆是;又如悲笳万鼓,平生不平事并厄酒,但觉宾主酣畅,谈不暇顾。词至此亦足矣。

斯人北来,喑呜鸷悍,欲何为者;而谗摈销沮,白发横生,亦如刘越石。陷绝失望,花时中酒,托之陶写,淋漓慷慨,此意何可复道,而或者以流连光景、志业之终恨之,岂可向痴人说梦哉!"为我楚舞,吾为若楚歌",英雄感怆,有在常情之外,其难言者未必区区妇人孺子间也。

重周、姜而薄苏、辛,反映了宋末词风之弊。后来赵文对比南北词风崇尚之异,不禁深致慨焉。《青山集》卷二《吴山房乐府序》:

渡江后,康伯可未离宣和间一种风气,君子以是知宋之不能复中原也。近世辛幼安跌宕磊落,犹有中原豪杰之气。而江南言词者宗美成,中州言词者宗元遗山,词之优劣未暇论,而风气之异,遂为南北强弱之占,可感已!

第五章　词论

第八节　张炎《词源》是周邦彦、姜夔一派词学的总结,它同时反映了宋词的最终衰落

张炎《词源》二卷,上卷论乐,下卷论词,是一部具有理论规模的词学专著。阮元《揅经室外集》卷三《四库未收书提要》谓:

> 上卷详论五音十二律,律吕相生,以及宫调、管色诸事,厘析精允,间系以图,与姜白石歌词、九歌、琴曲所记用字纪声之法,大略相同。下卷历论音谱、拍眼、制曲、句法、字面、虚字、清空、意趣、用事、咏物、节序、赋情、离情、令曲、杂论、五要十六篇,并足以见宋代乐府之制。

《词源》末有钱良祐跋,署"丁巳正月"。丁巳是元仁宗延祐四年(1317)。因此,或以为《词源》之作当在延祐二、三年间。按张炎自序谓:"余疏陋谫才,昔在先人侍侧,闻杨守斋、毛敏仲、徐南溪诸公商榷音律,尝知绪余。故生平好为词章,用功四十年,未见其进。"据周密《采绿吟》《瑞鹤仙》诸词序,景定五年(1264),杨缵、

张枢等于西湖结词社,时张炎侍侧,正十五岁。四十年后作《词源》,则当在元成宗大德间(1297—1307)。又陆行直《词旨》一书传张炎词法,乃陆行直少时所作。陆行直在大德中出仕,曾任翰林典籍,皇庆二年(1313)致仕归。《词旨》列举"乐笑翁(张炎号)奇对凡二十三则",最晚为张炎作于己亥岁(大德三年,1299)自台返杭之《声声慢》,是《词旨》乃作于大德三年后,陆行直出仕前。《词旨》书中已引及《词源》"词要清空"之说,可见《词源》当时已经成书。定《词源》成于延祐初,实未免过晚。《词源》之作,盖大德中事。这时上距南宋灭亡,也已经二十余年了。张炎高祖辈的张镃、张鉴,都倾心姜夔,交往甚密。父张枢,晓畅音律,他的《寄闲集》同姜夔《白石道人歌曲》一样,"旁缀音谱,刊行于世"。张炎少时师事杨缵,而杨缵就是一个远祧清真,近师白石的乐律家。张炎的《词源》就是据其习闻的先辈绪余,为周、姜这一派词学作了最后的总结。周、姜一派讲论的乐律与词法,主要的内容就详备于《词源》。

《词源》上卷论乐律,从五音十二律八十四周讲起,由古乐而及今乐,这是词乐之源。下卷有短序:"古之乐章、乐府、乐歌、乐曲,皆出于雅正。"隋唐以来声诗间为长短句,至周邦彦负一代词名,其曲遂繁,这是雅词之源。《词源》一书就以此为基础,倡为雅正与清空之说。

一 主雅正

《词源》论词,概以"雅词"为依归。柳永、康与之词,"为风月所使","失其雅正之音",柳、康的靡曼之词不是雅词,自然"不必论"。"辛稼轩、刘改之作豪气词,非雅词也";辛、刘的豪气词也不是雅词,于是也摈而不论。对于苏轼词,亦仅赏其"清丽舒徐"及"清空中有意趣"之作。那么,归于张炎"雅词"范围的,主要就是周邦彦、姜夔一派。

对周邦彦与姜夔,《词源》亦不无轩轾。他称道周词"浑厚和雅",但惜其有时不免为情所役,失之软媚。

> 美成词只当看他浑成处,于软媚中有气魄,采唐诗融化如自己者,乃其所长;惜乎意趣却不高远。所以出奇之语,以白石骚雅句法润色之,真天机云锦也。

称许白石之骚雅在清真之上。《词源》论词虽然并尊周、姜,实际上更突出姜夔。下卷论作法多取姜夔词为范例,"制曲"、"用事"、"咏物"、"离情"诸篇,几乎全是借姜夔词以说法的。因此,说《词源》主要传白石家法,并不为过。

二 主清空

在张炎说来,清空是一个比雅正更高的标准。他不以清空许周邦彦而独许姜夔,就可以见出他的心仪所在。他又以吴文英与姜夔对比,说明清空与质实的区别:

> 词要清空,不要质实。清空则古雅峭拔,质实则凝涩晦

昧。姜白石词,如野云孤飞,去留无迹。吴梦窗词,如七宝楼台,眩人眼目,碎拆下来,不成片段。此清空、质实之说。

又说:

> 白石词如《疏影》《暗香》《扬州慢》《一萼红》《琵琶仙》《探春》《八归》《淡黄柳》诸曲,不惟清空,又且骚雅,读之使人神观飞越。

陆行直《词旨》说:"清空二字,亦一生受用不尽,指迷之妙,尽在是矣。"认为清空是张炎论词的精粹。张炎一生向往而孜孜以求的,就是这种清空的词风。但姜夔词并不是一味清空的。《暗香》《疏影》借咏梅寄托了家国之恨,《扬州慢》又蒿目时艰,流露了黍离之悲,都具有一定的时代感与现实感,不是那种"野云孤飞,去留无迹"式的清空。《词源》论词,唯重雅正,取径已经十分狭窄。再继之而谈清空,那就愈进愈狭,不甚足取了。周济《介存斋论词杂著》,即批判张炎"过尊白石,但主清空",论词过于偏颇。姜夔作为一个江湖散人,在南宋中叶犹当承平之际,作词清空,人们是尚能理解的。张炎身丁国破家亡的时代剧变,却一味醉心于清空,人们就难以谅解,只能看作是逃避现实之一途了。因此《词源》的清空之说,是宋末词风之弊在理论上的表现之一。而崇尚清空的结果,词的最终衰落,就愈发不可避免了。

陆行直《词旨》引述了张炎作词要诀,其论词悉本张炎。胡之仪《词旨畅言序》说:"《词旨》为书,皆述叔夏论词之旨,与叔夏《词源》同条共贯。"可以把它看作是《词源》的补篇。明陈继儒《续秘笈》一并收此二书,即以张炎所作为上卷,陆行直所作为下卷。

第六章 词籍

唐宋正史及官藏书目,如《旧唐书·经籍志》《新唐书·艺文志》《崇文总目》《中兴馆阁书目》之类,皆不收词籍。朱彝尊《词综·发凡》即慨于"藏书家编目录,词集多不见收"。《宋史·艺文志》于各家诗文集后,偶附词集(辛弃疾未著录其诗文集,则收其《辛弃疾长短句》十二卷),总数只不过十二三种。著录词籍,始于私家书目。

南宋淳熙间,无锡尤袤藏书至多,著《遂初堂书目》一卷,专设"乐曲类"一门,收《唐花间集》、冯延巳《阳春集》、《黄鲁直词》、《秦淮海词》、《晏叔原词》、《晁次膺词》、《东坡词》、《王逐客词》、《李后主词》、杨元素《本事曲》、《曲选》、《四英乐府》、《锦屏乐章》、《乐府雅词》十四种。惜庋藏仍少,且有目无注,不得其详。

南宋末,吴兴陈振孙作《直斋书录解题》,以历代典籍分为五十三类,集部析出"歌词"单独列为一类。陈振孙于所录各详其卷帙多少。撰人名氏,且为品题其得失,故曰"解题"。"歌词类"著录自《花间集》至赵闻礼《阳春白雪》,凡一百二十种。又"总集类"

有《玄真子渔歌碑传集录》一种;"别集类"附见于诗文集的,如后山长短句二卷,淮海长短句三卷;诗词合集的,如《曾纮父诗词》一卷,《瓦全居士诗词》二卷,亦有十二种。《直斋书录解题》实著录唐宋金人词籍共一百三十二种。虽尚多遗漏,但唐宋词籍之富,由此可窥其涯略。其中不少词籍,后已失传,幸赖《直斋书录解题》得以存目。研究宋词版本者,亦都借以考证。

唐宋词籍,除了见于公私书目及当时载籍外,宋元刻本流传于后的,也还不少。宋时印刷业发达,各地官府、书院都刻印书籍,民间刻印的坊本尤多。刊行词籍出于时尚和社会需要,一时亦蔚为风气。杭州、长沙、建阳及蜀中这几个印刷业中心,都有官本和坊本的词籍刊行。这些为历代收藏家珍若球璧的宋版旧椠,不但是校勘词籍所必须依据的祖本或善本,就连它们分卷分类的编排方式,也是词学研究的重要资料。

《四库全书总目》卷一九八集部词曲类,将词籍分为五类:曰别集,曰总集,曰词话,曰词谱,曰词韵。按宋人词籍,尚有丛刻汇刊一类,首当列出。四库未收宋词丛刻,现在应当补入。这里根据宋人载籍、书目及宋本存世情况,按上述六类,就唐宋词中的要籍分别作些介绍,以供研究者参考。其中有些书已久佚,只能聊举其目,无法一一详考。由于意在存真,非为求善,明清人编集的唐宋词籍,就不多及焉。

第六章 词籍

第一节 丛　　刻

南宋时书坊盛行汇刊丛刻。诗集如钱唐睦亲坊陈起书肆所刻《江湖集》,《中兴江湖集》收江湖诗人数十家。词集除了众多的总集、别集单行外,也有部帙甚富的丛刻。可考的至少有《百家词》等数种。

1.《百家词》

嘉定间长沙刘氏书坊刊行,收《南唐二主词》至郭应祥《笑笑词集》,凡九十九家,一百二十八卷,称《百家词》,是收集词集最多的一部词林丛刻。《直斋书录解题》卷二一歌词类著录其目,并于《笑笑词集》下注云:

> 自《南唐二主词》而下,皆长沙书坊所刻,号《百家词》。其前数十家,皆名公之作。其末亦多有滥吹者。市人射利欲富,其部帙不暇择也。

《彊村丛书》本郭应祥《笑笑词》,乃据毛斧季校紫芝抄本,末有滕仲因跋:"昔闻张于湖一传而得吴敬斋,再传而得郭邃斋,源深流长,故其词或如惊涛出壑,或如绉縠纹江,或如净练赴海,可谓冰生于水而寒于水矣。长沙刘氏书坊既以二公之词锓诸木,而邃斋《笑笑词》独家塾有本。一日,予叩邃斋,愿并刊之。"案张孝祥《于湖词》,吴镒《敬斋词》,并见《直斋书录解题》所记《百家词》目。这个"紫芝抄本"《笑笑词》,当即同属《百家词》本,而长沙书坊由此亦可知为刘氏书坊。滕仲因跋末署"嘉定元年(1208)立春日"。前有会稽詹傅序,署"嘉定三年(1210)仲春日"。《百家词》终于《笑笑词》,它的全部刻成,就在宁宗嘉定之初了。

《百家词》全目如下:

> 李璟、李煜《南唐二主词》一卷
> 冯延巳《阳春录》一卷
> 《家宴集》五卷
> 晏殊《珠玉集》一卷
> 吴兴张先《张子野词》一卷
> 京兆杜安世《杜寿域词》一卷
> 欧阳修《六一词》一卷
> 柳三变《乐章集》一卷
> 苏轼《东坡词》二卷
> 黄庭坚《山谷词》一卷
> 秦观《淮海集》一卷
> 晁补之《晁无咎词》一卷
> 陈师道《后山词》一卷

晁端礼(次膺)《闲适集》一卷

晁冲之《晁叔用词》一卷

晏幾道(叔原)《小山集》一卷

周邦彦(美成)《清真词》二卷,后集一卷

贺铸(方回)《东山寓声乐府》三卷

毛滂(泽民)《东堂词》一卷

谢逸(无逸)《溪堂词》一卷

谢薖(幼槃)《竹友词》一卷

王观(通叟)《冠柳集》一卷

李之仪(端叔)《姑溪集》一卷

赵令畤(德麟)《聊复集》一卷

苏庠(养直)《后湖词》一卷

万俟咏(雅言)《大声集》五卷

叶梦得(少蕴)《石林词》一卷

三山张元幹(仲宗)《芦川词》一卷

陈克(子高)《赤城词》一卷

陈与义《简斋词》一卷

刘一止《刘行简词》一卷

康与之(伯可)《顺庵乐府》五卷

朱敦儒(希真)《樵歌》一卷

王安中《初寮词》一卷

葛胜仲《丹阳词》一卷

向子諲(伯恭)《酒边集》一卷

李清照《漱玉集》一卷

赵鼎(元镇)《得全词》一卷

韩元吉《焦尾集》一卷

陆游《放翁词》一卷

范成大《石湖词》一卷

莆田蔡伸(伸道)《友古词》一卷

王之道(彦道)《相山词》一卷

蔡柟(坚老)《浩歌集》一卷

张孝祥(安国)《于湖词》一卷

辛弃疾(幼安)《稼轩词》四卷

盱江黄人杰(叔万)《万轩曲林》一卷

《王武子词》一卷

向滈(丰之)《乐斋词》一卷

三山黄定(泰之)《凤城词》一卷

周紫芝《竹坡词》一卷

赵彦端《介庵词》一卷

吴兴沈瀛(子寿)《竹斋词》一卷

眉山程垓(正伯)《书舟词》一卷

曹冠(宗臣)《燕喜集》一卷

镇洮马宁祖(奉先)《退圃词》一卷

衡阳廖行之(天民)《省斋诗余》一卷

苕溪沈端节(约之)《克斋词》一卷

临川吴镒(仲权)《敬斋词》一卷

清江扬无咎(补之)《逃禅集》一卷

豫章袁去华(宣卿)《袁去华词》一卷

第六章　词籍

毛幵(平仲)《樵隐词》一卷

王庭珪(民瞻)《卢溪词》一卷

莆田黄公度(师宪)《知稼翁集》一卷

携李吕渭老(圣求)《吕圣求词》一卷

长沙侯延庆(季长)《退斋词》一卷

石孝友(次仲)《金石遗音》一卷

葛立方(常之)《归愚词》一卷

葛郯(谦问)《信斋词》一卷

双井黄谈(子默)《涧壑词》一卷

东武侯寘(彦周)《孅窟词》一卷

长沙王以宁(周士)《王周士词》一卷

卢炳(叔易)《哄堂集》一卷

三山林淳(太冲)《定斋诗余》一卷

丰城邓元(南秀)《漫堂集》一卷

管鉴(明仲)《养拙堂词集》一卷

赵师侠(介之)《坦庵长短句》一卷

李处全(粹伯)《晦庵词》一卷

鄱阳王大受(仲可)《近情集》一卷

历阳张孝忠(正臣)《野逸堂词》一卷

京镗(仲远)《松坡词》一卷

豫章刘德秀(仲洪)《默轩词》一卷

长沙钟将之(仲山)《岫云词》一卷

庐陵杨炎正(济翁)《西樵语业》一卷

魏子敬《云溪乐府》四卷

徐得之(思叔)《西园鼓吹》二卷

李叔献(东老)《李东老词》一卷

韩玉(温甫)《东浦词》一卷

庐陵李洪(子大)、李漳(子清)、李泳(子永)、李洤(子召)、李淛(子秀)《李氏花萼集》五卷

莆田方信孺(孚若)《好庵游戏》一卷

简池刘光祖(德修)《鹤林词》一卷

临江郭应祥(承禧)《笑笑词集》一卷

2.《典雅词》

钱塘陈氏书棚刊行。明文渊阁藏一部,三十册,后散失。清朱彝尊始访得六册,并考其为南渡后诸家词的丛集。《曝书亭集》卷四三《跋典雅词》:

> 《典雅词》,不知必几十册。予未通籍时,得一册于慈仁寺集,笺皆罗纹,惟书法潦草,盖宋日胥吏所抄南渡以后诸公词也。后予分纂《一统志》,昆山徐尚书请于朝,权发明文渊阁书,用资考证。大学士令中书舍人六员编所存书目,中亦有《典雅词》一册。予亟借抄其副,以原书还库,始知是编为中秘所储也。既而工部郎灵寿傅君,以家藏抄本四册贻予,则尺度题笺,与予曩所购无异。考正统中《文渊阁书目》,止著"诸家词三十九册"(案《文渊阁书目》卷一〇作"诸家燕宴词,一部三十册"),而无"典雅"之名,疑即是书,著录者未之详尔。予所得不及十之二,然合离聚散之故,可以感已。

朱彝尊之后，《典雅词》续有发现。倪灿《宋史·艺文志补》著录《典雅词》三卷，为姚述尧《箫台公余词》、倪偁《绮川词》、丘崈《文定公词》各一卷。清江阴缪荃孙《艺风堂藏书续记》卷七，著录《典雅词》五册十四家词。缪荃孙谓："传钞汲古阁本，首册陈允平《西麓续周集》；二册曾觌《燕喜词》，赵磻老《拙庵词》、李好古《碎锦词》；三册冯取洽《双溪词》，袁去华《宣卿词》，程大昌《文简公词》；四册胡铨《澹庵长短句》，（佚名）《章华词》，刘子寰《篁嵚词》，阮阅《户部词》；五册黄公度《知稼翁词》，陈亮《龙川词》，侯寘《孏窟词》。如《燕喜》《澹庵长短句》，皆无单行之本，亦罕见之秘笈也。"北京图书馆藏有劳权校抄本《典雅词》三册十卷：《丞相李忠定公长短句》一卷，欧良《抚掌词》一卷，张辑《东泽绮语》一卷，《清江渔歌》一卷，冯取洽《双溪词》一卷，袁去华《宣卿词》一卷，程大昌《文简公词》一卷，曹冠《燕喜词》一卷，赵磻老《拙庵词》一卷，李好古《碎锦词》一卷。现存《典雅词》本，就上述所记，去其重复，尚得南宋词十九家。

据赵万里《校辑宋金元人词自序》，他曾经"以江阴缪氏藏本行款推之，半叶十行，行十八字，与汲古阁影宋陈氏书棚本赵以夫《虚斋乐府》、许棐《梅屋诗余》、戴复古《石屏长短句》均合，平阙之式亦有同者，与毛氏影宋本《知稼翁词》《和石湖词》《辛稼轩词》，亦无不合，殆均为陈氏书棚所刻，其性质初与《群贤小集》无异"。

3.《琴趣外篇》

南宋中叶闽中书肆刻本，原刻未知其部帙几何。清曹寅《楝亭书目》卷四著录《醉翁琴趣》六卷二册，《淮海琴趣》三卷一册，

《山谷琴趣》三卷一册，《无咎琴趣》六卷一册，均为抄本。《四库全书总目·晁无咎词提要》谓："此本为毛晋所刊，题曰《琴趣外篇》，其跋语称诗余不入集中，故曰'外篇'。"又说："《琴趣外篇》，宋人中如欧阳修、黄庭坚、晁端礼、叶梦得四家词皆有此名，并补之此集而五。"

近人董康访得汲古阁景宋抄本欧阳修《醉翁琴趣外篇》六卷，晁端礼《闲斋琴趣外篇》六卷，晁补之《晁氏琴趣外篇》六卷，由吴昌绶刊入《景刊宋金元明本词》。1921年，张元济以所藏黄庭坚《山谷琴趣外篇》三卷，刊于《续古逸丛书》，陶湘又刻入《续刊景宋金元本词》。这四种景宋本《琴趣》，半叶十行，行十八字，刻写精整，都是南宋中叶闽中书坊所刻。秦观的《淮海琴趣》，今佚（毛斧季校本《淮海词》，亦时引《琴趣》）。另外，《直斋书录解题》有江阴曹鸿注叶梦得《石林琴趣外篇》三卷；《永乐大典》卷三〇〇六人字韵《丑奴儿》（夜来酒醒清无梦）词，注出《小山琴趣外篇》；《季沧苇书目》还有宋刻《真西山琴趣》。现今所知属于《琴趣外篇》丛刻的，就有上述九种。

陶湘谓："意当时欲汇为总集，而搜采名流，颇有甄择，非如长沙《百家词》欲富其部帙，多有滥吹者。"这或许是闽刻的《琴趣外篇》有别于长沙《百家词》的地方。

4.《六十家词》

约刊于宋末元初，是所收直至南宋末的词集丛刻。《百家词》等三种丛刊，尚有部分原椠旧抄，流传到现在。《六十家词》则除张炎《词源》所记外，别无可考。仅知内有秦观、高观国、姜夔、史达祖、吴文英诸家词。《词源》说：

> 旧有刊本《六十家词》，可歌可诵者，指不多屈。中间如秦少游、高竹屋、姜白石、史邦卿、吴梦窗，此数家格调不侔，句法挺异。俱能特立清新之意，删削靡曼之词，自成一家，各名于世。

5.《宋名公乐府》

辑者不详，内有黄庭坚、贺铸、陈师道诸词集。白朴《天籁集》卷下《满庭芳》词序：

> 屡欲作茶词，未暇也。近选《宋名公乐府》黄、贺、陈三集中，凡载《满庭芳》四首，大概相类，互有得失，复杂用元、寒、删、先韵，而语意若不伦。

白朴由金入元，他所见的《宋名公乐府》有黄、贺、陈三集，皆北宋人词。这部《宋名公乐府》或许是金、元间北方所刻的北宋词丛集。惟此书久佚，无可详考。白朴提到的《满庭芳》词四首，黄庭坚二首（北苑春风，北苑龙团），陈师道一首（闽岭先春），今见于本集；贺铸一首，《东山词》《东山寓声乐府》未收，盖已亡佚。

白朴《垂杨》词序又记"中统建元（1260），寿春榷场中得南方词编，有《垂杨》三首"。金世祖中统元年，正当南宋理宗景定元年。当时南北典籍通过边境的贸易市场榷场交流，南方词编也传到北地。但这部载有《垂杨》三首的南方词编，今亦不可问了。

第二节　总　　集

　　唐宋词籍中，以总集问世最早，总数不下数十种。重要的总集，为词开宗传派，影响甚巨。《花间集》宋时被视为"近世倚声填词之祖"。它与《草堂诗余》在明时同是学词的入门之书。即使是名家词，亦往往因载入总集而流传更广。中小词家则更依赖总集而其名其词得以传世。总集的这种作用，不是一般别集所能替代的。

　　总集的问世是出于燕乐流行后的社会需要。早期词的总集是作为声情并茂的唱本歌本出现的。欧阳炯《花间集序》，就说到编集《花间集》的目的主要在于应歌。《云谣集》《遏云集》《家宴集》《尊前集》《金奁集》这些总集，其集名或编排方式，都表明它们的性质是歌曲集。南宋时的总集，如《草堂诗余》之类犹重应歌外，大多则专尚文藻，目的在于尊体与传人传词。吴昌绶《与缪荃荪书》说："自《雅词》《花庵》《绝妙好词》以下诸选，始专以文藻为工。《花间》虽亦主词采，然唐人乐府之遗，仍以应歌为主也。"①

　　从编排方式来说，词的总集可分三类：

---

① 《艺风堂友朋书札》第888页（上海古籍出版社1980年版）。

以人编次,如《花间集》《尊前集》《花庵词选》《绝妙好词》。

以调编次,如《金奁集》《阳春白雪》。《乐府雅词拾遗》亦以调编次。

以类编次,如《草堂诗余》,前集分春景、夏景诸类,后集分节序、天文诸类。

1.《云谣集》

敦煌石窟唐人写卷本。原题《云谣集杂曲子三十首》,伦敦博物馆藏卷(斯1441)十八首,巴黎国家图书馆藏卷(伯2838)十四首,其中《凤归云》二首重出,正合三十首之数。1924年朱孝臧得董康自伦敦抄回的斯1441卷,刻入《彊村遗书》,并作校记曰:

> 《云谣集杂曲子》,敦煌石室旧藏唐人写卷子本,今归英京博物馆,毗陵董授经游伦敦,手录见贻。原题三十首,存十八首。《倾杯乐》以下佚,目亦无存。集中脱句讹文,触目皆是。授经间有谊正,未尽祛疑。旋从吴伯宛索得石印本,用疏举若干条,质之况蕙风,细意钩撢,复多创获。爰稽同异,胪识如右。其为词朴拙可喜,洵倚声中椎轮大辂,且为中土千余年未睹之秘籍,亟付棃人,以冠吾书,以饷同嗜。倘《倾杯乐》诸佚词得旦暮遇之,俾斯集复成完帙,益幸矣。

1931年,刘复(半农)从巴黎抄回伯2838卷,刊于《敦煌掇琐》。1932年,龙沐勋将这两个残卷合二而一,合刊于《彊村遗书》,《云谣集》一集始完帙如初。1950年王重民《敦煌曲子词集》

出版,分上、中、下三卷,其中卷即《云谣集杂曲子》。

"云谣"即《白云谣》,是传说中西王母的歌曲,典出古小说《穆天子传》。穆天子觞西王母于瑶池之上,西王母为天子谣,曰:"白云在天,丘陵自出。道里悠远,山川间之。将子无死,尚复能来。"晚唐五代及北宋诗词中,常以"云谣"称美当时的歌曲。皮日休《秋夕文宴得遥字》诗:"高韵最宜题雪赞,逸才偏称和云谣。"陆龟蒙《和袭美伤开元观顾道士》诗:"药奠肯同椒醋味,云谣空替薤歌声。"曹唐《小游仙诗》:"玉童私地夸书札,偷写云谣暗赠人。"后唐庄宗(李存勖)《歌头》:"长宵宴,云谣歌皓齿,且行乐。"欧阳炯《花间集序》:"唱云谣则金母词清,挹霞醴则穆王心醉。"柳永《巫山一段云》:"一曲云谣为寿,倒尽金壶碧酒。"贺铸《浣溪沙》:"叠鼓新歌百样娇,铜丸玉腕促云谣。"敦煌抄本以"云谣"名集,就是歌曲集的意思,表明它是为应歌而编集的。

宋人尊《花间集》为词的鼻祖,《云谣集》发现后,已被证明它比《花间集》成书更早。敦煌遗书伯2838卷背面抄有金山天子之《杂斋文式》,金山国由归义军节度使张承奉建于905年,911年降于回纥。《云谣集》若亦写于此年,比《花间集》要早三十余年。我国词的第一部总集,实际上应是这部《云谣集》。

2.《花间集》

后蜀卫尉少卿赵崇祚编集。前有武德军节度判官欧阳炯序,署大蜀广政三年夏四月。广政三年为公元940年,《花间集》当编定于这一年。

《花间集》共十卷,录温庭筠、韦庄至毛熙震、李珣等十八人的

"诗客曲子词",凡五百首,每卷五十首。除温庭筠、皇甫松、韦庄早卒,薛昭蕴、牛峤、张泌生卒年不详外,毛文锡以下十二人,《花间集》编定时都在世。从这个意义上说,《花间集》还是一部时贤的词集,选录的很多是同时代人的时调时曲。欧阳炯、孙光宪后来还出仕于宋。但他们在《花间集》编定后三十年间的词,就大都湮没了。

宋时《花间集》刻本颇多,传至今者,尚有南宋刻本三种。

一、绍兴十八年(1148)晁谦之校刻本,镂板精好,楮墨绝佳。末有晁谦之跋:

> 右《花间集》十卷,皆唐末才士长短句,情真而调逸,思深而言婉。嗟乎!虽文之靡,无补于世,亦可谓工矣。建康旧有本,比得往年例卷,犹载郡将监司僚幕之行,有《六朝实录》与《花间集》之赆,又他处本皆讹舛,乃是正而复刊,聊以存旧事云。绍兴十八年二月二日,济阳晁谦之题。

晁谦之字恭道,是晁补之的从弟,时以敷文阁直学士知建康府。晁刻原本,曾藏虞山钱氏述古堂,今藏北京图书馆。1955年,文学古籍刊行社曾予影印行世。吴昌绶《景刊宋金元本词》所刊,乃明正德十六年(1521)吴郡陆元大覆刻晁本。

二、淳熙鄂州刻本。用淳熙十一、十二(1184、1185)等年鄂州酒务、公使库等公文册纸印行。清时藏聊城杨氏海源阁。光绪十九年(1893),王鹏运景刊于《四印斋所刻词》,并有跋考其原书用纸,定为鄂州刻本。中华书局《四部备要》本《花间集》,即据四印斋本排印。

三、开禧刻本。末有陆游跋二篇,第二篇跋曰:

> 唐自大中后,诗家日趋浅薄,其中杰出者亦不复有前辈闳妙浑厚之作,久而自厌;然梏于俗尚,不能拔出。会有倚声作词者,本欲酒间易晓,颇摆落故态,适与六朝跌宕意气差近,此集所载是也,故历唐季五代,诗愈卑而倚声者辄简古可爱。盖天宝以后诗人,常恨文不迫;大中以后,诗衰而倚声作,使诸人以其所长格力施于所短,则后世孰得而议?笔墨驰骋则一,能此不能彼,未易以理推也。开禧元年十二月乙卯,务观东篱书。

末署开禧元年(1205),故称为开禧本。《直斋书录解题》著录的,亦是此本。原藏毛氏汲古阁,毛晋易其行款字体,刻入所辑的《词苑英华》,已失宋本板式之旧。

李一氓《花间集校》,专以两个宋本与明本互校。书后附录宋明以来各本的序跋及提要,足资参考。

3.《遏云集》

五代吕鹏编集。《唐宋诸贤绝妙词选》卷一,录李白《清平乐令》二首,注曰:"按唐吕鹏《遏云集》载应制词四首,以后二首无清逸气韵,疑非太白所作。""遏云"用《列子·汤问》秦青高歌响遏行云故事,当是一部歌曲集。《花间集》收词自温庭筠始,《遏云集》则上及李白词(四首应制词《清平乐令》均是托名李白的伪作)。

但其书久佚,所知仅此,其卷帙及内容皆莫能详考。《新唐书·艺文志》著录吕鹏诗一卷,列于五代,非唐人。吕鹏诗今亦佚。

4.《家宴集》

五卷。有北宋雍熙三年(986)子起序,所收为唐末五代诸家词。《宋史·艺文志》称"子起《家宴集》五卷",注云"不知姓"。《直斋书录解题》所言较详:

> 序称子起,失其姓氏,雍熙丙戌岁也。所集皆唐末五代人乐府,视《花间》不及也。末有《清和乐》十八章。为其可以侑觞,故名《家宴集》。

此后公私书目皆无著录,当与《遏云集》一样,入元后亡佚。但晚唐五代词集,大都是应歌侑觞的唱本,从《云谣》《花间》《遏云》《家宴》这些集名,就可了然。

5.《尊前集》

宋初人编辑的唐五代词总集,辑者不详。全集采录唐明皇至徐昌图三十六人词,二百八十九首。张炎《词源》说:"粤自隋唐以来,声诗间为长短句,至唐人则有《尊前》《花间集》。"足证它在宋时与《花间集》并行。

《尊前集》宋本未见,明代以来有三种板本传世。一、明吴讷《唐宋名贤百家词》本,一卷,原藏天津图书馆,1940年商务印书馆据以排印。二、明宣城梅鼎祚(禹金)抄本,一卷,原为清丁丙善本书室藏书，1914年朱孝臧据以刻入《彊村丛书》。三、明万历十年（1582）嘉兴顾梧芳刻本，分为上、下二卷，毛晋据以重刻于《词苑英华》。

朱孝臧《尊前集跋》述及此书传刻经过较详，可供参考：

> 《尊前集》屡见宋人记载。惟《直斋书录解题》歌曲一类所采至详，独未及之。明嘉禾顾梧芳刻于万历壬午，序称："联其所制，为上、下二卷，名曰《尊前集》。"又称："素爱《花间集》，而余斯编第有类焉。"毛子晋重刻之，则谓："《尊前集》本不传，梧芳采录多篇，厘为二卷，仍其旧名。"一若辑自顾氏之手者，《四库提要》尝辨之。明季刻书，往往故为眩乱，顾氏此序，且不能自圆其说矣。朱竹垞（彝尊）见吴匏庵（宽）手抄本。取勘顾本，章次悉同，因定为宋初人编辑。是本为禹金珍弄，押以印记。丁氏《藏书志》谓："禹金去万历时不远，如果为顾辑，必不郑重如此。"按《欧阳公近体乐府》罗泌校语，已引《尊前集》《蝶恋花》、《玉楼春》两条，《金奁集》《菩萨蛮》注云"五首已见《尊前集》"，并与今本合。惟罗校《长相思》"深画眉"一首云："《尊前集》作唐无名氏词。"为今本所无。吴伯宛（昌绶）谓流传稍有遗易，其非顾氏重辑本，则确无可疑。且卷中注举一作云云，亦为尚有他本之证。今依梅本写定，其脱误处以毛本校补，未暇旁征也。

据王仲闻考证，《尊前集》载李煜《蝶恋花》"遥夜亭皋信闲步"一首，《后山诗话》、杨绘《本事曲》、《绝妙好词》，俱以为李冠作。

李冠乃真宗、仁宗时人，因此《尊前集》结集不能早于仁宗。又元丰中崔公度跋《阳春录》已引《尊前集》，因此它亦不能晚于神宗。

6.《金奁集》

宋时坊间唱本，一卷，一百四十七首。全书依调编排，以备选唱，如越调下有《清平乐》《遐方怨》《诉衷情》《思帝乡》四调；南吕宫下有《梦江南》《河传》《蕃女怨》《荷叶杯》四调。共收越调、南吕宫、中吕宫九个宫调，三十四个词调。所取温庭筠（六十三首）、韦庄（四十七首）、张泌（一首）、欧阳炯（十六首）诸家词，并见于《花间集》《尊前集》。集中《菩萨蛮》词注："五首已见《尊前集》。"故吴昌绶跋谓此书"盖宋人杂取《花间》诸集中温、韦诸家词，各分宫调，以供歌唱，其意欲为《尊前》之续。""《尊前》就词以注调，《金奁》依调以类词，义例正相比附。"

卷末黄钟宫调，列《渔父》十五首，题为张志和。按《尊前集》录张志和《渔父》五首，此集十五首，无一与之相同。吴昌绶以为"仿后人制，乃沿志和名"。曹元忠《金奁集跋》则谓：

> 据《直斋书录解题》有《玄真子渔歌碑传集录一卷》云："尝得其一时倡和诸贤之词各五章，及南卓、柳宗元之所赋，通为若干章。因以颜鲁公碑述，唐书本传，以及近世用其词入乐府者，集为一编，以备吴兴故事。"疑此集所载，当是同时诸贤倡和南卓、柳宗元所赋者。

《渭南文集》卷二七有陆游作于淳熙十六年（1189）的《跋金

奁集》：

> 飞卿（当作欧阳炯）《南乡子》八阕，语意工妙，殆可追配刘梦得《竹枝》，信一时杰作也。淳熙己酉立秋，观于国史院直庐，是日风雨，桐叶满庭，务观书。

《金奁集》宋本未见，今有明正统六年（1441）吴讷《唐宋名贤百家词》本，题为温庭筠《金奁集》。清鲍廷博从钱唐汪氏借抄，朱孝臧据以刻入《彊村丛书》，列于唐词别集。其实此书所录非温庭筠一家之作，当属总集。

7.《兰畹集》

又名《兰畹曲令》《兰畹曲会》，北宋元祐间孔方平编集。收唐末宋初如杜牧、韦庄、牛希济、李珣、寇準、晏殊、欧阳修、张先、晏幾道诸家词，至少有五卷。《阳春集》注、《苕溪渔隐丛话》及《欧阳文忠公近体乐府》罗泌校语，屡有征引。《北海图书馆月刊》第二卷第一期梁启超《记兰畹集》，曾予考证：

> 读《欧阳文忠公近体乐府》卷三第十叶《千秋岁》调下注云："《兰畹》作张子野词。"第十八叶《水调歌头》下注云："此词载《兰畹集》第五卷。"欧公乐府刻成于庆元二年（1196），知《兰畹集》必在其前，惟未审为何代何人所编。继读《南唐二主词》《捣练子令》下注："出《兰畹曲令》。"当即《兰畹集》。《二主词》王静庵已考定为绍兴末年辑本，则《兰畹》又当在其

前矣。又读《碧鸡漫志》卷二云:"《兰畹曲会》,孔宁极先生之子方平所集,孔自号潓皋渔父,与侄处度齐名,李方叔诗酒侣也。"知其书本名《曲会》,会即集也。后人用通俗之称改作集,又省去曲字耳(王静庵谓《二主词》注作"曲令",义较"曲会"为长,非也。曲即令,复举不词。北宋无词名,凡词皆称曲子,或者称曲。曲会犹言词集耳)。编者孔方平与李方叔(廌)为友,盖元祐间人。此书之成,或当先于《尊前集》,与杨元素之《时贤本事曲子》,时代略同。杨集专收北宋时贤,此集盖兼及唐五代。不限年代之词家总集,当以此为首矣(《花间集》亦断代)。据欧集注,则至少有五卷,卷帙不为不富,庆元时尚存,而此后藏家无复著录,盖佚于宋元之际矣。

孔方平,名夷,汝州龙兴人。《碧鸡漫志》卷二说他集《兰畹曲会》,但自隐其名,序引称"无为"。他又隐名为鲁逸仲。《唐宋诸贤绝妙词选》卷八有鲁逸仲词三首。黄昇称其"词意婉丽,似万俟雅言"。

《兰畹集》宋时有闽中建阳刻本。洪迈《容斋四笔》卷一三说:"予家旧有建本《兰略曲集》,载杜牧之一词。"不过这个建本已不是祖本了。近人周咏先辑《兰畹集》一卷,见《唐宋金元词钩沉》。

8.《梅苑》

南宋初蜀人黄大舆(载万)集咏梅之词,起于唐代,止于南北宋间,凡四百余首。唐时咏梅尚少。宋人特重梅花,各家几乎都有吟咏,诗词中咏梅成了一个热门的题目。《梅苑》之辑,就反映

了这种风尚。前有黄大舆自序,谓辑录于己酉(建炎三年,1129)之冬:

> 己酉之冬,予抱疾山阳,三径扫迹。所居斋前更植梅一株,晦朔未逾,略已粲然,于是录唐以来才士之作,以为斋居之玩。目之曰《梅苑》者,诗人之义托物取兴,屈原制骚或列芳草,今之所记,盖同一揆。

据周煇《清波杂志》:"绍兴庚辰(绍兴三十年,1160),在江东得蜀人黄大舆《梅苑》,四百余阕。"《梅苑》原本,止于这四百余阕。乾隆三十一年(1766),曹寅(楝亭)在扬州刻《群贤梅苑》十卷,其目录为五百零八阕。卷五、卷十残缺,实为四百十二阕。所收下及南宋末的王沂孙词,已非建炎黄大舆原书。书名复冠以"群贤"二字,与《群贤小集》类似,当出于南宋书棚本。其中建炎以后的咏梅词,就是书坊所新增的。

赵万里据《永乐大典》梅字韵及《花草粹编》,辑得《梅苑》佚词一卷,十八首,见《校辑宋金元人词》。

9.《复雅歌词》

成于南宋初的最大的一部词的总集,采集唐至北宋末词四千三百余首,共五十卷。黄昇《中兴以来绝妙好词序》说:

> 长短句始于唐,盛于宋。唐词具载《花间集》,宋词多见于曾端伯所编。而《复雅》一集,又兼采唐宋,迄于宣和之季,

第六章　词籍

凡四千三百余首。吁,亦备矣!

《直斋书录解题》说:

> 《复雅歌词》五十卷,题鲖阳居士序,不著姓名。末卷言宫调音律颇详,然多有调而无曲。

明刻《重校北西厢记》引李邴《调笑令》,注云:"出《复雅歌词》后集。"知其原分前后集。但原书亡佚已久,鲖阳居士亦姓氏无考。其序今见于宋谢维新《古今合璧事类备要》外集卷一一及宋祝穆《新编古今事文类聚》续集卷二四,可知其作于绍兴十二年(1142)。孔凡礼《全宋词补辑》据《诗渊》第二十五册,录有鲖阳居士《满庭芳》词一首。

赵万里《校辑宋金元人词》有《复雅歌词》辑本一卷,都十则,并谓:

> 观陈元靓《岁时广记》所引,知其体例与《本事曲子集》《古今词话》及《本事词》《诗词纪事》相类似,同可视为最古之词林纪事。

因此将它列于词话一类。按赵万里所辑十则,皆附以词话。然《复雅》一集多至四千余首,岂一一说明本事,加以评语?且《花庵词选》《草堂词选》于所选之词亦间附有词话,但谁也不会把它们当作词话看待。《复雅歌词》卷帙繁多,采唐宋词而求备,远胜于断自一代的《花间集》《乐府雅词》诸书,无疑是一部规模宏大的词的总集，与《本事曲》之类的词话显然有别。此后《花庵词选》《草堂词选》以前人词话附于所选词后，这种体例或许正是祖述《复雅歌词》的。

10.《乐府雅词》

南宋初曾慥据其家藏编辑。正集辑宋词三十四家，拾遗录不知姓名者百余阕。前有绍兴十六年（1146）曾慥自序：

> 余所藏名公长短句，裒合成编，或后或先，非有诠次。多是一家，难分优劣，涉谐谑则去之，名曰《乐府雅词》。《调笑》集句，九重传出，以冠于篇首，诸公转踏次之。欧公一代儒宗，风流自命，词章幼眇，世所矜式。当时小人或作艳曲，谬为公词，今悉为删除。凡三十四家，虽女流亦不废。此外又有百余阕，平日脍炙人口，咸不知姓名，则类于卷末，以俟询访，标目拾遗。绍兴丙寅上元日，温陵曾慥引。

曾慥又刻其所藏《东坡词》二卷，拾遗一卷，故《乐府雅词》中不再收入苏轼词。

《直斋书录解题》见于《文献通考》所引者，于《乐府雅词》作十二卷，拾遗二卷；《四库》本辑自《永乐大典》者，作三卷，拾遗二卷。清朱彝尊《乐府雅词》跋，谓："抄自上元焦氏，则仅上、中、下三卷，及拾遗二卷而已。绎其自序，称三十有四家，合三卷词人止有此数，信为足本无疑。"今《四部丛刊》本据涵芬楼所藏旧抄本影印，乃正集三卷，拾遗二卷，或即出于朱氏抄本。清时另一旧抄本作正集六卷,拾遗二卷,嘉庆时秦恩复据以刻入《词学丛书》。

《乐府雅词》的目次,首为调笑转踏,次为大曲,然后均为雅词。大曲部分有董颖《道宫·薄媚》等大曲,为词体、词乐研究保存了重要资料,这是其他总集所无而为《乐府雅词》所独有的特殊贡献。王国维作《宋曲大考》,就多取资此书。朱彝尊《乐府雅词跋》曾论此书的价值:

> 卷首冠以《调笑绝句》,云是九重传出,此大晟乐之遗音矣。转踏之义,《碧鸡漫志》所未详。《九张机》词仅见于此,而《高丽史·乐志》:"文宗二十七年十一月教坊女弟子楚英奏新传《九张机》,用弟子十人。"则其节度犹具,所谓礼失而求诸野也。《道宫·薄媚》《西子排遍》之后,有入破、虚催、衮遍、催拍、歇拍、煞衮,其音义不传。拾遗则以调编次第。曩见鸡泽殿伯岩、曲周王湛求、永年申和孟随叔言:作长短句必曰雅词,盖词以雅为尚。得是编,《草堂诗余》可废矣。

11.《聚兰集》

编辑者不详,所收有苏轼词,全书今佚。胡仔《苕溪渔隐丛话》后集卷三九驳《古今词话》谓苏轼《西江月》"世事一场大梦"作于黄州,引及《聚兰集》:

> 《聚兰集》载此词,注曰:"寄子由。"故后句云:"中秋谁与共孤光,把酒凄然北望。"则兄弟之情见于句意之间矣。疑是

在钱唐作。时子由为睢阳幕尔，若《词话》所云，则非也。

《苕溪渔隐丛话》后集成于孝宗乾道三年(1167)。《聚兰集》当刊于此前。

12.《草堂诗余》

南宋书坊编集。《直斋书录解题》著录为二卷，《四库提要》谓："考王楙《野客丛书》作于庆元间，已引《草堂诗余》张仲宗《满江红》词证'蝶粉蜂黄'之语，则此书在庆元以前矣。"但庆元以前的原二卷本久佚。今存最早者为元顺帝至正十一年(1351)的刻本(有"至正辛卯孟夏双璧陈氏刊行"牌子)，题为《增修笺注妙选草堂诗余》，前集二卷，后集二卷，署"建安古梅何士信君实编选"。此本注明"新增"、"新添"的，有八十余首，开卷第一首周邦彦《瑞龙吟》词，就是据《花庵词选》"新添"的。《四库提要》谓："考所引黄昇《花庵词选》、周密《绝妙好词》均在宋末，知为后来所附入，非其原本。"何士信生平不详，或许就是这个增补本《草堂诗余》的编选者。集中多引花庵词客评语，增修的时间当在《花庵词选》流行以后。

增修本《草堂诗余》分类编选，调下或增以词题，句下或注以故实，词后或附以词话。选录词近百家，以周邦彦最多，秦观、苏轼、柳永等次之，姜夔词却无一首入选，因此清浙派词人对此书颇致不满。分类编选，原是为了应歌的需要，前集分"春景"、"夏景"、"秋景"、"冬景"四类，后集分节序、天文、地理、人物、人事、饮馔器用、花禽七类。每一类下，又分子目，如春景类，有初夏、早春、芳春、赏春、春思、春恨、春闺、送春等八个子目；节序类，又分元宵、立春、寒食、上巳、清明、端午、七夕、中秋、重阳、除夕等十个子目。这样细分类、目,目的完全是取便歌者。宋翔凤《乐府余论》说:

> 《草堂》一集,盖以征歌而设,故别题春景、夏景等名,使随时即景,歌以娱客。题吉席庆寿,更是此意。其中词语,间与集本不同,其不同恒平俗,亦以便歌。以文人观之,适当一笑,而当时歌伎,则必需此也。

《草堂诗余》元明时流行最盛。毛晋跋云:

> 宋元间词林选本,几屈百指。惟《草堂诗余》一编,飞驰几百年来,凡歌栏酒榭丝而竹之者,无不拊髀雀跃;及至寒窗腐儒,挑灯闲看,亦未尝欠伸鱼睨,不知何以动人一至此也。

因此明时异本甚多。嘉靖二十九年(1550)顾从敬刻本,以小令、中调、长调编次,并较旧本多七十余调,题为《类编草堂诗余》,这个本子后来也流传甚广。吴昌绶《景刊宋元本词》洪武壬申(1392)遵正书堂刻本跋,赵万里《校辑宋金元人词》"引用书目",对此书各本的源流与异同,都有详细的考证。

13.《唐宋诸贤绝妙词选》

14.《中兴以来绝妙词选》

上二种为南宋淳祐间黄昇编集。《唐宋诸贤绝妙词选》十卷,一至八卷自唐李白至南宋王昂,第九卷禅林,第十卷闺秀,共一百三十四家。《中兴以来绝妙词选》亦十卷,选录南宋词,自康与之至洪瑹,末附黄昇己作,凡八十九家。黄昇字叔旸,号玉林,又号花庵词客。因此这两书又合称《花庵词选》。前有淳祐九年(1249)胡德方(季直)序:

> 古乐府不作而长短句出焉。我朝钜公胜士,娱戏文章,亦多及此。然散在诸集,未易遍窥。玉林此选,博观约取,发妙音于众乐并奏之际,出至珍于万宝毕陈之中。使人得一编,则可以尽见词家之奇,厥功不亦茂乎。玉林早弃科举,雅意读书,间以吟咏自适。阁学受斋游公尝称其诗为晴空冰柱。闽帅秋房楼公闻其与魏菊庄为友,并以泉石清士目之。其人如此,其词选可知矣。淳祐己酉上巳,前进士胡德方季直序。

黄昇亦有自序:

> 长短句始于唐,盛于宋。唐词具载《花间集》,宋词多见于曾端伯所编,而《复雅》一集,又兼采唐宋,迄于宣和之季,凡四千三百余首,吁亦备矣。况中兴以来,作者继出。及乎近世,人各有词,词各有体。知之而未见,见之而未尽者,不胜算也。暇日裒集得数百家,名之曰《绝妙词选》。佳词岂能尽录,亦尝鼎一脔而已。然其盛丽如游金、张之堂,妖冶如揽嫱、施之袪,悲壮如三闾,豪俊如五陵;花前月底,举杯清唱,合以紫箫,节以红牙,飘飘然作骑鹤扬州之想,信可乐也。亲

友刘诚甫谋刊诸梓,传之好事者,此意善矣。又录余旧作数十首附于后,不无珠玉在侧之愧。有爱我者,其为删之。淳祐己酉百五,玉林。

黄昇两集,收苏轼(三十一首)、辛弃疾(四十二首)词为最多,与后来周密《绝妙好词》宗姜夔者不同。词家名下各注字号、里贯,所选词亦间附评语,足资考核,或被辑为《玉林词话》或《中兴词话》。《唐宋诸贤绝妙词选》有明翻宋刊本。《中兴以来绝妙词选》有宋刻本,陶湘刻入《续刊景宋金元本词》。

15.《阳春白雪》

南宋赵闻礼编集。赵闻礼字立之,又字粹夫,号钓月,临濮人。《直斋书录解题》著录《阳春白雪》五卷,曰:"赵粹夫编,取《草堂诗余》所遗,以及近人之词。"今传本为八卷,外集一卷。所选凡二百余家。依调编次。但各卷词调一再重出,盖随得随编,全书未及作最后的统一。卷一至卷三犹多北宋词,卷四以下皆南宋词。宋末江湖派词人之作,多萃于此。北宋所录以周邦彦最多,南宋以辛弃疾、姜夔、史邦卿、吴文英四家居多,赵闻礼自己的词也厕于其间,并兼及金蔡松年词。卷八有丁默《齐天乐》词,注"庚戌元夕遇赵立之"。庚戌为淳祐十年(1250)。《阳春白雪》的编定当在淳祐十年之后,晚于《花庵词选》而早于《绝妙好词》。

《阳春白雪》元明时传本甚罕。康熙三十七年高士奇为《绝妙好词序》,犹叹此书"名存书逸,每为可惜"。嘉庆时秦恩复始刊于《词学丛书》,另有清吟阁刊本和景印宛委别藏本。

16.《绝妙好词》

周密编集南宋歌词。清初黄虞稷《千顷堂书目》卷三二,作八卷,今传本七卷,疑有残阙。所选始于张孝祥,终于仇远,共一百三十二家,录词近四百首(卷二收金蔡松年词二首)。张炎《词源》卷下说:

> 近代词人用功者多,如《阳春白雪》集,如《绝妙词选》,亦自可观,但所取不精一。岂若周草窗所选《绝妙好词》之为精粹,惜此板不存,恐墨本亦有好事者藏之。

元明两代,此书湮没不彰。清康熙二十三年,嘉善柯煜(南陔)始从常熟钱氏得秘藏抄本,刻以行世。朱彝尊《书绝妙好词后》曾纪其事:

> 词人之作,自《草堂诗余》盛行,屏去激楚阳阿,而巴人之唱齐进矣。周公谨《绝妙好词》选本虽未全醇,然中多俊语。方诸《草堂》所录,雅俗殊分,顾流布者少。从虞山钱氏抄得,嘉善柯孝廉南陔重锓之,作者百三十有二人,第七卷仇仁近词残阙,目亦无存,可惜也。

按《绝妙好词》七卷,前六卷多则三十人,少则十一人,每卷录词都在五十首以上。第七卷今本仅四人,居于最末的仇远词仅二首。朱彝尊说:"第七卷仇仁近词残阙,目亦无存。"可见钱氏所藏旧抄本,仍非完帙。《千顷堂书目》著录作八卷,则所佚当有仇远以下词一卷有余了。

乾隆时查为仁、厉鹗为《绝妙好词笺》,刻于乾隆十五年(1750)。词中本事,词外逸闻,历历可见。

《绝妙好词》选词十首以上的,为姜夔、史邦卿、吴文英、周密、王沂孙五家。所选词年代最晚的,为卷六张炎的《甘州》"饯草窗西归"一词,作于元成宗元贞元年(1295),时周密已六十四岁。周密卒于大德二年(1298),年六十七。《绝妙好词》当编定于周密卒前的这二三年间。

清末郑文焯有《绝妙好词校录》一卷,见《大鹤山房全书》。

17.《乐府补题》

一卷,不著编辑者姓名。元陈旅《安雅堂集》有《陈行之墓志铭》,谓陈行之(恕可)遗著有《乐府补题》。《千顷堂书目》作"仇远《乐府补题》一卷",或原为陈行之、仇远所辑。所录王沂孙、周密、王易简、冯应瑞、唐艺孙、吕同老、李彭老、李居仁、陈恕可、唐珏、赵汝钠、张炎、王英孙、仇远十四人词,以《天香》《水龙吟》《摸鱼儿》《齐天乐》《桂枝香》五调,分咏龙涎香、白莲、莼、蝉、蟹,共三十七首。夏承焘《乐府补题考》承厉鹗、周济之说,考证王沂孙等词皆为景炎三年(元至元十五年,1278)杨琏真伽发掘会稽高宗等帝后陵而作,"宋人咏物之词,至此编乃别有其深衷新义"。有《知不足斋丛书》本、《彊村丛书》本。

18.《名儒草堂诗余》(一名《续草堂诗余》)

元凤林书院所刊,不著编辑者姓氏。所录南宋遗民词,分上、

中、下三卷(《千顷堂书目》卷三二,作二卷),计六十三人,词二百零三首。前有短序:

> 唐宋名贤词行于世,尚矣。方今车书混一,名笔不少,而未见之刊本。是编辄欲求备不可,姑撷拾所得,才三百余首("三"或"二"之讹),不复次第,刊为前集,江湖太宽,俊杰何限,傥有佳作,毋惜缄示。陆续梓行,将见愈出而愈奇也。

《读画斋丛书》覆元本,讹误甚多。雍正时厉鹗数为校补,后刻入《粤雅堂丛书》。

19.《中州乐府》

本与《中州集》合为一编(元至大庚戌平水进德斋本即名《中州集并乐府》),是金末元好问所编集的金源一代的诗词,前有元好问自序,作于金哀宗天兴二年(1233)。所录每人各为小传,兼评其诗及词,其旨盖在借诗词以存金一代之史。明嘉靖十五年(1536)嘉定九峰书院刊本,始将其中的词裁篇别出,题为《中州乐府》,凡三十六人,一百二十四首,彭汝寔序说:

> 《中州乐府》一帙,盖金尚书令史元遗山集也,凡三十六人,总一百二十四首,以其父明德翁终焉。人有小叙志之,中间亦有一二怜材者,文亦尔雅,盖金人小史也。

> 金宋分疆,程学行于南,苏学行于北。一时文献,未可谓

无人。三百年来，完颜立国浅陋，故前为宋所掩，后为元所压，使豪杰无闻焉，甚可痛也。

毛晋《草堂诗余跋》说："宋元间词林选本，几屈百指。"以上所举，是一些主要的。其他仅存其名或名亦不存的，为数尚多。《遂初堂书目》所载《曲选》《四英乐府》《锦屏乐章》三种，似皆成于北宋。元好问《新轩乐府引》引屋梁子曰："《麟角》《兰畹》《尊前》《花间》诸集，传播里巷。子妇母女交口教授，淫言媟语，深入骨髓，牢不可去，久而与之俱化。"提到当时传播里巷的《麟角集》，后亦不传。《直斋书录解题》著录的总集，除《乐府雅词》诸书外，尚有《类分乐章》二十卷，《群公诗余前后编》二十二卷，《五十大曲》十六卷，《万曲类编》十卷，注曰："皆书坊编集者。"今皆寂尔无闻。刘将孙《新城饶克明集词序》谓：

> 乐府有集自《花间》始，皆唐词。《兰畹集》多唐末宋初词。曾慥集《雅词》，近年赵闻礼集《阳春白雪》，他如称《大成》，称《妙选》数十家，未慭然。歌喉所为喜于谐婉者，或玩辞者所不满；骚人墨客乐称道之者，又知音者有所不合。

论及这数十家《大成》《妙选》的得失。它们后来相继亡佚的原因，也于此可见了。

《崇文总目》有《周优人曲辞》二卷，周吏部侍郎李上交、翰林学士李昉、谏议大夫刘俙纂录燕乐优人之曲辞。沈曾植《全拙庵温故录》谓："此五代中原词选，惜其不传。"

第三节 别　　集

《新唐书·艺文志》不收词集，所著录者如温庭筠《金荃集》，乃诗集而非词集。

《碧鸡漫志》卷五记后蜀李珣有《琼瑶集》，是一部不与诗文合编的词的别集，可能是词人专集之始。宋人词有的附见本集，如欧阳修《欧阳文忠公集》一百五十三卷，内一百三十一卷至一百三十三卷为"近体乐府"，王安石《临川集》一百卷，第三十七卷为"歌曲"。《四库全书》中从《永乐大典》辑出宋人别集凡一百三十部，附词者四十四部；有的别出单行，如苏轼《东坡词》、辛弃疾《稼轩长短句》，都在本集外单独刊行。但唐宋词别集大量的还是见之于丛刻。《直斋书录解题》著录词集一百十家，九十七家见于长沙刘氏书坊的《百家词》。明吴讷《唐宋名贤百家词》，四十册一百三十卷，收五代别集三家，宋别集七十家。明毛晋辑《宋名家词》九十卷，收北宋二十三家，南宋三十八家（另有四十家未刻）。清康熙时侯文灿辑《十名家词》十卷，收五代二家、北宋三家、南宋三家。清末校刻唐宋金元词的风气特盛，名椠秘钞，逐一问世。王鹏运《四印斋所刻词》九十三卷，收五代一家、北宋四家、南宋三十四家;江标《宋元名家词》十七卷,收北宋三家、南宋十二家;朱孝臧《彊村丛书》二百六十卷,是最大规模的唐宋词结集,收北宋二十七家,南宋八十五家。此外王国维辑有《唐五代二十一家词辑》,刘毓盘辑有《唐五代宋辽金元名家词集》六十卷。赵万里《校辑宋金元人词》七十三卷,收宋词别集五十六家。周泳先《唐宋金元词钩沉》四十八卷,收宋词别集二十七家。易大厂《北宋三家词》三卷,收宋词别集三家。上述这些丛刻中的唐宋词集,有些是因版本不同而有所重复的。但去其重复,总数亦近二百家。传世的唐宋词别集的情况,已经很可观了。

宋词别集的名称有下列几类:有称"乐章"的,如柳永《乐章集》,刘一止《苕溪乐章》;有称"诗余"的,如周邦彦《清真诗余》,吴潜《履斋诗余》;有称"长短句"的,如秦观《淮海居士长短句》,辛弃疾《稼轩长短句》;有称"乐府"的,如晏幾道《乐府补亡》,贺铸《东山寓声乐府》;有称"琴趣"的,如黄庭坚《山谷琴趣外篇》,晁补之《晁氏琴趣外篇》;有称"歌曲"的,如姜夔《白石道人歌曲》;有称"遗音"的,如石孝友《金谷遗音》,林正大《风雅遗音》;有称"语业"的,如陈师道词集本名《语业》,杨炎正有《西樵语业》;有称"雅词"的,如张孝祥《紫微雅词》,赵彦端《宝文雅词》。此外如朱希真《樵歌》,陈允平《日湖渔唱》,周密《蘋洲渔笛谱》,宋自逊《渔樵笛谱》等,都从名称上表明它们属于词集。

唐宋词别集若一一遍举,不胜其烦,这里只能择要略说。

一 唐五代词别集

1. 冯延巳《阳春集》

卷首有宋嘉祐三年(1058)陈世修序：

> 南唐相国冯延巳，乃余外舍祖也。公与李江南有布衣旧，因以渊谟大才，弼成宏业。江南有国，以其勋贤，遂登台辅。与弟文昌左相延鲁，俱竭虑于国，庸功日著，时称二冯焉。
>
> 公以金陵盛时，内外无事，朋僚亲旧，或当燕集，多运藻思，为乐府新词，俾歌者丝竹倚而歌之，所以娱宾而遣兴也。日月浸久，录而成编。观其思深辞丽，均律调新，真清奇飘逸之才也。
>
> 噫，公以远图长策翊李氏，卒令有江介地，而居鼎辅之任，磊磊乎才业，何其壮也。及乎国已宁，家已成，又能不矜不伐，以清商自娱，为之歌诗，以吟咏性情，何其清也。核是之嫩，萃于一身，何其贤也。
>
> 公薨之后，吴王纳土，旧帙散失，十无一二。今采获所存，勒成一帙，藏之于家云。
>
> 大宋嘉祐戊戌十月望，陈世修序。

据《直斋书录解题》，宋时尚有元丰中高邮崔公度(伯易)本(名《阳春录》)，南宋长沙《百家词》本。但明清所传，皆出陈世修本。有明吴讷《唐宋名贤百家词》本，康熙时侯文灿《十名家词》

本，光绪十五年（1889）王鹏运四印斋本（据汲古阁未刻词本），光绪二十年（1894）无锡刘继增本。笺注本有陈秋帆《阳春集笺》。

2．李璟、李煜《南唐二主词》

南宋初尤袤《遂初堂书目》，有《李后主词》一卷，未传。《直斋书录解题》著录《南唐二主词》一卷，乃长沙《百家词》本，并曰：

> 卷首四阕：《应天长》《望远行》各一，《浣溪沙》二，中主所作，重光尝书之，墨迹在盱江晁氏，题云："先皇御制歌词。"余尝见之，于麦光纸上作拨镫书，有晁景迂题字，今不知何在矣。余词皆重光作。

明清时有吴讷《唐宋名贤百家词》本，万历三十六年（1608）吕远墨华斋本，康熙二十八年（1689）侯文灿《十名家词》本，光绪时金武祥《粟香室丛书》覆刻侯本，宣统时沈宗畸《晨风阁丛书》王国维校补南词本。笺注本有刘继增《南唐二主词笺》，唐圭璋《南唐二主词汇笺》，詹安泰《李璟李煜词》。

二　北宋词别集

1．张先《子野词》

《直斋书录解题》著录《张子野词》一卷。康熙时侯文灿《十名家词》本，题《子野词》。乾隆五十三年（1788）鲍廷博得绿斐轩抄本，乃按宫调编排，犹存宋本面目，分正宫、中吕宫、道调宫、仙吕宫、大石调、小石调、歇指调、林钟商、中吕调、高平调、仙吕调、般涉调十四个宫调,七十一个词调。鲍廷博另辑补遗二卷,刻入《知不足斋丛书》第十三集。其跋云:

> 张都官以歌词擅名当代,与柳耆卿齐名。尤以韵高见推同调,三中三影,流声乐府,至今艳称之。而《安陆集》独见遗于汲古阁《六十家词》刻之外,诚词坛憾事也。
>
> 顷得绿斐轩抄本二卷,凡百有六阕,区分宫调,犹属宋时编次,喜付汗青。既又得亦园《十家乐府》所刊,去其重复,得六十三阕。诸家选本中,采辑一十六阕,次为补遗二卷,合计得词一百八十四阕,于是子野词收拾无遗矣。
>
> 昔东坡先生称子野诗笔老妙,可以追配古人,歌词乃其余事。惜全集久亡,无从缀辑以存其梗概耳。

朱孝臧后据江都黄子鸿校《知不足斋丛书》本,复刻于《彊村丛书》。

2. 晏殊《珠玉集》

《直斋书录解题》著录《珠玉词》一卷。《四库提要》引《名臣录》,称殊词名《珠玉集》,张子野为之序。张序今佚。今传《珠玉集》有明吴讷《唐宋名贤百家词》本,毛晋汲古阁《宋六十名家词》本。清咸丰二年(1852),晏端书据其辑自《历代诗余》者,录为《珠玉词钞》。

3. 柳永《乐章集》

《直斋书录解题》谓《乐章集》九卷,《文献通考》及陈第《世善

第六章　词籍

堂书目》卷下,唐栖朱氏《结一庐书目》卷四皆同。《汲古阁珍藏秘本书目》记"宋板柳公《乐章集》五本"注云:"今世行本俱不全,此宋板特全,故可宝也。"但汲古阁《宋六十名家词》本、吴重熹《吴氏石莲庵刻山左人词》本《乐章集》,均作一卷。朱孝臧据毛扆(斧季)据宋本校补本,刻入《彊村丛书》,为《乐章集》三卷,续添曲子一卷。毛扆原有跋云:

> 癸亥(1683)中秋,借含经堂宋本校一过。卷末续添曲子,乃宋本所无。又从周氏、孙氏两钞本校正,可称完璧矣。

朱孝臧谓:"兹编显有脱讹,杂采周、孙二钞,恐非宋椠,未可尽为依据。"但《乐章集》宋本无传,现今存世的,还是以此本较为完善。

《乐章集》三卷,按宫调编次。有正宫、中吕宫、仙吕宫、大石调、双调、小石调、歇指调、林钟商、中吕调、平调、仙吕调、南吕调、般涉调、黄钟羽、散水调等十六个宫调,一百五十个词调。北宋词集,《子野词》《乐章集》《金奁集》按宫调编排,《片玉集》注有宫调,说明它们原来都作为唱本行世。对研究宋词乐律,也提供了重要资料。郑文焯《与夏映庵书》(《词学季刊》第 2 卷第 2 期)曾指出《乐章集》多存北宋故谱,值得研讨:

> 因细绎《乐章集》中,多存北宋故谱,故繁音促拍,视他家有别。南渡后乐部放失,古曲坠佚,太半虚谱无辞。白石补亡,仅数阕尔。赖柳集传旧京遗音,亦倚声家所宜研讨者也。

4. 欧阳修《六一词》《欧阳文忠公近体乐府》《醉翁琴趣外篇》

欧阳修原有词集名《平山集》,见《欧阳文忠公集》卷一三三罗泌校语。又卷一三二引《京本时贤本事曲子》后集云:"欧阳文忠公,文章之宗师也。其于小词,尤脍炙人口。有十二月词,寄《渔家傲》调中,本集亦未尝载。"此"本集"或亦指《平山集》。然《平山集》久佚,今存欧阳修词,有南宋庆元二年(1196)吉州本《欧阳文忠公集》卷一三一至卷一三三《近体乐府》三卷,南宋闽刻本《醉翁琴趣外篇》六卷,毛氏汲古阁本《六一词》一卷。前两种吴昌绶收入《景刊宋元本词》。《近体乐府》一百九十四首,《醉翁琴趣外篇》中又有不见于《近体乐府》的六十六首。其中有些与《花间集》,冯延巳、晏殊、张先诸家词相混,现在已难以一一辨明。庆元初罗泌校语说:

> 情动于中而形于言,人之常也。诗三百篇,如俟城隅,望复关,摽梅实,赠芍药之类,圣人未尝删焉。陶渊明《闲情》一赋,岂害其为达,而梁昭明以为白玉微瑕,何也?公性至刚,而与物有情,盖尝致意于《诗》,为之本义(指欧阳修《诗本义》),温柔宽厚,所得深矣。吟咏之余,溢为歌词,有《平山集》盛传于世,曾慥《雅词》,不尽收也。今定为三卷,且载乐语于首,其甚浅近者,前辈多谓刘煇伪作,故削之。元丰中崔公度跋冯延巳《阳春录》谓皆延巳亲笔,其间有误入《六一词》者。近世《桐汭志》、《新安志》亦记其事。今观延巳之词,往往自与唐《花间集》、《尊前集》相混,而柳三变词,亦杂《平山

集》中,则此三卷,或甚浮艳者,殆非公之少作,疑以传疑可也。

元吴师道《吴礼部诗话》尤以《醉翁琴趣外篇》多杂伪作:

> 欧公小词,间见诸词集。陈氏《书录》云:"一卷,其间多有与《阳春》《花间》相杂者,亦有鄙亵之语一二厕其中,当是仇人无名子所为。"近有《醉翁琴趣外篇》凡六卷,二百余首,所谓鄙亵之词,往往而是,不止一二也。前题东坡居士序,近八九语,所云:"散落尊酒间,盛为人所爱尚,犹小技其上有取焉。"词气卑陋,不类坡作,益可以证词之伪。

案谓欧集中的艳词出于刘煇伪造,《直斋书录解题》卷一七刘煇《东归集》下已为之辩白,夏承焘先生《四库全书词籍提要校议》于此复有考订,并谓:"北宋士大夫如范仲淹、司马光亦为艳词,不必为欧阳修讳。"这些侧艳之词,虽未必尽为欧阳修所作,但也反映了他们部分生活状态和当时尊酒间的风气。

5. 晏幾道《小山词》

《碧鸡漫志》卷二:"晏叔原歌词,初号《乐府补亡》。"前有黄庭坚序及晏幾道自序。自序谓:

> 《补亡》一编,补乐府之亡也。叔原往者浮沉酒中,病世之歌词不足以析酲解愠,试续南部诸贤绪余,作五、七字语,

> 期以自娱。不独叙其所怀，兼写一时杯酒间闻见所同游者意中事。尝思感物之情，古今不易。窃以谓篇中之意，昔人所不遗，第于今无传尔。故今所制，通以补亡名之。
>
> 始时沈十二廉叔，陈十君龙，家有莲、鸿、蘋、云，品清讴娱客。每得一解，即以草授诸儿。吾三人持酒听之，为一笑乐。已而君龙疾废卧家，廉叔下世，昔之狂篇醉句，遂与两家歌儿酒使俱流转于人间。自尔邮传滋多，积有窜易。七月己巳，为高平公缀辑成编。追惟往昔过从饮酒之人，或垅木已长，或病不偶，考其篇中所记悲欢合离之事，如幻如电，如昨夜前尘，但能掩卷怃然，感光阴之易迁，叹境缘之无实也。

据自序，此书乃晏幾道亲自编定，以呈高平公。高平是范姓郡望，宋人常称范仲淹、范纯仁父子为高平公。范仲淹卒时，晏幾道才二十岁左右。词序所称高平公，盖指范纯仁。宛敏灏《二晏年谱》尝考范纯仁于元祐四年（1089）知颍昌府。晏幾道于是年七月己巳编此集献与范纯仁。这时晏幾道已五六十岁了。今传本悉题《小山词》，有吴讷《唐宋名贤百家词》本，汲古阁《宋六十名家词》本。朱孝臧据赵氏星凤阁藏明抄本校刻，收入《彊村丛书》，凡二百五十五首。

6. 苏轼《东坡词》《东坡乐府》

苏轼词宋时在《东坡七集》外别出单行。南宋初有曾慥所编《东坡词》二卷，拾遗一卷，计三百十一首。又有仙溪傅幹《注坡词》十二卷（《直斋书录解题》误作二卷），据洪迈《容斋续笔》卷十五,曾于绍兴初刻于钱塘。今北京图书馆藏有抄本,共收苏词二百七十二首。前有傅共序,称苏词"闺窗孺弱,亦知爱玩。然其寄意幽渺,指事深远。片词只字,皆有根柢。是以世之玩者,未易识其佳处"。因此傅幹首为之注。此后又有顾禧补注。陈鹄《耆旧续闻》卷二谓:"赵右史家,有顾禧景藩补注东坡长短句真迹。"顾禧,吴郡人,淳熙间尝助施元之同注苏轼诗集,陆游《施司谏注东坡诗序》称道顾注苏诗"该洽",但其补注苏词,惜无传本。金代有孙镇《注东坡乐府》三卷。孙镇字安常,隆州人,金章宗承安二年(1197)赐第。元好问《东坡乐府集选引》说:

> 绛人孙安常《注坡词》,参以汝南文伯起《小雪堂诗话》,删去他人所作《无愁可解》之类五十六首,其所是正,亦无虑数百处,坡词遂为完本,不可谓无功。

元好问从孙镇《注东坡乐府》中录取七十五首,为《东坡乐府集选》,其自序末署"丙申",为公元1236年,是金亡后的第二年。元好问的《东坡乐府集选》今亦佚。

现传最早的苏轼词刻本,为元延祐七年(1320)叶曾云间南阜草堂本《东坡乐府》,二卷。清末王鹏运据以刻入《四印斋所刻词》,1957年古典文学出版社又以元本影印行世。通行的还有汲古阁《宋六十名家词》本《东坡词》,一卷。元延祐云间本有十首为汲古阁本未载,而汲古阁本多于元祐云间本者有六十一首。

《东坡乐府》本分调编次。1910年,朱孝臧始为之编年,二卷,无从编年者别为一卷,共三百五十首,刊入《彊村丛书》。1925

年,龙沐勋得傅幹《注坡词》,便依朱本编年,别作笺注,为《东坡乐府笺》。

7. 黄庭坚《山谷词》《山谷琴趣外篇》

《宋史·艺文志》著录黄庭坚"乐府二卷"。《直斋书录解题》著录长沙《百家词》本《山谷词》一卷。传世宋本有闽刻本《山谷琴趣外篇》三卷,共九十首,今收入陶湘《续景刊宋元明本词》,《续古逸丛书》,张元济《四部丛刊》续编。朱孝臧谓此编"较别本仅得其半,卷中讹文脱字,往往而有,题尤芟节太甚,或乖本旨"。《彊村丛书》本《山谷琴趣外篇》,又据明嘉靖刻宁州祠堂本《豫章黄先生词》(一卷)校补,补入八十九首。

李清照《论词》,谓黄庭坚词"尚故实"。但《山谷词》中颇多生字俚语,并非专尚故实。《四库提要》谓:"今观其词,如《沁园春》、《望远行》、《千秋岁》第二首、《江城子》第二首、《两同心》第二首第三首、《少年心》第一首第二首、《丑奴儿》第二首、《鼓笛令》第四首、《好事近》第三首,皆亵诨不可名状。至于《鼓笛令》第三首之用'縒'字,第四首之用'屪'字,皆字书所不载,尤不可解。"宋词中以市井语入词,始于柳永。黄庭坚的上述词,则为尤甚,有些词语简直无法索解。刘熙载《艺概》卷四说这种作法"若为金、元曲家滥觞",不无道理。黄庭坚词有接近苏轼的,也有接近柳永的,这在他的词集中表现得很明显。

8. 秦观《淮海居士长短句》

宋时有三卷本,一卷本。《直斋书录解题》卷一七别集类"《淮海集》四十卷,后六卷,长短句三卷",此三卷本。卷二一歌词类长沙《百家词》本"《淮海集》一卷",此一卷本。北京图书馆藏宋乾道刻绍熙修本《淮海居士长短句》,分上、中、下三卷(有残缺)。汲古阁《宋六十名家词》本《淮海词》则作一卷,收词八十七首,然原亦出自宋本三卷本。宋时另有《淮海琴趣》,清初黄仪、毛扆等尝据以校汲古阁本《淮海词》,今佚。叶恭绰从故宫及吴门吴氏假得两种宋刊《淮海居士长短句》,合刊影印,并考其版本系统和各本异同。

《艇斋诗话》谓"章质夫家子弟有注少游词者"。然后世无传。

9. 贺铸《东山词》《贺方回词》

程俱《宋故朝奉郎贺公墓志铭》谓贺铸有"乐府辞五百首"。其词集有张耒序,称《东山词》;叶梦得《贺铸传》,称《东山乐府》;《直斋书录解题》著录长沙《百家词》本,称《东山寓声乐府》(三卷),并谓"以旧谱填新词而别为名而易之,故曰寓声"。至其命名"东山"的缘由,夏承焘《贺方回年谱》据其《御街行》别东山诸词,"以方回行迹考之,殆其晚年吴下苋裘。考《吴县志》,莫厘峰即东洞庭山,省称东山。方回或有别业在彼耶"?

今存残宋本《东山词》上卷(原为上、下二卷),一百零八首,见陶湘《续刊景宋元明本词》。侯文灿《十名家词》、王鹏运《四印斋所刻词》、朱孝臧《彊村丛书》所收《东山词》,所据皆此本。《彊村丛书》复收劳权传录鲍廷博钞本《贺方回词》二卷,一百四十三首。与残宋本《东山词》合计,共二百余首,仅为贺铸所作"乐府辞五百首"之半。残宋本《东山词》阙字甚多,无从校补。

贺铸词每用旧调而易以新名,如《踏莎行》一调,改用了《惜余春》《题醉袖》《阳羡歌》《芳心苦》《平阳兴》《晕眉山》《思牛女》七个新调名;《小梅花》一调,改用《将进酒》《行路难》两个新调名。此后张辑《东泽绮语债》亦仿此例,词调的同调异名的现象就更纷繁了。

10. 周邦彦《清真集》《片玉集》

周邦彦词,宋时别本甚多,有名《清真词》者,有名《清真诗余》者,有名《片玉集》者。吴则虞校点《清真集》所附《板本考辨》,谓:"清真词在宋绍兴间已别行,今可考者,宋刻得十有一种。"传世的以强焕本为最早,共一百八十二首,前有强焕淳熙七年(1180)序。

> 文章政事,初非两涂。学之优者,发而为政,必有可观;政有其暇,则游艺于咏歌者,必其才有余刃者也。
> 溧水为负山之邑,官赋浩穰,民讼纷沓,似不可以弦歌为政。而待制周公,元祐癸酉春中为邑长于斯,其政敬简,民到于今称之者,固有余爱。而其尤可称者,于拔烦治剧之中,不妨舒啸。一觞一咏,句中有眼,脍炙人口者,又有余声。声洋洋乎在耳侧,其政有不亡者存。
> 余慕周公之才名有年于兹,不谓于八十余载之后,踵公旧踪,既喜而且愧。故自到任以来,访其政事,于所治后圃,得其遗政,有亭曰"姑射",有堂曰"萧闲",皆取神仙中事揭而名之,可以想象其襟抱之不凡。而又睹"新绿"之地,"隔浦"之莲,依然在目。抑又思公之词,其模写物态,曲尽其妙。方思

有以发扬其声之不可忘者,而未能及乎。暇日从容式燕嘉宾,歌者在上,果以公之词为首唱。夫然后知邑人爱其词,乃所以不忘其政也。

余欲广邑人爱之之意,故裒公之词,旁搜远绍,仅得百八十有二章,釐为上、下卷,乃辍俸余,鸠工锓木,以寿其传,非惟慰邑人之思,亦冀传之有所托,俾人声其歌者,足以知其才之优于为邑如此,故冠之以序而述其意云。

公讳邦彦,字美成,钱塘人也。

淳熙岁在上章困敦孟陬月圉赤奋若,晋阳强焕序。

毛晋《宋六十名家词》本《片玉集》(一百八十四首),或即出于强焕本。毛晋又辑补遗一卷(十首)附后。

《直斋书录解题》卷一七别集类《清真杂著》下曰:"邦彦尝为溧水令,故邑有词集。"所指即强焕本。歌词类著录《清真词》二卷,后集一卷,乃长沙《百家词》本。又有《注清真词》二卷,注曰:"曹杓季中注,自称一壶居士。"曹杓注本佚。今传陈元龙注《片玉集》十卷,是在旧注的基础上"详而疏之"的集注本。有嘉定四年(1211)刘肃序。

辞不轻措,辞之工也。阅辞必详其所措,工于阅者也。措之非轻,而阅之非详,工于阅而不工于措,胥失矣,亦奚胥望焉。是知雎霓之诵,方脱诸口,而见谓知音;白题八滑之事既陈,而当世之疑已释。楛矢萍实,苟非推其所从,则是物也,弃物耳。谁欤能知?触物而不明其原,睹事而莫征所自,与冥行何别。故曰无张华之博,则孰知五色之珍;乏雷焕之识,则孰辨冲斗之灵。况措辞之工,岂有不待于阅者之笺释耶。

周美成以旁搜远绍之才,寄情长短句,缜密典丽,流风可仰,其征辞引类,推古夸今,或借字用意,言言皆有来历,真足冠冕词林。欢筵歌席,率知崇爱,知其故实者,几何人斯！殆犹属目于雾中花、云中月,虽意其美,而皎然识其所以美,则未也。

漳江陈少章,家世以学问文章为庐陵望族,涵咏经籍之暇,阅其词,病旧注之简略,遂详而疏之,俾歌之者究其事,达其辞,则美成之美益彰,犹获昆山之片珍,琢其质而彰其文,岂不快夫人之心目也。因名之曰《片玉集》云。少章名元龙。

时嘉定辛未杪腊,庐陵刘肃必钦序。

嘉定刻本陈元龙《片玉集注》,今有陶湘《续刊景宋金元本词》本,《彊村丛书》本。王鹏运《四印斋所刻词》影元巾箱本《清真集》,序次篇数与之相同,惟作二卷,无注。这个本子分周邦彦词为春景、夏景、秋景、冬景、单题、杂赋六类,每类以调编次,调下注明宫调,又间注"秋怨""秋思"等词题,共一百二十七首。1981年中华书局出版吴则虞校点的《清真集》,汇校宋以来诸本,较完善。

三　南宋词别集

1. 朱敦儒《樵歌》

张端义《贵耳集》卷上,谓朱敦儒词集原名《太平樵唱》。《直斋书录解题》著录《百家词》本,题作《樵歌》,一卷,今传本皆作三卷。阮元《揅经室外集》卷三《四库未收书目》于《樵歌》提要曰:

> 敦儒字希真,洛阳人,绍兴乙卯以荐起赐进士出身,为秘书省正字兼兵部郎官,迁两浙东路提点刑狱。上疏乞归,居嘉禾。此依毛晋汲古阁旧钞过录。案花庵词客称敦儒东都名士,天资旷逸,有神仙风致,《西江月》二首,可以警世之役役于非望之福者。是编《西江月》凡八,即指第五、第六二首而言。又张正夫称敦儒月词"插天翠柳,被何人推上,一轮明月",词意绝奇,似不食烟火人语。是作今载集中,余皆音律谐缓,情至文生,宜其独步一时也。

《四印斋所刻词》本《樵歌》三卷,为吴翌凤(枚庵)钞校本。《彊村丛书》本《樵歌》三卷,为范声山校旧钞本,共二百四十五首。

2. 李清照《漱玉集》

《直斋书录解题》著录长沙《百家词》本《漱玉集》一卷,并曰:"别本分五卷。"黄昇《唐宋诸贤绝妙词选》卷一〇,谓李清照有《漱玉集》三卷。《宋史·艺文志》作"《易安词》六卷"。这些宋本,元以后无一存者。崇祯三年(1630),毛晋得洪武三年(1370)抄本,仅词十七首,刻入《诗词杂俎》,题《漱玉词》,跋曰:

> 黄叔旸云:《漱玉集》三卷。马端临云:别本分五卷,今一卷。考诸宋元杂记,大都合诗词杂著为《漱玉集》,则厘全

> 集为三卷无疑矣。第国朝博雅如用修先生,尚慨未见其全,湮没不几久耶。庚午仲秋,余从选卿觅得宋词廿余种,乃洪武三年抄本,订正已阅数名家。中有《漱玉》《断肠》二册。虽卷帙无多,参诸《花庵》《草堂》《彤管》诸书,已浮其半,真鸿宝也,急合梓之,以公同好。末载《金石录后序》,略见易安居士文妙,非止雄于一代之媛,直脱南渡后诸儒腐气,上返魏晋矣。后附遗事数则,亦罕传者。

《四库提要》谓毛晋所刊,"虽篇帙无多,不能不宝而存之,为词家一大宗矣"。光绪七年(1881),王鹏运以曾慥《乐府雅词》所录李清照词二十三首为主,旁及宋人选本、说部所载,共辑得五十首,刻入《四印斋所刻词》。光绪十五年(1889),又以况周颐所辑八首为补遗。赵万里《校辑宋金元人词》,亦有《漱玉词》辑本一卷。1979年人民文学出版社出版王仲闻《李清照集校注》,辑李清照词四十三首,存疑之作十四首,并以误题李清照撰二十九首附于后。

3. 张元幹《芦川词》

张元幹《芦川归来集》原有曾噩序,谓:"乐府二卷,见于别集。"《宋史·艺文志》著录张元幹《芦川词》二卷,乃其子张靖所编,今存蔡戡的《芦川居士词序》谓:

> 少监张公,早岁闻道于了斋先生,学诗于东湖居士。凡所游从,皆名公胜流。年未强仕,挂神武冠,徜徉泉石,浮沈诗

酒。又喜作长短句，其忧国爱君之心，愤世嫉邪之气，间寓于歌咏。

绍兴议和，今端明胡公铨上书，请剑欲斩议者，得罪权臣，窜谪岭海。平生亲党避嫌畏祸，唯恐去之不速。公作长短句送之，微而显，哀而不伤，深得三百篇讽刺之义。非若后世靡丽之词，狎邪之语，适足劝淫，不可为训。

公博览群书，尤好韩集杜诗，手之不释。故文词雅，气格豪迈，有唐人风。公之子靖裔公长短句，属为序。余晚出，恨不见前辈，然诵公诗文久矣，窃载名于右，因请以送别之词，冠诸篇首，庶几后人尝鼎一脔，知公此词不为无补于世，又岂与柳、晏辈争衡哉。

公讳元幹，字仲宗，自号芦川居士云。

案周必大《益公题跋》卷九《跋张元幹送胡邦衡词》谓："长乐张元幹，字仲宗，在政和、宣和间，已有能乐府声，今传于世，号《芦川集》，凡百六十篇，以《贺新郎》二篇为首。"吴昌绶《景刊宋元本词》有《芦川词》上下两卷，乃影写瞿氏铁琴铜剑楼旧藏宋本，冠于卷首者，即《贺新郎》"寄李伯纪丞相"、"送胡邦衡待制"二篇。然收词一百八十五篇，多于周必大庆元二年（1196）所见之本。汲古阁《宋六十名家词》本《芦川词》，作一卷。

4. 陆游《放翁词》

陆游词集，乃陆游晚年手定。淳熙十六年（1189）陆游六十五岁时，自为《长短句序》：

> 雅正之乐微，乃有郑、卫之音。郑、卫虽变，然琴瑟笙磬犹在也。及变而为燕之筑，秦之缶，胡部之琵琶、箜篌，则又郑、卫之变矣。风、雅、颂之后为骚，为赋，为曲，为引，为行，为谣、为歌，千余年后乃有倚声制辞起于唐之季世，则其变愈薄，可胜叹哉！
>
> 予少时汨于世俗，颇有所为。晚而悔之，然渔歌菱唱，犹不能止。今绝笔已数年，念旧作终不可掩，因书其首，以识吾过。
>
> 淳熙己酉炊熟日，放翁自序。

之后命其子陆遹刊入《渭南文集》。嘉定十三年（1220）陆遹《渭南文集跋》记陆游之嘱：

> 尝谓子遹曰："剑南"乃诗家事，不可施于文，故别名"渭南"。如《入蜀记》、《牡丹谱》、乐府词，本当别行，而异时或至散失，宜用庐陵所刊欧阳公集例，附于集后。

《渭南文集》卷四九、五〇，为词二卷，一百三十首。吴昌绶《景刊宋元本词》本《渭南词》二卷，即据宋本《渭南居士文集》摹刻。毛晋《宋六十名家词》本《放翁词》，并为一卷，依调分列，与原集目次微异。今有夏承焘、吴熊和编年笺注本。

5. 张孝祥《于湖乐府》《于湖先生长短句》

张孝祥词今存宋本两种。一种附于宋刊《于湖居士文集》，第三十一卷至三十四卷为乐府,共四卷,一百八十二首。吴昌绶据袁克文藏本刊入《景刊宋元本词》,称《于湖居士乐府》。《于湖居士文集》凡四十卷,首有谢尧仁及张孝伯序,嘉泰元年(1201)张孝伯知隆兴府充江南路安抚使时,由王大成校辑于南昌。一种为宋乾道间刊《于湖先生长短句》,五卷,又拾遗一卷。此本每词各注宫调,内本集未收者有三十六首。刊于陶湘《续刊景宋金元本词》。前有乾道七年(1171)汤衡《张紫微雅词序》及陈应行《于湖先生雅词序》二篇,据汤衡序,《张紫微雅词》为建安刘温父所裒集。

> 建安刘温父博雅好事,于公文章翰墨,尤所爱重,片言只字,莫不珍藏。既裒次为法帖,又别集乐府一编,属予序之,以冠于首。
> 衡尝获从公游,见公平昔为词,未尝著稿,笔酣兴健,顷刻而成。初若不经意,反复究观,未有一字无来处,如《歌头》(凯歌)、(登无尽藏)、(岳阳楼)诸曲,所谓骏发踔厉,寓以诗人句法者也。自仇池仙去,能继其轨者,非公其谁与哉!

陈应行序称荆、湘间《于湖集》载长短句数百篇:

> 比游荆、湘间,得公《于湖集》,所作长短句凡数百篇,读之泠然洒然,真非烟火食人辞语。予虽不及识荆,然其潇散出尘之姿,自然如神之笔,迈往凌云之气,犹可以想见也。

这个载长短句数百篇的《于湖集》,后未传。张孝祥卒于乾道五年(1169),汤衡、陈应元二序作于乾道七年,距张孝祥之卒不过二年。以词集论,这个乾道本是传世最早的了。

6. 辛弃疾《稼轩词》《稼轩长短句》

辛弃疾生前已有多种词集行世。范开《稼轩词序》说:

> 开久从公游,其残膏剩馥,得所沾焉为多。因暇日裒集冥搜,才逾百首,皆亲得于公者。以近时流布于海内者,率多赝本,吾为此惧,故不敢独闷,将以祛传者之惑焉。

范开序作于淳熙十五年(1188),辛弃疾这年四十九岁,在上饶家居。范开所编,即今《稼轩词》甲集,他是为了祛"流布于海内者率多赝本"之惑,而编辑此集的。

《直斋书录解题》著录《稼轩词》四卷,并曰:"信州本十二卷,卷视长沙本为多。"传世的辛弃疾词集,皆出于这两种本子:一为四卷本《稼轩词》,一为十二卷本《稼轩长短句》。

四卷本《稼轩词》,分甲、乙、丙、丁四集。甲、乙、丙三集,由陶湘《续刊景宋金元本词》刊出。1939年张元济得汲古阁精抄本丁集,遂合涵芬楼所藏汲古阁精抄之前三集,由商务印书馆一并影印,共四百三十九首。邓广铭《书诸家跋四卷本稼轩词后》说:

> 四卷本中,凡稼轩晚年帅浙东、守京口时作品,概未收录,则各集之刊成当均在宋宁宗嘉泰三年(1203)前。《直斋书录解题》《文献通考》及《宋史·艺文志》所著录者均是此本,南宋人所征

引之稼轩词与此本亦率多相合,盖当时最为通行也。

十二卷本《稼轩长短句》,有元大德己亥(大德三年,1299)广信书院刊本,收词五百七十二首,较四卷本多出一百余首(四卷本亦有二十首为十二卷本所无)。内《洞仙歌》词注:"丁卯八月病中作。"丁卯为开禧三年(1207)。辛弃疾卒于是年九月,这首词或是他的绝笔。十二卷本则当编定于辛弃疾卒后。大德本原为聊城杨氏海源阁藏书,今归北京图书馆(今国家图书馆),中华书局影印行世。王鹏运《四印斋所刻词》本《稼轩长短句》,据元大德本复刻。毛晋《宋六十名家词》本《稼轩词》,则将十二卷并为四卷。十二卷本编次体例较四卷本精严,字句多所改定,题语亦较详明。邓广铭《书诸家跋四卷稼轩词后》谓:

> 十二卷本之题语及词中字句,多经后来改定之处,改动后之字句大都较胜于四卷本,则当是稼轩晚年所手订者。然见于词题中之辛氏友朋,其名姓、字号、官爵亦间有通各卷各阕而悉改从一律者:如与傅先之唱和诸作大多以"提举"相称,而傅氏曾任知县,曾任通判,曾领漕事,各词实不尽作于其充提举之后;又如与徐衡仲唱和之作,其以"抚干"相称者,亦未必均作于徐氏充福建安抚司干官之后。凡此等处,四卷本均一仍原作时所著之称谓而未改。吾人于千载之下而欲对其各词作年稍加钩考,此实为极好之资据。

宋元时辛弃疾词集尚有数本:一、岳珂《桯史》卷三记岳珂于南徐对辛弃疾曰:"待制词句脱去今古轸辙,每见集中有'解道此句,真宰上诉,天应嗔耳'之序,尝以为其言不诬。"岳珂所引之序今本未见,此本行世亦在辛弃疾生前。二、刘克庄《后村大全集》卷九八有《辛稼轩集序》,谓此集乃辛弃疾嗣子故京西宪某及其子肃编定。三、刘辰翁《须溪集》卷六有《辛稼轩词序》,此本《稼轩词》乃宜春张清则所刻。四、元耶律铸《鹊桥仙》词序:"阆州得《稼轩乐府全集》。"王恽《感皇恩》词题:"与客读辛殿撰《乐府全集》。"又王恽《玉堂嘉话》卷五:"徒单侍讲与孟解元驾之亦善诵记,取新刊本《稼轩乐府》吴子音前序,一阅即诵,亦一字不遗。"此《稼轩乐府全集》及吴子音序为元时新刊。上述诸本后皆无传。

邓广铭《稼轩词编年笺注》,取四卷、十二卷本,法式善、辛启泰《辛词补遗》,及从《永乐大典》《清波别志》等书,补辑数首,共得词六百二十六首。稼轩词集,莫善于此了。

7. 陈亮《龙川词》

叶适《书〈龙川集〉后》谓陈亮"有长短句四卷。每一章就,辄自叹曰:'平生经济之怀,略已陈矣!'"《直斋书录解题》卷一八别集类著录《龙川集》四十卷,外集四卷,曰:"外集皆长短句,极不工,而自负以为经纶之意具在是,尤不可晓也。"今传《龙川文集》三十卷,卷一七以"词选"为目,录词三十首,而长短句四卷之外集久佚。毛晋《宋六十名家词》本《龙川词》一卷,即本集所载之三十首。又以《中兴词选》所载《水龙吟》等七首为《龙川词补》。影汲古阁抄本《典雅词》,亦有《龙川词》,内二十八首在《宋六十名家词》本三十首之外,王鹏运《宋元三十一家词》据以为《龙川词补》

一卷。唐圭璋《全宋词》又从《永乐大典》《全芳备祖》辑得十六首。传世陈亮词共七十五首,今有夏承焘校笺、牟家宽注《龙川词校笺》及姜书阁《陈亮龙川词笺注》。

8. 刘过《龙洲词》

《直斋书录解题》著录长沙《百家词》本《刘改之词》一卷。毛晋《宋六十名家词》本《龙洲词》,或即据《百家词》本。《彊村丛书》所收《龙洲词》二卷,乃清黄丕烈藏钱曾(遵王)校本,曹元忠跋谓出宋椠,犹在赵闻礼《阳春白雪》未出之前。罗振常则谓出于王朝用复刊端平中刘澥(刘过之弟)辑刻的《龙洲道人集》而加补辑者,则亦源出宋椠。1923年罗振常得明初沈愚刻本,共六十九首,其中为他本所无者凡二十一首。罗振常为之补遗刊行,共八十六首。

9. 姜夔《白石道人歌曲》

夏承焘《白石词版本考》谓:"《白石词》刻本,可考者十余,若合写本、景印本计之,共得三十余本。宋人词集版本之繁,此为首举矣。"宋本可考者凡四种,即钱希武刻《白石道人歌曲》六卷本;《花庵词选》本(载姜夔词三十四首,为毛晋《宋六十名家词》所据);南宋刊《六十家词》本;《直斋书录解题》著录之《白石词》五卷本。今传元陶宗仪钞本系统的姜夔词集,皆出于钱希武本。

钱希武本,据赵与訔跋,刻于嘉泰二年(1202)。

> 歌曲特文人余事耳,或者少谐音律。白石留心学古,有志

雅乐，如《会要》所载，奉常所录，未能尽见也。声文之美，概具此编。嘉泰壬戌，刻于云间之东岩。其家转徙自随，珍藏者五十载。淳祐辛亥（淳祐十一年，1251），复归嘉禾郡斋。千岁令威，夫岂偶然。因笔之以识岁月。端午日，菊坡赵与訔书。

嘉泰二年，姜夔尚健在。钱希武与姜夔为世交，所刻或为姜夔手定。钱希武原刻今亡。元至正十年（1350），陶宗仪钞写于钱唐叶居仲处，为本集六卷，别集一卷。从这个陶钞本出的，清时有乾隆二年（1737）江炳炎传抄本，乾隆八年（1743）陆钟辉刻本，乾隆十四年（1749）张奕枢刻本。然江、陆、张三本，字句往往不同。王鹏运《四印斋所刻词》、许增《榆园丛书》所据为陆钟辉本。朱孝臧《彊村丛书》所据为江炳炎本。张奕枢本又有宣统二年沈曾植影印本。夏承焘《姜白石词编年笺校》，以江炳炎本为主，校以张奕枢、陆钟辉两本，最为完善。

《白石道人歌曲》有十七首附有旁谱。《四库提要》谓：

> 宋代曲谱今不可见，亦无人能歌，莫辨其似波似磔、宛转敧斜、如西域旁行字者，节奏安在。然歌词之法，仅仅留此一线。录而存之，安知无悬解之士能寻其分刌者乎。鲁鼓薛鼓亡其音而留其谱，亦此意也。

研究姜夔这十七首词谱的，清代有方成培《香研居词麈》，戴长庚《律话》，陈澧《声律通考》，张文虎《舒艺室余笔》；今人有唐兰

《白石旁谱考》，见《东方杂志》二十八卷二十号；夏承焘《白石道人歌曲校律》《姜夔词谱学考绩》，见《月轮山词论集》；丘琼荪《白石道人歌曲通考》，1956年音乐出版社出版；杨荫浏《宋姜白石歌曲研究》，1957年音乐出版社出版。

10．史达祖《梅溪词》

《中兴以来绝妙词选》卷七谓史达祖"有词百余首，张功父、姜尧章为序"。今《梅溪词》有毛晋《宋六十名家词》本。王鹏运《四印斋所刻词》本，凡一百十二首。姜夔序已佚。张镃（功父）序末署嘉泰辛酉（嘉泰元年，1201），略曰：

> 余扫轨林扃，草长门径。一日，闻剥啄声，园丁持谒入。视之，汴人史生邦卿也。迎坐竹阴下，郁然而秀整。俄起谓余曰："某自冠时，闻约斋之号，今亦既有年矣。君身益湮晦，某以是来见，无他求。"袖出词一编，余惊笑而不答。生去始取读之，大凡如行帝苑仙瀛，辉华绚丽，欣眄骇接。因掩卷而叹曰：有是哉，能事之无遗恨也！盖生之作，辞情俱到，织绡泉底，去尘眼中，妥帖轻圆特其余事。至于夺茗艳于春景，起悲音于商素，有瑰奇警迈、清新闲婉之长，而无诡荡汙淫之失。端可以分镳清真，平睨方回，而纷纷三变行辈，几不足比数。

《四库提要》谓此序"作于嘉泰元年辛酉，而集中有壬戌立春一首；序称初识达祖，出词一编，而集中有与镃唱和词二首，则此本又后来所编，非镟所序之本矣"。清初王士禛《渔洋题跋》有跋《史邦卿词》，或即指汲古阁本。王士禛考其为人行事，称"其人品流，又远在康与之下，今人但知其词之工尔"。

11．刘克庄《后村别调》《后村长短句》

《中兴以来绝妙词选》卷七谓刘克庄有《后村别调》一卷。今传刘克庄词，毛晋《宋六十名家词》本，一卷，即名《后村别调》。明吴讷《唐宋诸贤百家词》本，二卷，称《后村居士诗余》。陶湘《续刊景宋金元本词》亦有《后村居士诗余》二卷，乃据宋淳祐九年（1249）林秀发编次《后村集》卷一九、二〇影刊。《彊村丛书》本，五卷，称《后村长短句》，所据刘燕庭藏钞《后村大全集》本，较为完善。笺注本有钱仲联《后村词笺注》，上海古籍出版社1980年出版。

12．吴文英《梦窗词》

吴文英词集，宋时有尹焕序本，见《中兴以来绝妙词选》卷一〇，有旧刊《六十家词》本，见《词源》卷下，这两种宋本，后俱佚。毛晋《宋六十名家词》有《梦窗词》甲、乙、丙、丁四稿，跋云："或曰梦窗词一卷，或云凡四卷，以甲、乙、丙、丁厘目。"今传《梦窗词》，就是这四卷本和一卷本。

毛晋先刻《梦窗词》丙、丁两稿。二十年后，复得甲、乙两稿，四卷本遂成完帙，共收词三百二十三首。杜文澜以为此四稿为后人补辑，咸丰十一年（1861），他重取毛本校勘付梓，即为曼陀罗华阁本。光绪二十五年（1899），王鹏运病毛刻失在不校，杜刻失在妄校,遂与朱孝臧同校《梦窗词》,建立了著名的正误、校异、补脱、存疑、删复等"校词五例",这就是四印斋本。光绪三十四年(1908)朱孝臧又重校刊行。张镛《四明丛书》所收,即此重校本。

1913年,朱孝臧得明万历二十六年(1598)太原张廷璋旧藏抄本《梦窗词》,即一卷本。刊入《彊村丛书》,朱孝臧跋谓此本"通卷分调类次,略同甲、乙稿而小有出入,汰去误入他人之作,凡得二百五十六首,视毛本少六十七首,标注宫调者六十有四,为从来著录家所未载,则沈翳也久矣"。此后朱孝臧又有四校定本《梦窗词集》,刊于《彊村遗书》。

为《梦窗词》作笺注者,有朱孝臧《梦窗词集小笺》,见《彊村丛书》;夏承焘《梦窗词集后笺》,见《唐宋词论丛》;杨铁夫《梦窗词全集笺释》,一九三六年无锡民生印书馆印行。

13. 刘辰翁《须溪词》

刘辰翁卒后,其子刘将孙编成《须溪集》,有一百卷。这百卷本的《须溪集》明时已佚。《四库全书》本《须溪集》从《永乐大典》辑出,仅十卷,卷八至卷十为词三卷。《彊村丛书》本《须溪词》原据钱唐丁氏善本书室藏旧钞本,不分卷,后取《四库》本参校,共三百四十七首。朱孝臧跋谓:"丁本虽讹文迭出,然资以谠正阁本,亦往往而有。若《水龙吟》之'移将刻棹',《莺啼序》之'千载能胡语',又颇疑阁本非本来面目也。"

14. 周密《蘋洲渔笛谱》《草窗词》

周密词集,有《蘋洲渔笛谱》二卷与《草窗词》二卷,互有详略。

阮元《四库未收书目提要》谓:"《笛谱》是其当日原定,《草窗词》或后人掇拾所成。"夏承焘《周草窗年谱》,考定《蘋洲渔笛谱》"无入元以后各词,似与《草窗韵语》同结集于宋季,出于草窗手定"。清乾隆四年(1739),扬州江昱(宾谷)为《蘋洲渔笛谱》作考证,谓所据原出于宋椠:

> 昨从慈溪友人处见有副本,方体宋字,于当时避讳字皆阙点画,似从刻本影抄者。五十叶,中阙四叶。后大字有跋者二词,又梦窗题词一阕,字体与前无异,末亦脱落数字,想皆原刻。但草窗所选《绝妙好词》中附己作二十二阕,俱不载入此集。朱秀水《词综》亦有八阕,为此所无,意此或其一集,而非生平全稿也。

江昱的考证是将题中人地岁月以及本事轶事、词话、倡和之作,凡有交涉可互相发明者,疏附词后。他还辑见于《草窗词》及他书者为集外词一卷,今有《彊村丛书》本。《草窗词》有鲍氏《知不足斋丛书》本,杜氏曼陀罗华阁本。

15. 王沂孙《花外集》

张炎《洞仙歌》词,题云:"观王碧山《花外词集》有感。"知王沂孙词集原名《花外集》。周密《踏莎行》"题中仙词卷":"重翻花外侍儿歌,休听酒边供奉曲。"亦以"花外"为辞。鲍氏《知不足斋丛书》本《花外集》,收词六十五首,注云:"一名《碧山乐府》。"王鹏运取鲍本重加校订,刻入《四印斋所刻词》。明时吴讷《唐宋名贤百家词》本及文端淑钞本,又名《玉笥山人词集》。

16. 张炎《山中白云词》《玉田集》

前有郑思肖、仇远、舒岳祥三序。舒岳祥序作于大德元年(1297)。又邓牧《伯牙琴》亦有《张叔夏词集序》:

> 古所谓歌者,诗三百止尔。唐宋间始为长短句,法非古,意古。然数百年来,工者几人?美成、白石逮今脍炙人口,知者谓丽莫若周,赋情或近俚;骚莫若姜,放意或近率。今玉田张君,无二家所短而兼所长,"春水"一词,绝唱今古,人以"张春水"目之。盖其父寄闲先生善词名世,君又得家庭所传者。中间落落不偶,北上燕南,留宿海上,憔悴见颜色。至酒酣浩歌,不改王孙公子酝藉。身外穷达,诚不足动其心,馁其气与!岁庚子相遇东吴,示予词若干首,使为序云。

庚子为大德四年(1300)。但集中词并非止于大德四年,注明时地最晚的,为延祐元年(1314)寓吴时作的《临江仙》。

今本《山中白云词》源出陶宗仪钞本,流传晚出,著录罕及。清初朱彝尊录自钱庸亭,分为八卷。康熙中钱塘龚翔麟(蘅圃)刊之。雍正四年(1726),上海曹炳曾(巢南)重刻。乾隆十八年(1757),江昱取作疏证。《彊村丛书》所收,即江昱《山中白云疏证》本。朱孝臧跋谓:"标曰《山中白云词》,恐非旧称。"邓牧序,称《张叔夏词集》。《永乐大典》卷二八〇八梅字韵《尾犯》注,称张叔夏《玉田集》。

17. 元好问《遗山乐府》

元好问词集本名《遗山新乐府》,原为元好问自编。明弘治高丽刊本《遗山乐府》三卷,前有元好问自序。

世所传乐府多矣,如山谷《渔父词》:"青箬笠前无限事,绿蓑衣底一时休,斜风细雨转船头。"陈去非《怀旧》云:"忆昔午桥桥下饮,坐中都是豪英。长沟流月去无声。杏花疏影里,吹笛到天明。　三十年来成一梦,此身虽在堪惊。闲登高阁赏新晴。古今多少事,渔唱起三更。"又云:"高咏楚辞酬午日,天涯节序匆匆。榴花不似舞裙红。无人知此意,歌罢满帘风。　万事一身伤老矣,戎葵凝笑墙东。酒杯深浅古今同。试绕桥下水,今夕到湘中。"如此等类,诗家谓之"言外句",含咀之久,不传之妙,隐然眉睫间,惟具眼者乃能赏之。

古今之人,莫不饮食,鲜能知味。譬之羸犐老羝,千煮百炼,椒桂之香,逆于人鼻;然一吮之后,败絮满口,或厌而吐之矣。必若金头大鹅,盐养之再宿,使一老奚知火候者烹之。肤黄肪白,愈嚼而味愈出,乃可言其隽永耳。

岁甲午,予所录《遗山新乐府》成。客有谓予者云:予故言宋人诗大概不及唐,而乐府歌词过之。此论殊然。乐府以来,东坡为第一,以后便到辛稼轩,此论亦然。东坡、稼轩即不论,且问遗山得意时,自视秦、晁、贺、晏诸人为何如?予大笑,推客背云:那知许事,且啖蛤蜊。客亦笑而去。

十月五日,太原元好问裕之题。

甲午为金哀宗天兴二年（1234，相当于南宋端平元年）。元好问卒于元宪宗七年（1257），《遗山新乐府》编定后当有续作、续增。今传有三卷本、四卷本、五卷本。三卷本为高丽刊本，最早，后有弘治壬子（弘治五年，1492）朝鲜人李宗准序。今有陶湘《续刊景宋金元本词》本，朱孝臧《彊村丛书》本，共三百二十三首。四卷本有道光间张穆（石洲）阳泉山庄所刻《遗山集》附新乐府四卷，盖非完帙。五卷本有吴重熹石莲庵本、罗振玉《殷礼在斯堂》本，比三卷本多出一百余首。

第四节 词　　话

　　1934年,吴梅为《词话丛编序》,深慨于两宋词话之寂寥:"北宋诸贤,多精律吕,依声下字,井然有法,而词论之书,寂寞无闻。""南渡以还,音律之学,日渐陵夷。作者既无准绳,歌者盖乖矩矱,知音之士,乃详考声律,细究文辞。玉田《词源》,晦叔《漫志》,伯时《指迷》,一时并作,三者之外,犹罕专篇。"《四库提要》词曲类仅录宋人词话《碧鸡漫志》《词源》《乐府指迷》三部。宋词之盛,可谓制作如林,论词之作,却屈指可数,令人感叹。

　　不过,宋人词话并非仅止于《碧鸡漫志》等三书。宋人诗话多至一百四十五十种,词话可考者,亦有其十之一二。唐圭璋先生所辑《词话丛编》,原分甲、乙两编(见《词学季刊》第2卷第1号)。甲编据刊本,乙编据辑本。两宋词话收于甲编的,有王灼《碧鸡漫志》一卷,张炎《词源》二卷(附杨守斋《作词五要》),沈义父《乐府指迷》一卷;收于乙编的,有黄昇《花庵词话》一卷,吴曾《能改斋词话》一卷,胡仔《苕溪渔隐词话》二卷,周密《草窗词话》二卷,杨绘《本事曲》一卷,魏庆之《魏庆之词话》一卷,陈振孙《直斋词评》一卷,夏承焘辑《宋元词话钩沈》一卷。乙编诸书,有些后来未及刊出,殊为可惜。兹稍广其目,以便搜讨,若求其全,则已难矣。

1. 杨绘《时贤本事曲子集》

尤袤《遂初堂书目》称"杨元素《本事曲》"。赵万里《校辑唐宋金元人词》有辑本一卷,题曰:

> 杨元素《本事曲》,新会梁先生(启超)《记时贤本事曲子集》一文,考之详矣。顾所辑佚文,仅《欧阳近体乐府》《东坡词》中五事。余续于《苕溪渔隐丛话》《敬斋古今注》搜得五事,为梁氏所未见。合为一卷,以见此最古之词话。《渔隐丛话》后集三十八载卢绛梦一白衣妇人歌《菩萨蛮》,《南唐近事》及《本事曲》所载皆同云云,检他书未见称引,知其散佚多矣。

按《时贤本事曲子集》有前、后二集。前集成于元丰初,所载已多至一百四十则,后集有苏轼撰写的四则,所收当不少于前集。本书第五章论宋人词话始于杨绘《本事曲》一节,已予详考,这里不再赘述。赵万里辑本较早,仅得九则,现应再予补辑。除前章已举二则外,《能改斋漫录》卷一七谓《本事集》载韩琦《维扬好》词四章;《中吴纪闻》卷一谓杨元素《本事集》误以蒋堂侍郎有小鬟号红梅,其殿丞作词以赠之;又傅幹注《东坡词》多引杨绘《本事曲集》,赵辑未及尽录,皆当补入。

2. 晁补之《骫骳说》《晁无咎词话》

《直斋书录解题》卷一一小说家类著录朱弁《骫骳说》一卷,注曰:"《晁无咎词话》,而晁书未见。"按朱弁所作名《续骩骳说》,一卷。今有《说郛》本,已删节不全。《直斋书录解题》偶脱一"续"字。陈振孙谓其"续《晁无咎词话》",则《晁无咎词话》当本名《骩骳说》。沈曾植《护德瓶斋涉笔》谓:"词话始晁无咎,而朱弁《骩骳说》继之,今二书皆不存,独朱书名见《直斋书录解题》耳。"按晁补之有《鸡肋集》七十卷,未收其《骩骳说》或《词话》。据朱弁《续骩骳说序》:

  晁无咎《骩骳说》二卷,其大概为论乐府歌词,皆近世人所为也。

《骩骳说》以论近世人乐府歌词为主,其性质实属词话。易名《晁无咎词话》,亦名实相符。《风月堂诗话》卷上又有晁无咎晚年评词曲一则:

  韩退之云:"余事作诗人",未可以为笃论也。东坡以词曲为诗之苗裔,其言良是。然今之长短句比之古乐府歌词,虽云同出于诗,而祖风已扫地矣。晁无咎晚年,因评小晏并黄鲁直、秦少游词曲,尝曰:吾欲托兴于此,时作一首以自遣;政使流行,亦复何害,譬如鸡子中原无骨头也。

晁无咎晚年评晏幾道并黄鲁直、秦少游词曲,当即是《骩骳说》二卷中的内容。赵令畤《侯鲭录》卷八、《苕溪渔隐丛话》后集卷三三、《能改斋漫录》卷一六、《诗人玉屑》卷二一,都引及晁补之的《评本朝乐章》,然却未见于《鸡肋集》,疑即出于《猷骹说》,不过《评本朝乐章》未及小晏词,评黄鲁直、秦少游亦极简略,仅存《猷骹说》的梗概而已。陈师道《书旧词后》及王若虚《滹南诗话》,又引晁补之曰:"眉山公之词,短于情,盖不更此境也。"此语不见于《评本朝乐章》,疑亦出于《猷骹说》。

3. 阮阅《诗话总龟》乐府门

《诗话总龟》原名《诗总》,十卷,分四十六门,首创分门别类的体例以辑集诸家诗话,有阮阅宣和五年(1123)自序:

> 余昔与士大夫游,闻古今诗句,脍炙人口,多未见全本及谁氏所作也。宣和癸卯春,来官郴江,因取所藏诸家小史、别传、杂记、野录读之,遂尽见前所未见者。至癸卯秋,得一千四百余事,共二千四百余诗,分四十六门而类之。

绍兴三十一年散翁(即阮阅)序刊本,易名《诗话总龟》。此后复有后集,又时有增补。今传明嘉靖二十四年(1545)月窗道人(淮宪王朱厚焘)刊本,前后集均为五十卷(前集今缺二卷),所采书共二百种。前集卷四〇、后集卷三一、三二、三三为乐府门,即为词话。不过引用书目中属词话者,仅《古今词话》一种,其余都采自宋人诗话与笔记,内容比较驳杂,仅辑录而不予评论。

4. 杨湜《古今词话》

尤侗《词苑丛谈序》谓:

《古今词话》,久矣失传,其轶事见于他说,抑何鲜哉!

赵万里《校辑宋金元人词》,有《古今词话》辑本一卷,题曰:

> 杨湜《古今词话》,明以后失传,宋以来公私书目罕著于录(《也是园书目》七载《古今词话》十卷,未知即此书否)。《苕溪渔隐丛话》成书于绍兴戊辰(1148),已加称引,证之《草堂诗余》绍兴间林外《洞仙歌》后所注,知其人与胡仔为同时。据明写本《说郛》引《白獭髓》,知湜字景倩。然其里贯及书之卷数迄无考,是此憾也。其书采辑五季以下词林逸事,乃唐宋说部体裁,所记每多不实,胡仔于《渔隐丛话》后集卷三十九黜之甚烈。

案《宋史·艺文志》著录李颀《古今诗话录》七十卷,《苕溪渔隐丛话》时引《古今诗话》,郭绍虞《宋诗话考》疑其即李颀之作,其时代当在北宋之季。杨湜《古今词话》,或踵其后。赵万里从《岁时广记》《笺注草堂诗余》《花草粹编》《绿窗新话》等书,共辑得六十七则。所记大都出于传闻,且侧重冶艳故实,故赵万里谓其与《丽情集》《云斋广录》相类似。然而也时有关涉评述与足资考证的,如记晏殊《木兰花》(东风昨夜回梁苑)作于庆历甲申(庆历四年,1044)元日(《岁时广记》卷七);记王安石作《桂枝香》金陵怀古,"诸公寄词于《桂枝香》凡三十余首,独介甫为绝唱。东坡见之,不觉叹息曰:'此老乃野狐精也。'"(《草堂诗余》卷上)胡仔讥其"殊无根蒂,皆不足信",未免过苛。赵万里辑本亦须增补,如谢维新《古今合璧事类备要》外集卷一一一音乐门引杨湜《古今词话》：

> 元丰间，蔡敏肃公挺子正，自西掖出镇平阳府。经数岁，意欲归，作《喜迁莺》一阕云云。词播中都，遂彻圣听，上因语吕丞相曰：蔡挺欲归。遂以西掖召还。

《历代诗余》卷一一二《词话》引《古今词话》，有涉及宋南渡后与元明人事者，当为杨湜之后的另一同名词话。钱曾《也是园书目》卷七著录《古今词话》十卷，或即此书。康熙二十七年（1685）吴江沈雄著《古今词话》八卷，其凡例曰："旧有《古今词话》一书，撰述名氏，久矣失传，又散见一二则于诸刻，兹仍其名。"这部《古今词话》名同实异，不容相混。

5.《本事词》

作者与卷数不详。今可考者亦有数则。《古今合璧事类备要》外集卷一一音乐门，引《本事词》记庆历中晏幾道作《鹧鸪天令》。《岁时广记》引《本事词》者，卷一〇记宣和间张元幹赋《明月逐人来》上元词；卷一一记政和间贵溪连仲宣于京师作《念奴娇》；又记康与之应制作《瑞鹤仙》上元词；卷三一记南渡初李纲居三山东报国寺，命何大圭赋《水调歌头》中秋词。其体例盖仿杨绘《本事曲》。上述数则上起庆历，下迄南渡初。《直斋书录解题》卷一三医书类，著录许叔微《本事方》十卷，曰："取《本事诗词》之例以名之。"许叔微为绍兴三年进士，《本事词》之刊行当在《本事方》之前。或与《古今词话》成书年代相近。清叶申芗有《本事词》二卷，与此无涉。

6. 鮦阳居士《复雅歌词》

《复雅歌词》五十卷,前述总集时已叙录。《复雅歌词》录唐与北宋词四千三百余首,间附本事及评论,始创词选、词话合一的体例。《草堂诗余》多引"名贤词话",其中即有鮦阳居士的词评。赵万里辑本十则,亦皆有词有话。据鮦阳居士《复雅歌词序》,所谓"复雅",乃复大雅、正雅的意思。故其论词,好用汉儒解经的观点、方法,颇近迂腐。《唐宋诸贤绝妙词选》卷二于苏轼《卜算子》(缺月挂疏桐)一词后,引鮦阳居士云:

"缺月",刺明微也。"漏断",暗时也。"幽人",不得志也。"独往来",无助也。"惊鸿",贤人不安也。"回头",爱君不忘也。"无人省",君不察也。"拣尽寒枝不肯栖",不偷安于高位也。"寂寞吴江冷",非所安也。此与《考槃》诗相似。

《毛诗·卫风·考槃序》:"《考槃》,刺庄公也。不能继先公之业,使贤者退而穷处。"鮦阳居士直接将苏轼《卜算子》与《考槃》比附,讥之者如王士禛《花草蒙拾》:"村夫子强作解事,令人欲呕。"附和者如谭献《复堂词话》:"以《考槃》为比,其言非河汉也。此亦鄙人所谓作者未必然,读者何必不然。"《岁时广记》卷二七引《复雅歌词》"论七夕故事"一则,也表现了经师说词的特点:

七夕故事,大抵祖述张华《博物志》、吴均《齐谐记》。夫二星之在天,为二十八舍,自占星者观之,此为经。星有常次而不动,诗人谓"睆彼牵牛,不以服箱;跂彼织女,终日七襄,虽则七襄,不成报章"者,以此为臣而不职也。夫为臣不职,用人者之责也。此诗所以为刺也。凡小说好怪,诞妄不经,往往类此。天虽去人远矣,而垂象灿然,可验而知,不可诬也。词章家者流,务以文力相高,徒欲飞英妙之声于尊俎间,诗人之细也夫!

7. 王灼《碧鸡漫志》

五卷。卷一论乐,自歌曲产生至唐宋词兴,述历代声歌的递变。卷二论词,历评唐末五代至南渡初的词,评论北宋词多达六十余家。卷三至卷五则专论词调。此书的主要价值,在于论词和论调这两部分。前有王灼自序:

> 乙丑冬,予客成都之碧鸡坊妙胜院。自夏涉秋,与王和先、张齐望所居甚近,皆有声伎,日置酒相乐,予亦往来两家不厌也。尝与诗云:"王家二琼芙蕖妖,张家阿倩海棠魄。露香亭前占秋光,红云岛边弄春色。满城钱痴买娉婷,风卷画楼丝竹声。谁似两家喜看客,新翻歌舞劝飞觥,君不见东州钝汉发半缟,日日醉踏碧鸡三井道。"
>
> 予每饮归,不敢径卧。客舍无与语,因旁缘是日歌曲,出所闻见,仍考历世习俗,追思平时论说,信笔以记,积百十纸,混群书中,不自收拾。今秋开箧偶得之,残脱逸散,仅存十

七,因次比增广成五卷,目曰《碧鸡漫志》。顾予老矣,方悔少年之非,游心淡泊,成此亦安用? 但平时残墨,未忍焚弃耳。

已巳三月既望,覃思斋序。

乙丑是绍兴十五年(1145),已巳是绍兴十九年(1149),《碧鸡漫志》盖王灼晚年之作。《词话丛编》据《知不足斋丛书》本印行,乃足本。

8. 吴曾《能改斋漫录》《吴虎臣词话》

始刊于绍兴二十七年(1157)。今本十八卷,分事始、辨误、事实、地理、议论、乐府等十三类,以考据为主。卷一六、一七为"乐府"二卷,重在纪事,其体例同于词话。《词话丛编》据《守山阁丛书》本收此二卷,然其他各卷尚有涉及词者可补。徐钪《词苑丛谈》卷一一,引此书卷一七周美成增损王铣词为《烛影摇红》一条,称作《吴虎臣词话》(吴曾字虎臣)。按宋时已得《能改斋漫录》卷八论诗一卷,辑出单行,称《优古堂诗话》(见郭绍虞《宋诗话考》关于《优古堂诗话》的考证)。《吴虎臣词话》亦同此类,徐钪引及其书,或许清初犹存。

9. 胡仔《苕溪渔隐丛话》论乐府

前集六十卷,成于绍兴十八年(1148),后集四十卷,成于乾道三年(1167)。前集卷五九、后集卷三九论"乐府",采集前人词论词话,附以胡仔所加的辩证,以论文考义为主。北宋及南渡初不少重要的论词之作,如杨绘《本事曲》,晁无咎《评本朝乐章》,李清照《词论》,杨湜《古今词话》等,幸赖此书得以存其梗概,因此常为

后人援据。胡仔所评,亦多可采。如《古今词话》以苏轼《贺新郎》(乳燕飞华屋)为杭妓秀兰作,苕溪渔隐曰:

> 野哉杨湜之言,真可入《笑林》。东坡此词,冠绝古今,托意高远,宁为一娼而发邪?"帘外谁来推绣户,枉教人梦断瑶台曲,又却是,风敲竹",用古诗"卷帘风动竹,疑是故人来"之意。今乃云"忽有人叩门声,急起而问之,乃乐营将催督",此可笑者一也;"石榴半吐红巾蹙,待浮花浪蕊都尽,伴君幽独。浓艳一枝细看取,芳心千里似束",盖初夏之时,千花事退,榴花独芳,因以中写幽闺之情。今乃云"是时榴花独开,秀兰以一枝藉手告悴,其怒愈甚",此可笑者二也;此词腔调寄《贺新郎》,乃古曲名也。今乃云"取其沐浴新凉,曲名《贺新凉》,后人不知之,误为《贺新郎》",此可笑者三也。《词话》中可笑者甚众,姑举其尤者。第东坡此词,深为不幸,横遭点污,吾不可无一言雪其耻。宋子京云:"江左有文拙而好刻石者,谓之聆嗤符。"今杨湜之言俚甚,而锓板行世,殆类是也。

宋人词话与笔记中有关词林本事者,类似《古今词话》的毛病诚为不少。《词话丛编》据《海山仙馆丛书》本,收其中"乐府"二卷。然其余各卷亦有论词多条可补。

10. 朱弁《续骩骳说》

朱弁,字少章,建炎初使金,被拘不屈,凡十七年,绍兴十三年(1143)南归。他在北地著《风月堂诗话》二卷,前有绍兴十年

（1140）自序。《续骪骳说》一卷，《直斋书录解题》谓"以续《晁无咎词话》"，亦有朱弁自序：

> 予居东里，或有示予晁无咎《骪骳说》二卷，其大概多论乐府歌词，皆近世人所为也。予不自撰，亦述所见闻，以贻好事者，名之曰《续骪骳说》。信笔而书，无有伦次，岂可仿佛前辈，施诸尊俎？只可为掀髯捧腹之具。壬戌六月辛巳，骋游子叙。

"骋游子"为朱弁之号，他曾注《文子》，又自署《正义子》。壬戌为绍兴十二年（1142），这时朱弁犹拘执于金，尚未南归。他先作《风月堂诗话》以论诗，继作《续骪骳说》以论词，观点方法是"一以贯之"的。二书可合读。《风月堂诗话》于咸淳间自北方传至南宋，犹为完帙。《续骪骳说》则别无传本，陶宗仪《说郛》卷三八录《续骪骳说》一卷，仅删存五则。

11. 张侃《拣词》

张侃，字直夫，扬州人，为开禧中知枢密院张岩之子。尝监常州奔牛镇酒税，迁为上虞丞，著有《张氏拙轩集》，《四库全书》本从《永乐大典》中辑得六卷。《提要》谓其"志趣萧散，浮沉末僚，所与游者，如赵师秀、周文璞辈，皆吟咏自适，恬静不争之士，故所作格律，亦多清隽圆转，时有闲澹之致"。卷五有《拣词》，乃"议论之涉于词者"，前有张侃自序：

> 予监金台之次年，榷酒之暇，取向所录前人词，别写一

通,及数年来议论之涉于词者附焉。传不云乎:"不有博奕者乎,为之犹贤者已。"若夫泥纸上之宣言,极舞裙之逸乐,非惟违道,适以伐性,予则不敢。后用镇印,绍圣四年五月少府监铸,时未有闸,故兼河堰云,九月九日,邢城张某志。

《拣词》所录前人词,今佚。其议论凡二十则,或即评其所选之词,当时盖自成一卷。第一则谓古乐府"极而变为倚声,则李太白、温飞卿、白乐天所作《清平乐》《菩萨蛮》《长相思》",所拣词或以这三家为始。论南宋词则以辛弃疾居多,无一字及姜夔。

12. 杨缵《作词五要》

《词源》卷下谓:

> 近代杨守斋精于琴,故深知音律,有《圈法周美成词》。与之游者,周草窗、施梅川、徐雪江、奚秋崖、李商隐。每一聚首,必分题赋曲。但守斋持律甚严,一字不苟作,遂有《作词五要》。观此,则词欲协音,未易言也。

杨缵的《圈法周美成词》未传,《千顷堂书目》著录其《紫霞洞琴谱》十三卷。《作词五要》今附见于《词源》,蔡桢《词源疏证》并为笺释。

13. 陈振孙《直斋书录》歌词解题

《直斋书录解题》歌词类著录词集,自《花间集》至《阳春白雪》,共一百二十种。除叙录其卷数与作者外,间附评论,以评北宋词人居多。《四库提要》称其"校核精详,议论醇正",可辑为《直斋词评》。

14. 赵威伯《诗余话》

《诗人玉屑》卷一九,首引"诚斋、白石之评"一则,注出赵威伯《诗余话》。又蔡正孙《诗林广记》后集卷五《吕居仁咏秋后竹夫人》条,引赵伯威《诗余话》一则。威伯与伯威,未知孰是,其生平亦不详。

15. 魏庆之《诗人玉屑》附论诗余

魏庆之,字醇甫,号菊庄,建安人,是宋末江湖派诗人。《诗人玉屑》分门别类辑录宋人诗话,前有淳祐四年(1244)黄昇序,略曰:

> 友人魏菊庄,诗家之良医师也。乃出新意,别为是编,自有诗话以来,至于近世之评论,博观约取,科别其条,凡升高自下之法,由粗入精之要,靡不登载。其格律之明,可准而式;其鉴裁之公,可研而核;其斧藻之有味,可咀而食也。

《苕溪渔隐丛话》作于高宗时,多录北宋诗话。《诗人玉屑》作于度宗时,多录南宋诗话。《四库提要》谓:"二书相辅,宋人论诗之概,亦略具矣。"传本《诗人玉屑》,俱为二十卷。北京图书馆所藏日本宽永十六年(1639,相当于明崇祯十二年)刻本(出自高丽刊本），独有二十一卷，有"诗余"及"中兴词话"两门。"诗余"一门录"晁无咎评"等二十四则，《中兴词话》一门录黄昇《中兴词话补遗》十六则。《词话丛编》所收《魏庆之词话》一卷，乃据二十卷本附论"诗余"部分。当据日本宽永本补辑。

16. 黄昇《玉林词话》《中兴词话补遗》

黄昇《唐宋诸贤绝妙词选》《中兴以来绝妙词选》，于名家名作，间有评论。后来《增修草堂诗余》征引黄昇评论，称为《玉林词话》。魏庆之《诗人玉屑》卷二一，并有《中兴词话》一目，共收十六则，注云："并系玉林黄昇叔旸《中兴词话补遗》。"《中兴词话》盖指《中兴以来绝妙词选》所附词话。当时或有辑出单行之本。《诗人玉屑》时引黄昇《中兴诗话补遗》，《中兴词话补遗》与之同类。所评张元幹至戴复古词十八首，皆见于《中兴以来绝妙词选》，但这十八首词后，原来并无词话。《诗人玉屑》所录称为"补遗"，则是淳祐九年《中兴以来绝妙词选》刊出后黄昇所续增的。最后游次公、游子西二词，《中兴以来绝妙词选》未收，或是黄昇后来拟补的。

17. 陈模《怀古录》

陈模，字子宏，南宋末庐陵人。《怀古录》三卷，上卷论诗，中卷论词，下卷论文。前有宝祐乙卯（宝祐三年，1255）苍山曾原一太初子序一篇，谓其书成于淳祐戊申（淳祐八年，1248）之后。清初《千顷堂书目》曾著录，称"陈谟《怀古录》三卷"。邓广铭先生《辛稼轩年谱》绍兴十九年谱文及《稼轩词编年笺注》附录，录其论稼轩词二则,谓"稼轩归本朝,晚年词笔尤好"。《贺新郎》(绿树听啼鴂)一词,"尽集许多怨事,全与太白《拟恨赋》手段相似"。《沁园春》(杯汝来前)"又如《宾戏》《解嘲》等作,乃是把古文手段寓之于词"。又《沁园春》(叠嶂西来)一词,"说松而及谢家子弟,相如车骑,太史公文章,自非脱落故常者未易闯其堂奥"。又谓作词"徒狃于风情婉娈,则亦不足启人意,回视稼轩所作,岂非万古一清风也哉"。于辛词推许甚至,议论颇高。据邓广铭先生来函,抗战时他于明人一部"说部"见及此书,原为抄本,后为前中央研究院历史研究所收藏,解放前被转往台湾。

18.《诗词纪事》

今佚。《岁时广记》卷七"请紫姑"条引《诗词纪事》,仅一则。

19.《蕙亩拾英集》

今佚。《岁时广记》卷三五引《蕙亩拾英集》一则,记锦官尹氏女弟二词,为蔡尹赋《西江月》词。全书当是一部专述女子诗词的本事集。

20. 周密《诗词丛谈》《浩然斋雅谈》《草窗词评》

明朱存理《珊瑚木难》卷五载周密六十岁时所作《弁阳老人自铭》,自谓所著有《经传载异》《浩然斋可笔》《齐东野语》《台阁旧闻》《澄怀录》《武林旧事》及《诗词丛谈》多种。《诗词丛谈》传本未见。周密另有《浩然斋雅谈》,《千顷堂书目》著录,无卷数。《四库全书》本从《永乐大典》中辑出,分为上、中、下三卷。《四库提要》谓:"其书体类说部,所载实皆诗文评。今搜辑排纂,以考证经史、评论文章者为上卷,以诗话为中卷,以词话为下卷,各以类从,尚衷然成帙。密本南宋遗老,多识旧人旧事,故其所记佚篇断阕,什九为他书所不载。"按中卷张枢条云:"出处已略载词话。"今张枢事具见下卷,可证其原书本以诗词分编,词话独立成卷。夏承焘《周草窗年谱》附《草窗著述考》,谓:"《诗词丛谈》或即《浩然斋雅谈》。"日人梁川星岩、菅老山二人,辑其中卷论诗部分,刊为《浩然斋诗话》;近藤元粹又改称为《弁阳诗话》,刊入《萤雪轩丛书》。《词话丛编》则收其下卷,全为词话。《历代诗余》卷一一一《词话》,屡引《草窗词评》或周密《词评》。乃撼拾前人所引,并非本有其书。

21. 张炎《词源》

今本《词源》下卷首篇,总述成书缘由,应是合上下卷的全书的序言,当冠诸卷首:

> 昔在先人侍侧,闻杨守斋、毛敏仲、徐南溪诸公商榷音律,尝知绪余,故生平好为词章。用功四十年,未见其进。今老矣,嗟古音之寥寥,虑雅词之落落,僭述管见,类列于后,与同志商略之。

末云"与同志商略之",盖未视为定本。书末有钱良祐、陆文圭二跋,就是"与同志商略"之证。钱良祐跋,署丁巳正月,乃元仁宗延祐四年(1317)。陆文圭跋,称张炎于宋亡后"弃家,客游无方三十年矣"。宋亡于祥兴二年(1279)，历三十年，正当元成宗大德初。《词源》成书于大德间(见前第五章)，陆文圭或是最早见及此书的人。今本因陆文圭跋未署年月，遂置于钱良祐跋之后，并不恰当。陆跋云：

> 词与辞通用。《释文》云：意内而言外也。意生言，言生声，声生律，律生调，故曲生焉。《花间》以前无集谱，秦、周以后无雅声，源远而派别也。西秦玉田张君，著《词源》上、下卷，推五音之数，演六律之谱，按月纪节，赋情咏物。自称得声律之学于守斋杨公、南溪徐公。淳祐、景定间，王邸侯馆，歌舞升平，居生处乐，不知老之将至。梨园白发，潭宫蛾眉，余情哀思，听者泪落。君亦因是弃家，客游无方三十年矣。昔柳河东铭姜秘书，悯王孙之故态；铭马淑妇，感讴者之新声。言外之意，异世谁复知者。览君词卷，抚几三叹。墙东叟陆文圭跋。

《词源》一书元明两代收藏家均未著录。陆继儒《续秘笈》仅收其下卷，误题为《乐府指迷》。嘉庆十五年(1810)江都秦恩复据元善起斋旧钞，刊于《词学丛书》，始有足本行世。道光八年(1828)，又得戈载校本重刊。此后《粤雅堂丛书》本、《榆园丛书》本，俱从秦刻戈校本出。笺释本有郑文焯《词源斠律》、蔡桢(嵩云)《词源疏证》。夏承焘《词源注》仅注其下卷。

22. 沈义父《乐府指迷》

前有沈义父自序，谓得词法于翁逢龙、吴文英，故作此以传子弟。书中述"得之所闻",糅合己意,共二十八则。《四库提要》谓:"其论词以周邦彦为宗,持论多为中理。""至所谓去声字最要紧,及平声字可用入声字替,上声字不可用入声字替一条,则剖析微芒,最为精核。万树《词律》实祖其说。又谓古曲谱多有异同,至一腔有两三字多少者;或句法长短不等,盖被教师改换;亦有嘌唱一家,多添了字云云,乃知宋词亦不尽协律,歌者不免增减。万树《词律》所谓曲有衬字、词无衬字之说,尚为未究其变也。"

《乐府指迷》宋元旧本无传,明时附刻于万历十一年(1583)陈耀文《花草粹编》卷首。清时有《晚翠楼丛书》本,《百尺楼丛书》本,《四印斋所刻词》本,皆源出于《花草粹编》。笺释本有蔡桢(嵩云)《乐府指迷笺释》。

23. 陆行直《词旨》

一卷,前有陆行直自序:

> 夫词亦难言矣,正取近雅,而又不远俗。予从乐笑翁游,深得奥旨制度之法。因从其言,命韵暂作,《词旨》语近而明,法简而要,俾初学者易于入室云。陆辅之识。

乐笑翁是张炎的号。《词旨》所传,即张炎词法,可与《词源》相印证,所论重在句法与用字,所举属对、警句,亦以张炎词居多。

24.《林下词谈》

今佚。《瑯嬛记》卷中,《青泥莲花记》卷一〇,引《林下词谈》

记苏轼在惠州命朝云歌《蝶恋花》一则。题曰"林下",乃用《世说》中"林下风气"事,当是一部女子词话。

25.《词话总龟》

《千顷堂书目》卷三二著录,其体例当仿阮阅《诗话总龟》。《诗话总龟》多至一百卷,《词话总龟》恐亦非寸簿短书,其作者与卷数今悉无考。

第五节　词谱　词韵

一　词谱

《四库提要》卷一九九词曲类二,谓唐宋两代皆无词谱:

> 盖当日之词,犹今日里巷之歌,人人解其音律,能自制腔,无须于谱。其或新声独造,为世所传,如《霓裳羽衣》之类,亦不过一曲一调之谱,无裒合众体,勒为一编者。

张德瀛《词征》卷一亦谓:

> 宋元人制词无按谱选声以为之者。王灼《碧鸡漫志》,沈义父《乐府指迷》,张炎《词源》,陆辅之《词旨》,诣力所至,形诸齿颊,非有定式也。迄于明季,始有《啸余谱》诸书,流风相扇,轨范或失,盖词谱行而词学废矣。

案此说不确,唐宋两代燕乐、俗乐谱并不为少,第二章第二节曾特予胪举。朝廷官修的乐曲谱,唐时有教坊谱,梨园谱,徐景安《新纂乐书》卷一〇《乐章文谱》;五代时后周窦仪《大周正乐》一百二十卷,内有《新曲谱》三六卷;宋代仁宗时有《韶乐集》。旁注唐以来宴乐半字谱,哲宗时有传入高丽的"郑卫之声"曲谱,徽宗时有大晟府所刊徵、角二调曲谱,南宋时有修内司教乐所所刊《乐府混成集》。民间流行的乐曲谱,《东京梦华录》卷二,记北宋汴京瓦子所货,有"令曲"一类,《西湖老人繁胜录》记南宋临安行市所货,有"诸般耍曲"、"诸般缠令"、"笛谱儿"、"歌乐"、"歌唱"诸类。这些官本与坊本的乐曲谱中,器乐曲皆虚谱无辞,声乐曲则有谱有词。有谱有词的,也就是词曲谱,可供词人按谱填词之用。

杨缵《作词五要》,其三为"填词按谱"。张炎《词源》卷下音谱条:"词以协音为先,音者何?谱是也。"张炎的父亲张枢尝作《瑞鹤仙》词,"此词按之歌谱,声字皆协,惟'扑'字不协,遂改为'守'字,乃协。始知雅词协音,虽一字亦不放过"。作词一般可取名家词,依其平仄填之。但若付之歌喉,就不能不兢兢尺寸,"按之歌谱"。张炎有《虞美人》词,"题陈公明所藏曲册",当亦为填词用的词曲谱。沈义父《乐府指迷》谓:"古曲谱多有异同,至一腔有两三字多少者,或句法长短不等者。"一腔而又有字数多少、长短不等诸体的古曲谱,则显然是"裒合众体,勒为一编者",同于明清时所编的词谱。又虞集《叶宋英自度曲谱序》谓:"近世士大夫号称能乐府者,皆依约旧谱,仿其平仄,缀辑成章。"这些宋元之际的"古曲谱"、"旧谱",今日固已罕见,当时却甚通行,不能因其后世无传而遽谓唐宋两代皆无曲谱。不过张炎、沈义父、虞集诸人所述词谱,惜未举其名目,今日就难以指名而求了。

《乐府混成集》

宋时官修词曲谱,见于后世公私收藏著录的,仅《乐府混成集》一种。周密《齐东野语》卷一〇谓:"《混成集》,修内司所刊本,巨帙百余,古今歌词之谱,靡不备具。"可见是一部集成性的巨型词曲谱。明《文渊阁书目》卷一三,记有"《曲谱》一部,一册阙"。或即《混成集》,然未言其总数凡几册。后王骥德曾于都门友人处见到文渊阁所散出的一册,《曲律》卷四记其书名为《乐府大全》,又名《乐府浑成》,"盖宋元时词谱,即宋词,非曲谱。止林钟商一调中,所载词至二百余阕,皆生平所未见。以乐律推之,其书尚多,当得数十本"。案明万历间张萱等编《内阁藏书目录》卷五《乐府混成集》条,谓有一百零五册,并谓:"莫详编辑姓氏,皆词曲也。内有腔、板谱,分五音十二纬类次之。原一百二十七册,今阙二十二册。"清初黄虞稷《千顷堂书目》犹有著录,既见之于卷二乐类,又见之于卷三十二词曲类,皆曰:"《乐府混成集》,一〇五册。"

二 词韵

词韵源出于诗韵。但唐宋词或数部通叶,或间叶方音,实较诗韵为宽。自唐五代至北宋,并无词韵之作。《四库提要》卷二〇〇词曲类于仲恒《词韵》下,曾论及唐宋无撰词韵的原因。

> 考填词莫盛于宋,而二百余载,作者云兴,但有制调之文,绝无撰韵之事。核其所作,或竟用诗韵,或各杂方言,亦

绝无一定之律。不应一代名流,都忘此事,留待数百年后,始补阙拾遗。盖当日所讲,在于声律,抑扬抗坠,剖析微芒。至其词则雅俗通歌,惟求谐耳,所谓有井水吃处都唱柳词是也,又安能以《礼部韵略》颁行诸酒垆茶肆哉!作者不拘,盖由于此,非其智有所遗也。

论述颇为通达,所以戈载《词林正韵·发凡》说:

> 古无词韵,古人之词,即词韵也。

南宋时,朱敦儒、张辑、冯取洽曾尝试撰述词韵。《词林正韵》说:

> 词始于唐,唐时别无词韵之书。宋朱希真尝拟《应制词韵》十六条,而外入声韵四部。其后张辑释之,冯取洽增之。至元陶宗仪曾讥其淆混,欲为改定,而其书久佚,目亦无自考矣。

清乾隆时厉鹗《论词绝句》说:"欲呼南渡诸公起,韵本重雕菉斐轩。"自注云:"曾见绍兴二年刊菉斐轩《词林要韵》一册,分东红、邦阳等十九韵,亦有上、去、入三声作平声者。"后阮元得影钞本,著录于《四库未收书目提要》,认为是曲韵而非词韵:

> 自来作长短句者,未尝不以入声押韵,而此以入声分隶

平、上、去三声,盖后来曲韵之嚆矢。

又曰:

> 卷端标题"词林"。"词林"者,犹艺林之谓,非必指长短句而言。以此为词韵,殆鹗误会"词林"二字之义耳。

秦恩复据阮元所得钞本刊入《词学丛书》,跋谓:"疑此书出于元明之季,谬托南宋初年刊本。"1934年,叶恭绰又得钤有赵子固、仇远藏印的菉斐轩《词林要韵》(此外尚有明张大复梅花草堂藏印),连同所刊词韵,共装六册。书中的中缝,悉写"绍兴二年刊"。叶恭绰跋定为元初刊物,假托绍兴,并非出于元明之季。并谓此书之出,当与阴时中《韵府群玉》同时或稍后,"究不失为词韵之祖"。

> 曲虽无入声,而词中以入声分叶余三声者甚多(详见戈顺卿《词林正韵·发凡》)。且曲之无入声,缘其音哑。但词亦本以能合乐为原则,必谓词之与曲,其间判若鸿沟,恐宋末元初,事实并不如是。故必断此为曲韵而非词韵,愚未敢赞同。(《词学季刊》第2卷第3号)

不过,元人作词,仍依唐宋词的旧韵。《词林要韵》即使出于元初,也不曾起过词韵的作用。论词韵,必须从一个重要的事实出发,即唐宋词韵,盖不在韵书而在唐宋两代之词。戈载《词林正韵》就是本此原则而写成的。已故罗常培先生尝取唐宋金元人词所用之韵,一一录出,参互比勘,归纳为《唐宋金元词韵谱》一书,作为研究唐宋以来声韵学的基础。唐宋词的实际情况,那就更能得到科学的论定了。

第七章 词学

词学是个相当广泛的研究领域。龙沐勋《研究词学之商榷》一文(载《词学季刊》第 1 卷第 4 号),曾为词学初步下过一个定义:

> 推求各曲调表情之缓急悲欢,与词体之渊源流变,乃至各作者利病得失之所由,谓之词学。

这个说法尚不够完整与科学,有待改进,但至少已可用来与诗学相区别。词学与诗学两者本来相近。论述渊源流变,评判各家得失,这是词学与诗学相同的;推求曲调表情之缓急悲欢,则是词学所独具且不可或缺的。词学要研究词乐问题,词律问题,由文学领域进而涉足于音乐领域。从这个意义上说,词学比之诗学,研究的范围似乎要稍广一些,问题也可能较复杂一些。

词学肇始于宋,而大体完备于清。清代词学虽盛,却是以宋代词学为基础的。宋代词学,涉及的面已颇广。前面六章,分论词源、词体、词调、词派、词论、词籍各项，主要即以宋人著述为根据。这里仅以词乐及词调考证这两个问题再作些补充。

沈括《梦溪笔谈》卷五卷六论乐律，王灼《碧鸡漫志》卷三至卷五论曲调源流，张炎《词源》卷上论音律与歌法，在当时都属专门之学。他们以本朝人述本朝事，文献犹在，典型未泯，所论虽非尽实，终究保存了不少后世不可复得的重要资料。研究词乐、词调的有关问题，就不能舍此而旁求。

第七章　词学

第一节　关于词乐

唐宋词可协律而歌,作词盖以可歌为工,这是称得上"当行"、"本色"的一个重要条件。无论雅词俚词,都是如此。因此,当时词人大都粗通词乐,有的还是乐律名家。《词源》卷下说:"音律所当参究,词章尤宜精思。"无论学词与作词都首先面临考究音律这个课题。宋代乐律之学颇盛。《宋史·乐志》专门记载了宋代关于古代乐理、乐律的几次重大讨论。词人所当考究的,当然不是这些与词无关的古乐问题,而是在词曲中实际应用的当代词乐。《词源》的上卷,就是专供词人考究的一部词乐专书。唐宋词所用的宫调、谱字与歌法等问题,在这一卷中大都涉及了。

一　燕乐二十八调,两宋词乐不出七宫十二调

宫调是以七音与十二律吕构成的。宫、商、角、变徵(徵的低半音)、徵、羽、变宫(宫的低半音),为七音或七声,是七声音阶中的七个音级,相当于西乐的 fa、so、la、si、do、re、mi 七音。黄钟、大吕、太簇、夹钟、姑洗、仲吕、蕤宾、林钟、夷则、南吕、无射、应钟,

为十二律,是用三分损益法把一个八度由低到高分为十二个不完全相等的半音的一种律制,相当于西乐的 C、♯C 或 ♭D、D、♯D 或 ♭E、E、F、♯F 或 ♭G、G、♯G 或 ♭A、A、♯A 或 ♭B、B 十二调。其中奇数各律称律,偶数各律称吕,合称六律六吕,或简称律吕。七声中以任何一声为主,均可构成一种调式。凡以宫声为主的调式称宫,其他各声为主的称调,统称宫调。以七声配十二律,理论上可得十二宫,七十二调,合为八十四宫调。

《隋书·音乐志》谓隋时郑译推演苏祗婆琵琶,成八十四调。姜夔《大乐议》亦谓"郑译之八十四调,出于苏祗婆之琵琶"。《词源》卷上论乐律,就从五音、十二律、八十四调讲起。其实,八十四调只是音律的次第,理论上如此,实际上繁复不可尽用。隋唐燕乐,以苏祗婆琵琶为基础,实乃二十八调。清凌廷堪《燕乐考原》卷六《燕乐二十八调说上第一》谓:

> 燕乐之原,据《隋书·音乐志》,出于龟兹琵琶,惟宫、商、角、羽四均,无徵声。一均分为七调。四均,故二十八调也。其器以琵琶为主,而众音从之。《辽史·乐志》曰:"四旦二十八调,不用黍律,以琵琶弦叶之,皆从浊至清"是也。虞世南《琵琶赋》:"声备商、角,韵包宫、羽。"与段安节《琵琶录》"商、角同用,宫逐羽音",二语正同,皆不云有徵声。琵琶四弦,故燕乐四均矣。
>
> 第一弦声最浊,故以为宫声,所谓"大不逾宫"也。分为七调:曰正宫,曰高宫,曰中吕宫,曰道宫,曰南吕宫,曰仙吕宫,曰黄钟宫,谓之七宫。……
>
> 第二弦声次浊,故以为商声。分为七调:曰大石调,曰高

第七章　词学

大石调,曰双调,曰小石调,曰歇指调,曰林钟商(即商调),曰越调,谓之七商。……

第三弦声次清,故以为角声。分为七调:曰大石角,曰高大石角,曰双角,曰小石角,曰歇指角,曰林钟角(即商角),曰越角,谓之七角。……

第四弦声最清,故以为羽声,所谓"细不过羽"也。分为七调:曰般涉调,曰高般涉调,曰中吕调,曰正平调,曰高平调(即南吕调),曰仙吕调,曰黄钟调(即黄钟羽),谓之七羽。

兹将燕乐二十八调的律吕之名与俗名列表如下:

宫七调	黄钟宫	俗名正黄钟宫
	大吕宫	高宫
	夹钟宫	中吕宫
	仲吕宫	道宫
	林钟宫	南吕宫
	夷则宫	仙吕宫
	无射宫	黄钟宫
商七调	无射商	俗名越调
	黄钟商	大石调
	大吕商	高大石调
	夹钟商	双调
	仲吕商	小石调
	林钟商	歇指调
	夷则商	商调

角七调	无射闰（闰即变宫）	俗名越角
	黄钟闰	大石角
	大吕闰	高大石角
	夹钟闰	双角
	仲吕闰	小石角
	林钟闰	歇指角
	夷则闰	商角
羽七调	夹钟羽	俗名中吕调
	仲吕羽	正平调
	林钟羽	高平调
	夷则羽	仙吕调
	无射羽	羽调
	黄钟羽	般涉调
	大吕羽	高般涉调

《宋史·乐志》说："太宗所制曲，乾兴以来通用之，凡新奏十七调，总四十八曲。"乾兴（1022）是宋真宗赵恒年号。新奏十七调，盖阙七角调、三高调（七宫的高宫、七商的高大石调、七羽的高般涉调）与正平调。北宋教坊通用的，就是这六宫十一调。南宋时，雅俗俱行七宫十二调。《词源》"十二律吕"条说：

十二律吕，各有五音，演而为宫为调。律吕之名，总八十四，分月律而属之。今雅俗只行七宫十二调，而角不预焉。

《词源》所列七宫十二调是：

第七章 词学

七宫：黄钟宫、仙吕宫、正宫、南吕宫、中吕宫、道宫。

十二调：大石调、小石调、般涉调、歇指调、越调、仙吕调、中吕调、正平调、高平调、双调、黄钟羽、商调。

燕乐二十八调，宋时只行七宫十二调，其原因凌廷堪《燕乐考原》卷一作过解释。燕乐四均，第三均本非正角声，盖以变宫为角，所以"角不预焉"；第四均羽声，乃宫声之半，所谓"羽逐宫声"。因此燕乐四均，其实只用三均：

> 张氏所谓七宫，皆在琵琶第一均；所谓十二调，则在琵琶第二均与第四均也。第三均不用，以其与第二均同也；第四均亦不常用，以其即第一均之半声也。

第二均第四均凡十四调，去二高调，只有十二调。南宋雅俗通用的，就是这七宫十二调。

宋时词籍，有的依宫调编排，分宫调录其所属词调，如《金奁集》、柳永《乐章集》、张先《张子野词》。

《金奁集》：越调四调，南吕宫四调，中吕宫三调，黄钟宫四调，双调九调，林钟商调二调，高平调三调，仙吕宫二调，歇指调三调，凡九宫调，三十四词调。

《乐章集》：正宫七调，中吕宫五调，仙吕宫二调，大石调十七调，双调十三调，小石调六调，歇指调八调，林钟商二十九调，中吕调十六调，平调五调，仙吕调二十七调，南吕调五调，般涉调六调，散水调二调，黄钟宫一调，越调一调，凡十六宫调，一百五十词调。

《张子野词》：正宫一调，中吕宫十二调，南吕宫三调，道调宫二调,仙吕宫二调,大石调三调,双调十三调,小石调三调,歇指调二调,林钟商十一调,中吕调五调,高平调八调,仙吕调五调,般涉调一调,凡十四宫调,七十一词调。

有的依词调编排,间于词调下注明所用宫调,如《尊前集》,周邦彦《片玉集》,姜夔《白石道人歌曲》,吴文英《梦窗词集》。韩玉《东浦词》等则偶注宫调。

《尊前集》:大石调三调,商调二调,中吕调一调,黄钟宫一调,中吕宫一调,羽调一调,双调二调,凡七宫调,十一词调。

《片玉集》:大石二十一调,越调八调,小石五调,商调十四调,歇指一调,双调七调,仙吕八调,高平四调,黄钟三调,般涉三调,中吕六调,正宫二调,林钟一调,正平一调,道宫一调,凡十四宫调,八十五词调。

《白石道人歌曲》:仙吕调二调,双调四调,高平调一调,商调一调,黄钟宫一调,大石二调,中管高宫一调,中吕宫二调,正平调近一调,越调二调,仙吕宫一调,黄钟宫一调,黄钟角一调(《角招》),黄钟下徵调一调(《徵招》),凡十四调,二十一词调。

《梦窗词集》:越调五调,双调十调,大石十八调,高平五调,仙吕宫三调,商调十调,小石七调,中吕调四调,正宫二调,歇指调一调,羽调一调,中吕宫一调,仙吕宫三调,中管高宫一调,凡十四宫调,七十一词调。

上述七种词籍,起自北宋初,下至南宋末,其所标注,代表了两宋词乐所用宫调的实际情况。柳永《乐章集》用调最多,然亦不过十六调。张先、周邦彦、姜夔、吴文英所用宫调虽有出入,但都是十四调,大致不出《词源》所列七宫十二调的范围。

元时周德清《中原音韵》录十二宫调,三百三十五曲。臧晋叔《元曲选》首载之陶宗仪论曲,录九宫调,四百九十五曲。比南宋时七宫十二调用调更少,主要只用宫、商二均而已。

二　二十八调的用音与结声

二十八调各调的用音与结声都有一定。沈括《梦溪补笔谈》谓"燕乐二十八调,用声各别",并用当时的工尺谱字,分别记载了各调的用音。

> 今燕乐二十八调,用声各别。
> 正宫大石调、般涉调,皆用九声:高五、高凡、高工、尺、上、高一、高四、六、合;大石角同此,加下五,共十声。
> 中吕宫双调、中吕调,皆用九声:紧五、下凡、高工、尺、上、下一、四、六、合;双角同此,加高一,共十声。
> 高宫、高般涉,皆用九声:下五、下凡、工、尺、上、下一、下四、六、合;高大石角同此,加高四,共十声。
> 道调宫、小石调、正平调,皆用九声:高五、高凡、高工、尺、上、高一、高四、六、合;小石角加句字,共十声。
> 南吕宫歇指调、南吕调,皆用七声:下五、高凡、高工、尺、高一、高四、句;歇指角加下工,共八声。
> 仙吕宫、林钟商、仙吕调,皆用九声:紧五、下凡、工、尺、上、下一、高四、六、合;林钟角加高工,共十声。
> 黄钟宫、越调黄钟羽,皆用九声:高五、下凡、高工、尺、

上、高一、高四、六、合；越角加高凡，共十声。

外则为犯。

结声又称住字，又称杀声，又称毕曲，是一调的基音。它不但作为一曲的结尾之音，而且在全曲中还多次出现，占有重要位置。《梦溪补笔谈》及《词源》卷上"十二律吕"条，都记载了二十八调各自的结声住字。凡结声用某字住，就是俗称某字调。用后世工尺谱的称呼，七宫一均结声：

正宫用六字，即六字调；

高宫用四字，即四字调；

中吕宫用一字，即一字调；

道宫用上字，即上字调；

南吕宫用尺字，即尺字调；

仙吕宫用工字，即工字调；

黄钟宫用凡字，即凡字调；

七商一均结声：

大石调用四字，即四字调；

高大石调用一字，即一字调；

双调用上字，即上字调；

小石调用尺字，即尺字调；

歇指调用工字，即工字调；

商调用凡字，即凡字调；

越调用六字，即六字调。

姜夔十七首自度曲,杨荫浏根据它们各自的宫调住字,都译以今笛色某字调:

《扬州慢》《杏花天》《长亭怨慢》《石湖仙》《醉吟商小品》《翠楼吟》,合今笛色尺字调;

《暗香》《霓裳中序第一》《鬲溪梅》《凄凉犯》《疏影》,合今笛色六字调;

《淡黄柳》,合今笛色小工调;

《角招》《徵招》,合今笛色一字调;

《玉梅令》,合今笛色凡字调;

《秋宵吟》《惜红衣》,合今笛色正工调。

住字相同的宫调之间,可以相互转调,称为犯调。姜夔《凄凉犯》序:

> 凡曲言犯者,谓以宫犯商、商犯宫之类,如道调宫上字住,双调亦上字住,所住字同,故道调曲中犯双调,或于双调曲中犯道调,其他准此。

一曲而犯数调,可以增强乐曲变化,但基音不变。

三 宫调声情与依月用律

宋时有宫调声情之说。秦观诗绮罗太胜,儿女情多,苏轼曾称其可入小石调。持此说法的还不止苏轼一人,《诗人玉屑》卷一〇"小石调"条引《碧溪诗话》曰:

钟嵘称张茂先,惜其"儿女情多,风云气少"。喻凫尝谒杜紫微不遇,乃曰:"我诗无绮罗铅粉,宜不售也。"淮海诗亦然,人戏谓可入小石调。然率多美句,但绮罗太胜耳。子美"并蒂芙蓉本自双","水荇牵风翠带长",退之"金钗半醉坐添春",牧之"春风十里扬州路",谁谓不可入黄钟宫耶?

又引《孔氏谈苑》曰:

元祐中,秘阁上巳日集西池,王仲至有诗,张文潜和最工,云:"翠浪有声黄伞动,春风无力彩旗垂。"秦少游云:"帘幕千家锦绣垂。"仲至笑曰:"又待入小石调也。"

姜夔《白石道人诗说》谓:"乐之二十四调,各自韵声。"可能也是指宫调声情的。不过姜夔没有就二十四调的韵声,一一加以辨析。元周德清《中原音韵》,陶宗仪《辍耕录》,都曾论及当时所用六宫十一调的声情,其说或承自两宋,至少与宋人宫调声情之说相去不远。

仙吕宫清新绵邈	南吕宫感叹伤悲
中吕宫高下闪赚	黄钟宫富贵缠绵
正宫惆怅雄壮	道宫飘逸清幽
大石风流酝藉	小石旖旎妩媚
高平条畅滉漾	般涉拾掇抗堑
歇指急并虚歇	商角悲伤宛转
双调健捷激袅	商调凄怆怨慕

第七章　词学

角调呜咽悠扬　　　　　　宫调典雅沉重

越调陶写冷笑

谓小石调旖旎妩媚，与宋人称秦观诗"可入小石调"，含意正复相合。不过说六宫十一调声情各自不同，理论上容或如此，实际上却与作词并无关涉。举例来说，周邦彦的《瑞龙吟》《风流子》，都属大石调，固不失为"风流酝藉"，苏轼《念奴娇》亦属大石调，其声情却"惆怅雄壮"。周邦彦《兰陵王慢》，属越调，越调理应"陶写冷笑"，《兰陵王慢》却声情激越。柳永《雨霖铃》，属双调，双调本宜"健捷激袅"，《雨霖铃》却备极哀怨。宫调仅以限定乐器用音的高下。同一宫调的曲调，其声情仍因曲而异，并不因宫调相同而声情归于一律。

古代乐律，以十二律配十二月。宋徽宗建大晟府以隆礼乐，曾有旨："依月用律，月进一曲。"此后杨缵便以"依月用律"作为"作词五要"之一："第二要择律，律不应月则不美；如十一月调，须用正宫，元宵词必用仙吕宫为宜也。"据《词源》卷上《阳律阴吕合声图》，依月用律的次序是：

正月用太簇　　　　　　二月用夹钟

三月用姑洗　　　　　　四月用中吕

五月用蕤宾　　　　　　六月用林钟

七月用夷则　　　　　　八月用南吕

九月用无射　　　　　　十月用应钟

十一月用黄钟　　　　　十二月用大吕

《词源》卷下又谓大晟府周邦彦诸人,"又复增演慢曲、引、近,或移宫换羽,为三犯、四犯之曲,按月律为之,其曲遂繁"。张炎这个说法,并不尽符合事实。夏承焘先生《词律三义》,曾考宋词不按月用律。周邦彦《片玉集》前六卷以春、夏、秋、冬四时编次,所用宫调就大都不合月律。所谓依月用律,其实不过是大晟府依雅乐古礼而定的礼仪制度,主要用于朝廷祭祀之类的典礼。案《玉海》卷一〇五"崇宁大晟乐"条,记宣和"二年二月,依月律撰燕乐词八十四调"。"宣和四年,臣僚言一岁凡一百一十八祀,作乐者六十二,所用乐章五百六十九"。依月用律的就是这些乐章,并不是指一般词人作词。

为礼乐而兴的大晟府,创立于崇宁四年(1105)九月,罢于宣和七年(1125)十二月,历时二十年,但其新创的乐曲用作词调的并没有多少,"月进一曲"恐怕亦并未做到。万俟咏《大声集》首列"应制"一体,晁端礼《闲斋琴趣外篇》卷六,有些词似为应制而作,他们作为大晟府的制撰官奉旨填词,或许有按月律为之者。大晟府外的词人,自然无须遵奉朝廷依月用律之制,尽可自由地择调,不受这种依托古礼的虚文的约束。就是杨缵、张炎,虽然举以为作词之要,但他们自己作词,又何曾按月律为之呢?

四 宋词的歌法

探究唐宋词乐,宫调是一回事,歌法又是一回事。关于唐宋词曲的歌法,乐家声党有其历代相承的师说。沈括《梦溪笔谈》卷五:

第七章　词学

古之善歌者有语,谓当使声中无字,字中有声。凡曲止是一声,清、浊、高、下,如萦缕耳,字则有喉、唇、齿、舌等音不同。当使字字举本皆清圆,悉融入声中,令转换处无磊块,此谓"声中无字",古人谓之"如贯珠",今谓之"善过度"是也。如宫声字,而曲合用商声,则能转宫为商歌之,此"字中有声"也;善歌者谓之"肉里声"。不善歌者,声无抑扬,谓之"念曲";声无含韵,谓之"叫曲"。

用融字法,以使声中无字;用转声法,以使字中有声;喉、唇、齿、舌各音,皆须举本轻圆,歌时又抑扬含韵,不落于念曲、叫曲,这些就是乐家声党师承有自的基本的歌法。

但宋时词曲的歌法,比之古代歌法,又有新创。按照令、引、近、慢各种曲调节奏旋律的不同,创造了一套颇为完备的宋词歌法。《词源》卷上专门有《讴曲旨要》一篇,就是宋词歌法的一个纲要。《讴曲旨要》全文如下:

歌曲令曲四掯匀，　　破近六均慢八均。
宫拍艳拍分轻重，　　七敲八掯靸中清。
大顿声长小顿促，　　小顿才断大顿续。
大顿小住当韵住，　　丁住无牵逢合六。
慢近曲子顿不叠，　　歌讽连珠叠顿声。
反掣用时须争过，　　折拽悠悠带汉音。
顿前顿后有敲掯，　　声拖字拽疾为胜。
抗声特起直须高，　　抗与小顿皆一掯。

腔平字侧莫参商，	先须道字后还腔。
字少声多难过去，	助以余音始绕梁。
忙中取气急不乱，	停声待拍慢不断。
好处大取气流连，	拗则少入气转换。
哩字引浊啰字清，	住乃哩啰顿唛呛。
大头花拍居第五，	叠头艳拍在前存。
举本清圆无磊块，	清浊高下萦缕比。
若无含韵强抑扬，	即为叫曲念曲矣。

郑文焯《词源斠律》，任二北《南宋词音谱拍眼考》，丘琼荪《词源〈讴曲旨要〉浅释》，赵尊岳《玉田生〈讴歌要旨〉八首解笺》，饶宗颐《玉田讴歌八首字诂》等，对这篇《讴曲旨要》都作了专门的考订。所述宋词唱法，有些可大致了解，有些则还疑莫能明。如敲、捐、折、掣这些音乐术语究竟怎么理解，众说纷纭，莫衷一是，尚须进一步考索。

陈元靓《群书类要事林广记》后集卷一二"音谱类"，于《乐音图谱》后有《总叙诀》《寄煞诀》，亦是宋词的歌法口诀，可与《词源》所载《讴曲旨要》相互参照。

总 叙 诀

五凡工尺上，	四六一勾合。
律吕一十二宫，	三宫别分清浊。
宫分八十四调，	闰分一百五音。
折声上生四位，	掣声下隔一宫。

反声宫闰相顶，　　丁声上下相同。
正傍偏侧和谐，　　近代知音稀少。
或正宫使上字，　　或小食或下凡。
或双调使高一，　　或射羽使下工。
堪嗟晚长村蛮，　　皆是愚蒙无识。

寄　煞　诀

土五金水八，　　木六火无凭。
轮顶两斯顶，　　折挈四相生。
谱中无乱笔，　　敦揩依数行。

这些都需要另作笺释，弄清楚它们的实际含义，宋词的歌法或许可以被我们了解与掌握。

《事林广记》戊集"文艺类"，又有《遏云要诀》一篇，虽是南宋唱赚的歌法，但与宋词歌法亦当相通，应予一并研究。

夫唱赚一家，古谓之道赚，腔必真，字必正。腔有墩、亢、掣、拽之殊，字有唇、喉、齿、舌之异。抑分轻清、重浊之声，必别合口、半合口之字。更忌马罨鞳子，俗语乡谈。如对圣案，但唱乐道山居水居清雅之词，切不可以风情花柳艳冶之曲，如此则为渎圣。社条不赛筵会，吉席上寿庆不在此限。假如未唱之初，执板当胸，不可高过鼻。须假鼓板村掇。三拍起引子，唱头一句。又三拍至两片结尾，三拍煞入序尾，三拍巾斗煞入赚头，一字当一拍。第一片三拍，后仿此。出赚三拍，出声巾斗，又三拍煞尾声，总十二拍。第一句四拍，第二句五拍，第三句三拍煞。此一定不逾之法。

《事林广记》庚集上卷，又有"正字清浊"一篇，细辨唇、舌、齿、牙、鼻五音的区别，是歌者做到字正腔圆必须进行的正音训练，与宋词的歌法也密切有关，当时乐工伶人是把它作为歌法要诀之一来学习与运用的。

正 字 清 浊

昔之京语，今之浙音，《广韵》《玉篇》，不能详载，所以外路或未之知，粗用切音，为古今语脉，殊不知反成乡谈蛮字，贻笑于人。因循久远，讹舛无辨。至于言词赓唱，不协律调，皆由是也。今将教坊乐府呼吸字指，重叠异用，平侧通称，并附于此，以俟识者赏音。

切韵先须辨四声，	五音六律并兼行。
难呼语气皆名浊，	易纽言词尽属清。
唇上碧班邠豹剥，	舌头当滴帝都丁。
撮唇呼虎乌坞污，	卷舌伊幽乙喧缨。
开唇披颇播铺拍，	齐齿之时实始成。
正齿止甄征志只，	穿牙查摘茶争笙。
引喉勾狗鸥鸦厄，	随鼻蒿毫好赫亨。
上腭嚣妖娇矫轿，	平牙臻栟乍诜生。
纵唇休朽求鸠九，	送气查拏姹宅枨。
合口甘含咸合甲，	口开何可我歌羹。
以前总述都三六，	叠韵双声次第迎。

第七章 词学

　　大抵宫商角徵羽，　　应须纽弄最为精。
　　世间礼义皆如此，　　自是人间不解明。

这是教坊乐府呼吸字指,当亦是宋时乐家声党师承之法。

第二节　关于曲调考证

唐宋词调本来都是燕乐曲调。为词调溯源,往往需要考证曲调的源流演变。宋时作曲调考证的风气亦盛,王灼的《碧鸡漫志》就是这方面的专著,在宋代词学中占有重要地位。

为曲调作考证,主要是:

一、考释曲名,包括曲调的本事、作者,与撰曲年代;

二、探究音律,弄清曲调属什么宫调,乐章节拍有什么特点;

三、论述流变,即曲调用作词调的经过,以及一调多名、一调多体的情况。

曲调考证的目的,除了了解若干重要曲调的源流,还有助于认识曲演为词即词体的形成与发展的复杂过程。有些曲调考证,在词史研究中且有其特殊的重要性,《菩萨蛮》一调的考证就是一例。考定李白《菩萨蛮》一词的真伪,不能不牵涉到《菩萨蛮》这个曲调的时代与来源。晚唐苏鹗《杜阳杂编》曰:

　　大中(唐宣宗年号)初,女蛮国贡双龙犀,有二龙,鳞鬣爪角悉备。明霞锦云,炼香麻以为之也,光耀芬馥著人,五色相间，而美丽于中国之锦。其国人危髻金冠，璎珞被体，故谓之"菩萨蛮"，当时倡优，遂制《菩萨蛮》曲，文士亦往往声其词。

据杨宪益《李白与〈菩萨蛮〉》一文考证，女蛮国就是当时位于下缅甸的罗摩国，《菩萨蛮》是古代缅甸的乐曲，随着文化交流而传入中国的。《杜阳杂编》记其传入时间为宣宗大中初（大中元年为公元847年）。明胡应麟《少室山房笔丛·庄岳委谈下》，就据以否定李白于盛唐时有作《菩萨蛮》一词的可能："李白之世，唐尚未有斯题（曲），何得预制其曲耶？"但是，成于天宝末的崔令钦《教坊记》，其曲名表已有《菩萨蛮》之名。那么，从缅甸传入中国，并非迟至大中初，《杜阳杂编》的说法，就成为问题。胡应麟援《杜阳杂编》所记以证李白词之伪，亦难以成说。《菩萨蛮》这个词调的考证，在词起于盛唐还是起于中唐这个争论中经常被提及，进行这种曲调考证就是必要的。现在关于《菩萨蛮》一调的考证并未结束，李白词的真伪也不完全可依曲调的时代而定，尚需继续进行探究。

一 从《教坊记》《乐府杂录》考词调之源

崔令钦《教坊记》一卷，记载了开元、天宝间教坊所奏三百二十四个乐曲曲名，是一份相当完备的盛唐教坊曲曲名表。后来为词调考源的，无不上溯到教坊曲。《教坊记》曲名表就成了考证词调之源的重要典籍。

教坊曲三百二十四曲的组成是很复杂的，前面第一章论唐曲时已经讲过。同词调有关的，不是那些器乐曲，而是一些声乐曲。声乐曲中，有些为唐人实以声诗，有些后来用为长短句词调。唐教坊曲所带来的，还是一个声诗与长短句词并盛的局面。由教坊曲演变为唐宋词调，这是个曲演为词的过程，是词史研究的一个重要题目。

《教坊记》曲名表仅记曲名，不及本事。各曲的作者、年代及其声乐内容，都没有交代注明，这是令人感到不足的，对曲调考证造成困难。任二北《教坊记笺证》一书，旁搜远绍，爬罗剔抉，勤为考索，不少曲调已得其眉目。然书缺有间，疑难之处未能尽得解决。教坊曲与唐宋词调的关系要彻底弄清楚，还有待于时日。

继《教坊记》而作的段安节《乐府杂录》一卷，也是记述唐代燕乐与琵琶曲的重要著作。《乐府杂录》又名《琵琶录》《琵琶故事》。段安节自序谓：

> 泊从离乱，礼寺隳颓，簨虡既移，警鼓莫辨。梨园弟子，半已奔亡；乐府歌章，咸皆丧坠。安节以幼少即好音律，故得粗晓宫商。亦以闻见数多，稍能记忆。尝见《教坊记》亦未周详，以耳所接，编成《乐府杂录》一卷。

书中称僖宗幸蜀，又序称"泊从离乱"，其书盖成于唐末。内论乐曲凡十三条，记述了《安公子》等十三个曲调的撰曲本始，较《教坊记》稍为周详。如：

第七章　词学

《离别难》：天后朝，有士人陷冤狱，籍没家族，其妻配入掖庭，本初善吹觱篥，乃撰此曲，以寄哀情。始名《大郎神》，盖取良人行第也。既畏人知，遂三易其名，亦名《悲切子》，终号《怨回鹘》。

这个《离别难》是个觱篥曲，盖本胡乐。曲成后三易其名，因而一调而有四个曲名。今《花间集》有薛昭蕴《离别难》一首，八十七字；《乐章集》卷中亦有《离别难》一首，一百十二字，二词不同，大概是柳永变旧曲作新声的。《尊前集》又有皇甫松《怨回纥》两首，体同五律。皇甫松年代在薛昭蕴之前，或许此曲唐时原是声诗，至五代时发展为长短句调。

《望江南》：始自朱崖李太尉（李德裕）镇浙西日，为亡妓谢秋娘所撰。本名《谢秋娘》，后改此名。亦曰《望江南》。

《望江南》亦一曲多名，作于李德裕镇浙西时。案李德裕出为浙西观察使，时在长庆二年（822）九月。李德裕颇好声乐，除乐妓谢秋娘外，当时侍于左右的还有以善吹觱篥闻名的薛阳陶，尝作《薛阳陶觱篥歌》，白居易、元稹、陆畅等都有和章。《望江南》一曲作于浙西，当有江南乐曲情调。此曲接着传至洛阳，太和五六年间（831—832），白居易、刘禹锡"依曲拍为句"，作《忆江南》诸词，就是用的这个浙西新曲（白居易词自注："此曲亦名《谢秋娘》。"），距李德裕始作此曲时，不到十年。

《乐府杂录》的上述记载，对探究词体的演进不无帮助。

二 《碧鸡漫志》的曲调考证

王灼的《碧鸡漫志》主要为宋词上溯唐曲之源,是宋人考证词调的专著。其卷三至卷五,详述曲调源流,对《霓裳羽衣曲》《凉州》《伊州》《甘州》《胡渭州》《六么》《兰陵王》《虞美人》《安公子》《水调歌》《万岁乐》《夜半乐》《何满子》《凌波神》《荔枝香》《阿滥堆》《念奴娇》《雨霖铃》《清平乐》《春光好》《菩萨蛮》《望江南》《文溆子》《盐角儿》《喝驮子》《西河长命女》《杨柳枝》《麦秀两歧》等二十九个曲调,逐一溯其得名的缘起,与其渐变为宋词的沿革经过。《碧鸡漫志》的这些乐曲考证,创立了"词调溯源"这一研究课题,成为宋人词学中的一项专门之学。

《碧鸡漫志》考证的二十九曲,大都是唐曲,个别是唐以前的古曲。这些唐曲、古曲,逐渐演变为同名的词调,它们之间理应存在着某种渊源关系。《碧鸡漫志》的曲调考证,就是从源流上来论证唐宋乐曲的演变。不过,它并不是简单地说宋调就是唐曲之旧。它的着眼点倒是唐宋两代乐曲的不同,以唐还唐,以宋还宋,以便说明宋代词曲在唐曲基础上的新的体调与形态。《碧鸡漫志》考证唐宋乐曲之变的主要方法,可以归纳为:

一、辨明曲体　卷三考证《霓裳羽衣曲》《凉州曲》《伊州》《甘州》《胡渭州》《六么》共六曲,都是唐代的法曲、大曲。法曲、大曲遍数甚多,《霓裳羽衣曲》为法曲,有十二遍;《凉州》为大曲,王灼曾见《凉州排遍》一本,有二十四段。《碧鸡漫志》从唐诗及唐人笔记中引用很多资料,考定了这些法曲、大曲体制上的特点。从而说明：嘉祐间钧容乐工程士守所造《霓裳谱》，宣和初普州守王平所刻夷则商《霓裳羽衣谱》，都不是唐曲遗声；宋时《凉州》有七曲，其中仅三曲为唐曲；而"世所行《伊州》《胡渭州》《六幺》，皆非大曲全遍"，仅是裁截大曲的某一遍，制为引、序、慢、近、令各调而已。

二、辨明宫调　　卷四引《脞说》曰："水调《河传》，炀帝将幸江都时所制，声韵悲切。"说明隋时《河传》属水调。唐词《河传》有二，一属南吕宫，一属无射宫，都已不是隋时水调之曲。因此论定："炀帝所制《河传》，不传已久。""今世《河传》，乃仙吕调。"这个仙吕调的宋曲《河传》，亦与唐曲有别。

三、辨明词体　　《碧鸡漫志》考证词调，尤重在辨明古乐府与今乐府之别，声诗与长短句词之别，唐调与宋调之别。这三点对于考证词曲的源流演变，都很重要。

古乐府与今乐府之别：如《兰陵王》，据《北齐史》及《隋唐嘉话》，称齐文襄之子长恭，封兰陵王，与周师战，尝著假面对敌，击周师金墉城下，勇冠三军。武士共歌谣之，曰《兰陵王入阵曲》。但这个《兰陵王》曲是北朝乐府，与宋代词调《兰陵王》，是古今异乐，不容相混。

> 今越调《兰陵王》，凡三段，二十四拍，或曰遗声也。此曲声犯正宫，管色用大凡字，大一字，勾字，故亦名大犯。又有大石调《兰陵王慢》，殊非旧曲。周、齐之际，未有前后十六拍慢曲子耳。

声诗与长短句词之别：张君房《脞说》，举李白《清平调词》三首为《清平乐曲》。《碧鸡漫志》驳之曰：

> 白词七言绝句，与今曲不类，而《尊前集》亦载此三绝句，止目曰《清平词》。然唐人不深考，妄指此三绝句耳。

唐调与宋调之别：如《望江南》，唐调单遍，宋时叠为双调。王灼曰：

> 予考此曲，自唐至今，皆南吕宫，字句亦同。止是今曲两段，盖近世曲子无单遍者。

又如《后庭花》，五代词两段各四句，宋词两段各六句，体调已变，不能不予区别。

> 伪蜀时，孙光宪、毛熙震、李珣有《后庭花》曲，皆赋后主故事，不著宫调，两段各四句，似令也。今曲在，两段各六句，亦令也。

《喝驮子》《麦秀两歧》诸曲，《碧鸡漫志》都予指出：唐曲"与今曲不类"。

第七章　词学

第三节　词学的展望

宋代词学,在词源、词体、词论、词乐诸方面,已粗得其绪。本书援据,即以宋人论述居多,庶几符合与接近唐宋词的历史真相。但词学于宋,还只能说初肇其基。词盛于宋,词学之盛,却不在宋而在清。清词号称中兴,超轶元明而直逼两宋。由此而带动了清代的词学。清代词学是清代学术繁荣的一支。许多词学家广泛搜讨与利用唐宋词的历史材料,在词学研究的一些重要方面不乏开创之功,取得了可观的成果。词学成为一个略具规模的学术部门,可以说有赖于清代以来数辈学者相继不断的考求与努力。

清代词学的成就,龙沐勋《研究词学之商榷》曾举出了五个方面,即以万树《词律》为代表的图谱之学,以凌廷堪《燕乐考原》、方成培《香研居词麈》为代表的音律之学,以戈载《词林正韵》为代表的词韵之学,以张宗橚《词林纪事》为代表的词史之学,以朱孝臧《彊村丛书》为代表的校勘之学。

清代词学大行,述作盖富。自万树《词律》出,钩稽众制,排比其平仄之出入,斟酌其字句之分合,务以名家为标准。

而又严上、去之区别，正诸家之缺遗，举明清以来张綖、程明善、赖以邠诸家之说，摧陷而廓清之，而"图谱之学"于以建树。题曰《词律》，"义取乎刑名法制"（吴兴祚《词律序》），非"律吕"之"律"，其性质固与张之《诗余图谱》、程之《啸余谱》、赖之《填词图谱》，异名同实者也。

清代治词乐之学者，有凌廷堪之《燕乐考原》、方成培之《香研居词麈》。郑文焯《词源斠律》最晚出，自谓"于音律有神悟"，而其言不免于夸诞，吾友夏瞿禅（承焘）已屡有驳议。声音之道，在乎口耳相传。宋谱既亡，异说纷起，周、张不作，果孰从而正之？此词乐之亡，治音律之学者，所以望而却步也。

吴县戈载"慨填词之家，用韵舛杂"（朱绶《词林正韵序》），于是"探索于两宋名公周、柳、姜、张等集，以抉其闳奥，包孕宏富，剖断精微"（顾千里序），以成《词林正韵》一书。学者咸遵用之，于是戈氏遂成其为"词韵之学"。

海盐张宗橚著《词林纪事》，采集唐宋以来诸家笔记之有关于词者，依计有功《唐诗纪事》之成例，排比作者时代之先后，自唐迄元，有得必书。于是词人之性行里居，约略可睹，以渐成其为"词史之学"。近人王国维著《清真遗事》，吾友夏瞿禅继起有作，所撰《词人年谱》，考证宏博，后出转精。行见"词史之学"，方兴未艾。

光绪间，临桂王鹏运与归安朱彊村先生合校《梦窗词集》，创立五例（详四印斋本《梦窗甲乙丙丁稿》），藉为程期，于是言词者始有"校勘之学"。其后《彊村丛书》出，精审加于毛、王诸本之上,为治词学者所宗。此三百年来词学成绩之彰彰可纪者也。

龙沐勋主张在上述词学五义外,另创声调之学,批评之学与目录之学。声调之学是"取号称知音识曲之作家,将一曲调之最初作品,凡句度之参差长短,语调之疾徐轻重,叶韵之疏密清浊,一一加以精密研究,推求其复杂关系,从文字上领会其声情"。他的《词曲概论》下编,就是声调之学的尝试。批评之学,清代已有一些重要著作,如周济《介存斋论词杂著》,刘熙载《艺概》,况周颐《蕙风词话》,王国维《人间词话》,都足为一家之言,问题是要把批评之学科学化、现代化。目录之学包括考订作家史迹,评辨版本优劣,品藻词家得失,示学者以从入之途,也是一件重要的工作。

唐圭璋、金启华二先生的《历代词学研究述略》(《词学》第1辑),综合评述了唐宋以来直至当前的词学研究成果。这些成果表现在研究词的起源、词乐、词律、词韵、词人传记、词集版本、词集校勘、词集笺注、词学辑佚工作以及词学评论等十个方面。其中,当代词学研究的成果尤为辉煌,足以凌驾于清代词学之上。例如《全唐五代词》《全宋词》《全金元词》《词话丛编》的编定,敦煌曲的搜集、整理与研究,姜夔词谱的考辨与译读,许多名家词集的校注与词人年谱、传记的撰述,以及词史的研究与词家的评论,即其荦荦大者。

解放后,词学研究出现了新气象,打开了词学史的新的篇章。在马克思列宁主义、毛泽东思想的指引下,按照批判地继承文学遗产的原则,唐宋词的研究得到了空前的重视,词学研究的新的繁荣局面正在到来。因此，为了推进词学，繁荣学术，应该对词学研究作出长期规划，有领导、有组织、有计划地撰写与完成一批重要著作，为今后词学研究的发展建立坚厚不拔的基础。目前应予完成的，就当有：

一、评论唐宋各名家词的论文集；

二、词人年谱、传记丛书；

三、汇集与研究唐宋音谱及词乐材料，作《唐宋词乐研究》；

四、在清人《词律》《词谱》的基础上，重新编撰包括敦煌曲在内的《唐宋词调总谱》；

五、汇辑唐宋词论、词话，成《唐宋词论词评汇编》；

六、总结历代词学成果，作《词学史》；

七、历述词籍目录版本，作《唐宋词籍总目提要》；

八、包举上述词家、词调、词籍条目，并对唐宋词的一些常用语辞作汇解的《唐宋词词典》。

完成这些重要项目之后，或者在进行的同时，综合这些研究成果的完备的词史，就可以指望诞生。而写出一部以马克思主义观点为指导的词史，无疑是词学研究的一个中心目标。

附 录

《彊村丛书》与词籍校勘

一

朱孝臧辑校的《彊村丛书》，与毛晋《宋六十名家词》、王鹏运《四印斋所刻词》、吴昌绶《双照楼景刊宋元明本词》，为词籍中四大丛刻。《彊村丛书》细大不捐，网罗最富，共收唐宋金元词集一百七十三种（总集五种，别集一百六十八种）；而且自立义例，校雠精审，为同类的其他汇刊丛刻所不及。词籍之有校勘，宋时已发其端。如庆元间吉州罗泌校《欧阳文忠公近体乐府》；但校词而成专门之学，则直待至《彊村丛书》而臻于完善。除了二百六十卷的《彊村丛书》，朱孝臧还从事《梦窗词》笺校，前后历三十余年，至四校而成定本，也是词籍校勘中著名的范例。

宋时书林词籍，除了众多的别集、选集单行外，已有部帙甚富的丛刻。可考的即有四种。陈振孙《直斋书录解题》卷二一歌词类，录长沙刘氏书坊所刻，自《南唐二主词》迄郭应祥《笑笑词》，凡九十二种，称《百家词》。陈振孙谓其"前数十家皆名家之作，其末亦多有滥吹者，市人射利，欲富其部帙，不暇择也"。又张炎《词源》卷下，记"旧有刊本《六十家词》"。所举除秦观外，高观国、姜夔、史达祖、吴文英数家，不见于长沙本《百家词》书目，当为另一丛刻。此外，临安陈氏书棚所刻《典雅词》，收南渡以后词集，约有数十册；闽中书肆所刻《琴趣外篇》，有书有目的至少有八九种。不过这四部宋人丛刻，或流失已久，杳不可问；或仅存残篇，并非全帙，都不复得其旧观了。明时常熟吴讷辑《唐宋名贤百家词》，自《花间集》起至《笑笑词》终，凡四十册一百三十卷，因卷帙甚繁，未尝付梓，传抄亦绝少。因此，现在能够见到的，流布最广的宋词汇刻，就不能不首推毛晋的《宋六十名家词》了。

《宋六十名家词》对保存两宋词集，有着重要贡献。但它并不是最完善的宋词汇刻，后人常为之遗憾。一是甄采未博。毛晋随得随雕，止于六集六十一家。后复辑宋词百家，元词二十家，其子毛扆（斧季）因"叹床头金尽，不能继志"，欲重刊而未果。二是编校殊疏。如词人名姓之互错，篇章字句之讹异，时或不免。近人朱居易尝作《毛刻宋六十名家词勘误》一书，专摘其疏舛。清末光绪间，经王鹏运倡导，校刻宋金元人词，一时蔚为风气。名椠秘抄，逐一问世，汇刻词籍遂踵毛氏而掩过之。但王鹏运《四印斋所刻词》导之于前，吴昌绶《双照楼景刊宋元明本词》殿之于后，都重在传宋元善本之真，于校勘一事无多顾及；而且限于名家，零星小集，一概无取。这样，词籍丛刻之既有广搜博采之实，又长考订校雠之功，就为朱孝臧《彊村丛书》所独擅了。词籍校勘的专门之学，也由此而终于完善。

张尔田《彊村遗书序》曾盛赞朱孝臧校词之业。他认为清代词学先历三盛：万树《词律》出而后倚声者人知守律，戈载《词林正韵》出而后倚声者人知审音,张惠言《词选》出而后倚声者人知尊体。最后,朱孝臧《彊村丛书》出,"而后校雠乃有专家",表明清末词学臻于极盛。

> 先生守律则万氏,审音则戈氏,尊体则张氏,而尤大为功于词苑者,又在校勘。前此常熟毛氏、无锡侯氏、江都秦氏,广刊秘笈,流播艺林,是谓蒐佚。下逮知圣道斋彭氏、双照楼吴氏,或精抄,或景宋,则又志在传真。虽未尝无功于词,而皆无当于词学。先生则不惟蒐佚也,必核其精;不惟传真也,必求其是。盖自王佑遐之校梦窗,叙述五例,以程己能,先生循之,津途益辟。是故乐府之有先生,而校雠乃有专家。

剔除溢美之辞,其评价大体还是正确的。

二

清末校词之风,盖承乾嘉学派校订经史之余绪,将校雠之学扩展到了集部的词籍。清儒关于经、史、子部的校勘,成绩斐然,但词籍向附集部之末,犹未得入校雠之林,不过偶有及之而已。甚至,有些著名的词家也颇不以校词为意。况周颐与王鹏运、朱孝臧、郑文焯并称清末四大词家,他就认为校词将有误于读词,并无必要。《蕙风词话》卷一说:

> 余癖词垂五十年,唯校词绝少。窃尝谓昔人填词,大都陶

写性情、流连光景之作。行间句里，一二字之不同，安在执是为得失？乃若词以人重，则意内为先，言外为后，尤毋庸以小疵而累大醇。士生今日，载籍极博，经史古子，体大用闳；有志校勘之学，何如择其尤要，致力一二。词吾所好，多读多作可耳。校律犹无容心，矧校字乎？开兹缥帙，铅椠随之。昔人有校雠之说，而词以和雅温文为主旨，心目中有雠之见存，虽甚佳胜，非吾意所专注。彼昔贤曷能诏余而牖之，则亦终于无所得而已。

这种不满之辞，或许也兼对朱孝臧丹黄满目，手自雠校而发。况周颐长于论词而不屑校词，这同朱孝臧性嗜丹铅而罕有论列，适成对照。

朱孝臧早年专力为诗，四十以后始学词。他作词与校刊词籍，都受到过王鹏运的启发与鼓励。王鹏运初刊《四印斋所刻词》，认识到校刊词籍有异于校勘其他书籍，有其特殊的难易：

夫校词之难易，有与他书异者。

词最晚出，其托体也卑。又句有定字，字有定声，不难按图而索。但得孤证，即可据依，此其易也。

然其为文也，精微要眇，往往片辞悬解，相饷在语言文字之外，其非寻行数墨所能得其端倪者，此其难也。

光绪二十五年（1899），王鹏运与朱孝臧合作校刊《梦窗词》，这是朱孝臧校词之始。《梦窗词》是最能说明"校词之难"的一部书。除明朱存理《铁网珊瑚》所载十六阕出于梦窗"新词稿"外,别无宋元旧本可依。当时所传仅有毛晋汲古阁与杜文澜曼陀罗华阁两家刻本。"毛刻失在不校,舛误不可胜乙;杜刻失在妄校,每并毛刻之不误亦改之。"为了纠正毛刻的失校与杜刻的妄校,更为了通过考订、增补,整理出一个《梦窗词》的定本、足本来,王鹏运发凡起例,定下了五条,作为校《梦窗词》的准绳。《梦窗词》卷首"述例"略曰:

　　一曰正误　　……凡讹字之确有可据者,皆一一为之是正……必胪举原文,则亥豕纵横,触目生厌。故卷中不复标明,另为札记附后,以备参考。可疑者或注句疑字于本句下,其讹字之未经诸本校出者,依傍形声,推寻意义,时亦间得一二。

　　一曰校异　　校勘家体例,最重胪列异文,以备考订。……其校定讹字之可信者,业已据正原文,此外无甚出入,若"幽芬"之一作"幽芳","绣被"之一作"翠被",浪费楮墨,何关校雠。故只唯是之求,不能备列。亦有因两疑而并存者。

　　一曰补脱　　毛刻阙文极夥,有已经空格者,当是原阙,然只十之三四,不逮脱简之多。杜刻次第拟补,几成完书。是刻惟间补一二虚衬字,皆于空格之下,注曰某本作某,不令与原文相杂。……卷中脱简,不但不敢妄补,即空格处亦详审而后定。

　　一曰存疑　　梦窗工于锻炼,亦有致成晦涩者,浅人读之,往往骤不能解。以毛刻之多误字,遂归咎于校勘之不精,

> 任情点窜,是以戈载《七家词选》,于梦窗涂抹尤甚。稍掉轻心,即蹈此失。……不敢谓其不误,亦不敢谓其必误,疑而存之,以俟高明鉴定。顾千里云:"天下有讹书,然后天下无讹书。"殆有见于存疑之义云。
>
> 　一曰删复　……一词两见……误收它人之作……皆据删之。

王鹏运所建五例,是王、朱二氏合校《梦窗词》一致商定的原则。经过朱孝臧的推广与充实,遂成为近代词籍校勘之学的基础。

1904年,王鹏运逝世。1908年,对初刻"意未尽慊"的朱孝臧,根据他续有创获,重校《梦窗词》。不但增补校记,还附以笺释,跋语中申明他再校之例:

> 今校一以毛本为主。毛刻舛误,前人校改,审择从之。别有异文,具如疏记。字体小讹,依傍形声,略为谠正。其所未晰,则仍存疑。阙文脱简,斟定句律,识以方空。诸本补字,记备参考。意在矜慎去取,庶完真面。旧校附词下者,悉移入记中。时贤按语,称名以别。词中本事,洎其朋交游迹,流览之顷,随有采获,不忍挥弃,辄复录存,以为笺释张本。

比王鹏运五例,说得更简括更明确,同时还作了重要补充。如"斟定句律",就是校词的专门之学。无论正误、校异、脱补、存疑,都与"斟定句律"密切有关。不谙词律,将何以校词?朱孝臧精于研律,当时有"律博士"之称。沈曾植《彊村校词图序》说:"彊村精识分铢,本万氏而益加博究,上去阴阳,矢口平亭,不假检本,同人惮焉,谓之'律博士'。"因此,他于校词就特别强调校律。这是朱孝臧校词的一个重要特色,于校词所得,往往同时推进了词律之学。

1910年,朱孝臧笺注《东坡乐府》成,他笺校《东坡乐府》另创凡例七条,继校《梦窗词》的五例而又有所发展。苏轼《瑞鹧鸪》《阳关曲》《醉翁操》《渔父》诸词,并见于诗集。与诗集互见为宋人词所常有,不独苏词为然。朱孝臧根据载籍所记及音拍所存,严诗词之判,以诗归诗,以词归词。宋元坊本陋习,常于调下滥增标题,如《草堂诗余》妄增"春景"、"秋情"诸目。毛本《东坡词》标题还多出宋人杂说,有违词中本旨。朱孝臧就概从删除,以存原词之真。《东坡乐府》旧本皆分调编次,朱孝臧则以编年体例重编东坡词,以可考者十之六七为编年,无从编年的,仿冯浩注玉溪生诗例,别为一卷,仍依元刻以调类列。这些创例,不仅使词籍校勘愈趋精进,而且对发展词学也有积极意义。沈曾植《与朱彊村书》谓"坡词校例精详,恐当为七百年来第一善本",洵非过誉。

朱孝臧重校《梦窗词》与编年笺注《东坡乐府》,由校雠进而广事考订,与宋明词籍的原有校勘已不可同日而语。叶德辉《书林清话》卷九,主张分别著述家与校勘家,认为"考订校雠,是一是二,而可统名之曰著述家。若专以刻书为事,则当云校勘家"。朱孝臧的上述词籍校勘,就已突入于著述之林了。

辑校《彊村丛书》,是朱孝臧在重校《梦窗词》与笺注《东坡乐府》的基础上进行的,代表了近代词籍校勘之学的最大成果。沈曾植《彊村校词图序》说："盖校词之举，鹜翁（王鹏运号）造其端，而彊村竟其事，志益博而智专，心益勤而业广。"龙沐勋《研究词学之商榷》说："光绪间，临桂王鹏运与归安朱彊村先生合校《梦窗词集》，创立五例，藉为程期，于是言词者始有校勘之学。其后《彊村丛书》出，精审加于毛、王诸本之上，为治词学者所宗。"近代词籍校勘之学的形成与完善过程，即于此可见。

三

《彊村丛书》凡经三次校补印行。初刻于1917年问世。卷首列曹元忠序，申述《彊村丛书》广事蒐讨而又精校传刻之意。初刻除总集外，已收别集一百十三家，可谓盛矣。"自汲古以来，至于近时朋旧，若四印斋、灵鹣阁、石莲山房、双照楼诸刻，皆未足方也。"然"彊村是刻之所以独绝者，则尚不因此"，而是在于它的校勘。一方面，谨守刘向所创校雠家法，据善本以参订，惟求是而正字；另一方面，"彊村所尤致意者，则在声律。故于宫调、旁谱之属，莫不悉心校定，或非（刘）向之所及"。

曹元忠此序，发明校辑《彊村丛书》之本旨，犹之朱孝臧"夫子自道"。

《彊村丛书》的校例，是朱孝臧前校《梦窗词》《东坡乐府》的"五例"、"七例"的发扬光大。当然，以《彊村丛书》网罗之富，品类之多，又非词家别集的校例所能赅举的。作为一部集大成性质的词籍丛刻，它在校勘方面的内容是很丰富的。然其中心，则仍是创自刘向的传统的古籍校雠之法，与校刊词籍所特需的校律之法的结合。校律之法，可溯自万树《词律》，经由朱孝臧的推衍充实，其纲目始备，无疑是《彊村丛书》在词籍校勘上高出众流的独绝之处。

下面即就《彊村丛书》的校勘之学，择其对于今天词籍校勘仍有重要意义者，试述数例，以供参考。挂一漏万，诚不免焉。

一、尊源流　　周济《介存斋论词杂著》谓："诗有史，词亦有史，庶乎自树一帜焉。"朱孝臧广辑宋金之人词，亦心存乎史，寓原始察终之意。《彊村丛书》初无敦煌抄卷《云谣集杂曲子》。后董康从伦敦抄回斯坦因所得之卷，仅十三首，"脱句讹文，触目而是"。朱孝臧一见，即称"其为词朴拙可喜，泂倚声中椎轮大辂，且为中土千余年未睹之秘籍，亟付剞人，以冠吾书。"《彊村丛书》以《云谣集杂曲子》为冠，即表现了朱孝臧的史识，对于传布和研究敦煌曲子，起了推动作用。此后刘复于巴黎抄回伯希和所得之卷，两卷合校，遂成完帙。朱孝臧复钩稽写定，后刻入《彊村遗书》。

朱孝臧于校刊史浩词曲二卷外，又别刊其大曲二卷。这也是为了见词曲源流之变，为自来刊词所罕及。吴梅曾为作跋，对朱孝臧的用意作了很好说明：

> 《鄮峰真隐大曲》二卷，有歌词，有乐语，且诸曲之下，各载歌演之状，尤为欧（阳修）、苏（轼）、郑（仅）、董（颖）诸子所未及。宋人大曲之详，无有过于此矣。彊村先生，词家之南董也。比年校刻宋元诸词，不胫而遍天下。近得此曲，谓足以尽词之变也，为刊而传之。夫词之与曲，犁然为二，及究其

变迁蝉蜕之迹,辄不能得其端倪,今读此曲,则江出滥觞,河出昆仑,源流递嬗之所自,昭若发曚。

二、择善本　　《彊村丛书》汇集了南北藏书家珍藏的名椠旧钞。众多沉埋已久的词林未睹之秘,由此而重发幽光。宋词别集一百十二家中,即有出自宋本的十一种,辑自《永乐大典》的十七种,各种明钞、旧钞五十六种,大都为宁波范氏天一阁,常熟毛氏汲古阁,歙县鲍氏知不足斋,南昌彭氏知圣道斋,钱塘丁氏善本书室,江阴缪氏艺风堂等所庋藏,有些还经过毛扆、钱曾、黄丕烈、鲍廷博、劳权等名家手校,萃于一编,蔚为大观。朱孝臧比勘参校,择善而从,而且续得佳本,即据以补校,因而愈校愈精。《梦窗词》重校刊行后,于嘉兴张氏涵芬楼复得明万历二十六年太原张廷璋氏藏钞一卷本,为从来著录家所未载。朱孝臧便曛旦钩撢,不惮三校:

君特以隽上之才,举博丽之典,审音拈韵,习谙古谐。故其为词也,沈邃缜密,脉络井井,缒幽抉潜,开径自行,学者匪造次所能陈其义趣。余治之二十年,一校于己亥,再勘于戊申,深鉴戈氏杜氏肆为专辄之敝,一守半塘翁五例,不敢妄有窜乱,迷误方来。今遴是编,覆审曩刻,都凡订补乇刊二百余事,并调名亦有举正者。旧校疏记,兼为理董,依词散附,取便翻帋。质之声家,或无訾焉。

《东坡乐府》编年本成于1910年。1925年得旧钞宋傅幹《注坡词》残本,"事实佚闻,胥足为考订坡词之一助"。因自叹其始"急于观成,漏误滋甚",发愿补编。此事后来就由龙沐勋按其遗志完成了。

朱孝臧为所校各本写了不少题跋。关于总集和宋人别集的,就达三十四篇,若编为一集,不啻为宋人词籍的版本史。

三、别诗词　详见于《东坡乐府》卷首之"凡例"。王安石《甘露歌》,曾慥《乐府雅词》、黄大舆《梅苑》、陈耀文《花草粹编》皆误收为词。《彊村丛书》本《临川先生歌曲》,据绍兴重刊《临川集》第三十七卷写出。此卷前为集句诗,以《甘露歌》为殿;后为歌曲,以《桂枝香》居首。《临川集》目录于《甘露歌》后标题"歌曲"二字,卷中《桂枝香》调下复注"歌曲"二小字,皆明示诗、词之别。曾慥等失察误收,彊村本就不复列入。

四、补遗佚　为宋元词籍辑佚补遗,不始于《彊村丛书》。但《彊村丛书》除了蒐讨善本,还拾遗补阙,新增了为数不少的辑本和补编本。这亦为同时诸家丛刻所无,是朱孝臧有功词苑之举。内吴昌绶辑补的,有《天下同文补遗》、贺铸《东山词补》等七种;曹元忠辑补的,有《宋徽宗词》等两种;朱孝臧辑补的,有曹勋《松隐乐府补遗》、刘过《龙洲词补遗》、吴文英《梦窗词集补遗》、赵文《青山诗余补遗》等七种。《彊村丛书》遂于所收词家之多外,兼以所辑词籍完善著称,为嗣后编定《全宋词》提供了良好的基础。

五、存本色　两宋名家词,屡经翻刻重抄,窜易甚多,异文不胜其繁。其间若"幽芬"之一作"幽芳","绣被"之一作"翠被",则如王鹏运所说,"浪费楮墨,何关校雠"。但坊本俗手,或改俗为雅,或变雅成俗,有失词家本色,就当慎为别择。韩玉《且坐令》:

"冤家何处贪欢乐,引得我心儿恶。"毛晋跋《东浦词》,即以"冤家"一词涉俚而讥之。其实这正是市井乐语的本色。若柳永词,尽去俚俗而出语尔雅,柳词面目,宁复可睹?《彊村丛书》本《乐章集》,以毛扆校《乐章集》本为底本,与焦弱侯本、梅禹金藏本、缪荃孙校引宋本参校,颇能存柳词真面。《玉女摇仙佩》:"愿奶奶,兰心蕙性,枕前言下,表余深意。""奶奶"入词为昵称,缪荃孙校记引宋本,"愿奶奶"作"但愿取",即失词中亲昵情味,朱孝臧不因其出宋本而从之。《集贤宾》:"就中堪人属意,最是虫虫。""虫虫"原本作"春风",朱孝臧从焦弱侯本校改。曹元忠云:"'虫虫'当时妓名,本集《征部乐》'虫虫心下'、《玉楼春》'虫虫举措'是也。宋本于'虫虫'字皆改去,不如梅本之善。"黄庭坚《步蟾宫》咏妓女,亦曰:"虫儿真个忒灵利。"作"虫虫"显然存柳永词的本色。

六、订词题　　自《花间集》《尊前集》以至晏殊《珠玉词》,词皆无题。王安石、张先,稍具词题。苏轼词,则始作词序,有斐然长言者。此后姜夔、周密等,词序还能独立成篇,与本词相发明。这些词人自制之题,有关词的背景与作意,校词时自当重视,误者宜正,阙者宜补。南宋闽刻本《山谷琴趣外篇》,"讹文脱字,往往而有,题尤芟节太甚,或乖本旨"。朱孝臧以明嘉靖刻宁州祠堂本《豫章黄先生词》,一一为之订补,遂成完璧。但宋时坊间唱本《草堂诗余》之类,每于所选名家词下辄增"春景"、"春游"、"春怨"、"春闺"等题,取便时俗应歌;又所附词话,多出宋人杂说,若杨湜《古今词话》,所记每多不实。此后皆归入本集,补为词题,滋惑甚焉,非但有乖本旨而已。毛本《梦窗词》甲乙二稿,无一词无题,其中"秋感"、"春情"、"春晴"、"夏景"及"有感"、"感怀"诸题,凡二十余见,显出俗手滥增,任意标目,朱孝臧一律删去。《东坡乐府》,毛氏汲古阁本标题多依托谬妄,四印斋所刻元延祐之间本亦偶有阑入他人语意者。朱孝臧删其谬妄,订其误入,以复苏轼词题原本。

七、校词律　　曹元忠谓:"彊村所尤致意者,则在声律。"依据声律校词,为《彊村丛书》的独绝之处。这里试就朱孝臧数校《梦窗词》,以窥其校律之例。

〔1〕校调名　　《江南好》,引王鹏运校云:"按此调即《满庭芳》,殆以东坡词有'江南好'句,别易是名。《词律》于《水调歌头》注云:'梦窗名《江南好》。'《词律拾遗》谓与《凤凰台上忆吹箫》相近,均误。"《无闷》,原钞调作《催雪》,题作"赋题"。朱孝臧据《词律》云:"此以《无闷》赋催雪之词,后传其题而逸其调名耳。"王沂孙《无闷》词并与此合,即改正调名。

〔2〕校宫调　　《三部乐》,原注:"黄钟调,俗名大石。"校:"按'调'当作'商'。"《绕佛阁》,原注:"夹钟商。"校:"按'夹'当作'黄',《清真集》作大石。"《应天长》,原注:"夷则商俗名林钟商。"校:"按林钟商当作商调。"

〔3〕校自度曲　　《西子妆慢》调下原注:"自度腔。"校:"按调下'自度腔'三字,当统下八调而言。"

〔4〕校句法　　主要校衍字与阙文。毛本《瑞龙吟》(赋蓬莱阁):"旗枪芽焙绿。""旗"字衍。毛本《瑞鹤仙》(赠道女陈华山内夫人):"华峰,纸屏横幅。"当作"□华举□□,纸屏横幅。"朱孝臧皆据律校出。

〔5〕校字声　　即校平仄四声。《烛影摇红》(元夕雨):"洗妆

清臝。"校:"原钞'清'作'素',按前后六调,是处无用去声者,从毛本。"《六丑》(壬寅岁吴门元夕风雨)"向夜永",校:"按'永'疑'来'误,是处应平声。"

〔6〕校用韵　　主要校复韵与通叶。复韵有当改的,《垂丝钓近》(云麓先生以画舫载洛花宴客)"波光撼",毛本原作"波光掩"。朱孝臧初校:"'掩'与上'门掩'韵复。"后得张廷璋抄本,知为"撼"之误。复韵亦有不当改的,《塞翁吟》(赠宏庵):"吴妆晕浓。"校:"'浓'与上阕韵复,杜校疑作'秾'。郑文焯曰:宋词不忌重韵,如周美成《花心动》重'就'韵,《西河》重'水'韵,梦窗《采桑子》'时'字,此词'浓'字皆然,但分上下阕耳。"校通叶的,《永遇乐》(春酌沈沈):"都为多情褪。"戈载《七家词选》改"褪"为"散",谓"褪"字失韵。朱孝臧按:"轸、阮通叶,集中屡见,'褪'字不误。"此为不当改者。《拜星月慢》(绛雪生凉):"麝馥浓侵醉。"原钞及毛本"醉"皆作"酒",失韵,朱孝臧从《词律》改正。此为当改者。

以上所举,仅就朱孝臧对《梦窗词》的校勘所作的括略。若参以《彊村丛书》所校的其他词籍,则尚有校词调分片之例。柳永《尉迟杯》毛扆校本以"困极欢余"为过片,误;朱孝臧从焦弱侯本,改以"绸缪凤枕鸳被"为过片。柳永《玉蝴蝶》,毛校本以"难忘"属上结,下四阕并同;朱孝臧从焦弱侯本,改为下片起韵。辛弃疾《踏歌》,辛启泰《稼轩词补遗》原分两片,朱孝臧分为三段,校云:"按此为双拽头调,原本分二段,以'向昨宵'句作过片,据朱敦儒《樵歌》改正。"

八、证本事　　朱孝臧四校《梦窗词》,又考其本事,为《梦窗词集小笺》,笺与校相互发明,各有得益。他校注《东坡乐府》,以词证事，于傅藻《东坡纪年录》、王宗稷《东坡年谱》、王文诰《苏诗总案》编年之误，亦每有谠正。"如《定风波》后六客词叙云：'凡十五年再过吴兴。'乃己巳所作，而《纪年录》误为甲寅；《渔家傲》送客一首，王文诰云：'送江公著赴台州'。而公著实未为台州，斯类并为更订。"

《彊村丛书》于姜夔《白石道人歌曲》，据江研南传录陶南村钞本，刊其十七首自度曲的旁谱。但史浩《鄮峰真隐大曲》所据范氏天一阁进呈四库的底本，其《柘枝舞》的《歌头》，原"缺文，有旁谱"，又《柘枝令》亦"缺文有旁谱"，朱孝臧未依样钩摹，令研究词乐者至今深感遗憾。

（原载《近代文学研究》第 2 期）

从宋代官制考证柳永的生平仕履

柳永登第释褐之后,在他的仕途上不断遇到障碍。改官和转官,就是壁垒森严不易通过的两个关口。

> 柳三变既以词忤仁庙,吏部不放改官。(张舜民《画墁录》)

> 景祐元年方及第。后改名永,方得磨勘转官。(吴曾《能改斋漫录》)

什么叫改官?什么叫转官?改官与转官,并不同于一般的官员调动与升迁。它们是宋代官制中磨勘制度的重要内容。宋代文官的官阶,分为选人与京朝官两大层次,京朝官又分为京官与升朝官两个层次,"常参者曰朝官,秘书郎而下未常参者曰京官"①。选人凡四等七阶②,在七阶中递升叫做循资;由选人磨勘

---

① 《宋史》卷一五八《选举四》。
② 宋初,选人分两使职官,初等职官、令录、判司簿尉四等共七阶。

应格升为京官,才称为改官;由京官磨勘应格升为朝官,则称为转官。

柳永担任过监当官(监晓峰盐场)、幕职、州县官(睦州推官、泗州判官),论官阶概属选人。后迁著作郎,太常博士,就已改为京官。最后仕至屯田员外郎,则又转为升朝官。柳永的仕进之迹,正合乎宋代磨勘制度下的官阶转改之序。由此入手考证柳永的生平及其仕历,应视为一条重要线索。

按照宋代的磨勘制度,选人磨勘由吏部流内铨主管,京朝官磨勘由审官院主管。转改条件与审批程序,相当严格复杂。最后由中书取旨,皇帝引见,才算正式通过。宋仁宗时,"尤以选人迁京官为重"①。选人改官与否,仁宗每亲自过问。

磨勘的内容主要为:

磨勘年限　仁宗时,京朝官三年一磨勘,七阶选人须三任六考,用奏荐及功赏,乃得升改。

磨勘举主,即实行荐举保任制。对作为举主的官员,其官阶、职务和人数都有规定。

磨勘公、私罪　犯有公罪或私罪,须展年磨勘。

磨勘课绩　以差遣任内的课绩优劣、功过为叙迁依据。

磨勘年龄　凡年满七十者,不许磨勘。

柳永的改官与转官,当然遵从上述磨勘条件和程序。无可例外。

---

① 《文献通考·选举考一一》。

柳永的登第和改官

选人品秩卑下,大都任幕职、州县官,不堪久处,苏洵《上韩丞相书》说:

> 凡人作官,稍可以纾意快志者,至京朝官始有其仿佛耳。自此以下者,皆劳筋苦骨,摧折精神,为人所役使,去仆隶无几也。①

苏洵所谓"京朝官以下者",就是选人从宦的境况。因此选人无不指望如期磨勘改官,否则难以摆脱这种风尘作吏、供人驱使的境地。

柳永登第后,就是个有出身的选人。但他入仕后却"久困选调"②。在选人七阶中逐阶升迁,难出常调,称为"选调",又称为"选海"。选人以"三任六考"为磨勘改官年限(每任以三周年为限,闰月不预;每周一年,校成一考)。"久困选调",就是说柳永未能如期改官。

根据现有资料,可以考知,柳永至少有两次改官受阻。

一 景祐二年(1035),以未成考不得举

叶梦得《石林燕语》卷六:

---

① 《苏老泉先生全集》卷一三。
② 王辟之《渑水燕谈录》卷八。

祖宗时，选人初任，荐举本不限成考，景祐中，柳三变为睦州推官，以歌辞为人所称。到官才月余，吕蔚知州事，即荐之。郭劝为侍御史，因言三变释褐到官始逾月，善状安在而遽荐论？因诏州县官初任未成考不得举，后遂为法。

吕蔚为故相吕端之第二子，事迹附见《宋史·吕端传》。景德二年(1005)，真宗闻吕端后嗣不振，录吕蔚为奉礼郎，后仕至太子中舍。吕蔚出知睦州，史书阙载。郭劝，《宋史》有传。明道元年(1032)十一月，西夏王德明卒，子元昊袭位。宋以郭劝为官告使，出使西夏，还，兼侍御史知杂，权判流内铨。郭劝驳回吕蔚关于柳永的举状，就在郭劝以知杂侍御史主持吏部流内铨期间。《石林燕语》谓其时在"景祐中"，不确。案《宋史·仁宗纪》，景祐二年"六月丁巳，诏幕职官初任未成考，毋荐"，即为吕蔚荐举柳永而发。李焘《续资治通鉴长编》卷一一六，记事较详，录之如下：

丁巳，诏幕职、州县官初任未成考者，毋得奏举。先是，侍御史知杂事郭劝言，睦州团练推官柳三变释褐到官才逾月，未有善状，而知州吕蔚遽荐之，盖私之也。故降是诏。

《长编》所记，与《宋史·仁宗纪》《石林燕语》皆合，应据《长编》及《宋史》，定此事于景祐二年。

《石林燕语》谓"祖宗时，选人初任，荐举本不限成考"，语亦未当。《长编》卷七三，记大中祥符三年(1010)正月，"诏幕职、州县官须三任六考，方得论奏"。吕蔚于柳永到官未成考时，即予奏

527

举,或出于爱才之念,但确实违反了当时的磨勘制度。郭劝的驳议,则在于维护真宗以来选人改官的旧制。

上面举出的《长编》这条有关柳永改官的资料,过去未见有人引用。它对研究柳永生平,却有其重要性。王辟之《渑水燕谈录》卷八,谓柳永"景祐末登进士第";吴曾《能改斋漫录》卷一六,谓柳永"景祐元年方及第",莫衷一是。现据《长编》这条资料,柳永于景祐元年登第,已无可置疑,应该得到确认。

这里再申说一下柳永景祐元年登第的问题。景祐元年之前,柳永累举不第,有一次仁宗临轩放榜,还特意把柳永黜落①。为什么到了景祐元年这一榜,就允许柳永榜上有名?是否仁宗的态度有所改变?

这与景祐元年这一次开科的背景有关。

宋仁宗赵祯于乾兴元年(1022)即位,年仅十三岁,由刘太后垂帘听政。刘太后称制十一年,所用"天圣"(九年)、"明道"(二年)两个年号,即取"二人圣"、"日月并"之意。明道二年(1033)三月,刘太后卒,二十四岁的仁宗始得亲政,于是改元定明年为景祐元年,以示朝廷气象更新,欧阳修《归田录》卷一:

> 仁宗即位,改元"天圣"。时章献明肃太后临朝称制,议者谓撰号取"天"字,于文为"二人",以为"二人圣"者,悦太后尔。至九年,改元"明道",又以为"明"字为文,"日月并"也,

---

① 《能改斋漫录》卷一六:"仁宗留意儒雅,务本理道,深斥浮艳虚薄之文。初,进士柳三变好为淫冶讴歌之曲,传播四方。尝有《鹤冲天》词云:'忍把浮名,换了浅斟低唱。'及临轩放榜,特落之,曰:'且去浅斟低唱,何要浮名!'"

与"二人"皆同。无何,以犯契丹讳,明年遂改曰"景祐"。是时连岁天下大旱,改元诏意冀以迎和气也。

景祐元年开科取士,就贯彻了更新政局,"以迎和气"的方针,不但扩大了进士及诸科的名额,而且特开"恩科",推恩及于历年来于举场沉沦失意的士人,对他们格外放宽尺度。《长编》卷一一四记景祐元年正月癸未的仁宗诏书说:

> 朕念士向学益蕃,而取人之路尚狭,或栖迟田里,白首而不得进。其令南省就试进士、诸科,十取其二。进士五举年五十,诸科六举年六十;尝经殿试,进士三举,诸科五举;及尝预先朝御试,虽试文不合格,毋辄黜,皆以名闻。

这样宽大的"恩科",在宋代也是破例的,可以说是仁宗为自己亲政扩大影响、延揽声誉所采取的一个措施。因此,景祐元年三月这一科取士特多。《长编》卷一一四记载:

> 戊寅,御崇政殿试礼部奏名进士。己卯,试诸科。辛巳,试特奏名。已而得进士张唐卿、杨察、徐绶五百一人,诸科二百八十二人,特奏名八百五十七人。赐及第、出身。同出身及补诸州长吏、文学如旧制。惟授官特优于前后岁。唐卿、察、绶并为将作监丞,通判诸州。第四、第五人为大理评事,签书节度州判官。第六人而下并为校书郎、知县。第二甲为两使幕职官,第三甲为初等幕职官,第四甲为试衔判、司、簿、

尉,第五甲为主簿、尉。

包括正奏名、特奏名在内,是科共取士一千六百四十人。正奏名是礼部贡院合格奏名举人。特奏名即"恩科",具体说就是仁宗诏书中所说的:一、进士五举年五十,诸科六举年六十;二、尝经殿试,进士三举,诸科五举;三、尝预先朝御试,让这些累举未第而又年岁已高的人参加附试。柳永这次登第,是列于正奏名,抑或特奏名,已无可考。不过,从柳永先前屡举不第及尝临轩放榜被黜的经历来看,并不排除特奏名的可能性,或许正属于仁宗诏书中所列三种人中的某一种。唐圭璋先生《柳永事迹新证》假定柳永生于雍熙四年(987)①,到景祐元年登第,柳永四十八岁,尚不足五十,似乎轮不上特奏名。按柳永的父亲柳宜生于晋天福四年(938),若柳永生于雍熙四年,是柳宜五十岁时始生第三子柳永,不免为时稍晚。从这个角度考虑,柳永的生年似应提前。近读李思永《柳永家世生平新考》一文②,假定柳永生于开宝四年(971),到景祐元年,则已经六十四岁,又未免太老了。宋时官员凡年满七十不得磨勘,柳永若六十四岁释褐为官,此后将不可能有什么"久困选调"、"不放改官"之类的问题。因此,不妨设想,景祐元年登第时,柳永的年龄实已届五十,他是依特奏名"进士五举年五十"这一条应试的。他当生在雍熙四年之前的数年间,但不能再往上推至开宝四年。

---

① 《词学论丛》第610页(上海古籍出版社1986年版)。
② 《文学遗产》1986年第1期。

柳永登第后，授睦州团练推官，为初等幕职官。据前引景祐元年进士与诸科授官之例，"第三甲为初等幕职官。"柳永的科第名次，无疑就在第三甲，他所得到的实为"进士及第"、"进士出身"以下的"同进士出身"这个身份。

宋陈岩肖《庚溪诗话》卷上，记仁宗于景祐元年闻喜宴赐进士诗，末句云："寒儒逢景运，报国合如何。"景祐元年这一科，对柳永这个"寒儒"来说，不失为是个期待已久的"景运"。

二　庆历三年（1043），吏部不放改官

张舜民《画墁录》：

> 柳三变既以词忤仁庙，吏部不放改官，三变不能堪，诣政府。晏公（殊）曰："贤俊作曲子么？"三变曰："只如相公亦作曲子。"公曰："殊虽作曲子，不曾道'针线慵拈伴伊坐'。"柳遂退。

这条材料屡见征引。问题是对此事的年代需要作一番考订，主要是考定晏殊居"政府"的年代。宋时最高国务机构为二府。枢密院掌军务，称枢府或西府；中书门下（政事堂）掌政务，称政府或东府。晏殊在二府都担任过要职。他曾前后两次居于"政府"。第一次在明道元年（1032）八月至明道二年（1033）四月，晏殊为参知政事加尚书左丞。柳永此时尚未登第释褐，无从为改官事求见晏殊。第二次在庆历三年（1043）三月至庆历四年（1044）九月，晏殊为平章事兼枢密使，居于相府。柳永"诣政府"向晏殊求援，就

当在晏殊为相的这段时间内。柳永称晏殊为"相公",亦是对宰相的尊称。

从柳永任睦州团练推官算起,到庆历三年,已经过了整整八年有余,"三任六考"已届期满。庆历三年五月,朝廷下诏举幕职、州县官充京朝官,为柳永磨勘改官提供了一次机会。《长编》卷一四一引《会要》:

> 庆历三年五月二十五日,诏臣僚举职官、州县官充京朝官,判、司、簿、尉充县令,流外出身州县官充令、录、班行,其奏状式样颁令遵用施行。

仁宗此诏是据范仲淹的奏议颁布的,范仲淹时任参知政事。他认为旧时"臣僚各举所知,或举主非贤,则多缪荐",因此范仲淹建议由中书、枢密院提出"堪充举主"的人选,从幕职、州县官中擢拔人才充当京朝官。这是范仲淹"庆历新政"中改革吏治的重要措施之一。

这次保举柳永的举主,不知为谁。同前次"举官未成考"不同,庆历三年柳永从资历上说已完全有条件磨勘改官。然而"吏部不放改官",原因并非年限课绩等问题,据《画墁录》之说,却在于"以词忤仁庙"。不过这个理由不便明白宣告,公开的说法或许仍是"以无行黜之"。柳永认为吏部铨选不公,于是出雪投状,向"政府"申诉。

《宋史·晏殊传》说晏殊"及为相,益务进贤材"。柳永向晏殊请求援引,除了因为晏殊是个重才进贤的宰相,还可能因为晏殊也是词人,容易取得他的谅解。可是晏殊完全了解柳永被黜的内情,见了柳永便问:"贤俊作曲子么?"这样发问无异于暗示:"这是你作曲子惹出的麻烦!"柳永说:"只如相公亦作曲子。"攀比同道,用意即在求得谅解。但这样的攀比,却深为晏殊所忌。晏殊举出柳永"针线慵拈伴伊坐"之类狭邪之词,就是责备柳永"无行",柳永因此不得不告退了。

三　由泗州判官改著作郎,当在庆历三年十月后不久

明万历《镇江府志》卷三六引柳永之侄所作《宋故郎中柳公墓志》残文,介绍了柳永改官及此后迁秩情况:

> 叔父讳永,博学,善属文,尤精于音律。为泗州判官,改著作郎。既至阙下,召见仁庙,宠进于庭,授西京灵台令,为太常博士。

"为泗州判官,改著作郎。"这就是柳永改官的可靠记录。按照史传的书法惯例,泗州判官当为柳永改官前的最后一任幕职官。柳永初为睦州推官,在选人七阶中为第四阶,后至泗州判官,在选人七阶中为第三阶,宋时选人"周三年得资",但柳永当了多年幕职官,其官阶仅升了一级。

据《宋史·选举志》,选人改官之制为:

> 凡改官,留守、两府、两使判官,进士授太常丞,余人太子中允;支使,掌书记,防御、团练判官,进士授太子中允,余人著作佐郎;两使推官、军事判官,令、录事参军,进士授著作佐

郎，余人大理寺丞；初等职官知县，知录事参军，防御、团练、军事推官，军、监判官，进士授大理寺丞，余人卫尉寺丞；惟判、司、主簿、县尉七考，进士授大理寺丞，余人卫尉寺丞。

柳永由选人改为京官，就是按照上述铨法升迁的。其中一条规定："两使推官、军事判官、令、录事参军，进士授著作佐郎，余人大理寺丞"，正适用于柳永。柳永改官后的最初官阶，按制度应是"著作佐郎"，后来才升迁为"著作郎"。

柳永何时由选人改为京官，确切的年月亦复难考。但大体上可以定为庆历三年谒见晏殊之后不久。这是从他改官后的仕履推断的。《宋故郎中柳公墓志》说柳永改官后为著作郎，太常博士；徐度《却扫编》卷五说柳永"官为屯田员外郎，故世号'柳屯田'。"柳永这番仕履，恰好完全符合宋代的迁秩之制（说详后）。宋时京朝官三年一磨勘，由著作佐郎——著作郎——太常博士——屯田员外郎逐级升迁，除了郊恩特例，正常的迁序就需要足足九年时间。唐圭璋先生《柳永事迹新证》，定柳永卒于皇祐五年（1053），上推九年，则为庆历四年或五年。如果这样推算近乎事实，那末柳永的改官，当距他诣晏殊之后不远。更确切地说，是在庆历三年十月之后不久。

庆历三年十月，仁宗下诏同意对京朝官选人的进状进行复审和落实，这是柳永诉雪过犯、通过磨勘的一个重要机会。《长编》卷一四四引《实录》记仁宗诏曰：

中外有陈叙劳绩，或诉雪罪状，中书批送有司者，谓之

"送煞",更不施行。自今宣令主判官详其可行者,别奏听裁。

宋代官员磨勘,若审官院、三班院、流内铨等主管部门予以错误处置,可越级向中书、枢密院进状投诉,"或理会劳绩,或诉雪过犯,或陈乞差遣"。中书、枢密院往往将进状批转原主管部门,更不施行,叫做"送煞"。为此,得不到申理的官员便重叠进状,有时多至三、五次。庆历三年十月己未,范仲淹上疏反映了京朝官与选人三、五次进状不能结绝的问题,建议各主管部门对所有进状一一复审,公正处理。仁宗便因此下诏,准予施行。柳永诣"政府"见晏殊,就是事先进状投诉,事后由中书批转吏部流内铨的。柳永为自己诉雪罪状,决不是无理由的。柳永入仕后虽时有怀旧之作,但已乏昔日风情。其《长相思》词曰:"又岂知,名宦拘检,年来减尽风情。"像"针线慵拈伴伊坐"一类的词,本是他前期之作,难以构成阻碍他磨勘改官的"私罪"。他从晏殊那里虽未得到满意的结果,但庆历三年十月间范仲淹的奏议和仁宗的诏书,却为他的投状诉雪创造了新的有利条件,吏部不放柳永改官,终于失去了合理的依据。只要柳永的进状不被"送煞",他就可望得以磨勘改官了。

改官后的柳永

一　柳永改官后先为县令

柳永改官后,从著作佐郎到屯田员外郎,均为寄禄官,并非是实际职务。《宋史·职官志七》:"初改官人必作县,谓之'须入'。"

"作县"或"亲民",当是柳永改官后的首任差遣。

柳永曾为余杭令,见《余杭县志》卷一九职官表上。《余杭县志》列于景祐元年,疑不确。但其时是在改官之前还是改官之后,今亦难以确定。

《宋故郎中柳公墓志》谓柳永改官后,"召见仁庙","授西京灵台令","召见仁庙",即"班引"或"班改",是选人改官的最后一道仪式①。北宋以洛阳为西京,但宋时西京所属实无灵台县。《元丰九域志》卷一西京河南府河南郡,所属河南、永安、偃师、巩、登封、密、新安、渑池、永宁、长水、寿安、伊阳、河清等十三个县,内中并无灵台县。

罗烨《醉翁谈录》庚集卷三谓柳永曾宰华阴:

> 柳耆卿宰华阴日,有不羁子挟伎从游妓,张大声势。妓意其豪家,纵其饮食。仅旬日后,携妓首饰走。妓不平,讼于柳,乞判执照状捕之。

詹亚园《柳永二题》即以《醉翁谈录》此条为依据,并举柳永言及西游长安的《少年游》《引马行》及《瑞鹧鸪》诸词为证,确认柳永做过华阴县令。按柳永《瑞鹧鸪》词云:"全吴嘉会古风流,渭南往岁忆来游。"说明柳永确实到过渭南。《元丰九域志》卷三陕西路华阴郡,下属郑、下卦、蒲城、华阴、渭南五县。华阴与渭南二县相

---

① 选人磨勘应格升为京官,须数人编为一甲,定期引见皇帝。选人于便殿立班,逐一宣名,经皇帝批准,才能改官,叫做"班引"或"班改"。

邻,一东一西。渭南县下有注曰:"有灵台山。"故或可以"灵台"代称渭南。《宋故郎中柳公墓志》谓柳永"授西京灵台令","西京"乃依汉唐旧称、实指长安;而"灵台令",其或指柳永尝宰渭南、华阴欤?

二 柳永改官后的历次升迁

宋时官员官阶的升迁,向有定制。《宋史·选举志·铨法上》记淳化四年(993)始定迁秩之制:

> 凡制举、进士、九经出身者,……由著作佐郎转秘书监、丞,资浅者或著作郎,优迁者为太常丞,由太子中允、秘书郎转太常丞,三丞、著作皆迁太常博士,转屯田员外郎,优者为礼部、工部、祠部、主客。

柳永改官后,由著作佐郎迁著作郎,再迁太常博士,转屯田员外郎,循资而迁,一一符合,就是严格按照北宋的迁秩制度次第逐级升迁的。

京朝官的磨勘迁序也有年限的规定。宋仁宗时,实行京朝官三年一磨勘的制度。转屯田员外郎尚须三年无私罪和举主五人。《长编》卷一四四庆历三年十月壬戌诏:

> 若朝官迁员外郎,须三年无私罪,而有监司若清望官五人为保引,乃磨勘。迁郎中、少卿监亦如之。举者数不足,增二年。

照此推算，除去郊恩迁序等特殊情况，柳永由著作佐郎三迁而为屯田员外郎，至少需要足足九年时间。

三　柳永官终屯田员外郎，卒后赠郎中

根据以上考订，柳永晚年仕历，其线索相当清楚。

假定柳永景祐元年登第时年五十，庆历三年十月后磨勘改官，到他官至屯田员外郎时，已是皇祐五年（1054），柳永是六十九岁的老人了。宋时官员七十致仕，六十九岁的柳永不可能再转一官。叶梦得《避暑录话》卷三说柳永"终屯田员外郎"，确是事实。

《镇江府志》引柳永侄所作柳永墓志，称柳永官衔为"郎中"。柳永由屯田员外郎转郎中，生前已无可能，该是朝廷于柳永卒后所赠。

（原载《文学评论》1987年第3期）

陆游《钗头凤》词本事质疑

陆游《钗头凤》词,宋人笔记以为感怀唐氏而作,后世且演为戏曲,播于人口。然细读其词,不能无疑。清吴骞已启其端,《拜经楼诗话》卷三:"陆放翁前室改适赵某事,载《后村诗话》及《齐东野语》,殆好事者因其诗词而傅会之。《野语》所叙岁月,先后尤多参错。且玩诗词中语意,陆或别有所属,未必曾为伉俪者。正如'玉阶蟋蟀闹清夜'四句本七律,明载《剑南集》,而《随隐漫录》剪去前四句,以为驿卒女题壁,放翁见之,随纳为妾云云,皆不足信。"嗣后许昂霄以为出于宋人傅会,谓"世传放翁出其夫人唐氏,以《钗头凤》词为证,见《癸辛杂识》,疑亦小说家傅会,不足深信"(《带经堂诗话》卷一八张宗柟附识引)。吴衡照《莲子居词话》卷三赞同上述二家之说,并认为《钗头凤》词与唐氏答词,"语极俚浅",也是一个可疑之点。

陆游诗集《剑南诗稿》是编年的,其作诗之岁月一一可考。《放翁词》二卷虽经陆游手定,淳熙十六年(1189)还写过自序(《长短句序》),然编次无序,先后错杂,这对弄清《钗头凤》的年代背景来说,无异失去了最可靠的依据。但也不是无踪迹可寻。十多年前,夏承焘先生指导我为陆游词编年,曾断《钗头凤》为蜀中词,盖作于乾道九年至淳熙五年(1173—1178)陆游寓居成都期间,与这时期的《真珠帘》《风流子》等词性质相近,似亦为客中偶兴的冶游之作,实与唐氏无涉。

这样说,有什么根据呢?

(一) 陈鹄、周密两家之说多抵牾处

以《钗头凤》为沈园题壁词,出于陈鹄《耆旧续闻》及周密《齐东野语》。

《耆旧续闻》卷一〇:"余弱冠客会稽,游许氏园,见壁间有陆放翁词云:'红酥手,黄縢酒,满城春色宫墙柳。东风恶,欢情薄,一怀愁绪,几年离索。错,错,错!春如旧,人空瘦,泪痕红浥鲛绡透。桃花落,闲池阁,山盟虽在,锦书难托。莫,莫,莫!'笔势飘逸,书于沈氏园,辛未三月题。放翁先室内琴瑟甚和,然不当母夫人意,因出之。夫妇之情,实不忍离。后适南班士名某,家有园馆之胜。务观一日至园中,去妇闻之……有'世情薄,人情恶'之句,惜不得其全阕。未几,怏怏而卒,闻者为之怆然。此园后更许氏。淳熙间,其壁犹存,好事者以竹木来护之,今不复有矣。"

《齐东野语》卷一:"陆务观初娶唐氏,闳之女也,于其母夫人为姑侄;伉俪相得而弗获其姑。既出而未忍绝之,则为别馆,时时往焉。姑知而掩之,虽先知挈去,然事不得隐,竟绝之,亦人伦之变也。唐后改适同郡宗子士程。尝以春日出游,相遇于禹迹寺南之沈氏园,唐以语赵,遣致酒肴,翁怅然久之,而赋《钗头凤》一词,题园壁间云……实绍兴乙亥岁也。"

辛未为绍兴二十一年(1151),乙亥为绍兴二十五年(1155),

两说相距四年。

陆游曾于沈园题词,这在他晚年诗中多次提到。其词怀念相会于此的水边梅下的一位"美人"①。这"美人"是否即唐氏,姑且不论,但题壁的年月不是不可考的。《剑南诗稿》卷二五有《禹迹寺南有沈氏小园,四十年前,尝题小阕壁间,偶复一到,而小园已三易主,刻小阕于石,读之怅然》诗,作于绍熙三年(1192)。从绍熙三年上推四十年,则为绍兴二十二年(1152)。《齐东野语》说是"实绍兴乙亥岁",显然同陆游自述不合(《野语》下文以陆游庆元己未(1199)诗置于绍熙壬子(1192)之前,尤为谬误,故为吴骞所讥)。

比较起来,《耆旧续闻》说的"辛未三月题",与陆游自述倒较接近,不过提前了一年。但《耆旧续闻》也有问题。《齐东野语》谓陆游春日出游,与唐氏相遇于沈园。"上山采蘼芜,下山逢故夫",这种偶然相遇是合乎情理的。《耆旧续闻》却谓唐氏后夫"家有园馆之胜,务观一日至园中",以沈园即为唐氏的家园,陆游则成了不避嫌疑的贸然专访了。在"使君自有妇,罗敷自有夫"的情况下(陆游已是有了三个儿子的人了),会有这种可能吗?

或以为《钗头凤》题词为陈鹄目击,不容置疑。可是别忘了,《耆旧续闻》系杂抄之书,所抄很多来历不明。清鲍廷博跋此书,谓哪些是陈鹄自述,哪些是录他人之文,"盖不可识别矣"。其卷二谓苏轼《贺新郎》(乳燕飞华屋)词中"榴花"为东坡妾名,词即为

---

① 《诗稿》卷七五《春游》(第四):"沈家园里花如锦,半是当年识放翁。也信美人终作土,不堪幽梦太匆匆。"

榴花而作；卷三记其友人曾亨仲遇女鬼事，都很荒诞。因此对它的记述，取谨慎态度是必要的。

（二）词意及词中时地同唐氏身份不合

《钗头凤》词沉痛哀感，但也有相当不庄重的地方。第一句"红酥手"，写女子的手如何细腻白嫩，意在以手写人。这种艳笔，不可能指望封建时代的陆游用于一向爱慕敬重的妻子身上。古人写夫妻伉俪之情，未闻用这种笔墨的。《诗·卫风·硕人》以"手如柔荑"形容卫庄公夫人庄姜之美；杜甫《月夜》诗，以"清辉玉臂寒"悬想远在鄜州、月下凝望的妻子，还都比不上陆游这句"香艳"。若是在哀感之中，却首先这样着眼、着笔。这就不是笃于伉俪之情、懂得尊重和怜惜人的陆游了。

开头三句以手、酒、柳为韵，也不免令人想起当年流行的"凤州三出：手、酒、柳"这个俗谚。祝穆《方舆胜览》："建康有凤州柳，蜀主与江南结婚，求得其种。凤州出手、酒、柳。曾极诗云：'蜀主幽封遣使时，其根原自凤州移。柔荑（手）醼醆（酒）今安在？唯有青青拂地垂（柳）。'"彭乘《墨客挥犀》卷六："陕西凤州伎女，虽不尽妖丽，然手皆纤白。州境内所生柳，翠色尤可爱，与他处不同。又公库多美醖，故世言凤州有'三出'，谓'手、柳，酒'也。"按绍兴四年吴玠为川陕宣抚副使，置司河池，即凤州。九年吴玠卒，以胡世将代之，仍治河池。十二年和议成，移宣抚司于利州。乾道五年王炎出任川陕宣抚使，移治于兴元。乾道八年王炎辟陆游为幕宾，陆游常往返于兴、凤间。《诗稿》卷七六有诗题云：《顷岁从南郑屡往来兴、凤间，暇日追怀旧游有赋》。因此凤州是他屡到之地。这里是否暗用其事，当然不能肯定，但为什么竟如此巧合呢？不过不管与这个俗谚有没有牵涉，围绕着"红酥手"所组成的"手、酒、柳"的情调气氛，总难说是庄重的吧。这同唐氏的身份怎么能调和呢？

难以解释的还有"满城春色宫墙柳"这句中的"宫墙"。沈园在会稽城南禹迹寺旁，视野所及，怎么会出现宫墙？有人说："绍兴原是古代越国的都城，宋高宗时亦曾一度以此为行都，故有宫墙之称。"这恐怕是很牵强的。别说越王宫存在于虚无之中；建炎三四年间，宋高宗赵构在金兀术渡江追逼下，一路逃难，曾以越州为临时驻跸之地，升越州为绍兴府，也称不上什么行都、行宫。说越州有宋时旧宫，是找不出根据的。

其实，打开陆游诗词，这个宫墙就不陌生了，就是他在成都时经常宴游的故蜀燕王宫。燕宫海棠最盛，号称"花海"，为成都第一。陆游是个有名的"海棠颠"①，每年海棠开时，其兴若狂，燕宫是他流连忘返的地方。当时燕宫已属张氏，固又称张园。且看陆游笔下燕宫花时盛况和他当时的情兴。

《诗稿》卷三《海棠》："谁道名花独故宫。"自注："谓故蜀燕王宫。"

又《驿舍见故屏风画海棠有感》："成都二月海棠开，锦绣裹城迷巷陌。燕宫最盛号花海，霸国雄豪有遗迹。"

卷八《张园海棠》："西来始见海棠盛，成都第一推燕宫。"

卷一二《忽忽》："列炬燕宫夜。"自注："成都故蜀燕王宫，今属

---

① 《诗稿》卷六《花时遍游请家园》（第一）："看花南陌复东阡，晓露初干日正妍。走马碧鸡坊里去，市人唤作海棠颠。"

张氏,海棠为一城之冠。"

卷一四《琵琶》:"绣筵银烛燕宫夜,一饮千钟未足豪。"自注:"故蜀燕王宫,今为张氏海棠园。"

《渭南文集》卷四九《汉宫春》词:"燕宫海棠夜宴,花覆金船。如椽画烛,酒阑时百炬吹烟。"自注:"张园赏海棠作,园故蜀燕王宫也。"

卷五〇《柳梢青》词:"锦里繁华,环宫故邸,迭萼奇花。俊客妖姬,争飞金勒,齐驻香车。　何须幕障帏遮,宝杯浸、红云瑞霞。银烛光中,清歌声里,休恨天涯。"自注:"故蜀燕王宫海棠之盛,为天下第一,今属张氏。"

除了海棠,燕宫还特多参天的柳树:

《诗稿》卷六《花时遍游诸家园》(其三):"翩翩马上帽檐斜,尽日寻春不到家。偏爱张园好风景,半天高柳卧溪花。"

这岂不正是《钗头凤》词所写的"宫墙柳"吗?

陆游在成都,一面抗敌报国之志甚为强烈,一面也不免流连风月,纵情诗酒,有过一段裘马轻狂的生活。"人讥其颓放,因自号放翁"(《宋史·陆游传》),就在这个时候。陆游词里有几首记录了他的这方面的生活侧影。因此,以燕宫为背景,感怀于此发生的一段情事,写出《钗头凤》这样柔情未已的词来,是完全可能的。

下阕"山盟虽在,锦书难托"这些话,若安于唐氏身上,也成问题。"山盟"、"锦书"之类在宋词中已成俗滥,不见得有多少感情的重量。尤其唐氏这时已经改嫁,再说她"心怀故夫,欲密通情意",岂不太无顾忌了吗?这通常只能埋于心底,难以形之言辞的,现在不唯书之于词,尚能题之于壁,揄扬传播,将置唐氏于何等难堪的境地?爱护唐氏而礼教观念甚深的陆游,不会不顾及他生活的环境。

附带说一说,陆游沈园怀人诗总是和梅花联系在一起的。《诗稿》卷六五《十二月二日夜梦游沈氏园亭》二绝:"香穿客袖梅花在,绿蘸寺桥春水生。""城南小陌又逢春,只见梅花不见人。"都说到梅花,相逢的时令在春初,与《钗头凤》写的"桃花落,闲池阁",时、景皆不合。

(三)《钗头凤》词调流行于蜀中,陆游是承蜀中新词体而作的

《钗头凤》调本名《撷芳词》,《钗头凤》是陆游取原词"可怜孤如钗头凤"一语而另立新名的,这个词调的流行地是在成都。

《花草粹编》卷六引宋杨湜《古今词话》:"政和间京师妓之姥曾嫁伶宫,常入内教舞,传禁中《撷芳词》以教其妓……人皆爱其声,又爱其词,类唐人所作。张尚书帅成都,蜀中传此词,竞唱之;却于前段下添'忆,忆,忆'三字,后段下添'得,得,得'三字。"又名《摘红英》,殊失其义,不知禁中有撷芳园,故名《撷芳词》也。

> 风摇动,雨蒙茸,翠条柔弱花头重。春衫窄,香肌湿,记得年时,共伊曾摘。　都如梦,何曾共,可怜孤如钗头凤。关山隔,晚云碧,燕儿来也,又无消息。

张尚书即张焘,政和八年进士,绍兴八年,权吏部尚书,以反对和议忤秦桧。绍兴十年(1140),以宝文阁学士知成都府兼本路安抚使,在蜀四年。陆游入蜀时,距张焘离蜀仅二十余年。

这里须注意的是,在张焘帅成都之前,这个词的上下阕末尾没有三个叠字这一句。有三个叠字一句的,是为蜀中流行的新体(此调另有以平韵两叠字为结句的,见吕渭老《圣求词》,调名《惜分钗》)。

用这种蜀中新体作此调的,有程垓,曾觌。程垓是眉山人,他的词名《折红英》:

> 桃花暖,杨花乱。可怜朱户春强半。长记忆,探芳日,笑凭郎肩,殢红偎碧。惜,惜,惜! 春宵短,离肠断,泪痕长向东风满。凭清翼,问消息,花谢春归,几时来得?忆,忆,忆。

曾觌是宋孝宗的宠臣,他的词名《清商怨》:

> 华灯闹,银蟾照,万家罗幕香风透。金尊侧,花颜色,醉里人人,向人情极,惜,惜,惜! 春寒峭,腰肢小,鬓云斜軃蛾儿袅。清宵寂,香闺隔,好梦难寻,雨踪云迹。忆,忆,忆。

两词上下阕结句全同,显然是从蜀中新体变化而来的。"忆忆忆"这个叠字句是蜀中新体原有的,仅变下阕"得得得"为"惜惜惜"而已。这可能是当时的定格。

陆游的《钗头凤》在这一点上又打破了这种定格。他不但把忆、惜、得这种单字的叠句抛弃了,还别出心裁地将"错莫"这个联绵字拆开来用于两处,作为两结,以加强表现因伤别而黯然魂消失神状态。

这是陆游对《撷芳词》这个词调既有承袭又有创新的地方。

《钗头凤》一词既然承此调的蜀中新体而作，依常理说，自然作于蜀中的可能性大。对唐和北宋的旧有词调，只需依前人之词填作就行了。但像《撷芳词》这种蜀中新调，恐怕非亲自听到过不可。这个新调陆游沈园题壁时是否已传至越中，恐怕是个很大的疑问。淳熙五年陆游至成都后，入耳的很多是当地的流行歌曲，既爱其声，又爱其词，就推动他写出这首《钗头凤》了。

明白了《钗头凤》这个调名的由来，也就可以知道它的含义。"可怜孤如钗头凤"，这就是说它是一只孤凤，词意强调的也是孤不成双的意思。这同当时"适南班士名某"的唐氏的身份又是不合的。

上举三点算是对陈鹄，周密所述《钗头凤》词本事的质疑。陆游与唐氏的爱情悲剧，是封建礼教的迫害造成的。这件事的真实性，并没有可疑。但要说《钗头凤》是为唐氏而作，则诚多难通之处。《阳春白雪》卷三谓陆游纳驿卒女为妾，方余半载，夫人逐之，女赋《生查子》词；《齐东野语》卷一一谓陆游眷一蜀妓，携之东归，妓有《鹊桥仙》词，前人皆辟其妄。关于《钗头凤》的传说，正与此两事相类。至于定《钗头凤》为陆游客居成都时冶游之作，未敢必是，这里提出来，无非是以备讨论，希望还能找到更多的依据。

（原载《文学欣赏与评论》，浙江人民出版社1982年版）

附　　记

陆游《钗头凤》作于蜀中，这里再举一个旁证。比陆游年辈稍晚的丘崈(1163—1209),于绍熙三年(1192)为四川制置使,绍熙四年(1193)擢焕章阁学士、四川安抚制置使兼知成都府。绍熙五年(1194)七月,宁宗即位,丘崈被召还朝①。丘崈在成都凡二年余。《丘文定公词》一卷,有多首词作于蜀中,如《扑蝴蝶》"蜀中作",《祝英台》"成都牡丹会",《夜行船》"和成都王漕巽泽"、"怀越中"等。《浣溪沙》"迎春日作"一首,亦作于成都,就与陆游《钗头凤》词有关。

  胜子幡儿袅鬓云。《钗头》绝唱旧曾闻。江城喜见又班春。 拂拂和风初有信,欺梅残雪已无痕。只应笑语作春温。

旧俗立春前一日,州郡长官迎春于东郊。这首词就是迎春宴席上听成都歌妓重唱《钗头凤》而作的。称之为"钗头绝唱",决不是一般的词,只能是作于蜀中、声播远近的陆游的名作。同时的词人,要么并无《钗头凤》调,要么称不上"绝唱"。全宋词中,就只有陆游这一首有称"绝唱"的资格,而且从地点、时间上讲,也完全相符。乾道六年(1170),陆游入蜀。淳熙五年(1178),陆游奉召还京,离开成都。丘崈这首《浣溪沙》词假定作于绍熙四年(或五年),上距陆游出蜀仅十四年(或十三年)。"旧人惟有何戡在,犹与殷勤唱《渭城》。"旧时唱过陆游《钗头凤》的歌妓,来到新任制置使丘崈筵前以旧曲侑酒,不是完全可能的吗?

---

① 吴廷燮《南宋制抚年表》卷下。

陆游《渭南文集》卷一二《贺丘运使启》，有"早陪谈燕之余，误辱知音之异"语，两人早有相知之雅。《贺丘运使启》作于淳熙十四年(1187)，就在丘崈入蜀前五年，时丘崈为两浙转运副使。《渭南文集》卷四一尚有《祭丘运使母夫人文》，谓"我登门阑，情均甥侄"。盖陆游与丘崈本有通家之谊。无怪乎丘崈云"《钗头》绝唱旧曾闻"了。丘崈这首《浣溪沙》，可以说是对陆游《钗头凤》词最早的回应与反响，比之陈鹄《耆旧续闻》、周密《齐东野语》等书的记载，要早得多了。

关于鲖阳居士《复雅歌词序》

《复雅歌词》全书五十卷,录唐北宋词四千余首,并附以词话,是宋代规模最大的一部词的总集。宋陈振孙《直斋书录解题》卷二一"歌词类"说:

> 《复雅歌词》五十卷,题鲖阳居士序,不著姓名。末卷言宫调音律颇详,然多有调而无曲。

又黄昇《中兴以来绝妙词选序》:

> 《复雅》一集,兼采唐宋,迄于宣和之季,凡四千三百余首,吁亦备矣。

黄昇辑唐宋诸贤及中兴以来词各十卷,亦皆有词有话,盖即踵武《复雅歌词》的体例。明陈耀文《花草粹编》于卷五、卷一○两次引及《复雅歌词》,或其书明时尚存,此后即寂尔无闻。赵万里《校辑宋金元人词》于宋人词话部分有《复雅歌词》辑本一卷,并谓其体例与《本事曲》《古今词话》《本事词》《诗词纪事》相类似,同可视为最古之词林纪事。不过所辑仅短短十则,不足以斑窥豹。《直斋书录解题》所提到的鲖阳居士序,尤惜未能辑得。

根据我披览所及,《复雅歌词》还可以补辑,而鲖阳居士序虽沉埋已久,亦幸未亡佚。偶检宋谢维新《古今合璧事类备要》外集卷一一音乐门乐章类,此序则赫然在目。《古今合璧事类备要》前集六十九卷,后集八十一卷,续集五十六卷,别集九十四卷,外集六十六卷,约辑于宋宝祐五年(1257),北京图书馆(现国家图书馆)藏有明刻本。其乐章类载词集序凡三篇,《复雅歌词序》之后,还有胡寅的《酒边集序略》与欧阳炯的《花间集序略》。胡寅《酒边集序略》的文字与汲古阁本《宋六十名家词·酒边词》所录颇多异同,亦可据以校补。

兹录鲖阳居士《复雅歌词序略》如下:

> 孟子尝谓今之乐犹古之乐,论者以谓今之乐,郑卫之音也,乌可与《韶》《夏》《濩》《武》比哉!孟子之言,不得无过。此说非也。
>
> 《诗》三百五篇,商、周之歌词也。其言止乎礼义,圣人删取以为经。周衰,郑、卫之音作,诗之声律废矣。汉兴,制氏犹传其铿锵。至元、成间,倡乐大盛,贵戚、五侯、定陵、富平、外戚之家,淫侈过度,至与人主争女乐,而制氏所传,遂泯绝无闻矣。《文选》所载乐府诗,《晋志》所载《砺石》等篇,古乐府所载其名三百,秦汉以下之歌词也。其源出于郑、卫,盖一时文人有所感发,随世俗容态而有作也。其意趣格力,犹以

近古而高健。更五胡之乱,北方分裂,元魏、高齐、宇文氏之周,咸以戎狄强种,雄据中夏。故其讴谣,淆糅华夷,焦杀急促,鄙俚俗下,无复节奏,而古乐府之声律不传。

周武帝时,龟兹琵琶工苏祇婆者,始言七均;牛洪、郑译因而演之,八十四调始见萌芽。唐张文收、祖孝孙讨论郊庙之乐,其数于是乎大备。迄于开元、天宝间,君臣相为淫乐,而明皇尤溺于夷音,天下熏然成俗。于是才士始依乐工拍但之声,被之以辞句;句之长短,各随曲度,而愈失古之声依永之理也。温、李之徒,率然抒一时情致,流为淫艳猥亵不可闻之语。我宋之兴,宗工巨儒,文力妙于天下者,犹祖其遗风,荡而不知所止。脱于芒端,而四方传唱,敏若风雨,人人歆艳,咀味于朋游樽俎之间,以是为相乐也。其韫骚雅之趣者,百一二而已。以古推之,更千数百岁,其声律亦必亡无疑。

属靖康之变,天下不闻和乐之音者,十有六年。绍兴壬戌,诞敷诏音,弛天下乐禁。黎民欢抃,始知有生之快,讴歌载道,遂为化围,由是知孟子以今乐犹古乐之言不妄矣。

案吴曾《能改斋漫录》已节引此文,自"《诗》三百五篇"至"敏若风雨",题为《歌曲源流》(见宋祝穆《新编古今事文类聚》续集卷二四歌舞部,今本《能改斋漫录》无此条,故亦不为人所知)。《能改斋漫录》成书于绍兴二十四年至二十七年间。此序谓"绍兴壬戌(绍兴十一年),诞敷诏音,弛天下乐禁",则《复雅歌词》当辑于绍兴十一年至绍兴二十四年这十二三年之间。当时曾慥辑《乐府雅词》,其自序末署绍兴丙寅(绍兴十六年)。两书实相继辑成,先后问世。《乐府雅词》辑北宋人词仅三卷《复雅歌词》则远过之。

南宋立国之初,朝廷草创,未遑顾及礼乐。绍兴十一年,明堂始备大乐。至十六年,始作景钟,奏新乐,作为中兴之乐的肇端。《乐府雅词》与《复雅歌词》裒辑于此时,也正含有类似的意义。曾慥《乐府雅词》自序谓凡谐谑之词及艳曲悉删除之,因命曰"雅词"。《复雅歌词》的宗旨则尤为明显,标举"复雅",其意盖在开一代新风。崇雅正而黜浮艳,这是有鉴于北宋末年词风的衰靡而提出的,是南宋词风转变的新趋势,裒集于南宋初的这两部词的总集,就传达了这个信息。不过曾慥《乐府雅词序》极为简短,鲖阳居士这篇《复雅歌词序》就发为宏论,论述历代歌词的演变及词的发展趋向,对南宋词的影响是不小的。把它看作反映南宋初期词坛风气的重要词论,或许并不为过。

《复雅歌词序》出现于南宋初,它对南宋词坛有什么意义呢?

一、李清照《词论》,为词溯源至开元、天宝间的乐府声诗。黄庭坚为晏幾道《小山词序》,说晏词"嬉弄乐府之余,而寓以诗人之句法",又以词上承汉魏乐府。《复雅歌词序》则一面分别古乐与今乐,古乐肇自商、周而亡于北朝,今乐起于周、隋而盛于唐宋,表明词在音乐系统上不同于古乐;一面又申述孟子所说的"今之乐犹古之乐",将词纳入《诗》三百与汉乐府以来的历代歌词的源流演变之中,表明词在文学传统上当一以《诗经》为本,因而提出了"复雅"的任务。这不但提高了词的地位,不再视词为"小技"而排斥于正统文学之外,而且使词的今后发展转向"复雅"有了更坚实的依据和积极的内容。北宋时论词常严雅、俗之辨。但"复雅"并不只在于去俗返雅,而是要进一步恢复《诗经》风雅的传统。这与唐人为反对齐梁诗风而倡导风雅比兴几乎是同一用意。鲖阳居士把词的源头直指《诗》三百五篇,便于推尊词体,也便于大力矫正北宋末年词风日趋衰靡之弊。

二、北宋论词常以《花间集》为宗,对温庭筠等花间派词人向无微词。李之仪《跋吴思道小词》,还主小词当"专以《花间》所集为准"。《复雅歌词序》则指斥"温、李之徒",不遗余力。序中提到"我宋之兴,宗工巨儒,文力妙于天下者,犹祖其遗风,荡而不知所止"。所指还包括欧阳修在内。曾慥《乐府雅词序》为欧词中的艳曲开脱,说是当时小人谬托。鲖阳居士则不为回护,也不少宽假,严词责备,一以"复雅"为指归。这与李清照《词论》从词"别是一家"的观点出发批评欧阳修等诸公词为"句读不葺之诗",着眼点是不同的。

对花间词的批判,是反映南宋词风转变的新趋向的。陆游《跋花间集》说:"《花间集》皆唐末五代时人作,方斯时天下岌岌,生民救死不暇,士大夫乃流宕如此,可叹也哉!"认为是一种衰世之音。北宋末的词风正是如此。宣和间徽宗君臣荒逸声色,南宋人常把它与天宝时明皇的"溺于夷音"相比,看作导致北宋沦亡的原因之一。刘辰翁《减字木兰花》:"铜驼故老,说著宣和似天宝。"就是这个意思。即便是徽宗于大观四年建大晟府这样的"盛典",也视为一种亡国之兆。《古今合璧事类备要》外集卷一〇《音乐发挥》说:"不幸崇、观小人用事,倡为丰亨豫大之说,以文太平。虽能作大晟乐,置大司乐,要亦不过崇虚文以饰美观而已,亦奚救于宣、靖之弊哉!"《复雅歌词》所辑"迄于宣和之季",其用意或在于此。倡导"复雅",既是针对《花间》以来的侧辞艳曲,更是针对政、宣时代的衰靡词风,是有鉴于靖康之变而后提出来的。

三、在《复雅歌词》《乐府雅词》等倡导之后,作词务雅确实成为南宋新的风尚。南宋词集以雅为名的,丛刻有《典雅词》(有数十册,今可考者有姚述尧等十九家);别集有张安国《紫微雅词》、程垓《书舟雅词》、赵彦端《宝文雅词》、林正大《风雅遗音》等多种。张炎《词源》以"雅正"作为词的批评标准:"词欲雅而正,志之所之,一为情所役,则失其雅正之音。"姜夔一派的"骚雅"之词,就是在这种时代风气下出现的。《词源·清空》说:"白石词如《疏影》《暗香》《扬州慢》《一萼红》《琵琶仙》《探春》《八归》《淡黄柳》等曲,不惟清空,又且骚雅,读之使人神观飞越。"并主张以"白石骚雅句法"来救正周邦彦词的"意趣不高远"。过去以为以"骚雅"论词为张炎首创,现在可以知道其始盖出于鲖阳居士的《复雅歌词序》。序中慨叹北宋词"其韫骚雅之趣者,百一二而已",因而倡为"复雅"之说。所谓"骚雅",是要求作词既有风人之旨,又有骚人之辞,是深合乎词体特点的一个艺术标准。姜夔的词不同于婉约、豪放,就在于它的骚雅。这种词风,直到清代的浙、常二派,还宗尚不衰。

《复雅歌词》是有词有话的,对所选的词间附解说与批评。它对具体词作的解说也很特别,犹如汉儒说经。这与它以风雅为宗的论词宗旨是一致的。它仿效《毛诗序》的方法解说苏轼的《卜算子》就是一例。元丰五年苏轼谪居黄州,寓居定慧寺,咏鸿以明志:

缺月挂疏桐,漏断人初静。谁见幽人独往来,缥缈孤鸿影。　惊起却回头，有恨无人省。拣尽寒枝不肯栖，寂寞沙洲冷。

《唐宋诸贤绝妙词选》卷二引鲖阳居士曰：

缺月，刺明微也。漏断，暗时也。幽人，不得志也。独往来，无助也。惊鸿，贤人不安也。回头，爱君不忘也。无人省，君不察也。拣尽寒枝不肯栖，不偷安于高位也。寂寞吴江冷，非所安也。与《考槃》诗极相似。

《毛诗·卫风·考槃序》："《考槃》，刺庄公也。不能继先公之业，使贤者退而穷处。"鲖阳居士说苏轼《卜算子》与《考槃》相似，也是写贤人失志，这样的词，才是"雅词"。鲖阳居士以经说词，后世有赞同之者，如张惠言《词选》；谭献《复堂词话》也认为以《卜算子》比《考槃》，"未为河汉"。但也有奚落之者，王士禛《花草蒙拾》称其"村夫子强作解事，令人欲呕。"不过不管怎样，论词以合于风雅之旨，这正是《复雅歌词》一书的指归，也是它有别于其他宋人词论的显著特色。陈元靓《岁时广记》卷二六引《复雅歌词》论七夕诗词，与前面论苏轼《卜算子》同一旨趣：

七夕故事，大抵祖述张华《博物志》、吴均《齐谐记》。夫二星之在天为二十八舍，自占星者观之，此为经星有常次而不动。诗人谓"睆彼牵牛，不以服箱；跂彼织女，终日七襄。虽则七襄，不成报章"者，以比为臣而不职也，此诗所以为刺也。凡小说好怪,诞妄不终,往往类此。天虽去人远矣,而垂象粲然,可验而知,不可诬也。词章家者流,务以文力相高,徒欲飞英妙之声于尊俎间,诗人之细也夫!

读之实不能不令人起"固哉高叟"之叹。

《复雅歌词》不著辑者姓名,自序鲖阳居士。《直斋书录解题》已不详其为何时、何地人。徐光溥《自号录》亦无鲖阳居士之名。自来无人为之考证。案鲖阳为汉县名,位于鲖水之阳,故城在今河南新蔡县东北,宋时属蔡州。鲖阳居士当是籍出鲖阳而南渡后流寓江南者。清张德瀛《词徵》卷五以为即是曾丰:

> 曾丰谓苏子瞻长短句犹有与道德否者。"缺月疏桐"一章,触兴于惊鸿,发于情性也;收思于沙洲,归乎礼义也。本朝张茗柯论词每宗此义,遂为鲖阳之续。

认为张惠言的《词选》,继承了鲖阳居士的论词方法,都是经学家说词。所引曾丰语,见曾丰《知稼翁词序》。曾丰是南宋道学人物。元虞集《道园学古录》卷三四有《曾搏斋缘督集序》,称:"《缘督集》者,故宋德庆太守曾侯丰幼度之文也。侯,抚州乐安人,登乾道己丑(乾道五年)进士第。"并谓真德秀尝受业于曾丰,《缘督集》二十卷是元时五世孙曾德安求其遗文编集的。《宋史·艺文志》著录曾丰《搏斋缘督集》十四卷,已佚。《四库全书》于《永乐大典》中辑出,已非全本。《四库提要》叙曾丰事迹,陆心源《宋史翼》为曾丰立传,皆以虞集之序为根据。《四库提要》谓:"集中如《六经论》之类,根柢深邃,得马、郑诸儒所未发。"与鲖阳居士《复雅歌词序》与论苏轼《卜算子》及七夕诗词,思想体系是同一源流的。不过,《复雅歌词》成书于绍兴中,曾丰为乾道五年进士,且尝为真德秀启蒙,年代未免稍后。张德瀛视鲖阳居士即为曾丰,并不可信。

(原载《古代文学理论研究》第 9 辑,
上海古籍出版社 1984 年版)

附录

《历代词通论丛书》总序[*]

作为贯通诸说、横通条畅的"通论"之名,本多见于经学著作,如东汉沛献王辅作《五经论》,时号《沛王通论》(《后汉书》卷四二《沛献王辅传》),又晋束晳有《五经通论》(《晋书》卷五一《束晳传》),而清人姚际恒之《诗经通论》及皮锡瑞之《经学通论》,其尤著者也。以通论形式讨论词学,当始于张炎的《词源》。其"上卷详论五音十二律,律吕相生,以及宫调、管色诸事……下卷历论音谱、拍眼、制曲、句法、字面、虚字、清空、意趣、用事、咏物、节序、赋情、离情、令曲、杂论、五要十六篇,并足以见宋代乐府之制"(阮元《揅经室外集》卷三《四库未收书提要》)。如果再加上反映张炎论词之旨的陆行直《词旨》一书,可谓共同构成了一个比较完整的、横向的宋词研究体系。明清以来,词话盛行,通论体式反而隐没不彰。至二十世纪三十年代,先后出现了两部以通论为名的词学著作,即吴梅所著《词学通论》及薛砺若所著《宋词通论》。《词学

---

[*] 本文原为吴熊和先生为他主编的《历代词通论丛书》(上海古籍出版社出版)撰写的总序,现补入本书附录。

季刊》第一卷第二号《词籍介绍》谓《词学通论》"先论平仄四声,次论韵,次论音律,次论作法。……自第六章以下,论列唐五代以迄清季词学之源流正变,与诸大家之利病得失"。其书前五章确为从体制、音律与作法方面横向展开,但占全书篇幅四分之三的后四章,实为一部纵向的简明词史。而薛砺若的《宋词通论》唯第一编总论涉及"作家及其词集"、宋词之社会内容、词风、宋代乐曲诸方面,其余六编则将整个宋词分为六个阶段予以分别评述,这部分就完全是宋词史的结构脉络了。

通论形式和词史形式,代表了词学研究的两种主要思路,大体而言,词史重在条贯,通论意在横通。但它们并非截然两歧的方向,而是互为补充的。没有横通的视野,词史易流于僵化简略;缺少条贯的史识,通论亦难免琐碎空疏。通论的长处在于可以针对某些重要的词学现象与问题作专题性的、较为透彻的深入研讨,并通过若干专题的展开与讨论,反映词这种文学—文化样式在一个时期的整体面貌与重心所在。因此,面对不同时期的词,通论的写法是可以不同的。对于研究唐宋时期的词而言是关键的、不可或缺的问题,却未必是其他阶段词的重心所在。如本丛书中《唐宋词通论》与《金元词通论》所讨论的核心问题就有差异。词的起源问题必须在《唐宋词通论》中加以探讨,全真道教词的问题则只能在《金元词通论》中展开。这说明通论的形式有可能提供一种富有个性和针对性的研究思路。研究者必须对研究对象有整体的判断,梳理出最核心、最本质的若干问题。这种以问题为导向的研究,可为将来重撰词史提供基本的考察维度。

有鉴于此,我们编撰了这套《历代词通论丛书》,分为《唐宋词通论》《金元词通论》《明词通论》《清词通论》及《近代词通论》五部。其中前两部已有成书,此次增订重版,其余三部亦将陆续面世。这对于新世纪词学的进一步发展,或不无裨益。

2010 年 8 月

重 印 后 记

吴熊和

　　词学原先是诗学的一个旁支。嗣后与诗学并行发展,成为一种独立的、自成体系的专门之学。本书的目的,是为词学研究迄今取得的成就作出总结性的论述,以推动这门学科的理论化和系统化。当然,当代词学需要继续革新与开拓,我们正为此而尽自己的努力。举例来说,谈论词的起源,不少学者注重词与音乐的关系,从词与燕乐的因缘入手考察词的起源,已经取得了可观的成果。但是光从这一点着眼,现在看来就显得不够。许多事实表明,词在唐宋两代并非仅仅作为文学现象而存在。词的产生不但需要燕乐风行这种具有时代特征的音乐环境,它同时还关涉到当时的社会风习,人们的社交方式,以歌舞侑酒的歌妓制度,以及文人同乐工歌妓交往中的特殊心态等一系列问题。词的社交功能与娱乐功能,在相当长的时间内,是同它的抒情功能相伴而行的。不妨说,词是在综合上述复杂因素在内的历史背景下产生的一种文学——文化现象。我们应该开拓视野,加强这方面的研究。

　　本书涉及的有些问题,历来有所争议,只有通过反复辩论或史实考证才能解决。为了避免枝蔓与辞费,书中只写了个人探索所得的大致结论而未及充分展开。现在读来,每有意犹未尽与不够畅达之感。这些不足只能留待将来修订时再予弥补。

附录的几篇文章,《〈彊村丛书〉与词籍校勘》专论词籍校勘,是本书未曾涉及然而是不可或缺的。《从宋代官制考证柳永生平仕履》一文,从一个新的角度为柳永生平勾勒了一个清晰与可信的轮廓,同时也用以匡正本书关于柳永是否景祐元年进士与何时诣政府见晏殊两处的舛误。另外两篇,一篇考证陆游《钗头凤》的本事,一篇提供了久佚而幸存的铜阳居士《复雅歌词序》,师友间每予殷勤垂问,故这次重印时一并附入。

多年来,与吴战垒同志时相过从,深得友朋切磋之乐。写作本书时也多匡予不逮,谨于此志谢。

1988 年 11 月于杭州大学